오늘 부는 바람 |
연 외

KB192119

김 원 일
소   설
전 26 집

김원일 단편소설집

오늘 부는 바람 |
연 외

일러두기

1. 이 소설전집의 맞춤법 및 외래어 표기는 현행 맞춤법통일안에 따랐다.

2. 수록된 모든 작품은 최종적인 개고와 수정을 거쳤다.

3. 권별 장편소설 배열과 중단편소설집 배열은 발표 순서에 따르는 것을 원칙으로 하였으나, 여러 권짜리 소설 『늘푸른 소나무』와 『불의 제전』은 장편소설 끝자리에 배치하였고, 연작소설은 별도로 묶었다.

김 원 일
소   설
전 26 집

차   례

여름 아이들   7

악사樂士   29

침묵   57

돌멩이   103

굶주림의 행복   133

역도逆徒   157

오늘 부는 바람   181

일출   213

마음의 죽음   243

멀고 긴 송별   263

어둠의 변주   279

농무일기農務日記   299

어둠의 사슬   321

어느 예언가   367

행복한 소멸   379

절명絶命   409

박명薄命   435

달맞이꽃   457

바느질   477

목숨   507

연鳶   527

작품 해설 김원일의 1970년대 소설들의 문제성과 위상

김경수(문학평론가 · 서강대 교수)   558

작가의 말   569

여름 아이들

여름

아이

들

"종수야, 뛰거라. 쎄기 쫓아온나. 더 퍼뜩, 더 쎄기!" 병쾌가 가쁜 숨을 내쉬며 말한다.

병쾌는 지게를 졌다. 냄비와 그릇 몇 개, 쌀과 보리쌀자루, 비료 부대에 둥쳐 싼 된장 따위다. 그의 얼굴이 땀으로 범벅되어 홍시 같다. 그가 뛰자 지게에 얹힌 그릇이 달그락댄다.

조금 더 빨리 뛰자, 숨이 막힐 때까지, 뗏목을 타고 떠날 때까지, 하며 나는 이빨을 앙다문다. 동아줄을 치켜 멘다. 동아줄은 팔푼이가 훔쳐왔다. 동아줄이 얼마나 무거운지 어깨가 빠질 듯한데, 가쁜 숨길이 자꾸 목구멍을 메운다.

"이 쥑일 놈으 자슥. 팔푼아, 니는 해방되던 재작년에 호열자로 안 죽고 빙신 같은 기 머할라고 안죽 살아 속썩이노." 팔푼이 팔을 잡고 앞서 달리던 장쇠가 뾰족한 턱을 내두르며 고함지른다.

장쇠는 운동회 때마다 달리기에 늘 일등을 맡아놓았지만, 기형적으로 몸이 뚱뚱한 팔푼이가 자꾸 걸음이 처지므로 화가 치밀 수밖에 없다. 그는 허리춤에 숟가락을 댓 벌 찌른 채 큼직한 바구니를 끼고 있다. 바구니에는 간장병·참기름병·마늘·된장 따위가 들었다. 아무 가진 것 없이 뛰는 녀석은 팔푼이뿐인 셈이다. 좀 모지라 반에서도 성적이 늘 꼴찌인 그는 어기적거리고 뛰며 눈물까지 짠다.

우리는 잡목 숲을 헤치고 도랑을 건너 쉬지 않고 달린다. 삼베 반바지가 이슬에 젖는다. 바둑이가 멍멍 짖으며 우리를 잽싸게 앞지른다. 드디어 팔푼이가 울음을 터뜨린다. 장쇠가 팔푼이를 사정없이 쥐어박는다. 자기를 빠뜨리지 말고 꼭 끼워달라고 사정하던 때가 언젠데, 이 정도 뜀박질을 못 참느냐고 장쇠가 녀석을 윽박지른다. 장쇠는 팔푼이 손을 쥔 채 잠시 늦췄던 뜀박질을 다시 채근한다. 우리는 팔푼이를 다시 장마당으로 돌려보낼 수 없다. 그가 돌아간다면 우리의 읍내 탈출이 수포로 돌아가기 때문이다.

낙동강 둑 쪽 수산리 뒷산 하늘이 감청색으로 트여오기 시작한다. 숲에서 새가 깃을 치는 소리와 쩍쩍거리는 소리가 들린다. 밝음이 트여오자 싱그런 풀내음이 단내 나는 코에 흠씬 묻는다. 장터 사람들에게, 아니면 선생님에게 뒷덜미를 잡힐 듯한 긴장감으로 가슴은 터질 것만 같다. 어지러워 자꾸 눈이 감긴다. 그러나 팔월의 선선한 새벽, 어둠을 가르고 찬 공기를 마시며 장마당을 탈출한다는 게 즐겁다 못해 오줌까지 지릴 지경이다.

지나리를 지나 본산리로, 본산리를 지나 들판 논둑길로, 우리는 쉬지 않고 달린다. 우리가 장터를 탈출하여 고향땅을 등지기로 한

이 엄청난 계획을 눈치챈 사람은 아무도 없었다. 또한 우리가 신새벽에 장터를 빠져나온 걸 본 사람도 없었다. 낯설고 신기한 도회지, 숯불로 밥 해먹고 전차가 달리는 부산, 그곳에서 우리가 어떻게 살 것이냐 하는 문제는 다음이었다. 허기와 어른들의 모멸에 찬 눈총과 무료함이 고름처럼 괴어 있는 장마당을 떠나 여정의 모험에 나섰다는 사실만이 지금 중요하다.

팔푼이가 다시 막무가내로 주저앉으려 한다. 이제 조금만 더 뛰면 강둑에 닿을 수 있는데 녀석이 몸을 뻗댄다. 장쇠가 팔푼이 머리통에 꿀밤을 먹이며 눈알을 부라린다.

"장쇠야, 마 엔가이 해둬라. 본산리 지났으이 설마 여게까지 누가 뒤쫓아올라꼬. 숨질 좀 돌리고 천천히 가도 인자 갠찮다." 지게를 지고 달리던 병쾌가 장쇠를 보고 말한다.

역시 병쾌는 대장답다. 그 말에 장쇠는 팔푼이 손을 놓는다. 팔푼이는 이제 살았다는 듯 된숨을 내쉰다. 나도 숨을 좀 돌릴 수 있다. 어지럼증 때문에 더 달릴 수가 없다.

우리는 뛰기를 그만두고 잰걸음으로 걷는다. 읍내 장터 쪽을 돌아보니, 어둠을 지우며 집들이 뿌옇게 드러나는 저쪽, 밥을 짓느라 곳곳에서 푸른 연기가 피어오른다. 갑자기 서러운 생각이 든다. 나는 다시 고향에 돌아갈 수 없을 것만 같다. 마음을 다잡는다.

버드나무가 늘어선 낙동강 둑에 닿았을 때, 어둠이 한 겹 꺼풀을 벗어 버드나무는 초록으로, 강물은 밝은 회색으로 드러난다.

"왔구나. 너거들 증말 시간 딱 맞차서 왔네. 고상 많았지러." 먼저 와 있던 철하 동네 점복이가 우리를 보고 환성을 올린다.

점복이는 병쾌 지게를 벗겨준다. 나는 모래톱에 몸을 던지고 앉는다. 다리를 펴고 숨을 들이켠다. 병쾌는 지게에서 낫을 꺼내 후미진 저쪽 웅덩이로 달려간다. 그곳에는 우리가 사흘을 꼬박 걸려 만들어놓은 뗏목이 풀더미에 감추어져 있다.

"모두 쌔기 온나. 지금쯤 우릴 찾는다꼬 장바닥이 발칵 뒤집어졌을 끼다. 퍼뜩 떠나야제. 뗏목을 얼른 물에 띄우자."

병쾌 말에 우리는 그쪽으로 몰려간다. 어제 오후, 남의 눈에 띄지 않게 뗏목을 풀로 덮어두었는데 그 풀은 시들었다. 우리는 이슬에 젖은 눅은 풀을 걷고 힘을 모아 뗏목을 모래톱까지 끌어낸다. 뗏목을 눈여겨보자, 나는 비로소 우리의 먼 여행을 실감할 수 있다. 내 숨길이 다시 벅차오르고 입 안에 침이 마른다. 사방 사 미터 정도의 뗏목은 버드나무 허리와 소나무를 꺾어 만든 배다. 사흘 동안 땡볕 아래에서 낫과 손도끼로 수십 그루의 나무를 찍어 그것을 새끼와 칡넝쿨로 얽어 만들 동안 우리 등은 몽땅 허물을 벗었고, 손바닥이 까질 정도였다. 더위와 허기와 노동에 지쳐 해거름녘에 읍내로 돌아올 땐 모두 녹초가 되었다.

우리는 마을을 탈출하기에 앞서 어제 그 뗏목의 실용성을 두고 실험까지 해보았다. 뗏목은 우리 모두를 태우고도 물에 떴고, 우리가 그 위에서 아무리 뛰고 굴러도 땅에 편 멍석처럼 꿈쩍을 않았다. 바둑이를 포함한 일행 다섯은 숨돌릴 여유도 없이 병쾌 말을 좇아 출발을 서두른다. 아침밥은 강 하구로 십 리쯤 내려가 인가 없는 곳에서 지어 먹기로 하고, 우선 현장에서 벗어나야 한다.

우리가 그 계획을 세우기는 지난 칠월 하순, 방학을 앞두고였다.

병쾌·장쇠·점복이·팔푼이, 그리고 나는 같은 육학년 남자반으로 한 교실에서 공부했지만, 육십오 명 중 다섯 사람만이 뗏목을 타고 읍내를 떠나기로 마음먹기는 그럴 만한 맺힌 이유가 있었다. 우리는 한결같이 집안이 가난했다. 점심 도시락을 싸오지 못했다. 점심시간이면 다른 아이들이 도시락을 까먹는다고 김치 냄새를 피우며 분답시끌할 때, 우리는 슬그머니 교실을 빠져나왔다. 물로 배를 채우고 배고픔을 잊으려 땅따먹기·꼰놀이·목마타기에 열중했다. 팔푼이가 반에서 꼴찌를 도맡고, 나머지 넷 역시 팔푼이 위에서 자리바꿈하는 정도의 석차여서 담임 선생 눈 밖에 난지 오래였고, 각종 납부금을 못 내어 교무실로 불려가기도 늘 우리 다섯이었다. 또한 장쇠를 빼고 모두 아버지가 없다는 점도 우리를 강하게 묶었다. 병쾌 아버지는 가숲리에서 낙동강 나루터 뱃사공을 지냈는데 해방 직후 좌익 패거리와 붙어 배편으로 사람과 편지를 몰래 넘겨주다 총살당했고, 쇠전걸 백정인 점복이 아버지는 재작년에 호열자로 죽었고, 팔푼이 아버지는 역마살이 끼어 떠돌다 객사했다. 나의 아버지는 이태 전 폐병으로 죽었다. 한편, 장쇠 아버지는 객지로 떠돌이 미역장사를 하고 있어 한 달이면 스무닷새를 타지에서 보냈기에, 처지가 우리와 비슷했다.

여름방학을 며칠 앞둔 토요일, 학교가 파하자 늘 뭉쳐다니던 우리 다섯은 먹도 감을 겸, 돌아오는 길에는 참외밭 서리를 하려고 낙동강으로 나갔다. 먹을 감다 병쾌가 그 말을 꺼냈다. "우리 말이데이, 뗏목을 맹글어 타고 부산까지 내리가보모 어떻노? 아부지가 뱃사공이어서 나는 뗏목 맹글 줄 알고 노도 잘 젓거덩." 병쾌는 체격이 바라진데다 우리 반에서 주먹 세기가 첫째였다. 하는 짓이 어른스러워 우리 다섯 중 두목 노릇을 했는데, 그의 말이 당돌했으나 귀 솔깃하게 하기에 충분했다. 겨울날 논두렁에 쥐불을 놓는다든지, 곡식이나 과일 서리를 한다든지, 작당하여 여학생을 골린다든지, 다른 동네 아이들과 패싸움하려고 원정을 떠난다든지, 우리는 곧잘 그런 황당무계한 계획을 세우곤 했다. 그러나 뗏목을 만들어 타고 타지로 떠난다는 계획이야말로 상상 밖이었다. 나는 병쾌 한마디 말에 금방 가슴이 활랑거렸다. 우리는 방학만 시작하면 곧 뗏목 만드는 작업부터 착수하기로 계획을 짰다. 그 사실을 집안 식구에게는 물론, 장터 주변 어느 누구에게도 비밀로 하기로 손가락을 걸고 맹세했다. "증말로 난도 끼야준단 말이제? 병쾌야, 날 데리고 간단 말이제?" 팔푼이가 감격하여 병쾌 손을 잡았다. "그래, 니는 밥 많이 해밨으이께 델꼬 가꾸마. 가서도 니는 밥 당번이나 해라." 병쾌가 시원하게 말했다.

뗏목이 물에 실려 강 하구로 천천히 움직인다. 장대에 판자를 붙여 만든 노는 병쾌가 젓는다. 장쇠와 나는 우리가 집에서 훔쳐 온 물건을 점검한다.

"햐, 참말로 바다로 떠나는구나." 팔푼이가 뗏목가에 책상다리로 앉아, 입을 다물지 못하며 감탄한다. 바둑이가 옆에서 멍멍 짖는다.

하늘이 맑게 트여오고, 강 상류 쪽으로 물오리들이 난다. 윗도리가 땀으로 젖어 선득하던 느낌도 아침 기온이 높아가자 차츰 달아난다. 어느새 해가 동쪽 산 위로 떠오르고, 날은 환하게 밝았다.

한동안 한 차례도 비가 내리지 않아 물살이 느리다. 우리가 염려했던 비는 당분간 내리지 않을 모양으로, 하늘은 구름 한 점 없이 맑게 갰다.

장쇠와 내가 식량을 점검해보니 나흘 정도 먹기에는 충분한 양이다.

"야, 배 타는 기분 희한하데이. 공짜로 슬슬 가는구나." 장쇠가 뗏목 바닥에 네 활개를 펴고 누우며 말한다.

장쇠 눈은 아침 사냥을 시작하는 제비들을 좇는다. 병쾌는 삼베 적삼을 벗어젖히고 능숙한 솜씨로 노를 젓는다. 병쾌는 입학이 늦어 나이가 또래보다 두어 살 많고 키도 크다. 노를 저을 때 굵은 팔뚝에 힘살이 솟는다.

"인자쯤 장바닥이 발칵 뒤집어졌을 끼라. 사람들이 우리를 찾는다꼬 장마당을 막 뛰어댕길 끼라." 내가 말한다.

그 말에 아무도 대답이 없다. 모두 입을 다물고, 엄마나 가족 중 누구를 생각하는 모양이다. 내가 거의 뜬눈으로 밤을 새우고 방을 빠져나왔을 때, 엄마는 새벽 단잠에 빠져 있었다. 그 곁에 분임이 누나와 분선이도 자고 있었다. 나는 준비해둔 비료부대에 된장을 퍼담고 돌담에 달린 애호박 서너 개를 따선 모이기로 약속한 아랫장터 극장 앞으로 내달았다. 지금쯤 엄마는 나를 찾으러 이모님 집으로 내려갔을 것이다. 거기서 갑해가 없어졌다고 울고 있을는지 모른다. 아니면, 그놈으 자슥 잘 읎어져 입 하나 덜게 됐다고 고소해할는지 모른다.

뗏목이 지네소(沼)를 지날 때는 물살이 조금 빠르다. 낙동강이 허리를 휘어 부채바위에 부딪혀 삼랑진 쪽으로 둥글게 몸을 푸는 그 중간, 물이 맴도는 곳이 지네소다. 뗏목가로 물이 찰싹찰싹 올라오자 팔푼이는 겁을 먹고 뗏목 가운데로 옮겨 앉는다. 만약을 위해 점복이가 자동차 수리소에서 훔쳐온 튜브를 껴안는다. 뗏목은 별 탈 없이 몸체를 반쯤 비켜 틀다 물길을 잡아 천천히 떠내려간다. 병쾌는 이제 노를 젓지 않는다. 가만두어도 뗏목이 스스로 물길을 타고 흘러가기 때문이다.

"너거들 뗏목이 출렁거린다고 놀라지 마라. 그래도 까딱없데이. 울 삼촌이 그카던데, 뗏목은 고깃배보다 더 요지부동인 기라. 밑이 넓으이께로. 울 삼촌이 일제 때 낙동강보다 물살이 더 센 두만강서 뗏목을 탔다 안카나. 겁만 안 묵으모 까딱없지러. 자동차를 싣고도 강을 잘만 건너간데이." 병쾌가 말한다.

"두만강? 두만강이 어데 있는 강인공?" 팔푼이가 묻는다.

"자슥아, 수업 시간에 선생님이 안 가르쳐주더나. 저 만주 쪽에 있는 강이라고." 점복이가 아는 체 말한다.

나도 약간 겁에 질리긴 했지만 병쾌 말에 마음이 놓인다. 팔푼이를 빼고 우리 모두 헤엄에 어느 정도 자신이 있었으나 물살이 맴을 도는 큰 강을 헤엄쳐 건너본 적은 없었다. 그중 점복이는 장쇠와 나보다 헤엄을 훨씬 잘 쳐 낙동강 강폭쯤 되는 여래못을 쉽게 건너곤 했다.

"쪼매 더 내리가다가 밥 해묵제이. 살강에 보리밥때기 쪼매 남은 거 긁어 묵었더이 배때기에서 꼬르륵 소리가 난데이." 장쇠 말이다.

우리는 모두 병쾌를 본다. 그의 허락이 떨어져야 한다. 병쾌가 머리를 끄덕거린다. 그는 노를 잡더니 뉘어 저어 뗏목을 강변 쪽으로 이끈다. 뗏목이 강변 가까이로 다가가자 점복이가 긴 장대로 강바닥을 쑤셔 뗏목을 모래톱으로 밀어붙인다.

팔푼이 엄마는 닷새장 장바닥을 떠돌며 떡을 판다. 팔푼이는 자기가 밥을 하거나 죽을 쑤거나 수제비를 만들어 두 사내동생과 끼니를 때울 때가 잦으므로 이 여행에 밥 당번을 맡았다. 뭍으로 오르자 곧 밥짓기에 앞장선다. 병쾌는 뗏목이 떠내려가지 않게 동아줄로 뗏목을 묶어 강변 버드나무에 잡아맨다.

"갑해야, 니는 돌멩이로 공가서 솥 걸고, 장쇠하고 점복이는 가지밭이나 호박 심은 데 찾아 반찬거리 갖고 온나."

병쾌 말이 떨어지자, 우리는 바쁘게 각자 일거리를 찾아 떠난다. 신나는 작업이다. 이미 해는 한뼘 높이 떠올라 놋쇠처럼 열을 달군다. 우리가 아침밥을 지으려 뗏목을 멈춘 지점에는 인가가 없다.

"병쾌야, 우짜모 좋노? 내가 깜빡 잊아뿔고 당성냥을 안 가주고 왔지러."

팔푼이가 쌀을 씻어오며 울상을 짓는다. 그는 성냥 한 통을 가져오기로 약속했는데 그걸 잊어 밥 지어먹기가 어렵게 되었다. 큼지막한 돌 세 개를 옮겨 냄비를 걸 수 있게 해놓은 나는 힘이 빠진다. 주위를 둘러보아도 가까이는 마을이 보이지 않는다. 성냥을 구하러 낯선 마을을 찾아간대도 상점이 없으면 누군들 어린 우리에게 쉬 성냥을 주지 않을 것이다. 원시인들이 불을 피우는 식으로 나무끼리 마찰하는 방법도 쉬울 것 같지가 않다. 화가 난 나는 팔푼이 멱살을 잡고 가슴패기를 쥐어박는다. 팔푼이는 주저앉아 소리 내어 운다.

"마 치아라. 내가 우째 구해보꾸마." 병쾌가 적삼을 껴입으며 시투렁히 말한다.

병쾌는 장쇠와 점복이가 바둑이를 데리고 찬거리를 구하러 간 오른쪽과 반대 방향으로 내닫는다. 그쪽엔 우리가 가본 적이 없는 낯선 마을이 멀리 보인다.

장쇠와 점복이가 바구니에 하나 가득 고추·참외·들깻잎·수박을 따들고 왔으나 그때까지 병쾌는 돌아오지 않는다. 우리는 갑자기 말을 잃고, 뱃가죽을 주려오는 허기에 떨며 병쾌가 사라진 마을만 바라보고 있다.

"내사 마 집에 갈란다. 빙충이 같은 내사 아무래도 너거들캉 같이 부산까지는 몬 가겠데이……" 팔푼이가 칭얼거리며 읊조린다.

"이 자슥 우째뿔꼬. 물에 빠자 쥑이뿔까. 니 자꾸 그래 쌀래?" 점복이가 팔푼이 머리에 꿀밤을 먹인다.

"마실에서 어른들한테 붙잡혔나, 우예됐노?" 병쾌가 사라진 쪽을 보며 장쇠가 울가망한 목소리로 말한다.

"아이다. 붙잡혔다 카모 우리 있는 데를 갈키줘서 어른들이 여게로 올 끼라. 그라모 우리까지 붙잡히고 마는 기라." 내가 떨며 말한다.

"그랄 리 있나. 병쾌가 어떤 아안데. 병쾌는 절대로 안 잡힌다. 나는 여태꺼정 병쾌가 머를 실수하는 거 몬 봤어. 당성냥 몬 구해오모 쇠똥에 불을 붙이서라도 갖고 올 끼라. 내 말 믿거라." 점복이가 말한다.

점복이 말을 듣고도 나는 불안하다. 껌벅이며 마을 쪽을 보는 장쇠 눈도 황기가 끼었다. 한참 지난 뒤다. 마을 쪽에서 필갑만한 크기로 병쾌가 손을 흔들며 달려온다. 성냥을 구했기 때문에 손을 흔드는 게 분명하다. 팔푼이도 울음을 그치고, 우리는 금세 기분을 회복한다. 점복이가, 봐라, 내 말 안 맞나 하며 그를 맞으러 뛰어간다. 장쇠와 나는 안도의 숨을 내쉬고, 팔푼이는 바가지를 들고 시냇가로 물을 뜨러 뒤뚱거리며 간다.

병쾌는 큰 성냥갑 말고도 말린 오징어 몇 마리에 초 한 봉까지 들고 왔다. 그의 얼굴이 땀으로 번질거린다.

"니 돈 있었나? 이게 다 우예된 기고?" 장쇠가 오징어를 받아쥐며 들뜬 목소리로 묻는다.

"쌔빘(훔쳤)지러. 아침이라 점방 보는 사람이 읎어서 내가 쌔비 갖고 내뺐제." 병쾌가 웃으며 자랑스레 말한다.

대장다운 병쾌의 대담한 행동에 우리는 입을 벌린 채 그를 바라본다. 그는 아이지만 보통 아이가 아닌, 용감한 어른 아이다.

팔푼이가 지은 밥은 물을 많이 부어 풀죽이 됐으나, 우리는 실로 오랜만에 꿀맛 같게 쌀밥을 먹어치운다. 된장에 절인 깻잎에 다투어 손이 가고 풋고추를 고추장에 찍어, 먹기 대회처럼 퍼먹어댄다. 장쇠는 소풍 때 먹은 김밥보다 맛있다며, 지난 봄 소풍 때를 회상한다.

"시간마 있으모 가지를 삶아 묵을 수도 있는데. 간장 붓고 참지름 치고……" 팔푼이가 수줍게 말한다.

우리는 아침식사를 끝내자 냄비와 숟가락을 씻을 여유도 없이 다시 뗏목에 오른다. 상점 주인이 병쾌를 쫓아올는지 모르는데다 아직도 읍내 장터를 많이 벗어나지 못했다.

뗏목은 다시 물결을 타고 떠내려간다. 팔푼이가 가시나 목소리로 가늘게 노래를 부르고, 우리는 그 노래에 맞추어 손뼉을 친다. 장쇠는 냄비를 엎어놓고 숟가락으로 장단을 맞춘다. "이 강산 낙화유수 흐른 밤에……" 팔푼이는 어른 흉내를 내며 꼽추춤까지 춘다. 우리는 장마당 놀랑패 형들이 부르는 유행가를 많이 알고 있다. 다들 돌아가며 유행가를 부른다. '신라의 달밤' '가거라 삼팔선' '고향초' '울고 넘는 박달재' '선창' '애수의 소야곡' 따위를 연창으로 줄기차게 불러제친다. 소풍 기분을 한껏 내 뗏목이 출렁거릴 정도로 발을 굴리며 어깨 겯고 춤을 춘다.

해가 하늘 위로 높게 떠오르자 찌는 더위가 강변 공기를 부풀린다. 밤새 서늘하게 식었던 강물이 미지근하게 달구어진다. 강변의 한가로운 풍경이 뗏목 뒤로 천천히 흘러가고, 강둑에서 소에게 꼴 먹이던 우리 또래 아이들이 신기한 듯 뗏목을 보며 손을 흔든다. 그들의 부러워하는 모습을 보자, 우리는 더욱 기고만장해진다. 어른들은 손가락질하며 쑤군거렸으나, 헤엄쳐 뗏목으로 와서 우리를 뭍으로 끌어내려 하지는 않았다.

신나는 놀이에 우리는 지친다. 얼마나 고함지르며 유행가를 불렀던지 나는 목이 쉬었다. 모두 뗏목에 뻗어버리고 앉거나 누웠으나 병쾌는 노를 잡고 서 있다. 뭉게구름이 흐르고 강둑에 선 버드나무도 천천히 뒤로 물러간다. 나는 마치 만화경의 세계로 탐험에 나선 듯 모든 게 신비롭다.

"야, 그거 타고 너거들 어데로 가노?"

아이들이 둑에서 소리쳐 묻는 말에 나는 뗏목에서 일어나 앉는다.

"자슥들아, 좁쌀 같은 너거 늠들하고 우리는 다르다. 여게까지 헤엄쳐 와봐라. 오모 불알을 까부릴 끼다!" 점복이가 팔을 휘두르며 고함을 지른다.

"용용 죽겠제, 애롱대롱." 팔푼이는 주먹으로 용두질 치는 시늉을 해대며 엿을 먹인다.

해가 높이 떠오르자, 간밤에 잠을 놓친 팔푼이가 먼저 뗏목에 등을 보이고 엎어진다. 그는 곧 코를 골며 잠에 든다. 녀석의 코고는 소리에 전염된 듯 장쇠와 점복이, 나도 뗏목에 가로 세로 등을 붙인다. 곤두세웠던 신경과 식곤증이 정오의 열기 속에서 우리를 졸음에 까무러들게 한다.

내가 눈을 뜨기는 더위 탓이다. 그늘 한 점 없는 뗏목에 그대로 쓰러져 곯아떨어졌더니 몸은 땀투성이가 되고 목구멍까지 숨이 차다. 놀랍게도 병쾌는 혼자 자지 않고 묵묵히 노를 젓고 있다. 나머지는 아직 잠에서 깨어나지 않았다. 서너 시간쯤 잤는지, 해는 이미 서쪽으로 기울어졌다. 나는 서둘러 동무들을 깨운다. 모두 눈을 비비며 일어난다.

"너거들 일어났구나. 갱변에서 쪼매 쉬었다 가자." 병쾌가 미소 띠고 말한다.

우리는 곧 뗏목을 강변으로 밀어붙이는 일에 착수한다. 장쇠가 상앗대를 강바닥에 꽂는다. 점복이가 물에 첨벙 뛰어들더니 뗏목에 매달려 물장구치며 뗏목을 강가로 밀어붙인다.

"우리 저녁 반찬은 말이다, 저 소쿠리로 괴기 잡아서 낄이 묵자."

점복이 말에 모두 좋다고 찬성한다. 바소쿠리로 건져내는 고기
잡이 놀이는 언제 해도 재미있고 소득도 있다.

팔푼이는 더위를 먹었는지, 골통이 쑤신다고 하소연을 늘어놓
는다. 모래톱으로 나서자, 뗏목만 타고 와서 그런지 걸음이 후들
거린다. 읍내 장마당에서 얼마쯤 흘러왔는지, 우리가 상륙한 지점
이 어딘지를 전혀 알 수 없다. 벼가 한창 자라는 질편한 논, 둔덕
위의 밭과 원두막, 야트막한 동산과 그 아래 자리한 마을은 읍내
주위 풍경과 다를 바 없는데, 내게는 처음 보는 낯선 고장이 신기
하고 얼마쯤 두렵다.

팔푼이는 계속 골치 타령을 읊조렸기에 나무 그늘에서 쉬게 하
고, 밥은 내가 맡는다. 병쾌와 다른 동무는 바둑이와 함께 수초가
들어찬 개굴창으로 바소쿠리 들고 고기잡이를 떠난다. 강가에 나
와 있던 마을 아이들이 새로운 구경거리란 듯 팔푼이와 내 주위로
몰려 이것저것 조심스런 질문을 던진다.

"너거들 일마, 머가 그래 궁금하노. 우린 말이다, 해적놀이를 하
고 있거덩. 칼 · 도끼 · 나무총 같은 무기도 가주고 있다. 우리는
진영 장바닥에서도 알아주는 쌈꾼이다. 저 뗏목 봤제? 저거 타고
바다까지 내리갈 끼다. 바다를 정복해야 진짜 왕국을 건설할 수
있거덩." 나는 내 또래 아이들에게 겁을 주며 의기양양하게 그들
의 호기심을 까뭉갠다.

우리 주위에 둘러선 아이들 예닐곱은 내 말이 무슨 소리인지 알

수 없다는 뜻한 표정이다. 읍내 장마당 주위에 사는 아이들은 장돌뱅이 내림을 받아서인지 눈치 빠르고 구변 좋아 촌아이들쯤은 가나 오나 걷어차이는 강아지쯤으로 취급했다.

"너거들 일마, 집에 가서 아무끼나 반찬거리 있으모 갖고 나온나." 팔푼이는 나무등걸에 등을 기대어 보란 듯 오징어를 질겅거리며 으름장을 놓는다.

내가 밥을 다 지어놓을 때쯤 바둑이를 앞세워 병쾌와 동무들이 돌아온다. 수확은 자잘한 붕어와 미꾸라지 몇 마리가 고작이다. 그것만으로 찌개를 끓이기가 뭣한데다 허기가 뱃속을 긁었으므로, 우리는 내장 훑어낸 붕어를 고추장에 찍어 뼈까지 씹어 먹는다. 다행히도 마을 아이들이 김치와 채나물을 가져다주어 아침보다 찬거리가 훨씬 많다.

"갑해 니가 밥을 더 잘하는구나. 내일 아침도 니가 밥해라."

병쾌 말에 나는 금방 밥 당번이 된다. 그의 말은 명령이 아니라도 따라야 한다.

우리가 밥을 먹을 동안 마을의 또래 댓 명이 우리 주위를 싸고앉아 마치 곡마단 패거리에 딸려온 원숭이 구경하듯 입맛 다셔가며 우리 식사를 지켜본다.

밥 먹기를 끝내자 우리는 나무 그늘에서 쉬다 떡을 감고 논다. 아직 해가 산등성이에 남아 있어 해가 진 뒤 뗏목을 타기로 한다. 그동안 팔푼이도 머리가 개운해졌는지 튜브를 타고 물장구를 친다. 팔푼이는 전염성이 강해 그가 징징 짜면 공연히 불안하고 그가 즐거워하면 내 기분도 좋다.

우리는 신갈이란 강변 동네에서 어둠이 올 때까지 시간을 보냈다. 그동안 마을 아이들과 동무가 되어, 우리가 뗏목을 타고 떠날 때는 그들이 진정 서운해하고 부러워하며 손을 흔들어 배웅해주었다.

우리는 다시 뗏목 위 여정에 몸을 맡겼다. 강변에 어스름이 내리자 바람도 시원하게 불어 한결 기분이 좋다. 팔푼이가 여린 목청으로 '따오기'를 부르고, 우리는 그 동요를 따라 한다. 노을빛 스러지는 강변의 갈대와 키 큰 버드나무가 마치 개선하는 우리를 마중 나온 호위병 같다.

구름 없는 하늘에 별이 촘촘히 돋아난다. 차츰 먹물 같은 어둠이 강변을 덮어온다. 어둠이 지척을 분간할 수 없게 뗏목을 휩싸자 우리는 차츰 말을 잃어갔다. 이야깃거리가 없는지 모두 자기 생각에 잠긴다. 침묵이 어둠처럼 뗏목 주위에 넓게 퍼질수록 유난히 크게 철썩이는 물소리와 검은 물색이 우리를 불안케 했다. 강 상류의 아련한 불빛을 뒤로하며 뗏목은 쉼없이 흘러간다. 정말 이렇게 흘러가다 갑자기 바다가 나서면 길을 잃을 것이다. 바다는 파도가 셀 텐데 뗏목 위로 파도가 넘쳐들면 우리 모두 바다에 빠지게 된다. 그런 생각을 하자 무섬기가 나를 압도한다. 밤의 무섬기야말로 우리가 뗏목 여행 계획을 세울 때 미처 예상하지 못했던 돌연한 불안이다. 어디에선가 밤새 우는 소리가 들린다. 바둑이가 멀찍이 서 있는 강변 버드나무를 보며 컹컹 짖고, 노를 젓는 병쾌를 빼고 서로는 어둠에 묻힌 동무들의 초췌한 표정을 더듬으며 숨소리조차 죽인다.

내 눈앞에 장마당 사람들 얼굴이 떠오른다. 모깃불을 피워놓고 가마니 펴고 앉아 우리들의 잠적에 대해 말을 나눌 마을 어른들의 쑥덕거림과, 우리 다섯 엄마와 마을 장정들이 홰를 밝혀 들고 이름을 외쳐 부르며 여래못이나 선달바우 뒷산을 헤맬 모습과, 그들의 찌그러진 주름을 타고 내릴 걱정스런 표정과 눈물이 겹쳐 떠오른다.

어느덧 내 눈에 눈물이 괸다. 우리는 언제 다시 고향땅을 밟게 될 것인가. 안경 낀 담임 선생님과 풍금 치는 여선생님, 분임이 누나와 분선이는 언제 만나게 될까. 모든 생각이 뒤죽박죽되고 강에서 올라오는 서늘한 기운과 싸한 강바람을 맞는 살갗에 소름이 돋는다. 나는 공허한 울음을 짖어대는 바둑이를 가슴에 안고, 여름밤에 가을비 맞듯 외로움에 몸을 떤다.

"병쾌야, 나는 내라도고. 나는 증말 집으로 갈란다. 내 호문차라도 집으로 돌아갈란다. 벼, 병쾌야……"

내 마음이 그렇듯, 드디어 팔푼이가 노를 쥐고 버티어 선 병쾌의 다리를 잡고 흐느낀다.

나는 팔푼이의 두려움에 찌든 엉절거림을 듣자 갑자기 무섬기가 온몸을 휩싼다. 나는 팔푼이 말에 용기를 얻는다.

"참말이다. 병쾌야, 인자 우리 고만 집에 가제이. 뗏목놀이도 많이 했으이께 끝낼 때도 됐고……"

"갑해 말이 맞데이. 이대로 내리가다 바다에 빠져 죽으모 우짜노. 그라모 우리는 다시 장터걸로 몬 가고 어무이도 몬 보게 될 끼라. 가실이 와도 핵교도 몬 가고." 장쇠도 낮은 소리로 사정한다.

"빙신 같은 자슥들, 울기는. 창자도 쓸개도 없는 새끼들. 증 그라모 가거라. 점복이하고 나는 이대로 계속 뗏목 타고 갈 테이께 너그들은 집구석으로 가뿌리라! 가서 천덕꾸레이 돼서 쫄쫄 굶으미 버썩 마른 개새끼맨쿠로 사람들 구박이나 받으미 살아라 말이다!" 병쾌가 외친다. 그가 우리에게 화를 내기는 뗏목을 만들기 시작한 뒤 처음이다.

"참말이다. 병쾌하고 나는 끝까지 간데이. 죽었으모 죽었지 부산 앞바다까지 가볼 끼다. 거게서 내리서 부산 시내, 높은 집 있고 뻔쩍뻔쩍 전등불 케진 시내로 들어가볼 끼라!" 점복이가 눈물을 닦으며 악을 쓴다.

점복이도 우는 꼴로 보아 무섬기를 타고 있음이 분명하다. 병쾌 말을 감히 거역할 수 없어 그는 억지고집을 부리고 있다. 그가 병쾌를 누구보다 따랐지만 그토록 세게 나올 줄은 예상 밖이다.

"봐라, 점복이 말 들어봐라. 사람은 한분 마음묵으모 우짜다 죽게 되더라도 그 묵은 마음이 안 빈해야 되는 기라. 공부 시간에 선상님이 그런 말 하는 거 들었지러? 남자는 용기를 가지야 하고, 절개가 굳어야 하고, 한분 맹세하모 절대로 그 맹세가 꺾이모 안 된다 카는 말 말이다."

병쾌는 노를 힘차게 젓는다. 병쾌의 목소리에 스민 꺾을 수 없는 강한 기운에 장쇠와 나는 그만 소침해진다. 팔푼이의 울음소리가 더욱 절절해진다.

"참말로 부끄럽지마는 나는 집에 갈란데이. 공부 몬한다고 선상님한테 맞아도 좋고, 배고파 장날에 살(쌀) 쌔비 묵으로 댕기도 좋다. 마 어무이한테 가서 살란다." 장쇠가 말한다. 장쇠의 목소리도

26

어느새 팔푼이처럼 울먹인다.

"증 그라모 니는 여게서 내릴래?" 병쾌가 노를 놓으며 장쇠 앞에 버티고 선다.

"……" 장쇠가 선뜻 대답을 못한다.

"오냐, 지발 나도 내리도고. 나도 마 내릴란다. 동상들 기다리는 집에 가, 갈란다." 팔푼이가 무릎을 꿇고 병쾌 앞에 손을 비비며 애원한다.

"그라모, 여게서 뛰내리라. 나는 겁쟁이다, 가시나 같은 겁쟁이다, 하고 세 분 큰소리로 말하고 뛰어내리거라. 헤엄쳐서 읍내로 가거라. 저리, 저쪽으로 무작정 걸으모 읍내 장터가 나올 낀께. 가시나보다 몬난 빙신, 씨레기 같은 늠들, 너그들하고 굳게 맹세한 내가 맹추였데이."

병쾌가 이빨을 간다. 그의 허탈한 목소리는 분명 우리를 용서해주는 너그러움, 그 너그러움을 안으로 삭이는 괴로움에 젖어 있다.

"나는 겁쟁이데이. 가시나보다 겁쟁이데이. 나는 겁쟁……"

장쇠가 물코를 훌쩍거리며 읊자, 팔푼이도 따라 읊는다. 장쇠는 그 말을 세 차례 읊기가 바쁘게 물로 뛰어든다. 나는 그 말을 읊지 않고, 병쾌에게 발목이라도 잡힐까봐 잽싸게 장쇠를 뒤따라 물에 뛰어든다. 가시나보다 못난 고추를 달고 있음이 부끄럽고, 그런 수치를 가려주는 어둠이 얼마나 고마운지 모른다. 나는 먼 훗날, 땅끝 어디에서 병쾌를 만날 때, 이 부끄러움 때문에 그를 피해 갈 수밖에 없다는 생각도 얼핏 든다. 내가 물에 뛰어들 때는 너무 부끄러워 죽고 싶도록 나 자신이 미웠다. 그러나 찬물이 온몸을 휘감자 어느덧 나는 살기로 작정한다. 열심히 두 팔을 허둥거리고 있음을 깨닫는다. 병쾌야, 나, 나를 지발 용서해도고, 이 개자슥을 용서해도고. 내가 속으로 외치며 헤엄칠 때, 헤엄을 못 치는 팔푼이가 그 머리에도 꾀는 있어 튜브를 안고 물에 뛰어든다.

발이 물밑 땅에 닿자, 그제서야 나는 돌아본다. 어슴푸레한 어둠 저쪽, 병쾌와 점복이가 뗏목에 서서 우리를 보고 있다. 우뚝 선 두 검은 그림자가 너무도 당당하다.

그길로 우리는 마을을 만날 적마다 길을 물어가며, 발바닥에 물집이 생기도록 걷고 걸었다. 그래서 거지와 다를 바 없는 꼬락서니로 읍내 장마당에 도착하기가 이튿날 석양 무렵이었다.

병쾌와 점복이의 파르족족한 시신은 그로부터 일주일 뒤 부산과 가까운 구포다리 부근에서 발견되었다. 둘의 엄마가 집 떠난 자식을 찾아 거기까지 갔던 것이다. 그곳 뱃사람들 말로는 뗏목은 없었고, 둘은 서로 놓지 않겠다는 듯 꼭 껴안고 있었다고 했다.

(『주간서울』 1974년 8월)

악 사 樂 士

악
사
樂
士

생활에 변화가 있으리란 기대는 끝내 조바심만 남긴 채 봉수를 저버렸다. 뜨겁던 해가 노염을 풀자, 여름은 끝났다. 아침저녁으로 가을이 시리게 밀려들었다. 봉수는 또 부질없이 떠나야 한다고, 떠날 수 있는 건더기가 될 만한 사건을 막연히 기다렸다. 사실 봉수는 여름내 구두닦이 노릇을 훌훌 털고 어디로든 떠나야 한다고 하루에도 몇 차례나 같은 말을 뇌었다. 열한 살 때 경부선 어느 간이역에 자기를 내버리고 달아난 어머니를 찾아 발길 닿는 대로 떠나고 싶은 마음이 간절했다. 올 여름은 풀죽 같은 꼴로 그냥 넘긴 셈이었다.

사층 건물 은하빌딩과, 그 빌딩 주위 몇 식당을 봉수는 슬리퍼를 들고 날마다 수십 차례 들랑거렸다. 다람쥐 쳇바퀴 돌듯 허구한 날 머리 숙여 구두만 보고 다니는 생활이 싫증났다. 그렇다고 겨우 터를 잡은 일거리를 걷어치우기엔 혈혈단신인 처지에 또 어떻게 입살이하며 떠돌아야 할지 막막했다. 까짓것 옛날처럼 구걸에서부터 연탄 배달, 이발소 세발, 여관이나 식당 심부름꾼 노릇을 한다면 못할 일도 아니지만, 그 일 역시 한곳에 매인데다 부리는 자 눈총 받긴 마찬가지였다. 구두닦이는 상납만 제때 잘하면 먹고 자는 건 걱정하지 않아도 되는, 이를테면 고삐 죄지 않는 느슨한 자유업이랄 수 있었다.

어차피 진흙탕만 밟고 살 팔자라도 이곳저곳 옮겨다닐 수 있는 뭐가 없을까 하고 궁리했으나 봉수의 그런 마음을 알아줄 계기는 좀체 찾아오지 않았다. 구두에 약 처바르고 침을 뱉어, 끓는 마음을 반들반들 윤나게 닦아내는 일로 삭일 수밖에 없었다.

그럴 즈음, 봉수는 추선생을 만났다. 추선생은 한마디로 거리의 예술가였다. 아니, 예술가라기보다는 소리를 팔아 호구를 연명하는 떠돌이에 불과했다.

가을을 재촉하며 진종일 부슬비가 내리던 날이었다. 봉수의 장사가 잘될 리 없었다. 시들하게 낮을 보내고, 어둠이 부슬비의 틈니를 비집고 번져오는 해거름녘이었다.

"어느 미친년이 이렇게 종일토록 질금질금 오줌을 갈겨." 동업의 살짝곰보가 부러진 앞니 사이로 침을 갈기며 말했다.

"마지막으로 한 바퀴 둘러볼까. 골빈 쪼다가 있을지 모르니깐." 봉수가 심드렁히 말하며 고무 슬리퍼를 들고 일어섰다.

봉수가 구두를 찾아 은하다방 이층 계단을 오를 때였다. 그는 계단 입구 귀퉁이에 쪼그려앉은, 쉰은 실히 넘긴 듯한 한 남자를 보았다. 똥 누는 자세로 엉덩이를 든 채 앉았던 그가 바로 추선생이었다.

추선생은 무심한 얼굴로 풀어져 내리는 빗줄기를 멍하니 바라보는 참이었다. 그는 세운 무릎에 거미발 같은 두 손을 힘없이 늘어뜨리고 있었다. 싸구려 남방셔츠에 염색한 검정 군복바지는 비에 젖어 그 몰골이 처량했다. 살빛은 꺼먼데다 누런 빛마저 띠어 병색이 완연했다. 누가 보더라도 행려병자로 간주할 수밖에 없는 모색이었다. 그러나 귀를 감고 넘어간 반백의 머리칼이나, 넓은 이마 아래 빼어난 콧날이 한시절 풍류의 멋을 은근히 풍겨주었다. 그 점은 그의 옆에 놓인 생김새가 특이한 트렁크 때문에 더 돋보였다. 봉수는 그 트렁크의 특이한 생김새를 보고 그게 바이올린을 담은 케이스임을 짐작했다.

한마디로 추선생은 거리의 악사였다. 안정된 가정생활을 포기하고 객줏집 술자리를 찾아 떠돈 그는, 노랫말 그대로 흘러간 유행가 같은 신세로, 구두닦이인 봉수보다 하나 나을 것 없는 처지였다. 그럼에도 추선생의 무심한 표정은 뒷골목 밥집·술집 거리의 저녁 풍경을 배경으로 그 어떤 쓸쓸한 분위기를 풍기고 있었다.

은하다방을 둘러보았으나 봉수 손에는 한 켤레의 구두도 들려지지 않았다. 그가 슬리퍼를 들고 계단을 내려올 때까지 추선생은 꼼짝 않고 그 자리에 쪼그리고 앉아 있었다. 자기 옆을 지나다니는 사람에게 아무 관심을 보이지 않는 그의 태도는 초연하기보다 탈진한 사람 같았다.

"봉수야, 나 먼저 꺼질 테니 라면집으로 와. 젠장헐 놈의 날씨허구는!" 살짝곰보가 은하빌딩 처마 밑에 선 봉수 쪽을 보고 소리쳤다. 그는 비를 피해 옆골목으로 사라졌다.

봉수는 마음이 켕겨 다시 추선생을 살펴보았다. 순간, 그는 저 사람이 혹시 아버지가 아닐까 하고 엉뚱한 생각을 하다 피식 웃고 말았다. 봉수는 나이 지긋한 사람을 볼 때마다 관심이 당기면 우선 그 사람이 아버지일는지 모른다고 생각하는 버릇이 있었다. 그러나 어디를 뜯어보아도 추선생을 아버지로 간주할 만한 특징은 없었다.

"저애 애비 말이우? 허유, 생각만 해도 지긋지긋한 새끼. 공사판 십장답게 작달막한 키에 어깨가 딱 바라진 차돌 같은 사내였다우. 허기사 젓가락 장단으로 술자리 분위기 잡는 데는 그런대로 멋이 있었이유. 그런데 내가 그놈에게 홀딱 빠졌으니 미쳤지. 집 뛰쳐나와 술집 갈보로 떨어진 신세에 뭐 그리 새삼스레 순정이 남았다구 살림까지 차렸는지 몰라. 저애 배어 배가 남산만헐 때, 글쎄 그놈이 줄행랑을 쳤지 뭐유. 기집 손찌검하기를 여름 보리타작하듯 한 그 개차반이, 내 참 기가 막혀, 월부 라디오 하나 들여놓았던 것꺼정 챙겨 토꼈으니……" 아홉 살 땐가, 어머니가 어느 사내 하나를 꿰차고 집에 와서 소주를 마시며 노닥거리던 말이었다. 봉수는 열일곱 살이 된 지금에 와서 그 시절을 회상할 때, 부모를 원망하고 싶은 마음은 없었다. 소태만큼 쓴 세월을 어린 몸으로 혼자 부대껴오는 동안, 봉수는 밑바닥 사람들이 꾸려가는 삶을 누구보다 낱낱이 보아왔다. 턱밑에 혹같이 붙어 성가시기 이를 데 없는 자식을 홀몸이라도 살려고 내다버렸겠거니 했다. 그러나 자식은 자라 반드시 제 핏줄을 찾아야 해. 봉수는 이렇게 꽤 넓은 도량을 깨달은 나이가 되었다.

추선생의 어디를 살펴도 공사판 십장다운 데라곤 없었다. 그제야 봉수는 계단을 오르며 그를 처음 보았을 때 느꼈던 어떤 분위기가 자기 가슴을 따뜻하게 데워옴을 깨달았다. 늙은 지게꾼을 라면집에서 만났을 때의 든든한 유대감과 비슷한 성질이었다. 늙은 지게꾼이 땀을 흘리며 국물 한 방울마저 그릇을 얼굴에 쓰듯하여 마실 때, 그가 안면 없는 남임에도 삶의 밑바닥을 훑고 있다는 유대감에 눈시울이 뜨거워지곤 했다.

추선생은 엉거주춤 일어섰다. 그는 바이올린 케이스를 가슴에 안고 빗속으로 태연히 나섰다. 활처럼 등을 굽히고, 서두르지 않는 느린 걸음이었다. 이미 몸의 기능이 녹슬어 폐품화되는 과정이듯, 그는 걷는다기보다는 차라리 내리는 빗줄기에 천천히 밀리고 있었다.

추선생은 봉수 일터에서 이십 미터쯤 위쪽에 있는 만나주점 주렴을 걷고 안으로 들어갔다. 봉수는 서둘러 구두통과 고무 슬리퍼 몇 짝을 챙겨들고 살짝곰보가 사라진 안쪽 골목이 아닌, 추선생이 들어간 만나주점으로 따라 들어갔다. 봉수는 마치 그 중늙은이에게 홀린 기분이었다.

"구두 닦슈!" 만나주점 안으로 들어서자 봉수가 소리쳤다. 멋쩍기도 했지만 손님이 아닌 입장에서 그런 소리라도 뱉어야만 구색이 맞았다.

"저 미친놈, 비 오는 밤에도 구두 닦는 얼간이 봤나?" 구석에 앉은 술꾼이 시큰둥 말을 받았다.

술청에는 그 손님 외에 세 패가 있었다. 봉수가 들어섰을 때, 추선생은 막 바이올린 케이스를 열던 참이었다.

그날 밤, 추선생은 꼭 열두 곳의 주점을 옮겨다니며 바이올린을 켰다. 그동안 봉수는 줄곧 그를 따라다녔다. 그는 술집 문 옆에 비켜서기도 하고 문 옆자리가 비었으면 앉기도 하며 추선생 연주를 듣기보다는 눈으로 구경했다. 봉수는 추선생 연주가 어느 수준인지 이해할 수 없었으나 연주하는 모습을 바라보는 것만으로도 즐거웠다.

총총히 늘어선 뒷거리 술집을 추선생이 이 잡듯 뒤져가며 들랑거릴 동안, 뒤를 부지런히 따라다닌 봉수 마음은 처음의 맹목적인 호기심에서 차츰 자신이 추선생 일부로 변신하는 착각에 빠졌다. 두 집째까지만 따라다니고 라면집으로 돌아가야지, 만나주점에서 그렇게 다짐했으나, 결국 세번째 술집까지 따라가게 되었고, 이어 네번째 술집에는, 그 술집 안에 들어섰을 때야 자기가 거기까지 따라왔음을 깨달았다. 왠지 배가 고프지 않았고 살짝곰보가 자기를 찾아다닐 것에 신경이 쓰이지 않았다. 그러는 동안 봉수는 추선생 바이올린 연주에서 거리의 싸구려 악사답지 않은 몇 가지 특징을 발견할 수 있었다. 우선 추선생은 술집 문을 열고 들어가서 주인장이나 손님들에게 그 알량한 인사라는 걸 하지 않았다. 추선생은 당연히 올 곳에 왔다는 태도로 바이올린 케이스부터 열었다. 술집 주인은 대부분 시답잖은 표정이었으나 나이에 걸맞은 의젓한 태도 때문인지, 비 맞은 꼬락서니가 불쌍해 보였던지 추선생을 검팔이 내쫓듯 내몰지 않았다. 추선생은 암코양이처럼 영악해 보이는 바이올린을 턱과 목 사이에 끼우고, 술집 안 어느 손님이라고 특정을 두지 않고 대뜸 연주부터 시작했다. 앙상한 왼손 긴 손가락으로 현을 더듬고 오른손은 덜덜 떨며 연주하는 꾸부정한 그의 자세는 음을 제대로 살리기 이미 때늦은 감이 없지 않았다. 그러나 표정만은 그 어느 연주가 못지않게 심오하고 경건했다. 추선생은, 내 연주를 들으려면 듣고, 듣지 않아도 좋고, 돈을 주지 않아도 그만이며, 한 곡 연주가 끝나고 앙코르가 없으면 그냥 갈 테니 부담감을 갖지 말라는, 아주 초연한 태도를 취했다. 그런데 추선생 연주 곡목이 문제였다. 그는 어떤 경우라도 유행가는 사양하겠다는 결벽증을 지니고 있었다. 그 점이 추선생을 거리의 악사답지 않게 해서 봉수에게는 못마땅했다. 기왕 술집 악사로 전락했다면 '목포의 눈물'이나 '이별의 소야곡' 정도여야 어울릴 텐데, 추선생은 그게 아니었다. 봉수로서는 이해하기 곤란한 곡만 골라 재미없게 켜대었다. 그게 고상하다는 것쯤 알지만, 술집 같은 데서 잘 먹혀들지 않는다는 건 손님들 표정만으로 대충 짐작할 수 있었다. 손님은 대개, 뭐야, 시끄럽게시리 하는 투였다. 어쩌다, 그것 참 오랜만에 듣는걸. 뭐 요즘 같은 세상에도 그런 곡을 알아주나, 하듯 눈을 번쩍 뜨는 치도 없지는 않았다. "타향살이, 그거나 한 곡 켜지 그래. 비도 오는데 말이야." 이러는 중년 패나, "거, 젊은 애들 노래 있잖소? 그런 게 신날 텐데" 하고 주문하는 젊은 패가 고작이었다. 추선생은 술꾼들의 그런 주문을 묵살했는데, 그 묵살 방법은 귀가 먹은 듯 내색하지 않는 표정에 있었다.

추선생이 봉수를 알아보기는 다섯번째 술집에서 나왔을 때였다.

밤눈이 어두운지 불안한 걸음을 내딛다 추선생은 갑자기 뒤따르는 봉수를 돌아보며 불쑥 물었다.

"보자 하니 말이야, 넌 왜 나를 따라데니지?"

"그냥요, 소리가 듣기 좋아서요."

"그래? 겨우 네가 나를 알아주누만. 허지만 넌 어데까디 날 쫓아데닐 작정인 거지?"

추선생 어투에는 평안도 억양이 섞여 있었다. 봉수는, 이 중늙은이가 육이오 전후 남으로 피난 내려온 삼팔따라지임을 알아차렸다.

"어디까지라뇨? 그냥 끝까지죠."

"너 혹시 잘 곳두 없는 아해 아냐?"

"온 천지가 제집인데 어디 잘 곳이 따로 있나요." 봉수는 히죽 웃으며 농으로 말을 받곤, 정색하여 물었다. "아저씬 고향이 이북이시죠? 게다가 밤눈까지 심히 어둔 것 같군요. 제가 보살펴드리면 안 될까요?"

"고향이 니북인 것하구 밤눈하군 무슨 관계가 있디?" 추선생은 멀건 눈동자를 크게 뜨고 물었다.

"제가 잘못 말했군요. 왠지 그저 도와드리고 싶어서요. 전 아버지가 없거든요."

순간, 봉수는 이 사람이 혹 간첩일지 모른다는 생각이 들었다. 정말 그가 허술한 차림으로 바보 같은 행세를 하며 이곳저곳을 기웃거려 기밀을 탐지하는 간첩이라면 봉수는 큰돈을 벌 수도 있었다.

"넌 아무래도 날 미행허구 있구먼?" 추선생은 한 발 물러서며 떨리는 목소리로 물었다.

봉수는 그의 찌든 얼굴에 스치는 두려움을 음식점 유리문에서 번진 불빛을 통해 똑똑히 볼 수 있었다. 그의 우묵하게 꺼진 퀭한 눈, 젖은 작업복 위로 비어져나온 긴 목, 앙상한 좁은 어깨가 봉수 눈에 너무 참담하게 보였다. 그는 생각을 고쳤다. 사람을 그런 식으로 의심함이 얼마나 악랄한가쯤 그도 알고 있었다.

"정말 그런 게 아니에요. 눈이 어두운 것 같아 아저씨를 보살펴드릴까 하고요. 또 바이올린 소리도 왠지 듣기 좋고……"

봉수 말에 그제서야 추선생은 긴장을 풀었다.

"그럴 필요까디 없어. 하두 독주를 많게 마셔 이젠 눈두 가나봐. 장님이 되더라두 어차피 살 때까디 살아야 하는디 그러자면 어둔 길두 익숙해뎌야갔디……"

추선생은 말을 마치자, 봉수가 아직 못 미더워선지, 아니면 자신의 수치를 감추기 위함인지 허둥지둥 건너편 술집으로 들어가 버렸다.

추선생이 그 술집에서 바이올린을 켤 때, 마침 방에서 술을 마시던 한 패가 그를 초대했다. 추선생이 신을 벗고 들어가자, 홀 입구에 멀뚱히 서 있는 봉수를 보고 주모가 물었다.

"넌 뭐니?"

"아주머니가 보시다시피." 봉수는 구두통을 들어 보였다. "그러나 전 저분 눈이 어두워 모시고 다니는걸요."

방에서는 작부들의 깔깔대는 웃음이 터지고, 이어 '메기의 추억'이 바이올린 선율에 실려 흘러나왔다. 봉수는 작부들의 웃음소리를 듣자 슬그머니 밖으로 나와 추선생을 기다렸다.

봉수는 비를 맞으며 하늘을 올려다보았다. 문득 어머니가 떠올랐다. 어머니는 늙어 이젠 작부질도 못할 게고, 어느 뒷거리에서 어둠을 훑고 있겠거니 여겨졌다. 아침이면 양치질하다 꿱꿱 헛구역질을 하던 어머니도 술 때문에 눈이 어두워졌을까. 화장하여 곱던 어머니 얼굴도 이제 마흔을 넘겼으니 닦아도 광 안 나는 구두처럼 쭈그러졌을 거야. 어쩜 어머니를 만난다 해도 내가 알아보기 힘들 거야. 봉수는 속옷마저 젖어 추위에 떨며 그런 생각을 했다.

봉수는 빵과자를 사서 베어먹었다. 그는 갑자기 한 가지 생각이 떠올라 먹던 빵과자를 땅에 떨어뜨렸다. 그렇다, 저 아저씨를 따라가자. 내가 저분 지팡이가 되어 어디로든 떠나자. 어머니를 찾아서 발길 닿는 대로 이 가을과 함께 어디로든 떠나버리자. 이렇게 생각하자, 봉수의 눈앞에 하월곡동 개천변 판자촌이 떠올랐다. 구두닦이 합숙소가 그의 눈앞에서 멀리로 달아났다. 그가 지금 돌아가야 할 유일한 거처인데도 그 판잣집은 어릴 적 시골역 기차처럼 그의 시야 밖으로 사라졌다. 변소에 갔다 오겠다고 자기를 속이곤 줄행랑쳐버린 어머니를 무작정 기다리며 간이역에서 언제까지나 오두마니 서 있던 어릴 적 자신과 같은 꼴로 바이올린을 든 추선생의 구부정한 모습이 개천변 합숙소 대신 그를 맞았다.

운명적인 어떤 계시라도 받은 듯, 그날 밤부터 봉수는 추선생의 그림자가 되었다.

개봉동 끝 변두리, 난민촌 단칸 사글세방에 봉수가 끼어들어 추선생과 같이 살게 되기는 그날 밤부터였다. 그 동네는 청계천 복

개공사로 밀려난 철거민들이 무허가로 집을 지어 생존의 아귀다툼을 벌이는 빈촌이었다. 부근에는 밭들이 질펀하게 널렸고, 그 밭을 야금야금 파먹으며 신흥주택이 연방 들어서고 있었다. 난민촌은 활기를 띠었다. 남정네는 꼭두새벽부터 손수레를 끌고 시내로 들어갔다. 채소나 과일을 싸게 받아 서울 골목골목을 누비며 팔았다. 양은이나 플라스틱 부엌 도구를 손수레에 싣고 나서는 장사꾼도 있었다. 여편네들은 주택 건설 현장에서 날품을 팔거나 미장이나 목수를 상대로 막국수·막걸리 따위의 먹을거리를 파는 데 열을 올렸다.

추선생이 사는 블록집은 대지 십오 평에 햇볕 쬘 마당조차 없었으나 방은 무려 다섯 개나 되었고, 판자를 붙여 막은 간이 부엌이 세 개나 있었다. 싸구려 내의나 스웨터를 등짐 지고 시골 구석구석을 누비는 도부장수 주인네가 방 한 칸, 가발공장 여공 둘이 자취하는 방 한 칸, 밤이면 술집에 나가는 색시가 방 한 칸, 엿장수 내외가 사는 방, 그리고 추선생이 거처하는 골방, 그렇게 다섯 세대가 복작거리며 살았다.

추선생 방은 허리조차 제대로 펴기 어렵게 천장이 낮았고, 크기 또한 두 평 남짓했다. 지난달 장마통에 비가 새어 신문지 벽이 얼룩진 그 방은 북쪽으로 손수건만한 창이 있었다. 가구라곤 악보 나부랭이가 들어 있는 라면상자 하나와, 옷가지 몇 벌을 넣은 낡은 가방, 누더기가 된 캐시미어 이불 한 벌, 그리고 바이올린 연주 때 사용하는 녹슨 철제 악보대뿐이었다. 그게 독신 생활을 해온 추선생 재산의 전부였다.

추선생은 잠이 없었다. 신체 중 정상으로 움직이는 장기가 별로 없기도 했지만, 신경성 불면증 때문에 서너 시간 눈을 붙이는 게 고작이었다. 그 시간마저 악몽으로 보내는지 밤새 헛소리와 신음을 쏟아냈다.

"아니웨다, 난 아니래두! 난 니북서 내래왔디만 그런 사람이 아니웨다. 여보슈, 날 살려줘…… 오늘 밤 잠든 채루 그냥 죽을 테니 날 깨디 않게 해달라구……" 하고 횡설수설하다, "여보, 부모님 모시구 고생 많디? 난 니남서 죽어두 당신은 새끼들 데리구 거기서 잘살라구…… 죽어두 내 반다시 좋은 곡 켜서 당신 잠결에 들려줄 테니 이 무정헌 남편 잊구 잘살라구……" 하며 하소연을 해댔다.

봉수가 잠결에 그 소리를 듣고 눈을 뜨면 추선생 몸은 식은땀에 젖어 있었다.

아침 여섯시쯤이면 추선생은 언제나 봉수보다 먼저 깨어 있었다. 추선생은 반듯이 누운 채 천장을 멍하니 보며 담배를 태우는 참이었다. 무슨 생각이 그리도 깊은지, 아니면 생각을 놓은 멍한 상태인지 몰라도 추선생은 오랫동안 연기를 날리며, 그 연기가 뚫어진 북쪽 창 틈으로 사라지는 것을 흐린 눈길로 보고 있었다. 북쪽으로 뚫린 그 창은 추선생이 바이올린 다음으로 가장 사랑하는 환기창이기도 했다. 추선생은 그 창을 통해 두고 온 북쪽 가족을 생각하는지 몰랐다. 봉수는 그런 추선생을 볼 때, 어젯밤 그 헛소리가 거짓말 같았다. 오히려 자기가 악몽에 시달리며 헛소리를 늘어놓다 잠에서 깨지 않았나 착각할 정도였다. 봉수는 소변을 볼 겸 슬그머니 자리에서 빠져나와 수채에 오줌 누곤 구두통을 들고 골목길을 내달았다.

고압선 철탑이 줄지어 서 있는 야트막한 언덕을 넘으면 난민촌과 아주 다른 세상이 있었다. 단지가 조성되어 새로 지어진 백여호 신흥주택이 정연하게 늘어서 있었다. 아침노을을 가르고 밝게 솟는 태양 아래 잠을 깨는 새 동네, 그 양옥들을 언덕 위에서 내려다보면 봉수는 공연히 콧마루가 찡해오곤 했다. 자녀 둘로 생산을 끝내고 오손도손 깨웃음 쏟으며 사는 핵가족의 단란한 행복이 봉수 눈에 선히 보였다. 봉수의 어린 시절은 불행했다. 따뜻한 가정생활을 경험해보지 못한 그에게 떠오르는 추억이라곤, 어릴 적 저 동해안 강구 앞바다의 물결 소리뿐이었다. 해거름녘이면 어머니는 빨간 입술에 화장한 얼굴로 어시장 술집으로 나가곤 했다. 봉수는 혼자 남은 무섬기에 소리 죽여 울다 어떻게 잠이 들었다 눈을 뜨면, 어느새 돌아왔는지 술 취한 어머니가 코를 골고 있었다. 어떤 날은 숫제 밖에서 자고 새벽에 돌아오기도 했다. 소피 보러 밖으로 나오면, 멀리서 암벽을 치는 파도 소리가 들려왔다. 어둠 저 멀리에서 단애를 뜯으며 울부짖는 파도가 어린 봉수 마음을 멍이 들도록 후려쳤다. 거기에서 초등학교 이학년까지 다니다 어머니와 함께 포항으로 나왔지만, 그의 기억에는 늘 강구의 밤 파도소리가 남아, 메마른 추억을 불러왔다.

"신 따앗, 구두 따앗슈!"

봉수는 신흥주택가의 골목길을 누비며 고함을 뿌리고 다녔다. 그렇게 해서 시간 반을 휘지르고 다니면 예닐곱 켤레 정도의 구두를 닦을 수 있었다. 집집마다 대문이 열리고 넥타이 맨 삼십 중반 사무원들이 아내의 배웅을 받으며 출근을 서두를 때쯤이면, 봉수도 집으로 걸음을 돌렸다.

아침 걸이로 번 이백여 원 동전을 짤랑거리며 집으로 돌아오면, 그새 추선생은 자리를 털고 일어나 있었다. 북으로 난 창문을 활짝 열어놓고, 낡은 악보 한 권을 악보대에 올려선 악보를 읽으며 예의 바이올린을 켜고 있었다. 무슨 곡인지 봉수는 알 수 없었고, 그저 맑고 화려한 소리로만 들렸다. 추선생이 바이올린 켜는 모습을 봉수는 한 사람의 청중이 되어 구경하기를 좋아했다. 비틀어 꼰 목과 마른 어깻죽지 사이에 바이올린을 끼우고 연주하는 추선생은 무대에 선 바이올리니스트처럼 표정과 자세가 진지했다. 그러나 얼마 못 가 얼굴이 피로에 질리고 숨이 가빠 연주를 중단할 수밖에 없었다.

"선생님, 라디오나 텔레비전 같은 데 한번 나가보시죠?"

"……"

"멋쟁이 가수들 있잖아요, 그 사람들 인기도 끌고 자가용 타고 다니잖아요."

"……"

"음악이면 다 같은 음악인데 선생님은 뭐예요? 아니, 선생님 음악이 훨씬 고상한데, 그렇잖아요? 선생님도 돈 벌 수 있어요. 좆 같은 새끼들처럼 땅땅거리고 살 수 있다구요."

봉수의 이런 충고를 추선생은 귀 밖으로 흘려들었다. 대답할 가치조차 없는 말 같잖은 소리거나, 할말이 있어도 말을 하지 못할 처지거나, 둘 중 어느 경우에 해당되는지 봉수는 알 수 없었다.

"선생님, 그 바이올린 소리 휴전선 넘어 이북까지 들리라고 창문을 열어놓는 거죠?"

"……"

"이북에 계신 사모님과 자녀분을 생각하며 그분들 들으라고 연주하시는 것 맞죠?"

"……"

봉수는 추선생 과거가 궁금했다. 그러나 추선생은 한 차례도 자신의 과거를 털어놓지 않았다. 한다는 소리가, 나두 인생 종점에 당도했디 하는 죽음 타령이 고작이었다.

"봉수야, 난 말이디, 내 목숨이 얼마 남디 않았다구. 난 그걸 알디. 이러다 그냥 죽을 걸 내 다 알구 있어. 아침마다 이렇게 바이올린 연습이나 하다 죽으면 그뿐이야…… 깜빡 잊었군. 아침이나 먹으러 가자구."

시내로 나가는 난민촌 어귀에 있는 해장국집은 통행금지가 해제되기 전부터 따문따문 손님이 있었다. 새벽에 일터로 나가는 손수레꾼들이 육십 원 균일 해장국으로 시장기를 때우기 때문이었다. 그 해장국집에서 추선생과 봉수는 아홉시가 넘어서야 아침을 겸한 점심 요기를 했다. 봉수는 곱빼기 해장국밥 한 그릇을 너끈히 비워냈으나, 추선생은 국만 시켜 그것도 반 그릇쯤 마시는 게 고작이었다. 그 대신 추선생은 반드시 해장술로 소주 반 병을 마셨고, 그때부터 밤이 될 때까지 늘 얼근한 상태를 유지하려 짬짬이 술을 마셔댔다. 추선생이 술에서 깨어 있기는 삼사십 분쯤 정력적으로 연주하는 아침나절뿐이었다.

해장국집에서 나오면 봉수는 구두통을 들고 시내로 나갔다. 그가 전에 다녔던 일터인 청량리 옆 오팔팔 부근 골목은 멀기도 했지만 가서는 안 되는 지역이었다. 만약 그쪽으로 나갔다 꼰대나 팥도 형에게 잡히면 병신 되기 직전까지 얻어터지고 며칠 동안 감금당할 게 뻔했다. 그는 주로 영등포 일대 주택지를 돌며 구두를 닦았다.

봉수는 구두통을 메고 이집 저집 기웃거리며 혹 식모살이라도 하고 있을지 모르는 어머니를 찾았으나 그 해후가 쉬울 리 없었다. 오히려 그곳을 터삼은 구두닦이에게 남의 구역을 침범했다고 번 돈을 뺏기거나 손찌검당하기 일쑤였다. 그러나 벌이는 줄잡아 하루 칠백 원꼴은 되어 청량리역 시절과 달리 몇 푼씩 돈을 모을 수 있었다. 저녁 다섯시만 되면 집으로 돌아왔다. 추선생을 모시고 어디든 술집 거리로 나서야 했기 때문이었다.

구월 하순이 되자, 봉수가 개봉동에서 추선생과 같이 살기도 한 달이 가까웠다. 낮은 짧아지고, 하늘은 푸르름을 더해갔다.

가을이 깊으면 어김없이 추석 명절이 찾아왔다. 하늘 맑고 바람 시원한 좋은 가을 날씨였다. 난민촌 동네 아이들도 모처럼 새 옷 입고 쌀밥에 고기반찬을 먹어 한껏 기분이 부풀었다. 그날 낮, 추선생과 봉수는 신흥주택이 내려다보이는 언덕에 앉아 있었다. 두 사람은 제사를 지내러 갈 고향도, 성묘를 갈 곳도 없었다.

"선생님, 선생님 고향에서도 오늘은 명절이라고 즐겁게 놀겠죠?" 오랜 침묵 끝에 봉수가 말을 꺼냈다.

술이 찬 소주잔을 든 추선생은 무심한 얼굴로 봉수를 보았다. 소주잔 든 그의 손이 풍맞은 사람처럼 떨렸다.

"그래, 이렇게 명덜이면 더 슬퍼디는 사람두 많았다."

"선생님, 사모님은 어떤 분이셨나요? 선생님 자녀들도 이젠 많이 컸겠지요? 저만한 아들도 있을 테고……"

봉수 말에 추선생은 대답하지 않았다. 단숨에 잔을 비우자 북쪽으로 밀려가는 구름만 바라보았다. 어디서 날아왔는지 고추잠자리 한 마리가 화살나무 끝에 앉았다. 그놈은 팽팽한 긴장을 발끝에 모으고 정물처럼 쉬고 있었다.

"이북에 계시는 가족을 못 잊어서 재혼 안하셨나요?" 그날따라 봉수는 왠지 추선생의 아픈 곳을 건드리고 싶었다.

추선생은 잔을 놓자 눈길이 머문 거기, 아무렇게나 피어 있는 싸리꽃을 줄기째 꺾었다. 튀밥보다 부드러운 흰 싸리꽃이 추선생의 손가락에 끼워져 맴을 돌았다.

"다 부딜없는 짓이디. 모든 거이 연기 같구 바람 같아. 내 소망은 아무런 뜻이 없어. 이 들꽃처럼 마티구 마는 인생이야."

봉수는 추선생 말을 이해할 수 없었다. 애꿎게 뜯어 쥔 풀을 고추잠자리에게 던졌다. 고추잠자리가 놀라 날아갔다.

"소망에 뜻이 없다니요? 선생님은 훌륭한 재주를 지녔으니 용기를 내세요."

"그만 해두라구. 난 아무 쓸모없는 사람이래두."

추선생은 자리에서 일어나 봉수를 둔 채 꾸부정히 난민촌으로 걸음을 옮겼다. 봉수 말에 자존심이 꺾였는지, 아니면 더 질문을 받고 싶지 않은지 몰랐다.

봉수가 추선생 과거를 알게 되기는 며칠 뒤였다. 기대하지도 않았는데, 뜻밖이었다.

오후 여섯시쯤, 추선생과 봉수는 술집 거리를 찾아 출근에 나서려던 참이었다. 스포츠형 머리에 점퍼를 입은 서른 중반의 남자가 추선생을 찾아왔다. 그는 납작대문 안으로 들어서자 혼잣말로, 집 찾기가 무척 힘들다고 투덜거렸다. 마침 엿장수 처가 문 앞 수채에서 밀가루 반죽을 으깨고 있었다.

"추정문 씨라구, 이 집에 살지요?" 낯선 사내가 물었다.

쪽마루에 걸터앉아 추선생이 방에서 나오기를 기다리던 봉수는 남자의 군청색 바지와 단화를 보자 그가 수사 계통에 근무함을 단박 알아차렸다. 마장동 시외버스 정류장 부근 사창가에서 펨프 노릇을 할 때, 그런 사람들과 접촉 기회가 있었다.

"뭘 하는 사람인데요?" 엿장수 처가 머리를 갸우뚱하며 물었다.

"깽깽이꾼인데, 나이 지긋하구, 그런 떠돌이가 있을 텐데요?"

나는 그가 누구를 찾는지 알면서도 잠자코 있었다. 엿장수 처는, 추씨 말이군 하며 턱짓으로 봉수 쪽을 가리켰다. 그네는 주정뱅이 깽깽이꾼한테도 찾아오는 손님이 있군, 하듯 방문자 뒷모습에 잠시 눈을 주었다. 방에 있던 추선생이 바깥 말을 듣고 문을 열었다. 낯선 남자를 본 추선생의 얼굴이 일그러졌다.

"저 시흥경찰서 정보과 김경삽니다." 사내는 수첩을 꺼내어 추선생에게 펴보였다.

"무슨 볼일이우?"

"용건이 있으니 힘들게 찾아온 거 아니겠소. 방에 들어가서 얘기합시다."

형사는 추선생 말을 너그럽게 받으며 신부터 벗었다. 추선생은 허리 굽혀 다시 방으로 들어갔다. 형사가 들어가자, 방문이 닫혔다. 봉수는 문 가까이에 귀를 대고 안의 동정을 엿들었다.

"추씨, 언제 이사 오셨소?"

"지난 봄이니까는, 육 개월 됐겠수다."

"이사 오셨으면 우리한테 신고부터 해야지요."

"주민등록을 이쪽 동회루 옮겠으면 됐디, 내레 신고까디 해야 될 의무는 없디 않수?"

"그야 추씨 말씀이 맞지요. 그러나 우리 관할로 온 이상 우리도 추씨를 뵙고 수인사를 해야 된단 말입니다. 추석 전, 그러니까 일 주일 전에서야 저쪽 서에서 전화가 왔더군요. 저쪽 말이, 추씨 사는 데를 방문해보니 어느새 이사 갔더라고."

"그게 나하구 무슨 상관입네까? 당신네들이 날 물건처럼 인계하든 말든."

"너무 역정 내지 마시오. 참, 지금은 뭘 하고 지내나요?"

"보다시피, 출감 후 술집으루 떠돌구 있수. 지금 막 나가레던 참이웨다."

"일정한 직업, 그런 떳떳한 직업이 없을까요? 추씨에겐 무직이 여러 점으로 이롭지 못한데 말입니다."

"아는 말을 왜 묻수? 누가 날 써준답데까."

"그러고 보니 안색이 아주 좋잖군요. 중병이라도 앓고 있나요?"

"한 군데두 성한 곳이 있어야디. 눈두, 폐두, 위장두, 간두, 신경두 이젠 제가끔 놀구 있는 판이웨다. 모진 목숨이라 용케 숨은 못 꺾구 있을 따름이디."

"그건 그렇고, 제가 담당인 이상 어차피 추씨 카드를 비치해둬야 하니, 다 알구 있지만 몇 가지 묻겠소."

형사는 추선생 본적부터 과거 경력을 묻기 시작했다.

추선생은 평양시가 고향으로 대지주 아들로 태어났다. 일본 우에노 음악학교를 졸업하고 해방 전 평양에서 두 차례 바이올린 독주회까지 가진, 한때 그쪽 지방에서는 이름이 난 바이올리니스트였다. 피아노 전공의 부인과 도쿄에서 만나 결혼했는데, 슬하에는 일남이녀를 두었다. 해방이 되자, 지주였던 부친이 재산을 몰수당했고, 추선생은 명 연주자가 되겠다는 꿈을 공산 치하에서 달성하기 힘듦을 깨달았다. 미국이나 유럽으로 유학 가서 연주 공부를 더 하고 싶은 마음이 간절했다. 전쟁이 터지고 국군이 평양을 점령하자, 그는 월남을 결심했다. 마침 처가 낙상하여 허리병을 앓고 있어 가족은 뒤따라 떠나기로 하고 혼자 먼저 길을 나선 게 가족과 다시 만날 수 없는 이별이 되고 만 셈이었다. 추선생은 부산까지 흘러갔다. 실업자로 광복동 거리를 하릴없이 헤매는 신세가 되었다. 다행히 부산 어느 중학교 음악선생 자리를 얻어 입살게는 되었으나, 자나깨나 꿈은 북에 두고 온 가족을 만나야 한다는 일념과 해외 유학밖에 없었다. 휴전이 되고 몇 달이 지난 어느 날, 추선생은 뜻밖에 평양에서 같이 중학교를 다닌 친구의 방문을 받았다. 그는 거제도 포로수용소에서 반공포로로 석방되었다고 했다.

어떻게 식료품 도매업에 손을 댄 게 성공하여 지금은 꽤 돈을 벌었다고 자랑을 늘어놓았다. 친구는 같은 삼팔따라지로 고향 동무라며, 당시 전후 혼란 속에 어려움을 겪던 추선생에게 도움을 베풀기 시작했다. 친구는 부산서 일 회, 서울서 일 회, 추선생이 바이올린 독주회를 열 때 금전적인 뒷바라지까지 해주었다. 미국 유학도 주선하겠다고 약속했다. 추선생은 연주가로서 성공할 수 있는 길이 열린다는 기대로 가슴이 부풀었다. 그즈음에 와서야 친구는 자신이 밀파된 간첩이라고 실토했다. 추선생을 미국으로 보내어 그곳에 지하조직 거점을 확보할 목적으로 접선했다는 것이다. 추선생은 경찰 신고를 두고 이러지도 저러지도 못하는 괴로움으로 우유부단하게 달반을 보내던 중, 친구와 함께 체포되고 말았다. 친구는 무기징역 형을, 추선생은 십오 년 형 선고를 받았다. 추선생이 모범수 감형으로 십이 년 복역 생활을 마치고 나오자, 그동안 세상이 많이 변해 있었다. 휴전선 장벽은 높아졌고 통일의 희망이 아주 멀어졌음을 알았다. 추선생은 북의 가족을 만나기에 가망이 없음을 깨달았다. 그는 남한을 떠나기로 했다. 지난날 유학의 꿈이 다시 살아났다. 그러나 추선생은 합법적으로 해외 여행을 할 수 있는 신분이 아니었다. 우선 일본에 건너가서 모교 선생과 동창생들에게 도움을 청해볼 생각으로 밀항선을 탔다. 그러나 그길마저 운이 나빴다. 추선생은 일본 상륙 직전 해안경비정에 체포되어 그곳 수용소 생활을 거쳐 한국으로 송환되었다. 추선생이 다시 오 년 복역 생활을 하고 풀려나온 게 삼 년 전이었다.

"······난 니북에 있기 싫어 월남한 사람이웨다. 그 점은 법정에

서두 복역 중에두 누우이 강조해왔수. 그저 내 꿈은 외국에 나가 좀더 음악 공부를 하구 싶다는 것이었는데, 결국 모든 기회를 망틴 것이웨다. 김형사, 이제 난 정말 숨어 살다 그냥 조용히 죽구 싶은 마음뿐이우. 당신네들이 또 이렇게 괴롭힌다면 다시 방을 옮길 수밖에요. 그렇게 흘러댕기다 죽으면 다니까니……"

"추씨, 왜 우리가 추씨를 괴롭힙니까. 나도 그렇게 나쁜 놈 아니오. 추씨가 선량한 민주시민으로 살고 있는지 지켜보고 보호해줄 임무가 있을 따름이지. 저도 병들고 늙은 추씨 감시자가 되고 싶진 않단 말이오. 설령 추씨가 위험한 생각을 품고 있다 하더라도, 이제 와서 뭘 어떻게 하겠어요. 이미 몸이 말을 듣지 않을 텐데, 그렇잖아요?"

"날 그냥 모른 체 놓아둬주우. 내 전생에 지은 죄가 얼마나 무거운디 모르갔소만, 지금 이 꼴이 되어 달게 받구 있디 않수. 김형사, 나는 이제 티끌입네다. 있듯 없듯 사라지는 티끌일 따름이우. 내 가족을 만날 수 없고, 내 희망마저 꺾인 마당에 내게 남은 건 오딕 죽음뿐이웨다. 내 나이 오십을 넘긴 몸 아니갔소. 난 날마다 태어나디 않은 상태루 날 데레가달라구 하느님께 빌구 있을 따름이우. 김형사, 가주시우. 어서 가시우!" 추선생은 끝내 고함을 질렀다.

봉수는 방으로 달려들어갔다.

그날, 추선생과 봉수는 술집 거리로 나가지 않았다. 형사가 돌아간 뒤까지 추선생은 좀체 화가 가라앉지 않는지 좁은 방안을 서성거렸다.

"봉수야, 소주 한 병 사와라. 큰 놈으루." 추선생은 주저앉아 벽에 등을 기대며 말했다.

그날 밤, 추선생은 사 홉들이 소주 한 병을 다 비워냈다. 그동안 봉수는 방 귀퉁이에 쪼그려앉아 괴롭게 술을 마시는 추선생을 지켜보고 있었다. 봉수는 술을 그만 드시라는 말도, 다른 어떤 말도 하지 않았다. 추선생의 과거를 알고 난 봉수는, 이제 확고부동한 그의 편이 되어 그 괴로움을 마음속으로 같이 겪었다.

밤 열시경, 추선생이 마지막 술잔을 놓더니 그대로 쓰러져 잠에 떨어졌다.

"유학은 핑계구, 내 오딕 꿈은…… 버얼써 깨졌다…… 허사야. 세상만사 다 허사야……" 추선생이 숨넘어가는 소리로 중얼거렸다.

봉수는 수수깡처럼 가벼운 추선생을 반듯이 눕히고 누더기가 된 캐시미어 이불을 덮어주었다.

이튿날 아침, 봉수가 신흥주택촌을 돌며 구두를 닦고 왔을 때까지 추선생은 잠을 자고 있었다. 악몽에 시달리는지 연방 땀을 흘리며 헛소리를 해댔다. 봉수는 의사를 부를까 하다, 하루이틀 들은 헛소리가 아니었기에 그만두고 말았다.

추선생이 눈을 뜨는 그날 저녁 무렵이었다. 봉수가 건위제와 드링크제 한 병을 사왔으나, 추선생은 먹지 않았다. 죽을 끓여주어도 먹지 못했다. 그의 위장이 물 한 모금조차 수용할 능력을 잃고 말았는지, 아니면 스스로 구차스런 생을 끝내려는지 몰랐다.

"뵈딜 않는구나, 희미하게, 이렇게 안개가…… 봉수야, 이제 네 얼굴마저 사라디는구나."

추선생이 이렇게 말하기는 이튿날 새벽이었다. 봉수가 더 지체

할 수 없어 신흥주택촌 입구 버스 종점에 있는 내과병원의 의사를 모셔왔을 때, 이미 추선생은 숨을 죽인 채 잠자듯 눈을 감고 있었다. 의사는 한 가지 기능이 마비되어도 사망에 이르기에 족한데 이토록 완벽하게 모든 기능이 일시에 정지해버릴 수는 없다며 혀를 내둘렀다.

"오늘을 넘기기 어렵겠는걸. 숨을 거두면 병원으로 와. 사망진단서를 떼어줄 테니."

의사는 주사 한 대만 놓곤 왕진가방을 들고 돌아갔다. 그로부터 두 시간을 못 넘겨 추선생은 숨을 거두었다. 추선생은 숨을 거두고야 구김 없이 활짝 펴진 얼굴에 살풋 눈을 감고 있었다. 드디어 신이 그에게 화평을 허락한 것이다. 모든 구속이 그로부터 떠나고, 영원한 자유가 이제 그의 육신마저 풀어놓았다.

추선생의 임종을 지킨 사람은 봉수와 주인 여편네와 엿장수 처뿐이었다.

"어머머, 이렇게, 이렇게 죽나봐." 엿장수 처가 사색이 되어 추선생으로부터 멀찍이 물러앉았다.

"가난하다 해도 이런 알거지는 처음 봤어. 어떻게 동사무소에라도 알려 시체를 치워야지" 하곤, 주인 여편네는 밖으로 나갔다.

봉수는 울음도 나오지 않았다. 문득 그는, 마치 추선생의 사망을 확인하기 위하여 이 개봉동 난민촌에 끼어 살게 된 것 같은 착각에 빠졌다. 어두운 술집 골목을 안내하던 때처럼 봉수는 마지막으로 추선생의 앙상한 손을 잡았다. 뼈마디만 잡히는 손은 이미 싸늘하게 식어 있었다.

봉수는 추선생으로부터 눈을 거두고 북쪽 창으로 눈을 옮겼다. 거기, 파아란 하늘 한 조각이 칼로 도려낸 듯 걸려 있었고, 그 하늘로 무엇인가 스며 없어지는 것을 봉수는 느낄 수 있었다. 한 사람의 영혼이 꺾인 싸리꽃 씨앗이듯, 아침마다 두고 온 가족이 들으라고 켜던 바이올린 선율에 실려 북녘 고향으로 날아가는 것을. 보이지 않는 그 무엇은 추선생의 영혼이기도 했지만, 여태껏 봉수가 찾아 헤매던 어머니 얼굴이기도 했다. 그랬다. 이제 추선생을 잃은 그는 어머니를 더 찾아다닐 이유가 없었다. 그것은 추선생이 가족을 만나려 했던 꿈처럼 이루기 힘든 부질없는 노력이었다. 그 그리움은 추선생 시신이 그랬듯 재로 사르어버리고, 풀꽃처럼 고추잠자리처럼 혈혈히 그냥 살아가기로 했다.

며칠 뒤, 봉수는 여름이 들고부터 벼른 여행길에 올랐다. 그는 서울을 떠났다. 그의 유일한 동행은 추선생이 남긴 낡은 바이올린이었다. 봉수가 어떻게 살려고 하며, 무엇을 하러 어디로 가는지 아무도 몰랐다.

(『문학사상』 1974년 12월호)

침 묵
침
묵

왜 손가락이 잘렸나

신학대학 삼학년으로 목회 공부를 하는 이치민이 스무 날 동안 실종된 사건이 있었다. 1973년 11월 하순부터 그 다음달 중순 사이에 일어난 일이었다.

그동안 치민이 어디에서 무엇을 하며 지냈는지 아는 사람은 아무도 없었다. 심지어, 이상하게 들릴지 모르지만, 실종되었던 본인 자신도 스무 날 동안 자기가 무엇을 하며 지냈는지 자세히 알지 못했다. 몽유병 환자가 아닌 다음에야 설마 본인조차 모를 리 있겠는가 싶지만, 어쨌든 일이 그쯤 되었다.

처음부터 실종이라고까지 말할 수 없지만, 그가 집으로 돌아오지 않은 한동안 가족들은 크게 염려하지 않았다. 젊은애들의 변화무쌍한 마음을 미루어볼 때, 일주일 정도 집을 떠나야 하는 불가피한 사정이 있는 것으로 여겼다.

먼저 동아리의 모임을 생각할 수 있었다. 치민이 무슨 동아리에 가입하여 부회장 감투를 쓰더니 늦게 귀가하는 경우가 잦았고 더러 합숙을 한다며 외박하고 오는 때가 있었다. 방학이니 토론회를 겸한 체력단련을 한다고 회원들과 함께 설악산이나 제주도 정도 갔겠거니, 치민 부모는 그렇게 생각하다 등산 장비가 집에 그대로 있어 고개를 저었다. 그러다 다른 가능성도 떠올리게 되었다. 말이 없고 내성적인 성격이지만, 갑자기 동포애가 발동하여 급우들과 특수지역 선교 팀 일원으로 난민촌에 기숙하거나 낙도·고아원·요양소를 찾아 버림받은 사람들의 어려운 생활에 동참하지 않았을까. 그도 아니라면 기도원에 들어가서 금식기도를 올리거나 부흥회에 따라나섰는지 모른다고 추측했다. 그러나 어느 것 한 가지도 확증을 잡을 수 없었고, 무사히 빨리 돌아와주기를 기다릴 수밖에 없었다. 애놈두, 아무리 먼 곳이래두 소식 한 자 띄우기가 그렇게 힘드나. 부모가 이러며 걱정하는 사이 후딱 일주일, 열흘이 지나갔다.

치민 아버지는 이십여 년 간 안성군청에서 주사 노릇 끝에 정년퇴직하자 식솔을 거느리고 상경하여 서울에서 터를 잡은 지 사 년째였다. 지금은 도봉구청 앞에서 허정수란 역시 같은 퇴직 공무원과 동업으로 사법대서소를 차려놓고 있었다. 우이동에 장만한 대지 오십 평 집은 구멍가게까지 내어 살림을 맵게 다독거리는, 시계추같이 정확한 사람이기도 했다. 군복을 벗어도 한동안은 이름 뒤에 계급이 따르듯, 사람들은 그를 이주사라 불렀다. 치민 어머니는 동네에서 안성댁으로 통했는데, 박봉의 남편과 자식들 뒷바라지하느라고 여태 크림 한 갑 제대로 발라보지 못한 평범한 아낙네였다. 치민 위로 누나가 둘 있었다. 큰누나는 육군 대위의 처가 되어 강원도 전방에, 작은누나는 원양어선 타는 선원의 처가 되어 부산에서 살고 있었다. 치민 아래 남동생 치우와 막내 여동생 정희는 고등학교에 다녔다. 그런데 치민이 아침 먹고 학교 도서관에 나간다며 도시락까지 싸서 집을 나간 뒤 열흘 넘게 종내 무소식이자 이제 더 이상 기다릴 수만은 없다고, 가족들은 사방으로 그 행방을 수소문했다. 동아리 회원, 고등학교 시절 동무, 대학 급우들에게 연락을 취했으나 끝내 소식이 묘연했다.

"서클에 문제가 있는 게 아닐까요? '선지자'란 그 서클이 궁극적으로 민중해방을 목표로 한다는 말을 들었어요. 형 친구 하나가 경찰에 불려갔다 닷새 만에 집으로 돌아왔다잖아요." 밥상머리에서 치우가 말했다.

"종식이란 친구가 그 서클 회장 아닌가. 최근에는 특별히 경찰에 조사받은 일이 없었다는데. 지난번 상암교회에서 모임을 가질 때 치민이가 빠져 이상하게 생각했다잖아." 이주사가 말했다.

"그 말을 어찌 믿어요. 회원들끼리 짜고 하는 소린지도 모르죠."

"왜 그런 동아리에 가입해서 부회장이 됐는지 몰라. 개 성격으로 자청하지야 않았겠고 감투를 억지로 씌운 게지." 안성댁의 낙담찬 소리였다.

"오빠가 혹시 공적 자리에서 정부 욕을 한 게 아닐까요? 그럼 제꺽 잡아간다잖아요." 정희가 말했다.

"얘가 무슨 소리야. 큰오라비가 그런 말 함부루 할 성격이 아니잖니? 돌다리두 두드려가며 건널 앤데." 안성댁이 딸에게 눈을 흘졌다.

치민이 실종된 지 어느새 보름을 넘겼다. 기대를 걸었던 양구와 부산 쪽 두 누나한테서도 치민이 들르지 않았다는 편지가 왔다.

"어린이 유괴사건이 남의 일만 같더니, 다 큰 놈두 유괴하나. 그렇담 저쪽에서 얼마를 내라고 홍정이라두 와얄 게 아냐."

"광신도 사교집단에 빠진 거나 아닌지. 거기에 한번 빠지면 가족도 집도 다 버린다잖아요?"

"정규 신학대학에 다니는 애가 설마 그럴 리야. 철야기도 끝내고 돌아오는 길에 뺑소니 차에 치여 변을 당한 게 아닐까. 운전수가 당황한 김에 으슥한 데다 버렸다면……"

"북새통 떨던 지난 가을 대학가 데모에 애놈두 휩쓸린 눈치던데, 유치장 살이를 하는지 몰라. 정부가 금하는 몹쓸 짓을 했는지두 알 수 없지. 내성적인 성격일수록 한번 불이 붙으면 감당 못하게 과격해진다던데…… 그렇담 신문에 이름이 나든지 경찰서에서 연락이라도 해올 텐데……"

"그 기관이란 데…… 혹시 거기에 끌려가서……"

이주사와 안성댁이 불길한 생각으로 애를 태웠으나 아들 쪽에서 연락이 있기 전에는 속수무책이었다.

"여하튼 고등학교 이학년 때부터 애가 이상해졌어. 무슨 놈의 종교책을 마구잡이루 읽어댄 눈친데, 그때 아마 생각을 굳힌 모양 같아. 개떡 같은 신학대학이 뭐야. 일류 고등학교 나왔겠다, 등수에 드는 성적이겠다, 그럼 법대나 공대, 아님 상대두 좀 좋아. 허구한 날 하나님만 찾으며 궁상떠는 목사가 뭐 그리 좋다구 신학대학이야. 신학 공부 하겠다는 말 꺼낼 때부터 애가 좀 이상했어. 신학대학엘 가겠다며 탄식하는 그놈의 고집을 꺾구 내가 손수 법대에 원서를 냈어야 했는데, 그러지 못한 내가 바보였지." 이주사가 장탄식을 늘어놓았다.

"당신두 참, 지금 그런 말 하면 무슨 소용이 있어요. 치민의 그 지극한 전도 덕에 집안 모두가 세례 교인이 된 이 마당에." 안성댁이 핀잔을 주었다.

아닌 게 아니라 치민 집안은 무종교였는데, 그의 동생들은 치민과 함께 유년 주일학교부터, 부모는 치민이 신학대학에 입학한 뒤부터 기독교를 믿었던 것이다.

"오죽 답답하면 내가 이러겠수. 효자는 못 되더라두 부모 걱정은 안 시켜야지……"

이주사는 신문에 '사람찾기' 광고까지 낸 뒤, 아들 이름이 어느 귀퉁이에 숨어 있을세라 신문이란 신문은 다 모아 일단 기사까지 놓치지 않고 읽었다. 한편 각 경찰서의 유치장이나 구치소까지 기웃거리고, 전국 양로원·고아원은 물론, 교회단체·부흥회·기도원에도 편지를 띄워 아들 행방을 수소문했다. 그러나 신통한 소식은커녕 자식이 어디로 숨어버렸는지 단서조차 잡을 수 없었다.

"이걸 알면 치민이가 이 어미 보구 우상숭배한다 나무라겠지만, 그 있잖아요, 신학운이란 점쟁이를 찾아갔었다우. 그 양반 점괘가, 우선 우리 애 이름이 나쁘대요. 정치과나 법대를 갔으면 좋을 이름인데, 목사 공부가 그애한테 맞지 않대요."

안성댁의 말에 이주사가 호통치며 면박했다.

"괜한 소리 치우구려. 점쟁이 제 팔자두 못 고치는 주제에 한창 크는 애 장래를 엿 주무르듯 하다니. 목사가 안 되구 신학교수가 된담 자기가 어쩔 참인가."

티격태격 이런 대화를 나누며 치민 부모는 이제나저제나 소식이 있겠지 하고 아들을 기다렸다. 안성댁은 구멍가게를 지키며 하루 종일 골목길을 내다보기가 일과였다.

그러고 있던 어느 일요일 오후였다. 진눈깨비가 흩날리던 날, 치민은 홀연히 우이동 집으로 돌아왔다. 텁수룩한 머리칼에 도수 높은 안경을 끼고, 옷도 집을 떠날 때 차림 그대로였다. 홈스펀 쥐색 외투에 아버지한테 물려받은 고물 가방을 들고 있었다.

"치민이가, 너 치민이 아냐!"

치민을 처음 본 사람은 안성댁이었다. 그네는 아들 가방을 빼앗아 받으며 울먹였다. 치민은 꾸부정히 선 채 아무 말이 없었다.

치민이 스무 날 만에 귀가하자 집안이 갑자기 소란해졌다. 일요일이라 이주사는 물론 식구들 모두 집에 있었다. 치민이 마당으로 들어서자 이주사와 치우, 정희가 몰려나왔다. 표정은 예전처럼 침통했으나 치민이 무사히 귀가했기에 그를 둘러싼 식구들은 우선 안심했다.

"애야, 그동안 어디서 뭘 했니? 추운데 어서 방으로 들어가자." 안성댁이 멍청하게 서 있는 아들에게 말했다.

"근데, 오빠 살쪘어. 어디서 대접 잘 받은 모양이지?" 정희가 오빠의 어두운 표정을 펴보겠다고 호들갑을 떨었다.

"무사히 귀가했으니 다행이다만 그새 뭘 했어? 소식 한 통 없이."

아들을 덤덤하게 맞은 이주사가 헛기침 끝에 말했다.

치민은 입을 다문 채 식구들 보기가 민망한지 한눈을 팔았다. 그는 외투 주머니에 손을 찌르고 멍한 눈길을 마당 귀퉁이에 있는 목련 나무에 주었다. 목련 잔가지를 진눈깨비가 후려치고 있었다. 넋 빠진 듯 목련나무를 보는 그의 모습이 실성한 사람 같았다.

"얘야, 아버님 묻는데 대답이라두 시원케 하려무나." 안성댁이 채근했다.

어머니 말이 들리지 않는지 치민은 입을 꿰매고 있었다. 이런 경우가 아니라도, 그는 평소 말수가 적어 골방에 박혀 있으면 식구들은 그가 집에 있는지 없는지 모를 정도였다.

"하루이틀도 아니구 그동안 어디 있었어? 자식이 부모 간장을 이토록 태운다면 하나님두 가만두시지 않을 거야!"

아들이 몸 성히 돌아온 반가움은 한순간이고, 이주사는 자식을 엄하게 힐책했다. 연락이 불가능한 기관에 잡혀갔다 돌아왔다거나, 꼼짝못할 병이 들어 입원해 있었다거나, 얼굴이나 신체 한 부분에 붕대라도 감고 나타났다면 이주사는 그렇게 노기를 띠지 않았을 것이다.

"……"

"말을 해, 이 녀석아!"

그래도 대답이 없자, 이주사는 아들 뺨을 때렸다.

"아니, 당신 미쳤소?" 안성댁이 남편 앞에 나서며 말했다.

"……"

역시 치민은 대답이 없었고 고개만 빠뜨렸다.

"형, 대답 좀 해봐. 부흥회엘 다녀왔다든지, 뭐든지 속시원히 얘기 해봐. 그게 뭐 그리 힘이 든다구." 답답하다는 듯 치우가 말했다.

"……"

"애비 말 안 듣겠다면 나가! 그따위루 속썩인담 자식으루 둘 수 없어. 내가 네놈 애비 노릇 안해두 하나님이 대신 해주실 테지. 교회루 떠돌든, 광야로 떠돌든, 네 하고 싶은 대로 해."

"아버지, 전들 오죽함 소식 못 전했을라구요. 아버지가 모르시는 게 속 편할 거예요." 치민이 마지못한 듯 말했다.

"답답한 녀석아, 오죽하다니? 아니, 모르는 게 속 편하다구? 내 속은 다 썩어두 좋다. 그동안 행적을 밝혀. 애비가 자식 답답한 마음이나 행적을 알 권리조차 없단 말이냐!"

"쉬어야겠어요. 너무 피곤해서……" 치민은 건넌방에 붙은 자기 골방으로 걸음을 떼며 말했다.

"애야, 그 방엔 불을 넣지 않았어. 안방으로 들어가." 안성댁이 아들 뒤를 따라 종종걸음치며 말했다.

치민은 어머니 말을 못 들은 척 자기 방으로 숨어버렸다. 마당에 섰던 가족은 닭 쫓던 개꼴이었다.

"당신두 보자 허니 너무해요. 무사히 돌아왔다구 껴안아주지 못할망정 그게 무슨 짓이에요. 때린다구 다 큰 애가 대답할 것 같애요?" 안성댁이 남편에게 눈을 흘기며 쫑알거렸다.

"임자는 남의 마음두 모르구 그러지 말아. 난들 얼마나 속이 상하면 그랬겠어. 한 달 동안 간장 태운 애비 마음을 눈곱만큼이라두 안담 그렇게 입을 꿰매구 있겠소."

이주사 눈에 눈물이 비쳤다. 안성댁도 더 따지지 않았다. 그네는 신학대학 지망 때 보였듯 치민의 고집을 아는지라 치우에게 석유난로를 치민 방으로 갖다주라 일렀다. 그리고 딸에게는 어서 안방의 괄하게 핀 연탄을 골방으로 옮기라고 말했다.

그로써 치민의 실종 경위는 일단 덮어두는 쪽으로 가족 의견이 모아졌다. 스스로 그 점에 대해 입을 열기 전까지는 이주사도 언급을 피함으로써 아들의 괴로움을 덜어주자고 느긋한 마음을 먹었다.

치민이 돌아오자 집안은 활기를 되찾았다. 안성댁은 이천여 원을 아낌없이 써서 시장을 보아오고, 생일상 준비하듯 저녁 반찬 장만에 부지런을 떨었다. 모처럼 쇠고기국을 끓이고, 팔뚝만한 조기를 굽고, 한길 싸전으로 나가 비싼 일반미 두 되를 사왔다. 정희는 부엌에서 어머니를 거들고, 이주사는 전화가 있는 골목 입구 약방으로 나가 이제 아들이 돌아왔다고 알 만한 데는 주석을 달지 않고 연락을 했다. 그러나 아들의 실종 경위는 그도 알 수 없었기에 밝힐 수 없었다.

그런데 치민의 귀환은 그 정도에서 마무리되지 않았다. 놀라운 사실이 발견됨으로써 치민의 그동안의 행적이 다시 가족 마음을 불안하게 했다. 불안이라기보다 공포로 가족을 경악시켰다.

오랜만에 다섯 식구가 하나님께 감사하며 저녁식사를 할 때였다.
"아니, 오빠, 손가락이 없잖아!" 정희가 놀라 외쳤다.

치민이 무뚝뚝한 얼굴로 숟가락질을 할 때 정희는 치민의 오른손 무명지 첫 마디가 사라진 사실을 발견했던 것이다. 그러자 치민은 그만 숟가락을 놓고 안방에서 나가버렸다. 치민의 손가락 마디 하나가 없어졌다는 사실에 가족들은 놀라움으로 입만 벌릴 뿐, 아무도 말을 못했다.

인수봉에서 죽는 나비 떼

치민의 오른손 무명지 첫 마디가 없어진 것을 두고 가족들의 추측이 구구했으나 그 점 역시 치민 자신이 스스로 밝히지 않곤 알 수 없는 일이었다. 불의의 교통사고, 공장에서 선반 일을 하다 다친 안전사고, 농가에서 작두질을 하다 손가락이 잘린 경우 등 여러 갈래로 추측은 가능했지만, 왠지 그런 사고는 치민이한테 해당될 것 같지 않았다. 이주사의 추측은 자연 어두운 쪽으로 기울 수밖에 없었다.

이주사가 먼저 생각할 수 있는 점은 아들의 종교관이었다. 치민이 다니는 신학대학은 전통적 개신교 교파 K교단 산하로 사회 참여 의식을 고취하는 진보적 교단이었다. 보수 교단이 믿음을 통한 현세의 성결한 생활과 죽은 뒤 구원에 신앙의 뿌리를 두고 있다면, K교단은 가난한 자, 병들고 버림받은 자, 정치적 견해 차이로 고통 받는 자 편에 서서, 그들의 고통이 어디서 비롯되었는지 그 원인을 파악하고, 그 점이 예수가 설파한 진리 · 정의 · 자유의 이름에 어긋날 때, 그 나라와 의를 구하라는 소명감으로 정치 · 사회 문제에 개입하는 현실참여에 적극적인 교단이었다. 아들이 그 영향을 받았고, 아들이 부회장으로 있는 '선지자'란 서클도 그 영향을 실천하는 동아리라는 점이었다. 사회제도의 혁파를 목표로 하는 그런 결사(結社) 조직원은 당국의 감시를 받게 마련이었다. 만약 아들이 수사기관에 연행되어 자의든 강요에 의해서든 혈서를 쓰는 과정에서 손가락이 잘렸다면, 그 일은 작은 문제가 아니었다. 어느 쪽이든 아들을 이십 일 동안 외부와 두절시킨 결사의 위력을, 그 결사가 획책하는 음모를 분쇄하려는 수사기관의 대응을 짚어 보지 않을 수 없었다.

그런 여러 불길한 기우가 치민을 장막으로 가렸음에도, 추운 날씨가 영상으로 풀릴 나흘 동안 그의 신변에는 아무 일도 일어나지 않았다. 목욕탕을 한 차례 다녀온 것 말고, 그는 외출을 않고 골방에서 지냈다. 목욕을 갈 때 안성댁은 치우를 따라 보내어 탕에서 형 몸을 살펴보게 하였다. 목욕을 하고 온 치우는 형 엉덩이에 푸르죽죽한 멍든 흔적 외에 별다른 이상을 발견하지 못했다고 했다. 안성댁은 매질로 그렇게 되잖았을까 불안해하면서도, 엉덩이야 빙판에 넘어져도 멍들 수 있지 않냐고 억지로 자위했다. 학교 친구, 동아리 친구, 교회 친구가 아들 소식을 궁금히 여겨 찾아오면, 아들이 시킨 대로 아무렇지 않게 대답했다.

"그저께 치민이가 왔어. 그런데 어제 부산 누나집에 내려갔단다. 머리두 식힐 겸 바닷바람 쏘이겠다면서……"

스무 날 동안의 행방에 대해선 아들 언질이 없었기에, 산상기도 횐가 그런 데 갔다 온 모양이라고 적당히 꾸며 대답했다.

치민은 가족과 함께 식사하지 않았다. 안성댁이 밥상을 들여놓으면 골방에서 혼자 먹었다. 식사량은 실종되기 전보다 양호하여 그네는 적이 안심하면서도, 그동안 지독히 굶다 오지 않았나 싶어

수심에 찼다.

치민은 골방에서 기도와 성경 읽기로 시간을 보냈다. 그는 특히 구약의 「시편」「이사야」「아모스」를 되풀이 읽고 비망록으로 쓰는 공책에 구절을 옮겨 적기도 했다. 낮과 밤이 엇갈려, 밤에도 그의 방에는 오랫동안 불이 켜져 있었다. 밤에 자다 깨어난 이주사가 오줌을 누려고 변소로 가다가 골방을 보면 아들의 기침소리가 들리곤 했다.

"알구두 모를 놈이군. 반드시 저래야 하늘나라 백성이 된다는 건가. 저렇게 부모 속썩이구 아가리를 다무는 게 신학 공부라는 건가." 이주사는 혀를 찼다.

"내 뱃속에서 나왔지만 정말 어쩔 수 없군요. 언젠가는 저애두 속 시원히 털어놓을 날이 있겠죠. 다행히 공부에 열심이니 당분간 그냥 묻어둡시다." 안성댁은 남편 눈치를 살피며 아들을 변호했다.

치민이 집으로 돌아온 지 엿새째 되던 날 아침, 골방에서 작은 변화가 일어났다. 치민이 돌연 찬송가를 부르기 시작했다. 곡목은 '내 주는 강한 성이요'였다.

"치민이가 찬송가를 부르다니. 허긴 찬송가는 늘 불러야 되지만 요즘 통 못 들어봤는데, 이제 저애 머리가 개운해지는 모양이구나."

안성댁이 골방에 눈을 주며 대견해했다. 치민의 찬송가는 이절로 넘어가며 차츰 생기를 더했다. 그날 아침은 날씨가 더 풀려 봄날같이 따뜻해, 골방에서 터져나오는 찬송가를 듣는 안성댁 마음이 더욱 즐거웠다.

도선암 약수터로 산책을 다녀온 이주사도 새벽안개가 자욱한 것으로 보아 오늘은 날씨가 따뜻하겠다고 중얼거리며 마당으로 들어섰다. 치민이 세수를 하러 마당으로 나서다 아버지를 만났다.

"잘 주무셨어요?"

치민은 히물쩍 미소 띠며 인사했다. 아들 인사 받기가 오랜만이라 이주사는 자신이 뭘 잘못 들었나 싶어 눈을 동그랗게 떴다.

"오빠가 오늘 아침 찬송가를 크게 불렀어요. 그것도 아주 힘차게. 놀랐죠?" 정희가 멍하니 서 있는 아버지에게 쫑알거렸다.

이주사가 보아도 아닌 게 아니라 큰아들이 달라 보였다. 전처럼 세숫물을 얼굴에 찍어 바르는 게 아니라 소리까지 내며 힘차게 목을 닦았다. 식구들과 세든 아래채 신혼부부가 신기한 구경거리나 되는 듯 둘러서서 치민을 보았다. 이주사는 큰애가 이제야 그 견고한 침묵의 성문을 스스로 열었구나 하고 대견해했다.

"오늘은 아침을 식구들과 함께 먹구 싶은데요. 모두 둘러앉아서 말이에요." 치민은 주위 눈길에 어색해하지 않으며 말했다.

"그래, 그러자." 이주사가 아들 말을 얼른 받았다.

이주사는 아무래도 치민이가 이상하다고 생각했다. 사람은 죽을 임시가 되면 안하던 짓을 하고, 버릇조차 변한다는데 혹시 그런 징후가 아닐까 싶기도 했다. 그러다가 안방으로 들어가는 맏아들의 늠름한 뒷모습을 보며, 그는 생각을 고쳤다. 막혔던 아들놈 머리에 이제 환기통이 뚫려 예전처럼 정상적인 생활을 하리라 믿었다.

가족이 둘러앉은 아침 밥상을 받자 그날따라 치민이, 자기가 특별히 기도를 하고 싶다는 말을 불쑥 꺼냈다. 전에 없던 일이었다.

부모가 세례받기 일 년 반 전 치민은 아버지께, 식사 기도는 연장자가 하는 게 통례인데 아버지가 대표로 기도 올리고 식사하면 어떻겠느냐고 물은 적이 있었다. 그때 이주사는 쑥스러워하며 자신이 기도문을 잘 모르니 더 신실한 교인이 되면 하자고 사양했다. 그 뒤 식사 전 대표 기도는 없었고 각자 묵념으로 끝냈다.

"그러려무나."

이주사가 쉽게 동의했다. 기도를 통해 실종되었던 스무 날 동안의 아들 행적이나 고민을 들을 수 있잖을까 하는 생각이 얼핏 들었던 것이다. 갑자기 식탁 분위기가 경건해졌다.

치민은 손을 밥상 위에 모아 쥔 채 한동안 말이 없었다. 정희가 살짝 눈을 떠 큰오빠 표정을 살펴보았다. 치민의 창백한 표정에는 번민이 서려 있었다. 이윽고 치민이 낮은 목소리로 기도를 시작했다.

"주님, 당신의 이름으로 이 어린 종이 간절히 비옵니다. 어찌할까 어찌할까 탄식하며 우는 종이 되지 않구……" 치민 목소리가 차츰 낮아지더니 가족 귀에 거의 들리지 않았다. "어찌 나를 버리시나이까, 끝내 십자가에 못박혀 외친 당신의 마지막 절규를 되새기며…… 버리지 마시구 고난받는 이들 편에 서서 정의와 자유의 값어치가 무엇임을……"

치민 목소리는 더욱 낮아져 가족들은 한마디도 알아들을 수가 없었다. 입술만 달싹거렸다. 두 동생은 이제쯤 기도가 끝났겠지 하고 실눈을 떠보았으나 치민의 입속말 기도는 오 분 넘게 이어졌다. 치민 이마에 땀이 맺혔다. 목울대가 들먹이더니 소리 죽인 오열이 입술에 묶여 맴돌았다.

이윽고 치민이 눈을 떴다.

"이제 밥 먹어야지요." 치민이 말했다.

"오빠 무슨 기도 했어?" 정희가 물었다.

"우리 가족이 하나님 뜻에 합당하게 살게 해달라구."

"그걸 꼭 구렁이 담 넘듯 입속말로 할 게 뭐람."

이주사도 맏아들에게 기도 내용을 물을까 하다 식사 분위기를 흩뜨릴까봐 입을 다물었다. 이런 식으로 큰아들이 말문을 연다면 실종건은 시간문제지, 어느 때든 기회가 있으리라 생각했다.

분위기를 망칠까봐 치민 실종사건은 모두 입을 봉했지만, 가족들은 식사를 하며 집안 이야기를 나누었다. 큰누나 막내애가 독감에 걸렸다 나았다는 편지 말, 스리랑카 남해에서 고생하는 둘째형부가 정희에게 크리스마스 카드를 보내왔다는 말, 집에서 운영하는 가게의 호빵이 잘 팔린다는 말까지 화제에 올랐다. 치민도 한마디씩 자기 의견을 섞었다.

아침식사가 끝나자 이주사는 한결 가벼운 걸음으로 집을 나섰다. 사법대서소는 버스 타고 십 분 남짓 가야 했다. 이주사는 집을 나서며 처를 불러, 오늘 치민이 외출할는지 모르니 용돈을 챙겨주라고 넌지시 일렀다.

치민은 아버지가 출근하자 골방으로 들어가 서둘러 외투를 걸쳤다. 그는 실성한 듯 미소를 띠었고, 입속말로 무언가 혼자 중얼거렸다. 가게로 나가자 어머니께, 잠시 나갔다 오겠다며 용돈을 달라고 말했다. 안성댁은 치민이 다른 때와 달라 보이는 느낌을 받았다. 아침밥 먹을 때까지 그렇지 않았는데, 불안하게 두리번거리

는 눈동자와, 눈 아래의 경미한 경련과, 이유 없이 씰룩거리는 미
소가 섬뜩하게 가슴에 닿았다. 안성댁은 아들 손을 잡았다.

"어디 가려구 그러니?"

"바람 좀 쐴까 하구요."

"일찍 들어올 거지?"

"걱정 마세요."

"애야, 크리스마스두 가까운데 주일까지는 집에서 쉬려무나."

"제가 방에 박혀 있는 걸 여태껏 못마땅하게 생각지 않았어요?"

"어젯밤 꿈자리가 좋지 않아서 그래." 안성댁이 말을 둘러댔다.

"어머니두 괜한 걱정은. 제가 어디 전쟁터라두 나가나요."

안성댁은 손금고를 열고 오백 원권 넉 장을 아들에게 주었다.
치민은 그 돈을 외투 주머니에 넣었다. 그는 주위를 두리번거리며
골목길로 사라졌다. 치민은 한길로 나서기 전 누가 자기를 감시하
지 않나 염려되는지 한동안 한길 좌우를 조심스럽게 살폈다. 그는
시내로 나가는 버스가 아닌, 종점으로 가는 버스를 쫓기듯 탔다.
버스에는 등산객들을 비롯 예닐곱 명의 승객이 타고 있었다. 그는
빈자리에 앉자 창밖을 내다보았다. 공연히 히물쩍 웃다 갑자기 굳
은 표정으로 햇빛 다사로운 가로를 멍하니 내다보았다. 무슨 말인
가 중얼대며 읊었다.

종점에서 버스를 내리자 치민은 산으로 난 언덕길을 허겁지겁
올랐다. 자주 인수봉 암벽을 올려다보며 쫓기듯 걸었다. 도선사
주차장에서 잠시 쉰 뒤, 우이산장 쪽 길을 택하여 다시 올랐다. 그
의 얼굴이 땀으로 번들거렸다. 등산로에는 등반을 나선 등산객이

이따금 보였고, 새들 재잘거림 외에 한갓지고 조용했다.

우이산장에 도착하자 치민은 커피 한 잔을 마시며 쉬었다가 다시 산을 탔다. 응달에는 발이 빠질 정도의 눈이 남았고, 얼음 밑으로 물 흐르는 소리가 차가웠다. 산길은 서리에 젖은 낙엽에 얼음이 깔려 미끄러웠다. 그는 미끄러지지 않고 부지런히 산길을 올랐다.

백운산장에 도착하자 치민은 산장 옆길을 택하여 인수봉 치마바위 쪽으로 꺾어들었다.

치민이 인수봉 아래에 도착하기는 열한시가 지나서였다. 그는 등산객들이면 으레 오르는 백운대가 최종 목표가 아니었고 인수봉 암벽 밑이 목적지였다.

연말치고 따뜻한 날씨여서 백운대 정상은 등산객이 실히 백 명쯤 되었다. 치민은 그들이 안중에 없었다. 깎아지른 인수봉 암벽만 올려다보았다. 귀바위를 살피고, 암벽 사이에 뿌리내린 소나무를 보고, 자일 타는 알피니스트의 모습을 눈여겨 살폈다. 한참 뒤, 트인 시야, 계곡 아래쪽 시가지 건너 먼 하늘을 한동안 바라보았다. 하늘은 뿌윰한 아지랑이에 잠겨 있었다. 그는 그쪽에서 무엇이 날아오기나 하듯 지치지 않고 바라보기만 했다.

치민이 하산하기는 오후 네시를 넘겨서였다. 짧은 해가 백운대 뒤로 기울고 저녁 바람이 차갑게 몰려오자, 그는 자리에서 일어났다. 하산하며 다시 인수봉의 가파른 암벽을 올려다보았다. 단애 왼쪽은 저녁 햇살 아래 맑은 감빛으로 반사되었다. 그는 힘차게 버티어 선 인수봉 암벽을 올려다보면서, 너는 위대하고 완벽하다며 의미심장한 말을 되풀이 중얼거렸다. 그러고는 내리누르는 인수봉에 압도당한 듯 총총히 산길을 타고 내려갔다.

해가 지고 땅거미가 깔릴 무렵 치민은 우이동 집에 도착했다. 아들을 본 안성댁이 밥 차려주랴 했으나 점심을 굶었음에도 그는 대답 없이 곧장 자기 방으로 들어갔다.

"나비가 안 와. 아직도 나비 떼가 오지 않아……" 그는 외투를 벗어 벽에 걸며 혼잣말로 중얼거렸다.

그날 밤, 잠자리에 들어서였다.

"아무래두 치민이가 좀 이상해요." 안성댁은 남편에게 말했다.

"이상한 걸 이제 알았나? 마귀가 붙었는지, 하나님한테 홀딱 빠졌는지…… 여하튼 작은 문제가 아닌걸."

"교회에 열성적인 여신도들 있잖아요. 치민이가 아무래두 그런 여신도들처럼 방언을 사용하는 것 같아요. 무엇에 홀린 듯 알 수 없는 말을 중얼거리는 걸 보니……"

"걔가 그러는 걸 보았어?"

"전에 부흥회에 갔을 때 본 어떤 여신도와 치민이가 똑같아요."

"정말 알아들을 수 없는 소리였나?"

"그래서 그런지 두리번거리는 눈빛두 좀 이상한 것 같구, 실없이 웃기두 하구."

"그렇담 병원엘 데려가야지. 며칠 더 살펴보구."

이튿날, 치민은 아버지로부터 삼천 원 외출비를 타내 어제 차림 그대로 집을 나섰다. 날씨는 다시 한랭해지기 시작했다.

그날로 다시 사단이 벌어졌다. 그날 아침 열시경 외출 이후, 치민은 집으로 돌아오지 않았다. 스무 날 동안의 실종 이후 홀연히 나타나 엿새 동안 칩거 뒤, 그가 백운대에 등반한 사실조차 모르던 가족은 그가 어디로 갔는지 알 수 없었다.

"이거 정말 환장하겠네. 이 애비가 화병에 미쳐 죽는 꼴을 보구 싶어 이러나."

이주사는 날마다 반주로 소주를 마시며 장탄식을 늘어놓았다. 일주일이 지나도 행방은 오리무중이었다. 어느덧 해가 바뀌었다.

마귀들린 놈, 광신도…… 이주사는 맏아들을 두고 욕설을 퍼부었다. 신학대학과 학교 동아리를 원망했다. 그러면서도 지금 어디에선가 맏아들 신변에 일어날 일에 불안해하며 잠을 이루지 못했다. 안성댁도 마찬가지였다.

이주사가 두툼한 편지를 받기는 치민이 두번째 행방불명되고 해를 넘겨 보름째 되는 날 오후였다. 손님이 없어 동업자 허정수와 바둑을 두는데, 우체부가 사법대서소 유리문을 밀고 편지 한 통을 내밀었다.

"도봉구청 앞, 정일대서소 이필운이라. 이 편지 주소가 걸작입니다. 신참 우체부라면 수취인 불명되기 십상인걸요."

우체부 사족을 건성으로 들으며 이주사는 봉투 뒷면부터 보았다. 아들 소식일 것 같아 가슴이 두근거렸다. 봉투 뒷면에는 여태 껏 들은 적 없는 '覺心精神療養院'이란 고무인이 찍혀 있었다.

"각심정신요양원이라?"

"어디서 온 편진가? 아들 소식인가?"

허정수가 어깨너머로 건너다보았다. 그제서야 이주사는 후딱 짚이는 게 있었다. 그랬다. 치민이 있는 데가 틀림없으려니 싶었다.

이주사는 서둘러 겉봉을 뜯었다. 요양원 소재지는 경기도 화성군 매송면 사리였고, 요양원 총무가 보낸 편지였다.

"바둑은 안 끝낼 참인가?"

허정수가 물었으나 이주사 귀에 그 말이 들리지 않았다. 그는 단숨에 편지를 읽어내려갔다. 편지는 이주사 추측대로 맏아들에 관한 내용이었다. 편지를 읽어갈수록 이주사 얼굴이 질렸다.

편지에 따르면, 치민은 열흘 전부터 각심정신요양원에서 입원 가료 중이며 병명은 정신분열증이라고 했다. 무슨 이유로 치민이 그곳까지 가게 되었는지, 이주사는 그 사정을 알 수 없었다. 편지는 다음과 같이 끝맺고 있었다.

……당 요양원에서는 즉시 보호자에게 환자의 입원 통보서를 발송할 의무가 있으나 이치민 군이 행려환자로 수원경찰서에서 당 요양원으로 인계될 때 신분을 증명할 한 건의 소지품도 없었습니다. 거기다 이군은 일절 대화를 거부하는 실어증을 보여 통보가 늦어졌음을 양찰하시기 바랍니다. 그동안의 약물치료, 전기쇼크 요법 등으로 상태가 다소 양호해졌으나, 증세는 여전히 심각합니다. 보호자의 조속한 왕림을 바라며, 그동안의 치료비와 입원비 이만오천 원, 장기 입원 생활에 필요한 의복, 일용품 휴대를 바랍니다. 참고로 동봉하는 두 가지의 글은 레크리에이션 요법에 의해 이치민 군이 근간에 쓴 학습 기록임을 밝힙니다……

총무 편지는 공문서였고, 타자기를 거친 딱딱한 활자 느낌을 떠나 내용인즉슨, 이만오천 원의 병원비 독촉문이었다. 백지에 마구 갈겨쓴 아들의 학습 기록은 난삽한 필치만 보더라도 그의 중증을 짐작할 수 있었다. 십육절 백지 두 장에 앞뒤 빽빽이 메운 아들 글을 읽으며, 이주사는 다시 한번 자실했다.

나비떼가난다, 한겨울정오에나비떼가난다, 깜깜한낮이다, 북풍이차갑다, 살을벤다, 나비날개가꺾인다, 무리로쓰러졌다다시나는저떼거리, 무슨변고인가, 낮인데깜깜한이천지가, 심판이다, 하나님심판이다, 노아홍수다, 나비호수다, 은하수다, 흰나비다, 노랑나비다, 천지가나비떼다, 청청한소나무숲이다, 대숲이다, 그위로나는나비떼의퍼득이는날갯죽지, 돌개바람이다, 그래도난다, 날개가떨어져라난다, 수천이다, 수만이다, 하늘을덮고난다, 돌진하는저유연한나비떼물결, 인수봉암벽으로돌진한다, 나비떼가암벽에부딪힌다, 떨어진다, 낙엽처럼진다, 피흘린다, 피흘리며낙화한다, 낙화암궁녀다, 삼천궁녀가떨어진다, 엄동설한에피뿌리며떨어지는저경련, 지척을못보는섬뜩한저맹목, 인수봉암벽을오르는우매성, 어찌너희가그암벽을무너뜨리리요, 가련타, 장하다, 억만겹으로무너져라, 시체로쌓아인수봉을덮어라, 상상봉까지덮어태극기를꽂아라, 피묻은깃발을, 애국가를불러라, 목이찢어져라불러라, 젊은조국아…… 왜이리조용할까, 빈겨울일까, 저들리는파도소리, 무섭구나파도소리, 여기가어딘가, 나비떼날갯짓소리, 바위를뜯는파도소리, 두개골이터지는소리, 여기는어

던가, 동해물과마르고닳도록, 어디서들리누나, 나비들합창소리, 울부짖으며인수봉으로가는소리, 무식한저함성, 억울하지않다, 수치스러울뿐이다, 아니다, 자유의나비다, 무식한의인이다, 울음이다, 유대인이다, 가스실이다, 자유인이다, 정신병동이다, 나는정신병자다, 이제그만써, 공부그만해, 수갑채워야겠다, 주사를 놔야겠어, 그런말까지쓰지말라니깐, 의사말까지다쓸필욘없어, 나는볼펜을놓았습니다, 이치민오늘공부는끝……

　고통을달라, 내가진리다, 너는거짓이다, 허위다, 위선이다, 아니다, 진리다, 선이다, 바리새인이다, 빌라도다, 세리다, 아니다, 진리를증명해보이겠다, 자르겠다, 손가락을잘라증명하겠다, 환상이다, 꿈이다, 노래다, 보여라, 진리를보여라, 증명하라, 목숨을바쳐봐, 예수처럼십자가에매달려부활해봐, 부활할수있겠느냐, 죽은자가살아난걸못보았어, 아니야, 나는보았어, 부활하신주님을보았다, 거짓이다, 흉계다, 과학적으로증명해봐, 영혼이있음을증명하라, 육체가썩어도영혼이산다는걸증명하래두, 진리라면증명하라, 진리를객관적으로증명하라, 보여서증명해, 비겁하지마라, 비겁하지않다, 그걸보여주겠다, 의로운피를보여주겠다, 손가락을자르겠다, 잘라서피를보여주겠다, 잘린손가락은다시자라지않는다, 육신은죽어야혼과함께부활한다, 단지는맹약이다, 내말이진리임을보여주겠다, 진리가승리함을보여주겠다, 악의정체를보여주겠다, 자르겠다, 잘라서맹세가진리임을보여줄테다, 보아라, 이피를봐, 끊긴손가락을보라니깐, 썩어뭉드러질 살점을 봐……

이주사는 아들이 쓴 학습 기록을 구겨쥐며, 이 무슨 해괴한 변고인고 하며 아들 기록의 한 구절을 무심결에 읊었다. 술주정보다 더한, 무슨 소린지 알 수 없는 기록이 머리를 채우자, 현기증이 일고 눈앞이 캄캄했다. 이주사는 마귀에게 시험당한 아들 모습이 떠올랐다. 손가락을 끊으라고 충동질하는 악귀가 환상으로 아들의 머릿속을 채우고 있어 치민이 그 악귀의 환상 때문에, 그 악귀에 패배당해 머리가 돌아버렸다고 이주사는 생각했다.

"도가 지나치면 실물로 감하고 욕심이 지나치면 사망을 잉태한다구, 그 녀석두 예수를 지나치게 믿은 나머지 끝내 도가 지나쳐 미치고 말았어. 마귀를 물리쳐달라구 기도하다 오히려 마귀에 신들린 꼴이야. 마귀가 그놈의 머릿속을 뒤죽박죽 만들어놓구 말았어……" 이주사가 중언부언 읊조리며 담배를 꺼내 물었다.

"이 사람아, 자네 담배를 거꾸로 물었네."

허정수의 말이 이주사 귀에 들리지 않았다. 이주사는 사법대서소를 나섰다. 담배에 불을 댕겨 필터의 화학섬유 연기를 삼키며 백운대로 눈을 주었다. 뒤쪽 건물에 가려 인수봉이 보이지 않았다. 이주사는 신작로를 건너가서 인수봉을 보았다. 저녁 햇살을 받은 인수봉의 암벽이 뚜렷하게 드러났다. 거대한 회색 바위는 예부터 있어온 모양대로 그 위치에 버티고 있었다. 어깨에는 주봉 백운대를 업고 마치 건장한 사내의 성기같이 솟아 있었다. 겨울, 그것도 깜깜한 한낮, 저 암벽에 갈가마귀 같은 떼거리로 나비가 몰려가서 자살하다니. 피를 뿜으며 죽는다니. 이주사는 기록의 한 구절을 떠올리며 머리를 내저었다. 아들의 그런 생각은 미치지 않은 정상적인 머리로 상상하기 힘든 불가사의였다.

백운대를 한참 동안 쳐다보던 이주사는 그제서야 정신이 들었다. 그는 내일 화성군 매송면 사리란 데를 찾아가기로 결정했다. 자신의 눈으로 미친 자식을 직접 확인해야 직성이 풀릴 것 같았다.

이주사는 사법대서소로 들어가 지도책부터 펼쳤다. 화성군 매송면 사리는 수인선 역 중 하나로 반월천 위쪽에 위치한 어촌마을이었다. 그는 허정수에게 내일 수원에 다녀와야겠다고 말했다.

"이 사람아, 무슨 일인가?"

"무슨 일이긴. 치민이가 수원 근방 어느 정신요양원에 입원해 있나봐. 내가 다녀와야겠어. 근데 말일세, 정신요양원이란 말은 다른 사람들한테 당분간 숨겨주게. 이거 원 창피해서 낯짝 들고 다닐 수 있어야지. 그건 그렇구, 내 눈으루 직접 그 녀석을 봐야겠어. 정말인지 어떤지 확인해야지."

이주사는 허둥지둥 사법대서소를 나섰다. 정신병이 유전이라면 집안에 그런 사람이 전무한데 도대체 누굴 닮아 미쳤는지, 어떻게 되어 손가락이 잘렸는지 그는 알 수 없었다. 버스에서도 이주사는 눈앞이 캄캄하기만 했다. 어느새 이주사 눈에 눈물이 고였다. 미쳐버린 아들에 대한 연민이 목구멍을 채웠다. 이주사는 손수건을 꺼내어 터지는 오열을 막았다.

정신병동의 노을

이튿날 아침을 먹은 뒤 이주사는 출근을 서둘러 빈 가방을 들고 집을 나섰다. 빈 가방을 들고 나서는 남편을 보고 어디 가냐고 안성댁이 물었다. 그는 지나가는 얘기처럼, 수원에 등기부 열람건이 있어 다녀오겠다고 말했다. 이주사는 치민이 정신이 이상해져 요양원에 입원해 있다는 편지 내용은 당분간 가족들에게 숨기기로 작정했다. 아들의 증세를 자기 눈으로 직접 확인하기 전까지 가족들을 놀라게 하고 싶지 않았고, 그곳 각심정신요양원의 시설이나 환경이 좋지 않다면 그동안의 치료비를 지불한 뒤 아들을 데리고 상경하여 서울 큰 병원으로 옮길 작정이었다.

"집안이 어수선한데 웬 출장은······"

안성댁은 남편의 사무출장을 믿는 눈치였다. 그는 고객의 부탁으로 장래가 유망한 서울 근교 땅값과 소유주 확인차 더러 출장 나간 적이 있었다.

이주사는 사법대서소로 출근하자 은행에 들러 예금액 중 사만 원을 찾았다. 그는 근처 시장에서 치민이한테 가져갈 두툼한 겨울 내의 한 벌과 솜바지저고리 한 벌을 샀다. 치약·타월·양말 따위 일용품도 눈에 띄는 대로 사서 가방에 담았다. 식품점에 들러 통조림과 과일도 샀다. 이주사는 가방과 보퉁이를 들고 그길로 버스를 타고 서울역으로 나갔다. 먼저 수원행 보통열차를 탔다. 수원역에서 내려 수인선 기차를 바꾸어 탔다. 그제서야 수면 부족이 눈꺼풀을 눌러왔다. 이주사는 등받이에 머리를 기대고 눈을 감았다. 머릿속이 흐릿할 뿐 잠이 오지 않았다. 정신요양원에서 비탄의 신음을 쏟고 있을 아들 생각을 하자 가슴이 미어지듯 답답하고 심장이 뛰었다. 이주사는 문득 피난 시절이 생각났다. 부산 봉래 동 산비탈에 판잣집을 짓고 호구에 급급하던 그 시절도 나이가 젊 긴 했지만 이렇게 가슴이 답답하고 뛴 적은 없었다. 구이팔 수복 뒤 다시 안성으로 돌아오자, 미처 피난을 못 간 형님이 부면장을 지내며 소작농을 착취했다는 죄목으로 인민재판을 거쳐 처형당했 다는 소식을 듣고도 이토록 공포에 짓눌린 상태로 괴로워하지 않 았다. 치민은 휴전되고 이듬해에 태어났다. 종가집 형님네 가족이 딸만 둘에 손이 끊긴데다 이주사 역시 딸만 둘을 내리 낳아 아들 보기가 간절했던 참에 치민이 태어났다. 이주사는 얼마나 기뻤던 지 며칠 동안 구름을 탄 기분이었다. 이주사는 그런 과거를 떠올 리다 담배를 태워 물며 맥놓고 바깥 풍경을 내다보았다. 눈꺼풀이 떨리고 눈앞이 뿌옇게 흐려 보일 뿐이었다.

이주사가 사리란 한적한 간이역에 도착한 시각은 오후 두시가 가까워서였다. 점심때가 지났으나 도무지 뭘 먹고 싶은 마음이 아 니었다. 이주사는 역 앞에 있는 지서에 들러 각심정신요양원의 위 치를 물었다. 순경은 해변으로 십 리 정도 나가야 한다고 말했다. 차편이 없어 이주사는 걷기로 했다. 포장 안 된 해변가로 난 길을 털레털레 걸으며 아들이 도대체 왜 행려병자로 취급당했으며 이 곳까지 오게 되었나를 부질없이 따졌다.

각심정신요양원은 해변을 한쪽 울 삼아 낮은 구릉에 자리잡고 있었다. 나무 한 그루 없는 황량한 해변가였다. 근처에는 민가가 보이지 않았다. 축사같이 늘어선 서너 채 단층 건물이, 멀리서 보아도 고아원이나 정신병자를 수용하는 건물임을 알 수 있었다. 단층건물은 흰 블록에 슬레이트 지붕이었다. 시골 교회 종루 닮은 탑이 눈에 띄었다. 감시탑인 모양이었다. 요양원 둘레에는 구릉을 싸고 높은 철조망이 쳐져 있었고, 그 안은 여러 채 비닐하우스가 보였다. 가까이 가자 파도 소리와 바닷바람이 세찼다. 황량한 바닷가에 방치된 요양원의 쓸쓸한 정경은 이주사 마음을 한없는 어둠 속에 빠뜨렸다.

이주사가 저만치 떨어진 정문을 향해 자갈길로 접어들자, 정문 옆 수위실 문이 열리고 모자 쓰고 제복 입은 한 남자가 길 가운데로 나섰다. 이주사가 정문으로 들어서자 수위는 귀한 손님이라도 맞이하듯 예의 바르게 목례를 했다. 그는 잠시 동안이라도 바람과 맞서며 자기를 기다린 늙은 수위에게 미안한 마음이 들었다. 이주사도 수위에게 인사를 했다. 쓸쓸한 블록 병동에 아들이 갇혀 있다니, 하던 조금 전 생각과 달리 이주사는 왜소한 늙은 수위가 해설피 날리는 미소에서 조금 마음의 안정을 찾았다. 이주사가 정문 안쪽을 보니 석조건물 한 채가 보였다. 건물 앞에는 태극기와 요양원 깃발이 바람에 펄럭였다.

"아들을 면회 왔는데요." 이주사는 떨며 풀죽은 목소리로 수위에게 말했다.

"처음 뵙는 양반이군요. 아드님 성함이 어찌됩니까?"

"이치민이라구, 신학대학에 다니는 학생인데요."

"신학대학? 선생님도 참, 머리가 돌았는데 대학이 아니라 박사면 뭐하구 예수 제자면 뭐합니까. 어쨌든 날씨가 추운데 수위실로 잠시 들어가시지요."

이주사는 군청색 제복을 입은 수위를 따라 수위실로 들어갔다. 수위가 입은 제복 위 호주머니에는 금실로 꽃무늬가 수놓여 있었다. 요양원 마크였다. 수위는 구내 전화를 걸어, 이치민 군 부친이 면회를 왔다고 전했다.

"곧 안내원이 나올 겁니다. 그동안 잠시 기다려야겠어요. 아실는지 모르겠습니다만 정신요양원에서는 면회자가 개인 행동을 못하게 되어 있거든요." 수위는 상냥하게 미소 띠며 말했다.

안내원이 나올 동안 이주사와 수위는 연탄난로 옆 도마 의자에 앉아 여러 이야기를 나누었다. 정신병자 유형과 요양원 시설에 관해서였다. 이주사는 아들을 빨리 만나고 싶은 마음에 안내원이 나오나 싶어 줄곧 본관 건물 쪽을 보았다.

지겨울 정도로 한참을 기다려서야 수위와 같은 제복을 입은 안내원이 왔다. 그는 스무 살 남짓했는데 스포츠형 머리에 몸이 건장하고 눈꼬리가 사나웠다.

"먼길에 수고가 많았습니다. 주세요, 이리 주십시오."

젊은이는 이주사 가방과 보퉁이를 빼앗듯 받아 쥐고 앞서 걸었다. 추위 속에서도 걸음걸이가 활발했다.

본관 건물 현관으로 들어서자 대형 거울이 마주섰고 그 거울 위에는 '의술은 인술이다, 친절과 봉사로 환자를 혈육같이 보살피자'라는 글귀가 붙어 있었다. 이주사는 총무실 팻말이 붙은 방으로 안내되었다.

총무는 회전의자에 앉아 카드를 들여다보다가 이주사를 맞이

했다. 안내원은 이주사 가방과 보퉁이를 출입문 옆에 놓곤 나가
버렸다.

"박강세라 합니다. 요양원 총무 일을 보고 있지요. 이 벽촌까지
와주셔서 감사합니다."

박총무가 손을 내밀었다. 아랫배가 나오기 시작한 마흔 살쯤 된
총무는 기름 바른 머리칼을 빗어넘겼고 금테 안경을 끼고 있어 자
못 위엄이 섰다. 총무는 이주사와 눈이 마주치자 안면이 없는데도
빙긋 미소를 띠어 보이는 품이 호인다운 인상이었다. 벽에는 공공
기관으로부터 받은 감사장 액자가 줄줄이 걸렸고, 총무 책상 뒤에
는 태극기와 대통령 사진이 걸려 있었다. 이주사는 원경으로 보았
던 선입관과 달리 공신력이 있고 운영에 짜임새가 있는 요양원이
라는 인상을 받았다. 총무 직위가 요양원의 중책이라는 것도 짐작
할 수 있었다.

이주사가 응접의자에 앉자, 박총무는 카드를 들고 와서 이주사
의 맞은편에 앉았다. 그가 들고 있는 카드는 이치민의 인적 카드
였다.

편지를 잘 받았다는 이주사 말과, 먼길에 찾아와주어서 고맙다
는 박총무 인사가 있은 뒤, 총무는 잠시 동안 양미간을 찌푸리고
카드를 들여다보았다. 이주사는 선고를 기다리는 죄수처럼 긴장
해 있었다.

"증상으로 보아 선생님 자제분은 중증 환자로군요." 박총무가
근엄한 표정에 엄숙하게 말을 꺼냈다. "정신병에 대해 선생님도
어느 정도 예비지식을 가지셨겠지만, 정신분열증은 현대의학으로

도 삼분의 일은 치유가 불가능한 병입니다. 물론 당 요양원은 최선을 다하고 있습니다만, 무어라고 장담드릴 수 없군요. 쉽게 말해 분열증 중에서도 악성이랄까……"

"그렇다면 치민이가 영원히 미치광이로 지내야 한단 말이오? 평생 요양원에 갇혀 헛소리나 하구 살아야 한단 말이오!" 들려주는 내용에 비추어 총무 목소리가 한가로워 이주사가 역정을 내었다.

"이선생님, 진정하십시오." 박총무는 환자 가족의 이 정도 흥분은 다반사란 듯 빙긋 웃었다. 그는 부드러운 목소리로 이주사를 설득했다. "그 책임이 요양원에 있다는 말씀인데, 저는 정신분열증이란 병에 대해 일반적인 견해를 밝힌 것뿐입니다. 또한 선생님 자제분의 완쾌가 불가능하다고 말씀드리지도 않았구요. 지금으로서는 중증을 보이고 있다는 말입니다. 이 요양원의 의료시설과 의료진이 다른 곳보다 탁월하므로 치료 경과에 따라 빠른 회복을 보일 수도 있습니다. 정상상태가 되어 퇴원한 환자도 수두룩합니다. 그런 분들이 지금 모두 사회 일선에서 중책을 맡아 국가를 위해 봉사하고 있습니다."

박총무는 테이블에 놓인 담배 케이스에서 담배 한 대를 꺼내어 이주사에게 권했다. 이주사는 총무가 권하는 라이터로 담뱃불을 댕겼다. 박총무는 담배 한 개비를 만지작거리기만 할 뿐 피우지는 않았다.

"그런데 대관절 어떻게 된 겁니까? 우리 애가 어떻게 해서 이곳에 들어오게 되었습니까? 서울에서 이곳까지 그애가 무슨 볼일이 있어 내려왔단 말입니까? 나는 이런 모든 사실이 믿어지지 않아요. 우리 애가 미쳤다는 사실조차두 말입니다." 이주사는 조금 전과 달리 그 목소리가 애절조였다.

"그 원인에 대해선 요양원 당국도 잘 알 수 없습니다."

그러면서 총무는 환자의 연고자가 지금 선생님처럼 질문할 때 대답하기가 괴롭다는 사견을 토로했다. 이어, 카드를 보며 이치민이 요양원에 입원하게 된 경위를 설명했다. "그러니 지난 십이월 이십사일 크리스마스 이브날이 되겠군요. 수원경찰서에서 자제분을 이곳에 입원 의뢰해 왔습니다. 그때 자제분은 누더기 옷에 모포 한 장을 두르고 있더군요. 깡통은 들고 있지 않았지만 거지와 다를 바 없었습니다. 경찰관 말론, 자제분이 수원 역전을 배회하다 구걸하는 거지에게 자기 옷을 주었다는 겁니다. 그런데 그 사실만으로 경찰관이 치민 군을 정신병자로 취급하진 않았겠지요. 이선생님, 잘 들어두십시오. 문제는 자제분이 귀에서 계속 환청이 들린다는 겁니다. 그것도 나비 떼의 고함이. 그 고함이 고막을 파열시킬 듯 얼마나 드센지 상대방 말은 물론 바깥 소리가 일절 들리지 않는다는 점입니다. 그러니 자제분은 보통 말을 할 때도 악을 쓸 수밖에 없지요. 혹 상대방이 자기 말을 못 알아들을까봐 고함을 지르는 거지요. 누가 곧 자기를 체포하기라도 할 듯 불안해하고, 눈동자가 초점이 맞지 않고…… 여하튼, 그런 상태가 되어서 이곳에 온 겁니다. 경찰관인들 그런 사람을 무작정 경찰서에서 보호할 수 없는 것 아니겠어요. 잘 아시겠지만, 정신병자는 법정 전염병 환자와 같은 부류로 취급하니깐요."

"나비 떼 고함이라니, 글쎄 그게 어디 말이나 되는 소립니까?"

이주사는 자기 머리마저 이상해지는 듯 고개를 갸웃하며 물었다.

"그렇지요. 그 점 잘 보셨습니다. 바로 그게 문젭니다. 정상이 아닌 거죠. 또 한 가지 밝혀둘 점은 자제분이 이곳에서 보름이 가까워오도록 발작적으로 지르는 비명 말고 스스로 털어놓은 말은 '나비 떼 함성이 들린다, 마구 죽는다, 그렇게 죽고 마는구나'란 고함이 전부였습니다. 그 밖에 한마디 말도 하지 않았고, 요양원 당국에서도 그의 말을 통해 밝혀낸 건 아무것도 없었습니다. 수원역 광장에서 거지에게 옷을 주었다는 말도 순경이 한 말이지 이곳에서 밝혀낸 말이 아닙니다. 선생님께 소식을 전하게 된 것도 그 학습 기록이란 레크리에이션 요법을 통해 겨우 이름과 주소를 알게 되어서죠. 잠재의식을 유추해내는 심리적 요법을 이용한 거죠. 지금 자제분은 과거 회상 기능이 구십 프로 정도 파괴된 상탭니다."

"하루 종일 한마디 말도 하지 않는다, 그 말이군요?"

"그렇습니다. 실어증에 걸린 거죠. 스스로 혀를 끊어 벙어리가 되겠다는 시도까지 했으니깐요. 정신병 중에도 실어증은 참으로 난적입니다. 도무지 원인을 알 수 없으니깐요."

"혀를 끊다니? 치민이가 제 혀를 스스로 끊었단 말입니까?"

"다행히 감시원에게 발견되어 실패에 그쳤지만 두 번이나 그런 불상사가 있었습니다. 두번째는 혀가 거의 절반이나 끊기고 출혈이 많았습니다."

"그래서요?"

이주사는 진땀을 흘렸다. 자기 혀가 끊긴 듯한 고통으로 표정마저 일그러져 있었다.

"수술을 했지요. 원상복구는 되었지만 아직 음식을 마음대로 씹을 수 없는 상탭니다. 죽을 목구멍으로 넘겨주고 있지요."

"결국 그랬구나. 그게 징조였구나……" 이주사는 허탈한 어조로 자문자답했다.

"징조라니요? 우리는 그 점을 알고 싶습니다. 자제분이 그렇게 된 원인을 규명하지 않곤 치료가 제대로 될 수 없습니다. 특히 교육 정도가 높은 분열증 환잘수록 치료에 난점이 많습니다. 분열증을 일으키게 된 동기가 단순 충격이나 경악에서 비롯되지 않고 복합적인 요인이 상호작용했을 가능성이 많거든요. 학습 기록을 통해 볼 때 자제분은 머리가 명석한 청년이었습니다. 그런데 그 어떤 신앙관의 갈등이 원인이 되었음을 알 수 있었습니다. 어느 대학에, 어떤 교회엘 나갑니까? 그 교회가 혹 요즘 신문에서 떠드는 사이비 종파는 아닌지요? 보호자를 오시게 한 것도, 자제분에게 기록을 시킨 것도 모두 그 점을 밝히려는 거였어요."

"한국신학대학이라구, 그러니 목회 공부를 하구 있지요. 수재만 다닌다는 대한고등학교를 졸업하구 부모야 법대나 공대를 권했지만 막무가내로 신학대학으루…… 교회는 우리 식구가 모두 다니는 교회로 사이비 종파가 아닙니다. 복음서의 원리원칙대로 실천하는 기독교 정통 교파지요. 그건 그렇구, 치민이 머리가 하루 스물네 시간 내내 이상합니까?"

"그 점을 빠뜨렸군요. 그렇지는 않습니다. 간혹 정상으로 돌아오는 때가, 그러니 하루로 치면 한두 시간 정도 있는 모양입니다. 그러나 그때는 철저히 묵비권을 행사하니 우리로선 입을 열게 할 수 없는 거죠. 그런 시간에는 기도를 드리는 것 같아요. 치민 군은 잠자는 시간과 발작 증세를 보일 때 말곤 쉬지 않고 기도를 드리지요. 정상일 땐 말 같은 말을 중얼거리고, 그렇지 않을 때는 횡설수설인데, 그땐 말이 아닙니다. 일종의 주문이지요."

"정상일 때는 온당한 말을 중얼거린다는 말씀인데, 어떤 종류의 말입니까?"

"글쎄, 그걸 알 수 없으니 딱한 게 아니겠어요. 입 움직임으로 보아 그게 한국말임을 알 뿐이지요. 하여간 현대는 사회구조가 복잡하고 인간 정신이 물질문명에 말려들어 지식인 중에 분열증 환자가 부쩍 늘고 있습니다. 그러나 치민 군의 경우는 그 원인이 좀 특이한 데 있는 것 같아요. 다시 말해서 형이상학적인 고뇌가 정신의 분열을 일으켰다고 할까…… 그러니까 원인 규명 대상이 실재해 있는 게 아니고 애매모호한 환상이랄까, 가공의 어떤 대상인 셈이죠."

"그러니 치료가 어렵구, 중증이라는 말인가요?"

"그렇게 생각하셔도 무방합니다. 그런데 한 가지 더 물어야겠군요. 혹시 집안에 유전병이 있다거나, 근간에 자제분이 심적으로 큰 충격을 받은 적이 있다면 소상히 말해주세요. 분열증 중에도 파과형(破瓜型)에 속하고 환청과 피해망상에 사로잡힌 자제분의 경우에는 그 점이 치료에 결정적인 영향을 미칩니다."

총무 목소리가 열을 띠었다. 그는 요양원의 행정을 맡고 있는데도 마치 전문의처럼 치민의 병증을 자세히 알고 있었다. 총무의 말을 듣고 있던 이주사는 문득 자신이 지금 무얼 하고 있나 싶었다.

한시라도 빨리 아들을 만나야 했다.

"우리 집안에 정신병자란 약에 쓸래두 없수. 난 그애가 미쳤다는 사실조차 납득이 안 간단 말이오." 이주사는 총무의 질문을 무시하고 외쳤다. "어서 만나게 해주시우. 내가 그애 입을 열어보겠수. 모든 걸 실토시키겠수."

총무가 난처한 표정을 지었다.

"선생님, 진정하십시오. 이 요양원에서 환자 이외는 어느 누구도 고함을 지르거나 흥분하지 못하게 규정되어 있습니다. 정신요양원의 수칙입니다. 선생님이 흥분을 자제하지 못한다면 면회를 허락할 수 없어요. 환자에게 쇼크를 주기 때문입니다." 총무의 말은 단호했다.

"알았어요. 흥분하지 않을 테니 우리 애나 보여주시오." 이주사는 금세 풀이 죽었다.

총무는 의자에서 일어나 말없이 문을 열고 밖으로 나갔다. 잠시 뒤 돌아온 총무는 이주사에게, 곧 자제분이 이곳에 안내될 거라 말했다. 덧붙여 면회 때 지켜야 할 점을 일렀다.

"선생님은 한 가지 약속을 지켜주셔야겠습니다. 자제분이 나타나더라도 절대 흥분해선 안 된다는 점입니다. 삼사 일째 병증이 다소 양호하여 과격한 발작 상태는 진정이 되었지만 아직 환청이 계속되는 상태니깐요. 선생님이 무슨 말씀을 하셔도 자제분은 자기 귀에서 들리는 환청 때문에 그 말을 알아듣지 못할 겁니다. 그러므로 평소에 자제분을 대하듯 침착하셔야 합니다. 자제분이 중증환자란 점을 잊지 마십시오."

손기척 소리가 났다. 실내 공기가 긴장으로 팽팽해졌다.

"들어오시오." 잠시 간격을 두고 총무가 말했다.

치민은 이십대의 건장한 두 젊은 남자에 의해 양 어깨를 부축받은 채 실내로 들어왔다. 아들 얼굴을 보는 순간 이주사는 눈앞에 불이 번쩍했다. 뇌파를 바늘로 쑤시는 현기증이 일었다. 보름 사이 어떻게 저토록 변했을까 싶을 정도로 치민은 다른 사람 같았다. 머리칼은 빡빡 깎였고, 57번이란 명찰이 달린 뻣뻣한 군청색 제복을 입고 있었다. 핼쑥한 얼굴이 중형을 치르는 죄수 꼴이었다. 치민은 퀭한 눈으로 이주사를 무표정하게 바라보았다. 눈동자는 총기가 없고, 아버지를 보는데도 눈길이 마주치지 않았다. 눈에 보이지 않는 막이 시선의 교차점을 방해하고 있었다.

"치민아, 나야, 아버지다!" 두 젊은이에게 팔을 잡힌 채 맞은편 의자에 앉는 아들을 이주사가 불렀다. 치민은 여전히 무표정했고 대답조차 없었다.

"클로르프로마진이라구, 지금 그 주사를 맞고 왔나봅니다. 매일 이 시간쯤이면 정기적으로 맞는 주사지요. 환각이나 망상에 효과가 좋은 수입 치료제죠. 시중에선 구하기 힘든 약입니다." 총무가 이주사 귀에 대고 작은 소리로 말했다.

이주사는 손수건으로 눈물을 닦았다.

"치민아, 말 좀 하려무나…… 애비가 왔는데."

치민은 표정 없이 총무와 이주사를 번갈아 건너다볼 뿐이었다.

"머리칼은 저희가 깎았습니다. 분열증 환자들은 환청이 심해지면 제 머리칼을 마구 쥐어뜯어 머리 밑이 해질 정도가 되거든요.

자제분은 지금 기억을 맞추려는 모양인데 선생님이 누구인지 떠오르지 않는 것 같습니다. 핀이 맞지 않는 착란 상태지요."

"치민아, 애비도 못 알아보는구나. 치민아!"

이주사는 오열을 쏟았다. 그는 총무의 소곤거리는 말을 흘려들으며 아들 손을 잡았다. 뼈만 잡히는 여윈 손이었다. 치민 얼굴에 엷은 미소가 번졌다. 이주사가 아들을 껴안았다.

"흥분하지 마십시오. 그렇게 말씀드렸는데 이러심 어떡합니까."

총무가 치민 양쪽에 앉은 두 젊은이에게 눈짓을 했다. 젊은이가 이주사를 치민으로부터 떼내었다.

"이제 됐네. 오십칠번 입원실로 옮겨. 면회는 끝났으니깐." 총무가 말했다.

두 젊은이가 목석같이 뻣뻣한 치민을 데리고 나가자, 이주사는 탁자에 얼굴을 묻고 흐느꼈다.

"진정하십시오. 우리는 최선을 다해 자제분을 완치시키겠습니다. 너무 낙심 마시고 일어나십시오." 총무가 이주사를 위로했다.

이주사가 아들의 보름치 병원비를 지불하고 각심정신요양원을 나섰을 때는 짧은 겨울 해도 기우는 석양 무렵이었다. 저녁 바람이 찬데도 총무는 친절하게 정문 수위실까지 따라나와 이주사를 배웅했다.

"한 달에 한 번꼴은 들러주십시오. 우리도 보름 간격으로 자제분의 건강 차도를 서면으로 연락하겠습니다." 총무는 상냥한 미소를 띠며 말했다.

"날이 찬데 옷도 따뜻이 입히구, 잘 좀 먹여줘요. 자식 꼴을 보

니 오장육부가 뒤집혀, 내가 미쳐버릴 지경이우. 정말 내가 미치
고 저애가 제정신을 차린다면, 그렇게만 된다면 내가 여기 남겠수.
그러나 그게 뜻대루 되잖으니…… 내 곧 상경하는 대루 애 어미를
내려보낼 테니 어린 놈 잘 돌봐줘요. 못난 자식을 맡겨 부끄러울
뿐입니다……"

이주사는 손수건으로 눈물을 찍으며 다시 한번 아들이 입원한
병동 쪽으로 눈길을 보냈다. 그는 늙은 수위와 목례를 나누었다.
이주사는 정문 밖으로 나갔다. 해안의 바위를 치는 파도 소리가
우렁차게 들렸다. 이주사는 세찬 바람에 몸을 움츠리고 허기와 피
로에 지친 걸음을 느릿느릿 옮겼다.

이주사는 눈물을 닦으며 마지막으로 다시 요양원을 돌아보았다.
수위실과 본관 건물과 그 앞에 펄럭이는 태극기가 어둠 속에 잠겨
가는 뒤편으로 노을이 피를 흘리듯 하늘을 뻘겋게 채우고 있었다.
이주사는 걸음을 멈추고 노을이 보랏빛으로 물들 때까지 오랫동
안 서 있었다.

치민은 왜 그곳에 수용되었을까

이주사가 매송면 사리에 있는 각심정신요양원에서 돌아온 이튿
날, 두툼한 편지 한 통이 집으로 배달되었다. 이주사가 요양원으
로 내려가기 하루 전에 치민이 보낸 편지였다. 이주사가 요양원에
서 아들을 면회했을 때, 편지는 이미 서울로 우송되던 중이었다.

정신병자가 보낸 편지 내용을 액면 그대로 믿어야 할지 어떨지
모르지만, 긴 사연은 과장 섞인 하소연을 인정하더라도 문맥이 논

리에 맞고 글씨체가 단정했다.

아버지 전상서.

아버지, 자정의 밤을 밝히며 이 편지를 씁니다. 정신병자? 아버지는 제가 정신병자가 아닌 줄 누구보다도 더 잘 알고 계시리라 믿습니다. 아니, 그 사람들 말처럼 제가 정신병자가 되었는지도 모르겠습니다. 우선 이 점을 염두에 두고 이 편지를 읽으시기 바랍니다. 이곳 위치는 수원에서 한참을 달려온 바닷가입니다. 분명히 말하지만 저는 그 사람들에 의해, 수원에서 이곳으로 끌려왔습니다. 그들은 저를 정신병자로 만들어버렸습니다. 이곳은 오직 파도 소리만 요란한 한적한 해변입니다.

제가 있는 '각심정신요양원'은 간판만 그럴듯할 뿐, 한마디로 생지옥입니다. 괴롭게 사는 이웃이 어찌 저뿐이겠습니까만, 저는 정말 정신병자로서 그 치유를 위해 이곳에 수용된 것이 아닙니다. 전 영문도 모른 채 강제적으로 수감되어 중노동과 감시 속에서 나날을 보내고 있는 실정입니다. 똥을 푸고, 비닐하우스 시금치 재배로 하루 낮을 보냅니다. 감시를 받으며 강 하구로 나가 고철, 조개류를 채취하기도 합니다. 밤이면 무슨 캐널 일이 그리도 많은지 날마다 수십 장씩 자술서를 쓰게 합니다. 지나온 과거를 기록하라는 강요지요.

인간의 죄를 대신하여 십자가에 못박혀 죽은 주님을 생각하면 제 이런 생활을 고통이라 말할 수 없으나, 인간은 자유로운 존재로서 하나님이 창조하셨고 독생자 예수께 구원받은 귀한 생명입니다. 인간이 인간답게 살 수 있는 권리를 하나님이 허락하셨지 않습니까. 제가 이런 식으로 말하자면 밤을 새워도 끝이 없을 것입니다만, 절박한 마음으로 여기 상황을 알려드리겠습니다.

이곳 각심원은 부랑아 수용도 겸하고 있는데 그 부랑아들이 정신병자의 감시역을 맡기 때문에 감히 누구도 도망갈 수가 없습니다. 우리 정신병자들(그중 나를 포함하여 십여 명은 정신병자가 아닙니다) 대우는 그 부랑아들에 비해서도 형편없어서 개나 돼지가 차라리 부러울 정도입니다. 사십 일 금식기도까지 해본 제가 보리죽이라고 못 먹을 것이야 없지만 저뿐 아니라 모든 환자들이 하루 세끼를 멀건 보리죽으로 떼웁니다. 가족이나 연고자가 없는 중환자도 있으며, 영양실조가 계속되면 그대로 죽을 수밖에 없는 선한 사마리아인 같은 환자도 있습니다. 저는 오직 주의 종으로서 제 모든 시간을 바쳐 그들에게 위로를 주고 기도드리고 있으나 제 힘만으로는 너무 미약합니다. 제 능력으로는 불가항력입니다. 바라고 원해도 하나님 손길이 여기까지 쉬 미치지 않습니다. 저도 처음에는 그 죽을 목구멍에 넘길 수 없어 며칠 금식을 하기도 했지만, 목숨을 건져 세상에 나가야겠기에 열심히 먹고 있습니다. 제가 입고 있던 외투와 점퍼, 심지어는 속옷까지 빼앗기고 지금 저는 떨어진 담요를 기워 만든 넝마를 입고 있습니다. 가족이 면회 오면 정문에서부터 수위가 한동안 잡아두었다가, 면회자가 총무실에 가면 총무라는 그 권력자이자 위선자인 빌라도가 면회 온 가족을 협박하고 간교도 부리는 모양입니다. 그러는 동안 부랑아들이 부랴부랴 요양원 마크가 붙은 새 옷을 환자에게 입혀 면회를 시킵니다. 그것도 건장한 부랑아 청년의 감시 아래 말입니다. 면회 온 가족이 양복 입고 생활 정도가 높아 보이며 돈을 많이 가져왔다고 판단되면 총무실에서, 그렇지 않으면 쇠철망을 사이에 둔 다른 면회실에서 따로 면회를 시킵니다. 핑계는 좋지요, 발광이 심해 철망을 했다면서. 거기에도 물론 감시자가 있습니다.

또 한 가지 놀라운 사실은 멀쩡한 환자에게 이상한 주사를 놓아 의식을 몽롱한 상태로 만들어 면회를 시킨다는 것입니다. 그렇게 되면 환자는 말도 되지 않는 헛소리를 늘어놓거나 바보처럼 멀뚱히 앉아 있을 수밖에 없습니다. 진짜 정신병자로 둔갑시키는 거지요. 아버지, 그런 자식을 대면하는 가족 마음이 어떻겠습니까? 이런 사실은 면회한 동료 환자들로부터 들었고, 저도 강제 주사 놓는 장면을 목격했습니다.

여기서는 사회에서 배운 지식이 아무 소용 없고, 똑똑하게 굴면 더 학대받습니다. 하긴 생사람을 정신병자로 취급하고 있으니 아무리 떠들어보아야 헛소리로 취급당할 수밖에 없긴 합니다. 면회할 때 가족에게 이곳 실정을 귀띔하며 집으로 가겠다고 하면 감시자가 그럴듯하게 부모를 설득하곤, 면회 끝나기가 무섭게 환자를 지하실로 끌고 가서 쇠줄에 묶어놓고 몽둥이로 사정없이 팹니다. 이런 사실을 면회 온 가족이 알고 요양원 총무란 자에게 항의하면, "아들의 정신병 증세가 심해서 불안 공포에 떨고 있어 그렇다"고 합니다. "발작이 심해서 독방에 넣어놓으면, 나를 죽이려 한다고 고함지르고, 자기 머리를 시멘트 벽에 박아 쇠줄로 좀 묶어두면, 이젠 고문한다고 떠듭니다. 이런 정신병자를 다루기가 우리로선 애로가 많습니다……" 이런 따위로 얼버무리는 상투적 능변을 일삼습니다.

아버지도 면회 오실 때 틀림없이 이런 말을 듣게 되실 겁니다. 그러나 모두가 거짓이니 속지 마시기 바랍니다. 정말 속아넘어가면 아버지는 이리의 꾐에 빠진 어린 양이 되시는 셈입니다. 부당한 요구를 하며 돈을 뜯어내는 일이 허다하니 그 점도 주의하십시오. 이를테면 인슐린 쇼크 요법이다, 전기 쇼크 요법이다 하며 치료비를 요구하는 악랄한 수단에 넘어가지 마십시오. 옷이나 빵, 과자 따위를 사오지 마십시오. 그것들은 제 손에 들어오지 않습니다. 그런 물건을 모아다 다시 팔아먹는 실정입니다.

아버지, 한시바삐 저를 구해주십시오. 아무리 세상이 죄악투성이라도 이곳보다야 낫지 않겠습니까. 말할 자유, 거주 이동의 자유, 경제가 허락하는 한 골라 먹을 자유가 있지 않습니까. 그것보다도 부모 형제와 가난한 이웃과 친구를 만날 자유가 있지 않습니까. 이제 개학도 얼마 남지 않았는데 제게도 학우들과 함께 기도하고 찬송할 수 있는 자유를 주십시오. 주님이, 내가 선택한 아들 너에게 짐을 주니 네가 그 짐을 기꺼이 받고 너의 슬픈 이웃을 위해 내 이름으로 빛을 주고 화평을 주라고 하신 말씀을 세상에서 실천할 수 있는 기회를 주십시오. 빨리 오셔서 모든 면에 불비한 자식을 꾸짖어주세요.

제가 밖으로 나가면 하나님의 이름으로 이 요양원의 죄악상을 폭로할 작정입니다. 이 사회에 이런 허위와 악이 존재한다는 데 대하여 진리의 말씀으로 정죄받게 할 작정입니다. 인간을 비인간화시키고, 참다운 삶을 비양심의 흉기로 짓밟고, 거주의 자유를 사슬로 얽매어 감금하는 이런 지옥이 민주주의 한국 땅에 악마의 소굴로 존재한다는 사실을 만천하에 공개할 겁니다. 진노하는 예수님이, "이제 내가 고통 받는 너희를 구하러 가리라, 그 문에 당도하여 하나님의 검은 악으로 심판하리라" 하신 말씀의 날을 믿으며, 제가 이 요양원에서 벗어날 때 불비한 입이나마 빌려 주님의 크신 진노가 내릴 것입니다.

이 편지는 면회 온 다른 가족을 통해 극비로 부칩니다. 이 편지가 발각되면 정말 얼마나 무서운 고문을 당할는지 모릅니다. 편지가 무사히 도착되어 아버지가 읽으시고 지체 없이 달려오실 날만 두 손 모아 기도합니다.

주님의 가호 아래 편안하소서. 아멘.

치민 올림.

이주사는 아들의 편지를 읽고 나자, 요양원 총무의 말을 믿어야 할지 아들의 말을 믿어야 할지 판단 내릴 수 없었으나, 아들을 당장 각심정신요양원에서 빼내야 한다는 사실은 확신할 수 있었다. 그리고 이런 편지를 쓸 정도라면 아들의 정신분열증이 반드시 치유될 수 있을 터였다. 그러나 한 달 동안의 아들의 실종이 종교적·정치적·내적 갈등에서 파생된 정신병 탓인지, 아니면 타의에 의해 강제된 고통으로 생긴 결과인지 그 결론은 내릴 수 없었다.

오직 악의 뿌리가 아들의 순수한 영혼을 억압하는 상태이고, 아들
은 그것을 이겨내려 필사적으로 몸부림을 치고 있음을 깨달을 수
있었다.

(『현대문학』 1975년 2월호)

돌멩이

돌멩이

창수 나이 이제 스물로 얼굴은 뭉쳐진 메주덩이 같다. 어차피 넥타이 팔자는 어울리잖는 생김새다. 거뭇하고 울긋불긋한 여드름이 콧잔등만 빼고 벚꽃을 피웠다. 작은 키에 옆으로 벌어진 체격이 장정 골격을 갖추었다. 기워 입은 청바지에 허름한 남방셔츠는 누가 보아도 공사판 등짐꾼이다. 진흙투성이인 큼지막한 비닐 가방이 그의 손에 들렸다.

창수는 새로운 일거리를 찾아 떠돌아다녔다. 건장한 몸 하나를 밑천으로 타관으로만 돌았다. 객지에 등 붙이고 매운 바람과 뙤약볕 맞으며 자리 가리지 않고 굴러다녔다. 다시 서울 땅을 밟은 지 칠 개월 만이다. 그로서는 낯선 곳이 아닌데 처음 와보는 곳 같다.

창수는 일 년 복역 생활을 마치고 교도소를 나왔다. 지난 이월까지 구로공단에서 보냈다. 일도 고됐지만 추위가 너무 심해서 고생을 많이 했다. 삼 년 절도 생활을 손씻고 뛰어든 공사판이었다. 처음 등짐지게를 질 때, 등판이 하도 쓰려 잠을 잘 땐 엎드려서 잤다. 지금 생각하면 순자를 만났다는 기쁨 하나로 넘길 수 있던 고생이었다. 도부공 윤씨가 그때 말했다. 김군, 자네도 얼마 안 가 이 생활에 때가 배일 거야. 따지고 보면 우리는 소나 말 같은 인생이지. 그러나 신명날 적도 있어. 나처럼 십몇 년 좋이 이 생활에 젖어봐. 사람 팔자가 물맛처럼 싱겁기 짝이 없지만 간혹 여름날 샘물 마셔봤지? 그렇게 달 때도 있어. 어때, 날 따라 저 남도로 안 가겠나. 먼저 내려간 강목수가 자리를 잡았대. 거긴 경기가 여기보다 낫다는데, 그냥 훌쩍 떠나보자구. 창수는 윤씨를 따라 섬진강 댐 공사장으로 내려갔다. 거기서부터 전라도·경상도 땅으로 싸돌며 도부공 일을 익혔다. 마산 수출공단 일도 끝날 즈음이었다. 딸년이 껌팔이에 나섰다는 엽서 편지를 받고 윤씨가 말했다. 김군, 나하구 울산으로 안 가겠나. 올라감 뭐해. 깨진 안경알도 못 갈아 끼우는 주제에 윤씨는 떠도는 얘기만 했다. 형님두 술 작작 마셔요. 버는 돈 술값에 다 날리구. 저랑 함께 서울로 올라가요. 애들도 보구 싶잖나봐. 윤씨는 소주를 마시며 울었다. 윤씨를 버려두고 창수는 상경했다.

이월에 서울을 떠나 팔월에 다시 밟는 서울 땅이다. 삼복더위가 아스팔트 바닥을 끓인다. 그는 구로공단 이천식당부터 찾는다.

한 통의 편지로 소식이 끊긴 순자였다. 그게 언제였던가. 삼일절이라고 노동판에도 빵 두 봉지 특별 간식을 주던 날이었다.

—당신이 보고 싶심더. 돈 버러 오것다, 돈 버러 오것다. 아부지도 그카고 떠나드이 소식 업고 당신도 소식 업고. 내사 마 죽으모,

죽으뿌리모 조켓구마는. 아아, 방문 잠구고 연탄불 부치놓고 까스 맡고 죽으모 조켓구마는……

열아홉 나이에 어른스레 '당신'이라는 칭호를 겁도 없이 쓰던 순자였다. 아무렇게나 뱉은 칠 개월 전 약속이었다. 돈 벌어 다시 오겠다던 말 한마디가 창수 가슴을 아프게 했다. 가슴 졸이며 남의 집 담을 넘나들던 시절엔 이 여자 저 여자 살도 많이 섞었다. 창병도 숱하게 걸렸다. 그런데 왠지 순자만은 잊혀지지 않았다. 차라리 못생겼다 해야 할 순자였다. 들창코에 광대뼈 불거진 순자 얼굴이 꽁초 연기 속에 시나브로 떠올랐다.

"그새 일곱 달은 됐겠구만요. 할머닌 벌써 날 잊었나봐. 내가 창수 아니오. 저 앞 가발공장 지을 때 밥 대어 먹던 창수, 김창수 몰라요?"

창수는 가방을 팽개치듯 던지고 도마의자에 앉는다. 남방 앞자락을 걷어 얼굴의 땀을 닦곤 식당 안을 둘러본다. 드럼통 다섯 개가 흙바닥에 엎어져 있다. 칠 개월 전과 다름없는 꼴이다. 순자 대신 들여놓은 계집애는 말 같은 키에 엉덩짝만 크다.

"창수라 했지? 외상값 떼어먹은 이름은 아니구만. 떼어먹고 도망친 놈은 내 죄다 외고 있으니깐." 할머니는 주름살을 벌리고 옴팍한 작은 눈으로 째려본다. 회갑을 넘긴 노파는 마른 명태 같다. 아는 둥 마는 둥 창수를 보고 두어 번 머리를 끄덕이더니, "그러고 보니 탁주 배달해주던 총각 닮았구만. 그 고물 자전거에 술 닷 말 싣고 가다 자가용에 받혀 창자가 터졌다던가 하던 총각이지" 하고 김빠진 소리만 한다.

"날 모른담 할 수 없지. 할머니도 장사 다했구만요. 그렇게 생각이 짧아서야 어디. 근데, 순자라구 그 계집애 여기 언제 떠났어요? 땅땅하구, 머리 많은 애 있잖아요, 경상도 말 쓰구."

할머니는 반백 머리털을 쓸어넘기며 웃는다. 기억을 붙잡은 모양이다.

"난 또 누구라고. 안경쟁이 윤씨 시다라 해야 알지, 창수람 내가 이름을 어떻게 외워. 자네 같은 청년을 한둘 상대했어야지. 이것도 직업이라구 뜯어먹자는 파리 떼는 얼마나 많은지. 그것들이 쥐뿔나게 또 외상장부만 찾으니. 근데 무슨 일로? 저 아래 시민주택인가 거기서 일하게 됐나?"

"그게 아니고, 순자년 말이에요."

"그년은 왜? 벌써 떠났지. 유월이던가, 시골 간다면서 나갔어. 들여다만 놓으면 애년들은 밑구멍 닦기 바쁘게 나가구 들어오군하니깐. 그래도 순자 그년 착했어. 순진한 호박씨 있지? 그런 애야. 근데 왜 그래? 무슨 언약이라도 있었나?"

"언약은 무슨…… 그저 한번 만났음 싶어서요."

창수는 '남대문' 담배 한 대를 뽑아 문다. 그년 말이에요, 난 정말 그렇게 보잖았는데 숫처녀더구만요. 순정을 홀랑 나한테 바쳤지 뭐예요. 그래서 올라온 김에 한번 만났음 하구요. 창수는 말하고 싶지만 입을 다문다. 돈 벌어 같이 살자는 맹세야 사탕발림 소리로 몇십 번도 더 했지. 그걸 그년이 믿었나, 내가 믿었나. 어쨌든 만나긴 만나야지 하고 마음을 추스르는데, 창수는 그 길이 막연하다.

"냉수 한 사발 주구려. 참, 밥때구먼. 아직 된장에 무친 시금치

108

나물 있는지 몰라. 여수 있을 때 생각나더니만."

창수는 얼굴 땀을 훔친다. 해가 꼭지에서 불탄다. 바깥이 단볕 아래 하얗게 보인다. 저쪽, 공사 중인 주택단지에서 망치질 소리가 들린다. 더위가 기승을 부려도 일할 사람은 일한다. 순자년이 여기 그대로 있다면 자기는 저 공사판에서 일할 수 있으려니 싶다. 막일은 어디로 가나 널렸다.

"백반 한 상." 할머니는 말 같은 계집애한테 이른다. 성인만화를 보던 그애가 윙윙거리는 파리 떼를 쫓으며 일어나 주방으로 간다. 할머니가 계속 말한다. "내 음식 솜씨 하난 아직 알아주누만. 월남서 죽은 둘째아들놈도 거기서 늘 그런 편지 했거든. 오매가 담근 김치맛 생각난다구."

"지난날 얘기하면 뭐해요. 그런데 순자년 시골 갔담 편지도 없었나요?"

"편지? 그 김치독 같은 숙맥도 글줄 아나? 내 참, 이 멍충이 같은 정신 봐. 나간 후 한번 오긴 왔더라. 시골 간 게 아니더구만."

"왔다니요?"

"저 창동 무슨 밥집에 있담서. 거기도 새 집들이 많이 들어서나봐. 뻔하지. 어느 년이 돈 더 얹어준다고 꼬드겨 내빼간 거야. 그만둘 땐 말솜씨 하난 참기름인데. 언니가 시집가서 고향에 내려가 농사일 부엌일 봐야 된다고 씨부렁거렸으니. 순자 그년도 이젠 냇가 차돌처럼 많이 빨렸겠지. 그런 세상이니깐. 어쩜 가랭이 벌려 씹을 파는지도 모르고."

"창동이라, 저 의정부 가는 쪽 말이죠?"

"난들 아나. 요 길바닥 벗어남 까막눈인걸. 그래 자넨, 돈 좀 벌었나? 도부장 윤씨는 어떻고?"

"울산 갔어요. 거기 공사판이 크니, 돈 잡아 올라온다고."

"돈? 미친년 구름 잡기지. 밥장사해서 빌딩 지었다는 말 들어도 공사판 막벌이꾼 판잣집 샀다는 말 내 못 들었다."

창수는 밥을 먹는다. 숟가락질이 다부지다. 빨리 퍼먹고 창동인가 그리로 가보기로 정한다. 입에서 욕지거리가 나온다. 씨팔년 땜에 내가 왜 이렇게 허둥댈까. 안 만남 어때. 계집년이 어디 그년뿐인가. 할머니 말처럼 마장동만 나가도 가랑이 벌리고 누운 년이 허다한데, 창수는 무엇에 홀린 기분이다.

"자네도 노가다라구 입 하난 걸구만. 서독 광부 간 큰아들도 자네처럼 덩치는 좋지."

"아들들, 외국 꽤 좋아하네. 돈 부쳐와요?"

"그럼. 얼마나 효잔데."

"그렇담 왜 이 장사 해요?"

"육신 썩을 때까지 벌 수 있음 벌어야지. 돈이 눈멀었다고 이 늙은이 찾아오겠나. 내가 깡다구 좋게 쫓아다녀야지. 그래도 백 원짜리 잡기가 힘든 세상이야. 근데 만 원짜리로 놀아나는 치들이 허다한 세상이니. 뭐니 해도 이 세상은 돈이 젤이야. 둘째애 며느리 얻으면 저기 짓는 저런 집 사주려 했는데. 나보다 먼저 갔지. 이 할망구 안 데려가고 먼저 세상 떠났어. 남의 싸움판에 제놈이 왜 가서 죽어. 연금이 나오긴 해. 근데 연금 나옴 뭐해. 돈 나구 사람 났나. 돈이 젤이라두 자식하구 바꿀 수 있나."

"허긴 그래요. 몸 성한 게 돈 버는 거지요." 창수는 말 같은 계집애에게 짜증을 낸다. "냉수 달랬더니 뭘 해. 물 줘!"

"자네도 신경질은 있어서." 할머니가 말한다.

"씨팔, 더울 땐 먹는 것두 귀찮으니."

"먹기 위해 이 지랄들인데, 주둥아리 한번 신사구나. 순자년 찾거든 신고 간 내 고무신 달라더래라. 새 신이든 헌 신이든 제 신 안 신구 왜 남의 신 신구 토껴. 재수 없게."

할머니는 귀에 꽂은 꽁초를 문다.

"알았어요. 순자년 말이에요, 창동 무슨 식당이래요?"

"그걸 외운담 나도 학자 됐지. 충청도 사람이 주인이라던가. 하여간 그래."

"안녕히 계슈. 순자 만나면 고무신 얘기 할 게요. 그거라도 알려 줘 고마워요."

창수는 밥값을 주고 나선다. 삐뚜름히 걸린 이천식당 간판이 서독 간 맏아들 글씨인가, 창수가 보아도 흉측하게도 못 썼다. 창수는 불볕 아래 가방을 들고 뚜벅뚜벅 걷는다. 창동 가는 버스를 탄다. 한참 졸고 나서도 운전수 말이 창동은 아직 멀었단다.

"제길, 창동이라. 끝에서 끝이군."

"글쎄요, 창동도 하도 넓어서. 집도 여기저기 지으니. 저리, 저기로 가봐요. 거기도 밥집은 있으니깐."

어느 여편네의 시투렁한 대답이다. 창수가 밥집 하는 사람 잡고 벌써 몇 차례 묻는 말이다. 정말 지랄 같다. 제년은 제년대로 살

텐데 내가 왜 찾아나서 이 고생인지 모르겠다는 생각이 든다. 창수는 플라타너스 그늘 아래 주저앉는다. 담배 꽁초를 남방 주머니에서 찾아내어 입에 문다. 러닝셔츠가 젖어 담배까지 꿉꿉하다. 꽁초를 팽개치고 새 담배를 불 댕겨 빤다. 망연히 앞쪽을 본다. 버스가 지나가고 사람도 지나간다. 또 졸음이 온다. 나뭇등걸에 등을 기대고 눈을 감는다. 이 생각 저 생각이 꼬리를 문다. 생각이 많아지면 사람 된다던데, 자신도 생각이 많아진 놈으로 변했다. 작년 이맘때에 비하면 어른이 된 기분이다. 통수형 간청을 뿌리치고 사서 하는 고생이지만, 얼마나 마음 편한지 몰랐다. 간 졸이지 않고 다리 뻗고 잘 수 있게 되었으니 말이다.

창수야, 생각 고쳐먹어. 좀도둑? 절도가 죄니. 이것도 직업이야. 빵간서도 왕초가 그러잖았니. 형무소 오는 놈 중 가장 불쌍한 놈들이 쩨쩨한 좀도둑이라구. 돈이 죄라 훔친걸. 굶어 죽게 되니 훔쳐야 사는 걸 어떡해. 어떤 놈은 어마어마한 돈 왕창 해먹어두 잘사는데, 팔면 천 원두 못 받는 라디오 훔쳤다는 게 큰 죈가. 우리 생활 좀 봐. 여인숙서 자구 새벽 네시에 기어나오잖니. 해 뜨기 전까지 담 넘구 간 졸이며 노동해서 돈 버는 좀도둑이 무슨 큰 죄라구. 입구멍이 포도청 아닌가. 속담에 어디 그른 말 봤어. 통수형이 그렇게 달랬어도 창수는 그 짓에서 발을 뺐다. 도둑질 평생 해먹어도 잘사는 놈 못 봤다. 잘살긴 이미 틀려버린 팔자지만, 그래도 힘 있을 때는 노동일이 낫고 그것도 익히면 기술이다.

창수는 일어선다. 아까 아줌마가 손가락질한 샛길로 걷는다. 너무 덥다. 일할 땐 더운 줄 모르는데 놀면 덥다. 저쪽, 또 집들이 지어지고 있다. 계속 변두리로 늘어나는 주택이다. 그래도 세상에는 집 없는 사람이 더 많다. 집 없고 가족 잃은 사람이 창수다. 어쩜 그런 거 없는 신세가 더 편할는지 모른다. 거추장스럽지 않으니 몸만 튼튼하면 어떻게든 산다. 그러나 병이 들면 큰일이고, 그것으로 끝장이다.

술집이 하나 있고, 점포가 하나 있다. 술과 밥을 파는 집들도 있다. 그 뒤로 십 년은 넘게 터잡고 살아온 오십여 채 판자촌이 있다. 게딱지 같은 난민촌이다. 골목은 반들반들하고 손때 묻은 문짝들이 달렸다. 구슬 구르듯 애들이 뙤약볕 아래 뛰논다.

"이 집 주인장 충청도 양반입니까?"

창수가 다섯번째 식당의 열린 문 안으로 목을 뽑아 민다. 계속 헛걸음만 치는데도 포기 않고 땀을 흘리며 밥집을 뒤지고 다니니 자신이 생각해도 싱거운 놈이다. 순자년 들창코가 뭐 그리 그립다고 이 안달인지, 순자가 순정을 바쳤으니 자신도 뒤늦게 순정을 바치는 참인지 모른다.

"아닌데. 저 집, 저기 기저귀 널린 집. 그 집이 아마 충청도라던가. 하여간 아랫녘 느슨한 말씨를 써."

서른 넘겼을까, 아직 팔팔한 녀석인데 반말지거리다. 낮부터 술에 취해 벌건 얼굴이다. 창수는 한 차례 갈기고 자빠진 쌍통에 연탄재나 얹고 밟아버렸음 싶다.

식당 앞에 기저귀 널린 집으로 걷자 창수 가슴이 다시 뛴다. 이제 찾았나보다고 안심을 한다. 순자년 만나려고 이 삼복에 꽤나 고생을 했다. 만나기만 해봐라. 작살을 내고 말 테니. 창수는 히물쩍 웃는다. 아랫도리가 갑자기 뿌듯해진다.

블록만 쌓은 천장 덮잖은 주택공사 현장의 뼈대만 선 닮은꼴의 집들 중 아무 집이나 순자를 끌고 들어갔다. 그만 간지르이소. 내사 이라모 증말로 할매한테 이를 끼라예. 시장 보러 나왔는데 이런 데 데불고 오모 우예되는교. 구들을 놓지 않은 시멘트 바닥에 스티로폼 깔고 눕히자 순자는, 와 이캅니꺼를 연발했다. 지난 정월, 그 공사 현장에서 덜덜 떨며 대여섯 차례 살을 섞었다.

창수는 휘장을 걷으며 식당으로 들어선다. 순자년이 숫처녀만 아니었으면 이 고생을 안할는지 몰랐다.

"보시오. 여보시오."

여편네가 판자로 맞춘 밥상에 머리를 박고 단잠에 취해 있다. 순대에 달라붙은 파리 떼만 배를 채운다.

"왜 그러유?"

여자는 허리 펴며 눈을 비빈다.

"여기 순자라구, 경상도 가시내 있지요? 들창코에 작달뭉실한 애 말이오?"

"그래서유?"

여섯번째 집이다. 이제야 제대로 찾아들었다. 창수는 가방을 놓고 의자에 앉는다.

"어디 갔어요?"

"장에 보냈이유. 댁은 누구유?"

"누군지는 물을 것두 없구, 사촌오빠쯤 되는 사람이오. 우선 여기 탁주 한 되 주구려. 그년 만나려고 하루해 다 보냈네, 제기랄."

"그런디……"

아줌마가 무슨 말을 하려다 주춤한다. 김빠진 상이 되어 피식 웃는다.

"뭘 그리 아는 체해요?"

"순자 꼬락서닐 보면 알 틴디유. 건 그렇구유, 뭐 그런 것, 서루 좋아하는 새 아뉴?"

"남의 대답은 귀에 말뚝 박고 들었나. 좋아하는 사이람 아줌마가 중매 설 테요?"

창수는 공연히 시비조다. 여자는 입을 벌쭉 내밀더니, "개도 임자 있는 몸인가뷰."

"임자?" 창수가 실소한다. "아줌마, 순자 말이에요. 구로동서 왜 그만뒀대요?"

"개가 말이 없으니 잘 모르것이유. 근데 애인인가 뭔가 만나겄다구 전라도 쪽에 내려갔다 허탕치구 올라왔나봐유. 그러다가 저 동대문 장바닥에서 쥔 아빠를 만났대나봐유."

"쥔 아빠? 아줌마 서방 말이오?"

"그리유. 빽빽 울고 있는 걸 데리고 왔이유."

애인을 만나러 전라도로 내려갔다? 창수는 생각한다. 그렇담 자기를 만나러 내려간 게 분명하다. 자기는 섬진강 댐 공사장에서 곧 여수 축항 공사장으로 떠났으니 순자의 허탕이야 뻔했다.

아줌마는 땅에 묻은 독에서 술을 떠낸다. 주전자 가로 흐르는 술을 손으로 닦으며 가져온다. 살아서 날아갈 듯한 김치와 젓가락도 나른다. 창수는 남방셔츠 단추를 죄다 연다. 사발에 철철 넘게 술을 쳐 한 잔을 들이켠다. 창수는 그동안 순자에 대한 궁금증이 많았으나 참는다.

"이렇게 파리만 날려 장사가 돼요?"

이천식당보다 더 시들해 보인다. 백반 백 원, 해장국 백 원, 순대국 백오십 원, 오징어볶음 이백 원. 가짓수도 많게 차림표가 붙었다.

"여기 방도 두고, 색시두 있나요?" 짚이는 게 있어 창수가 묻는다. 혹시나 순자가 쥐 잡아먹은 입술로 매미 노릇이나 하지 않나 싶다.

"잠잘 방두 읎는디, 그런 장산 안허유."

"그럼 순잔 어디서 자는데요?"

"여기 술청에서 의자 대놓구 자지유."

"촌닭 같다구, 참말 천대하누만."

"천대라니유. 헹펜이 그런 걸 어떡해유."

창수 셈으로는 그래도 다행이다. 여자는 치마만 둘렀다 하면, 도적질 능사로 삼는 사내와 다를 바 없다. 몸 편하게 돈 버는 방법을 빨리 터득한다. 고무신에 보퉁이 하나 들고 서울역에 내리면 오륙 개월은 몸 사려 버틴다. 아니, 처음부터 가랭이 벌리고 퍼런 돈 두 장만 줘도 좋아한다. 그년들 입 하난 그래도 암행어사라, 아랫도리 썩는 줄 모르고, 밥 먹고 살긴 매일반 아니냐며 코웃음친다. 월급이야 어쨌든, 그래도 여기 있담 순자년은 아직 안 빨린 게 틀림없었다.

"장사가 쏠쏠하게 되냐구 물었이유?"

116

"아줌마도 느리긴 느려. 눈뜨고 코 끊어먹는 세상 아뉴. 충청돈 아직 그렇게 말대답이 느리담?"

"즈이덜두 올라온 지 월마 안 됐이유. 지금두 뭐 촌사람이지유. 증말 서울은 커유. 동대문시장인가를 가봤이유. 원놈의 사람이 구데기처럼 그렇게 들끓어. 다들 밥 먹구야 살겠지만, 그 양식을 누가 다 대는지."

아줌마는 찢어진 부채를 부친다. 매사에 걱정이 없어 보인다. 꼭지 떨어진 호박처럼 그저 굴러다니며 마음 편하게 살고 있는 여자다.

"묻는 말 대답도 않고 딴전이네. 그건 그렇구, 순자가 여기 언제 왔어요?"

"한 댓 달 됐나. 헹펜이 헹펜이라 품삯두 때맞춰 못 주고 있이유. 지가 아까 웃은 이유나 한마디 헐 게유." 여편네는 또 피식 웃는다. 그러고는 무슨 신기한 보고나 되듯 말한다. "순자 개도 쪼끔 있으면 해산허구 여기 떠날 끼유."

창수는 깜짝 놀란다. 들고 있던 술잔을 놓고 묻는다.

"해산이라니? 앨 뱄다는 거요?"

"지집아 애 낳기 예사 방맹이지, 놀래긴. 증말 그리구 보니께 저두 한마디 물어보구 싶구먼. 저기 말이유, 김창수라구 아시는지 유?"

"김창수?"

"순자 개가 하두 입에다 자꾸 올려쌓는 이름이라 혹시나 하구유. 사촌간이라니께 묻는 말이유."

"사촌? 내가 사촌으로 보여요? 그래, 사촌이라 치고 김창수는 왜 찾아요?"

창수는 참으로 눈치 느린 아줌마라고 생각한다. 정말 시골서 온지 얼마 되지 않는 모양이다. 그 아비에 그 딸이라고, 순자는 그 주인에 그 식모임에 틀림없다.

그제서야 아줌마는 낌새를 알아차린 모양이다.

"증말, 그리구 보니께 댁이 맞구먼유. 댁이 김창수란 사람 맞지유?"

"그렇소만?"

창수는 마지못해 웃는다.

"그러면 순자 개 뱃속에 든 애 아버지구먼유. 순자가 댁을 만날 수 있을까, 임자가 여기를 찾을까 기다리며 자꾸 울던디. 구로동인가 워딘가에 있는 식당에다 여기 있다는 귀띔은 해놓은 모양이던디."

창수는 그만 술맛이 달아난다. 도대체 뭐가 어떻게 돌아가는지 벙벙하다. 자궁 하난 좋아서 데꺽 씨를 품은 건 또 좋다. 근데 왜 떼지 않았을까 궁금하다. 창수는 나이 스물에 애 아비가 된다니 기가 막힌다. 혼자 입도 겨우 풀칠하는 형편에 이 무슨 날벼락인지 알 수 없다. 창수는 갑자기 목이 멘다.

창수는 거푸 술잔을 비워낸다. 그는 공연히 여기까지 왔다고 후회한다. 이런 짐 맡으러 왔는지 모르고, 물귀신에 씌어 목에도 안 차는 거랑물에 빠져 죽는다더니 그 꼴이다. 그냥 술값만 주고 도망갈까 궁리해본다. 순자에게 주려고 가져온 가방 속의 일곱 가지 무지개색 팬티를 아줌마에게 맡기고 토낄 생각이 꿀떡 같다. 갑자기 재수에 옴 붙었다는 생각이고, 뻣뻣하던 아랫도리가 시든 고추처럼 말라붙는다. 순자의 앞산만한 배가 눈앞에 떠오른다. 울고 짤 순자년의 들창코가 돼지 얼굴과 나란히 떠오른다. 식충 같은 년, 낳아서 까지르면 제일인가. 흙 퍼먹고 살래도 돈 드는 세상에, 어휴 숙맥 같은 년. 창수는 부아가 치민다. 욕지거리가 속에서 끓는다.

"술 한 되 더 주슈!" 창수가 고함친다.

창수는 엉덩이가 의자에 붙은 듯 떨어지지 않는다. 무슨 곡절인지 찰거머리처럼 그의 몸을 잡아맨다.

"촌에 있는 게 나았지. 이게 워디 장사라구. 쥔 아빠가 동대문시장에서 만년필 장사라도 허니껜 저두 핀둥거릴 수 없어 해보는 거유. 그런디 들인 돈두 떨어지잖는 장사에 떼어먹는 사람은 또 많구……"

창수 귀에 아줌마 말이 들리지 않는다. 아직 도회 때가 묻지 않은 어수룩한 여자의 하품 섞인 넋두리가 귀에 들어올 리 없다.

"씨팔, 양자복지횐가 뭔가 있다더라. 거기에 애를 팔면 돈도 나온다지 아마. 애놈 상판이나 구경하고 팔지 뭐. 애 애비 한번 돼보고 다시 무효로 돌아가는 거다. 뭐 이런 세상에, 스무 살에 애비 안 돼 본 놈 또 어딨냐." 취기가 돈 창수가 허풍을 떨며 넋두리를 늘어놓는다.

"울지 말라니깐. 이년아, 운다고 뱃속 것이 감쪽같이 달아나!"

여인숙 골방, 자정이 넘도록 잠을 못 이루는 창수와 순자다. 똥뺙으로 두 차례 살을 섞어 창수는 녹작지근한 노곤함에 젖는다.

소주 한 병의 취기로 발끝까지 저려온다. 창문을 열어놓았으나 지독히 덥다. 바람 한 점 없다.

순자가 갑자기 아랫배가 아프고 뱃속 것이 뛴다고 울상을 짓는다. 벌렁 누운 창수를 내려다보며, 그래도 부채를 부쳐준다. 순자의 뺨을 타고 눈물인지 땀인지 흐른다.

"어쨌든 고맙심더. 찾아와줘서 고맙심더. 내 혼자 키울라고 마음묵고 있었는데."

순자가 다시 어깨를 들먹이며 감복한다. 구 개월 다 찼다는 배가 보기에 민망하다. 말을 할 때도 숨길이 가쁘다. 창수를 내려다보는 순자의 젖은 얼굴이 대견함에 취해 있다. 만나자마자 땅바닥에 주저앉아 행복에 겨워 꺼이꺼이 울던 순자다. 엉금엉금 기어와 창수 다리를 붙잡고 고맙심더를 연발하던 순자다. 아직도 고마움의 눈물을 거두지 못하는 순자가 창수는 대견스럽다.

"날씨 하나 더럽게 덥군. 젠장맞을 것, 일터도 없는데 비나 좍좍 쏟아져라."

창수는 투덜거리지만 마냥 기분은 좋다. 팔베개 베고 누웠는데 부채질하는 순자가 예뻐 보인다. 그는 태어난 뒤 처음으로 뭔가 된통 호강하는 기분이다.

"그만 부쳐. 네년도 몸 가누기 힘든 처진데, 꼴에 남 걱정하네" 하다 창수는 조금 전 순자 말을 떠올린다. "너 뭐랬어? 혼자 키운다고? 그 똥배짱 한번 세군. 네년 입살기도 힘들잖아서 애를 키워? 처녀가 애 낳아도 할말 있다더니 네년이 그 꼴이군. 그래 우량아로 실컷 키워봐, 씨팔."

창수는 목 안의 가래침을 입으로 올렸다 삼킨다. 그는 곰곰이 따졌던 생각을 다시 떠올린다. 과연 내 새끼가 틀림없을까. 혹시 나한테 구멍 뚫리고 다른 놈이 새치기하잖았을까? 뭐 틀림없겠지. 날마다 잡놈과 상대하는 창녀도 애를 배면 누구 씬지 안다는데. 설마하니 그 충청도 여자한테 저년이 거짓말했을까. 이 순진뜨기가, 이래 기쁘다고 울어쌓는 얼간이가 거짓말할까. 창수가 생각을 엮는 사이 순자가 울먹이는 소리로 말한다.

"참말로 오늘이 지 평생에 둘째로 기쁜 날임더. 오늘같이 기쁜 날이 또 있을라꼬. 지는 마 행복합니더."

"행복? 너도 늘었어. 문자 쓰는 것 보니."

"여자도 공부해야 된다는 걸 깨달았어예. 요새는 핀지도 잘 쓰고. 그동안 내가 얼매나 핀지 보냈다고예. 되돌아와서 그렇지예."

"처음 기뻤을 땐 언젠데? 내 만나기 전에 애인이라도 있었나? 고향에서 말이다."

"무신 말을 그래해예. 옛날에 말임더, 울 아부지는 운전수였거등예. 대구서 진주나 마산이나 저 울진 댕기는 버스 운전수였거등예. 우리집은 합천이라예. 버스가 지나댕기는 질 앞 초가집이라예. 한 달에 한 분씩 아부지가 운전하는 버스가 사람들을 꽉꽉 싣고 집 앞으로 지나가는 기라예. 증말로 어무이와 나와 동상들은 버스가 지내가는 날을 손꼽아 기다리는 기라예. 아부지를 만나는 날인 기라예. 아부지가 갈아입을 옷꾸레미 들고, 또 떡도 해서 들고 하루 쬥일 기다리는 기라예. 추분 겨울에 눈보라가 쌩쌩 부는 날도 기다리는 기라예. 메칠날 차가 합천으로 지나간다는 핀지와 한 달

번 돈을 받으모 엄마는 그날부터 떡 찌고 두꺼분 아부지 양말도 짜는 기라예. 그라던 어느 날, 증말로 아부지는 버스 그 높은 자리에 늠름히 앉아 마을로 들어서는 기라예. 아부지다! 아부지가 버스 몰고 왔데이! 우리는 막 떠드는 기라예. 옷도 주고, 떡도 주면, 아부지는 대구서 사온 엄마 세타도, 내 공책도, 동생 양말도 주는 기라예. 그라고 잠시 버스가 섰다가 다시 떠나거등예. 버스가 먼지를 일으키미 멀리 가모 눈물이 와 그래 나던지……"

순자는 또 운다. 서러움인지 기쁨인지, 계속 운다. 그렇게 울다 눈물을 다 쏟고 나면 부른 배가 꺼질 것 같다.

"그때가 언젠데? 몇 학년 땐데?" 졸음이 오는 눈을 비비며 창수가 묻는다.

"아매 초등학교 삼학년 땔 끼라예."

"그때가 처음 기쁜 때였단 말가?"

"그래예. 그런데 그해 겨울에 아부지 차가 눈길에 뒤집혔어예. 브레키 고장으로 그만 낭떠러지로 떨어졌어예."

"그건 나도 알아. 너가 언젠가 차 사고로 아버지가 죽었다고 말했잖아. 학교도 그때 그만뒀다고. 우리 같은 처지에 그 정도 과거 없는 인생이 있겠어. 고기잡이 나가 죽은 울 아버지나, 아들 하나 두고 생과부된 울 엄마가 의붓아버지 얻은 거나, 의붓아버지가 날 괄시해 내쫓은 거나, 그게 인생 아니겠어?" 창수는 자못 위엄 있게 한마디 한다.

순자가 부채 부치던 손을 아랫배에 가져간다. 얼굴을 찡그린다.

"왜 그래? 벌써 낳는 건 아닐 테지?" 창수가 머리를 번쩍 들며 묻는다. 순자가 얼굴을 붉힌다. "너도 참 간도 크다. 열아홉에 애어미 돼서 어떡하자는 거냐. 더욱 애비 소식도 모르면서 말이야."

창수가 혀를 찬다. 엎질러진 물이다. 오후 네시 반에 순자를 만나서 '애 떼는 문제'를 두고 골백번이나 승강이를 벌였으나 모든 게 엎질러진 물이다. 이젠 어차피 낳을 수밖에 없고, 낳아서 양자 휜가 어딘가에 팔 수밖에 없다. 창수는 아기를 그렇게 처분해버려야 한다고 고집하는데, 순자는 그게 아니다. 낳아 기르다니, 창수는 순자의 그 고집에 미칠 노릇이다. 순자는 또 그 얘기를 꺼낸다.

"돈 안 벌어도 좋심더. 내가 모은 돈 삼만 원이 있으이 방을 한 칸 얻으모 됩니더. 취로사업장이나, 무신 험한 일이나 밥 믹이 준다 카모 알라 들쳐업고 내가 벌모 됩니더. 악착같이 살모 설마 밥 몬 묵을까바 그래예. 그래도 애비 읎는 자슥이란 소리 듣기는 싫심더. 한 달도 좋고, 일 년도 좋고, 당신이 한 분씩 집에마 들리 주이소. 돈 안 가주고 와도 좋으이 그냥 오시이소."

순자는 또 꺼이꺼이 운다.

창수는 무언가 뿌듯한 행복감을 느끼면서도 괴롭다. 열세 살에 의붓아버지 집을 뛰쳐나와 진창바닥을 혀로 핥듯 살았다. 넝마주이에서부터 펨프로, 식당보이에서 좀도둑을 거쳤다. 끝내는 공사판 막벌이로 떨어져온 오늘까지, 이런 이상한 기분은 처음이다. 차가운 세상, 삼복더위지만 얼음 밑창보다 찬 세상에 자기를 알아주는 여자, 자기만 믿고 살겠다는 여자, 작고 땅땅하고 들창코에 빈대떡 상판의 여자, 이 여자가 자기를 하늘 믿듯 믿는다니 기분이 좋지 않을 리 없다. 따지고 보면 창수 나이 스물이지만 보통

사람 서른 나이보다 더 세상 쓴맛을 겪었다. 그런데 어쨌든 이제 아비가 되어야 한다. 성냥갑 같은 방이지만 방 임자가 되어야 한다. 그게 도무지 실감이 나지 않는다. 젠장, 빌어먹을. 도둑장가나 가? 어차피 면사포 못 씌우고 데려온 마누라다. 일찌감치 애새끼 까구 그렇게 한세상 살아? 애놈들 크면 껌팔이로 내보내고 신문 팔이, 구두닦이도 시키면 되잖아. 그런데 뭐야, 내가 그렇게 가정 이란 데 매이게 됐으니. 이렇게 되욜자 창수는 꼬치꼬치 생각하는 게 귀찮다.

"야, 순자야, 배 얼마나 아파? 어지간함 한탕 더 뛰고 잠이나 자 자. 자구 말이야, 낼 아침에 다시 생각해봐. 방을 얻든 어쨌든 말 이야. 어차피 난 또 돈 벌러 떠날 참이니. 울산을 가도 돼. 마산공 단엘 가도 용인 구하는 곳은 많으니깐. 근데 내 선심 쓰지. 애를 낳아 기르든 남 떼어주든, 네년 마음대로 해. 또 하나, 내 돈 줄 테 니 멋대로 한번 실컷 써봐. 한여름까지 벌어 모은 돈 사만 원 몽땅 네년 주고 갈 테니깐. 난 힘있겠다, 또 벌면 돼."

창수는 벌떡 일어나 순자를 껴안는다. 물씬 풍기는 술냄새가 싫지 않은데 순자는 그 짓만은 싫다. 배가 아프니 제발 관뒀으면 싶다. 그 러나 순자는 창수 청을 거절하지 못한다. 힘없이 반듯이 누워버린다.

"밥집 아줌마한테 내일 아침 그만두겠다고 말하까예?" 순자가 조심스레 묻는다.

"물론이지. 그만둬야지. 짐승도 이 지경이면 무리한 일은 못하 는데, 차마 사람 새끼가. 제기랄, 방을 얻어 애 낳을 때까지 라면 이나 끓여 먹고 죽치고 있어봐. 무슨 수가 생길 테지" 하며 창수는 순자의 메리야스 팬티를 벗겨내린다.

순자는 눈을 감는다. 조심스럽게 옆으로 돌아눕는다. 모깃소리
같이 속삭인다.

"불, 불 좀 꺼줘예."

창수는 일어나 전기 소켓에 손을 가져간다. 순자를 힐끔 본다.
못생긴 얼굴이 예뻐 보인다. 영화배우보다 예쁘다. 한 마리 순한
양이다. 갓 태어난 돼지 새끼처럼 사랑스럽다.

"지 젖 한분 보이소. 젖이 불어 우유 같은 기 쪼매씩 나오거등예.
이걸 우리 아아가 빨 끼라예. 참으로 씩씩한 알라일 끼라예." 행복
에 취한 순자의 목소리다.

창수는 부푼 젖을 큰 손으로 쥐어본다. 한 손에 다 차지 않고 넘
치는 젖의 크기만큼 창수는 행복하다. 어머니가 생각난다.

"어디로 갈까? 더 돌아다녀봐야 다리만 아프고. 마땅한 방은 없
고 한데……" 창수는 가방을 어깨에 걸치고 투덜거린다.

쨍쨍 내리쬐는 볕 아래 순자는 죽을 상이다. 걷는 게 아니라 다
리로 몸을 겨우 당긴다. 헉헉대는 숨결에 진땀으로 온몸이 절었
다. 몸이 천근 무게보다 더했으나 짜증을 낼 수 없다. 짜증내어본
적 없이 여태껏 살아왔다. 더욱 창수 씨와 방을 얻으러 다니는 마
당에 헛말이라도 불평을 해선 안 된다. 불평은커녕 감사할 따름이
다. 그런데, 이제 한 발도 더 뗄 수 없다. 계속 배가 아픈 게 바늘
로 쑤시는 듯하다. 이러다간 정말 핏덩이를 아스팔트 바닥에 흘릴
것 같다.

"순자야. 내곡리 알아?"

"모르는데예."

"문득 생각나는군. 수락산 아랫동네지. 거긴 양주군이야. 거긴 싼 방이 있겠지. 서울시가 아니니깐. 거기로 가보자. 언젠가 교도소에 면회 온 친구가 거기 산다는 얘길 들었어."

"그라모 내가 돈 벌로 시내 나올라 카모 시외버스 타야 될 거 아입니꺼. 거기는 벌이 할 일터도 읎을 낀데."

"걱정 마. 종로 오가까지 한 시간이면 충분해. 버스비도 더 비싸잖으니깐. 시내버스도 다니구. 근데 왜 그런 우거지 상판이냐?"

"아입니더예. 그저…… 그냥 배가 쪼매 아파서예. 어제 그거 너무 많이 한 것도 무리고…… 너무 기뻐서 뱃속 알라가 놀랐는가 봅니더예."

"참을 대로 참아봐. 참고 사는 게 인생이니깐."

창수는 청량리역 앞 버스 정류장에서 버스를 탄다. 순자도 따라 탄다. 그 버스는 내곡리 가는 차가 아니다. 서울운동장 어름에서 내려 다시 갈아타야 한다. 환기가 잘되지 않는 버스 안은 찌는 듯 덥다. 마침 자리가 있어 둘이 앉자, 순자는 창수 어깨에 머리를 기댄다. 창밖을 내다본다. 바람을 마신다. 이마와 콧등에 땀이 배었다. 눈앞이 뿌옇게 흐려온다. 거리가 보이지 않는다. 지나다니는 차도 그저 뿌연 안개에 묻힌다. 순자는 속으로 앓으며 중얼거린다. 이러다 죽을 모양이제. 사람은 이렇게 아푸다 꼴깍 숨 거두는지 몰라. 와 이렇게 아플까. 어제 저녁 창수 씨와 그 짓 너무 많이 해서 그럴까. 난 거절할 수 읎었어. 어떻게 말리노. 창수 씨 청을 어떻게 거절하노. 순자는 눈을 감는다. 깜빡 의식을 놓는다. 꺼져가는 의식 속에 털이 날카로운 밤송이 하나가 아랫배 밑에서 발광하듯 요동친다. 아픔이 온몸을 후빈다. 순자는 자기도 모르는 사이 창수 팔을 꽉 쥔다. 그 강한 힘에 창수가 흠칫 놀란다.

"왜 그래, 정말 왜 이러는 거야?"

창수가 머리를 돌린다. 순자는 구토를 한다. 밥풀, 나물찌꺼기가 창수 남방 자락에 쏟아진다. 창수는 엉겁결에 순자를 안아 일으켜 세운다.

"내리세요. 안 되겠어요. 빨랑요!" 버스 여차장이 소리친다.

창수는 순자 겨드랑이에 한 팔을 낀다. 순자 몸뚱이가 늘어진다. 얼굴은 하얗게 바랜다. 창수는 가방을 들고 버스에서 내린다.

"병원엘 데리고 가요. 아마 애를 낳나봐요." 차장이 순자를 부축해주며 말한다.

비지땀 흘려 번 돈을 병원에 날려? 창수가 중얼거린다. 그는 순자가 애 낳다 죽는다 해도 병원에 데려갈 생각은 없다. 비싼 입원비를 그는 알고 있다. 병원에서 애를 낳는 사치를 한번도 생각해본 적 없다.

버스에서 내리자 순자는 땅바닥에 나동그라진다. 가쁘게 고함을 지르며 버둥거린다.

"어무이! 내 죽어, 죽는데이!"

지나가던 행인이 몰려든다. 창수는 이 꼴이 애 낳는 진통임을 깨닫는다. 어머니가 재가하여 의붓아버지 딸을 낳을 때가 생각난다. 방바닥을 기며 비명을 외쳐댔다. 옆집 차돌이 엄마를 데려오라고 어머니가 말했다.

"당신이 보호자야? 왜 그렇게 서 있어. 병원으로 옮기게." "저기 산부인과 간판이 보이네." "큰일나겠는데. 빨리 옮겨야겠어!" 둘러선 사람들이 제가끔 한마디씩 거든다.

창수는 순자를 들쳐업는다. 순자 엉치를 받친 손에 가방을 쥐고 뛰다시피 걷는다. 창수 넓은 등판에서 순자는 가쁜 숨을 몰아쉰다. 그녀는 창수 머리칼을 뽑을 듯 쥐고 당긴다. 순자 엉치를 받친 창수 손에 곧 아기 머리가 닿을듯 느껴진다. 이렇게 빨리 낳을 줄은 창수도 미처 예상 못했다. 그는 산부인과 이층 계단을 밟는다. 순자가 죽는다 해도 가챦겠다던 산부인과다. 창수는 그 계단을 아무 생각 없이 밟고 있다. 아니, 허겁지겁 뛰어오른다. 도무지 무엇을 생각할 겨를이 없다.

창수는 순자를 분만실 안까지 업고 들어간다. 간호사가 거든다. 선풍기 앞에서 신문을 읽던 머리칼 희끗한 의사가 일어난다. 벗었던 가운을 입으며 청진기를 목에 건다. 분만실로 바삐 들어간다.

창수는 대기실로 나온다. 그는 의자에 주저앉아 겨우 숨길을 돌린다. 남방 자락으로 얼굴의 땀을 훔친다. 순자가 자기 옷에다 토한 오물을 손으로 문질러 닦는다. 냄새가 고약했으나 그는 그 냄새를 맡지 않을 수 없다. 그런 데 신경쓸 마음이 아니다. 아낙네가 고무신을 들고 대기실로 들어온다. 순자가 벗어버린 고무신이다. 닳아빠진 헌 고무신을 보자 이천식당 할머니 말이 생각난다. 그 할머니 고무신인지 알 수 없다.

분만실에서 연방 악쓰는 순자 고함소리가 들린다. 창수는 욕지거리는 다 동원하여 속으로 순자를 욕질한다. 순자를 만난 것부터 일이 잘못 꼬였다. 애를 밴 줄은 꿈에도 몰랐다. 병원에서 낳게 될 줄 더욱 상상도 못했다. 어디 저만 애 낳나. 병원에서 애 까지르는 팔자 좋은 년이 이 나라에서 몇이나 되게. 염병할, 돼지가 이불 덮고 잔다더니, 이 처지에 병원서 애를 낳아? 낳으면 고아원에 넘길 새끼를 병원에서 까지르다니. 돈으로 쌈 싸먹는 게 낫지 이게 무슨 짓인지, 창수는 분통이 터질 노릇이다.

의사가 자못 심각한 얼굴로 대기실로 나온다.

"댁이 산모 보호자요?" 의사가 창수를 훑어보며 묻는다.

"아니오. 아니오가 아니라, 그렇습니다만……" 창수가 엉거주춤 일어나 홀린 듯 대답한다.

"조산인데다 역산이고, 게다가……"

"역산요?"

"애가 한쪽 발부터 먼저 나와."

창수의 변변찮은 차림새 탓인지 의사의 언사가 불손하다.

"그럼 어떻게 되나요?"

"아마 한쪽은 희생해야 될 것 같아."

"희생하다니요?"

"신생아가 산모 뱃속에서부터 영양실조야. 거기다 숨이 끊어지고 있어. 몸무게가 이 킬로 될까? 천신만고 끝에 산다 해도 인큐베이터 신세를 져야 해."

"인큐베이터라니요?"

"유리병 말이야."

"그냥 살릴 수 없나요?"

"그냥 살리다니?"

"병 같은 데 넣지 말고요. 병에서 애를 기르다니……" 인큐베이터로 신생아를 기르는 데는 목돈이 필요하다. 창수는 그 값도 모른 채 말한다.

"안 그러면 죽게 돼."

"죽는다니요? 둘 다 살릴 수 없나요?" 죽는다는 말에 창수는 가슴이 찡하고 목이 탄다.

"가망 없겠는걸. 산모라도 살려놓고 봐야지."

"물론이지요. 순자는 살아야지요!"

"그래도 되겠어요?" 의사는 말을 올려 쓴다.

"되다니요. 둘 다 못 살리면 순자라도 살려야죠. 당연한 거 아닙니까."

창수 목소리가 울먹인다. 그는 주먹을 쥐고 있다. 의사는 간호사를 불러 승인서를 가져오라고 이른다. 간호사가 승인서 용지와 인장을 가져온다.

"여기 손도장 찍어요. 신생아는 죽더라도 괜찮다는 보호자 승낙을 받아야 하니깐." 의사가 말한다.

창수는 손도장을 눌러 찍는다. 의사는 용지를 가지고 가다 돌아서서 묻는다.

"실례지만, 출산비는 있지요?"

"돈? 애 낳는 돈 말입니까?"

"그래요."

"얼마 정돈데요?"

"딱한 처지 같아 실비로 해드리지. 난산 중의 난산이라……"

"참, 아들입니까?"

"살 수 없는 아이, 그걸 알아 뭐해요."

"허긴 그래요. 어쨌든, 돈은 있지만, 제발 순자는 살려주고 싸게, 아주 싸게 해주십쇼. 의사 선생님, 전 공사판 노동잡니다. 이 길 앞에서 갑자기 순자가 저 지경이 돼서……"

창수가 애원한다. 눈에 눈물이 홍건하다. 의사도 머리를 주억거린다.

"알았어요. 지금 바쁘니, 안심하시고 기다려요."

의사는 분만실로 들어간다.

순자의 비명이 치솟더니, 멎는다. 흐느낌이 들린다. 다시 신음이 자지러진다.

창수는 눈을 감는다. 참아, 순자야. 참아라. 넌 살아야 해. 너만이라도 살아야 해. 창수 눈이 눈물로 홍건하다. 울긋불긋한 여드름을 타고 눈물이 흘러내린다. 창수 눈에 죽은 아이가 선하게 떠오른다. 저런 경우, 아이를 토막토막 찢어낸다던가. 잔인하고 불쌍한 짓이다. 그럴 수가 있을까. 창수는 갑자기 자기 아이가 보고 싶다. 울음소리가 듣고 싶다. 이미 죽은 자식이다. 제 어미가 잘 먹지 못해 말라 비틀어진 불쌍한 자식에, 불쌍한 어미다. 창수는 다짐한다. 순자야, 정말 방을 얻자. 내가 공사판에 나가거나 지게짐 지더라도, 방을 얻어 같이 살자. 정말 새로 자식 하나 만들고 말자. 그놈을 낳아 키우자. 멋지게 키워보자. 오열을 쏟던 창수가 벌떡 일어난다. 순자 신음이 질펀한 분만실로 들어간다.

"순자야, 참아라. 정말로 우린 말이다, 우리 둘은 말이다. 살아야 된단 말이다……"

창수는 더 말을 잇지 못한다. 침대에 늘어진 순자 손을 쥐고, 창수는 오열을 삼킨다. 간호사 만류도 그의 귀에 들어오지 않는다.

마취약 취한 순자 숨소리가 차츰 고즈넉해진다.

(『세대』 1975년 3월호)

굶주림의 행복

굶
주
림
의

행
복

"세상 인심이 흉흉하니 이제 너 같은 신종 살인범이 다 생겨. 내 검사 노릇 십 년이지만 너같이 잔인하고 어처구니없는 놈은 처음 다뤄!" 이검사가 호통을 친다.

책상을 사이에 두고 건너편에 앉은 살인강도범 억수는 덤덤한 얼굴이다. 검사 말을 듣는지 다른 생각을 하는지 그는 머리를 숙이고 있다. 간혹 눈을 치뜨고 이검사를 곁눈질할 뿐이다. 이검사는 억수를 건너다본다. 억수는 열네 살 난 소녀를 칼로 위협하여 목걸이를 강탈했다. 이유 없이 그 소녀를 죽이고, 소녀를 구하려고 달려온 운전수마저 중상을 입힘으로써 살인강도 죄목으로 피소된 미결수다.

이검사의 따가운 눈길을 느꼈던지 억수는 숙였던 머리를 든다. 그는 이검사를 멀거니 건너다본다. 적당한 키에 체격이 단단하다. 얼굴은 네모꼴에 하관이 빨고 작은 눈이 매섭다는 점 말고, 별다른 특징이 없다.

미결수 억수는 이제 십팔 세다. 직업은 한강 하류 난지도 부근 세차장 세차꾼이다. 고아와 다를 바 없는 외톨이다. 조서에 의하면 열 살까지 경남 김해군 녹산면 중리에서 성장했다. 아버지는 일찍 죽고 어머니가 개펄에서 굴을 따서 동생 둘과 네 식구가 살았다. 억수는 부산으로 가출, 거지로 떠돌다 완행열차에 무임승차하여 서울로 상경, 그 뒤 한 차례도 고향에 가지 않았다. 구걸·펨프·넝마주이·식당 종업원 등 십여 종의 밑바닥 일터를 전전했다. 세차장에서 일하기는 여섯 달째, 하루 일당은 삼백오십 원 정도 받았다.

"임마, 벙어리가 아님 대답해!" 이검사가 목청을 높인다.

"무슨 대답을요?"

"무슨 대답?" 억수의 낭창한 되물음이 이검사 화를 돋운다.

"이 녀석을 정말 어떻게 해버릴까부다. 창창한 앞길이 불쌍해 좋게 대해주니 적반하장이구, 오히려 사람 약을 올려!"

"선생님, 그게 아니구, 별 할말이 없는걸요. 거기 조서에 쓰인 대롭니다. 제가 글을 잘 못 쓰기에 취조한 형사가 진술서를 썼고, 그분이 그걸 읽어줬어요. 근데 어떻게 된 판인지 다른 강도사건에 내 이름이 끼여 있어 손도장을 안 찍은 겁니다."

"그래서?"

"많이 터지구 고춧가루 물도 꽤 먹었죠. 그래도 전 끝까지 손도장 안 찍었어요."

"그럼 여기 찍힌 도장은?"

"그건 사실 그대롭니다. 그 형사님이, 지독한 새끼라더군요. 그러나 어차피 얻어터지며 살아왔는데 때린다구 거짓말하기 싫었어요. 얼굴만 알까 어울린 적 없는 서너 새끼가 자기들이 성산동 강도범인데 날 보구, 억수 새끼 아냐 하며 아는 체하는 덴 미치겠더군요. 날 공범이라 우기는 통에 하두 어처구니가 없어, 혀 깨물고 죽을까두 생각해봤어요."

억수 말에 이검사는 맥이 빠진다. 어떻게 다잡아 족쳐야겠다고 성깔을 세우는데 도무지 집중이 되지 않는다. 이검사는 벽시계를 본다. 오후 네시 반이다. 아들이 급성 폐렴으로 입원하게 되어 입원수속차 시간 반만 병원에 다녀온다며 나간 박서기는 아직 소식이 없다. 네시까지 들어오겠다고 약속했는데 전화조차 없다.

어느새 창밖에는 어스름이 끼어든다. 오늘 기온이 영하 십이도라던가. 창틀에 걸린 플라타너스 가지가 떨고 있다. 밖은 바람이 매섭다.

"그럼 선생님, 어디서부터 다시 시작할까요?"

이검사는 억수를 세번째 신문하는 셈인데 매사가 저런 투였다. 애늙은이란 말처럼, 욕설까지 섞어 거침없이 뱉거나 으름장을 놓아도 태연한 강심장이었다. 둘이나 해치운 살인범치고, 더욱 소년범으로서 저토록 태연한 놈은 이검사로선 처음이다. 녀석은 입심이 좋다. 무뚝뚝하게 생겼지만 표정이 없다. 그런 두 가지만으로도 초등학교 삼년 중퇴인 그를 의젓하게 보이게 한다. 그는 신문과정에서 죄인들 특유의 초조해하거나 눈치 살피는 짓거리를 하지 않았다. 진지성을 보인 적도 없다. 그렇다고 헛소리를 늘어놓거나 거짓말을 둘러대지도 않는다. 신문을 유리하게 이끌려 아첨을 떨지도 않는다. 어떻게 보면 침착의 도가 지나쳐 대범하달까, 나이답잖게 도사 같기도 하다. 그 점이 확신범 경우를 방불케 한다. 후회는커녕, 양심의 가책조차 느끼지 않는 것 같다.

이검사는 책상 앞으로 다가앉는다. 안경을 밀어올린 뒤, 본격적으로 족치겠다는 듯 신문을 시작한다.

"칼은 어디서 구했어?"

"버스칸에서 샀어요. 백 원 주구."

"언제?"

"글쎄요. 아마 여름인가봐요. 한창 더울 때였으니."

"어디다 쓰려구? 똑바로 말해. 넌 전과가 있어. 지난 여름 성산동 학생 강도사건에 네놈 이름이 수사선상에 올랐더랬어!"

"검사님도 경찰과 한통속이라 그런지, 또 그러시는군요. 성산동 강도사건은 아무것도 몰라요. 그 사건은 제 취조 형사님한테 처음 들은걸요."

"너 정말 그럴 테야! 다시 재수사를 의뢰해서 더 터져야 바른말 불겠어?"

"어쨌든 좋아요. 전 모르니깐요. 모르는 걸 어떡해요. 당장 사형시킨대두 아닌 건 아니라구 하구 죽어얄 게 아닙니까." 억수가 핏대를 올려 말한다. 눈에 핏발이 선다.

"그럼 칼은 어디 쓰려구 샀어? 무슨 계획에 쓰려 했냐 말이야! 남봉수 그 자식하구 한탕 털려 했지? 야간 다녀오는 여학생들 상대루 강도질하려 했지 않았냐 말이야?" 이검사가 책상을 치며 일어선다. "성산동 일대서 일어난 세 건의 노상강도는 네놈들 짓이야. 남봉수·허숭절·김석조, 모두 잡혔어. 곧 대질신문이 있을 텐데도 잡아떼? 나쁜 놈의 새끼!"

이검사의 으름장에도 억수는 아랑곳없다. 초범인데도 취조나 신문 과정에서 넘겨짚기에는 도가 텄는지, 아니면 그의 부인이 진실인지, 역정은 늘 억수 쪽에서 낸다.

"지금 당장 교수대로 끌고 가도 전 원한 없어요. 이미 죽을 마음은 작정됐구요. 하지만 제가 저지른 살인만도 모가지 새끼줄 걸고 남을 텐데 왜 딴 사건을 억지로 뒤집어씌워요. 그건 억울하단 말이에요!"

이검사는 다시 의자에 앉는다. 볼펜을 만지작거리며 억수를 쏘아본다. 억수는 흥분된 얼굴로 이검사 눈길을 정면으로 받는다. 그 대담성에 이검사 쪽이 시선을 피하고 만다.

"칼은 그저 갖고 싶어 샀어요. 쓸 데가 없어두 칼 갖고 있음 왠지 든든하니깐요. 전에도 칼을 갖고 있었는데 잃어버렸어요."

"잘 드는 칼이었나?" 이검사가 심드렁히 묻는다. 묻고 나니 어리석은 질문이라, 그는 자기 자신에게 짜증이 난다.

"늘 갈아 날카로웠어요. 그 계집애 죽이구 나도 도망치려 버스 뒤로 돌아서는데, 그 운전수 새끼가 어느새 왔는지 내 뒷덜미를 잡았어요. 죽여버린다구 운전수가 고함치며 내 뒤통수를 갈겼을 때, 나도 문득 이 새끼를 죽여야겠다고 생각했어요."

"그 칼로?"

"예."

거침없이 뱉는 말이 꼭 남의 이야기를 들려주는 것 같다.

"그때 가정교사는?"

"몰라요. 운전수와 싸울 때까지 나타나지 않았어요. 내가 둑 쪽으로 달아나자 뒤에서, 저놈 잡아라 하고 외치는 소리가 들리긴 했어요."

"그때 목걸이는?"

"주머니에 있었나봐요."

"그걸 가지고 땅쇠를 찾아갔단 말인가, 그길로?"

"내가 펨프 노릇할 때 땅쇠형이 장물 잡는 걸 봤거든요."

"육천 원을 받자 그 돈으로 자장면부터 먹었단 말이지?"

"늘 자장면을 실컷 먹었음 했는데, 두 그릇을 먹었어요." 억수가 기어드는 목소리로 대답한다.

전화벨이 울린다. 박서기한테서 걸려온 전화려니 하고 이검사는 송수화기를 든다. 이검사는 억수로부터 눈을 떼지 않고 아내 목소리를 듣는다. 로스앤젤레스에 있는 처남으로부터 초청장이 왔다는 전갈이다. 재벌 처가의 뒷받침으로 처남은 거기에서 대학을 졸업하고 백인 여자와 결혼한 뒤, 이삼 년 간격으로 고국에 들렀다. 그는 엘에이에서 부동산업으로 성공했다. 처남은 작년부터, 누님 결혼 십주년 기념으로 부부 동반 초청장을 보내겠다고 별렀는데, 이제 실현 단계로 들어선 모양이다. 아내는 들뜬 목소리로 계속 말한다.

"당신도 삼 개월 정도 미국 법조계 시찰두 하고요. 참, 버클리대학 일 년 연수 수속을 이번 기회에 밟으면 어떨까요? 퇴근하시면 곧장 들어와요. 멋진 디너를 마련해놓았으니깐요. 황사장이란 분이 미제 골프채를 보내왔더군요. 아빠가 골프를 싫어한대두 막무가내 그냥 두고 갔어요. 근데 들어보세요. 준이 앙탈 소리 들리죠? 아빠 바꿔달래요. 재롱 떨겠다구. 바꿔줄까요?"

"알았어. 특별한 일 없음 끝나는 대로 들어갈 테니."

"화났어요?"

"피곤하구, 지금 좀 바빠."

이검사는 전화를 끊는다. 아내 목소리가 공허하게 귓가에 맴돈다. 재벌 딸로 온실의 꽃처럼 자란 아내다. 사법고시에 합격될 때까지 사글세방 신세를 못 면한 자신이 신랑으로 선택되자, 시집올 땐 지참금을 물경 검사 봉급 삼십 년 치 넘게 따내어온 아내다. 처가 가져왔다기보다 장인이 외동딸에게 재산 일부를 양도했다. 재계에 탄탄한 발판을 굳혔지만, 집안에 정계나 법조계로 나선 인물이 없어 장인은 사위를 판검사로 맞으려 계획을 짜두었다. 회사 법률 고문 변호사를 통해 사법고시 합격자가 발표될 때마다 적당한 사윗감 물색을 의뢰해놓고 있었다. 거기에 이검사가 발탁되었다. 이검사는 대학 은사를 통해 지금 아내를 소개받았다. 대학 은사는 지면이 두터웠던 장인의 고문 변호사 권유로 중매에 나섰던 것이다. 일곱 살 때 아버지가 북해도 탄광 노무자로 징용 가자 교육열 강한 어머니가 삯바느질로 삼 남매를 키워, 이검사는 고등학교 때부터 학자금은 물론, 생활의 짐 일부를 아르바이트로 떠맡았다. 그러나 이검사는 결코 처가 재산을 보고 지금 아내와 결혼하지 않았다. 사법고시에 합격할 당시 이검사는 작업복에 군화 신은 초라한 외양이었다. 시험 공부에 쫓겨 제대로 영양 섭취를 못해 현기증으로 자주 눈앞이 어지러웠다. 은사 소개로 지금 아내와 데이트가 시작되자 이성을 외면하고 살아온 오랜 외로움 탓도 있었겠지만, 이검사는 급속도로 사랑에 빠졌다. 귀여운 용모, 구김살 없는 활달한 성격, 착한 마음씨가 그때까지 음지에서 떨어온 이검사 마음을 감싸주었다. 육 개월 데이트 끝에 약혼하고, 이듬해 결혼했다. 가난을 절실하게 체험한 자신의 어린 시절을 자식에게 반복시키지 않겠다는 결의로 살아온 이검사와 달리 아내는 고통이나 불행이 현실적으로 어떻게 존재하는지 모른 채 오늘에 이르렀다. 아내의 기쁨에 들뜬 목소리가 지금 이검사 앞에 앉은 억수의 무표정한 얼굴에 잠시 머물러 재잘대다 사라진다.

랄랄랄라 즐거운 인생. 노래같이 즐거운 인생은 없어라. 시원한 가을 바람, 아름다운 주황빛 노을, 서늘한 물의 감촉. 참말 세상은 꽃 같애. 꽃처럼 곱고, 향기처럼 감미로워. 나는 공주며 요정이다, 신델렐라다. 노을의 아름다움이 온통 날 보란 듯 있네. 나를 사랑하고 있어.

시애는 돌아본다. 자가용 옆에서 가정교사와 운전수가 빵을 먹으며 잡담하고 있다. 잡담에 섞여 웃음소리가 들린다. 라디오에서 팝송이 쏟아진다. 시애는 스커트 끝자락을 잡고 모래톱에서 물장난을 친다. 샌들을 신는다. 작고 하얀 발이 귀엽다. 통통한 종아리에 물방울이 튄다. 스커트 아랫도리가 젖는다.

정말 가정교사는 너무해. 외국인 학교에 다니는 내게 뭣 때문에 영어를 가르쳐. 저 키다리는 날 꼼짝못하게 가둬놓거든. 그까짓 영어 잘한다구 삐기면 다야. 줄리아드에 그런 고급 회화가 무슨 소용에 닿아. 난 이태 동안 미국애들만 사귀어 영어를 썩 잘하거든. 또 그래. 스칼라십이 나오려면 육 개월은 있어야 된다는데 천천히 배우면 안 되나. 학교에 가랴, 키다리한테 회화 배우랴, 최교 수님 댁에서 피아노 배우랴, 무용연구소에서 고전무용 배우랴, 난 참 바빠. 스케줄이 꽉 짜여 있거든. 엄마는 물론 모두 날 꼼짝달싹 못하게 해. 그까짓 것 관두고 날아다녔음. 새처럼 하늘을 훨훨 날아다니면 얼마나 좋을까. 난 새가 되고 싶어. 새 중에도 고운 새가 되고 싶어.

강 하구 세차장 쪽에서 밤송이 머리를 한 소년 둘이 해거름녘까지 세차를 하고 있다. 초콜릿색 승용차 한 대와 관광버스 한 대가 앞바퀴를 강물에 담그고 있다. 한 애는 플라스틱 양동이로 버스에 물세례를 끼얹고, 한 애는 차체에 걸레질을 한다. 그중 덩치 큰 소년이 부르는 휘파람 소리가 날카롭다. 사랑해 사랑해, 정말로 사랑해. 시월의 석양 속에 쓸쓸한 휘파람 소리가 시애 마음을 달콤하게 적신다.

정말 인생을 사랑해. 인생이 뭔지 모르지만 나는 무지갯빛 인생을 사랑해. 세상을 사랑해. 저 고운 노을을 사랑해. 주황빛 노을을 배경으로 서 있는 키다리 포플러를 사랑해. 가을 바람에 누렇게 물든 포플러 잎새, 바람에 떨어지는 낙엽을 사랑해. 날아가는 멧새 떼를 봐. 난 저 작은 새를 사랑해. 보금자리 찾아 숲으로 스며드는 새의 자유를 사랑해. 저 지저귐, 저 율동을 사랑해.

열네 살. 이제 중학교 이학년인 시애는 마냥 행복하다. 소녀는 모래톱을 따라 강 하구로 달린다. 샌들을 벗어 들고 맨발로 달린다. 발바닥에 닿는 물과 모래가 기분 좋다. 사랑해, 당신을 정말로 사랑해. 시애는 휘파람을 흉내내며 노래를 쫑알거린다. 앵두빛 뺨이 상기된다. 동그라니 작은 가슴에 늘어진 목걸이가 흔들린다. 뒤쪽에서 가정교사가 라디오의 노래를 따라 부른다. 영어 노래다. 운전수가 무슨 이야기 끝인지 크게 웃는다. 시애가 뛰던 걸음을 멈추고 돌아보자, 운전수는 와인인지 맥주인지 마시고 있다. 그들 두 사람은 시애에게 관심을 두지 않는다. 그들도 모처럼 교외의 자연 속으로 나와 해방된 기분을 만끽한다. 가정교사와 운전수가 앉아 있는 승용차 뒤로 하얀 이층 별장이 보인다. 전나무와 리기다소나무가 울창한 얕은 언덕 위에 있는 시애네 별장은 석양을 받아 그림처럼 아름답다.

너들은 나를 못 찾을걸. 용용 죽겠지. 내가 이제 어른을 골릴 테야. 숨바꼭질하듯 내가 숨고 말 테야. 그럼 너희들이 허둥지둥 날 찾을 테지. 시애 아가씨를 잃었다고 날 찾아다닐 테지. 아이 좋아라. 어른을 골려주는 게 크림 맛보다 달콤해.

별장 아래층 홀 창에 불이 켜진다. 유리창이 환하게 밝아진다.

언니는 밤새워 놀 거야. 언니 친구 다섯 쌍이 춤을 추고 있는지 몰라. 샴페인을 터뜨리며 즐거워하고 있을 거야. 언니 약혼자인 무슨 재벌 아드님은 나만 보면 머리를 쓰다듬어. 내가 뭐 어린앤가. 나도 이제 사랑이 어떤 건지 대충 알아. 외국 노래에도 있지만, 우유만 찾을 나이는 넘었거든. 그건 그렇구, 선희언니는 옷이 흉측해.

어디 큰 젖 자랑하나, 가슴을 다 드러내놓구. 삼십만 원짜리 드레스가 왜 그 모양인지 몰라. 귀신 옷 같애. 그래두 모두 멋쟁이라니 알고도 모를 일이야. 그런 선희언니와 어울려 다니는 언니 심정을 모르겠어.

시애는 모처럼 언니를 따라 일주일에 네 번 영어를 가르치는 가정교사와 함께 별장으로 나들이 온 참이다. 서울 장충동 집은 오백 평이 넘는 대저택이라 갖추지 않은 것이 없건만, 새장의 새처럼 갇혀 지내다 모처럼 시애는 해방된 기쁨을 만끽한다.

시애는 세차장 쪽으로 달려간다. 휘파람을 좇아 무작정 그쪽으로 달린다. 단발머리가 너풀거린다. 시애가 세차를 하는 곳까지 가자, 자기 또래 까까머리 애가 양동이 물을 버스 뒤쪽으로 나르고 있다. 시애가 버스 뒤쪽을 돌아 따라가본다. 까까머리가 시애를 보고 히죽 웃는다.

"꽤 반반한데. 야, 너 저쪽에서 왔지? 저쪽 까만 세단이 너네 차니?" 까까머리가 시애네 승용차 쪽을 손짓하며 묻는다.

관광버스에 가려 승용차 꼬리만 보인다. 운전수와 가정교사는 보이지 않는다. 시애는 얼이 빠져 대답을 못한다. 어머, 저애가 날 보구 욕했어. 아직 우리집을 모르나봐. 우리 아버지를 보면 숨도 제대로 못 쉴 애가 아주 큰소리야. 어마어마한 우리집만 봐도 뒤로 자빠질 거지애가 날 비웃었어.

"야, 너네 집 굉장한 부자겠구나. 난 알아. 그 목걸이 말이야, 목걸이는 아무나 차는 게 아니거든. 더욱 애들은 말이야. 그러나 난 이것도 알지. 그게 가짜라는 걸. 그치? 그거 가짜지?"

누덕누덕 기운 바지를 무릎 위까지 말아붙인 비쩍 마른 까까머리가 농을 한다. 왼쪽 귀에는 기계총 탓인지 화상 때문인지 만두만큼 머리가 빠졌다.

저애가 날 놀려. 세상에 가짜만 봤나봐. 이게 얼마짜린데. 작년 생일 때 엄마가 준 이 선물이 얼마짜린데. 그래, 가짜라 해두자. 난 너 같은 바보 앞에선 암행어사 노릇을 할 수 있으니깐. 제까짓 게 날 몰라보니 당연하지. 난 암행어사야. 천재 피아니스트 박시애 양 송별 연주회 포스터를 보면 그제야 저애가 날 알아줄 테지. 미국 유학을 떠나기 전, 내년 봄에 내 사진이 길거리마다 큼지막하게 나붙으면 그땐 날 알아모실걸.

시애는 샌들을 들지 않은 손으로 입을 막고 놀라기만 할 뿐 대답을 못한다. 자기를 여지없이 무시하는 까까머리 말에 얼굴만 빨갛게 달아오른다. 그 자리에 서서 쏘아보기만 한다.

"너 그 차 닦아주고 얼마씩 버니?" 시애가 겨우 한마디 한다.

"하루 이백 원." 까까머리는 양동이를 모랫바닥에 내려놓고 말한다.

"겨우 이백 원을 받고 차를 닦아? 하루에 몇 대나 닦는데?"

"겨우라니? 하루 종일 일해야 이백 원이란 말이야. 이것도 큰 벌이지. 세차를 서로 하겠다고 나 또래 애들이 아우성이지만 그렇다고 아무나 하는 건 아니야. 그리고 비 오는 날은 쉬어야 돼."

까까머리는 양손을 허리에 걸치고 폼을 잡는다. 의기양양한 까까머리의 그 꼴에 시애는 기가 막힌다. 겨우 이백 원에 하루 종일 차나 닦다니. 너무해, 그건 너무 지독해. 저 불쌍한 애를 누가 그렇게 부려먹는담.

"그럼 학교엔 언제 나가니? 너네 아버진 뭘 하는데?"

"씨팔, 학교는 무슨 학교, 우리 아버진 유치장에 있어. 아무데서나 리어카를 끌고 땅콩을 판다고 짜부(순경)한테 걸렸거든. 아마글피면 나오게 될 거야."

시애는 갑자기 목이 멘다. 까까머리 말에 도대체 이해가 가질 않는다. 땅콩을 판다고 걸렸다니. 어떻게 걸린 걸까. 땅콩 속에 몹쓸 약이라도 넣었다는 건가. 어쨌든, 학교에 다니지 못한다는 점과 아버지가 유치장에 있다는 말이 꼭 무슨 소설책의 대사같이 시애 마음을 짜릿하게 한다.

"그럼 저기 우리 차 닦아줘. 내가 오백 원 주지. 정말 줄 테야."

"가짜 목걸이를 찬 네가 무슨 돈이 있다구. 웃기지 마. 난 이래뵈두 그런 말에 속아넘어가진 않아."

"그게 아냐. 이 목걸인 진짜구, 아니, 목걸이 얘기가 아니구, 내가 정말 오백 원 줄게. 저 차 속에 내 지갑 있어. 거기서 오백 원을 꺼내줄 테야."

초콜릿색 승용차 쪽에서 머리 큰 더벅머리 소년이 휘파람을 불며 돌아 나온다. 사랑해 당신을, 정말로 사랑해. 더벅머리는 목을 흔들며 휘파람을 분다. 더벅머리는 시애를 보자 휘파람을 그친다. 더벅머리는 기름에 전 반바지에 이상한 윗도리를 걸쳤다. 시애가 보니 작업복 소매를 끊어 조끼 같은 윗도리를 걸쳤다. 단추도 떨어지고 까맣게 그을린 가슴을 내놓았다. 그 꼴이 시애에게는 너무 불결하게 보인다. 윗도리는 낡아 아랫단이 너덜너덜하다. 초등학교 육학년 때 읽은 소설에 나오는 허클베리 핀 같은 차림새다.

"이 새끼가 뭘 하나 했더니 여기서 헤헤거리구 있군. 씹새끼야, 노닥거리지 말구 가서 라면이나 빨리 끓여!"

더벅머리는 까까머리 엉덩이를 찬다. 까까머리가 비명을 지르며 더벅머리에게 눈을 흘긴다.

"저 계집애가 자기네 자가용 닦아주면 오백 원 준다고 나발 불었어. 형은 제기랄, 내가 뭘 잘못했다구 나만 조져."

"씹새끼야, 꺼져. 빨랑!"

더벅머리가 까까머리 옆구리를 차자 까까머리는 오십 미터쯤 떨어진 세차장 블록 건물로 달아난다. 그때까지 시애는 그 자리에 오도카니 서서 상스러운 더벅머리 욕설과 그의 거친 손찌검을 보고 있다. 시애는 어깨를 떨면서도 그 자리를 떠나지 않는다. 더벅머리 작태가 끔찍한데 왠지 영화 장면 같아 현실감이 없다. 너무 동떨어진 별세계 이야기가 자기를 관객으로 마치 연극같이 꾸며 보여주는 느낌이다.

"너무해. 왜 어린아이를 때린담. 자기는 동생도 없나 뭐." 시애는 작은 목소리로 말한다.

"야, 도토리 같은 계집애. 넌 왜 여기까지 왔어?" 더벅머리가 시투렁히 묻는다.

시애는 속으로 대답한다. 내가 뭐 못 올 덴가. 내가 못 다닐 곳은 이 세계 어디에도 없어. 곧 미국에도 갈 텐데. 모두 날 내보내주잖아 못 다녔을 뿐이야. 학교도 자가용으로 등교하구, 자가용으로 돌아오니, 못 나다닐 뿐이지.

"내가 여기 오면 안 돼?"

"요, 쌍년의 계집애, 아주 깜찍한 데가 있어."

더벅머리가 버스 벽에 한 손을 짚는다. 작은 눈을 치뜨고 시애 아래위를 훑어본다. 눈이 매섭다. 그 눈이 시애 목걸이에 머문다.

"욕하지 마. 운전수한테 이르면 너 혼나."

"어쭈 웃겨. 돈 많다구 뻐기겠다 이 말이지? 나 같은 건 사람으로 안 보인다 이 말이지?"

"어머머, 언제 내가 돈 자랑했어?"

"세차하면 오백 원 준다 했잖아."

"아까 그애가 하도 불쌍해서……"

"이봐, 너 갑부집 딸이지? 내가 다 알아. 저쪽 별장이 너네 거지? 지난 여름 세단차 두 대 타고 와서 별장에 사흘 머물고 갈 때 내가 너네 세단 세차했어."

시애는 갑자기 더벅머리 눈매에서 섬뜩한 공포를 느낀다. 두어 발 물러선다. 지금 시애 귀에는 더벅머리 말이 들리지 않는다. 무서움으로 심장이 뛴다. 시애는 왠지 도망갈 수 없다. 더벅머리가 쏘아보는 눈이 다른 데로 옮아가야 도망갈 수 있는데 그 눈을 뿌리칠 수 없다. 꼼짝없이 갇혀 숨을 제대로 쉴 수 없다. 시애는 여태껏 그렇게 무서운 눈을 대한 적이 없다. 모든 사람이 친절한 미소와 부드러운 눈길로 자기를 대해주었다. 지금 시애는 눈꺼풀조차 깜박이지 않는 더벅머리 눈에 갇혔다. 뒤쪽에서 여리게 들려오는 라디오 소리마저 멀리 달아난다. 그 노래는 행복한 다른 세계에서 들려오는 것만 같다. 자기만 버려두고 가정교사도 운전수도 그 노랫소리와 함께 자취를 감춘 듯 느껴진다. 용용 죽겠지, 시애 아가씨 이제 잔뜩 겁먹어봐. 우리 옆에서 주스나 빨며 놀지 않고 도망가더니 한번 골탕먹어봐. 가정교사 목소리가 귓가에 맴돈다.

시애는 겨우 몸을 돌린다. 더벅머리가 갑자기 달려들어 시애 스웨터 윗도리를 걸머쥔다. 그는 시애를 거칠게 버스 벽에 밀어붙인다. 쓰러지려다 시애는 몸을 가눈다. 시애가 짧은 비명을 지른다. 버스 차체에 가려 가정교사와 운전수가 보이지 않는다. 멧새 떼의 수다스런 지저귐만 요란하다.

"쌍놈의 계집애, 어딜 도망가. 자, 순순히 목걸이를 내게 바쳐. 너희들은 부자니깐 나 같은 거지에게 그것 정도는 줄 수 있어. 소리치면 죽여버릴 테야!"

더벅머리가 주머니에서 칼을 꺼낸다. 칼을 시애 눈앞에 들이댄다. 시애는 입을 벌린 채 숨만 할딱인다.

"다 같은 사람이니깐 적당히 나눠 먹는 게 이치 아냐. 요 베라먹을 계집애 같으니라구!"

더벅머리는 시애의 뺨을 후려친다. 그는 목걸이를 강탈한다.

"……그 계집애 눈이 살려달라고 비는 것 같았습니다. 그런데 왠지, 그때 힘이 막 솟는 게 아니겠어요. 좆같이, 될 대로 되라는 식인지 뭔지 모르겠습디다. 그 계집애가 상판을 찡그리자 통쾌한 기분이 막 솟구쳐서, 사실 죽이지 않고 목걸이만 빼앗아도 되는데, 난 너무 흥분해서 그년 상판에 칼을 그었죠. 눈앞이 뿌예지고 하늘로 날아가듯 썩 좋은 기분으로, 옆구리며 가슴에 칼을 푹 푹 찔렀죠." 억수는 시애를 죽인 장면을 아무렇지 않게, 그가 표현한 대로 오히려 기분 좋게 말한다. "고운 꼬라지가 어찌도 보기 싫던지⋯⋯ 아주 쌍통을 짓이겨버리고 싶어서. 그건 그래요. 솔직히 말하지만 그년을 보았을 때 빨가벗겨 강간이라도 했음 싶었어요."

이검사는 억수의 성장 과정과 성격 형성이 정상 궤도를 이탈한 채 여물어졌음을 알 수 있었다. 억수의 경우 사회생활을 통해 배우게 되는 삶의 위악적 요소만 습득하여 위험한 흉기로 사회 일각에 방치되어왔다. 정상인의 탈을 쓰고 위험성이 감추어졌을 뿐 언제 어디서나 폭발할 수 있는 가연성은 항상 내재되어 있던 셈이다.

"파리 죽이듯 사람 목숨을 그렇게 쉽게 죽일 수 있다고 그전에도 생각해본 적이 있었나? 이를테면 그애가 아니구 다른 사람이라도?"

이검사는 이제 신문을 한다기보다 정신과 의사나 심리학자같이 앞에 앉은 억수의 범죄 심리를 추적한다.

"부지기수지요. 전에 펨프짓 할 때 절도용의자로 잡혀가 죽도록 맞았죠. 그때 풀려만 나오면 그 형사 새낄 죽이겠다고 이를 악물었죠. 나오니깐 그 생각도 흐지부지되었어요. 또 중국 무술 영화나 서부활극을 보고 나왔을 때도 그렇고, 사는 데 짜증날 때 사람 죽이는 생각을 하면 마음이 후련해져요. 검사님, 나만 아니라 검사님도 더러 그런 때 없어요?"

"중국집 주방을 덮쳐 요리사를 죽이고 자장면을 실컷 먹는다든지?" 억수 질문을 묵살하고 이검사가 꼬집는다.

억수가 겸연쩍은 미소를 입꼬리에 문다.

"사람 죽이는 생각이야 그 정도는 약과지요. 여배우라는 년들 있잖아요. 영화나 잡지에 옷 벗고 나오는 년들. 핸드 플레이를 치며 그런 년들 죽이는 생각을 하면 참 신나요."

"강간을 한 후라든지 강간을 하기 전이라든지?"

"사실 그래요." 풀이 죽은 목소리로 수긍하다 억수는 갑자기 목청을 높인다. "그 계집애를 죽일 때, 사실 난 사람을 죽인다는 생각이 들지 않았어요. 무서운 줄도 몰랐고, 이렇게 찌르면 죽는 거구, 죽으면 끝장인 거구, 그런 생각도 하지 않았어요. 하여간 뭐가 뭔지 모르지만, 아주 기분이 좋았거든요."

"피를 보았을 때도 기분이 좋았나?"

"피요? 피를 보니 기분이 좋지 않았어요. 피를 보니 갑자기 맥이 풀리고 살 재미가 없다는 생각이 들었어요. 씨팔, 나도 죽어버릴까부다 하며 힘이 쭉 빠지는데, 운전수 새끼가 나타나 날 다시 미치게 만들었거든요. 그 좆같은 새끼 하나쯤 그리 겁나지도 않았고…… 사실 그땐 겁도 나발도 없을 때긴 해요."

전화벨이 울린다. 이검사가 전화를 받는다. 박서기다.

"이거 면목없습니다. 이제야 수속이 끝났습니다. 곧 들어가지요. 아직 끝나지 않은 모양이군요?"

"끝났어요. 커피 마시며 쉬는 참이오. 그냥 집으로 들어가시오. 내일 아침에 얘기합시다. 나도 퇴근할 참이니깐." 이검사는 짜증을 가라앉히며 느슨히 대답한다.

"선생님, 혹시 담배 없습니까?" 이검사가 전화를 끊자, 억수가 묻는다.

"난 담배 안 피워."

실내에 잠시 침묵이 흐른다. 이검사는 억수를 버려두고 앞에 놓인 조서철을 훑어본다. 이것으로 난지도 살인사건 신문을 종결지을지 아니면 한 차례 더 억수를 불러 신문할 것인지를 두고 검토한다.

억수는 흡연 욕구가 강렬하다. 담배 한 대만 피웠으면 원이 없을 것 같다. 터질 것만 같은 울화를 담배 연기로 풀어내고 싶다. 담배 연기가 환영으로 눈앞에 사라진다. 만 가지 사연이 연기처럼 흩어진다. 그는 문득 참으로 오랜만에 어린 시절 고향을 생각한다.

엄마야, 밥 도고, 배고프다. 죽이라도 도고, 배고프다. 옥수숫대를 씹으며 울던 아우의 질긴 울음이 들린다. 큰 머리를 여윈 목으로 지탱하던 젖먹이 여동생도 떠오른다. 엄마는 굴 따러 가고, 억수마저 학교에 가면 젖먹이 막내는 흙을 먹었다. 황혼녘, 막내를 업고 우는 아우를 데리고 마을을 나서면 황혼을 삼키며 철썩이던 넓은 바다와 잿빛 뻘밭이 두려웠다. 동네 사람들의 발을 삼키다 못해 머리까지 삼킬 듯, 그 흉물스런 뻘밭으로 그는 엄마를 찾아 나섰다. 엄마는 어디서 굴을 따기에 아직 돌아오지 않나. 배고파 울며 삿자리를 긁어대어 손톱 밑에 피가 맺힌 젖먹이 여동생의 할딱이는 숨길을 등짝으로 들으며 눈물을 떨굴 때, 낙동강 하류의 그 철새 울음이 왜 그렇게 부럽던가. 도망가자. 저 철새처럼 어디로든 도망가자. 부산으로 나가 쓰레기통을 뒤져 살더라도 중리를 떠나자. 어느 날 억수는 새벽별을 보고 집을 빠져나와 부산 가는 차도에 올랐다. 구걸하며, 남의 집 처마 밑에서 새우잠 자며 무작정 걸었다. 그때 길 옆 논은 벼 이삭이 고개 꺾은 가을이었다. 그렇게 억수의 객지 삶이 시작되었다.

"선생님, 제가 미성년자지만 흉악범이니 사형 언도를 받게 되겠지요?" 억수가 불쑥 묻는다.

"짜식, 죽는 건 무서운 모양이지." 이검사는 조서철을 서랍에 넣고 자물쇠로 잠근다. "교수대 소린 잘도 주절거리더니 막상 죽긴 싫다는 말인가?"

"그게 아닙니다. 개떡 같은 모가지, 올가미에 달아 매봐야 아깝지 않지만, 그저 묻고 싶었어요."

"묻고 싶다는 건 죽음이 두려운 게지."

"그럴까요? 전 심심해서 물어봤을 뿐입니다. 살 재미도 없으니 재판이나 후딱 끝나고 빨리 결판이 났음 싶어요."

억수 목소리는 힘이 없다.

"유행가 부르듯 매사가 쉽군. 막상 선고가 떨어지면 생각이 달라질걸. 모두가 그랬으니깐."

"아뇨. 전 이미 죽기로 작정했으니깐요. 검사님이 그렇게 써주세요. 아주 나쁜 놈이라구, 살 가치 없는 놈이라구. 관선 변호사를 대준다니, 그 사람이 뭐랄지 몰라도 극형이 떨어지면 전 상고를 포기하겠어요." 억수가 감방 생활에서 주워들은 말을 서슴없이 뱉는다.

이검사는 이 사건의 신문 종결을 재다짐하며, 곧 기소할 것을 마음속으로 결정한다. 그는 자리에서 일어난다. 책상 옆에 붙은 벨을 눌러 억수 호송관을 부른다. 창밖 바람이 세차진 듯하다. 플라타너스가 어둠 속에서 사뭇 경련을 일으키고 있다. 밤이면 기온이 너욱 하강할 보양이다. 이검사는 한꺼번에 피로가 어깨를 눌러옴을 느낀다. 빨리 집으로 돌아가 샤워하고 쉬었으면 싶다. 막내아들 준이의 목마가 되어 응접실 바닥을 기며 동심으로 돌아가고 싶다. 억수 얼굴도, 그의 업무 일체도 내일 아침까지 깡그리 잊고 싶은 마음이다. 이검사는 문득 억수가 돌아갈 차가운 감방과 자기가 돌아갈 따뜻한 응접실이 함께 떠오른다.

"감방이 춥지? 몇 명 있니?"

"여덟 명 있어요. 춥진 않아요. 늘 그렇게 살아왔으니깐. 안이나 밖이나 비슷했어요. 차라리 우리끼리 있는 감방이 따뜻해요."

억수의 말에 이검사는 콧마루가 시큰하다.

"그런데 억수 군, 마지막으로 어머니 한번 만나고 싶은 생각 없냐? 원한다면 연락해주지. 자네 모친이 아직 고향에 계시는지 모르지만."

"엄마요? 만나면 뭘 해요. 보고 싶지도 않은걸."

(『신동아』 1975년 5월호)

역도逆徒

역
도
逆
徒

박중렬 선생이 암살당하신 지 올해로 31주기를 맞는다. 세월이 살같이 빨라 그 의인이 타계하신 지도 어언 31년, 살아 계실 적 그분을 흠모하며 따랐던 뜻있는 인사의 가슴을 회한으로 적신다.

　선생은 1894년 고종 31년 경상도 대구에서 큰 약재상을 하던 부상의 다섯 아들 중 차남으로 탄생하셨다. 그즈음 외세의 드센 입김 아래 나라가 기울었고, 그해 1월 갑오 동학 의병이 궐기했고, 12월 전봉준이 순창에서 체포되었다.

　어릴 적부터 의협심이 강하고 과묵했던 선생은 개회사상에 눈 뜬 아버지의 뜻을 좇아 한양으로 올라가 배재학당을 다니며 신학문을 접했다. 선생은 재학중 기울어가는 국운을 바로잡는 데 남아의 일생을 바치기로 큰 뜻을 굳혔으나, 1910년 끝내 나라는 망하고 말았다. 선생은 1914년 19세 나이로 반도 땅을 등지고 중국 대륙으로 건너가, 그때부터 험난한 독립운동가의 길로 접어들었다.

여기 필설로 선생의 위대한 행적을 어찌 다 기술하리오. 일본 관헌의 눈을 피해 조선 땅을 넘나들기 십여 회, 체포와 투옥이 팔회, 크고 작은 사건에 연루되어 감옥에서 보낸 세월이 9년…… 참으로 선생의 일생은 구국일념에 사셨으나 해방의 날을 보지 못하고 1944년, 향년 50세로 오모리의 총에 암살당하셨다.

선생은 생전 결혼을 하지 않아 혈육조차 남기지 못하셨고 그 무덤도 만주 다롄 땅 한모퉁이에 버려져 있으니 이역의 산자락에 묻힌 그 혼백의 외로움이 어떠하리오.

선생은 이미 알려진 다른 독립운동가들에 비해 그 인품이나 행적의 위대함이 조금도 모자람이 없다. 역사란 당대에 많이 회자된 화제 중심으로 기술되기에 선생의 공적은 말 못하는 나무나 바위, 유구한 하늘만 알 뿐, 그 이름이 회자되지 못함이 심히 애석타 아니할 수 없다. 비록 선생같이 이름 잊힌 채 쓸쓸히 초야에 묻힌 위대한 혼백이 어디 또 한둘이랴. 선생은 항상 자기를 낮추는 겸손을 알고, 공을 남에게 돌리고 숨겼으므로 지하에서도 이를 섭섭히 여기시지 않을 것이다. 그러나 필자가 여기 꼭 진실을 밝히려 하는 것은 선생의 원통하기 짝이 없는 암살에 대해서다.

1944년 사월에 있었던 '대구 다방골 오모리 형사부장 사택 폭파사건'은 박중렬 선생이 직접 그 거사를 지휘하지 않았음이 해방 후 비로소 밝혀졌고, 그 사건 주동자는 역사 속에 아직도 가려져 있는 상태지만, 그 사건의 비약으로 야기된 선생의 암살 과정에는 다소 석연치 못한 점이 있다 하겠다. 무엇보다 폭파사건의 밀고자로 알려진 이만춘이 사실은 밀고자가 아니란 점이다. 이만춘은 중국에서 한때 '한국민족혁명당' 당원으로 박중렬 선생 휘하에 있었지만, 지금까지는 속칭 '대구 다방골 폭파사건'의 밀고자란 꼬리표가 붙어 배신자로 알려져 있다. 오모리 형사부장 또한 일본인으로 알려졌으나 사실 그의 본명은 김야평으로 평안남도 태생이다. 필자는 흩어진 여러 사료와 이제 몇 분 남지 않은 증인의 고증을 토대로 이 두 가지 진실을 밝히려 한다. 필자는 평소 존경해 마지않는 박중렬 선생의 암살이 있기까지 '대구 다방골 폭파사건'의 전모를 밝힘으로서, 이역 땅에 잠드신 선생의 무덤에 뿌리는 조국의 흙 한줌으로 삼고자 한다.

대구경찰서 고등계 형사부장 오모리 사택이 아닌밤중에 폭탄세례를 맞은 것은 1944년 4월 하순, 벚꽃이 만개하던 절기였다.

그날은 마침 오모리 형사부장 생일이라 대구 다방골 그의 자택에서 조촐한 주연이 있었다. 전시라 생일잔치를 요란스럽게 벌일 수 없어, 오모리는 도 경찰부와 시 경찰서의 상하 동료 몇을 초대하여 저녁 한때를 즐겼다. 식사가 끝나고 정종 잔이 몇 순배 돈 여덟시 반경, 정확히 말해 직위상 상좌인 도 경찰부 특고과장 다나카가 이제 그만 마시고 자리를 '옥상루'로 옮기자는 말을 꺼냈을 때였다. 돌연 고막을 찢는 폭음이 현관 쪽 면전에서 터지고 집 천장이 내려앉는 수라장이 벌어졌다.

이 폭발로 마쓰야마 형사가 즉사하고 다나카 과장, 스즈키 형사가 팔다리가 부러지는 중상을 입었으며, 마침 데운 술주전자를 나르던 오모리 부인도 양쪽 귀의 고막이 터지는 중상을 입었다. 오모리 외 형사 하나와 조선은행 대구지점 간부는 몇 군데 찰과상의 경상이었다.

이 사건은 사전 계획이 치밀한 암살 기도였고, 계획이 치밀했던 만큼 폭탄은 특수 제조된 고성능이었다. 폭탄을 던진 주모자는 사건 현장에서 잠적했다.

당시 조선인 사상범만 전담하여 간교한 취조와 혹독한 고문으로 악명 높던 오모리 일당을 일시에 몰살시키려 한 거사가 일어나자, 이튿날 조간신문에 대서특필되었다.

"이거 참, 내 체면도 체면이지만 어느 놈이 한 짓인지 귀신이 곡할 노릇이구먼."

오모리는 신문을 구겨 쥐며 혀를 찼으나 사건이 쉽게 풀릴 것 같지 않았다. 고막 파열로 아내가 입원한 도립병원에도 들러야 하는데, 그에게는 그럴 틈이 없었다. 경성총독부 경무국에서 연방 장거리 전화가 떨어지고, 이놈 저놈 가리지 않고 용의자를 연행하는 대로 취조하고, 사건의 전말 경위서를 쓰고…… 오모리는 정말 소변 볼 틈조차 없을 지경이었다. 거기에다 자신의 처벌 문제까지 상부에서 들먹이니 어찌할 바를 몰랐다. 조금 전만 하더라도 경찰부장으로부터 직접, 왜 아직 범인을 못 잡느냐는 호통이 떨어졌다. 그는 마음만 초조할 뿐 일손이 제대로 잡히지 않았다.

범인이 대구 일각을 벗어나지 못하도록 물샐틈없는 경계망을 펴놓았지만, 한두 명 범인을 족집게로 집어내기란 모래밭에 떨어뜨린 은단 찾기보다 힘들었다. 범인은 분명 종로를 통해 역 쪽으로 달아난 모양이지만, 서른 명 넘게 불러모은 증인들의 말이 각양각색이라 사건 경위조차 제대로 작성 못할 지경이었다. 범인의 인상착의는 키가 작고, 나이는 마흔 정도의 중년 남자이며 검정 국민복에 캡을 쓴 사내란 정도가 고작이었다. 그런데 그 점마저 별 신빙성이 없었으니, 범행 현장의 깜깜한 골목을 벗어나 거기서 백 미터나 떨어진 한길을 서둘러 걷던, 거동이 조급해 보이던 어느 사내를 두고 증인들이 어설프게 짚은 말이었다. 그 시간의 신작로만 하더라도 한두 사람이 다니지 않았는데 하필 그 작자를 범인이라고 심증을 굳힐 특별한 꼬투리가 없었다. 어쨌든 물에 빠진 자가 지푸라기라도 잡으려 하듯, 의심이 갈 만한 놈은 죄 잡아 족쳐볼 수밖에 다른 방법이 없었다.

사건이 있던 날부터 닷새 동안 오모리 형사부장은 마음놓고 잠을 제대로 자본 적이 없었다. 물론 그는 집에 들어가지 않았고 식사도 제대로 하지 못했다. 즉사한 마쓰야마 형사의 장례식에 잠깐 참석하여 조의를 표했고, 도립병원에 입원 중인 다나카 과장, 스즈키 형사, 아내 문병을 두 차례 다녀오는 것 말고는 취조실에서 밤낮을 보냈다.

생일을 맞아 요정도 아니고 자택으로 저녁식사를 초대한 걸 두고 상부에서도 사건 발단의 동기를 제공했다고 몰아칠 수 없었지만 고성능 폭탄을 가진 녀석이 도심지 거리를 활보하도록 방치한 점, 사건 규모로 보아 단독범이라기보다 배후에 비밀결사가 있고 그 결사의 지령에 따라 계획된 사건으로 간주할 때, 오모리 형사부장은 직책상으로도 한 치 발뺌을 할 수 없는 입장이었다. 더욱 그는 일찍이 창씨개명까지 했지만 어쩔 수 없는 조선인이고 보니 이번 사건으로 형사 책임마저 져야 할 궁지에 몰렸다. 일본인 처를 얻고 천황에 충성을 맹세한 뒤 십오 년 동안 고등계 형사로 피눈물나게 쌓아올린 공적이 하루아침에 허물어지는 처지에 서다 보니, 오모리 가슴에 남은 것이라곤 눈물이나 허탈감보다 피가 끓는 복수심뿐이었다.

"요시, 내가 할복하는 한이 있더라도 이 사건만은 해결하고 죽겠다. 어느 놈이든 잡히기만 하면 골통을 바수고 간을 꺼내어 스키야키를 해먹고 말 테다!"

오모리는 이빨을 갈았다. 분을 참지 못한 그는 무명지를 깨물어 혈서까지 써서 집무실 면전에 붙여놓고 그 복수를 맹세했다.

사건 닷새 동안 도 경찰부 관내에서 동원된 경찰이 천칠백 명, 체포된 용의자가 삼백 명을 넘었건만 사건은 단서조차 잡히지 않았다. 범인은 담 밖에서 폭탄을 던지고 하늘로 솟았는지 땅속으로 잦아들었는지, 그렇지 않다면 연기가 되어 사라져버렸는지 알 수 없었다. 형사사건 수사에는 산전수전 다 겪은 노련한 오모리도 이번처럼 사건의 매듭이 풀리지 않는 경우는 처음 있는 일이었다. 오모리 형사부장은 사건을 해결 못하면 즉시 사직하겠으며 형사상 어떤 처벌도 달게 받겠다는 각서를 내놓고 있었으므로 허송으로 넘어가는 시간이 거의 미칠 지경이었다.

사건 엿새째 되는 날 아침, 숙직실에서 세 시간 못 되게 눈을 붙이고 일어난 오모리는 세수를 마치자 자기 자리로 돌아왔다.

경찰서 후원에 서 있는 벚꽃도 지고 있었다. 밤새 봄비가 뿌렸는지 마당은 촉촉히 젖었고 사동 아이가 낙화한 벚꽃으로 어지러운 후원 마당을 쓸고 있었다.

오모리가 담배를 피우며 후원을 멀거니 바라보자니, 처량한 생각마저 들었다. 잡지 못하는 범인이며, 귀머거리 아내를 데리고 살 일이며, 언제 전쟁이 끝날지 모르는 이 북새통에 잘라도 돋아나는 죽순처럼 요시찰 인물은 늘어만 가니, 마치 소 잡는 백정 신세로 사람 잡는 일만 하다 마칠 자신의 인생에 세상만사가 시투렁해졌다. 정신을 놓고 바라보고 있자니 사동 아이의 빗자루질도 초점이 맞지 않아 서너 겹으로 겹쳐 보였다. 재잘거리는 참새 소리마저 자기를 비웃는 조롱처럼 들렸다.

그때 오모리 머릿속에 한 가지 생각이 떠올랐다. 그것은 자기가 코끼리 다리를 만지며 코끼리 몸체를 그리려는 장님이 아닐까 하는 의문이었다. 곧 잡힐 것만 같아 폭탄 투척범만 너무 급급히 쫓다 보니 폭탄 투척을 지휘한 우두머리와 폭탄을 제공한 공범에 대해서는 수사를 다소 소홀히 한 느낌이었다. 어쩌면 잡히지 않는 투척범은 제쳐놓고 수사를 먼 데서부터, 원인의 시발부터 재출발하는 것이 옳은 일일는지 몰랐다.

그렇다, 폭탄을 던진 뒤 간이 콩알만해져서 다리 접고 자는 놈은 그만두고, 지금쯤 깨소금 씹듯 가소롭다며 웃고 있을 대가리, 그놈을 잡는 거다. 아니, 그놈을 만드는 거다. 용의자로 덮어씌워 그놈을 범인으로 만들다 보면 진짜 범인이 되는 거다. 또한 그럴 사이 곁다리로 범인이 묻혀올 수도 있지 않은가. 원리 원칙대로 사건을 해결하려 한 내가 어리석었다. 어느 놈이든 나한테 찍히면 그놈은 죽는 일밖에 남지 않는 걸 내가 왜 잊고 있었나. 더욱 이번 사건은 나를 죽이려 했고, 아내를 병신으로 만들었고, 내 집을 송두리째 날려버린 놈의 소행이다. 그는 이빨을 앙다물었다.

오모리는 즉시 닷새 동안 취조한 용의자 명단을 들추기 시작했다. 그의 눈은 빛났고, 회전이 빠른 머리에는 이미 새로운 일정표가 속속 짜여지고 있었다. 오모리는 용의자 명단과 아울러 도 경찰부 관내 사상범 조사철과 사상 관계 전과자 요시찰 명부를 훑는 작업을 병행했다.

그로부터 정오가 넘자, 추려내고 추려낸 네 명의 이름이 그의 메모지에 남았다. 그 이름 넷은 지난 닷새 동안 수사본부 간부회의에서 몇 차례 거론된 인물들이었다. 그중 하나는 지금도 신문을 받는 중이지만, 이제 그의 계략으로 네 명은 다른 차원에서 선택된 참이다. 그중 거물 박중렬은 범행 총지휘관으로 심증을 굳힌 바 없지 않으나, 이미 그는 조선 땅을 벗어났기에 체포 가능성이 희박했다.

"이제 이 넷으로 사건을 만드는 거다. 우선 그게 시간도 벌고 내가 사는 길이다."

상부의 성화 같은 범인 체포 독촉에서 오모리는 이제 한시름 놓는 기분이었다. 오모리는 네 명 이름에 붉은 색연필로 크게 동그라미를 그린 뒤, 담배 한 대를 붙여 물었다.

오모리 메모지에 적힌 네 명은 박중렬·노시달·정창수·이만춘이었다.

박중렬은 다시 거론할 필요가 없을 정도로, 굵직한 전과만도 세 차례나 되는 일급 요시찰 인물이었다. 남만주 한인 독립단체인 '신민부' 민사부 부위원장, '한국독립당' 창당 요원, '한국민족혁명당'

요직을 거쳐, 저 유명한 1930년 중국 텐진 일본인 은행 거금 탈
취 사건과 만주국 주재 일본 전권대사 부토 암살 미수사건의 지휘
부 인물이었다. 그는 재작년 경상북도 도지사 암살 미수사건에 연
루되어 3년을 대구형무소에서 보내고 병보석 뒤 조선 땅을 떠나
버렸다. 그 뒤 아직까지 조선에 잠입했다는 보고는 오모리도 접하
지 못하고 있었다. 도지사 암살 미수사건 때도 박중렬이 직접 연
루되지 않았으나 마침 그가 비밀히 대구에 머물던 때였으므로, 범
인 조동각과 일차 상면했다는 꼬투리 하나만으로 영도력 센 그의
입과 발을 묶어버렸다. 그 상면 내용은, 박중렬과 일면식이 있었
던 조동각이 가친의 위궤양 때문에 한약제 부탁을 한 것이 전부였
으나, 오모리는 그에게 암살 교사 혐의를 걸어 5년형 언도를 받게
했다. 박중렬은 감옥에서 3년을 살고 병보석으로 출감하자 청도
운문사에 들어가 지병인 신장염을 치료한다 싶더니, 감시 소홀을
틈타 어느새 국외로 뺑소니치고 말았다. 그에게는 현상 수배가 일
본 · 조선 · 중국 곳곳에 내려져 있었다.

　노시달은 무력투쟁을 목표로 삼는 과격한 민족주의자는 아니었
고 경북지방 개신교 원로목사로 신사참배 반대의 주동 인물이었다.
신사참배 반대로 1년여 옥고를 치르고 지난 1월 출옥 뒤 예순셋으
로 사망했다. 그는 박중렬 가친과 자별한 사이였다.

　정창수는 36세 독신으로 교남중학교 역사 선생이었다. 그는 박
중렬을 숭배하고 있어 재작년 도지사 암살 미수사건으로 박중렬
이 체포되자 그 부당성을 곳곳에 탄원하고 다닌 인물이기도 했다.
지난 2월 11일 기겐세츠(紀元節) 날에 호안덴(奉安殿)에서 절을 하

지 않고 꼿꼿이 서 있었던 일과, 하숙집을 방문한 학생과 국어(일본어)를 쓰지 않은 일 따위에 걸려 불온사상자로 지목되어 신문 받은 바 있었다. 이번 사건에도 용의자로 체포되어 현재 신문이 진행 중이었다.

나머지 이만춘은 금년 37세의 전 '한국민족혁명당' 당원으로 박중렬 휘하에 있었다. 그는 1938년 조선 땅으로 잠입해 자금 염출, 해외 애국투사 조선 체류 중 그 은닉, 조선 내 요시찰 인물 국외 도피 알선, 기밀 탐지 등의 임무를 띠고 활약하다 체포되어 오모리 일당으로부터 극악한 고문을 당한 끝에 정신착란자가 된 인물이었다. 왼팔이 불구가 되어 경찰병원에서 정양 뒤 퇴원하자 아주 폐인이 되고 말았다. 밤낮으로 술독에 빠져 미치광이처럼 대로를 고성방가하고 다녀도 어느 누구 그를 거들떠보기는커녕 개망나니로 취급할 뿐이었다. 이렇게 넷 모두가 박중렬과 직간접적으로 얽힌 인물이었다.

오모리는 곧 후지 형사를 불렀다. 그는 오모리 생일날 초대된 사람 중 오모리를 제외하곤 유일하게 경상을 입은 형사였다. 고등계 형사로 오모리와 손발이 잘 맞아 여태껏 크고 작은 사건을 솜씨 있게 다루어냈으나 웬일인지 이번만은 그의 머리도 유용하게 활용되지 못하고 있었다.

"후지 군, 우린 이때까지 헛다리를 짚고 있었어. 한밤중 수박밭에 가서 중놈 머리 찾기로 수사를 해왔단 말이야."

"무슨 말씀인지요? 그럼 부장님께서 단서를 잡았단 말입니까?"
오모리보다 나이가 예닐곱 살 아래인 미혼의 후지는 큰 머리통을 갸우뚱하며 물었다.

"자넨 왜 아직 노시달과 이만춘을 끌어들이지 않았어?" 오모리 역시 노시달은 이미 사망했고, 이만춘은 폐인이 되었음을 알고 묻는 말이었다. "그 자식들이 왜 이 대구 바닥에서 자유자재로 활보하게 버려두냐 말이야!"

오모리 부장의 호통에 후지는 머리를 한 대 얻어맞은 듯 의아해하며 입을 떼지 못했다. 그는 얼핏 신경과민으로 부장의 머리가 잠시 이상하게 되었거나 무슨 착각을 하고 있지 않나 하는 생각이 들었다.

"노시달? 그 영감이 죽은 지가 언젠데요?"

"후지 군이 사망 현장을 눈으로 확인했어? 직접 검시했냐 말이야?" 오모리가 그 대답을 기다렸다는 듯 다시 물었다.

"그렇진 않지만 스즈키 형사가 장례식에 갔다 온 건 부장님도 아시잖아요?"

"스즈키 형사? 그 친군 닷새 전에 죽었잖냐 말이야. 그걸 믿을 수 있어? 자네가 직접 확인해. 무덤을 뒤져 해골을 파내 그 해골을 내가 봐야 믿겠어. 물론 철저한 가택수색도. 기왓장까지 뒤지고 우물까지 조사를 해."

"넷, 알았습니다!" 후지는 부동자세를 취하곤 히물쩍 웃었다. "무슨 꼬투리, 그 있잖습니까, 그런 게 있습니까?"

"잘함 큰 고기가 낚일 거야." 오모리는 심드렁히, 그러나 의미심장하게 말했다.

"이만춘은 어떡할까요? 그 미치광일 잡아서 무슨 영약에 쓰려

하십니까?"

"후지 군, 가세. 난 아직 점심도 못 먹었네. 가서 우리 차근차근 이야기함세. 이건 특종 논문감이니깐." 오모리는 이 사건이 터진 뒤 처음으로 미소를 보였다.

고등계 형사들이 기밀을 요하는 밀담이나 심야 정담을 나눌 때 이용하는 요릿집 '옥상루' 골방에 오모리와 후지가 마주앉았다. 오모리는 회덮밥과 정종 반 되, 생선회, 새우튀김을 안주로 주문했다.

"후지 군, 잘 듣게. 이건 자네와 나만 아는 비밀이네." 오모리가 서두를 꺼냈다. "주모자는 박종렬일세. 그놈이 지난번 도지사님 암살사건으로 억울한 옥살이를 하고 나자 이번에 우리에게 보복을 한걸세. 바로 그 녀석 지령이네."

"저도 그런 추측은 했습죠. 그러나 추측뿐 증거가 있어야지요. 놈은 또한 조선 땅에 없으니 더욱…… 그런데 부장님, 그럼 범인은? 아니, 어디서 그 정보를?"

"범인? 범인은 물론 잡아들였지. 내 말해줄까? 범인은 바로 정창수 그놈일세."

"아니, 그걸 어떻게? 저는 오히려 그놈을 풀어주려 하는데요. 알리바이가 성립되거든요. 사건이 일어난 시간에 동료 교원과 술을 마시고 있었다는. 그놈 하숙집, 교무실, 심지어 고향 군위에 있는 집까지 이 잡듯 뒤져도 아무런 증거가…… 일단 풀어주었다 국기모독죄로 재입건할까 하구요."

"국기모독죄?"

"그놈 일기장에서, 아침 조회 때가 가장 괴롭다는 구절을 발견했어요."

"단지 그 말만으로?"

"그렇지요. 그런데 그 녀석이 범인이람……"

후지는 얼른 생각이 정리되지 않았다. 오차를 마시고 오모리 앞으로 바짝 머리를 들이밀었다.

"그보다 밀고자가 있어. 그 밀고자가 이 사건 열쇠를 쥐고 있지. 그놈이 바로……"

"부장님의 논리로는 이만춘이군요." 후지가 금세 말을 받아 맞장구쳤다.

"그렇다네." 오모리는 안도의 숨인지 괴로운 한숨인지 된숨을 내쉬며 머리를 끄덕였다.

"저는 전혀 납득이 가잖는데요. 아무리 그렇지만 이만춘이 밀고자라니…… 물론 밀정 노릇이야 지긋지긋하겠지만, 그쪽을 배신까지 할 그런 좀스런 놈은 아닐 텐데요. 지금은 미친놈 취급을 받다 보니 그쪽과도 인연이 끊겼고……"

"후지 군, 자네는 머리 회전이 빠르지만 고지식하기 때문에 역회전하는 게 탈이야." 오모리는 목소리를 낮추었다. "지금 한 말은 내 각본이네. 내가 그렇게 각본을 만들었어. 또 우리가 그렇게라도 추진할 수밖에 없잖나 말이야. 더 지체했다간 나는 물론 자네 목도 유지할 수 없잖은가? 오늘이 벌써 사건 엿새째야."

후지는 오모리 부장의 말뜻을 알겠다는 듯 머리를 끄덕이더니 입가에 의미심장한 미소를 띠었다.

식사와 술이 오자 두 사람은 말을 중단했다. 그날, 땅거미 질 때까지 둘은 옥상루 골방에서 밀담을 나누었다. 이제 두 사람에 의해 각본은 세밀한 부분까지 짜여졌다.

그날 밤 자정께부터 후지 형사 진두 지휘 아래 형사 셋이 정창수 고문에 착수했다. 오모리 형사부장 댁 폭탄 투척사건 용의자로 체포되어 나흘 동안 정창수는 심한 고문은 당하지 않고 지냈다. 날마다 되풀이되는 유도신문에 말려들지 않으려 신경을 곤두세운 외에 죽도나 목총으로 사매질을 몇 차례 당했을 뿐인데, 그날 밤은 보통 고문이 아니었다.

"이 개 같은 자식, 넙적한 상판 껍질을 아주 벗겨버릴까보다. 흉계를 꾸며도 분수가 있지, 폭탄은 자기가 던져놓고 발뺌해!"

후지의 첫 발언이 있고부터, 복날 개 패듯 난장질이 시작되었다. 숨돌릴 틈을 주지 않을 정도가 아니라, 갖가지 고문을 다 동원하여 사람을 아주 죽이기로 작정한 것 같았다. 물 먹이기, 거꾸로 매달아 난장질, 불에 달군 쇠젓가락으로 지지기, 전기 고문…… 정창수는 이렇게 동이 틀 때까지 물경 일곱 번이나 졸도하는 형극을 맛보았다. 나중에는 살려달라, 내가 범인이다는 말조차 나오지 않았고, 사람을 이토록 괴롭히지 말고 빨리 죽여주었으면 하는 마음뿐이었다.

"네놈은 구속 송치도 필요 없고, 일 년 동안 이렇게 피를 말려 죽이라는 상부의 지시가 있었다. 죽은 마쓰야마 형사 유족이나 팔이 떨어져 나간 다나카 과장님 언명대로 네놈 손발을 자르고 눈알을 뽑겠다!"

후지의 호통에 정창수는 조국을 사랑한 죄가 끝내 이런 참극을 몰고 왔구나, 갈아먹을 테면 갈아먹어라, 진짜 범인은 광복을 위해 더 큰 일을 할 수 있도록 내가 대신 죽어주마고 체념했다.

오모리는 정창수 필적을 모사하여 정창수가 입은 국방복 주머니에서 광목천을 떼내어 다음과 같은 혈서를 썼다.

─이 매국노야! 네놈 밀고로 내가 죽는다. 노사(魯史. 박중렬의 호) 선생이 어느 때고 반드시 내 원한을 풀어줄 것이다.

정창수와 같은 유치장에 소도둑으로 들어온 잡범이 있었다. 녀석 이름은 김추였다. 오모리는 김추를 매수하여 이튿날 새벽 세시에 그 혈서를 이만춘에게 전하게 했다.

이만춘은 술에 만취되어 잠에 곯아떨어졌다가 봉창 두드리는 소리에 어렴풋이 잠에서 깨어났다. 그가 자던 집은 남산 예배당 고갯길을 넘어 시가지를 벗어나 있는 과수원집이었다. 과수원은 박중렬 선생 가친이 한여름 별장을 겸해 사용하려고 일구었으나 그분 별세 뒤 셋째아들 신렬 씨가 맡았다. 신렬 씨는 중형 중렬 선생과는 달리 평범한 소시민으로, 과수원과 약초 재배를 생업으로 삼아 일경의 감시는 줄곧 받고 있었지만, 이번 사건으로 경찰서 출입은 않고 있었다. 그가 이만춘을 식객으로 두기는, 이만춘과 중형의 과거 인연을 고려하여 병신에 반 미치광이가 된 처지가 너무 딱했기 때문이었다. 만약 아직도 사상범으로 일경의 지목을 받고 있다면 그는 이만춘을 벌써 내쫓았을 것이다.

전등을 켜고 불청객을 맞은 이만춘은 광목조각에 쓰인 혈서를 읽고 얼굴색이 하얗게 질리더니 팔다리부터 떨었다.

"뭐라고? 나를 매국노라구?"

이만춘은 과거에 당한 고문이 얼마나 지독했던지 경찰서란 말만 들어도 치를 떨었고, 술에 취해 갈지자로 걷다가도 맞은편에서 순사가 오면 뒤돌아 도망칠 정도로, 그쪽과 담을 쌓고 지냈다. "이팔청춘 한세월 혈기로 보내고 거지 신세로 술 동냥하니, 과거사 세월이 원망스럽네. 호박 같은 한 목숨 이리저리 굴려 세끼 밥 먹으면 정승도 부럽잖을 텐데. 아 허무타, 이내 신세여." 이만춘은 이런 가사를 지어 남도창에 맞추어 고성방가했지만, 매국노라는 말에는 그도 기분이 상했다. 그는 곧 평정을 되찾아 실소를 흘렸다.

"어느 놈이 날 모함하는구나. 그런 일에 발 뗀 지 오랜 날 두고 또 무슨 개수작을 부리느라 이따위 조작을 만들어내."

이만춘은 혈서 쓴 광목에 코를 풀곤 방 귀퉁이에 버렸다. 김추가 이만춘 뺨을 후려치곤 기세등등하게 자리 차고 일어났다.

"내가 아무리 소도둑질이나 하지만, 나도 사람의 도리는 안다. 어제 유치장에서 나와 여태껏 네놈을 찾아다녔다. 이 개만도 못한 놈, 이제 왜놈 끄나풀이'되어 돈이나 뜯어내다니. 네놈도 동족이랄 수 있나. 천벌 받아 죽을 놈!"

김추가 기세등등하게 외치곤 밖으로 나가버렸다. 그의 일차 임무는 끝났다. 이만춘은 벌겋게 부푼 따귀를 만지며 무슨 말인가 읊다 자리에 쓰러져 잠이 들었다.

이만춘 방에서 튀어나온 김추는 과수원을 벗어나자 매복하던 형사와 합류하여 경찰서로 돌아갔다.

"수고했네. 아직 네놈은 결정적으로 중요한 한 가지 일이 더 남

174

앉어. 그 일만 해치우면 오 년 선고는 좋이 받을 네 죄를 백지로 돌리고 수고비 줘 풀어줄 테니, 당분간 독방에서 편히 쉬어." 그를 맞은 오모리가 말했다.

오모리의 말에 김추는 시키는 대로 할 테니 잘봐달라는 말을 되풀이하며 이마가 무릎에 닿도록 굽실거렸다. 오모리는 김추를 미행하고 온 형사를 불러 그를 다시 이만춘이 머물고 있는 신렬 씨 집으로 보냈다.

"그 자식이 도망갈 리도 없고 도망가봐야 춘자네 술집에나 눌러붙어 해장술이나 퍼마실 테지. 오는 길에 긴상 있지, 그 전속 사진사도 불러줘. 촬영 준비를 해서 말이야."

오모리가 일을 치르고 나자 밖은 먼동이 터오고 있었다. 오모리는 그길로 경찰서장 사택을 찾았다.

파자마 바람으로 응접실에 나온 서장에게 오모리는 자초지종을 설명하며 이번 사건이 마무리 단계로 들어섰음을 보고했다. 보고 내용은 그가 짜낸 각본 그대로였다. 오직 그는 이만춘이 사실은 밀고를 한 게 아니고 그가 술집에서 흘린 정보가 사건 해결의 실마리가 되었다는, 또 다른 위증을 둘러댔다.

"……그러나 서장님, 상부 보고나 신문 지상 발표는 그를 밀고자로 해야만 합니다. 저 지독한 정창수가 끝까지 범행을 부인하니깐요. 사건 터진 지 칠 일이 지난 지금 확실한 물적 증거는 찾지 못하고 있는 형편 아닙니까."

"어쨌든 잘됐어. 내일 사건 독려차 경무국 수사과장이 하구(下邱)한다 했는데, 그전에 사건이 해결됐으니 나도 한숨 돌린 셈이네."

서장은 오모리의 노고를 치하한 뒤, 한 가지가 꺼림칙한지 주석을 달았다. "주범인 박중렬을 못 잡았으니 옥에 티야."

"그놈은 제가 잡겠습니다, 서장님. 우리 동지들의 복수는 물론, 제 처 복수를 할 수 있도록 맡겨주십시오. 이십 일간 출장 명령만 내려주신다면 중국 대륙을 다 뒤져서라도 그놈을 잡아 압송해 오겠습니다."

오모리는 사택에서 물러나왔다.

경찰서로 돌아오니 다시 붙잡혀 온 이만춘과 사진사가 도착해 있었다. 이만춘은 사색이 된 채 중풍환자처럼 떨고 있었다. 왜소한 체구, 앙상한 광대뼈, 무엇보다 황달기가 짙은 녹두색 얼굴은 병색이 완연했다. 오모리에게 넌더리 나게 고문을 당한 이만춘은 고양이 만난 쥐꼴로 오모리 거동만 힐끔거렸다.

"이만춘, 또 만나게 됐군. 오늘은 당신을 칭찬하러 불렀으니 떨지 말게. 매질은 안할 테니깐."

"부장님, 전 뭐가 뭔지 도대체……"

"그 얘긴 그만두고 내가 당신한테 몇 푼 상금을 줄 테니 그걸 받아. 당신이야 술에 만취되어 기억이 잘 안 날는지 모르지만, 그저께 춘자네 술집에서 얼핏 입에 올린 한마디 말로 이번 우리집 폭파사건 실마리를 풀었어. 기억이 나? 정창수 그 자식 귀신 뺨 친다고 했던 말?"

"난 몰라요. 부장님, 나, 난 아무것도 몰라요. 이번 사건이 누구 짓인지 난 모른단 말이에요. 그런데 내가 어찌 그런 말을, 꿈에서라도 그런 마, 말을 할 수 있겠어요?" 이만춘이 의자에서 일어나며 더듬더듬 말했다.

오모리는 이만춘 말을 무시하고 책상서랍에서 봉투를 꺼내었다. "이걸 받아. 두 달 술값은 충분하니깐. 그 몸으로 살아봐야 이태 넘기기 힘들 텐데, 당신을 더 신문하진 않겠어." 오모리가 주는 봉투를 이만춘은 받지 않았다. 오모리가 화를 내며 외쳤다. "내 성의를 무시하겠다는 거야? 이번엔 생매장되고 싶어?"

"부장님, 아니, 그게 아니고 제발 돈만은……"

"쓸데없는 소리. 돈 받아. 나하구 기념사진 한 장 찍구 집으로 돌아가. 당신은 자유니깐. 그러나 만약 돈을 안 받는다면, 알지?"

"받지요. 살려만 주신다면, 고문만 않는다면 그 돈으로 오늘 몽땅 마셔버리죠 뭐."

사진사가 이만춘이 돈 받는 장면을 놓치지 않고 촬영했고, 돈을 받자마자 이만춘은 팔 없는 왼쪽 소맷자락을 펄럭이며 밖으로 사라졌다.

그날 석간신문에 박중렬과 죽은 노시달, 그리고 정창수 사진과 함께 이만춘이 오모리 부장으로부터 돈을 받는 사진이 대서특필되었다. 물론 '다방골 오모리 형사부장 사택 폭파사건'의 범행 전모 상세히 공개되었다. 정창수가 쓴 혈서도 이만춘 방에서 찾아내 증거물로 제시되었다. 폭파사건이 일어난 시간, 정창수와 함께 술을 마셨던 교남중학교 선생 셋이 공범으로 체포되었다. 이 사건을 총지휘한 박중렬은 지난해 10월 조선 땅에 비밀리에 잠입해 모든 임무를 노시달과 정창수에게 위임했으나 노시달이 죽자 정창수가 거사 계획을 추진했다는 것이다. 박중렬은 지난해 12월 다시 만주로 탈출했다고 발표되었다.

폭파사건이 석간신문에 대문짝같이 발표된 그날 밤, 살인사건이 대구에서 일어났다. 이만춘이 타살당했다. 술에 취해 귀가하던 자정 무렵, 그의 숙소인 과수원을 미처 못 가 누군가의 흉기에 얻어맞고 절명했다. 그를 죽인 범인은 물론 김추였다. 김추는 그 일을 끝내자 오모리로부터 돈 봉투를 받아 그길로 대구를 멀리 벗어났다.

이튿날, 이만춘 타살을 두고 신문에서는 아직 체포되지 않은 폭파범 잔당이 이만춘의 배신 행위에 대해 보복한 것으로 발표했다.

'다방골 형사부장 사택 폭파사건'은 그로써 일단락되었다. 그러나 진짜 범인은 잡히지 않았다. 오모리가 내밀히 수사를 계속했으나 끝내 사건은 실마리가 풀리지 않았다. 오모리도 차츰 그 사건을 세상이 아는 그대로, 다시 말해 자신이 꾸민 사건 조작이 사실일 수 있다고 믿기에 이르렀다.

"박중렬을 내가 꼭 잡겠어. 당신 원수를 복수하고 말 테다." 귀머거리가 되어 퇴원한 아내에게도 그는 자주 이렇게 필담을 썼다.

폭파사건이 있은 한 달 뒤, 정창수가 대구지법으로 송치되기 전, 오모리는 드디어 출장길에 올랐다. 박중렬 체포 압송 임무였다. 이는 오모리가 희망했지만, 상부 밀령이 그의 바람을 앞질렀다. 오모리가 박중렬을 자기 손으로 체포하겠다고 출장을 바란 이유는, 정창수를 비롯한 교남중학교 교사 일당이 법정 진술을 통해 혐의를 번복하더라도 이를 인정치 않기로 이미 판검사와 모종의 묵약이 있기도 했지만, 거물급 박중렬이 만약 자기 경찰서 관내를 떠난 상부 수사기관. 이를테면 중국이나 경성에서 체포된다면 사건의 허위성이 백일하에 드러날 게 뻔했다. 그렇게 되면 총독부 경무국으로부터 준엄한 문책과 그에 따른 형사적 책임을 오모리가 도맡아 져야 하기 때문이었다.

오모리는 먼 외지 출장길에 오르면서도 박중렬을 체포해 압송할 생각은 없었다. 박중렬을 발견하게 된다면 사살하는 길뿐이었다. 그 방법만이 완전범죄로서 진실에 거짓의 탈을 빈틈없이 씌우는 길이요, 박중렬 입을 영원히 봉하는 유일한 길이었다.

(『한국문학』 1975년 7월호)

오늘 부는 바람

오
늘

부
는

바
람

집안 형편상 남들처럼 중학교에 진학할 처지가 못 되어 나는 초등학교를 졸업하자 일자리를 구했다. 변두리 기사식당의 심부름꾼이었다. 처음은 일도 서툴고 눈치가 느려 손님이나 주인한테 숱해 잔소리를 들었다. 그 대가로 식당에서 침식을 제공받고 월급이라곤 처음 삼천 원을 받았다. 네 해 사이 식당 네댓 집을 옮겨다닐 동안 월급도 배 넘게 오르고, 일에 이력도 트였다. 식당, 하면 이제 양식점이나 호텔을 제외하곤 안팎 일의 순서를 훤히 안다 해도 별 티내는 소리가 아닐 정도는 되었다.

내가 지금 일하는 식당은 '풍년옥'이란 종로 2가의 큰 설렁탕집이다. 일이층 객석만도 칠십 석이고, 점심때면 그 자리가 다 메워질 정도로 손님이 붐빈다. 나는 이제 풍년옥에서 점심 저녁 두 끼만 먹고 집에서 출퇴근한다. 심부름하는 나 또래 계집애만도 여덟이지만 나처럼 출퇴근하는 애는 둘밖에 되지 않았다. 나는 예쁘지 않다. 못생긴 편도 아니다. 콧잔등의 주근깨와 터를 너무 크게 잡은 입술을 제외하곤 별 빠진 데 없는 오목조목한 얼굴이다. 입술만 썰어도 머릿고기 한 접시는 되겠네. 이런 농지거리를 들을 때는 김이 쑥 빠지지만, 저만한 얼굴도 사내 호리려면 제 돈은 안 쓰지 하고 사탕발림 말로 놀리면 얼굴이 화끈하고 괜히 기분이 우쭐했다.

내가 초등학교를 졸업할 때는 작은 키에 깡마른 몸매였다. 나이 들고, 먹는 것 하나는 늘 영양식이라 이제 살도 통통하게 찌고 젖가슴도 불룩하게 솟았다. 꺾어놓은 막대기 같던 몸도 굴곡이 생겼다. 남들은 나를 두고 말수 적고 잘 웃지 않는다지만 그런 평은 내가 자란 환경 탓이고, 나도 혼자 있을 때면 곧잘 거울을 찾게 되었다. 큰 입을 작게 보이려고 오므려 매력 있게 미소를 띠어보곤 했다.

우리집은 군에 간 오빠를 제외하고 네 식구가 모두 일터에 나갔다. 변변치 못한 돈벌이라 집안 살림은 크게 피지 않았다. 재산이라곤 이십 년 상환 월부금이 까마득히 밀렸지만, 작년에 겨우 시민아파트 한 칸을 산 게 고작이었다.

내가 열아홉번째 생일을 맞고였다. 그즈음 나는 풍년옥에서 함께 일하는 춘배로부터 치근덕스런 구애를 받고 있었다. 춘배는 스물한 살로 몸이 건장했다. 그는 여드름이 이마에 울긋불긋 나 있고 언제나 최신 유행가를 흥얼거리는 칼잡이었다. 족탕 · 꼬리곰탕 · 갈비탕 · 설렁탕에 쓰는 쇠고기가 들어오면 그는 날 선 칼과 손도끼로 신나게 분해했다. 노래를 흥얼거리며 찍어내고 자르고 썰었다. 나이에 비해 솜씨가 숙달되어 힘겨운 일을 시원스럽게 해

내었고, 그가 하는 일을 보고 있으면 율동미가 느껴졌다. 일하는 사람의 아름다움은 마치 그를 두고 일컬어진 말 같기도 했다.

춘배는 홀을 지나다 공연히 내 팔을 치곤 딴전펴기가 일쑤였다. 그럴 때마다 나는 오소소한 몸 떨림과, 이상하게 마음이 가볍게 떴다 내려앉는 현기증을 느꼈다. 내가 주방에 들어가면 춘배는 남의 눈을 피해 껌을 주고 되잖은 수작을 붙였다. 내가 퇴근하는 길이면 언제 쫓아나왔는지 버스 정류장까지 바래다주며 슬쩍 손을 잡기도 했다. 그 손은 너무 크고 단단했다. 나는 무의식중에 놀라 그 손을 뿌리치고도 한동안 감전이나 당한 듯 손에 묻은 그의 체취를 바람에 털곤 했다.

"나이도 몇 되잖은 게 그따위 버릇은 언제 배웠어. 아주 바람잡이 같애."

내가 이렇게 쏘아붙이면 춘배는 낄낄거리고 웃었다.

"암괭이처럼 다 알면서 새침 떨기는. 서로 알고 가깝게 지내자는 게 나빠? 내 이래봬도 착하고 순박한 놈이야."

"내가 암괭이 같다면 넌 볼품없는 호박 같애. 푹 썩은 호박."

"저 까진 말버릇 봐. 그건 그렇고, 우리 연애 한번 해. 연애도 못하고 늙으면 구만리 같은 청춘이 아깝잖아."

춘배는 영화 대사 외듯 무뚝뚝하게 말했다. 그럴 때 그의 표정은 조금 슬픈 듯 진지하여 들뜨는 내 마음을 엄숙하게 돌려세웠다. 사실 춘배는 풍년옥 여섯 총각 중 가장 순진하다고 나 또래 애들한테도 소문이 날 만큼 나 있었다. 나는 그런 춘배가 별 싫지 않았으나, 까닭은 여하튼 싫어해야만 할 것 같았다. 내가 버스에 오르면,

오늘 부는 바람 185

춘배는 닭 쫓던 개꼴로 멍하니 섰다 먹고 자는 숙소인 풍년옥으로 걸음을 돌렸다. 버스 창밖을 내다보면 가로등 불빛 아래 그의 무거워 보이는 큰 어깨가 측은하여 미안했으나, 나는 마음을 단단히 먹었다. 아무렇지 않게 버리는 주위 나 또래 애들의 정조를 볼 때, 나는 쉽게 한 발이라도 빠져들지 않겠다는 마음에서였다.

끼니 걱정에서 한시름 놓게 된 우리집에 재앙이 닥친 것은 그즈음이었다. 낮이면 해가 중천에서 곰솥처럼 대지를 달구는 칠월 초순이었다.

손수레에 채소를 싣고 주택가 골목을 누빌 때, 아버지는 손수레를 끌고 엄마는 손수레 뒤를 밀며 함께 장사를 했다. 그런데 엄마가 갑자기 아파 장사일에 나서지 못하게 되었다.

엄마 병은 감기나 몸살 같은 지나가는 병이 아닌 듯싶었다. 엄마는 하루 종일 배를 움켜잡고 악다구니를 쓰며 고통을 호소했다.

밤 열한시 반쯤, 내가 나른한 다리를 끌고 아파트로 돌아오면 그때도 엄마는 젖꼭지 말라붙은 쭈그러진 가슴을 내놓은 채 땀을 흘리며 고된 숨을 내쉬었다.

"내 죽는다. 증말 이라다가 죽고 말겠구나. 미숙아, 미숙아, 엄마가 와 이래 됐노. 우짜다가 이런 병에 걸렸노?" 바쁜 숨길 사이 엄마가 호소하는 말이었다. 나는 말문이 막혔다. 엄마가 어쩌다 저렇게 앓게 되었는지 나로서는 알 길이 없었다. 공연히 코만 훌쩍이며 엄마의 꿉꿉한 손을 잡아볼 뿐이었다. 나는 그때까지 죽음이 어떻게 오는지 잘 몰랐고, 엄마가 저렇게 앓다가도 조만간 다시 일어나겠거니 하고 믿었다. 나는 약방에서 활명수는 물론, 약사가 지어주는 조제약을 사다드렸다. 그 정도 약은 아무 효험이 없어 엄마의 통증은 쉬 멈추지 않았다. 늘 그렇지는 않았지만, 내가 집에 도착할 열한시 반쯤은 아버지나 철규가 집에 없을 때가 많았다. 해거름으로 장사를 끝낸 아버지는 앓는 엄마를 곁에 두고 보기가 괴롭고 짜증나 소줏집으로 술을 마시러 나갔거나, 인쇄소 견습공인 철규는 철야 작업으로 집에 들어오지 않을 때가 많았다.

"엄마, 많이 아파?"

내 물음에 엄마는 가쁜 숨만 내쉬며 내 얼굴을 올려다볼 뿐 대답을 못했다. 대답하기조차 힘드는지, 살아오며 겪었던 그 많은 설움의 응어리를 말로 풀어낼 수 없는지, 엄마 얼굴이 고통으로 일그러졌고 눈동자가 절망에 떨었다. 엄마 얼굴과 목은 찐득한 땀으로 번질거렸다.

내가 손발을 닦으려고 부엌에 나가면 악취가 코끝에 흠씬 묻었다. 엄마가 앓고 난 뒤 내가 열심히 치워도 부엌은 늘 엉망진창이었다. 삼십 촉 뿌연 전등을 켜면 파리가 윙윙댔고 하수구로 빠지는 개숫물 구멍은 막혀 있기 일쑤였다. 거기에 고인 더러운 물에 잡동사니 쓰레기가 썩고 있었고 굵은 쥐가 창이 깨진 찬장 뒤로 숨었다. 빨랫거리가 수북이 쌓였음은 물론, 씻지 않은 라면 냄비가 뒹굴기도 했다. 씻지 않은 냄비는 엄마가 앓아 누운 뒤 아버지가 저녁 끼니로 손수 라면을 끓여 먹은 그릇이었다. 어수선한 곳은 부엌만 아니었다. 물을 부어야 내려가는 변기통도, 미닫이를 막고 쓰는 방 두 칸도 정신없기는 마찬가지였다. 눈에 금세 드러나지 않지만 안살림 사는 주부가 얼마만큼 일을 많이 하는지, 그 빈 공간

이 너무 크게 드러났다. 전세방에서 아파트로 이사 왔을 때, 엄마
는 처음 집을 갖게 된 감격으로 일주일 동안 거의 잠을 놓고 지냈
다. 잠을 자다 공연히 일어나 부엌 바닥을 닦고, 툇마루에 묻은 양
초를 칼로 긁어내곤 했다. 이게 우리집이라니, 참말 꿈만 같구나.
우리가 이런 집을 갖게 되다니. 엄마는 이 말을 수십 차례도 더 했
다. 비좁은 시민아파트이긴 했지만 늘 반들반들하더니, 이제 엄마
가 앓다 보니 방과 부엌은 어지럽고 더러워져버렸다. 내가 빨래하
고 닦고 치우는 일을 대충 끝내면 자정을 넘기기 일쑤였다. 눈을
잠시 붙이고 나는 새벽별 보며 밥을 지어놓곤, 아파트단지 언덕길
을 바삐 내려갔다. 풍년옥엔 아침 일곱시까지 출근을 해야 했다.

"음식을 잘못 먹고 체했다면 하루이틀 지나면 자릴 털고 일어날
텐데……"

아버지와 내가 이러는 사이 후딱 또 일주일이 지났다.

"아무래도 병원엘 가봐야겠어. 지지리 처복도 없는 놈." 아버지
말이었다. 엄마는 아버지의 후처였다. 군에 입대한 철수오빠가 나
와는 배다른 남매였다.

철수오빠는 군에 입대한 지 일 년이 채 못 되어, 계급이 일등병
이었다. 오빠가 주둔한 부대는 가까운 수색 부근이어서 뻔질나게
집으로 외출을 나오곤 했다. 군에 가기 전에는 오빠가 그렇지 않
았는데, 이제는 아주 술꾼이 되어버렸다. 외출을 나오면 늘 고주
망태로 취했고, 술이 덜 깬 해롱한 정신으로 귀대하는 오빠를 보면,
사람이 변해도 저럴 수 있을까 하는 생각이 들 정도였다.

오빠는 중학교 이학년을 다니다 가정 형편으로 중퇴하고 철공

소에 들어가 입대할 때까지 십 년을 용접공으로 일했다. 어느 정도 의젓한 기술자가 됐는지 입대 전에는 봉급이 사만오천 원이었다. 오빠는 심술첨지처럼 과묵하고 알뜰하여, 집에 달마다 삼만 원씩 돈을 넣어줘, 아파트를 구입하는 데 오빠 돈이 한몫을 차지했다. 나름 숨기는 눈치였으나 예금통장에 적잖은 돈이 저금되어 있음은 아버지 엄마는 물론, 나도 알고 있었다. 그런데 입대를 한 뒤부터, 자기만이 여태껏 얼마나 남루하고 억울하게 살아왔는가를 새삼 깨달았는지 부대에서 집으로 외박 나올 때면 곧잘 주정을 부렸다. 좆같이 낳아놓고 학교도 안 보내줘 인간 쓰레기로 만들었다는 둥, 이제 제대해도 장래성 없는 용접공 일은 안하겠다는 겉멋 들린 말을 주절거렸다. 낳기야 엄마가 낳지 않았지만, 계모가 키울 때 자기를 차별했다는 소리만은 엄마 가슴에 못을 박았다. 억울해서 죽겠네, 차별은 누가 차별해. 내 새끼 안 먹여도 저만은 애지중지 키웠는데 지금 와서 차별했다니, 이 설움을 누가 아나. 엄마는 가슴을 치며 통분했다. 오빠는 아주 빗나가버려, 제 새끼만 식구고 남의 새끼는 식구가 아니냐고 엄마에게 대들었다. 오빠는 술주정만이 아니었다. 새해 들고부터 집안 돈을 훔쳐가기까지 했다. 오빠는 펜팔로 여자를 사귀었는데, 그 여자한테 깊이 빠져 있었다. 그렇게 되자 입대 전에 모아둔 저금을 그럭저럭 까먹은 모양이었다. 그러다 보니 군에 간 뒤로는 나와도 차츰 간격이 생겼다. 그 점은 전적으로 오빠 책임이었다. 이를테면, 내 앞에서 팬티 바람에 벌렁 누워 손으로 팬티 속을 주물럭거리는 따위의 불쾌한 짓거리라든지, 술 취한 붉은 눈으로 내 가슴이나 엉덩이를 오랫동안 따갑게 훔쳐보는 오빠의 눈길을 느끼면 왠지 오빠가 동기간 남매란 생각이 들지 않았다. 나이 들며 사회의 나쁜 면만 분별없이 받아들인 엉큼하고 무서운 사내로 보이기도 해서, 오빠가 군에 입대하자 마음이 홀가분했다.

어느 날, 아버지는 기어코 엄마를 보건소로 데려가기로 결정했다. 엄마는 이미 화장실 출입마저 제대로 할 수 없는 상태여서 버스를 이용하기가 불가능했다. 그렇다고 우리 처지에 택시를 탈 수도 없었다. 아파트 계단을 내려갈 때는 아버지가 엄마를 업었고, 보건소까지는 아버지의 유일한 장사도구인 손수레에 엄마를 태웠다.

"이래 떠나모 이제 내가 너들 몬 볼지 몰라. 미숙아, 철규야, 에미가 읎으모 어린 너들 우짜노. 아이구 내가, 내가 우짜다가 이 꼴이 됐노……" 엄마는 시든 배추단처럼 수레에 모로 누워 탄식했다.

한 달 남짓 사이 엄마 얼굴은 녹슨 강철판처럼 꺼멓게 타버렸고 피골이 상접했다. 기워 입은 검정 무명치마 밑으로 비어져나온, 양말 신지 않은 발은 핏기가 가시어 발가락이 살갗이 아닌 뼛조각 같았다. 그 발은 아버지와 함께 채소를 팔러 다니느라 수천리도 더 걸은 발이었다. 버스 정류장까지 어머니를 배웅하며 나도 철규도 울었다. 팔월 초순의 따가운 아침 볕 아래, 내 눈에서는 눈물이 쉼없이 앞을 가로막았다.

그날도 나와 철규는 지각을 한 채 각각 일터로 나갔다. 밤 열한시 반, 내가 집으로 돌아와보니 엄마는 숨소리도 고르게 잠을 자고 있었다. 집안에서 엄마의 신음소리가 들리지 않기로는 오랜만이었다. 철규는 또 철야를 하는 모양이었고, 엄마 옆에는 아버지가 소주 한 병을 까놓고 김치를 안주 삼아 잔을 비우고 있었다.

"의사 선생이 뭐래요?" 내가 옷을 갈아입으며 물었다.

"나쁜 자식들, 뭐 영양실조라나. 위가 말라비틀어졌다는군. 편히 쉬고, 잘 먹으면 차도가 있을 거라니, 그게 어디 말 같아야지. 제기랄, 누가 편히 쉬고 잘 먹을 줄 몰라 여태껏 배를 곯은 줄 아냐?" 아버지가 심드렁히 대답했다. 다시 소주 한 잔을 한모금에 넘기고 말했다. "약을 주길래 먹었더니 이제 좀 덜 아픈 모양이야. 진통제라든가, 그런 게 섞였겠지. 가난한 놈은 그저 무병이 상팔자라니깐. 그런데 보건소라는 데가 왜 또 그렇게 약값은 비싸."

"그래도 개인병원에 당할라구요. 주사 한 대 놓고 몇천 원씩 받아먹는 치들인데. 약은 언제까지 먹어야 한대요? 다 낫는 건 언제구요?"

"하루 굶고 왔다니깐 무슨 약인가 먹이더니 배 사진까지 찍구 안 왔나. 알고 보니 그놈의 사진값이 그렇게 비싸더라. 의사 눈치도 어렵다는 상판이야. 그건 그런데, 니 에미가 이 꼴이니 집안이 엉망이구나. 아픈 에미를 늘 집에 혼자 둘 수도 없구 조석 끓여먹기도 힘이 드니 말이야. 아무리 생각해도 네가 당분간 식당일을 그만둬야 할까봐. 니 에미 나으면 다시 일자리를 구하더라도 니가 에미 간병두 하구 집안 살림을 살아야 할 것 같아."

"저도 그렇게 생각했더랬어요. 월말까지만 견뎌보죠 뭐. 그때까지도 차도가 없다면 월급 받고 아무래도 그만둬야지요."

나는 이튿날부터 작은 냄비에 설렁탕 국물과 손님이 먹다 남긴 건더기를 깨끗이 헹궈 모아두었다 집으로 가져왔다. 그 일에는 춘배 도움이 많았다. 끼니 잇기 힘들기야 우리집보다 더한 집도 많겠지만, 엄마가 영양실조라니 풍년옥 주인 아주머니에게 사연을 여쭙고 국물을 얻어왔던 것이다.

그로부터 엄마는 종내 자리에서 일어나지 못했다. 보건소에서 지어온 약기운이 떨어지면 다시 위의 통증이 시작되는 모양인지 고통을 호소해댔다.

"아무래도 오래는 몬 살겠데이. 철수는 다 컸지만, 불쌍한 너들 남매 두고 내가 원통해서 우째 눈감겠노. 안죽 할 일이 태산 같은데, 인자 허리 패고 쪼매 살 만하게 되이까 이래 송장이 돼서 누벘으이……" 엄마는 속이 답답한지 가슴을 벌린 채 내 손을 잡고 말했다.

"엄마, 왜 죽어. 죽는다는 말을 왜 그렇게 자주 해. 인젠 곧 나을 거야. 의사 선생이 그랬어." 나도 엄마의 쭈글쭈글한 가슴패기에 눈물을 떨구며 말했다.

사실 엄마가 그렇게 쉽게 죽을 것 같지 않았고, 또 엄마가 죽는다는 게 쉬 실감으로 다가오지 않았다.

아버지와 철규가 일터에 나가고, 나는 마침 노는 공일이라 밀린 빨래를 하던 날이었다. 그날, 엄마는 기어코 숨을 거두었다. 배가 아프다고 통사정한 지 꼭 한 달 스무 날 만이었다. 서른아홉이면 아직 창창한 나이건만 엄마는 고생을 쓸개처럼 핥다 죽고 말았다.

"애늠 새끼들 두고…… 아이구, 이제 그만이구나. 초롱 같은 저 늠들 고생만 시키고, 내 죽어도 눈 몬 감는데이. 분하고 억울해서 내 눈 몬 감는데이. 미숙아, 미숙아! 이 육시랄 늠으 세상…… 아이구, 인자 그만이데이. 죽어 혼백이라도 살아 너그들, 너그들 호강시키고 시집 장개 보내고……"

엄마는 마치 피를 토하듯 악다구니를 쓰며 헉헉거리다 말문을 닫았다. 뛰던 가슴도 차츰 들먹임이 낮아지고, 정말 원통해서 못 죽겠다는 듯 코를 씰룩거리며, 온 살갗 숨구멍마다 식은땀을 진 뱉듯 뿜어내었다. 그러다 까맣게 그을린 얼굴을 흉하게 뒤틀며 사지를 뻗대더니, 마치 전봇대처럼 몸이 굳어지기 시작했다. 엄마는 거짓말 같게 덜컥 마지막 숨을 삼켰다.

그렇게 엄마가 숨을 끊자 불과 몇 분 사이에 칼자국처럼 패었던 얼굴 주름이 깨끗이 퍼졌다. 헝클어진 머리칼은 찬 땀에 젖었고, 갈퀴같이 억센 손은 올이 해진 땟국 전 홑이불 한자락을 움켜잡고 있었다. 그것만이 아니었다. 엄마는 숨을 모두며 정말 엄청난 양의 똥을 깡그리 배설했다. 오장육부 속에 썩어 쌓인 그 많은 괴로움을, 그 괴로움을 엄마 육신에 아프게 쑤셔박은 전생의 땅, 이 땅에 사는 다른 인간들에게 모두 돌려주고 죽겠다는 뜻이 그 악취 속에 섞여 있었다. 엄마는 눈을 부릅뜬 채 죽었다.

뒤에 안 일이지만 엄마의 병은 위암이었다. 팔월의 긴 낮도 끝날 오후 일곱시쯤이었다. 임종을 지킨 사람은 나뿐이었다.

홑이불에 덮인 엄마 시신을 방에 두고 내가 아파트 노천 계단에 쭈그려앉아 울고 있을 때, 아버지가 돌아왔다. 땅거미가 내리고 있었다.

"웬일이니? 에미가 어떻게 된 거로구나!" 아버지가 술내를 풍기며 물었다.

나는 아무 대답도 못한 채 머리를 무릎 사이에 박고 그냥 울기만 했다. 아버지는 아직 전등이 켜지지 않은 컴컴한 복도로 황망히 달려 들어갔다. 어룽지는 눈앞에 아파트 뒷산 소나무가 보였고, 보라색 엷은 황혼이 지워지고 있었다. 엄마는 다시 볼 수 없는 세계로 가버렸다. 이제 엄마는 죽었다. 나는 엄마가 그렇게 빨리 돌아가실 줄 몰랐다. 엄마가 이 세상을 영원히 떠나버렸음을 나는 뼛속까지 새겼다. 이제 엄마의 그 활달한 목소리를, 가난했던 엄마의 고향 이야기를 두 번 다시 들을 수 없음을, 즐겁게 하루 번 돈을 셈하던 밝은 표정을 끝내 볼 수 없음을 알았다.

생각해보면 엄마의 서른아홉 생애는 고생으로 시작되고 그 고생이 볕들 날을 못 본 채 끝났다. 엄마는 경남 함양의 찢어지게 가난한 소작농의 딸로 자랐다. 엄마 나이 열일곱 살 때 쌀 열 섬 값을 받고 외할아버지는 엄마를 홀아비 도부장수 후처로 넘겼다. 당시 전쟁통에 아버지는 경남 서부지방 산골을 떠돌며 소금을 팔고 있었다. 엄마 말로는 열일곱 살 될 때까지 이밥(쌀밥) 한 끼 먹어보지 못한 채 예식도 없이 시집을 갔다 했다. 엄마는 보퉁이 하나를 머리에 이고 아버지를 따라 대처로 나갔다. 네 살 난 전처 아들을 키우며, 우리 남매를 낳았다. 그 뒤 간난한 고생을 거쳐 죽음을 맞기까지, 엄마는 허리 한번 제대로 펴본 적이 없었다.

이튿날 아침, 나는 버스 정류장 공중전화 부스에서 풍년옥에 전화를 걸었다. 주인 아주머니가 전화를 받았기에, 나는 엄마가 돌아가셨다고 말했다.

"오늘도 내일도 못 나갈 것 같애요."

엄마 별세 소식을 식구 아닌 다른 사람에게 처음 알리는 탓인지 나는 무슨 말을 하는지 정신이 흐릿했다. 수화기에 못다 운 울음을 쏟아넣었다. 주인 아주머니는 얼마나 슬프겠냐면서 혀를 찼다. 아프다는 얘기는 들었지만 사람 목숨이 그토록 쉽게 끊어질 수 있냐고 말한 뒤, 사흘 동안 나오지 않아도 좋다고 덧붙였다. 나는 아버지 말을 좇아 철수오빠한테도 전보를 쳤다.

오후에 뜻밖에도 풍년옥에서 춘배가 왔다.

"니가 우리집을 어떻게 알았니?"

"너에 관해 내가 모르는 게 뭐 있어. 아줌마가 사람을 보낸다기에 내가 자청하고 나섰지."

"고맙다. 와주어서." 나는 부은 눈을 깔며 조그맣게 말했다.

"안됐다, 삼번아."

삼번은 풍년옥에서 내가 가슴에 붙이는 번호였다. 춘배는 주인 아주머니가 부조로 주더라면서 봉투를 내놓았다. 삼천 원이었다.

내가 춘배를 배웅하느라 사층 계단까지 마중을 가자, 그는 주머니 속에서 주물럭거리더니 오백 원 두 장을 꺼내었다.

"이건 내가 하는 부조야. 적지만 받아둬."

"애, 네가 무슨 돈이 있다구."

나는 그의 돈 쥔 손을 밀쳤다. 춘배는 내 팔을 잡더니 기어코 돈을 손에 쥐여주고 떠났다. 춘배는 아파트 마당을 질러갔다.

"너무 슬퍼하지 마. 우린 늘 그렇게 사는 인생이니깐." 춘배가 나를 보고 소리쳤다.

나는 머리를 끄덕거렸다. 고마움에 가슴이 뭉클했다. 춘배는 고개 너머 버스 정류장 쪽으로 사라졌다. 어룽지는 눈에 문득 엄마 자태가 떠올랐다. 엄마는 활달한 걸음으로 아파트 마당을 질러오며, 미숙아 방 소제했냐 하고 고함질렀다. 엄마는 수건으로 햇빛을 가리었고 땟국 전 앞치마에 돈주머니를 달고 있었다. 엄마의 환영 뒤로 빈 손수레를 끌고 아버지가 언덕을 오르고 있었다. 채소와 과일을 떨이한 모양이었다.

아버지 결정에 따라 엄마 시신은 화장을 했다. 나는 산이 아니면 들이라도 좋고, 들에 못 묻는다면 아파트 뒤 쓰레기통 옆에라도 엄마 무덤을 남겼으면 싶었다. 먹고살려 하루 종일 발바닥 부르트도록 다니는 팔자에 성묘 갈 짬이 나겠으며 공동묘지에 묻는데도 돈이 든다는 아버지 말에 반대하는 사람이 없었다. 친가나 외가 쪽으로 친척붙이가 없었고, 아버지를 제외하곤 특별휴가를 나온 오빠가 있었지만 그는 눈물조차 보이지 않았다.

엄마를 화장하는 날, 나는 아파트 뒤 야산에서 혼자 울었다. 이젠 그만 울어야지, 해도 눈물이 쉼없이 흘러내렸다. 나는 해가 질 때야 실망초·메꽃·초롱꽃 따위의 들풀로 작은 꽃다발을 만들어 들고 아파트로 돌아왔다. 아버지는 술에 취해 새우처럼 웅크려 잠들어 있었다. 오빠는 외출해서 돌아오지 않았고, 철규는 세운 무릎에 머리를 박고 훌쩍거렸다. 나는 가져온 들꽃 묶음을 장롱에 얹어두었다. 줄기가 긴 흰 꽃 실망초, 나팔꽃 모양의 붉은 메꽃, 도라지꽃을 닮은 흰 꽃잎의 초롱꽃을 보며 나는 다시 오열을 쏟았다. 서리 내리면 시들 들꽃처럼 허무하게 죽어버린 엄마였다. 내게는 세상이 너무 삭막하고 두려웠다. 무엇 때문에 사는지, 왜 시집 장가 가서 애를 낳는지, 그런 삶의 도정이 아무런 뜻도 없고, 한 송이 들꽃만큼도 값어치 없음을 처음 알았다.

아버지는 엄마가 돌아가시고 사흘 동안 장사를 나가지 않았다. 긴 낮을 방안에서 술만 마시며 멍하니 보내었다.

"호강 한번 못 시켜주고, 그렇게 불쌍하게 죽다니. 빈집 같구나. 꼭 빈집 같애." 아버지는 혼잣소리로 조용조용 말했다. 그러다 나를 보고, 곰보네 집에 외상 달고 소주 한 병 가져오라고 일렀다.

오빠는 엄마 별세에 따른 특별휴가를 아주 요긴하게 쓰는 모양이었다. 그런데 오빠는 다른 문제로 속이 상해 있었다. 좌절과 울분을 금치 못하게 하는 자신의 연애 문제 때문이었다.

"개 같은 년, 오늘 내가 네년을 반쯤 죽이지 않나 두고봐. 돈 없고 못 배웠다고 괄시해. 이 지경에 와서 날 배신하고 제년이 그놈과 잘 붙어먹을 것 같애!"

오빠는 펜팔로 사귄 어느 개인회사 경리 아가씨를 두고 욕설을 했다. 아침 먹기가 바쁘게 사복 차림으로 휑하니 아파트를 나섰다 통금이 가까워야 술에 취해 돌아오거나, 숫제 외박이었다. 그렇게 오빠는 실연의 괴로움을 곱씹으며 미친 사람마냥 눈에 불을 켜고 있었다. 오빠는 분명 제정신이 아닌 듯 보였다.

귀대 날짜를 하루 넘긴 이튿날 정오 무렵, 오빠는 풍년옥으로 나를 찾아왔다.

"미숙아, 오천 원만 해줘. 어젯밤까지 부대에 들어갔어야 하는데, 그년 때문에 못 들어가고 말았어. 아무래도 돈이 좀 있어야겠으니 네가 좀 봐줘야겠다."

오빠는 비록 반나절이지만 때맞춰 귀대하지 못했기에 영창살이나 하지 않을까 싶어 걱정을 했다. 나는 다른 때와 달리 짜증을 내지 않고 풍년옥 주인 아주머니께 부탁하여 월급에서 오천 원을 가불했다.

"그 여자가 오빠 싫어해?" 풍년옥 옆 분식집에서 나는 오빠에게 가락국수를 사주며 물었다.

"군대밥 먹는 졸병이니 이번은 그냥 귀대하지만 다음에 나오면 그년 면상을 칼로 긁어버리겠어. 그년한테 새 애인이 생겼거든. 돈 많은 재수생이래."

"말만 들어도 끔찍해. 오빠가 단념하면 될 거 아냐. 그만한 일에 뭘 목숨까지 걸고 설쳐."

오빠는 대답 않고 국수가락을 허겁지겁 먹었다. 어젯밤도 집에 오지 않고 어디서 잠을 놓쳤는지 오빠 눈 흰자위가 붉은 핏줄로 얽혀 있었다. 굵은 목줄기의 단단함과 용접공 일이 그렇듯 상처투성이의 손을 보자, 오빠의 노여움이 이해가 갔지만 그 외고집에 연민이 느껴졌다. 강짜와 위협으로 멀어진 사랑을 돌이키려는 오빠의 본능적인 충동, 새삼스럽게 가난과 못 배운 설움으로 이웃과 세상을 저주하는 맹목의 질투가 달걀로 바위 깨기임을 오빠가 왜 모를까, 나는 안타까웠다.

"오빠, 잊어버려. 어디 여자가 개뿐이야."

"주둥이 닥쳐. 내 성질 건드림 너도 죽여버릴 거야." 오빠는 젓가락을 팽개치며 화를 냈다.

남이 들을 만큼 오빠 목소리가 커서 내가 창피할 정도였다.

"그 여자를 그렇게 좋아해?"

오빠는 말 없이 충혈된 눈으로 나를 쏘아보았다. 그 눈이 내 가슴께에 머물렀다. 나는 섬뜩함에 몸을 떨었다. 누구든 잡아먹고 싶은 굶주린 욕정이 그 눈에서 타고 있었다.

"뭣 때문에 살아, 지 죽고 나 죽으면 그만이지."

오빠는 어깨를 떨어뜨리며 빈 국수 그릇에 한숨을 쏟았다. 나는 오빠 말에 가만있어도 그만인 걸 대꾸를 보냈다.

"죽으면 오빠나 죽지 왜 그 여잔 죽여."

"씨팔, 제대한대도 나 같은 놈 발붙일 곳이 어딨어. 용접공을 어디 사람 대접하나, 인간 쓰레기지."

오빠는 의자에서 일어났다. 두 해 전까지는 착실한 젊은이요, 지금도 훌륭한 용접 기술을 가졌는데 열등의식에 빠져 세상을 비꼬기만 하는 오빠 병명은 무엇일까. 나는 오빠의 정신 상태를 이해할 수 없었다.

"네년까지 날 괄세하는구나. 두고보자."

오빠는 나에게서 오천 원을 받고도 고맙다는 말도 없이 쫓기듯 사라졌다. 오빠는 그길로 곧장 부대로 돌아가지 않았다. 나중에 안 일이지만 다시 집에 들러 엄마가 월부로 들여놓았던 라디오까지 들고 나가버렸다. 월부금도 채 끝나지 않았는데 그걸 팔아 돈을 더 뭉친 모양이었다. 오빠가 그 돈을 어디에 썼는지 나는 알 수 없었다.

며칠 뒤, 나는 풍년옥을 그만두었다. 그만둘 수밖에 없었다. 밥 짓고 빨래하고 집을 지켜야 했기 때문이다.

"정말 안됐다. 또 만나겠지. 아냐, 만날 테야." 춘배가 섭섭해하며 말했다.

명색이 송별회라고 식당 종업원들과 함께 저녁식사에 콜라 한 병씩을 먹고 내가 풍년옥 문을 나설 때, 춘배가 슬그머니 따라나와 내게 선물을 내밀었다. 집에 와서 펴보니 딸기 무늬가 놓인 블라우스와 부끄럽게도 팬티스타킹 두 켤레였다. 어떻게 팬티스타킹 같은 걸 선물할 마음이 생겼는지, 오빠나 춘배, 아니 남자들 속마음을 알 수 없었다.

풍년옥을 그만두고 들어앉게 되자, 엄마가 없는 집은 내게 빈집과 마찬가지였다. 아파트 창을 통해 어스름이 깔리는 뒷산을 멍하니 바라보노라면, 미숙아, 미숙아 하며 엄마가 허기진 목소리로 문을 두드릴 것만 같았다.

내가 풍년옥을 그만둔 지 두번째 맞는 일요일이었다. 아버지와 철규는 각자 일터에 나가고, 방 청소를 하고 있던 아침 열시쯤이었다.

누군가 문을 두드렸다. 나는 가슴이 뛰었다. 세금 나부랭이를 받으러 오는 동사무소 직원이라면 모르지만 강도가 갑자기 칼이라도 들고 나타난다면, 하는 방정맞은 생각이 들었다.

"누구세요?"

"삼번아, 나야."

춘배 목소리였다. 문을 열어보니 하늘색 반소매 남방셔츠를 입은 춘배가 미소 띠고 서 있었다. 셋째 일요일이라 풍년옥이 쉬는 날이었다.

"네가 웬일이니? 해가 서쪽에서 뜨겠다 얘."

나는 얼굴이 달아올랐다. 춘배가 마루에 걸터앉자 서너 뼘 간격으로 나도 앉았다. 춘배의 날을 세운 회색 바지를 보자 나는 내 차림을 살폈다. 물 낡은 보라색 미니스커트에 품이 큰 엄마 흰 블라우스가 초라했다.

"외롭고 심심하지? 일번하고 구번도 널 위로하러 한번 집에 가본다더니, 왔던?"

춘배는 바지 아랫도리를 걷어 양말에 꽂은 담배를 꺼내어 한 대를 입에 물었다. 성냥으로 불을 댕겼다.

"안 왔어. 요즘 재미 어때? 아줌마는 안녕하시구?"

"그저 그렇지. 근데 이럴 게 아니라 나가자. 바람이나 쐬고. 내가 영화 한 프로 구경시켜줄게."

"집은 누가 보구 나가?" 춘배 말에 마음이 끌렸으나 나는 말을 틀었다.

"옆집에 좀 봐달라지. 열쇠 맡기구. 무시하는 건 아니지만, 도둑 들어봐야 가져갈 게 있겠어."

"엄마가 돌아가시구 아직 한 번도 버스 타고 안 나가봤어. 이 앞 시장에 나가 장거리나 봐왔지. 그동안 집에 박혀 있었어. 나돌아다니기도 싫구."

"그러니깐 내가 기분 전환하라고 나타나신 것 아냐. 성의를 무시해도 분수 있지, 안 그래 삼번아?"

춘배는 담배를 반쯤 태우다 끄고선 꽁초를 담뱃갑에 넣었다. 살림꾼 같은 그 꼼꼼한 면이 마음에 들었다.

"그럼 먼저 나가 있어. 아파트 근방에는 얼씬 말구, 버스 종점 거기 공중전화 앞에서 기다려. 옷 갈아입고 나갈 테니."

춘배가 나가자 열린 문을 통해 나는 아파트 어두운 복도를 살폈다. 아무도 춘배가 우리집에서 나가는 것을 본 사람은 없었다. 나는 문을 잠그고 방으로 들어왔다. 겉옷을 벗어 벽에 걸고 팽팽한 청바지를 엉덩이에 끼웠다. 춘배가 준 블라우스를 입을까 하다 쥐색 반소매 티셔츠를 둘러썼다. 세수하고 크림이라도 발랐으면 싶은데 그럴 마음의 여유가 없었다. 갑자기 엄마 얼굴이 떠올랐다. 춘배가 오기 전까지 엄마 생각을 했는데 잠시 잊고 있었다. 그런데 갑자기 엄마의 울부짖음이 들렸다. 이년아, 어딜 가. 내 죽은 지 한 달도 못 돼 네년이 날 잊었구나. 열아홉이면 아직 피도 안 마른 년이 사내놈과 작당해서 대낮부터 극장 구석에 처박혀. 네년 낳을 때 한 되 넘게 피를 쏟고 그때부터 내 허리가 날만 궂으면 쑤시는데. 이 죽은 에미 살아생전 주야장천 하루 수십리 길을 목청 돋워 골목마다 떠들고 다녔다. 발바닥에 쇠못이 박이도록 헤매고 다녔다. 그런데 네년은 벌써 이 에미를 잊었구나. 빌어먹을 년, 미친년, 갈보 될 년아……

나는 방바닥에 주저앉았다. 눈을 감자 금세 눈물이 속눈썹에 묻었다. 나는 잠시 넋 놓고 앉아 있었다. 부끄러움과 외로움이 아랫도리를 훑고 지나갔다.

나는 천천히 일어나 손수건으로 눈물을 찍었다. 백 원짜리 동전 서너 개가 든 손지갑을 찾아 들었다. 문을 잠그곤 옆집 수길이 엄마에게 집을 봐달라고 부탁했다. 수길이 엄마는 한 벌 짜주는 데

육십 원을 받는 수출용 털스웨터를 부업 삼아 뜨개질하고 있었다. 아파트에는 그런 일을 맡아 하는 아줌마가 많았다.

버스 정류장으로 나가니 춘배가 심통이 난 얼굴로 껌을 씹고 있었다.

"얼마나 기다렸다구. 더운데 하드나 먹자." 춘배가 말했다.

우리는 종점에 새로 생긴 가게로 들어가 오십 원짜리 하드를 한 개씩 빨았다. 춘배는 금방 기분이 좋아져 싱글벙글 웃으며, 내가 그만둔 뒤 풍년옥 이야기를 주워섬겼다. 나는 듣는 쪽이었다. 왠지 초초했다. 빨리 집으로 돌아가야 한다고 나를 재촉했다.

"시내로 나갈까? 청계극장에서 신나는 영화 하던데?"

"너무 멀어. 곧 집에 돌아가야 해."

우리는 국산영화를 상영하는 변두리 극장에 가기로 합의를 보았다. 버스를 탔다. 극장표 값을 춘배가 냈다. 일요일이라 극장 안이 만원이었다. 관객은 대체로 젊은 층이었다.

"첫째, 셋째 공일은 늘 이렇거든. 어디든 터져나간단 말이야."

춘배는 어둠 속에서 내 손을 잡아끌었다. 나는 그 손을 뿌리치지 않았다. 우리는 사람 사이를 비집고 앞쪽으로 갔다. 앉을 자리가 없어 벽에 기대섰다. 화면에는 여배우가 벗은 상체 앞가슴을 옷으로 가린 채 침대에 앉아 담배를 피우고 있었다. 인생이 어디 별것 있겠어. 화면에는 나오지 않는 남자 말소리가 들렸다.

춘배가 자기 손 안에 든 내 손을 힘있게 쥐었다. 끈적한 땀을 통해 마치 곰국 같은 춘배 몸냄새가 났다. 나는 그 손을 뿌리쳤다. 춘배가 건네주는 껌이 내 손에 쥐어졌다. 춘배는 영화 장면이 바

뛸 때마다 기똥차다. 쌤통이다. 멋있다 하고 감탄하며 내 귀에 끊임없이 입김을 부었다. 내게는 화면 속 주인공과 춘배 말이 모두 허망하게 느껴졌다. 그와 내가 밀착되거나 그의 손에 잡히거나, 내가 다가간다 해도 잡을 수 없는 거리감이 그 사이에 있었다. 습기 차고 축축한 아파트의 어두운 복도, 방방에서 터져나오는 앙칼진 고함, 아이들 울음, 아버지의 취한 얼굴, 기름때투성이로 늘 피로해 뵈는 철규의 찌든 얼굴만이 눈앞에 어른거렸다. 그 모든 우중충함을 감싼 가난만이 내 감정을 더욱 젖게 했다. 젖은 끝에 땅 밑으로 가라앉아, 끝내 엄마처럼 이 땅에서 사라져버릴 쓸쓸함이 내 마음을 스산하게 흔들었다.

"뭘 해. 어서 자리 잡아야지."

영화가 끝나고 불이 켜져, 춘배가 말할 때야 나는 정신을 차렸다. 그동안 특별히 뭔가를 생각하지도 않았는데, 나는 늦가을 수초 사이를 헤매는 들쥐처럼 찐득한 더위 속에 떨고 있었다.

영화가 다시 시작될 동안 춘배는 팝콘을 샀다. 누린내 나는 증기탕 같은 주방에서 비지땀 흘려 번 돈을 춘배는 기분 좋게 써버리고 있었다. 그는 소리 내어 껌도 씹고, 노래를 흥얼거렸고, 팔꿈치로 내 옆구리를 치며 킬킬거리고 웃었다.

"……그래서 말이야. 일번 있잖아. 계 넣었던 돈을 홀랑 털렸지. 애 떼느라 돈은 얼마나 들었는데. 그 새끼는 그게 전문이었거든. 몸 따먹고 돈 우려내곤 차버리는 건달 말이야. 난 착실하지. 너한테만 빼고 난 구두쇠야. 지금도 저금통장엔 육만 원이나 있구." 춘배는 자기 자랑을 섞어 풍년옥 일번을 두고 말했다.

일번이 멋쟁이 홀 웨이터와 사귀는 줄 알았지만 그 소식은 처음이었다. 그런 이야기가 내게는 익숙했다. 우리 또래 종업원들은 그런 시련을 거치며 나이를 먹었다. 영화가 시작되었다. 십여 분 동안 춘배는 말없이 화면만 보았다. 무슨 꿍꿍이속이 있는지 간혹 몸을 뒤틀었다. 그는 기어코 한 손을 내 넙적다리에 얹었다. 그는 조급히 내 청바지를 쓰다듬었다. 나는 그 손을 밀쳤다. 밀친 뒤에도 손이 닿았던 부분은 긴장이 남아 있었다. 두렵고 짜릿한 감촉이었다. 잠시 뒤 춘배 손이 내가 앉은 의자 등받이에 걸쳐졌다. 그는 내 겨드랑이 밑으로 손을 넣어 건너편 어깻죽지를 만졌다. 창피하게 이게 무슨 짓이야, 하고 작은 소리로 나무랐지만 나는 잠시 춘배 손장난을 그대로 두었다. 나로부터 아무런 저항을 받지 않자 그 손은 더욱 대담해져 내 가슴을 더듬었다. 부끄러움과 더불어 깊은 곳에서 흥분이 차올랐고 내 숨이 가빠졌다. 춘배도 자제력을 잃어 이제 내 블라우스 안으로 손을 밀어넣었다. 나는 숨이 막혔다. 순간, 나는 엄마 목소리를 들었다. 어머니가 아프기 전 유월 초순이던가. 목욕값을 아끼느라 남 다 잠든 자정께 부엌에서 몸을 씻을 때, 등을 밀어주며 엄마가 말했다. 미숙아, 이제 네 등에 찰떡 같은 살이 붙었데이. 아주 미끄러워 때가 잘 안 밀리네. 나는 춘배 손을 완강히 밀쳤다. 자리에서 일어나 어두운 통로를 내달았다.

"미안하다 삼번아, 내가 잘못했어."

춘배 말을 뒤로 들으며 나는 극장을 나섰다. 쨍쨍한 햇살 아래를 그냥 걸었다. 집 방향으로 가는 버스에 올라서야 춘배가 따라

오지 않음을 알았다. 악몽을 떨친 듯 시원한데, 섭섭함이 그 시원함을 아프게 찔렀다.

그런 일이 있고부터 며칠, 나는 춘배로부터 연락이 있기를 기다렸으나 아무 소식이 없었다. 우리집에 전화가 없으므로 내가 먼저 춘배에게 전화를 걸까 어쩔까 망설이다, 그만두었다. 전화를 받을 주인 아주머니가 내 목소리를 알아볼 테고 그 이유가 아니더라도 내가 춘배에게 전화 걸 명분이 없었다. 언젠가 그쪽에서 연락이 올 테고, 그렇게 되어야 돌아가신 엄마에게 덜 미안하다는 생각이 들었다.

구월 초로 접어들자, 그 뜨겁던 노염(老炎)도 느긋하게 고삐를 풀었다. 아파트 뒷산의 무성하던 아카시아숲이 누렇게 탈색되었다.

엄마가 돌아가신 뒤 아버지의 술 마시는 횟수는 늘어갔고 술주정이 심해졌다. 처복이 없다, 뼈빠지게 노동해도 지지리 가난하다, 이놈의 세월은 나 같은 놈을 시궁창에 처박는다, 배불리 먹는 연놈들 등돌리고 잘살아라. 이런 욕지거리가 오빠의 사고방식을 철없이 닮은 듯 아버지의 주정 끝에 올려졌다.

아버지는 몇 푼 벌이도 되잖는 채소장사마저 쉬는 날이 잦아졌다. 엄마와 함께 골목길을 누빌 때는 그런대로 신이 났는데, 혼자 손수레를 끌고 다니기가 힘에 부친다기보다, 아버지로 하여금 삶의 의욕을 잃게 만든 게 분명했다. 이제 아버지 나이가 쉰을 바라보았기에 그런 노동이 무리이기도 했다.

"아버지, 쌀 떨어졌어요. 내일 저녁거리가 없는데." 어느 날 내가 말했다.

"그래서 날더러 어쩌란 거냐? 양식 없으면 굶으면 되지. 굶다 배고프면 동냥해서 먹구. 동냥해서 먹기 싫다면 죽으면 되는 거구. 굶어 죽으면 그뿐이야. 오래 살아 무슨 놈의 재미 볼 세상이라고."

아버지는 자포자기에 빠져들었다. 자정이 가까워도 아버지가 돌아오지 않아 내가 버스 정류장 부근 선술집을 뒤지면 아버지는 못다 판 채소를 실은 손수레를 술집 문 앞에 그대로 둔 채 술상에 머리를 박고 곯아떨어져 있기 일쑤였다.

"미숙아, 아버지가 네 엄마를 잃더니만 아주 못쓰게 됐어. 저렇게 고주망태가 되는 사람이 무슨 장사를 한다구." 주모는 술상에 머리를 박고 횡설수설 지껄이는 아버지를 두고 혀를 찼다.

사실이 그랬다. 손수레를 살펴보면 팔다 남은 채소는 이미 시들어빠져 있었다. 아무래도 내가 다시 일자리를 잡아야겠다고 생각했다. 안 그래도 두 군데 일자리를 부탁해놓았으나 마땅한 자리가 생기지 않아 기다리던 참이었다. 풍년옥은 내가 떠나자 곧 다른 애를 썼고, 나를 다시 받아준다 해도 왠지 춘배와 함께 일하기 싫었다. 어떤 땐 체면치레고 뭐고, 그런 수줍음을 팽개치고 엄마를 대신해서 아버지와 함께 채소를 팔까 하고 생각해본 적도 있었으나 막상 나서려니 용기가 꺾였다. 아버지는 이제 누군가 지팡이가 되어 끌어주지 않으면 다시 생활인으로 회복되기에 가망이 없어 보였다.

며칠이 지났다. 비가 오던 날이었다. 오랜 가뭄 끝에 내리는 가을비였다. 아파트 창에 부딪혀 떨어지는 빗방울의 단조로운 울림이 차갑게 마음을 적시던 그날, 나는 혼자 집에 남아 있었다. 왠지 아버지와 내가 화장한 엄마의 뼈를 한강에 뿌린 기억을 되살려주는 그런 날씨였다. 분필처럼 하얗고 푸석한 뼈를 강물에 띄워 보내던 구름 낀 그 여름 한낮의 분위기가 되살아났다.

오후에도 나는 수길이 엄마가 주선해준 스웨터를 대바늘로 뜨고 있었다. 부지런히 짜면 하루 세 벌, 찬값은 마련되는 일이었다. 집에서 무료하게 시간을 죽이느니 그저 해보는 일거리지만 대바늘을 놀리는 내 손길이 능숙할 수는 없었다.

내일 수원 아줌마한테 나가 일자리 부탁을 해볼까, 아님 아버지 용기도 되살릴 겸 얼굴에 강판 붙이고 손수레에 매달려볼까, 이런 생각을 엮고 있을 때, 거칠게 문 두드리는 소리가 났다.

나는 짜던 스웨터를 밀어붙이고 일어났다. 밖에서는 쫓긴 도둑이 피난처를 찾듯 다급하게 계속 문을 쳤다.

"누구세요?"

나는 뛰는 가슴에 손을 얹고, 오후 세시쯤에 방문할 만한 얼굴을 떠올려보았으나 짚이는 사람이 없었다.

"나야, 철수라니깐."

순간적으로 엉뚱하게 춘배를 떠올리다, 오빠임을 알았다.

나는 문을 땄다. 모자를 벗어 든 오빠 머리는 군인 특유의 스포츠형이 아닌 알머리였고 움푹 파인 뺨에 퀭한 눈이 번들거렸다. 오빠의 알머리를 보자 영창 살고 나왔는지 모른다는 생각이 들었다.

"웬일이야, 오빠?"

내 물음에 오빠는 대답하지 않았다. 오빠 한 손에는 무거워 보이는 손가방과 비닐 우산이 들려 있었다. 오빠는 그것을 마루에 내던지듯 놓곤 군화를 벗었다. 내던진 손가방 안에 쇳덩이라도 들었는지 마룻바닥이 울렸다.

"외출이야?"

나는 오빠가 탈영하지 않았을까 하는 불길한 예감을 어쩔 수 없었다. 오빠는 군화끈을 풀곤 방안으로 들어왔다. 오빠는 얼룩무늬 군복을 벗기 시작했다. 그 손놀림이 거칠어 자제력을 잃고 있음을 알았다. 나는 방 귀퉁이에서 오빠의 동작을 지켜보고 있었다. 오빠는 군복을 벗자 장롱에서 사복을 꺼내어 입었다. 블루진 바지에 점퍼를 입기까지 오빠는 나한테는 눈길을 주지 않았다.

"미숙아, 삼천 원만 줘." 오빠는 군복 바지 허리띠를 뽑아 블루진 바지에 끼우며 첫 말문을 떼었다. 퉁명스런 명령이었다.

"놀고 있는 내가 무슨 돈이 있게."

"잔말 말고 내놓으랄 때 내놔!"

오빠가 나를 쏘아보았다. 나는 오빠의 칼끝 같은 눈길을 받자 섬뜩했다. 무서운 눈이었다. 한눈에 나를 삼킬 듯 쏘아보는 오빠 눈동자에 파란 불꽃이 일었다.

"돈이 없어. 아버진 장사도 안 되고, 난 늘 점심을 굶어. 오늘은 비가 오긴 하지만, 오늘도 아버진 일하러 안 나가셨어." 나는 겨우 흘리듯 말했다.

내 수중에 돈이 만오천 원 있었다. 그 돈은 어느 누구도 모르는 비밀 돈이었다. 반드시 써야 할 때, 그 돈을 쓰지 않으면 더 큰 손해를 볼 때 쓰려고 감추어둔 내 전 재산이었다.

"이년이 누구 약올려!"

오빠는 대뜸 내 멱살을 쥐더니 방바닥에 팽개쳤다. 장롱 아래 서랍을 열고 몇 되잖은 내 옷가지를 마구 헤집어내기 시작했다. 내 돈은 그 옷 중 검정 외투 안주머니 작은 손지갑에 감추어져 있었다.

오빠의 손이 검정 외투에 닿자, 쓰러졌던 나는 벌떡 일어났다. 이제 나도 제정신이 아니었다. 돈벌이도 못하고 있는 처지에 어떤 일이 있어도 그 돈은 빼앗길 수 없었다. 나는 오빠 등에 매달렸다.

"안 돼. 그건 안 돼! 그 돈만은 못 써!" 나는 오빠 등을 주먹으로 치며 외쳤다.

나는 오빠를 밀어젖혔다. 오빠가 몸을 돌려 주먹으로 내 얼굴이며 몸을 사정없이 패기 시작했다. 나는 숨조차 제대로 쉴 수 없었다. 오빠 주먹이 내리쳐질 때마다 나는 머리통을 감싸쥐고 비명을 질렀다. 나는 모로 쓰러졌다. 더 오빠를 제지할 힘이 없었다. 엎어진 채 신음 섞인 울음을 뱉을 뿐이었다. 터진 입술 사이에서 흘러내린 피가 방바닥에 떨어졌다. 이럴 수가, 차마 오빠가 이렇게 누이를 칠 수 있을까. 분함보다도 서러움이 온몸을 저려오는 통증과 함께 내 통곡도 차츰 고조시켰다. 엄마가, 엄마가 이럴 때 있다면 오빠가 나를 이토록 때릴 수 있을까. 그 생각이 내 설움을 부채질했다.

"이년이 울긴. 아가리를 찢어놓을까부다."

오빠가 이죽거리더니 발길질로 나를 걷어찼다. 엎어졌던 내 몸이 젖혀지고 그 바람에 짧은 통치마가 허벅지까지 걷혀 올라갔다. 오빠의 눈이 내 하반신으로 옮겨오기가 그때였다. 한 손에 손지갑을 쥐고 씩씩거리던 오빠는 순간적으로 나를 덮쳤다. 내 입에서 터지는 비명을 오빠가 한 손으로 막으며 다른 주먹으로 내 머리를 내리쳤다. 눈앞에 번쩍 불이 보이고 오빠의 땀 흘리는 얼굴이 그 앞에서 찢어지자, 나는 의식이 혼미해졌다. 내 몸을 걸레 삼아 비틀어 짜는 오빠의 억센 힘에 나는 꼼짝할 수 없었다. 그 순간, 하반신 깊은 곳을 송곳으로 찌르는 매운 전율이 뇌를 벼락치고, 끝내 나는 실신하고 말았다.

가을비는 창문을 두드리며 끝없이 내리고 있었다.

나는 창을 두드리는 빗소리를 듣고 깨어났다. 바깥이 어둑해지고 있었다. 오빠는 가져왔던 가방을 들고 집을 나간 지 오래였다.

그로부터 두어 시간 뒤, 내가 어들어들 떨며 어두운 부엌에서 피 묻은 팬티를 빨고 있을 때, 헌병과 경찰관 네댓이 집으로 들이닥쳤다. 나는 오빠가 날이 선 대검으로 마음 변한 여자를 찔러 죽이고 그 칼 끝을 자기 목으로 돌려 자결했음을 알았다.

짧은 꿈처럼 흘러간 춘배와의 만남, 그것도 이제 옛노래로 접어두고 그로부터 며칠 뒤, 나는 아버지 손수레 뒤를 따라나섰다. 이제 내가 죽은 엄마 대신 아버지의 지팡이가 되리라. 굳게 결심한 나는 이제 엄마 생각에도 서러워지지 않았다. 나는 내 두 발을 굳건히 땅에 세웠다.

(『소설문예』 1975년 7월호)

일 출

일
출

미역장수 장씨는 뻐드렁 앞니로 미역귀를 씹으며 장바닥을 둘러본다. 그러기를 아침부터 수십 차례다.

해가 중천에서 기운 지 두서너 시간 좋이 흘렀다. 추석을 넘긴 지 벌써 한 달, 중구(重九) 절기가 지났으니 소금 떨어질 때 됐고, 겨울 채비 삼아 장꾼 나들이가 분주할 법한데 시절이 어수선하니 장이 섰다면 시름시름 파장이다. 별 바쁜 일 없는 장꾼 패거리는 네댓씩 떼지어 국밥집 평상이나 고기상자로 상을 차린 간이 술청이나 양달 토담 구석에 앉아 열올려 쑤군거린다. 징병 나이를 넘긴 지긋한 남정네들이다. 그들은 저 북쪽에서 싸우고 있는 전쟁 소식 주고받기에 시간 가는 줄 모른다.

"또랑골 사람이 청하 장바닥에 어찌 이리 귀한가. 장터마다 늘 서너 사람씩은 꼭 만나는 법인데 말이다."

장씨가 혀를 찬다. 오늘 새벽, 청하로 들어오다 만난 채장수 옥돌 영감에게서 들은 칠보댁 닮은 색시가 큰 양철통에 빨랫감을 이고 포항 큰길을 지나가는 걸 마부 허씨가 봤다는 말이 귀에 쟁쟁한데, 그 말 받침해줄 또랑골 사람을 장씨는 여태껏 만나지 못하고 있다.

"또랑골이 여게서 늘어진 오십 리 길인데 어데 청하장 봐묵나. 성내장이모 한둘 만날란가 모르지만." 옆에 앉은 눌보가 시큰둥 말을 받는다.

"그래도 장터사 사람 모이고 출입 잦은 법인데, 개똥도 약에 쓸라모 귀하다고……"

몸살로 덕성리에 눌러앉았다는 마차꾼 허씨 집을 찾아 아무래도 밤길을 나서야 되겠다고 장씨는 생각한다. 허씨가 포항서 봤다는 색시 용태를 자세히 물어 며느리와 닮았다면 내처 선걸음에 포항으로 내려가볼 작정이다.

"증말 인자사 장사도 몬해묵겠네. 아무리 전쟁 중이라지마는 이래 맹탕인고." 눌보가 투덜거린다.

장씨 귀에는 눌보 말이 들리지 않는다. 기피자 잡아내는 헌병이듯 그는 장바닥을 다시 샅샅이 훑어본다. 포항이라면 백 리 가까운 길인데, 그렇담 추석에 또랑골에 들렀을 게 틀림없어. 장씨는 추석 넘기고 사돈이 사는 또랑골에 걸음한다는 것을 차일피일 미루어온 자신의 게으름을 다시 탓한다. 만약 며느리가 추석에 친정에 들렀다면 어떤 경우라도 지금쯤 며느리를 만났고, 손자 칠보도 찾았을 게 틀림없다.

"괘씸한 것. 아무리 지애비 죽고 집더미가 날아갔다지마는 시애비 생각을 손톱만큼이라도 한담 추석 명절에 우째 이 바닥 걸음 한분 안할 수 있나. 청하 땅 밟으모 어데 다리몽댕이가 분질러지나 원."

　장씨는 심통이 나서 이빨을 앙다문다. 아버지는 객사했지만 어머니가 묻힌 땅, 장돌뱅이 서방 받들고 고생하던 조강지처가 뼈를 묻은 땅, 거기에 외아들 두철이가 태어나서 죽은 청하 땅에 이제 혈혈단신이 되어 며느리와 손자를 찾고 있는 자기 신세가 장씨는 못내 서럽다. 미역 팔러 서울까지 올라갔다 거기서 꼼짝없이 인공 치하를 만나 노무자로 이곳저곳 끌려다닌 끝에 겨우 도망쳐 고향에 내려온 지 이제 석 달째, 그사이 청하 땅을 떠난 며느리가 코빼기도 안 비추는 게 장씨는 섭섭하다 못해 피가 마를 지경이다.

　"방개 자네도 그만 하게. 짝사랑에 외기러기란 말도 있드키 아들 죽은 다음에 메누리사 어데 메누리라 부를 수 있어? 아들 있고 난 다음에 메누리도 있는 법이제."

　"말이사 자네 말 맞네. 아들 읎으모 메누리도 남이나 다를 바 읎고말고. 남이지 머. 이 지경에 시애비가 무슨 시애비 대접 받겠노. 그래도 이 사람아, 내가 지금 어데 메누리 몬 만내서 이 환장인가, 내 손자 칠보늠 찾을라 카는 기제."

　장씨 말에 눌보는 입을 닫는다. 눌보는 전을 거둘 참인지 늘어 놓은 건포를 챙긴다. 새우·멸치·조갯살은 종이봉지에 담고, 북어·오징어·문어는 실새끼로 찬찬히 묶는다.

　"방개 자네사 그래도 오늘 미역 석 단이나 팔았지러. 내사 마수걸이도 몬하고 파장 봐여. 인자 이 청하장은 장이 아인 기라. 매기가 우째 이래 읊을 수 있겠노."

"아무리 전쟁 중이라도 사람이나 짐승 모두 자슥 놓고 새끼 치는 기라. 핏줄 잇겠다고. 그라이까 미역 사가는 거 아이가." 며느리 찾기에 지쳐 장씨는 담배쌈지를 꺼내며 눌보 넋두리를 받는다.

"그것도 덜 답답한 양반들 이바구야. 이 북새통에 아아 놓고 미역국 묵는 산부가 당키나 하나. 피난 와서 묵을 끼 있나, 아아는 처량하게 짜쌓인께 젖먹이를 갱변에 던졌다는 이바구도 파다하더라. 쌕쌕이는 폭탄을 떨구고 딱총을 들볶지러, 아아 어른 할 것 읆이 나자빠지는데 자기 몸간순들 을매나 힘들겠노."

"자네같이 평생 난봉이나 부리며 홀애비로 떠도는 역마살 낀 사람이사 남으 말맨쿠로 그래 지껄이제, 자슥 버리는 사람도 사람 나름인 기라. 내 같은 장돌뱅이 보게. 서울서 공산당 세상을 만내 갖은 고상 하다 지난 칠월에 걸어 걸어 고향에 당도하이까 면서기 한 기 죄라고 아들늠은 인민재판 받고 죽어뿌렸제, 집은 폭격에 날아갔지러, 메누리와 손자늠은 어데 갔는지 소식 읆지러. 나는 어데 모질게 전쟁 안 겪었는가."

장씨 말에 눌보는 머쓱해져 먼산에 눈을 준다. 장씨는 곰방대에 잎담배를 눌러 쟁이며 죽은 외아들 생각에 매달린다. 그 작자들은 면서기가 무슨 큰 죄가 된다고 그렇게 죽였을까 곰곰이 생각해도 납득이 안 간다. 스물여섯 생과부와 돌도 채 안 된 자식을 남겨두고 두철이는 억울하게 죽었다. 장씨가 서울로 미역 팔러 떠났다 불원천리 고향으로 돌아오니 집안은 풍비박산이 되고 말았다. 반동이란 명목으로 술도가집 주인, 천석꾼 지주 최참판 아들, 산림

조합장 등 여섯 사람이 인민재판에 회부되어 총살당했다는데, 두
철이도 거기에 끼여 있었다. 갈청 골짜기에 가매장된 아들 시신을
찾아내어 장씨는 많이 울었다. 죽은 아들을 양지바른 뒷산에 묻자,
손자놈과 함께 청하 땅을 떠난 며느리 찾는 일이 급했다. 마을 사
람들은 칠보 아비가 총살되자 새댁이 실성한 여자같이 며칠 몇 밤
을 울기만 하다, 국군 수복 때 집마저 폭격당하자 어느 날 밤에 아
무도 몰래 청하 땅을 떠났다 했다. 그 말을 듣고 장씨는 곧 또랑골
사돈댁엘 들렀으나 거기밖에 갈 데가 없는데 며느리는 친정에 오
지 않았다는 것이다. 그로부터 장씨는 고향으로 내려온 지 석 달
째 이곳저곳 며느리와 손자를 수소문해보았으나 허탕만 쳤다. 장
씨는 며느리보다 손자놈 칠보 얼굴이 하루에도 수십 차례나 떠올
라 보고 싶은 정에 견딜 수 없었다.

갓 쓴 노인이 괴나리봇짐을 허리에 두르고 저쪽 옹기전을 걷고
있다. 빳빳한 당목 두루마기를 입은 키가 훤칠한 노인은 먼길을
걸어왔는지 지팡이 짚은 걸음이 지쳐 보인다.

장씨 눈이 당목 두루마기에 머물자 맨발인 채 내닫는다.

"참봉 어르신, 또랑골 참봉 어르신 아니껴?"

노인이 부르는 소리를 들었는지 걸음을 멈춘다.

"장방개 아닌가." 이참봉이 맨발로 달려오는 장씨를 보고 반색
하며 돌아선다.

"서울서 목숨 건져 또랑골 들렀다는 말은 들었어. 이게 얼매 만
인고, 혼사 있고 첨 아닌가. 그래, 난리통에 장사는 무신 장사를
한다고 이라나. 자네 집안에 그런 곤욕 당하고도 장사할 맘이 나

던가보제."

이참봉은 장씨 사돈 동네 또랑골에 산다. 하루해를 애써 찾은 보람이 있어 장씨는 또랑골 사람을 만났다. 이참봉 조부가 참봉을 지내 사람들은 그를 그렇게 부른다. 서당 공부도 꽤 했고 식견이 넓어 인근 동네 관혼상제에 따른 축조문은 모두 이참봉 붓끝을 빌렸고 혼례 택일도 이참봉이 잡아주었다.

"장사나 하며 시름을 달래야지 우짜니껴. 천수 몬 누리고 죽은 자슥늠이 슬프지 산 사람이사 풀죽을 묵어도 목숨이사 지탱할 꺼 아니껴."

장씨가 참봉 어른 얼굴을 찬찬히 뜯어보니 두 해 남짓 사이 폭 삭 늙었다. 코밑수염과 턱수염이 더 세었고 뺨과 콧등에 저승꽃이 거뭇하다.

"저쪽 제 전에서 쪼매 쉬다 가시이소."

"또랑골서 아침녘에 나섰는데 벌씨러 해가 빠지니. 환갑 때만도 낮참 지내모 당도하던 길인데, 나도 인자 송장일세." 이참봉은 해소기가 있어 가래 끓는 목소리다.

이참봉은 미역 늘어놓은 거적 한 귀에 두루마기 자락을 걷고 앉는다. 장씨가 귓밥 토실토실한 미역귀를 내밀자 이참봉은 그것을 받아 소금기를 털어낸다.

"또랑골에 눌러 있잖고 이 난리통에 무신 일로 노구를 이끌고 거동하니껴? 어르신 만낸 지도 오래돼 놔서, 그동안 집안 별고 읎으시고예?"

"이 사람아, 별고고 머고 말 말게. 용두골 둘째아들 큰손자늠 있잖은가, 그 훤하게 잘생긴 늠 말이네. 그늠아가 저 강원도 양구 땅 싸움에서 그만 유골이 돼서 돌아왔다는 기별 받고 선걸음에 나선 참 아인가. 다 따져 직손자라곤 세 늠뿐인걸, 그중 젤 반반한 늠을 잃아뿌렀으이⋯⋯" 이참봉 목소리가 설움에 찬다. 미역귀를 쥔 손과 턱수염이 떨린다. 두루마기 소맷자락 사이에서 손수건을 꺼내더니 코와 젖은 눈을 닦는다.

"그 무신 변고니껴. 휴전이 낼모레 될 거란 소문이 오늘 장바닥에 깔렸던데, 쪼매 더 몬 견디고 아까분 목숨이⋯⋯"

"글씨러, 생과부 된 손부가 불쌍치." 이참봉이 말을 끊는다. 자기 경우보다 더 딱한 처지인 장씨가 옆에 있다.

"참봉 어르신, 지난 추석에 말이니더, 혹시 우리 칠보 에미가 친정걸음 안했디껴?" 장씨가 참봉 어른 만날 때부터 감질나게 기다린 말을 꺼낸다.

"나도 인자 막 생각나서 말할라 카던 참이네그려." 이참봉이 눈을 깜박거린다. "자네 메누리가 또랑골에 한 분 댕겨갔어여."

"그래요? 그라모 지금 어데 있니껴?"

"아매 포항에 있다 카제." 이참봉이 잠시 망설이다 말하곤 꼬리를 단다. "자네 메누리가 아매 포항 있는 자기 거처를 청하 사람들한테 당분간 숨가달라는 눈치 같애."

"내한테 숨가달라니요. 그기 무신 말이니껴?"

"시애비 자네 보기 민망한 기 있는 모양이제. 자네 읎을 때 집안이 그 변고를 당했으이까."

"그렇다고 지금 시애비 안 보모 눈에 흙 드갈 때까지 안 볼 참인가베."장씨는 볼멘소리로 말하며 앞산에 눈을 준다. 듣자 하니 며느리가 더욱 괘씸하게 생각된다.

"시월이 지내모 시애비 찾아 들르겠제. 그런데 죽은 두철이가 자네한테 삼대독자 아인가? 자네 메누리도 손 귀한 집안 서방 잃은 심정이 오죽하겠노." 이참봉이 장씨를 위로하는지 칠보댁 편을 드는지 알쏭달쏭하게 말한다.

"그건 그렇습니더만……" 하다, 장씨가 정색하여 참봉 어른에게 따져 묻는다. "이거 참, 요긴한 걸 깜빡 잊었니더. 그라모 손자늠 칠보는예?"

"데불고 있겠제. 포항 무신 군부대 옆에 산다 카더만."

"부대요? 칠보 에미가 군부대서 무신 할 일이 있니껴?"

"모르지러, 나도 그냥 들은 말이니깐. 요새는 누구나 혼이 빠져 자기 일이 아이모 금세 들어도 잊어뿌리니."

"군부대 옆에 있다고? 칠보 데불고 포항에 있다 말이제……" 장씨는 혼잣말로 중얼거린다.

"젊은 아아들은 모두 죽고 병신이 되고, 주책없는 늙은 목숨들만 살아 이래 한을 몬 달래이, 시상에 무신 이런 통분한 일이 또 있을고. 여보게 그렇잖은가, 해방된 지 몇 년이라고 또 이래 동포끼리 서로 몬 잡아묵어 쥑이고 피칠갑하고……" 이참봉이 장탄식을 늘어놓는다.

"누가 아이라니껴. 전쟁이라도 이런 끔찍한 전쟁이 또 어데 있겠니껴."

"대동아전쟁 캐쌓지마는 이번 전쟁에 당할라고예. 내가 포항전

222

투에서 죽은 시체를 봤는데, 학생복 입은 젊은 아아들이 쯧쯧, 말
몬하겠니더. 입도 코도 문드러진 시체가 첩첩이 쌓이서……" 그
때까지 화제에 못 끼여 좀이 쑤시던 눌보가 이참봉 말을 받는다.

장씨가 한동안 멍했던 정신을 가다듬는다.

"어르신, 가시더. 어데 국밥집에라도 가서 요기하시더. 먼길에
빈속이 얼매나 출출하겠니껴."

"말만 들어도 고맙네. 그러나 그만둬. 호박떡 쪼매 보따리에 차
고 나선 참이야. 오던 길에 묵었지러. 그라모 또 봄세. 용두골까지
아직 오릿길이니 한참 가야지러."

"그래도 그럴 수가. 저기 국밥집이 있니더. 어서 가시더."

"됐어. 내 여게 너무 오래 지체했어. 갈 길이 급한 걸음인데."

"이거 섭섭해서 되겠니껴." 장씨는 더 권하지 못한다. "열나흘
이라 달이사 밝겠지마는 저물어야 용두골에 들겠니더. 어르신, 밤
길 조심해야 됩니더. 시국이 어수선하이 공비들이 길섶에 있을지
모르이까예."

"공비? 이 늙은 귀신 어데 쓸라고 쥑이겠나. 죽었음 진작 죽을
목숨인데. 그럼 잘 있게. 또랑골에도 한분 들르고."

"포항 가서 칠보 에미하고 우리 칠보 찾으모, 또랑골에 걸음 놓
겠니더."

"그라게. 메누리 찾거던, 자네 보기 민망해하는 사연 너무 에럽
게 듣지 말게. 아직 청춘이 만리 같은 인생이니깐 잘 다독거려 데
리오게. 나이 먹은 사람이 너그럽게 감싸줘야제."

이참봉이 옹기전 쪽으로 멀어진다. 넓은 장바닥에 한 차례 바람

이 인다. 흙먼지와 지푸라기가 휩쓸린다. 어느새 장터는 포장이 걷혔다. 곡물전과 나무전에는 아직 장사치가 얼씬거린다. 아침부터 곡물전에 쌀과 보리는 구경도 할 수 없었고, 고구마며 감자는 선을 뵈기 바쁘게 다투어 몰려든 장돌뱅이들 손에 낱알이 되다시피 흩어졌다. 산촌 사람은 내일이 어찌될는지 모르는 세상이라 비축해둔 옥수수·고구마·감자라도 내다팔아야 했다. 김장철을 앞둬 소금이 필요하고, 군에 있는 아들에게 부치려 일용품을 사야 했다.

"방개, 포항길 바쁘이께 내일 강구장에는 몬 보겠군."

"당장 밤길로 떠나야제. 자, 한 모금 빨겠나?"

장씨가 눌보에게 연기 나는 곰방대를 건네준다. 전쟁 중이라 잎담배조차 귀해 오늘만도 둘은 한 사람이 곰방대에 불을 댕기면 나누어 피웠다.

"메누리 찾으모 어짤 참인가?"

"데불고 청하로 와야제, 무슨 소린고."

"와서 메누리하고 같이 살 참인가, 청상과부로 놔둘 참인가?"

"우얄 끼고, 당분간이사 그렇게 살아야제. 방앗간 빈방을 빌려놨으이께. 참, 그것도 안 되겠군. 방이 두 칸 있어야제. 어쨌든 나는 칠보하고 애 에미 찾아서 올 끼라."

장씨도 전을 거두려 미역단을 마대로 싸고 가마니로 두른다. 장씨는 며느리가 시아비를 안 보겠다고 피하는 짓이나, 자기가 포항 있다는 걸 숨겨달라는 점이 마음에 걸리지만 어쨌든 소식을 접하니 가슴이 뛰고 신바람이 난다.

어느덧 해는 서산마루에 한 뼘 남기고 걸렸다. 해가 꽈리색으로 타오른다. 황량해진 장마당 곳곳에 선 말뚝에 긴 그림자가 눕는다. 갈가마귀 한 무리가 서산마루로 넘고 중턱 대숲은 땅거미가 내려 침침하다. 대숲에 잡새 떼가 요란하게 재잘거린다.

"저녁끼 땐데, 포항길 떠나도 요기하고 떠나야제. 우쨌든 메누리 만나게 됐으이 축하 뜻으로 내가 저녁참 사꾸마." 눌보가 호기 있게 말한다.

"무신 저녁밥까지. 요새 시상에 삼시 세끼 밥 묵는 기 당하는가. 막걸리나 두어 사발 걸치고 치우제. 먼길 걷는 데는 술김이라야 걸음이 빠른 법이야. 밤 내처 걸으모 해 뜰 때쯤 포항에 들 끼라."

"밤 내처 걷다이? 자네 환장했는가. 자는 범 코침 주기지. 그래, 때가 어느 때라고 밤질 걸어. 생목숨 잃기 똑 알맞은 시상에."

"나도 오십 평생 살며 산전수전 다 겪은 몸일세. 내 일은 내가 알아서 할 테이 그런 걱정 말아. 막걸리는 내가 사지러. 미역 석 단 팔아 돈은 자네보다 내가 만졌으이."

장씨와 눌보는 등짐을 지고 어물전 쪽으로 걷는다. 어물전 끝머리에 여남은 아낙네가 고기상자 엎어놓고 술자리를 벌이고 있다. 고추장에 볶은 고래고기 냄새가 바람에 실려 구수하게 흩어진다. 장꾼 두 패가 짚방석 깔고 앉아 막걸리를 마신다. 장씨와 눌보가 등짐 벗고 쇠두댁 빈자리에 끼여 앉는다.

"어서들 오이소." 검정물 들인 군복 윗도리를 헐렁하게 입은 쇠두댁이 두 장돌뱅이를 맞는다.

"쇠두댁은 우째 자꾸 젊어져? 기운찬 기둥서방 정했나보제?"

눌보가 농을 한다.

"저 입심 보래이. 서방 있으모 저잣거리서 이 고생 하겠소." 쇠두댁은 나이 마흔을 넘겼건만 서글한 눈꼬리에 교태가 넘친다.

"쇠두댁, 고생도 사주팔자에 씌었어. 서방 열 갈아도 고생복 타고나모 우짤 수 읎는 기라."

"그 말은 맞지예. 오늘 장에 수지 좀 맞았니껴?"

"잘돼도 술 묵고 못돼도 술 묵고, 그렇게 한평생 살아가는 인간사 아닌가베. 세상 남자들 술하고 여자 읎다 카모 인생 삭막할 끼라. 요새 같은 전쟁통에사 술하고 여자만 있으모 다 잊지러."

"쇠두댁, 고래고기 천 원어치마 볶아주소. 저녁 한 끼사 이래 때우지 어데 따로 밥 묵겠나." 장씨가 말한다.

또랑골 이참봉을 만나고부터 장씨는 한결 궁상 낀 상판을 폈다. 술청 뒤쪽 대장간에는 소년이 졸며 풀무를 젓고 있다. 장씨 눈이 대장간에 머문다. 전쟁통에도 쇠스랑은 벼려야 하고 호미는 만들어야 했다. 농군은 세상 탓 앞서 철 맞춰 농사를 지어야 하기 때문이다. 그 일처럼 전쟁 중에도 사람은 자식을 낳는다. 또 자기 같은 반늙은이는 대를 잇겠다고 하나뿐인 혈육을 찾아 헤매고 다닌다. 그런데 등잔 밑이 어둡다고 지척인 포항에 며느리를 두고 여태껏 며느리와 손자를 찾아다녔다. 며느리가 왜 시아비를 안 보려 하는지 문득 의문이 든다. 지아비 죽은 일에 제 잘못이라 책하고 있는지 모른다. 그러나 두철이 말고도 북쪽은 반동분자로, 남쪽은 빨갱이로 덮씌어 억울하게 죽은 사람이 남한 땅에 한둘이 아니다. 그건 그렇고, 며느리가 포항에서는 대체 무슨 일을 하고 사는지 궁금하다. 어른 애 할 것 없이 끼니 굶기를 죽 먹듯하는 판에 걸신이나 들리지 않았는지 모르겠다 싶다. 이 생각 저 생각을 엮자 장씨 코가 물코로 가득 찬다. 그리고 며느리가 시아비를 피하는 건 아직 서방을 잃은 충격이 삭지 않은 때문이라 여겨진다. 장씨는 코를 푼다. 참봉 어른을 만나기 전까지 청하 땅에 걸음 않는 며느리를 원망했던 자신이 부끄럽다. 미운 심정은 잠시고 며느리 소식을 접하자 스물둘에 초롱 같은 아들만 얻고 생과부 된 그 신세가 더욱 처량하게 느껴진다.

장씨는 대통에 꽂힌 나무젓가락으로 된장에 버무려놓은 산채를 집어 입에 넣는다. 칠보를 생각하니 가슴이 활랑거려 맛조차 혀에 들지 않는다. 눈앞에 재롱 떨며 칠보가, 할배 할배 하며 수염 잡고 안겨붙는 앙증스런 모습만 떠오른다.

"쇠두댁, 지난 장에는 내놓았더니만, 오늘은 가오리회 읎는교?" 눌보가 묻는다.

"쬐금 쳤더니 벌씨러 다 떨어졌니더."

"전쟁 때는 머니머니 캐도 그저 묵는 장사가 제일이라. 열흘 굶어 군자 읎다고, 묵어도 묵어도 걸구신 들린 듯 자꾸 배가 고프이. 대동아전쟁 시절 내 만주 있을 때도 그랬으이. 초장 담뿍 찍어 가오리 한 점 움석 씹으모 좋겠구마는."

찬바람이 스산하게 지나가자 흙먼지와 지푸라기가 술판을 쓴다. 추석 지난 지 벌써 한 달, 저녁 바람이 날이 다르게 차가워진다. 겨울이 성큼 다가서고 있다. 검정개가 술청 주위를 돈다. 갈빗대가 앙상히 드러났고 밥풀만한 눈곱까지 달고 있어 속병을 앓거나 영양실조가 틀림없다.

옆에 앉은 장씨 나이 또래 남자 셋은 시국 이야기로 열을 올린다. 영덕 둔치재에서 장꾼 다섯이 패주하는 공산군 잔당을 만나 가진 것 다 털렸는데 목숨은 붙여 돌려보내더라고 조끼를 입은 사람이 말한다. 옆 사람이 전방 이야기로 화제를 돌린다. 휴전을 목전에 둔 지금, 한 치 땅이라도 더 차지하겠다고 어느 때보다 많은 병정이 떼죽음 당한다고 말한다.

장꾼은 닷새마다 서는 장에 물건을 팔고 나들이 나왔다기보다 바깥 세상 소문을 귀동냥하려고 걸음하기도 했다. 아는 얼굴 만나 한잔 술에 넋두리와 푸념을 섞어 전쟁이 준 상처에 괴로워하고 서로 서로를 위로하다. 얼마간 조심스런 불안과 미심쩍은 안심을 심고 저물녘 귀가길을 재촉했다.

"지난 강구장 날 말이데이, 부산서 전문학곤가 댕긴다 카던 면장 아들 안 있나. 그 아들이 기피자로 잡혔다 카더만. 덕흥사 암자에 잘 숨어 지냈는데 휴전된다 카고 단속도 덜 심해지자 모처럼 책이나 구해볼라고 집에 내리왔다 잡혔지러." 눌보가 옆자리 수하 사람들 화제에 끼어든다.

"그래 잡히가는 것도 괜찮니더. 전장터 나가 죽거나 병신된 자석보담 요새 잡히는 기피자가 낫지예. 경찰서나 포항 특무대 같은 데서 영창살이 쪼매 하고 풀려나오모 후방에서 근무할 거 아니껴. 아무리 전쟁 시월이라도 유세하는 집안이니 꾀 많은 늠은 그래도 안 죽고 배 안 곯는 시상인 기라예."

장씨는 그 이야기에 귀기울이지 않고 막걸리 사발잔을 단숨에 비우곤 서둘러 등짐을 멘다.

"이 사람아, 아무리 한발 앞선 걸음이 십 리를 먼저 간다지마는 마실 건 마시고 떠나야제." 눌보가 말한다.

"자네가 한 잔 더 마실 값은 내가 따져둘 테이 천천히 들게. 서로 갈 길도 다르이깐. 난 먼저 일어서야겠어."

장씨는 술값 셈부터 치른다. 장씨는 등짐을 지고 쪼그려앉아 한 잔을 더 비운다. 고래고기를 한 젓가락에 수북이 집어 입에 넣곤 일어선다.

"그라모 글피쯤 영덕장에서나 보게 되겠구먼?"

"그때 보세. 그때는 질펀하게 한잔하세."

"혼자 술 마시모 어디 술맛 나는가. 안 그런교, 쇠두댁?"

쇠두댁은 대답이 없다. 눌보는 장씨를 눌러잡지 않는다. 지금 장씨 마음이 똥줄 타게 급함을 그도 알고 있다.

장씨는 그길로 방앗간 곳간 옆, 서울에서 내려온 뒤 빌려 쓰는 골방에 등짐을 부린다. 벽장 문을 열고 귀퉁이에 있던 실궤에 달린 자물쇠를 딴다. 죽은 아들 초등학교·중학교 졸업장과 면서기 발령장 아래 숨겨둔 묶음 돈에서 삼만 원을 빼내어 바지 속 줌치에 넣는다. 그가 방문을 자물쇠로 채우고 나오자, 방앗간 안주인 율포댁이 마당으로 들어선다. 장씨는 손자와 며느리를 찾았다고 율포댁에게 한바탕 수선을 떤다.

"내 퍼뜩 가서 우리 메누리하고 손주늠 데불고 오겠니더. 전쟁도 끝난다이까 인자 집도 한 채 장만해야지예. 죽은 나무 꽃핀다고 장돌뱅이 방개한테도 웃음 필 날 있니더."

"어떻게 자부 소식을 들었니껴?"

"알아내는 길이 있니더."

삽짝을 나선 장씨는 허겁지겁 무달재 쪽으로 길을 잡는다. 동네를 빠져나와 한 마장을 실히 걸었을까, 하광리 들머리에 이제 뼈대만 엉성하게 남은 자기 집터가 보인다. 포격에 허물어진 꼴이 을씨년스럽다. 허리가 부러진 우물 곁 당나무만 장승같이 섰다. 옛집은 두철이가 죽은 뒤 국군 수복 때 포격을 맞았다지만, 만약 그때 며느리와 손자가 끝남이네 집으로 옮기지 않고 집에서 눌러 있었다면 어떻게 되었을까 생각하자 장씨는 그 연상조차 끔찍했다. 청하 면사무소까지 자전거를 타고 한 마장 길을 통근하던 죽은 아들이 떠올랐다. "애비야, 그냥 청하로 살림을 나거라. 내사 서너 달에 한 분 집에 들릴까 말까 한데 니가 자전거 통근을 하이 불편해서 되겠나." 아들에게 청하로 살림 날 것을 몇 차례 권유했으나, "아버님이 한푼두푼 아껴 사모으신 저 능골 두 마지기 논과 밭뙈기도 처분해야 하이까 내년쯤 옮기입시더. 그렇게 되모 아버님도 이제 서울길 장사 그만두시고 손자나 보시며 편케 사셔야지예. 지가 받아오는 월급만으로도 효도하겠니더" 하고 두철이는 말했다. 그 말을 들을 때마다 장씨는 삼대로 내려오는 장돌뱅이 설움이 아들 대에서 끝나는구나 싶어 감격을 지그시 누르곤 한 게 어제 일 같기만 하다.

청하가 배태고향인 장씨는 할아버지가 끈목장수였고, 아버지는 해산물 장사를 했다. 장씨는 일찍이 장돌뱅이인 아버지를 따라나서서 처음은 아버지와 함께 포항·청하·영덕 해산물을 내륙인

의성 · 안동에 팔고 그곳의 삼베 · 모시 · 인조견을 받아 해안 지방에 바꾸어 팔았다. 장씨 나이 스물에 아버지가 객사하고 이듬해 어머니마저 염병으로 돌아가시자, 세간 초가를 불태우고 숫제 집도 절도 없는 떠돌이 장사꾼이 되었다. 장씨가 장가를 든 것은 스물세 살 때 화령장에서였고, 살림을 차린 곳은 고향 청하 땅이었다. 장가를 들어도 장돌뱅이로 대처를 떠돌기는 마찬가지였으나 장씨는 한 달에 서너 차례 꼭 집엘 들렀고 마누라도 서방 없는 집을 잘 지키며 살림을 여물게 살았다. 아들도 보았다. 손 귀한 집안인지 아들 하나를 끝으로 배태가 없었다. 부부는 모든 낙을 아들 두철이에 두고 못 배운 한을 푸느라 중학교는 아예 포항에 하숙을 시키며 키웠다. 두철이는 졸업하자, 그 어려운 면사무소에 서기로 취직했다. 아들 농사 하나 잘 지었다고, 동네에서는 장씨 부부를 추켜세웠다. 그런 귀한 아들을, 해방 이듬해 호열자로 아내를 잃은 지 네 해 만에 또 잃은 것이다.

하송리까지 나오자 청하 읍내를 거쳐 포항으로 내닫는 신작로가 훤히 뚫렸다. 더러 이가 빠진 채 서 있는 버드나무 가로수는 잎이 누렇게 바래어 저녁 바람에 시나브로 잎을 지운다. 가을걷이가 끝나 그루터기만 남은 들판 멀리로 어둠이 재처럼 덮여온다.

장씨는 잠시 착각에 빠진다. 죽은 아들 두철이가 살아서 저 신작로 멀리에서 자전거 요령 소리 울리며 달려온다. 도시락을 자전거 뒤에 달고 면사무소에서 퇴근해 돌아오는 아들이, 아부님요 하며 부르는 소리까지 환청으로 들린다. 장씨는 순간적인 착각에 후딱 뒤돌아본다. 칠보를 업고 마중 나온 며느리가 서 있는 줄 알았는데, 돌아보는 뒤엔 허리 휜 노송만 짙은 그림자로 서 있을 뿐이다.

"죽은 자식 나이 따지기제, 쯧쯧. 가야제. 빨리 포항으로 내려가야제."

장씨는 중얼거리며 한참을 고개에 서 있다. 해가 진 서녘 하늘에서 반사된 빛의 여분으로 동녘 하늘은 아직 금빛이 사라지지 않았다. 동쪽은 오 리도 채 못 나가 바다였기에 큰 산이 없이 트인 저쪽, 먼눈에도 검은 바다가 눈에 들어온다. 바다 끝닿는 데는 아직도 금빛 빛살이 반사되고 있다.

장씨는 내리막길을 내딛는다. 그는 포항으로 수십 차례 나다녀서 몇 리를 걸으면 마을이 나서고, 어디에 재나 개울이 있는지 훤히 안다.

장씨는 다른 것은 다 제쳐두고 평생 걷기 하나만은 팔자에 씌인 사람이라 청하를 지나 고현리에 도착했을 땐, 아직 자정이 미처 안 된 시간이다. 동구 앞 주막에는 그 시간도 그을음 앉은 석유등이 꺼지지 않았다. 마을 사람의 시끌버끌 술추념을 흘려들으며 장씨는 막걸리 한 되로 배를 채우곤 다시 남쪽 길을 재촉한다.

내일이 음력 보름이니 달이 좋았고, 걷다 보면 가슴을 치받는 열기로 등줄기엔 땀도 돋지만 써늘한 야기로 걷기에는 맞춤한 절기이다. 공비나 도적이 밤길 나선 손을 노린다는 이야기도 있지만, 강원도 태백산 줄기도 아닌 영일 지방은 수복된 지 이미 일 년을 넘겨 그렇게 두려운 밤길은 아니다. 전쟁통에 포성에 쫓겨 남으로 밀려 내려온 늑대나 산돼지 따위의 짐승도 밤길 걷다 보면 더러 만난다는데 장씨는 그런 들짐승도 만나지 않는다. 간혹 외롭게 울음을 빼는 여우 소리만 먼 귀로 들을 뿐이다. 성내를 못미처, 휴가를 집에서 보내고 귀대 날짜를 맞추느라 밤길을 나섰다는 군인을 만나 길동무 삼아 심심찮게 세상 이야기도 나눈다.

장씨가 포항 들머리 학산 해변 모랫길로 들어섰을 때는 아직도 새벽별이 스러지지 않았다. 그러나 거뭇한 해송 사이로 보이는 바닷물은 벌써 암청색의 거대한 몸체를 드러냈고, 해가 떠오를 바다 끝은 붉은빛이 부챗살처럼 퍼져 오른다. 단애를 뜯는 파도 소리도 한결 요란하다.

장씨는 우선 대신동에 있는 '곰보횟집'부터 찾아든다. 장씨가 포항에 미역을 떼러 들를 적마다 숙식을 맡아놓은 집이다. 문을 두드리자 새벽잠에서 깬 곰보할머니가 문을 따준다. 장씨는 우선 시래깃국 한 그릇을 데워 식은밥을 말아 요기를 한다. 삿자리 행랑방에서 잠시 눈을 붙였다 아이들이 학교 갈 시간쯤에 며느리를 찾아나서려 했으나 마음이 조급해서 도무지 자리 찾아 눕고 싶은 마음이 아니다. 곰보할머니가 심심찮게 말을 붙인다.

곰보할머니 말로는 근간 포항에 군부대가 부쩍 늘어났다는 것이다. 병참부대, 수송부대, 전방으로 떠날 병정이 대기하는 보충부대는 물론, 미군부대와 군병원이 들어차 포항은 이제 온통 병정세상이라 했다.

"장씨도 나가보래이. 병정들이 길바닥에 개미새끼맨쿠로 깔렸다. 포항 사람들은 인자 그 병정들 덕분에 묵고사는 기라. 그 사람들이 흘리는 거마 묵어도 포항 사람들은 굶지 않제."

"할망구도 장사가 잘된다 이 말이지요?"

"재미가 있지러."

"여게 부대가 도대체 몇 군대나 있니껴?"

"그거사 이 늙은이가 우째 알겠노. 나가서 찾아봐야지러. 포항도 그 부대들 때문에 엄청 넓어져 사방이 몇십 리나 된다 카이께."

곰보할머니는 눈을 깜박이며 무슨 말인가 꺼내려다 그만둔다.

"할망구도, 누구 포항길 처음 나섰니껴. 내가 조선 팔도 어데 안 댕겨본 데 있는 줄 아는교. 서울 김서방 찾으라 캐도 찾아나서는 사람인데 포항이 크다 캐봐야 어데 대구만하겠니껴. 부산만하겠니껴."

"그런데 장씨, 내 이런 말 입에 담기 싫지마는 한두 해 아는 처지가 아닌께 하는 말인데 섭섭케 생각 말게." 장죽을 빼며 곰보할머니가 입을 뗀다.

"무슨 말이니껴? 속시원케 말해보이소. 사람 환장하게 만들지 말고." 장씨도 밤길을 걸으며 줄곧 생각던 게 있던 참이라 곰보할머니 뒷말을 채근한다.

"혹시 칠보 에미가 미국 병정들 상대 안하는가 모리겠네."

"머라꼬, 양갈보 됐을까 그라니껴?" 장씨는 벽에 기댄 윗몸을 세우며 목청을 높인다.

"오해 말게. 혹시 해서 하는 말 아인가. 포항에 나온 가시나들이 그 짓 해서 묵고 사는 경우가 많으니까 염려시러버서…… 내가 어디 장씨 역정 돋울라고 꺼낸 말인가." 곰보할머니는 자신의 입빠른 말에 당황해하며 손까지 내젓는다.

"할망구도 인자 야시(여우) 될라이까 노망들었니껴. 걱정도 팔자요. 칠보 에미는 그런 여자가 아니시더."

장씨가 그렇게 말했지만 마차꾼 허씨가 큰 양철통에 빨랫감을 이고 가더라는 말을 따져볼수록 그게 혹시 군복이 아닐까 의심스러웠다.

"글쎄, 하도 세상이 험하고 모두 묵고살기 심이 드이 굶어 죽기 보담 낫겠지 하고 가시나들이 그렇게 안 나서는가. 그 짓으로 식구 입이나 살리겠다고 말이다. 꾐에 빠져서 지 몸 망친 처자도 많고······"

"그만 하소! 내 당장 메누리 찾아나설 테이깐. 듣자 하니 할망구도 너무하니더."

장씨는 삿자리 바닥을 차고 일어선다. 밖으로 나와 고무신을 신자 뒤도 돌아보지 않고 삽짝을 나선다.

"장씨, 자부 찾거덜랑 여게 데리고 와서 뜨뜻한 국밥이나 믹이고 떠나!" 곰보할머니가 외친다.

장씨는 그 말을 듣는 듯 마는 듯 며느리 생각만 좇는다. 시아버지를 만나지 않겠다고 청하 땅에 코빼기도 안 보이는 점이나 포항에서 자기 보았다는 말을 청하 사람한테 전하지 말라고 친정 식구에게 부탁했다니, 그 짓이 창피스러워 그러는지 모른다. 추석에 또랑골까지 왔다면 서울에서 시아버지가 죽지 않고 살아와 며느리와 손자를 목메게 찾는다는 소식도 들었을 터였다. 장씨는 아무리 따져봐도 며느리 소행이 괘씸하다. 며느리에게 필경 무슨 곡절쯤 있을 법하다. 그러나 장씨는 그 사연이 궁금할 뿐 며느리가 절대 그 짓은 하지 않을 거라고 믿는다. 며느리는 도시 물을 못 먹어본 시골 여자요 또랑골에서는 행세하는 집안 딸이다. 그래서 면서기 신랑감이라고 줄을 잇는 혼처 자리를 물리고 집안 좋은 처녀를 며느리로 삼았는데, 서방이 죽었다고 차마 그런 짓을 할 리 없다. 아무리 세상이 험하기로서니 순박하고 얌전한 우리 며늘아이가 그런 짓을 하다니. 장씨는 곰보할머니 말을 입에 담기가 역겨워 길바닥에 침을 뱉는다.

큰길로 나서니 시간은 어느새 아침 여덟시를 넘었다. 곰보할머니 말대로 신작로는 군인들 판이다. 지프와 트럭과 병원차가 넓은 길을 메우고 지나다니고, 더러 서양 군인도 눈에 띈다. 그중 흑인 군인도 있다. 털 많은 팔을 차창 밖으로 늘어뜨린 흑인 병사를 보자 장씨는 가슴이 철렁한다. 며느리가 혹시 저런 군인과 살림을 차려 군복 빨랫감을 이고 다니지 않을까 해서이다.

장씨는 부대 주변의 판자촌을 뒤지기 시작한다. 돌 지난 사내아이를 둔 청하 색시를 사람마다 잡고 묻지만 신통한 대답을 듣지 못한다. 전쟁통에 모두 넋이 빠져 사람들은 묻는 말을 귀찮게 여기고 귀기울여주지 않는다. 대여섯 군데 부대 주변과 시장 바닥을 돌아다닌 끝에 더 살펴볼 데가 없어 다시 왔던 길을 돌아 걸음을 옮긴다. 장씨가 며느리를 찾기는 오후 세시를 넘겨서다.

죽도동 미군 야전병원 옆이다. 간이 이발관 안집, 연립식 판잣집 끝방에 사는 며느리와 손자를 찾은 것이다. 오전에 장씨는 나무의자를 내놓은 이발관 앞을 지나다 옥수수알을 까던 노파에게 며느리 소식을 물었다. 노파가 장씨 물음을 귀찮게 흘려들어 그냥 지나쳤던 곳이다.

이번에는 용케 열서너 살 먹은 사내아이가 서울말로, "아, 칠보 어머니 말씀이죠, 세탁일 하는 경상도 아줌마?" 하고 용케 말머리를 잡아준다.

"그래 칠보 에미다! 어데 사노?"

장씨가 소년을 앞세워 뒤를 따른다.

열린 외짝 방문 안, 침침한 방에서 칠보댁이 어린 아들에게 밥을 먹이던 참이다. 장씨를 보자 칠보댁은 얼마나 놀랐던지 들고 있던 숟갈마저 떨어뜨리고 잠시 멍해져버린다.

"아이고, 아버님! 아버님이 여기까지 웬일로……"

칠보 어미는 치마폭에 얼굴을 묻고 흐느끼기부터 한다.

"칠보야!"

장씨는 고무신 벗을 겨를 없이 방으로 들어가, 동그랗게 눈을 뜨고 할아버지를 보는 칠보를 껴안는다. 그동안 손자 칠보는 장씨가 알아보지 못할 만큼 달라졌다. 강보에 싸여 젖내 풍기던 손자가 일 년 사이에 의젓이 앉아 엄마가 떠넣어주는 밥숟갈을 받아먹는다. 칠보는 할아버지 품에 안기자 놀라 울음을 터뜨린다.

"아가 보래이, 우예 이래 소식 읎이 숨어 사노?" 장씨는 칠보를 추스르며 노기를 가라앉히고 묻는다. 반가움과 섭섭함이 엇갈려 마음이 쓰리다.

"아부님, 아부님 뵐 낯이 읎니더, 지가 죽을죄를 지어……"

칠보댁은 시아버지를 외면하고 우는 칠보를 받아 안는다. 그네는 아들 얼굴에 자기 얼굴을 묻고 섧게 운다. 머리채를 아무렇게나 간추려 뒤꼭지를 양은비녀로 찌른 칠보댁은 장씨가 보지 못했던 일 년 사이 눈에 띄게 수척해지고 곱던 뺨도 거칠다. 입은 옷매무시도 색 바랜 광목저고리에 몸뻬 차림이다. 장씨가 방안을 둘러보니 방 귀퉁이에 군 병원 환자복 빨랫감이 수북이 쌓였다. 장씨는 며느리가 포항에서 어떻게 살고 있는지 한눈에 짐작이 간다. 부상당한 미군들 피고름 묻은 옷가지를 빨아주고 어린것과 입살이를 하고 있었던 것이다. 장씨 목구멍이 뜨거운 물기로 가득 메고 콧마루가 찡해온다. 장씨는 허리에 찬 곰방대와 담배쌈지를 꺼내어, 잎담배를 붙여 문다.

"고생이 많구나……"

장씨는 더 말을 잇지 못한다. 갑자기 할말도, 물을 말도 없다. 무슨 말부터 꺼내야 할지 속만 벅차다.

"아부님, 용서해주시이소." 칠보댁이 울음 섞인 목소리로 머뭇머뭇 말을 꺼낸다. "칠보 아부지가 내내 뒷산에 땅굴을 파고 숨어 지냈는데, 작년 팔월에 지가 그만 잘못해서…… 지가 밥을 져나르다 그, 그 사람들한테 들키뿌리서…… 밤이라 설마 누가 지를 따라오는 줄 모르고 나섰는데, 숨어 있던 내무서 정보꾼이 몰래 뒤쫓아와서, 그래 마 칠보 아부지가 잡혀갔니더……"

장씨는 말없이 담배꼭지만 빤다.

"알았다. 이제 다 지나간 일 아이가. 이 전쟁에 죽은 젊은이가 어디 애비뿐인가. 다 지 명이고 지 팔자제. 살아남은 사람이나 서로 보듬고 살아야제. 언슨시럽은(지긋지긋한) 과거사야 가는 시월에 맽기고 시름을 달래야제 우짜겠노. 자슥 키우민서 몸서리치는 전쟁 이바구는 잊어뿌리고 살아야지러." 장씨가 처연하게 말한다.

238

장씨는 그제서야 며느리가 청하 땅을 떠난 사연을 알듯하다. 흐느끼던 칠보댁이 얼굴을 들며 장씨를 건너다본다.

"아부님, 그기 아이고 증말 청하 땅은 지긋지긋해서……"

장씨는 번쩍 정신이 든다. 며느리가 청하 땅을 떠난 데 또 다른 사연이 있음이 짚여진다.

"내한테 말 못할 이유가 무어고? 이 마당에 서로가 위로하고 살아야제. 아가야, 안 그런가?"

"지를 지서로 붙잡아가더마는 죽도록 패고, 칠보까지 쥑이겠다고…… 그 짓만 들어주모 칠보 아부지를 살려주겠다고…… 그게 무삼인데……"

"무삼이? 그늠이 내무서원이 됐다 그 말인가?"

"예, 그랬니더. 그 사람이 전쟁이 나자 애 아부지가 자기 입대 영장을 발부했다고 시비를 걸다가…… 그래서 숨어 지내다 시상이 바뀌자 동네 청년을 모아 자치대를 만들었니더. 국군이 들어오자 이북으로 내빼뿌렸지만서도."

"그래서?" 장씨는 칠보댁 뒷말을 다잡는다.

"지가 그 청을 거절하고 또 얼마나 맞았는지…… 그라고 깜빡 기절 끝에 깨어나이까, 아부님, 그사이 지 몸이 죽일 년이 되고 말았니더. 증말 청하 땅엔 죽어도 살기 싫어서……"

칠보댁이 숨긴 사연을 털어놓으며 거침없이 운다. 덩달아 우는 칠보를 껴안고 벽으로 몸을 돌려 통곡을 쏟는다. 입속말로, 용서해주시오, 제발 한분만 용서해주이소 하고 읊조린다.

"전쟁이란 그런 기다. 사사로운 원한으로 사람을 쥑이기도 하지러. 이번 전쟁이사말로 통일하겠다는 사상 싸움이 아이라 지 출세할라는 사람과 원한 많은 사람이 하도 많으이께 하늘이 벌을 주신 기다." 장씨는 중얼거리듯 말을 흘리며 멍하니 벽만 본다.

이튿날 새벽, 하늘이 채 밝기 전에 청하로 가는 신작로에 장씨와 칠보댁이 앞뒤로 걷는다. 새벽의 바닷바람이 차갑다. 장씨는 이불과 가재도구 싼 큰 보퉁이를 등짐 지고, 칠보댁은 칠보를 업고 작은 보퉁이를 머리에 이었다. 칠보는 기저귀로 머리를 둘렀는데, 바깥으로 나오자 기분이 좋은지 팔다리를 뻗대며 말이 되잖는 탄성을 지른다. 칠보 입에는 연방 미소가 방글거린다.

장씨는 포항을 벗어나자, 종종걸음으로 따라오는 며느리를 돌아본다.

"아가야, 칠보는 내게 도고. 내가 좀 안고 갈 테이까."

"아부님, 괜찮습니더. 지가 업고 가겠니더."

"아이다. 아직 갈 길이 까마득한데 칠보 이리 도고. 내 평생 등짐만 지고 댕겨 빈손으로 걷기가 오히려 허전하구나." 장씨는 칠보댁으로부터 빼앗다시피 칠보를 받아 안는다.

학산으로 넘어서자 신작로 오른쪽으로 짙푸른 아침 바다가 드러난다. 새벽바람이 두 사람을 날릴 듯 매몰차다. 해송 사이로 훤히 트인 바다는 파도 소리가 요란하다.

잠시 뒤, 수평선 멀리 바다며 하늘이 온통 주황빛으로 밝게 트인다. 금세 멧방석 같은 큰 해가 바다 끝에서 솟는다.

장씨는 잠시 걸음을 멈추고 온누리를 밝히며 솟아오르는 해를 바라본다. 칠보는 떠오르는 해가 신기한지 손가락을 가리키며 웃음을 터뜨린다. 장씨는 수염 꺼칠한 턱을 칠보 귓불에 가져대며 손자 얼굴을 본다. 햇빛을 받아 칠보 뺨이 발갛게 달아 있다.

　장씨는 손자의 까만 동공에도 앵두같이 작은 해가 솟아오름을 본다.

(『현대문학』1975년 12월호)

마음의 죽음

마
음
의

죽
음

안개비가 내렸다. 내린다기보다 미세한 수분이 공간을 떠돌았다. 눅진한 습기가 거리를 채웠다. 비에 젖어 떠다니는 매연과 소음 속을 우리는 할 일도, 할말도 없는 채 거리를 걸었고 다방엘 들렀다. 다방의 음악 소리와 소음, 웃음소리가 나는 싫었다. 까닭 없이 초조하고 뭔가 잡친 기분이었다. 시애와 함께 있은 서너 시간 동안 나는 말을 잃었다. 만나자는 전화가 있었을 때 다른 핑계를 둘러대어 피해버릴걸. 나는 이따금 그렇게 속으로 짜증을 냈다. 심지어 시애가 내 약혼자란 사실까지 구속력을 행사해 불쾌했다. 오후 두시 반, 퇴근도 않고 웅크리고 앉아 펜촉으로 하릴없이 메모지에 구멍만 뚫고 있을 때 시애 전화가 있었다.

토요일이라 전활 해봤어요.

응.

왜 퇴근 않죠?

그저.

말투가 왜 그래요. 화났어요?

뭐가 어떤데?

내가 근무하는 사무실은 삼층이었다. 전화를 받으며 나는 창밖을 보고 있었다. 나직한 회색 하늘에 가랑비가 풀어져 내렸다. 불현듯 삶의 무상이 떠오르는 쓸쓸한 정경이었다. 바깥을 보니 "우리가 웃고 있을 때, 어느 한 사람은 울고 있다. 어느 한 생명의 탄생을 기뻐할 때, 어디서 누군가가 홀로 죽고 있다"는 시 구절이 문득 생각났다. 수를 누려 여든아홉으로 할머니가 돌아가실 때, 고향 안방의 침묵이 연상되었다. 좌중의 누구에게라기보다 혼잣말로 아버지는 중얼거렸다. 죽음이란 평온하게 긴 잠을 자는 거야. 누구나 다 그런 잠을 피할 수 없지. 할머니는 눈을 감고 나직이 숨을 쉬고 있었다. 깊은 주름살이 시간이 갈수록 다림질하듯 펴졌다. 그날은 비가 오지 않았다. 안방은 자욱한 안개비가 풀어져 내렸다. 육신에서 빠져나와 상승하는 영혼의 그 많은 실오라기를 안개비가 눌러 덮으며 내렸다. 주여, 이제 이 종을 허락해주소서. 삼촌은 찬송가를 불렀다. 삼촌은 목사였다. 나는 밖으로 나왔다. 유월, 초여름 햇살이 눈부신 뜰에 모란 꽃잎이 소리 없이 지고 있었다. 바깥은 방안보다 더 무거운 침묵에 가라앉아 있었다. 나는 담배 한 대를 태우고 다시 방으로 들어갔다. 모두가 예측했던 호상이라 할머니의 죽음에 따른 의식은 자연스럽게, 소리 없이 진행되었다. 모란이 소리 없이 한 겹씩 꽃잎을 지우듯.

시앤 왜 퇴근 않지?

퇴근하려는 참이에요. 내일 뭘 하실 거예요?

별 할 일 없어.

지금은 뭘 하고 계세요?

전활 받고 있지.

누가 그걸 물었나요?

창밖을 보고 있어.

오늘 오후는 술 약속도 없나보죠?

그런 것 같아.

그럼 차나 한잔할까요?

저녁식사로 먹은 설렁탕도 맛이 없었고, 저녁 여덟시를 넘기자 다방에서 더 배겨낼 수 없었다. 그렇다고 가을비 내리는 거리를 걷고 싶지도 않았다. 시애는 그날따라 굽다 만 생선 같았다. 말 속에 비린내가 느껴졌다. 분위기가 그렇다 보니 마음이 피로하기는 나나 시애나 마찬가지였다. 토요일 만남은 늘 그랬다. 그런 줄 알면서 우리는 왜 만날까. 우리는 헤어지려 거리로 나왔다. 나는 불현듯 시애 얼굴이 홍시 같아 보였다. 아직 떫은 맛이 채 가시지 않은 홍시. 시애 뺨을 꼬집으면 묽은 즙이 손가락에 묻지 않을까. 붉은 네온 탓으로 그렇게 보였는지 몰랐다. 눈 가장자리에 가늘게 잡힌 주름을 보자 나는 시애를 문질러보고 싶은 욕망을 느꼈다. 섹스 욕구보다 그렇게 시애를 학대하고 싶은 충동은, 그 짓이 내게 수치심을 보태더라도 어쩔 수 없었다. 어쩌면 그렇게 해서 내 기분을 더 형편없이 구겨버리고 싶었다. 시애는 내 말을 빈정거림으로 받아들이지 않으면서, 냉정하게 거절했다.

이런 날 여관에 들다니요. 뭇 사람이 거쳐간 눅눅한 이불에 몸을 맡기다니. 사실 전 오늘 멘스 마지막 날이에요. 헤어져요. 그냥 들어가 주무세요.

나는 혜화동 쪽으로 걸었다. 숙소 겸용으로 쓰는 너저분한 다섯 평 이층 아틀리에의 야전용 침대에 나는 몸을 눕히고 깜깜한 천장을 바라보며 불면과 싸울 수밖에 없었다. 왜 그리지를 못할까. 내 그림이 왜 긴 잠을 필요로 할까. 나는 이렇게 다시 목적 없는 싸움을 밤새 되풀이할 것이다. 걷다 마침 포장마차가 있어 병아리로 보이는 참새구이를 안주 삼아 소주 석 잔을 마셨다. 밤이면 왜 잠이 오지 않을까. 남들이 숙면하는 깊은 밤 나만이 의식을 초롱같이 밝히고 온갖 잡생각과 싸워야 하다니. 나는 그렇게 투덜거리다 종로 5가에서 비닐 우산마저 팽개쳐버렸다. 방향을 바꾸었다. 빈 택시도 눈에 띄지 않아 비를 맞으며 걸었다. 동대문 쪽으로 길을 잡았다. 더러 들른 적 있는 여관에 들자, 나는 여자를 주문했다.

좀 명랑한 애를.

긴 밤 주무시려구요?

아니.

짧은 생머리에 키가 작은 뚱뚱한 아가씨였다. 피부는 닭살이고 허리가 굵었다.

왜 아무 말이 없으시죠?

불은 그냥 켜두기로 하지.

꺼요. 예쁘지 않은 몸이 부끄러워요.

아가씨는 껌을 씹었다. 우산 없이 달려왔는지 아가씨 머리칼은 젖어 있었다. 내가 그 아가씨 귀 뒤로 얼굴을 떨어뜨리자 낙엽 썩는 냄새가 났다. 나는 진흙탕에 장화를 신은 발을 구겨넣으며 뱀장어 잡듯 조갈증 나는 펌프질을 시작했다. 어둠 속에서 여전히 껌 씹는 소리가 났다. 이빨과 껌과 혀의 마찰, 그 삼중주를 돕는 타액. 똑똑, 바깥에서 낙숫물 떨어지는 소리가 들렸다. 내 호흡이 가빠지자 아가씨는 더욱 빠르게 껌을 씹었다. 일을 끝내자 아가씨는 말했다.

말을 안 시켜, 세어봤지요.

뭘?

백마흔두 번.

그게 뭔데?

넣고부터 백마흔두 번을 씹으니 끝났군요.

나는 실없이 웃었다. 어둠 속에서 옷을 입었다. 젖은 옷이 다리에 감겼다. 시애가 떠오르자 미안한 생각이 들었다.

오늘 옆방 친구가 죽었어요.

그래?

죽고 싶다고 내가 말할 땐, 앤 무슨 소리니, 이럴수록 악착같이 살아야지 하더니, 장난같이 자기가 먼저 죽어버렸어요.

장난? 장난이 아니겠지. 장난으로 목숨을 끊겠어.

계집애, 하필이면 내 면도칼로 죽다니.

네 면도칼이라니?

유서도 안 남겨 내가 의심받았지 뭐예요. 낮 동안 줄곧 경찰서에서 지냈어요.

넌 네 면도칼로 어디를 면도하기에?

전 이발관 출신이에요. 면도사는 다 자기 칼을 가지고 있죠. 다른 이발관으로 옮길 땐 손과 칼만 가지고 옮기니깐요.

나는 내 숙소 아틀리에로 돌아왔다. 삐걱이는 나무 계단을 밟고 올라와 야전용 침대에 몸을 눕히자, 역시 잠이 오지 않았다. 나는 떨며 또 부질없이, 나는 왜 그리지를 못할까를 생각했다. 왜 앓고 있을까. 내 몸과 정신이 고슴도치처럼 웅크렸다. 댓 대나 담배를 태우고 세시를 넘길 때까지 눈을 뜨고 있었다. 얼핏 잠이 들었다고 생각하는데 꿈속인지 모르지만 한 사내가 벌거벗은 채 울고 있었다. 그 사내는 역시 벌거벗은 아내와 올망졸망한 자식새끼를 리어카에 태우자, 리어카를 끌고 어두운 골목길을 빠져나갔다. 맨발의 아이들이 뛰놀고 처마 밑 빨랫줄에 속옷들이 널린 빈민촌 골목길을 사내는 울며 리어카를 끌고 갔다. 눈에서는 눈물이 아닌 핏물이 흘러내렸다. 겨울에 어디로 간단 말인가. 사내의 아내가 산발한 머리칼로 리어카 위에서 앵무새처럼 외쳐댔다. 겨울에 어디로 간단 말인가.

이튿날 아침, 아홉시에 나는 눈을 떴다. 동네에 운전기사 전용 식당이 있고 나는 늘 거기서 아침밥을 먹었는데, 일요일이기도 했지만 바깥으로 나갈 기분이 아니었다. 배달된 우유 한 병으로 한 끼를 때웠다. 제가 보급소에 배달을 의뢰해뒀으니깐 매일 마시도록 하세요. 건강에 왜 그토록 무관심한지 모르겠어요. 두 달 전 시애의 말이 있고부터 마시는 우유였다.

창밖을 보니 안개비는 그쳐 있었다. 동쪽 하늘이 개어왔다. 나는 또 무료하게 칼 던지는 장난을 시작했다. 손잡이가 나무인 그 칼은 화구의 하나였다. 출입구 문에 직경 십오 센티의 사격형 과녁을 표해놓고 삼 미터쯤 떨어진 의자에 앉아 칼을 날렸다. 칼은 정확히 네 번 회전한 뒤 합판 문에 꽂혔다. 탁, 소리가 나고 손잡이 끝이 잠시 떨다, 칼이 손을 떠났다는 상태 외 모든 게 그대로였다. 나는 칼을 뽑아 다시 제자리로 왔다. 던진 칼이 표적의 정점에 정확히 명중하는 건 요행이지만 바깥 테두리 안에는 곧잘 꽂혔다. 그림을 그리다, 나는 그런 장난질로 잠시 쉬었다. 가을 들고부터 화필이 손에 잡히지 않아 그 장난이 심해졌다. 그래서 어떤 때는 곧장 퇴근한 뒤 밤늦게까지 몇 시간 칼을 던졌다 뽑았다 했다. 사격형 안에 스무 번을 반드시 꽂고 눕겠다느니, 바깥 테두리 밖에 칼이 꽂혔을 땐 던지는 횟수를 한 번 더하고, 안에 꽂혔을 땐 한 번 감하기로 하자. 이런 약정을 굳히면 그 장난에 싫증이 나고, 싫증도 지긋지긋해진 끝에 놀이 자체를 지속하는 내 심장에 칼을 꽂겠다는 증오가 끓어올라도, 끝내 고집을 꺾지 않았다. 하고야 말겠다는 부질없는 고집. 아무런 소용이 닿지 않는 고집. 나는 그런 무모한 장난으로 나 자신과 싸우는 데 언제부터 익숙해져버렸다. 나는 더 그림을 그릴 수 없다. 내가 추구해온 주제가 잠시 까무러치고 말았다. 이제 나는 아무것도 하지 않는 상태이다. 그러나 나는 아무것도 하지 않는 상태를 믿지 않는다. 이를테면 전투가 끝난 소강 상태, 그럴 때 병사는 전투가 쉰다 해서 싸우지 않는다고 할 수 없다. 병사는 소강 상태에서도 죽음과 대결하고 있으며, 아니 전투 때보다 더욱 격렬히 죽음과 싸운다. 눈에 보이지 않는 적과 싸우고 있다면 그 적은 무엇일까. 다른 말로, 내가 칼을 던지고 있다. 나는 칼을 던지는 행위 자체를 창조적 작업의 형태라 믿는다. 확대 해석으로, 나는 분명 무엇인가 그린다고 생각한다. 하나의 창조가 다른 하나의 죽음을 이기고 완성된다면, 나는 죽음을 이기는 작업부터 하고 있는 게 아닐까. 이런 생각이 부질없는 고집이라면, 나는 그런 착란적 아집에 사로잡혀 있었다.

문짝에 박힌 칼을 뽑아 내가 의자 쪽으로 돌아왔을 때, 나무 계단을 밟는 발자국 소리가 들렸다. 나는 담배를 붙여 물었다.

또 위험한 놀이를 하셨군요.

심심해서.

진통을 그런 위험한 놀이로 풀다니. 자학이 심해요. 우리 가을 구경이나 나가요.

시애는 이젤에 얹힌 채색을 올리다 만 '고통VI'에 눈을 주었다.

두 달 전이나 지금이나 똑같군요. 그림 그리기를 아주 집어치운 건 아니죠?

나는 대답할 말이 없었다. 이젤 쪽에 눈길을 옮겼다. 내 분신이 저쪽에서 나를 보고 있었다.

작고 암울한 방이다. 파리한 소녀가 누더기 이불을 덮은 채 죽어간다. 남루한 차림의 소녀 부모가 그 죽음을 절망적인 눈빛으로 응시한다. 그 세 얼굴은 캔버스의 짙은 어둠 속에 이끼 낀 기와색으로 은은히 드러나 보일 뿐이다.

나는 늘 암청색을 캔버스 전면에 칠해놓고 선은 못으로 긁고 명암은 붓으로 살리는 방법을 썼다. 나는 이 년 남짓 '고통' 연작만 그려왔다. 삶의 기쁨을 통하여, 또는 생명력을 떨치는 자연과의 교감 끝에서도 진실은 감지할 수 있다. 그러나 나는 삶의 고통을 뚫음으로써 삶의 진실을 확인하려 노력했다. 인간이 불행이나 죽음 따위와 정면으로 맞서는 운명적 순간에만 진실이 참된 모습을 드러낸다고 믿었다. 헐벗음·굶주림·질병·사망을 화폭에 재현하려다 보니 내 그림은 어두울 수밖에 없었다. 박수근의 토속적인 그림과는 다른 질감이지만, 내 그림은 한참을 봐야 '고통'이 무엇을 뜻하는지 알 수 있었다. 나는 모든 어두운 색상을 사랑했다. 나는 우리 화단의 안일주의를 증오했다. 그들이 사랑하는 기교와 정감적인 색상을 거부했다. 호당 몇만 원에서 몇십만 원을 호가하는 돈 놀음이 그들 정신을 망쳐버렸다고 믿고 있다. 나는 국전을 외면한 지 오래였다. 내 그림이 받아들여지지 않는 한국 화단의 소아병적 풍토를 성토할 시기는 지났다. 내 나이 서른여섯, 대학을 졸업한 지 십 년이 넘었다.

하늘이 말짱하게 걷혀요. 날씨가 청명할 모양이에요.

무엇에 홀렸나. 단단히 벼른 모양이군.

가을바람 났나봐요. 여자가 가을바람 나면 미친다는데.

시애가 입은 녹두색 원피스에 촘촘히 박힌 샛노란 은행잎 무늬가 가을 교외로 연장되었다. 아틀리에에 잔잔히 번지는 시애의 비누 냄새, 시애는 루주까지 바르고 있었다.

시애와 나는 일요일 오후를 수원 근교에서 보냈다. 날씨는 맑았다. 시원한 바람도 있었다. 우리는 볏단이 누운 들길과 야산을 천천히 거닐었다.

직장 문제만 없다면 결혼 후 이런 곳에 살고 싶어요. 희우 씨는 그림을 그리고, 나는 차를 끓이고.

파란 하늘을 배경으로 단풍이 타는 산길을 걸을 때, 시애가 호들갑을 떨었다. 어제 저녁과 판이했다. 시애의 기분도 그랬고 날씨도 그랬다.

양은처럼 화끈 달다 제풀에 식어버리는 짧은 가을. 엽록소가 탈진되어 단풍잎도 엷을 대로 엷어져버렸다. 단풍나무의 진홍잎은 정맥 같은 심줄이 비쳐 보였다. 낙엽이 되지 않는다면 하늘빛이 머금어들어 보라색으로 보일 것 같았다. 대기를 채워 부는 바람이 듯 시애는 줄곧 재잘거렸다.

겨울에 결혼식 올리면 말이에요, 아마 우린 가을에 아기를 낳을 거예요. 동무들보단 아주 늦은 편이에요. 희우 씨 나이 마흔을 넘겨야 아이가 유치원에 입학하게 되니. 귀여운 아기. 저 쬐그만 단풍잎 손을 가진 우리 아기.

말끝을 달아 시애는 웃었다. 그 웃음소리가 한적한 공간을 흩뜨리다 바람에 날려 저만치 선 상수리 나뭇잎과 함께 져버렸다. 멘스가 말짱히 갠 모양이었다. 시애 말이 듣기 싫지 않았으나 너무 세속적인 생활을 담고 있었다.

너무 걸었으므로 돌아오는 길에 우리는 잠시 촌 주막 옥외 식탁에 앉아 쉬었다. 나는 소주를 마셨다. 시애는 햇사과를 깎아 사각사각 베어먹었다. 늦가을 볕에 그을린 시애 뺨이 사과처럼 붉었다. 지금 보니 아직 시애는 시든 노처녀가 아니었다.

시애가 사과를 깎을 때 반 돈쭝 백금반지가 눈에 띄었다. 흰 손가락에 끼인 가느다란 약혼반지가 왠지 쓸쓸해 보였다. 시애는 반지의 값어치나 반지가 구속하는 언약보다 그 반지로 확인되는 사랑을 소중히 여기는 눈치였다. 시애는 왜 가난한 화가의 아내가 되기를 자청할까. 시애는 나를 통한 생활의 실체야 어땠건 나로 하여 연상되는 그 어떤 환상을 사랑하는 게 아닐까. 물론 그 환상으로 여과된 눈물이나 고통까지도. 화가란 작자들이 물감이란 색채의 현란함과는 달리 의외로 정서가 건조하고 게으르고 신경질적이고 이기적이라는 걸 알 때, 그 언젠가는 배반당할 저 고생 없는 손. 더욱 나처럼 그림에 담긴 내용 자체를 두고 지나치게 괴로워하다 종내 그린다는 그 자체가 두려워지는 병적인 환쟁이를 사랑하겠다는 저 마음. 나는 답답하고 비감해져 있었다. 손과 면도칼만 가지고 다른 이발관으로 옮겨 앉죠, 하던 어젯밤 아가씨가 떠올랐다. 부담을 안 주기는 시애보다 그쪽이 훨씬 편안했다.

시애는 머리를 감쌌던 검은 머플러를 풀고 긴 머리칼을 빗었다. 햇살을 받아 너풀대는 머리카락이 커피색으로 보였다.

바람에 흩어지지도 않았는데.

내 말이 바람처럼 지나갔다.

여자가 머리 빗을 때 예뻐 보인다죠. 약간 고개를 젖히고 무용적인 손놀림으로.

시애는 준비해둔 듯 천역덕스럽게 받았다.

낡은 나무 술상에 놓인 소주병과, 터지는 속살을 빨간 껍질로 싼 사과 두 알과, 그 옆에 놓인 핸드백과 과도가 자연스런 구도를 이루어 눈에 차게 들어왔다. 세잔의 정물, 아니면 한국의 가을.

내 마음은 식상하게 보아온 정물과 거리를 두고 있었다. 나는 먼데 하늘에 눈을 주었다. 왜 그리지 못하는 것일까. 그것은 삶의 고통이란 근원적인 문제를 나 자신이 감상적으로, 아니면 감정적으로 수용하기 때문이 아닐까. 나는 그것으로부터 떠나고 싶은 두려움을 비수처럼 품고 있지 않은가. 스스로 고통의 참상에 동참하지 않음으로써 내가 일컬어온 진실 자체를 배반하고 있지 않은가. 아니면 이 시대가, 또는 화단이 내 작업을 외면하기에 나는 오히려 그것을 빌미 삼아 게을러졌나. 그도 아니면 단순한 진통이거나 침체일까. 그 모든 것도 아니라면 시애 때문일까.

교외선 차창으로 본 먼산 위의 석양이 아름다웠다. 내가 노을을 보고 있을 때, 시애가 나른한 목소리로 말했다.

내일 수업을 몽땅 빼먹었으면 좋겠어요.

결혼 후에도 당분간 직장을 갖겠다던, 지난날 약혼식 때 시애 말이 생각났다. 정말 희우 씨는 몰라요. 집에서 얼마나 재촉하는지. 희우 씨 나이 서른여섯이 적다구 그렇게 미루기예요. 도대체 뭐예요. 난 이렇게 풍선처럼 공중에 떠 있다 미쳐 어디론가 멀리, 우주 저 끝으로 증발되어버릴 것 같아요. 지난 어느 날 시애가 쫑알거리던 말을 생각하며, 나는 차창에 머리를 기댔다. 고단하고 취기마저 올라 나는 어깨에 머리를 얹고 졸았다. 낙엽 썩는 냄새가 아닌, 시애의 머리칼에서는 낙엽 타는 냄새가 났다.

이튿날, 잠을 깨니 비가 내리고 있었다. 변덕이 심한 가을 날씨였다. 서너 시간 눈을 붙였을까. 간밤도 꿈자리가 뒤숭숭했다. 시간은 일곱시가 지났다.

커피 한 잔을 끓여 마시며 나는 북쪽 네모난 창을 통해 오랫동안 비 오는 가로를 내려다보고 있었다. 지붕들 위로 빗줄기가 떨어졌다. 겨울을 부르는 쉼없는 비의 기침에 취한 채 나는 연거푸 세 대나 줄담배를 태웠다. 공복의 아침 담배는 즐거운 법인데 입 안이 썼고, 왠지 기분이 처졌다. 창경원 쪽에서 서너 마리 비둘기가 비를 가르며 날아갔다. 젖어 무거워 보이는 날갯짓이 꼭 내 어깨처럼 느껴졌다.

내일 저녁에 제가 아틀리에로 들르겠어요. 어떤 일이 있더라도 내일 저녁까진 희우 씨가 결혼 날짜를 잡아두세요. 그때까지 안 잡으면 이젠 제가 결정 내리겠어요. 그래두 되죠? 전 더 참을 수 없어요. 동의하시죠?

너무 일방적이잖아.

일방적이라니요. 벌써 이러기를 몇 번째예요? 입장을 바꿔보셔요. 그렇게 이기적이고 태만한 사람이 어딨어요?

어제 저녁 헤어질 때 시애의 힐책이었다. 아니, 강경한 선언이었다. 그 독촉을 아침에 다시 떠올리자 불쾌했다. 지난달 시애와 약혼 이후 내 한쪽 마음은 늘 접혀 있었고 무거웠다. 시애와 사귄 지 다섯 해, 우리는 오랫동안 지루한 사랑을 별 탈 없이 이어왔다. 내 살이 시애의 몸에 섞였다는 유일한 이유가 우리로 하여금 이별을 두렵게 했는지 몰랐다. 아니, 시애로 하여금 나를 떠나지 못하게 묶어둔 도덕적 이유일 수 있었다. 쉽게 뜨거워지지 않고 쉽게 식지도 않는 사랑, 칡처럼 떫은 맛을 즐기며 씹어온 사랑이었다. 약속은 없었지만 우리는 한솥밥 해먹겠다는 작정으로 사귀어왔음이 사실이었다. 시애가 약혼식을 갖자고 우겼다. 그럴 것까지 없잖아. 결혼식도 형식인데 약혼식이란 더욱…… 어차피 우린 같이 살 건데 뭘. 그런 나의 망설임을 일소에 부치고 시애가 말했다. 제가 추진할 테니 잠자코 있어요. 희우 씨한텐 때때로 형식이란 것도 필요해요. 아무 소리 말고 딱 이만 원 정도만 준빌 해요. 내 쪽에서 강요하지 않고 여태껏 우리 사이에 된 게 뭐가 있어요. 약혼식에 쓸 반지도 이미 시애가 맞춰놓은 것에 나는 돈만 지불했고, 물론 내 친구도 시애가 시침을 떼고 몰래 초대했다. 그런 형식의 한갓 절차로서 지난달 우리는 가까운 친구 둘씩 불러 입회를 시키고 약혼식을 겸한 저녁식사를 함께했다. 양가 부모가 참석하지 않은 약혼 행사였다. 그 뒤부터 시애는 허물 없이 부부와 다를 바 없다는 듯 나를 가두어왔다. 그때부터 시애를 보는 내 마음이 그전과 같지 못했다. 나는 분명 시애를 사랑하는데도 시애와 나 사이에는 단절의 유리벽이 느껴졌고, 그것은 누구의 잘못을 따지기 전에 전적으로 내 탓이었다.

보리빵을 우유에 찍어 먹자, 나는 출근을 서둘렀다. 내일 수업을 빼먹었음 좋겠다던 시애 말처럼 나도 하루쯤 쉬었으면 싶었다. 아니 그냥 오늘로 사표를 내고 싶었다. 나는 느릿느릿 걸었다. 내가 다니는 직장은 구 서울미대 옆 디자인 포장센터 무역부였다. 도보로 십오 분 거리에 직장이 있었다. 오래 하숙하던 신촌에서 직장 가까운 혜화동으로 숙소를 옮기긴 지난 봄이었다. 사는 날까지 시간 맞추지 않고 게으르게 그림만 그리며 살았으면 싶은데, 직장을 다니는 일이 고역이었다. 그만둘까부다. 이 말을 하루에도 몇 차례 입에 올리고, 가을 들고부터 더욱 잦아졌다. 그러면서도 미련스럽게 나는 시간 맞춰 직장에 출퇴근하고 있었다.

출근 뒤 거래처 무역회사 두 군데에 업무에 따른 사무적인 전화를 걸었다. 한 군데는 저쪽에서 전화가 걸려왔다. 별로 바쁘지 않게 직장 일은 다른 날과 마찬가지로 시작되었다.

점심시간에는 직장 동료 최와 김치찌개 백반을 먹었다. 들어오니 책상에 편지가 있었다. 고향에서 온 편지였다. 금년 추수는 평년작은 된다. 무척 기다렸는데 지난 추석에도 하향하지 않아 네에미가 무척 섭섭하게 여긴다는 아버지 편지였다. 늘 하시는 말로, 올해도 네 결혼을 못 보고 한 해가 저물게 되는구나 하는 추신도 달려 있었다. 편지를 서랍에 넣고 나는 잠시 고향 생각을 했다. 하향하지 않은 지 벌써 일 년 반, 할머니 별세 이후 나는 한 차례도 고향에 내려가지 않았다. 할머니 별세처럼 죽음이 전혀 절박감이 없다면, 아버지 말씀처럼 긴 잠일 수 있다는 생각이 들었다. 만약 내가 하향한다면 이제 아흔 살로 할머니는 긴 잠에서 깨어나 나를 맞을 것 같았다. 나의 이런 상념은 내가 추구해온 고통의 주제와 또 다른 죽음의 모습이 아닐 수 없었다. 나는 그 연작을 끊임없이 그리며 아직 죽음의 참다운 실체에 뼈와 살이 닿지 못하고 있다는 자책이 다시 나를 절망시켰다. 내가 죽음을 사랑한 것은 단순한 환영이었고, 그럼으로써 굶주림이나 질병 따위를 그린 내 그림은 허영이고 사치일까. 내가 죽음을 긴 잠이라고 표현한다면 면도칼로 동맥을 끊은 어느 여자도 길고 편안한 잠을 자게 될까. 그 모순에서 내가 다시 이겨 나올 수 있을 때 비로소 나는 힘차게 화필을 들 수 있을 것 같았다.

　오후 여섯시, 퇴근을 하자 아직 비는 내리고 있었다. 대학가 개
천으로 물이 콸콸 흘러 내려갔다. 비에 젖어 떠는 앙상한 플라타
너스가 서 있는 가로를 나는 힘없이 걸었다. 낙엽이 지고, 진 낙엽
이 가로를 어지러이 덮었다. 기사식당에서 나는 저녁밥을 사먹었
다. 다방에 들러 아무 생각 없이 오랫동안 앉아 있었다. 커피를 마
셨고, 흘러간 샹송을 들었고, 서너 대 담배를 태웠다. 내가 숙소로
돌아오기는 일곱시가 지나서였다.

　시애는 아직 오지 않았다. 나는 의자에 앉아 칼을 집어들었다.
문의 사격형을 향해 첫 장난을 날렸다. 표적과 일 미터는 빗나간
지점에 칼이 꽂혔다. 두번째는 겉 테두리 안에 명중되었다. 결혼
을 하자. 그래서 죽어버리자. 아무 날이고 시애가 정한 날에 결혼
을 해치우자. 그림이 나를 찾을 때까지 결코 내 스스로 화필을 들
지 말자. 괴로워 말자. 모든 화구와 작품도 멀리 치워버리자. 직장
에 충실하며 시애 말처럼 단풍 같은 아기나 만들자. 이런 생각을
하자, 나는 내 허상만 남기고 내 혼이 깡그리 달아나는 허탈감을
느꼈다. 코 안은 물론 내 몸이 발끝에서부터 수분으로 차올랐다.
나는 내 허상을 찢듯 나를 보고 비웃는 나를 향해 계속 칼을 던졌다.
다시 뽑았다 또 던졌다. 명중 확률이 아주 저조했다. 몇십 번 그랬
을까. 나무 계단을 가볍게 밟는 소리가 들렸다. 나는 칼을 쥐고 있
었다. 몸 안의 수분이 폭포처럼 나를 휘감아 먼 벼랑 아래로 팽개
쳤다. 바다에서 표류하는 나를, 할머니처럼 그렇게 평안한 긴 잠
으로 사라지려는 나를, 무엇 때문인지 버려두지 않고 또 다른 내

가 나를 건져올렸다. 그래도 살겠다고 물기를 털고 일어나는 비열한 나를 보자, 나는 그 다른 나를 죽이고 싶었다. 증오가 머리 끝까지 차오르고 칼을 쥔 손이 떨렸다. 이윽고 발소리가 계단 끝에서 멎었다. 문이 열렸다.

이미 없어진 표적을 막아서는 실체를 향해 내가 던진 칼이 날아갔다.

(『문학과지성』 1976년 봄호)

멀고 긴 송별

멀
고

긴

송
별

스무 날 넘게 비가 오지 않았다. 날마다 폭염이 지열을 달구었다. 그 타는 여름에 세상이 온통 멍청이가 되거나 미쳐버렸다. 모두 제정신이 아니었다. 제정신이 아닌 사람 중에서도 아버지 증세가 치명적이었다. 덩달아 어머니도 살짝 미쳐가고 있었다. 두 사람뿐 아니었다. 읍내에서 온전한 정신을 가진 사람은 몇 되지 않았다. 그들은 멍청이가 되거나 미쳐버렸다.

미처 피난을 떠나지 못하고 체포된 군내 유지들이 날마다 한둘씩 인민재판을 거쳐 죽었다. 물끝 골짜기에는 그들 시신을 덮은 큰 무덤이 새로 생겨났다. 가족들은 보복이 두려워 뼈를 찾으러 나서지 못했다.

무더운 여름 한낮이었다. 나는 공회당 마당에서 열린 인민재판을 구경했다. 결말이 뻔한 재판 과정을 구경한다기보다 나는 재판 관석에 앉은 아버지를 보고 있었다. 아버지는 군 인민위원회 부위원장 감투를 쓰고 있었다. 김참사네 논을 부쳤던 아버지가 삼 년 사이에 군 인민위원회 부위원장이 될 줄은 읍내 사람들도 미처 예상 못한 충격이었다. 아버지는 인민대중의 고혈을 착취한 원수는 처단해야 한다고 말했다. 아버지는 종이쪽을 들더니 송천면 면장의 죄목을 읽었다. 나는 뛰는 가슴을 진정시키며 그 장면을 지켜보았다.

공회당 마당에는 쉰 명 넘는 사람이 모여 있었다. 그들은 숨을 죽이고 송천면 면장과 아버지, 아버지 옆에 앉은 북에서 온 젊은 인민군 장교 얼굴을 번갈아 보고 있었다.

"그놈이 면장이며 지주요. 농지개혁 이전에 전답을 빼돌려 사전 방매했소. 죽여라, 저 영감을 죽여!" 단상 앞에 앉은 청년동맹 세포가 외쳤다. 그 옆에 줄을 지어 앉은 대여섯 사람이, 옳소, 옳소 하며 손뼉을 쳤다. 나는 그 장면을 더 보고 있을 수 없어 사람들 사이에서 빠져나왔다. 악을 쓰는 패도 그렇지만 얌전히 앉은 구경꾼들조차 내 눈에는 온전한 정신을 가진 사람으로 보이지 않았다. 돌아보니 아버지 옆에 앉았던 인민군 장교가 일어나 윗녘 말로, 송영달을 처단하겠다는 결정을 내렸다.

나는 집으로 돌아오는 길에 아우를 만났다. 아우는 철물가게 쪽에서 헐레벌떡 달려왔다.

"형, 삼춘이 미쳤어! 아주 휙 돌아버렸어."

아우의 얼굴은 땀으로 얼룩졌다. 아우는 삼촌이 빨가벗고 마당에서 춤을 추어, 엄마와 동네 사람이 삼촌을 골방에 가뒀다고 말했다. 삼촌은 골방에서 창가를 부르며 발광을 떨고 있다는 것이다.

나는 아우 말을 더 듣지 않았다. 아우를 밀치고 달렸다. 겹겹으로 나를 막는 빛의 차일을 헤치며 곤두박질치듯 집으로 뛰었다. 나는 삼촌이 거처하는 골방에 달린 창을 들여다보았다. 삼촌은 어두컴컴한 방안에 모로 누웠는데, 정말 빨가벗은 채 잠들어 있었다. 갈비뼈가 드러난 삼촌의 앙상한 가슴이 숨쉬기에 따라 움직였다.

"이제 기 펴구 살 만하다 했더니 이게 무슨 꼴이람. 망측해라. 아이구, 망측해." 어머니가 내 등뒤에서 푸념했다.

"엄마, 삼춘이 왜 저렇게 벗어버렸나요?"

"난들 아냐, 더위 먹더니 염병에 걸렸나봐. 이 멍충아, 넌 빨리 아버지 불러오잖구 뭘 그렇게 서 있냐." 어머니는 삼촌이 저 지경에 이른 게 마치 내 탓이듯 고함쳤다.

사흘 전이었다. 그날은 일요일이었다. 아우는 십자가를 뗀 예배당에 가고 없었다. 예배당에서는 북에서 내려온 문화공작대 여대원이 피난 못 간 아이들을 모아 가르쳤다. 어머니 역시 부인동맹에 가버렸다. 그날 낮, 집 뒷마당에서 아버지와 삼촌이 또 싸웠다. 내가 삼촌의 비명을 듣고 달려갔을 때, 삼촌 얼굴은 피투성이였다. 땔감으로 들여놓은 마른 솔가지가 키 높이로 쌓인 웅덩이 앞에 삼촌이 쓰러져 있었다. 아버지는 장작개비를 들고 어깻숨을 쉬었다.

"네놈두 골통 비지 않았다면 형이 당한 꼴 알 것 아녀. 네놈이 반동 치하에서 형이 고초당한 생각을 눈곱만큼이라두 헌다면 말릴 수 있냐 말이야." 아버지 호통이었다.

삼촌은 일어나 앉으며 흐르는 코피를 닦았다. 서울에서 대학에 다니던 삼촌은 전쟁 소식을 듣자 고향으로 내려왔다. 골방에 들어

앉아 책만 읽었다. 미국에 이어 곧 세계 여러 나라가 우리를 도우러 온대. 삼촌이 내게 작은 소리로 말한 적이 있었다.

삼촌이 아버지와 말다툼을 벌이기로는 이번이 세번째였다. 삼촌은 샌님 같아 아버지에게 결코 싫은 소리를 하지 않았는데 요즘와선 아버지와 자주 맞섰다.

"그렇게 피 보기 좋아헌담 앞잡이 노릇 실컷 허세요. 죽여요. 읍민을 다 죽여요!"

말을 마치자 삼촌은 다리를 절며 앞마당을 돌아 나갔다. 그 말다툼 역시 인민재판 때문이었다. 인민재판이 열리는 공회당 마당 단상에 아버지가 올라가자, 그따위 각본은 제발 그만 읊으라고 삼촌이 대거리를 놓았다. 삼촌 말에 물러설 아버지가 아니었다. 아버지는 삼촌을 매질로 꺾겠다고 덤볐다.

아버지는 나를 보곤 장작개비를 팽개쳤다. 아버지는 삼촌을 뒤따라 앞마당으로 나가버렸다. 나는 햇빛이 눈부신 뒷마당에 홀로 서 있었다. 비로소 숨을 몰아 삼켰다. 인민군이 마을로 들어오던 밤, 변소 뒤 노적가리 아래 구덩이에서 나온 아버지가 수염투성이로, 이제 좋은 세상을 만났다고 반기던 그 우쭐거림이 한 달 남짓 사이 끝내 가족의 분열을 가져왔다.

삼촌이 미쳤다는 소문이 곧 동네에 알려졌으나 사람들은 감히 우리 식구 앞에 삼촌 말을 꺼내지 못했다. 미친개를 보고 피하듯 사람들은 우리 식구를 두려워했다. 말을 잘못하여 아버지 비위를 거슬렀다간 언제 무슨 낭패를 당할는지 모른다는 공포감이 그들 입을 묶었다. 그들은 철저히 멍청이 행세를 했다.

아버지는 어디서 듣고 왔는지 삼촌 병명이 정신분열증이라고 했다. 읍내에 유일한 양의 병원인 '서울병원' 의사도 피난을 가버려 읍내에서 삼촌을 진찰할 만한 사람이 없었고, 젊은 위생병이 있었으나 그는 구급약 정도를 소지한 신출내기였다. 아버지는 위생병을 집으로 불러오겠다는 생각은 추호도 없었다. 그렇다고 삼촌을 데리고 수원에 있는 큰 병원에 가거나, 그곳 의사를 불러오지도 않았다.

"저러다 죽어두 할 수 없지. 제 명인걸 뭐. 그러나 저런 병은 쉽게 죽지두 않아. 다행히 제정신 찾으면 녀석 골통두 좀 바뀌겠지. 안 바뀌면 공화국 세상에 어떻게 살아남아." 아버지는 남의 이야기를 하듯 말했다.

"글쎄요. 전쟁통에 죽은 사람이 뭐 한둘인가요. 죽으면 죽었다구 잊지, 내가 이게 무슨 할 짓이람." 미친 삼촌 뒤치다꺼리를 귀찮아하는 어머니 말이었다.

"놈을 절대 밖으루 내놓으면 안 돼. 방에 가둬둬야 해. 미친놈이 활개치는 건 두 눈 뜨구 못 보니깐."

"저런 정신병자를 가둬두는 데가 있으면 좋으련만."

"어서 해방 전쟁이 끝장나구 봐야지."

부모님의 이런 대화를 엿들을 때, 나는 아버지와 삼촌이 친형제가 맞을까 하는 생각마저 들었다. 아무리 전쟁 중이지만 어떻게 자기 형제를 저렇게 팽개쳐둘 수 있냐 싶었다. 나는 아우를 차마 그럴 수 없었다.

고학이라도 해서 대학을 나와야 되겠다고 서울로 올라가기 전,

삼촌은 내가 다닌 초등학교에 임시교사로 있었다. 삼촌은 학교 일이 끝나면 집으로 돌아와 골방에 들어앉아 공부만 했다. 동네 사람들은 삼촌을 착실한 청년이라고 말했다. 아버지 때문에 경찰서로 불려다니며 고초를 당한 끝에 임시교사직마저 쫓겨났을 때도 삼촌은 아버지를 원망하지 않았다. 한 달을 골방에 박혀 보내다 서울로 올라가기 전날, 삼촌은 내게 말했다. "식이 넌 다른 생각 말구 공부만 열심히 해. 어른들 하는 일 본보면 못써. 요즘 어른은 다 돼먹잖은 사람들이야. 그러니 세상이 이렇게 시끄럽구, 철없는 너희들이 고생이지." 이튿날, 삼촌은 손가방을 들고 서울로 떠났다.

어머니가 밖에서 문고리를 걸고 대못을 꽂아놓았기에 삼촌은 팬티만 입고 골방에 갇혀 지냈다. 삼촌의 멀건 동공에도 우리 식구 얼굴은 겨우 판별이 되는 모양이었다. 나를 보면 희벌쭉 웃었다. 삼촌은 골방 속에서 몇 시간 벽을 보고 멍하니 앉았거나 갑자기 일어나 방안을 서성거리며 고함을 질렀다. 삼촌 고함은 대부분 아버지에 대한 욕설이었다.

"김칠보한테 물어봐. 사상이구 뭐구 제대루 아는 게 있는가. 주워들은 잡동사니다. 앵무새다!" 삼촌은 한동안 고함을 질러대다 벽에 머리를 박으며 용서해달라고 애걸했다. 대소변도 방바닥에 그대로 보아, 내가 문고리를 따고 밥상을 넣어줄 때 보면, 방안은 악취로 차 있었다. 삼촌은 하루 한 끼 정도 양으로 목숨을 지탱해 나갔다.

삼촌이 미치고 난 열흘쯤 뒤, 기어코 삼촌 탈출사건이 생겼다. 내가 점심밥을 골방에 디밀고 방문께 싸놓은 삼촌의 설사기 있는 대변을 치우려 부엌삽으로 떠온 재를 뿌릴 때였다. 삼촌이 느닷없이 나를 밀치고 팬티 차림으로 도망쳤다. 삼촌은 읍내 한길을 거침없이 뛰며 아버지를 욕했다. 아무도 삼촌을 제지하려 들지 않았다. 남자들은 삼촌을 멍청히 보기만 했고, 여자들은 삼촌의 벗은 몸을 보지 않으려 얼굴을 돌렸다.

"삼춘, 삼춘 어딜 가!" 내가 삼촌을 부르며 뒤따라갔다.

내가 삼촌을 붙잡기는 경찰서 앞이었다. 인민군이 읍내를 점령하기 전날 밤 자정께 아버지의 방화로 불타버린 경찰서 앞에서 나는 삼촌의 허리를 뒤에서 안고 늘어졌다. 누군가 달려들어 삼촌을 사정없이 패기 시작했다. 언제 나타났는지 인민위원회 서기 삼조란 젊은이였다.

"미친놈 말인데 토씨는 틀리지 않는군." 삼조가 말했다.

삼조는 삼촌을 어디론가 끌고 갔다. 나는 그 자리에서 기절한 삼촌이 땅바닥에 개처럼 끌려가는 꼴을 보았다.

삼촌이 집으로 돌아오기는 이틀 뒤였다. 삼촌은 오랏줄에 묶인 채 아버지 손에 끌려 집으로 돌아왔다. 삼촌 머리카락은 빡빡 깎여 있었다. 그날부터 어머니는 재수 없는 새장터 집에서 이사를 가자고 아버지를 졸랐다. 아버지도 어머니 말에 동의하여 피난 떠난 읍내 빈집 중 쓸 만한 집을 찾았다. 사흘 뒤, 십사 년 전 내가 태어났고, 근래 몇 년 동안 쫓겨다닌 아버지 때문에 순경 출입이 잦았던 새장터 초가에서 우리 가족은 이사를 했다. 피난을 떠난 금융조합장 사택을 점거하게 되었다. 방 많고 마당 넓은 사택은 초라한 새장터 초가에 비한다면 우리 다섯 식구가 살기에 너무 큰

집이었다. 미친 삼촌을 빼고 온 식구가 그 이사를 기뻐했다. 전쟁이 나기 이태 전, 삼촌은 서울로 올라가고 어머니와 아우와 내가 하루 두 끼를 멀건 죽으로 때우며 굶주렸던 새장터 집이었다. 아버지는 늘 집을 비웠고, 한밤중에 순경이 닥쳐 아버지를 찾는다고 집 안팎을 뒤졌다. 새장터 집이야말로 작년에 초등학교마저 쉬게 되어 내가 목공소에서 심부름할 때, 저녁에 일을 마치면 귀가하기가 두렵던 집이었다. 지난 오월 어느 날 밤중, 집으로 몰래 숨어든 아버지가 변소 뒤에 구덩이를 파더니 노적거리를 덮고 감쪽같이 숨어 두 달을 버텨낸 집이었다. 그때 아우는 아버지가 변소 뒤 퀴퀴한 땅에 숨어 있음을 몰랐지만 나는 그 비밀을 알고 있었다. 이웃 아낙네가 삽짝으로 들어서도 어머니와 내 눈은 무심결에 변소쪽을 보곤 했다. 더욱이 금융조합장 가족은 쓰던 물건을 그대로 두고 떠나, 나는 이사를 하자마자 누더기 러닝셔츠와 광목 반바지를 벗고 어머니가 그 집 장롱에서 꺼내준 새 옷으로 갈아입었다.

여름도 한증막 같던 더위를 차츰 풀었다. 아침저녁으로 서늘한 바람이 귀뺨을 간질이며 지나갔다. 부산을 바다로 밀어붙인다던 아버지 말이 있은 지 한 달이 가깝건만, 부산이 인민군 수중에 쉬 떨어지지 않는 모양이었다. 하늘이 투명한 빛을 더해갈수록 유엔군 비행기는 더 많이 떴다. 비행기는 밤낮을 가리지 않고 북으로 날아갔다. 그 폭음을 들을 때면 아버지도 한풀 기가 꺾였다.

읍내에 주둔한 인민군은 열예닐곱 살 소년부터 사십대에 이르는 장년까지 의용군으로 뽑아냈는데, 아버지는 인민위원회 부위원장이어서 그 차출에 앞장을 섰다.

"며칠 전까지 내가 분명 봤던 새긴데, 그새 하늘로 날아갔단 말인가!"

아버지는 징집자 명단에 있지만 막상 호구를 방문했을 때 대상자가 없으면 호통을 쳤다. 자신이 변소 뒤 구덩이에 숨었을 때의 경험을 활용하여 집 안팎을 샅샅이 뒤졌다. 아버지가 박달나무 지휘봉을 들고 잽싼 걸음으로 여러 집을 뒤질 때 사람들은, 작인 주제에 저토록 세도가 당당해졌다고 귀엣말로 쑥덕거렸다. 읍내 사람들은 아버지만 미친개로 여기지 않았다. 어머니나 우리 형제조차 피했다. 아우나 내가 나타나면 동네 아이들은 하던 놀이를 그만두고 자리를 떴다. 마치 전염병이나 옮을까 두려워하는 눈치였다.

동네 어느 아이도 우리 형제를 상대해주지 않는 외로움을 묵묵히 견디며, 아우와 나는 그 여름 막바지를 보냈다.

어느 날인가, 어머니가 짐을 꾸리기 시작했을 때부터 집안은 말을 잃었고, 아버지도 나들이 걸음이 허둥댔다.

"엄마, 우리 이사 가나부지?"

이사라기보다는 도망으로 연상되는 먼 여정이 나를 떨게 했다.

"아주 먼 북쪽으루 피난 가게 될는지 모르겠다." 어머니 목소리는 힘이 없었다.

세상이 바뀐 뒤 지난날의 모멸과 가난을 앙갚음하듯 어머니는 군복으로 만든 몸뻬를 입고 어디서 날라오는지 쌀이며 쇠고기며 값진 옷가지를 모아들였다. 아버지와 보조를 맞추어 소매를 걷어붙이고 부인동맹을 이끌어왔다.

"피난 간다면, 삼춘은 어떡하구?"

"삼춘? 아버지가 알아 하실 테지."

탈출사건 이후 집으로 돌아온 삼촌은 그동안의 발광을 청산했다. 사람이 말을 하지 않고 지낼 수 있다는 본보기를 보이듯, 삼촌은 침묵으로 찌는 여름을 이겨냈다. 창대같이 뻗힌 수염에 핼쑥하다 못해 해골에 가까운 얼굴로 벽을 보고 마주앉아 있었다. 삼촌이야말로 진짜 멍청이가 되어버린 것이다.

인민위원회가 차지한 군청에는 깊은 밤에도 불이 켜졌고, 아버지가 이틀 동안 집을 비우고 돌아온 날이었다. 그날 한낮, 아우와 나는 집을 빠져나와 돌뫼천으로 미꾸라지를 잡으러 갔다. 여름 동안 살이 찐 미꾸라지를 한 광주리나 잡아 돌아오는 길이었다. 아침에, 너희들은 꼼짝 말고 집에 있으라는 아버지 당부를 무릅쓰고 아우와 내가 돌뫼천으로 나갔기에 걸음을 서둘렀다.

"출아, 이상하지? 갑자기 읍내가 텅 빈 것 같잖아. 아버지와 엄마가 우릴 두구 북으로 떠나버린 게 아닐까?"

"정말 그럴지 몰라." 아우는 낭패한 듯 말했다. "형, 저것 봐, 불이 났나봐!"

군청 쪽에서 검은 연기가 오르고 있었다. 두려움에 질린 아우와 눈이 마주치자, 우리는 군청을 향해 텅 빈 한길을 내달았다. 군청이 불타고 있었다. 인민위원회 직원 둘이 땀을 흘리며 서류를 불 속에 던지고 있었다. 돌뫼천에서 떠나온 이후 처음 본 사람이 그들이었다.

며칠 전 비행기 폭격으로 쓰러진 소방서 옆 느티나무를 돌아 아우와 나는 헐레벌떡 집으로 달렸다. 광주리 속에 든 미꾸라지가 튀어 길바닥에 떨어져도 주워담을 마음의 여유가 없었다. 텅 빈 읍내에 바야흐로 뭔가 진행되고 있음을 짐작할 수 있었다. 탱자울을 돌아 대문 앞에 도착하니 눈에 익은 보퉁이들이 나뒹굴었다. 대문 안으로 들어서자, 어머니가 우리를 보았다.

"어느 땐 줄 알구 휘질러 다녀. 시간 없어. 빨리 거들어!" 어머니가 외쳤다.

어머니는 보퉁이를 대문 밖으로 옮겨놓았다. 나는 애써 들고 온 광주리를 마당에 던졌다. 미꾸라지들이 땅바닥에 흩어졌다.

"정말 떠나요?" 내가 물었다.

"그래."

"북으로 갈 거예요?"

"그 길밖에 없어." 어머니가 바깥을 내다보았다. "차 가지고 온다는 양반은 어떻게 된 거야."

"삼춘은요?"

"그냥 두고 갈 수밖에 없어."

나는 삼촌이 있는 방으로 뛰어갔다. 밖에서 차 멈추는 소리가 났다. 애들은 왔어, 하고 묻는 아버지 목소리가 들렸다.

"동무, 시간 없이요. 빨리 타요!"

누군가 윗녘 말로 외쳤다. 나는 잠긴 문고리에 꽂아둔 놋숟가락을 빼고 방문을 열었다. 팬티만 입고 길 쪽 창문을 내다보던 삼촌이 놀란 눈으로 나를 보았다.

"삼춘, 우리 북으로 가요."

"너들까지 간단 말인가?"

삼촌은 벙어리가 아니었다. 눈동자나 목소리는 예전의 멀쩡한 본디 모습이었다. 그때였다. 나를 밀치며 아버지가 방안으로 뛰어들었다. 아버지는 땀에 전 군복을 입고 있었다. 군모도 쓰고 권총까지 차고 있었다.

"너두 가야 해. 어서 차를 타!"

아버지가 손목을 낚아채어 삼촌을 끌어내었다. 아버지는 삼촌을 끌고 마당으로 나갔다.

"이거 못 놔!" 삼촌이 버둥거렸다.

삼조가 달려오더니 마당 귀에 넋 놓고 서 있는 내 등을 밀쳤다. 나는 대문 밖으로 나갔다. 트럭이 시동을 건 채 대기하고 있었다. 트럭 짐칸에는 인민군 대여섯과 읍민들이 빼곡히 타고 있었다. 읍민들은 인민위원회·내무서·청년동맹·부녀동맹에 관여했던 사람과 그 가족이었다. 어머니와 아우도 짐칸 뒤쪽에 끼여 있었다.

"타라, 빨리 타. 떠난다니깐!" 어머니가 나를 보고 외쳤다.

삼조가 나를 안아 들어 짐칸에 태웠다.

"동무, 시간 없이요!" 운전대 옆에 앉은 인민군 장교가 말했다. 아버지는 삼촌을 대문까지 끌고 나왔다.

"가, 형이나 가란 말이다!" 대문 고리를 잡고 문지방에서 버티며 삼촌이 악을 썼다.

아버지가 권총을 뽑아 들더니 삼촌 면상에 총구를 겨누었다.

"못 가, 이래도 못 가?"

"못 간다. 난 안 가!"

나는 눈을 감고 말았다. 총소리에 이어 삼촌의 골통이 바숴질 것만 같았다. 잠시 숨을 멈추다, 눈을 떴다. 아버지는 삼촌 이마에 총구를 겨누고 있을 뿐, 쏘지 않았다. 아버지가 총을 거두더니 돌아섰다. 순간, 아버지의 눈이 빛났다. 나는 그것을 아버지가 흘리는 눈물로 보지 않았다. 아버지가 우는 모습을 본 적이 없었기 때문이다. 그러나 번쩍인 그것이 진정 눈물이라면 그 눈물은 삼촌에게 보인 아버지의 마지막 너그러움이었다.

"너야말로 정말 무서운 놈이군……" 아버지가 중얼거리곤 짐칸에 올랐다.

트럭이 먼지를 일으키며 출발했다.

"삼촌, 삼촌!" 나는 삼촌을 목메어 불렀다.

문간에 주저앉은 삼촌의 벗은 몸뚱어리가 눈물과 먼지에 가려 보이지 않았다. 눈물을 닦자, 어느새 집 대문이 멀어졌다. 멀리서 삼촌이 햇빛 아래로 나서더니 트럭을 향해 팔을 흔들었다.

"애들은 두고 가. 어린것들까지 왜 끌고 가!"

삼촌 목소리는 미친 사람이나 멍청이의 외침이 아니었다.

(『문학사상』 1976년 7월호)

어둠의 변주

어둠의 변주

스물다섯 살. 내가 생각해도 아까운 나이다. 이 나이에 죽는다는 게 서럽고, 원통하다. 그러나 곰곰이 생각해보면 별 서럽거나원통할 게 없기도 하다. 이 땅에서 '사망'이란 단어로 영원히 그자취를 감추는 많은 망자의 넋 중에 미련 없이 떠난 넋이 몇이나되겠는가. 내 지금 한창 나이라지만 어느 후미진 골짜기 이름 없는 들꽃에 내던져져 원통하게 목숨을 끊는 병사가 모두 이쯤 와서멈추는 나이 아닌가. 내 이제 그 길을 찾기 시작한 말, 찾아야 할보석 같은 언어를 두고 가기가 아쉽고, 썩을 육신과 헤어져 헤맬영혼의 탄식이 안타깝다. 그러나 어차피 이제 나는 혈혈히 이 지상에서 떠나는 일만 남았다. 이 땅에서의 영원히 사라짐만이 촌각을 다투고 있을 뿐이다. 우격다짐으로, 후회할 것도 서러울 것도없다는 자기암시라도 걸자. 그렇게 믿고 떠나버리자. 만남이 인간적이라면 떠남은 얼마나 냉혹한가. 이 떠남의 엄연하고 확실한 사실 앞에 더 괴로워 말자. 태어나서 어차피 한 번 죽는 목숨 아닌가. 보라, 이 자연 만상에 죽지 않는 생명이 어디 있는가. 이 땅에 뿌리내리고 하늘 우러르다 끝내 떠나지 않는 목숨이 저 수목 중에 어디 한 그루인들 있더냐. 여름을 덮던 그 억센 풀도 가을이면 시들고 강인하게 뻗던 뿌리도 늙어 겨울을 못 이기고 죽지 않더냐.

아무래도 안 되겠습니다. 이제 길어야 한 시간, 그 정도밖에 더 못 넘기겠군요. 이렇게 혼수상태가 계속되다 드물게 깨어나는 경우가 있긴 합니다만, 지금 혈압이며 맥박이 거의 다했습니다.

내 가슴에서 청진기를 떼며 의사가 말한다.

아이구, 도원아. 가다니, 네가 죽다니. 한 많은 이 에미 가슴에 못박고 네가 가다니. 도원아, 도원아, 정신 좀 차려봐라. 애야, 도원아.

울부짖는 엄마 목소리다. 엄마가 터져나오는 오열을 삼킨다. 나는 정말 이쯤에서 거짓말 같게 한번쯤 눈을 뜨고 싶다. 눈을 뜨고 엄마를, 내 주위에 앉은 다정한 얼굴을 마지막으로 보고 싶다. 간절한 바람에도 나는 눈을 뜰 수 없다. 좀더 살아보려 술 담배도 끊고, 질긴 내 몸속의 모진 병을 육체의 일부로, 정서의 한 알 정제로 사랑하고 위로하며 더 살겠다 무던히 버티어왔다. 그러나 아무래도 내 명이 여기서 꺾일 모양이다.

가장 서럽게 애통해하는 저 목소리가 엄마 아닌가. 다른 사람은 몰라도 엄마는 그만 좀 울었으면 싶다. 육이오 전쟁 와중에 아버지가 단신 월북해버리자, 청상으로 자식 넷을 바느질 품팔아 키우고 공부시킨 엄마다. 누구보다 엄마 울음이 너무 가슴 아프다. 부모보다 먼저 죽는 자식이야말로 큰 불효라는데. 계집질이나 도둑질, 감옥살이도 숨넘어가는 자식 임종 지키기보다 그 아픔이 덜하다는데…… 아, 내가 결국 엄마 가슴에 대못을 박고 마는구나. 내 죽은 뒤 사나운 잠자리에서 눈물로 눈멀게 하고 가슴 찔러 피흘리게 하는 아픔을 엄마 육신에 못박고 마는구나. 엄마, 너무 슬퍼 마세요. 내 아직 기골 장대하니 저승 가서도 남향 좋은 땅에 터잡아 세 칸 집을 짓겠어요. 뒤에 오실 어머님 맞을 준비를 마쳐놓을 게요.

형님, 너무 서러워 마세요. 사람이 생겨나면 한 번은 가는 길 아닙니까. 살아생전 장가도 못 가보고 총각으로 죽는 게 원통하지, 처자식 안 두고 죽으니 홀가분하게 떠날 겁니다. 그만 애통해하세요. 이 말복더위에 산 사람이 병나겠어요.

마루 끝에서 들리는 외숙모 말이다.

오매불망 키운 막내, 이 무슨 박복으로 어린 자식 먼저 저승길 보내야 하나. 내 평생 남한테 몹쓸 짓 한 것 없고 지은 죄 없건마는, 아이구 한도 많다. 이 한을 어디다 다 풀꼬.

어느새 내 곁에서 마루로 나갔는지 엄마가 그쪽에서 다시 외친다. 헉헉 마른 숨을 몰아쉰다. 또 어디에서 다른 목소리가 들린다. 누구에게 하는 말인지, 외삼촌의 무거운 목소리다.

총각이니 어차피 화장으로 치를 것 아닙니까. 그러니 이 더위에 삼일장이고 뭐고 찾을 게 있겠습니까.

외삼촌 말에 나는 그만 참았던 설움이 또 북받친다. 화장이란 말에 죽음이 더 한발 가깝게 실감된다. 화장터의 고열로 처리된다는 전기 불화로의 네모 공간과 몇천 도 열기가 금세 내 살에 닿는

다. 살갗이 터지고, 터진 살점이 고열에 금방 말라붙고, 일시에 뼛속 진까지 뽑아내는 불의 뜨거운 혓바닥이 아직은 살아 있는 나를 고문한다. 고통으로 사무치게 한다. 죽음보다 죽음 뒤의 끔찍한 화장이 더 두렵다. 살고 싶다. 정말 나는 왜 이 나이에 죽어야 하나. 내 간은 왜 스물다섯 해 만에 돌덩이로 단단하게 굳어지고 말았나.

펌프처럼 숨을 겨우 잦아내는 심장의 바늘구멍을 갑자기 무엇인가가 막는다. 통증이 뇌를 친다. 뇌의 부드러운 융기를 쥐어짠다. 걸레를 빨듯 흩뜨려선 물기를 빼며 죈다. 정말 죽는다는 느낌보다 느낌 끝이 죽음과 곧 접속되는 예감에 자실한다.

아직도 내 명이 더 붙었나보다. 통증도 한 고비다. 고통의 파고가 낮아지더니 다시 평온을 불러들인다. 숨길을 조절하며 된숨을 내쉰다. 숨가쁘게 다시 건진 목숨을 소중하게 다스린다.

큰형이 서울 있다고 첫해는 서울로 올라가 고려대학교 공대 화공과를 지망 안했냐.

물코를 훌쩍이며 엄마가 말한다. 격한 감정을 어느 정도 가라앉힌 목소리다.

도원이가 공고 화학과를 나왔잖아요. 이과를 했으니 공대 지망이야 당연하죠 뭘.

외숙모가 말을 받는다.

학교를 조금 낮춰 잡았으면 합격했을걸 낙방하잖았냐. 도원이가 큰형과 자취하며 일 년을 재수했지. 그때부터 쟤는 문과나 미술대학을 원했나봐. 그러니 이과 공부가 머리에 잘 들어왔겠어. 그래도 큰애는 졸업 후 확실한 직장이 보장되는 공과대학을 우기니,

둘째애도 하는 수 없이 대구로 내려와 다시 경북대학교 공과대를 쳤지. 그때부터 쟤가 제 큰형 가는 길을 따라 문학에 나섰나봐. 글 짓는 친구들과 어울려 다니기 시작하데. 소설인지 시를 짓기 시작하잖았는가. 엇길로 나가니 두번째도 낙방했지. 그때 쟤가 황달에 걸렸어. 즉시 병을 다잡아 뿌리를 뽑았으면 될걸, 다 나은 듯하길래 그냥 뒀더니, 그게 이런 죽을병이 될 줄 누가 알았겠나. 거기다 글쓴다는 친구들과 어울려 그렇게 술 퍼마시고 다니더니…… 영장이 나와 입대했지만 그땐 이미 간이 많이 상한 거야. 훈련소에서 쓰러졌는데, 복수까지 차올라 진해 통합병원에서 육 개월 치료를 받다 의병 제대를 했지. 그러고는 약을 써도 잘 듣지 않자, 자기도 살겠다고 한 해 동안 끔찍이 몸을 아끼더니…… 무슨 병이 그리도 모진지 모르겠구나. 살 만큼 산 내 목숨은 안 불러가고 무슨 곡절로 저 청춘을 죽이려 하나. 아이구, 도원아……

엄마 넋두리가 다시 울음에 잠겨든다.

술을 많이 마신다고 쟤처럼 된다면야 나 같은 술꾼이야 옛날에 갔게. 다 팔자야.

외삼촌 말이다. 외삼촌은 정말 술꾼이다. 소주를 밥뚜껑에 부어 하루 세 병꼴 비워낸다는 게 벌써 몇십 년째다. 세탁소를 차리고 있는 외삼촌은 그래도 멀쩡하다. 북어처럼 말랐어도 감기 없이 몇 해를 거뜬히 넘기신다.

형님, 아무래도 전쟁 때문이야요. 쟤가 전쟁둥이 아닙니까. 그 해 태어나서 피난 내려와 몇 해를 그토록 굶었으니 어디 오장육부가 제대로 자릴 잡았겠어요. 신문 보니 태어난 뒤 일이 년 영양이

평생을 좌우한답디다. 쟤가 허약해서 자랄 때도 곧잘 코피가 터졌잖아요. 그게 다 속이 허해서 그런 거지요.

외숙모 말이다. 그 말이 새삼스레 엄마의 슬픔을 일깨운다.

아이구 도원아, 불쌍한 도원아, 전쟁 난 그해 사월에 생겨난 자식 아닌가. 전쟁 난 그해 시월 피난 내려와 이듬해 봄이던가. 자식들을 산지사방에 흩어놓아도 입살기가 힘들어 내 모진 마음먹고 쟤를 대구역 마당에 버렸잖았나. 고아원이나 구호기관 같은 데서 주워가라고. 아침에 버려두고 혹시나 해서 저녁에 역으로 나가보니 쟤가 포대기에 싸인 채 그대로 있더구먼. 시레기같이 말라비틀어졌으니 기어갈 힘은커녕 울 힘도 없었나봐……

옛말 해서 무얼 해요. 젖먹이였을 텐데 명이 길어 살았지. 그 시절 영양실조로 죽은 애들이 어디 한둘이에요.

외숙모가 말한다.

도원이 쟤가 몇 살 땐가, 그때는 서너 살쯤 된 모양이지. 사글세방을 얻고 딸애를 불러들여 겨우 터를 잡았을 때니. 내가 바느질 일 하기 전 양말공장 나갈 때, 그 시절까지 하도 먹을 게 없어 물 한 양재기에 눋은밥 한 숟가락 퍼넣어줬더니 쟤가 그 밥알을 건져 먹겠다고 양재기 물을 다 마시곤 했더랬는데…… 팔다리는 꼬챙이같이 마르고 배는 올챙이처럼 부풀었어도 죽지 않고 살아난 목숨인데…… 초등학교 갈 때까지 사시장철 맨발로 지내고, 남 다 가는 대학 문 기웃거리다 이렇게 죽다니. 이제사 삼시 세끼는 걱정 안하게 되니, 하나님이 널 부르는구나. 무심타, 하나님도 무심해. 용케 견디고 살아 이제 다 컸다 싶더니, 이렇게 눈감을 줄이야.

산 사람이야·산다지만 스물다섯에 죽겠다면, 철없던 전쟁 때나 진작 죽지, 저 나이가 얼마나 불쌍냐. 스물다섯에 죽는 지놈도 억울해서 어떻게 숨을 끊겠나……

어머니는 다시 목놓아 울기 시작한다.

나는 엄마의 넋두리가 듣기 싫다. 하도 들어온 고생담이다. 누가 내 이마에 찬 수건을 올려놓는다. 내 손을 잡는다. 오므라진 내 손가락을 편다. 내 손이 다시 오므라들자, 그 사이에 자기 손가락을 넣는다.

손톱도 이제 푸르죽죽하게 죽어가는군.

누군가 말하는데, 말소리 임자를 알 수 없다. 내 손안에 쥐어진 따뜻하고 부드러운 손. 내 몸이 차갑게 식어버렸음을 그 살 닿음을 통해 알 수 있다. 언제 이토록 내 몸에서 온기가 빠져나가버렸을까. 식지 않은 재에 싸락눈이 흩뿌려 재의 숨은 속열을 차갑게 잠재우듯, 내 몸이 식어내린다. 식어가는 내 몸은 다시 더워지지 않을 것이다. 이 길로 숨을 모을 것이다. 나는, 나라고 말하는 내 존재는 이제 땅에서 사라져버릴 것이다. 나는 서러워 다시 운다. 울면서 가능한 호흡에 보조를 맞추어 대퇴부의 간헐적인 통증과 가쁜 숨길의 질서를 다치지 않으려 애쓴다. 몇 년 전, 아무리 숨가쁜 뜀박질을 한 뒤에도 넓게 뚫린 숨통으로 즐겁게 확확 내쉬었던 숨인데, 이제 주사기 구멍처럼 좁아진 숨길로 고된 펌프질 하는 내 심장의 다함이 애석하다.

선생님, 입원시켜 어떻게 수술이라도 안 될까요? 제발 부디 목숨만 건져주세요.

맏형의 울먹이는 목소리다.

현대 의학으로는 아직 간을 수술할 수 없습니다. 지금 상태로 입원한다 해도 달리 치료가 불가능하니까요. 뭣한 말입니다만, 냉정한 마음으로 조용히 임종을 지키는 게…… 연락하시면 사망진단서는 떼어드리겠습니다.

의사 말이 옳다. 육만 원 정도 월급 받는 출판사 편집직원인 형으로서 목돈인 수술 비용이 준비되어 있을 리 없다. 수술이 되지 않는다고 의사 선생이 말하기도 했다. 큰형, 제발 날 그냥 내버려 둬요. 아무리 발버둥친들 내가 다시 깨어날 것 같진 않으니깐요. 간만 아니라 온 장기가 정상 기능을 잃었어요. 수술이든 뭐든 이제 와서 내 몸에 삶의 열기를 불어넣어 다시 일어나게 할 순 없을 겁니다. 살 수 있다는 최후의 희망마저 버린 지 벌써 몇 시간도 넘었고요. 내가 말할 수 있다면, 제발 날 이대로 죽게 내버려두라고 한마디쯤 하고 싶다.

자, 그럼 저는 이만 갑니다.

의사 말이다. 그가 떠난다. 왕진가방을 챙겨들고 그는 망자의 산발하는 혼을 보지 않으려고 혈혈히 가버린다. 의사 선생, 제발 여기 내 곁에 잠깐만 더 있어줘요. 날 살려내라 조르지 않을 테니 가지 말아요. 당신이 가버리면 나는 너무 쓸쓸해. 의사 선생, 아무렴 혹시 압니까. 무슨 계시 끝에 예수가 부활하듯 내가 다시 일어나는 기적이 있을지요. 일어나진 못하더라도 갑자기 내가 눈을 뜰 수 있잖아요. 설령 눈을 뜨는 기적이 없다 해도 육신으로부터 떠나는 내 영혼의 마지막 사라짐을 지켜줘요. 살려달라 안할 테니 제발 가지 말아줘요.

그런데 갑자기 왜 이렇게 정신이 혼미해지나. 돌연 심장이 터질 듯 아프다. 고통이 오장육부를 쥐어짜는가. 이제 죽나보다. 죽음이 이렇게, 이러한 고통으로 육체와 영혼을 연결하는 끈을 끊으며, 바이올린의 마지막 현을 끊으며, 사신이 그 끊기는 날카로운 청음을 즐기며, 너를 데려가겠다며 날 죽이러 오나보다. 한때는 온 사물이 나로부터 부챗살로 파생되고 내가 이 우주의 본질로 그 중심에 좌정했건만, 이제 나로부터 이 우주가 부챗살로 빠르게 떠나가누나. 끝이다. 다들, 다들 잘 있어. 난 간다. 모두로부터, 한 개의 무심한 돌멩이까지 나는 사랑만 받고 그 사랑을 갚지 못하고 떠난다. 용서하라, 나의 떠남을 허락하라. 단속적인 어둠이 끝나고 영원한 어둠 속으로, 한 개의 별똥별이 흰 선을 그으며 우주공간 무한대 속으로 사라지듯, 나는 그렇게 떠나간다. 이 고통도 끝내는 나를 해방시켜 무념의 자유로 돌려줄 것이다.

형님, 보세요. 얼굴을 찡그리는군요. 코가 씰룩거리지 않습니까. 혼수상탠데도 고통은 계속되는 모양입니다. 너무 아파 억지로 울음을 참고 있는 것 같군요.

도원아, 수원이다. 너가 이 꼴이 되다니!

도원아, 도원아, 재영이다. 네 친구 재영이다!

형, 동창이에요. 형 후배 동창입니다!

모두 호소한다. 동무들이다. 댓도 넘는 동무가 맏형님 둘째형님과 함께 나를 둘러싸고 앉아 있는 모양이다. 내놓고 엉엉 우는 둘째형과 동무, 한숨을 쏟는 동무, 코를 훌쩍이는 동무, 그들의 비통해하는 모습이 눈에 선하다. 결혼 이전의 부담 없는 자유스런 나이, 타산이나 이성보다 감정의 순수한 열정에 사무치는 나이, 우정이란 진한 농도로 결속된 그 나이만 느낄 수 있는 동무의 죽음 앞에서, 그들은 비로소 영원한 이별의 참뜻을 가슴에 새기며 흐느낀다. 그들에 둘러싸인 나는 행복하다. 신이 마지막 순간 이런 시간이라도 허락해주었으니 기쁘다. 팔월 한낮의 시간이 아름답고 소중하다.

차츰 고통이 사라진다. 정신도 훨씬 맑아진다. 사신이 나를 찾아와 데려갈 시간이 됐는지 어떤지, 여기저기 장기를 쑤셔보며 한차례 시험을 해본 모양이다. 아직 내가 모질게 숨을 쉬며 견디어내자, 사신은 잠시 물러간 모양이다.

나는 둘째형과 동무들 오열 속에 한 가닥 가느다란 숨죽인 흐느낌을 집어낸다. 천둥과 우렛소리 속에 작은 새 한 마리의 떨리는 울음을 새겨듣는다. 그렇다, 저 목소리는 현아다. 현아가 아직 가지 않고 방구석에 숨죽이고 있다. 미안하다. 이렇게 내가 떠나게 되니 어느 누구보다 너한테 안됐구나. 날 잊어. 너야말로 구만리같은 인생인데 날 잊고 살아야지. 잊어줘, 제발. 아니, 잊지 마. 내가 죽더라도 날 잊지 마. 아니다. 현아, 넌 이 악물고, 모른다, 모른다, 도원이란 남자를 모른다고 도리질하며 날 잊어야지. 네 마음에 내가 남긴 흔적을 지워내고, 바람같이 이 세상 시원히 건너가며, 그렇게 오래 살아라. 내가 바람을 사랑하지 않았니. 모습도, 그림자도 없는 바람을. 정직하게 직선으로 달려 광야를 건너는 바람. 파도를 일으켜 세우는 바람. 일으켜 세운 파도를 잠재우는 바람처럼 너는 그렇게 한세상을 건너가거라.

그랬다. 나는 내 시 작업에 바람이란 단어가 들어앉기 알맞는 분위기를 찾으려고 원고지를 앞에 두고 많은 밤을 밝혔다. 언젠가 현아에게 이런 편지를 썼지.

'다시 날 찾지 말아달라며 너를 돌려보낸 뒤 고무신 안의 땀이 채 마르기 전에 나는 코피를 쏟았다. 밤에 강풍이 불었다. 떠오르는 너의 이목구비가 강풍에 찢기고 어둠의 끝자락을 따라 사라졌다. 우리 언제 또 만나랴. 만나지 않겠다고 다짐하면서도 내 허전한 갈빗대는 또 너를 기다린다. 어지러워 오는 머리를 베개에 눕히고 창문 너머 별을 찾았다. 어두운 하늘에 별은 보이지 않았다. 그때 나는 참을성에 대하여 생각했다. 하나 풀꽃의 의미도, 꺾이지 않는 한 자락 바람도, 한여름 풀벌레 소리에도 귀기울여봐야 하는 참을성. 그리고 너를 잊고 살아야 하는 참을성. 그런데 나는 왜 부질없이 이별한 뒤 다시 너를 기다릴까. 눈감고 잠 속으로 들어가지 못하여 고단한 뼈와 함께 나는 저 어둠 속에서 펄럭이고, 빨래처럼 바람 속 허공중에 너를 향해, 나는 다만 펄럭이기만 하고……'

결국 그 편지는 현아에게 보내질 않았지. 열흘 뒤엔가 종강했다며 네가 다시 나를 찾았지. 집 앞 찻집에선가 우리는 그렇게 한 번 더 만났더랬지. 얼굴색이 더 나빠졌어요. 너는 말하며 나를 말끄러미 바라보았다. 나는 입을 다물고 있었다. 오직 나는 속으로, 너만이 알아줄 내 억울한 젊음이 꺼멓게 일단락짓누나 하고 중얼거렸다. 나흘 뒤, 나는 마지막으로 피를 토하곤 의식을 잃고 말았지. 대학병원에 입원하고 다시 정신을 차린 뒤, 사흘을 못 넘겨 발작 끝에 다시 혼수상태에 들고 말았어. 병원에서도 더 이상 가망이 없다고, 끝내 강제 퇴원을 당하지 않았냐. 거기서 나는 내 삶의 끝을 보았다. 내 젊음이 일단락되는, 마지막 면, 마지막 행, 마지막 끝자에 종지부가 찍히는 걸 보았어. 내가 작년엔가 쓴「다만 즐거운 者는」이란 습작시를 너도 읽었지 않았냐. 그 시에 바람에 관한 이런 구절이 있었지.

'아, 바람이어 / 언 강이 녹아 / 江의 살내음 풀어질 때 / 서서히 죄어오는 / 꽃 떨어지는 무게. / 等身같이 / 等身같이 / 지는 개나리, / 春天의 낮달도 따라 스러지고 / 다만 즐거운 者는 / 글쎄다, 누구일까.'

발이 굳는군요. 허벅지까지 싸늘해졌습니다.

봐, 눈이 벌써 움푹 꺼져들었잖나. 조금 전에 눈을 까뒤집어보니 동자가 없고 노랗게 변색된 흰자위뿐이더군.

아마 다른 기관은 다 정지되었는데 폐는 강하다 보니 아직 버티는 모양입니다.

누가 누군지 알 수 없다. 주위에서 웅성웅성 말한다. 잠시 평온했던 숨길이 아무런 통증 없이 다시 가빠진다. 이제 폐를 제외하고는 전혀 감각이 없는데 숨길 주위로 유액같이 묽은 액체가 스멀스멀 전염해 든다. 그 검은 액체가 결국 마지막 숨구멍을 막을 것이다. 그런데 이상하다. 고통이 없다. 온몸 어느 곳에도 전혀 고통이 없다. 감각도 없다. 이제 누가 내 이마나 가슴을 닦아주는 것조차 느낄 수 없다. 드디어 내 살과 뼈가 마취약에 취하듯 영원히 깨어나지 못할 마취 상태로 들어가는구나. 아, 끝내 죽음이 이렇게 고통 없이 찾아오는구나. 고통을 느낀다는 건 그 부위가 아직 살아 있다는 증거인데, 고통 끝이 죽음과 직접 접속되지 않고 아직도 떠나지 않은 의식에 얼마간 화평을 허락하여주는구나. 많은 촛불이 처음은 여기저기서 온몸을 대낮 같게 훤히 밝히다 하나둘 먼 곳에서부터 꺼지기 시작하여, 이제는 모든 초가 다 타선 꺼져버리고 오직 두 자루 촛불, 할딱이는 폐에 한 자루, 머릿속 생각의 끈을 놓지 않는 뇌의 일부분에 한 자루씩 남아 가물가물 마지막 심지를 태우는구나. 초가 녹아내려 촛농이 숨구멍과 의식을 더욱 가려 덮으며 마지막 심지를 밝히고 있구나.

그런데 나는 어디로 가는가. 끝없이 아래로 떨어져 어디로 가고 있는가. 미친 탐욕처럼 이렇게 쏟아지는 빗발 속에 저렇게 푸드덕거리며 날고 있는 박쥐 떼. 이곳이 어딘가. 아니다. 박쥐가 아니다. 피가 강풍 속에 흩날리며 쏟아지는구나. 박쥐가 아니라 해골이 무서운 굉음을 지르며 날고 있구나. 모질게 울부짖으며 달아나는, 소름끼치는 아비규환. 비통이다. 절망이다. 악귀의 노래다.

나는 문득 낙하를 멈춘다. 누구의 힘에 의해선지 이제 평행으로 날기 시작한다. 제비 같다. 광대무변한 어둠 속을 빠르게 지난다. 칼날처럼 찬바람이 살갗을 벗겨낸다. 나는 문득 어둠 속에서 하계에 눈을 준다. 침침하게 드러나는 저 아래켠에도 강과 산이 있고 유황이 타는 호수가 있고 모래사막이 있다.

수많은 벌거숭이들이 허우적거리며 통곡하는 피의 강이 보인다. 전생에 여러 여자를 취해 상처를 주었던 자, 남의 아내를 범했던 자, 여러 남자를 유혹하여 파멸시킨 자, 정욕의 노예가 되어 갖가지 죄를 범했던 자들이 피의 강에 빠져 허우적거린다.

그 강기슭에서부터 가파른 능선이 시작된다. 가시나무와 독사 떼가 우글거리는 골짜기에서 많은 벌거숭이들이 산마루로 기어오른다. 벌거숭이들은 가시에 찢기며 독사 떼에 팔다리를 감기며 구더기처럼 떼를 지어 고통에 찬 고함을 질러댄다. 기어오르다 미끄러지고 다시 기어오르는 반복을 시행착오로 되풀이한다. 전생에 거짓말만 하고 불성실했던 자, 남을 해치고 매질했던 자, 살인했던 자, 질투가 심했던 자, 교활하고 오만했던 자, 재산과 돈을 사랑했던 자, 화해를 모르고 인자하지 못했던 자들이 그들이다.

산을 넘자 큰 호수가 보인다. 유황물이 끓고 있고, 호수 밑에 활화산이라도 터지는지 연신 불기둥이 솟아오른다. 유황이 타는 호수 속에 피골이 상접한 인간들이 허우적거린다. 부모형제를 저버렸던 자, 어린 자식에게 굶주림과 슬픔을 주었던 자, 혈육에게 고통을 주거나 혈육을 죽인 자, 삶의 천부적인 권리를 빼앗은 자, 불의를 사랑했던 자, 나라와 의로움을 팔았던 자, 분쟁을 일삼고 전쟁을 일으킨 자, 권세와 명예를 독식했던 자들이 끓는 물속에서 벌거숭이로 발버둥이친다.

유황이 타는 호수를 지나니 사막이다. 많은 인간의 행렬이 뙤약볕 아래 흐느적거리며 걷는다. 그들은 목이 타 쓰러졌다 다시 일어나 기듯 걷는다. 바로 피의 강과 가시나무와 독사 떼가 들어찬 산과, 유황이 타는 호수에서 참다운 깨달음 끝에 겨우 살아남은 자들이 걷는 고행의 길이다. 사막에는 허다한 해골들이 작은 산을 이루며 뒹굴고, 쓰러져 다시 일어나지 못하는 자는 하늘을 낮게 배회하는 독수리가 빠르게 내려와 시신을 뜯어먹고 뼈만 남긴다.

아직도 그들에게는 자기 죄에 대한 뜨거운 뉘우침이 모자랐기 때문에 그 사막을 건널 지속적인 힘을 갖지 못함이 분명하다.

형님, 이 땀 좀 봐요. 숨길은 더 낮아지는데, 가슴엔 이렇게 찬 땀이 솟아요.

복수도 현저하게 차올라오는데?

이제 몸속 마지막 진까지 뽑아내고 있구나.

멀리서 아련하게 들리는 저 목소리들. 그런데 내가 문득 보았던 그 지옥과 같은 하계가 죽은 뒤에 실제로 존재할까. 신앙의 고결한 가르침에 따라 일생을 보낸 혼만이 좁은 문을 통해 들어간다는 천국이나 극락 또한 죽은 뒤 분명 존재하는 세계인지 알 수 없다. 나는 유신론자들이 믿는 '신생'의 한 극단적인 참상을 생과 사의 갈림길에서 보았을 뿐이다. 그 지옥이 분명 내가 숨을 끊을 때부터 연장되는 죄 많은 혼들의 고달픈 삶인지, 아니면 죽음 목전에서 보게 되는 환각인지 나는 알 수 없다. 확고한 무신론자도 아니요, 기독교나 불교를 믿지도 않았으며, 병이 든 뒤부터 신의 존재를 긍정하긴 했으나 과학적 신빙성과 부딪치면 회의하곤 했던 내가 아니었나. 만약 죽은 뒤 내 혼이 다시 신생한다면, 그 신생이 진실이라면, 나는 과연 어디로 갈 것인가. 지옥인가, 아니면 연옥인가. 겸손이 아니라 천국행까지 바라지는 않겠다. 그러면 나는 어디로 갈 것인가……

이제 더 무엇도 생각할 수 없구나. 전신을 쥐어짜고, 흉기로 쑤셔대던 고통도 벌써 끝났는데, 나는 지금 어디로, 무엇이 되어 이렇게 끝없이 배회하고 있을까.

누군가 나를 부르누나. 이제 너는 삶의 고통으로부터 해방되었다. 자유인아, 여기로 오라. 누군가 나를 부른다. 나는 이제 의식의 마지막 긴장까지 풀어버리고 쾌적하게 어디론가 떠난다. 닻줄을 풀어버린 배처럼 물살에 밀려 저 눈부신 광명을 쫓아 아주 멀리로 떠나간다.

바람이다. 바람이 부누나. 아름다운 숲이다. 숲이 바람의 노래에 취한다. 숲이 몸을 흔든다. 잎새가 반짝인다. 수줍은 그 많은 귀로 바람의 노래를 듣는다. 저 고운 새들의 이름은 무엇일까. 여기는 어디일까. 엄마도, 두 형도, 현아도, 동무들은 모두 어디로 갔을까. 누가 여기에 나를 보내줬을까. 나는 왜 여기에 왔을까. 바람에 실려왔을까. 아니다. 이제 내 영혼이 바람이 되어 여기에 왔다. 전생을 건너 새로운 땅으로 왔다. 구슬 구르듯 우는 저 신기한 새소리. 찬란한 주옥을 긴 목에 건 저 은빛 새는 처음 본다. 한밤의 별같이 은은한 빛을 쏘는 꽃들도 처음 본다. 백합 같기도 하고 참나리꽃 같기도 한 무지개색 영롱한 꽃들. 천지를 진동하는 향기. 그런데 이 소리는 또 무엇인가. 풍금 소리 같기도 한데, 그 소리보다 더 아름다운 화음으로 나를 부르는 소리가 있다. 그 소리를 쫓아 걷는다. 걷는 게 아니라 사뿐사뿐 날아간다. 풍선이 음반을 딛고 음계를 건너듯, 가벼운 소리의 그림자처럼 나는 땅을 딛는 시간보다 공중에 뜬 시간이 많게 걷는다. 천상에서 누군가 나를 보고 말한다. 순결한 어린 영혼아, 너는 이 땅으로 환생해 왔다. 네 비록 믿음은 엷었지만 마음이 늘 슬프고 가난했던 영혼아, 악을 보고 악이라 말하지 못하고 괴로워했던 영혼아, 삶을 사랑하는 일에 늘 겸손했던 영혼아, 평화에 주리고 목말랐던 영혼아, 이제 너는 이곳 땅을 밟고 우리와 영원히 살게 될 것이다. 이곳은 밤과 낮이 없다. 잠을 잘 필요나 먹을 필요도 없다. 육체가 없기에 성의 구별이 없다. 육체가 없기에 슬픔이나 고통도 없다. 어린아이의 마음같이 무구한 선과 진실만 있을 뿐이다. 한순간에 불과한 전생의 삶에 그 무슨 미련을 두겠느냐. 이제 너는 이곳에서 영원히 위대한 사랑과 기쁨 속에 편히 쉬리라.

도원아, 도원아, 끝내 숨을 닫는구나. 도원아, 살겠다고, 더 좋은 시를 쓰며 십 년만 더 살겠다고 몸부림치더니, 도원이가 죽는구나. 도원아, 제발 정신 좀 차리려무나!

멀리서, 저 먼 광야에서 들리는 아우성, 오열. 이제 나는 편안히, 진정 이 땅을 떠난다. 모두들 잘 있거라. 내 그림자 사라진 뒤에 슬픈 노래는 더 부르지 마라. 일찍이 내가 썼던 습작시의 이런 구절을 기억하겠지.

'내일은 떠나는 날 / 어린 눈에 / 받은 것 더 많던 내가 / 망설이다 남기는 것은 / 以後 간혹 떠오를 / 부끄럼 같은 거.'

그러나 우리는 이것으로 영원한 이별이 아니다. 한 뿌리에서 난 나뭇잎도 낙엽이 되어 줄기를 떠날 때 각각 어디로 가는지 모르듯 우리의 헤어짐도 그 가는 곳을 알 수 없다지만, 우리는 짧은 기다림 끝에 다시 만날 것이다. 백골 위 나뭇잎 부대끼며 물살 빛 잃고 흩어질 때 시간과 함께 기억도 잊힌다지만, 그것은 다만 육체의 약속에 불과하다. 우리는 영혼의 세계에서 다시 만나는 기쁨을 가질 것이다. 하나의 어둠을 밀어내고 다시 새로운 어둠을 불러들이고, 그 어둠을 빛으로 닦아낼 완성의 시간에 우리는 재회의 은혜를 입을 것이다.

자, 이렇게 정직하게 찾아온 현세의 종지부, 그 점 하나에서 마지막으로 떠나며, 자유인으로 내 영혼을 해방시킨다.

(『현대문학』 1976년 9월호)

농무일기農務日記

농
무
일
기
農
務
日
記

이종세-8월 23일

낮 더위는 정말 굉장했습니다. 이렇게 찌는 듯 더웠던 날은 언제나 노을이 아름답게 마련입니다. 노을이 서쪽 산 위에서 진홍으로 피어올라 하늘을 반쯤 덮었을 때입니다. 두포 쪽 개펄로 도망친 살인범 열추 아버지를 잡으러 어젯밤에 집을 나섰던 아버지가 돌아왔습니다. 그때 나는 우리 마을 공동 건초장 마당에서 아이들과 놀고 있었습니다. 장대 끝에 철사를 휘어 원을 만들고 거기에 거미줄을 엮은 잠자리채로 고추잠자리 떼를 쫓고 있었습니다. 수십 마리 고추잠자리가 노을을 배경으로 낮게 떠서 모기 따위의 먹이를 쫓느라 건초장 마당 위를 분주히 싸돌고 있었습니다. 바로 그때 꼴을 베러 나갔던 멍쇠아저씨가 건초장 마당으로 달려왔습니다. 멍쇠아저씨가 면청으로 빠지는 신작로에서 아버지 일행과 맞부딪친 모양입니다.

온다. 이순경이 말이다, 대두 자슥을 쥑이갖고 지게에 지고 온다.

멍쇠아저씨의 숨가쁜 고함에 건초장 마당 주위에 얼쩡거리던 마을 사람들이 깜짝 놀랐습니다. 사람들은 저 들녘 쪽 신작로에 눈을 주었습니다. 나도 그쪽을 보았습니다. 정말이었습니다. 키다리 버드나무가 저녁 바람에 흔들리는 신작로 사잇길로 열 명 정도의 장정이 마을로 걸어오고 있었습니다. 푸른 전투복을 입은 사람이 반, 예비군복을 입은 사람이 반 정도 되었습니다. 맨 앞사람은 어깨를 흔드는 걸음걸이로 보아 아버지가 틀림없었습니다. 그 뒤로 아버지처럼 전투복 입은 순경 몇과 예비군복 방위군 형들이 뒤따르고 있었습니다. 그중 방위군 한 사람이 아닌 게 아니라 지게를 지고 있었습니다. 지게에는 무엇인가를 둘둘 말아 싼 가마니가 얹혀 있었습니다. 나는 그게 무엇인지를 알았습니다. 어깨가 떨렸습니다. 멍쇠아저씨가 되풀이 외치는 고함을 들은 마을 사람들이 울 밖으로 몰려나왔습니다.

결국 이순경이 눈물을 머금고 총을 쏴버렸대. 하도 반항이 심해 생포를 못하자, 그 자슥이 자수도 안해오고 해서 부득불 쥑여버렸다잖아. 참말 시상에 없는 모진 늠이제.

멍쇠아저씨가 침을 튀기며 떠들었습니다. 사람들은 멍쇠아저씨 말에 머리를 끄덕였습니다. 건초장 마당에는 큰 구경거리를 만났다고 마을 사람들이 죄 몰려나왔습니다. 탄성을 지르고, 손뼉 치는 사람까지 있었습니다. 이제야 한시름 놓게 되었다는 듯 숨을 길게 내쉬기도 했습니다. 그중에는 이장 어른도 섞여 있었습니다. 사람들은 모두 제각기 한마디씩 떠들었습니다.

그늠으 폐병쟁이는 사건 치기 전에도 어데 예사 미치갱이였나.

지 아비도 결국 미쳐 죽었잖는가베. 피는 몬 속이는 기라.

조상 해골을 팔아 쥔 돈을 지가 노름판에 끼이서 날리고는 눈깔이 뒤집혀 끝내 지 목에 지가 칼을 찔렀지러.

오유리 생기고 살인사건은 첨 아닌가. 이제 여게도 도시 바람 불어 말세야. 열댓 살만 묵어도 지집아들은 마산이고 어데고 도회지로 내뺄 생각만 하이까.

이장이 눌러썼던 보리짚 모자를 벗어 멀리 오는 일행을 향해 뺑뺑이로 흔들었습니다.

이장은 열추 아버지가 죽었다는 사실에 마치 앓던 이를 뽑은 듯 만족스럽게 미소 띠고 있었습니다.

장타. 이순경은 진짜배기 멩포수다. 지 명대로 살기 힘든 목숨, 잘도 끊어줬지러. 오유리 개발을 사사건건 반대하는 저늠 때문에 우리 마을 발전이 다른 동네보다 을매나 늦었다꼬.

이장이 말했습니다. 그 말에 내 어깨가 절로 으쓱 올라갔습니다. 괜히 좀 부끄럽기도 했습니다. 어쨌든 아버지는 이제 단연 우리 마을 명포수가 된 것입니다. 도지사로부터 새마을지도자상을 받은 온상리 점백이서방보다 더 우러름을 받을 게 분명합니다. 오유리 개발촉진회 위원장과, 마을에 들자마자 금방 일류 노름꾼으로 소문난 개발촉진회 사무장을 도끼로 찍어 죽인 열추 아버지를 아버지가 드디어 멧돼지 사냥하듯 잡아 죽인 것입니다. 한낮에 피 묻은 도끼를 휘두르며 집집마다 새로 산 텔레비 안테나를 꺾어버리겠다고 날뛰던 그 살인마가 아버지 총에는 꼼짝없이 당하고 만

것입니다. 나는 잠자리채를 내던지고 아버지를 맞으러 신작로를 내달았습니다.

아부지요, 아부지.

턱에 숨이 차도록 달렸습니다. 기분이 날듯 좋아져 발이 공중에 둥둥 떴습니다. 내 또래 조무래기들도 나를 따라 개선장군 일행을 맞으러 달려갔습니다. 아버지는 넓은 어깨에 카빈총을 멋지게 메고 있었습니다. 전투복은 흙투성이였습니다. 걷어붙인 팔뚝과 얼굴이 쐐기풀에 긁혀 상처투성이였습니다. 그러나 노을빛을 받아 혈색이 좋은 아버지 얼굴에는 피곤한 기색이 없었습니다. 아버지는 면청이 있는 상리 지서에서 오유리에 파견 나온 단 한 명의 순경이기 때문에 이번 일은 두고두고 마을 사람들 입에 오르내리게 될 것입니다.

자슥, 지가 머 그래 좋아할 기 있다고.

아버지는 나를 보자 씩 웃고는, 뼐이 말라붙은 손으로 내 머리를 쓰다듬어주었습니다. 아버지 몸에서는 짐승 냄새 같기도 하고 화약 냄새 같기도 한, 씩씩하고 사나운 냄새가 풍겼습니다. 상리 지서 순경들도 나를 보자 알은체 미소를 띠었습니다.

이순경 아들늠은 언제 봐도 야무지게 생겼어.

한 순경이 말했습니다.

저늠이 내년에는 중학교에 안 갑니꺼. 달리기는 학교 전체에서 맡아놓고 일등 아닌가베요.

아버지는 우쭐해하며 대답했습니다.

나는 방위군이 멘 지게에 눈을 주었습니다. 그 방위군은 꿀보형이었습니다. 꿀보형은 지게에 멘 시신이 무거운지 땀을 흘리고 있었습니다. 자세히 보자, 둘둘 말린 가마니 사이로 한쪽 발이 비어져나와 있었습니다. 뻘이 묻은 푸르죽죽한 발과 그 발을 지렁이처럼 감아내린 마른 핏자국이 징그러웠습니다. 눈을 감자 소름이 한 차례 가슴을 훑고 내려갔습니다. 나는 얼굴을 들어 하늘을 보았습니다. 어느새 노을도 마른 핏빛 자주색으로 얼룩지고 있었습니다. 열추 아버지가 괴팍한 사람인 줄은 알았지만 그렇게 무서운 사람이었다는 게, 시신을 보아도 좀처럼 믿기지 않았습니다. 그래서 나는 열추 아버지 생각은 다시 하지 않기로 다짐했습니다. 이제 열추 아버지가 죽었으니 오유리는 다시 예전처럼 조용해질 것입니다. 마을 사람들은 열추 아버지 사건을 잊고 봄부터 집집마다 들여놓기 시작한 텔레비전 연속방송극이나 보며 즐거워할 것입니다.

김열추

꼭 거짓말 같게 아버지가 죽었다. 끝내 그렇게 되고 말았다. 아버지를 두고 사람들은 백번 죽어도 마땅한 짓을 했다고 말했다. 사실 내가 생각해도 아버지는 죽어 마땅한 짓을 했다. 사람을 둘이나 죽였기 때문이다. 그러나 재판이란 것도 있는데 그렇게 쉽게 아버지를 죽이다니. 포승줄에 묶여 마을로 돌아오거나 면 지서로 끌려가더라도 한번쯤 아버지 얼굴을 볼 줄 알았는데, 그만 그렇게 시신이 되어 가마니에 싸여 돌아왔다. 불쌍한 아버지다. 술만 마시면 잘 울고 행패도 심했지만 아버지는 원래 악한 사람이 아니었다. 밭뙈기 몇 두렁밖에 없는 가난뱅이에 병을 앓는데다 엄마까지 도망치자 성질이 그렇게 변해버렸다. 동네 사람들 책임도 있다. 아버지가 괴로워하며 그렇게 변해갈 때 마을 사람들 어느 누구도 우리 집안 사정이나 아버지를 걱정해주지 않았다. 아버지를 빈정거리고 욕질하고 업신여겼다. 엄마에게도, 우리 형제에게도 동네 사람들은 그렇게 대했다. 그래서 아버지는 점점 더 나쁜 사람이 되었는지도 모른다. 아버지는 누구에게도 거짓말한 적이 없었다. 남의 것을 훔치지도 않았다. 쌀이며 약값이며 술을 구걸한 적은 있었다. 그럴 때 동네 사람들은, 대두 저 자슥은 와 안 죽고 사는지 모르겠다며 돌아선 뒤 모두 침을 뱉었다. 아버지는 끝내 어처구니없는 일을 저질렀고, 참말 개같이 죽었다. 그 죽음이 내게는 거짓말 같다. 지금도 당장 내 앞에 비틀거리며 나타나 헝클어진 머리칼 아래 퀭한 눈으로 술주정을 할 것만 같다. 이 절름발이 자슥아, 니 에미 찾으러 부산에 가자. 니 에미 찾아내모 같이 농약 묵고 죽자. 아버지는 기침을 쿨럭이며 또 눈물깨나 쏟을 것만 같다. 그러나 아버지는 죽었다. 그때 동네 사람들은 공동 건초장 마당에 모여 손뼉까지 치고 히히덕거리며 아버지 시신을 맞았다. 대두 새끼 잘 뒈졌다며 기뻐했다. 나는 차마 아버지 시신을 볼 용기가 나지 않았다. 사람들은 그 시신의 살아 있는 자식들이 자기네 사이에 끼여 있음을 잊고 있었다. 나는 훌쩍이는 누이를 데리고 사람들 틈을 빠져나와 절룩거리며 집으로 돌아왔다. 집이래야 헛간 같은 움집이다. 이십여 호 오유리에서 단칸방 우리집은 유일하게 아직도 기와나 슬레이트 지붕을 덮지 못했다. 보리밥은커녕 죽조차 먹지 못한 누이는 아버지와 엄마를 부르며 배고프다고 자꾸 울었다. 나 역시 그전까지는 배가 고팠으나 아버지가 죽었다는 소식을 듣고 나자 왠지 배고픈 줄 몰랐다. 머리가 어지러운 게 눈앞에는 물별과 허깨비만 오락가락했다. 삽짝을 들어서니 누렁이가 축담 앞에 늘어져 있었다. 무슨 병에 걸렸는지 군데군데 털이 빠진 흉물스런 우리집 개다. 우리 오누이처럼 말라비틀어진 누렁이는 꼬리 흔들 힘도 없는지 눈곱 낀 눈으로 나를 멀거니 보더니 앞다리의 부스럼을 핥았다. 엉겨붙은 쇠파리를 쫓으며 붉은 혀로 고름 투성이 부스럼을 핥아댔다. 나는 누렁이 옆 축담에 엉덩이를 걸치고 사추리 사이에 어지럼증 나는 머리를 박았다. 핑글 눈물이 돌았다. 나는 그만 큰 소리로 울기 시작했다. 죽은 아버지가 살았을 적에 동네 사람들로부터 천대 받았던 기억이 슬프긴 하지만, 우리 오누이를 걸레짝처럼 팽개치고 죽은 아버지를 생각하니 괘씸하기도 했다. 무엇보다 절름발이 자신이 더욱 불쌍하게 여겨졌다. 나는 집이 떠나가라 큰 소리로 울었다. 이제 아버지마저 없어졌으니 누이와 살아갈 일이 아득하게 여겨졌다. 누이도 덩달아 소리쳐 울었다. 엄마 생각이 났다. 폐병쟁이 아버지 등쌀에 굶주리다 못해 부산으로 식모살이 간다며 도망친 뒤 여태껏 소식이 없는 엄마였다. 작년 봄이다. 대궐집 식모살이라도 한다면 엄마는 굶지 않겠지만, 이럴 때 왜 엄마라도 없냐 싶은 게 더욱 서러웠다. 마산 친구를 따라 서울 영등포 어느 스웨터 공장에 올라가 일한다던 누나도 떠올랐다. 누나는 지난 설에 다녀가며, 올 추석에 내 옷과 누이 옷과 과자를 한 보따리 사가지고 온다 했는데, 추석은 아직 멀다. 누이와 내가 추석까지라도 살 수 있을지 알 수 없다. 오늘 아침 신문에 아버지가 저지른 살인사건이 큼지막하게 실렸다는데, 엄마나 누나가 그 신문을 보기나 했을까 모르겠다. 이런저런 생각을 뒤죽박죽 엮으며 흐느끼고 있을 때 곰보할머니가 삽짝으로 들어왔다. 곰보할머니는 삶은 옥수수 두 자루를 들고 있었다.

불쌍한 요것들아, 이거 좀 묵어봐라. 부모 잘몬 만내서 너들이 이 무신 고상인고.

옆집에 사는 곰보할머니만은 우리 동네에서 유일하게 우리 오누이를 따뜻하게 대한다. 누이가 울음을 그치고 옥수수 한 자루를 받았다. 곰보할머니가 벌써 누구한테 들었는지 아버지가 마지막 남긴 말까지 전해주었다.

너그 애비가 죽으민서도, 내 자슥들 부디 돈 많이 벌어 이 애비 원한을 풀어도고 하고 말했다 안카나. 그러나저러나 인제 너그들은 이 천지강산에 누굴 믿고 우예 살꼬. 어린 자슥 부모 읎으모 그늘 읎는 정자 아인가베.

나는 손등으로 눈물을 훔치고 옥수수 한 자루를 곰보할머니로부터 받았다. 눈물로 어룽지는 눈앞에 옥수수 알이 누런 이빨로 웃었다. 아버지가 이빨 앙다물고 죽는 장면이 떠올랐다. 폐병쟁이요, 술꾼이요, 노름꾼인 아버지가 화투장을 팥알 뿌리듯 날리며 소리쳤다. 너그 땅장수 브로카 늠들, 창원 땅에 공장 들어선다 카이께 오유리도 개발이니 머니 카미 조상 묘도 불도자로 밀어붙이고선, 땅값 세 배로 쳐준다 우짠다 카더마는 찔끔찔끔 푼돈 주다 말고선, 그 돈은 테레비며 오토바이 월부로 팔아 쑥대기 훑듯 훑어가고, 장리빚 놓고, 협잡 노름꾼 불러들이서 그나마 돈까지 뺏아 안 갔나.

왜놈들 조선 삼킬라고 합방할 때처럼 느그 늠들이 그 짓 안했나. 나는 옥수수를 받아 쥐고 아부지, 아부지 하고 중얼거리다 다시 흐느꼈다. 발밑에서 누렁이가 앓았다. 아버지가 미웠다. 아니, 동네 사람이 미웠고, 자고 나면 어김없이 다시 떠오르는 해도 미웠다. 왜 날은 꼭 밝아야 하는가. 이제 우리 오누이는 대낮 아래 살인범 김대두 새끼들이란 손가락질을 받을 거다. 동네 바닥에 얼굴 들고 다닐 수 없게 될 것이다. 개같이, 소같이, 아니 돌멩이보다 더 못한 사람새끼가 될 것이다. 그리고 누렁이도 동네 사람들이 몸보신한다며 잡아먹어버릴 것이다.

이종세─8월 26일

오늘은 개학날이었습니다. 처음은 긴 한 달을 어떻게 보낼까 했는데, 막상 너무나 짧고 섭섭하게 끝나버린 방학이었습니다. 학교로 가니 반 아이들 모두가 며칠 전에 있었던 동네 살인사건 이야기로 굉장했습니다. 더욱 아버지가 순경인데다 김대두를 직접 죽인 장본인이라, 반 아이들은 내 책상 주위로 몰려왔습니다. 아버지가 김대두를 죽인 이야기를 해달라고 졸랐습니다. 김대두가 일을 저지르고 그길로 두포 쪽 개펄로 도망쳐 오추골 산속에 숨어 하룻밤을 자고 일포 쪽으로 도망가는 걸 아버지 일행이 추격한 이야기며, 순경과 방위군이 포위망을 좁히자 김대두가 들고 있던 식칼로 자기 배를 찌르려 하며, 더 가까이 오면 자살하겠다고 말한 것이며, 끝내 아버지가 총을 쏘게 된 경위를 나는 반 애들에게 신나게 들려주었습니다. 내 이야기는 우리집 큰방에서 이장을 비롯

한 동네 유지들과 아버지가 보고한 내용을 솜사탕처럼 부풀려 옮겼던 겁니다. 반 아이들은 모두 입을 벌리고 아주 열심히 내 이야기를 들었습니다. 아버지가 김대두 발을 겨냥하고 쏘았는데 총알이 잘못 날아가서 그만 가슴을 맞히고 말았다는 대목만은 빠뜨렸습니다. 그 말까지 했다면 아버지가 명포수 아닌 게 금방 탄로나기 때문입니다.

니 아부지가 곧 표창장 받게 된다면서? 그라고 마산경찰서로 뽑히 올라간다는 소문도 있더라. 그라모 종세 니도 전학 가겠구나.

한 아이가 부러운 듯 말했습니다. 나는 조금 부끄러웠지만 아주 기분이 좋았습니다. 어깨를 으쓱 올리며, 아마 중학교는 부산에서 다니게 될는지 모른다고 자랑스럽게 말했습니다. 그러자 우리 동네에 사는 재식이가 겁먹은 소리로 말을 꺼냈습니다.

참, 종세야. 니 조심해야 되겠더라. 죽은 대두 아들 열추 안 있나. 그 절름발이 자슥이 너그 아부지가 자기 아부지를 죽있다고 니한테 복수할 끼라 카던 소문 몬 들었나? 어젯밤에 너그 큰아부지 수박밭 수박을 쇠꼬챙이로 쿡쿡 찔러 작살내놓은 것도 아매 그 자슥 짓일 끼라고 다들 쑤군거리쌓더라. 그라고 말이데이, 그 자슥이 큰 쇠꼬챙이 하나를 주워서 어제 건초장 세멘또 벽에 끝을 뾰족하게 갈고 있는 거를 창수가 봤다 카더라. 그래서 창수가 그거 어데 쓸라 카노 하고 물으이까, 열추가 왕개미 한 마리를 잡아 푹 찔러 죽이민서 뱀눈으로 째려보더라 안카나.

재식이 말에 내 얼굴도 화끈 달아올랐습니다. 너무 기분이 좋아 들떠 있던 마음이 금세 얼음처럼 차갑게 식어내렸습니다. 발이 떨리고 가슴까지 저려왔습니다. 학교를 사학년까지 다니다 그만둔 뒤 집에서 빈둥빈둥 노는 절름발이 열추의 핼쑥한 얼굴만이 눈앞에 크게 떠오를 뿐이었습니다. 나이가 나보다 두 살이나 많고 늘 자기 집 누렁이처럼 정수리에 부스럼을 달고 다니는 열추였습니다. 열추는 째진 뱀눈에 납작코를 하고 늘 찌뿌드드한 상판에 말이 없었습니다.

나는 열추 생각에 청소만 하는 반나절 시간이 어떻게 흘러갔는지도 모를 정도로 마음이 불안했습니다. 청소를 대충 마치고 한낮이 되자, 선생님이 종례를 하러 들어오셨습니다. 학교를 파하고 교문을 나설 때 주위를 살폈으나 열추가 나를 기다리고 있지는 않았습니다. 나는 사람이 많이 다니는 큰길을 거쳐 부리나케 집으로 돌아왔습니다. 집 대문을 들어선 나는 깜짝 놀랐습니다. 깜짝 놀란 정도가 아니라 기절할 정도로 놀라 그 자리에 얼어붙고 말았습니다.

마루에서 아버지가 밥을 자시고 있는데, 열추와 열자가 아버지와 겸상하고 있었기 때문입니다. 나는 대문 앞에 멈춰 서서 떨고만 있었습니다. 숟가락질을 부지런히 하던 열자가 나를 보는 눈은 그저 그렇다지만, 밥 먹을 생각도 않고 밥상머리에 버티고 앉았다 나를 쏘아보는 열추 눈은 뱀보다 징그러웠습니다. 나는 대두아저씨가 다시 살아난 것 이상으로 놀라 숨을 제대로 쉴 수 없었습니다.

종세로구나. 핵교 잘 댕겨왔나? 얼른 와서 밥 묵어라.

아버지가 상추쌈을 싸며 나를 보고 아무렇지 않게 말했습니다. 나는 마루 쪽으로 한 발도 나갈 수 없었습니다. 열추가 무서웠기 때문입니다. 그는 분명 지금도 주머니에 끝이 뾰족한 쇠꼬챙이를 가지고 있을 겁니다. 나는 부엌 쪽으로 발길을 옮겼습니다. 마침 부엌에서는 엄마가 김칫거리를 다듬고 있었습니다.

엄마, 열추가, 열추가 우째서 우리집에 와 있노?

내 더듬는 물음에 엄마도 못마땅한 눈을 마루 쪽으로 보냈습니다. 엄마가 조그맣게 말했습니다.

글쎄 말이다. 아부지가 데불고 안 왔나. 부모 읎이 굶고 있는 기 불쌍하다 카민서. 이장이 면청에 나가 교섭하는 중인데 아매도 저 오누이를 마산 고아원에 넘길 모양이더라. 그 메칠 동안만이라도 같이 살아야 된단다.

엄마, 무서버서 열추와 우째 같이 살아? 메칠 동안이라 카지마는 그 메칠을 우에 같이 사노 말이다.

무섭기는. 죽은 대두아저씨가 무섭지 저 아아들이사 머가 무섭노? 불쌍한 아아들 아이가.

혹시 아는강. 오늘 핵교에서도 반 아아들이 그카는데…… 혹시나 밤중에 자다가도……

무신 말인고 알았다. 난중에 내가 아부지한테 말하꾸마.

엄마, 그 말 아부지가 열추한테 하모 나는 우짜노? 열추가 저거 아부지 복수하겠다꼬……

그때, 마루에서 아버지 목소리가 들렸습니다.

자슥, 와 밥 안 묵노? 니 어데 아푸나? 열추야, 아저씨하고 어서 밥 묵자. 배고플 낀데.

열추 대답은 들리지 않았습니다. 누군가 신 신는 소리가 나고,

내가 부엌을 나서자 열추가 절름거리며 뒤돌아보지 않고 대문 밖으로 나가버렸습니다.

그 자슥도 참말 독종이구나. 머 저거 아부지를 쥑인 원수집이라꼬 그카나.

아버지의 혀 차는 소리가 들렸습니다. 아버지는 점심밥을 먹고 나자, 순경모자를 쓰고 마당에 세워둔 오토바이를 탔습니다. 면내 지서에 다녀오겠다고 엄마한테 말하곤 오토바이를 몰고 휑하니 사라졌습니다.

점심밥을 먹는 둥 마는 둥, 나는 건넌방에 들어가 방학 동안 묵혀둔 책가방을 대충 정리했습니다. 내일부터 새학기가 시작되기 때문입니다. 마루로 나오니 열자가 상기둥에 기대앉아 졸고 있었습니다. 식곤증인지 입가로 침을 흘리며 가쁜 숨을 내쉬고 있었습니다. 감나무에서 매미가 찌릉찌릉 울었습니다. 낮닭 우는 소리도 들렸습니다. 나는 공동 건초장 마당으로 나가보았습니다. 동네에 사는 반 애들을 만나 내 사정을 하소연해보려 했습니다. 건초장의 마른 풀 냄새가 기분 좋게 코끝에 묻어왔습니다. 나는 햇빛을 하얗게 부어내리는 건초장에서 한참 동안 두리번거리며 동무들을 찾았습니다. 앞내로 멱을 감으러 갔는지 아무도 눈에 띄지 않았습니다. 그때 건초장 담벼락 그늘 아래 웅크려앉은 열추가 눈에 띄었습니다. 그는 매미 한 마리를 손에 쥐고 있었습니다. 매미가 연방 울었습니다. 열추 옆에는 누렁이가 있었습니다. 나는 뙤약볕 아래 꼼짝 않고 서서 열추를 지켜보았습니다.

종세, 여게 좀 와봐.

열추가 나를 보더니 말했습니다.

나는 한사코 그로부터 도망치려 했으나 발이 떼어지지 않았습니다. 오히려 무엇에 끌린 듯 발걸음이 열추 쪽으로 옮겨졌습니다. 마치 그의 말이 자석이나 되듯 나를 끌어당겼습니다. 열추 말을 꺾을 힘이 내게는 없었습니다. 나는 걷기조차 힘들었습니다. 두근 두근 힘들게 숨을 쉬며 등뼈 없는 아이처럼 열추 옆으로 걸어갔습니다. 누렁아, 저 자슥을 꽉 물어뿌리라. 열추가 이런 말이라도 할 까봐 나는 누렁이 거동을 살폈습니다. 누렁이도 눈곱 낀 눈으로 나를 보다 앞다리 부스럼을 핥았습니다.

종세, 요 매미 봐.

열추가 들고 있던 매미를 내게 보였습니다. 매미는 발 하나만 남고 다섯 개 다른 발은 모두 끊어지고 없었습니다. 몸뚱이만 남은 매미가 흉물스러웠습니다. 그러자 열추는 내가 보는 앞에서 매미의 나머지 남은 발마저 분질러버렸습니다. 매미가 애처롭게 울었습니다. 열추는 매미를 땅바닥에 놓자, 아주 느린 동작으로 바지주머니에서 쇠꼬챙이를 꺼냈습니다. 그는 매미 가슴을 끝이 뾰족한 쇠꼬챙이로 찍었습니다. 매미가 속날개를 파닥이며 버둥거리다 끝내 흙고물을 바른 채 꼼짝하지 않았습니다. 열추는 말했습니다.

니가 이 죽은 매미를 살리바라. 다리를 붙여서 날아가도록 해바라. 안 될 끼다. 사람도 매미도 한분 죽고 나모 다시는 몬 살리는 기라.

열추가 말했습니다.

김열추

누이는 내 옆에서 잠이 들었다. 숨결 고르게 잘 잔다. 모깃불 푸른 연기가 코끝을 따갑게 쏘는데 나는 잠을 이룰 수 없었다. 앞내에서 개구리 떼가 울었다. 마루에서 이순경과 아주머니가 도란도란 주고받는 말소리가 들렸다. 낮게 소곤거리는 말소리인데, 내 귀에 들렸다.

그래, 저 불쌍한 아아들을 메칠 믹여주는 기 머 그래 부정탈 일이고. 내가 직업상 대두를 쏘았지만 내 마음도 괴로분 기라. 저 굶주리는 아아들을 보이까 나도 사람인데 내가 죄지은 기분 안 들겄나.

그러긴 해도 종세가 열추만 보모 기겁하고 벌벌 떠이 어데 하루를 보아 넘길 수 있어야지예. 밤에 가위눌리는 꿈을 꾸는지 헛소리까지 막 치지 않는교. 난도 쟈들 밥 해믹이는 기사 아무렇지 않아예. 그라이까 쟈들을 메칠 이장 댁에 놔두모 내가 거게로 밥하고 찬 날라주모 될 거 아인교.

허허. 당신은 우예 그래 내 맘을 몰라주노. 메칠만 좀 참아라 안 카나. 그동안 저 아아들한테 삼시 세끼 쌀밥 해믹이고, 구박은 절대로 주지 말고. 크는 아아들이지만 사람은 원수 지고 몬 사는 기라. 내 말 알겠제? 나는 마당 가마니에서 몸을 일으켰다. 이순경 내외가 나를 본 모양이었다. 말을 끊었다. 나는 그쪽에 눈을 주지 않고 자리에서 일어났다. 가마니 옆에 벗어둔 찢어진 고무신을 발에 꼈다. 나는 천천히 대문을 나섰다. 깜깜한 어둠과 더운 바람을 밀며 앞내 쪽으로 걸었다. 나는 어느새 또 울고 있었다. 주머니 속에 만져지는 쇠꼬챙이를 손바닥이 문드러져라 꼭 쥐었다. 이빨을 갈며

중얼거렸다. 거짓말이다. 이순경 새끼는 거짓말을 하고 있어. 내
가 자는 체 누워 있을 뿐 아직 잠들지 않았음을 알고 있다. 그래서
내가 들으라고 그렇게 말하고 있을 뿐이다. 제 계집과 짜고 연극
하는 줄 누가 모를 줄 알고. 나는 쇠꼬챙이를 더욱 힘주어 쥐었다.
그런데도 마음은 편치 않았다. 이순경을 아무리 욕질해도 허전하
기만 했다. 손에 힘이 빠졌다. 공동 건초장 마당을 지나니 거기에
아직도 동네 늙은이들이 모여 앉아 있었다. 모깃불을 피워놓고 세
상 이야기를 나누고 있었다.

그 새로 온 개발위원장 말이데이. 그 사람은 우리 아들 취직을
책임 몬 진다 안카나. 죽은 전 위원장이 서울 과자공장에 경비원
으로 취직시켜준다 캐서 나도 순순히 도장 찍었거덩. 그런데 이미
논뙈기는 남으 손에 넘어갔는데 책임질 사람은 죽어뿌렸으이간,
이 모두가 대두˚새끼 때문 아인가베.

허허, 정서방도. 그래 개발위원장 그 사람 말이 사탕발림인 줄
대두 죽은 인제사 동네 사람들이 다 알았는데, 살았다고 취직시켜
줄 것 같소? 무식한 촌늠인 우리가 속은 기제.

저쪽 비산리 마을은 무신 기계공장이 선다고 땅값이 하루에도
몇십 배 뛴다 카더만. 우리가 브로칸가 먼가한테 옴팍 넘어갔어.
면장 지낸 그 정영감이 브로카한테 돈을 얼매나 처묵었길래, 그래
앞장서서 동네 사람을 꼬사가미 설치고 다니는지 모르겠네.

나는 앞내 쪽으로 발소리를 죽이며 걸었다. 작년 겨울이었다.
엄마가 도망가기 며칠 전이었다. 그날도 아버지는 어느 잔칫집에
서 늦장 부린 끝에 술에 취해 돌아왔다. 엄마가 일품을 팔아 수제

316

비죽으로 저녁 끼니를 막 때우고 났을 때였다. 아버지는 기침을 쏟으며 나를 붙잡고 주정을 시작했다. 열추야, 사람은 말이다, 한 분 나면 반다시 죽는 기라. 병들어 죽든 늙어 죽든 죽는 기라. 삼라만상에 살아 있는 것은 다 한 분은 죽는 기라. 결국 나도 죽는 기라. 그러자 엄마가 악을 썼다. 그래, 죽어라. 어서 팍 죽어라. 쥐도 새도 모리게 죽어뿌리라. 이 세상에 아무 쓸모없는 폐병쟁이야. 니 뒈지는 꼴 보고 나는 죽겠다. 그날 밤 아버지는 피를 한 사발 넘게 토했다. 살인사건이 있던 그날도 그랬다. 한낮에 무슨 일이 있었는지 아버지는 충혈된 눈으로 씨근거리며 집으로 뛰어들었다. 아버지는 무엇인가를 두리번거리고 찾으며 중얼거렸다. 마끝장을 내뿌리는 기라. 꼴같잖은 목숨, 지 죽고 내 죽는 기라. 머사람 쥑이는 기 별거 아인 기라. 전쟁 때도 내남없이 그렇게 쥑였는 기라. 시상 나쁜 늠들은 쥑여뿔고 내 같은 쓰레기도 죽는 기라. 내가 안 쥑이도 은젠가 하늘이 쥑이는 거 아이가. 하늘이 병 걸리게 하고 늙게 해서 쥑이는 거 아이가. 아버지는 몹시 허둥대었다. 아부지, 우짤라고 그래예? 내가 소리치자, 아버지는 걸음을 멈추고 쪽마루에 앉은 나를 멀거니 보았다. 아버지는 마치 바보처럼 입을 벌리고 있더니 내게 말했다. 열추구나, 와 우리는 말이다, 이래 서로 미워하고 살아야 하노? 아버지의 여윈 목울대가 떨렸다. 나는 밑도 끝도 없는 아버지의 갑작스런 질문에 아무 대답도 못했다. 그러며 무슨 일이든 일어나기를 바랐다. 깜짝 놀랄 만한 일이, 세상을 발칵 뒤집을 사건이 생기기를 바랐다. 그런 마음은 나도 알 수 없었다. 뱁새 같은 얼굴로 하릴없이 컴컴한 방구석에 앉아 자지나 주물럭거리고 거미·바퀴벌레·빈대나 잡아 죽이는 나는 그때처럼 갑자기 가슴이 뛴 적이 없었다. 내 마음은 이상한 기쁨으로 끓어올랐다. 쥑여예, 머든지, 아주 쥑여뻐리예. 나는 말하지 않았으나 속으로 그렇게 외쳤다. 아버지가 휑하니 밖으로 뛰어나가는 뒷모습을 흡족한 마음으로 바라보았다. 그때, 아버지가 그 도끼로 내 머리를 박살내더라도 나는 정말 아무렇지 않게 죽을 수 있을 것 같았다. 누가 누구를 어떡하든 그게 문제가 아니라, 제발 그런 일이 일어났으면 싶었다. 나는 아버지 뒤를 따라나서지 않았지만 휘청거리는 아버지의 여윈 어깻죽지를 보며 숨넘어가는 소리로 말했다.

아부지, 타작마당의 도리깨질 있제? 그렇게, 그렇게 팍 해치워뿌리소!

나는 자갈 바닥에 쭈그려앉았다. 어둠 속에 소리 낮춰 흐르는 물을 바라보았다. 물은 이따금 반딧불처럼 빛을 튀겼다. 개구리가 개골개골 울었다. 나는 조약돌을 집어들고 물에 던졌다. 풍당하는 소리가 나자 주위의 개구리가 잠시 울음을 그쳤다 다시 울기 시작했다. 나는 이제 울고 있지 않았다. 그렇다고 무엇을 생각하고 있지도 않았다. 강 건너에서 자욱이 피어오르는 밤안개를 바라보고 있었다. 어둠 속에 안개는 증기같이 뿌옇게 피어올라 어둠을 벗겨내고 있었다. 밝음이 어둠 속으로 사라지는 게 아니라 어둠을 밝게 가려오는 안개가 신기했다. 주위는 개구리 울음소리와 물 흐르는 소리뿐 적막했다. 나는 물 겉면에서 피어올라 물위 빈 공간으로 사라지고, 다시 피어오르는 안개의 입김을 멀거니 바라보고 있었다. 물밑에 도래방석만한 이무기가 살고 그놈이 더운 숨을 내뿜고 있는 듯했다. 마치 꿈속 같고 유령의 세계 같은 안개가 나를 물속으로 부르고 있었다. 이무기가, 아니면 아버지가 갈라진 목소리로 나를 부르고 있었다. 열추야, 산다는 기 괴로분 기라. 사는 기 쓸쓸한 기라. 그라다 사람은 한 분 죽고 마는 기라…… 나는 고무신을 벗었다. 물속으로 들어가기 시작했다. 시원하고 청결한 물의 느낌이 다리에서부터 정강이로, 정강이를 거쳐 허벅지로 차올랐다. 강 건너 아카시아숲을 덮으며 피어오르는 안개를 쫓아 나는 바짓가랑이가 젖는 줄도 모르고 물속 깊이 천천히 들어갔다. 열추야, 산다는 기 괴로분 기라. 니 같은 병신은 혼자 살아나가기가 더욱 괴로분 기라…… 아버지가 나를 불렀다. 바지 위로 빳빳한 쇠꼬챙이가 손에 스쳤다. 나는 쇠꼬챙이를 꺼냈다. 이순경과 종세가 떠올랐다. 숭숭 구멍 난 그들의 붉은 뺨과 후벼파져 쥐구멍처럼 컴컴한 눈이 떠올랐다. 나는 그들을 철저히 미워했으나, 이제 그들을 미워할 건덕지가 없음을 알았다. 그 점은 조금 전에 엿들은 이순경 내외의 말 때문은 아니었다.

강 가운데로 들어갈수록 물살이 세찼다. 물이 가슴까지 차오르자 나는 걷기가 불편했다. 짧고 비틀어진 왼쪽 다리가 자꾸만 이끼 낀 돌멩이에 미끄러졌다. 나는 안개를, 그 속에 가려진 아버지의 피에 젖은 얼굴을, 아버지의 음험한 목소리를 쫓고 있었다. 자꾸만 달아나는 안개를 쫓아, 그 안개에 묻히기 위해 나는 강을 건너고 있었다. 차츰 센 물살에 몸이 밀렸다. 헤엄을 치지 못하는 나는 손을 휘저으며 더욱 강 깊이 들어갔다. 나는 죽겠다는 결심을 하고 있지는 않았으나, 설령 죽는다고 해도 죽음이 삶처럼 그저 그렇게 여겨졌다. 왜냐하면 나는 내가 살아 있지도 죽어 있지도 않은 상태라 여겨져, 어느 쪽을 택한다 해도 아무런 불만이 없었다. 또 어느 쪽이 나를 택한다 해도 마찬가지였다. 나는 아무 쪽 세계도 제대로 알고 있지 않았기 때문이다. 차츰 안개가 내 목을 감아왔다. 찬 안개는 나의 얼굴을 다사롭게 껴안았다.

(『한국문학』1976년 11월호)

어둠의 사슬

어
둠
의
사
슬

가을

"할아버지, 저 높은 산 말이에요. 저 너머엔 누가 살아요? 뭐가 있어요?" 거룻배 덕판에 앉은 소년이 물었다. 여윈 소년 얼굴에 마른버짐이 피어 있었다. 영양실조였다.

소년 물음에 노인이 놀랐다. 노인은 습관적으로 주위를 둘러보았다. 아무도 있을 리 없었다. 바다와, 바다를 덮은 하늘뿐이었다. 갈매기가 한가로이 날고 있었다.

"그런 거 물으면 잡아간다. 경무원 있지? 총 메고 다니는 경비 경무원과 사복한 보안경무원이 그런 말 하는 사람을 잡아 감옥에 보내거나 수용소에 가둬. 그런 말은 조심해야 돼."

"할아버지, 왜 저 산너머 쪽 말만 하면 잡아가요?"

"수용소는 사람을 발가벗겨 매질하지. 감자 세 알씩 하루 두 끼만 준단다. 한번 갇히면 바깥 세상에 못 나간다구. 만약 네가 갇히면 이 할아버지두 못 보게 돼. 무섭지?"

노인이 손자 표정을 살폈다. 소년의 얼굴이 담담했다. 갈색 눈
동자가 해안 쪽 높은 산맥을 보고 있었다. 노인은 저놈도 제 아비
를 닮았다고 생각했다. 간 하나는 듬직할 녀석이었다. 노인은 소
년이 아직 어려 고통이 무엇인지 모르므로 저토록 태연하다고 생
각지 않았다. 그런 손자가 위험해 보였고, 한편 대견했다. 태풍이
몰아치면 날아갈 것 같은 손자의 여윈 몸이 늘 안쓰러웠다. 노인
은 손자 하나도 제대로 먹일 수 없는 처지에 절로 한숨이 나왔다.

"할아버지, 정말 산너머엔 뭣이 있어요? 왜 저 산너머 쪽은 말
도 못하게 하나요?"

소년이 어젯밤에도 할아버지의 쪼그라든 젖을 만지며 묻던 말
이었다. 노인은 손자와 함께 이불을 뒤집어쓰고 작은 소리로 대답
해주었다. 소년은 여름 들고부터 몇 차례나 물었다. 노인도 그럴
때마다 같은 대답을 해주었다.

노인은 다시 주위를 둘러보았다. 아무도 없었다. 노인은 어린
손자에게 매번 같은 말을 들려주어도 싫증나지 않았다.

"나두 잘 모르지만, 저 산너머 동쪽에는 살기 좋은 다른 세상이
있단다. 나두 가본 적은 없지만 사람들이 그렇게 말했거든. 모두
숨어 쉬쉬하며 저 산너머 세상을 이야기했어. 하구 싶은 말 마음
대루 하는 세상, 그래두 경무원이 안 잡아가는 세상이 있다구. 저
산너머 나라에는 누구나 어디든 마음대루 갈 수 있는 자유가 있단
다. 우리야 보안경무대에서 통행증을 끊어주지 않으면 마을 밖조
차 나갈 자유가 없잖니. 그러나 저 산너머는 차표만 끊으면 어디
든 갈 수 있대. 배불리 쌀밥 먹구. 시장에 나가면 소나 돼지를 잡

아 파는 가게가 많대. 돈을 내면 그 고기두 얼마든지 사먹을 수 있구. 우리 같은 어민은 물고기를 팔아 사먹을 수 있지. 그곳은 배급 제도가 없는 세상이란다." 노인은 말을 하며 그 말 따라 산너머 동쪽 세상을 상상만 해도 즐거웠다.

"피, 할아버지두. 그런 세상이 어디 있게요. 거짓말이에요."

"거짓말이라니. 정말 그렇대. 그러니깐 경무원이 저 산너머 세상을 절대 말 못하게 하는 거란다. 많은 사람이 떼지어 넘어갈까 겁나는 거야. 겁을 감추려 오히려 사람들을 겁주는 거야. 할아버지처럼 이렇게 바다루 나와야 산너머 세상을 마음대루 이야기할 수 있지. 아무도 없는 바다에서만 저 산너머 나라를 마음놓구 이야기하는 거지. 그러나 저 산너머 땅이 그렇게 좋은 세상인지 아닌지 아무도 몰라. 어쩜 여기와 꼭같은 세상일지도 모르지. 다만 저 산을 못 넘어가게 하니깐 사람들이 그렇게 상상하는 게지. 나는 여태껏 고기를 잡으며 살았지만 저 산너머를 가봤다는 사람은 아직 한 사람두 못 봤으니깐."

"그럼 바다를 건너 동쪽 나라엔 갈 수 없나요?"

"갈 수 없지. 이 나라는 바다에 둘러싸여 있으니깐. 바다 가운데는 많은 경비정이 지키구, 바다 가운데로는 열흘 동안 노 저어 간대두 육지를 볼 수 없구, 육지에 닿긴 해두 거긴 이미 동쪽 나라가 아니지."

고개를 끄덕이는 손자를 보자 노인은 기특했다. 노인은 손자의 옆모습을 뜯어보았다. 말상의 긴 얼굴이었다. 움푹 파인 눈, 콧날이 날카롭고 턱선이 가팔랐다. 어깨가 좁고 팔이 길었다. 다리는 망아지 다리 같았다.

소년은 할아버지 맨살 등을 떠올렸다. 할아버지 등판에는 붉은 살점이 뿌리처럼 얽혀 있었다. 보안경무원한테 쇠회초리를 맞은 자국이라고 할아버지가 말했다. 살점이 찢어졌다 아문 흉터였다.

"저 봐, 저 높은 산중턱에 전나무숲이 보이지? 저 숲속에 수용소가 있어. 저 숲이 끝나는 위쪽은 국경 경비경무원들이 지킨단다. 경비경무원을 피해 용케 철조망을 빠져 산으로 도망쳐도 허탕이야. 산이 너무 험하고 깊어, 오르다 길을 잃고 굶어 죽게 돼. 허옇게 덮인 저 눈을 봐. 사철 녹지 않는 눈이야. 저 산마루는 얼마나 추운지 모른단다. 만약 거기서 잠을 잤단 얼어 죽어. 그러면 경비경무원이 그 시체를 거둬 마을로 돌아오지. 그래서 사람들은 저 산을 넘어갈 엄두를 못 내는 거야. 저 산너머 좋은 나라로 가봤으면, 하고 사람들은 그렇게 속으로 바라다 나이를 먹고 죽는 거야. 내 아들이나 손자는 저 산을 넘어갈 거야, 이렇게 믿으며 눈을 감지. 나는 소문으로두 저 산을 넘어갔다는 사람 이야기를 아직 듣지 못했어."

노인은 눈곱 낀 눈으로 해안 쪽 산맥을 바라보았다. 그중 상아봉이 가장 높았다. 상아봉 정상이 눈에 덮여 번쩍였다.

"할아버지, 전 크면 저 산너머 동쪽 나라루 꼭 갈 거예요."

소년의 갈색 눈동자가 빛났다.

"쉿, 마을에 가서 그런 말 하면 큰일난다. 만약 저 산을 넘어간다 해두 여기와 다를 바 없는지 모르니깐. 여기와 꼭같은 땅일 거야. 그러니 누구와두 그런 말 마. 만약 그 말을 했단 보안경무원

326

이 잡아간다. 그런 말을 너한테 한 이 할아비두 잡혀가. 우리는 어차피 어부 아니냐. 너두 크면 어부가 될 수밖에 없어. 여기서 물고기나 잡다 늙구, 늙으면 죽는 거야."

노인의 표정이 침통했다. 순진한 손자의 눈을 보자 거짓말을 할 수가 없어 사실대로 알려주었으나 마음이 괴로웠다. 그 사실을 믿거나 실천할 마음을 먹어서는 안 된다는 말로 손자를 타이를 수밖에 없음이 부끄러웠다. 노인은 노를 힘차게 저어 바다 가운데로 나갔다. 마을이 멀리 물러났다. 파도가 없고 물빛이 맑았다. 가을이 깊고 바람이 없으면 늘 그랬다.

소년도 말이 없었다. 먼 산을 바라보고 있었다. 산맥이 파도 꼴을 이루고 있었다. 산 아래쪽은 가을색으로 덮여 적황색 단풍이 타올랐다. 단풍숲 위로 푸른 전나무숲이 끝없이 이어졌다. 그 숲속에 수용소가 있다고 할아버지가 말했다. 숲이 끝나는 곳에 철망이 겹으로 쳐졌고, 국경 경비경무원이 지켰다. 적 침공과 산을 넘어 다른 세상으로 가려는 사람을 막으려고 경비경무원과 경비견이 밤낮으로 눈에 불을 켜고 감시한다 했다. 전나무숲 위로 거뭇한 바위와 추위를 잘 견디는 키 작은 떨기나무들이 정상으로 치닫고 있었다. 거기서부터 산이 멀리 달아났다. 사철 눈에 덮인 산 정상이 가깝게 보였다. 석양의 기우는 햇살을 받은 산마루가 흰독수리 머리처럼 장엄했다. 상아봉은 해발 삼천 미터가 넘으며, 열흘을 올라야 정상에 도달한다고 할아버지가 말했다.

소년은 상아봉 정상을 오랫동안 바라보았다. 저 산을 넘으면 살기 좋은 다른 세상이 있다고 할아버지가 말했다. 아니, 할아버지 말처럼 산너머에 다른 세상은 없을지도 몰랐다. 그곳은 자유가 없는 더 배고픈 세상일는지 몰랐다. 그러나 소년은 언젠가 꼭 저 산을 넘어가고 싶었다. 소년은 경비경무원이 지키기 때문에 사람들이 산을 못 넘어간다고 생각하지 않았다. 눈에 덮인 산 정상이 너무 춥고, 미끄러운 오르막 빙판이라 넘어갈 엄두를 못 낸다고 생각하지도 않았다. 어른들이 모두 겁쟁이라 못 넘어갈 뿐이었다. 떨며 겁만 내는 어른들은 저 산을 넘어갈 수 없었다. 소년은 산을 보며 늘 그렇게 생각했다.

마을은 병풍 아래 움츠린 조갑지 같았다. 페인트칠을 한 길다란 조합 건물, 보안경무원이 있는 퀀셋 막사, 배급소 창고, 소년이 다니는 초급학교 건물만 조금 크게 눈에 띄었다. 어부들이 사는 움집은 작게 보였다. 거룻배는 바다 가운데로 나와버렸다. 주위를 맴돌던 갈매기가 눈에 띄지 않았다. 소년은 배 밖으로 한 팔을 늘어뜨려 스치는 물을 만졌다. 벌린 손가락 사이로 빠져나가는 싸늘한 물살이 상쾌했다.

노인은 덕판에 앉아 바가지에 담아온 생오징어 조각을 철사로 엮었다. 생오징어는 오징어잡이 미끼였다. 철사에 감은 생오징어를 물속에 넣으면 해딱해딱 빛이 났다. 그 빛을 보고 오징어가 모였다. 노인은 낚시를 챙겼다. 낚싯대에서 한 가닥으로 풀린 줄은 다시 여러 가닥으로 나누어졌다. 여러 가닥 끝에 낚싯바늘이 달려 있었다.

노인과 소년은 거룻배를 저어 바다 더 멀리 나가야 했다. 경비정이 더 나가지 못하게 막는 지점까지 나가야 오징어가 잘 잡혔다.

그 난바다에서 밤을 새워 내일 아침까지 오징어를 낚을 셈이었다.

"백 킬로, 아니 백오십 킬로만 잡혀다오." 노인이 오징어에겐지 소년에겐지 혼잣소리를 중얼거렸다.

"할아버지, 백오십 킬로는 잡힐 거예요. 오늘은 물빛이 아주 좋은데요."

"물빛이 좋다고 많이 잡히진 않지."

"그래두 왠지 많이 잡힐 것 같아요."

노인은 내일 아침까지 백 킬로는 잡아야 했다. 그래야 조합으로부터 정량 배급과 일용품 약간을 탈 수 있었다.

소년은 오늘따라 왠지 일손이 잡히지 않았다. 할아버지를 도울 마음이 나지 않았다. 상앗대에 팔을 걸치고 앉아 해안 쪽을 넋 놓고 바라보았다.

"뭘 생각하니? 탐조등에 기름이라두 붓잖구." 노인이 낚싯대를 챙기며 말했다.

소년은 할아버지 말에 해안에서 눈길을 거두었다. 소년은 언젠가 할아버지가 들려준 부모님 이야기가 생각났다.

그해가 몇 년이던가. 여름이었어. 어느 날 밤, 보안경무대 막사에서 총소리가 콩 볶듯 나구 조합 창고가 불길에 타올랐어. 네 아비와 장정들이 주동이 되어 보안경무대 막사를 습격한 거야. 조합 배급소 창고를 불질렀구. 보안경무원이 여섯 죽었지. 훗날, 사람들은 마을이 생기구 가장 큰 사건이었다고 말했어. 네 아비와 장정 열다섯은 보안경무원 털옷으루 바꿔 입자 양식을 챙기구 총을 들구 저 산으로 떠났지. 네 아비와 장정들이 그런 계획을 세운 줄 마을 사람들은 감쪽같이 몰랐단다. 그럴 수밖에 없었어. 이튿날, 읍내에서 많은 보안경무원과 경비경무원이 트럭을 타구 마을루 닥쳤어. 그들은 모두 무장을 했더군. 경무원들은 경비견을 앞세우구 산으로 떠난 장정들을 뒤쫓았지. 네 어미는 젖먹이 너를 안구 울었단다. 우릴 버려두구 제 살길만 찾는다며 울었지. 그것도 병이야. 남자들이 그런 병에 걸리면 다들 처자식은 안중에두 없다구, 내가 타일렀어. 또 일주일인가 지났어. 경비경무원들은 저 눈이 덮인 상아봉 허리에서 도망친 장정들을 찾아낸 거야. 장정들이 철조망은 쉽게 넘었으나 끝내 눈 골짜기에 파묻혀 얼어 죽구 말았어. 뜻은 좋았지만 일을 너무 서둘러 실패한 거야. 장정들은 인간에게만 이기려 노력했을 뿐, 자연이 얼마나 두려운지 몰랐거든. 사람이 사람에게 고통을 주는 형벌이야 참아낼 수 있지만 자연이 노하여 인간을 몰아붙일 땐 인간이 얼마나 약하다는 걸 몰랐던 게 탈이었어. 또 며칠 지났어. 보안경무원들은 열다섯 개 장정 모가지를 자루에 담아 마을루 돌아왔어. 그 머리 중에 네 아비 머리도 있더군. 열다섯 개 머리는 겨울을 넘길 동안 조합 게시판 옆 국기 게양대에 매달려 있었어. 참으로 끔찍했지. 머리털이 죄 빠지구, 살이 허물더니 결국 모두 해골이 되구 말았지. 어느 해골이 누구 머리인지 모르게 되었단다. 마을 사람들은 그다음부터 저 산 이야기를 다시 꺼내지 않게 됐어. 입에 담기두 무서워했지. 그뿐인 줄 아니? 많은 사람들이 읍내 보안경무대루 끌려갔어. 나두 네 어미두 재판을 받으러 끌려갔어. 네 아비 때문이었지. 네 어미는 젖먹이인 네가 있어 곧 풀려났지만 나는 읍내 감옥에서 여섯 달을 살다 마을루 돌아왔지. 내 등허리 흉터가 다 그때 생긴 상처 때문이야. 그런데 그것으루 끝난 줄 아니? 나는 또 원목 채벌에 동원되어 저 산으루 올라갔어. 저기 강제수용소가 있거든. 발목에 쇠줄을 차구 일 년을 저 전나무숲에서 살았어. 낮이 제법 긴 늦봄이나 초가을에두 저 숲엔 새벽에 살얼음을 볼 수 있지. 겨울엔 추위가 너무 심해 콧물이 얼 정도였단다. 나처럼 강제노동에 동원된 열세 사람말구 저 산에는 몇백 명의 죄수가 우글거려. 하늘을 가릴 정도루 곧게 자란 전나무를 찍어내구, 찍어낸 나무를 산 아래루 운반하는 작업은 정말 고된 일이야. 영양실조루 죽는 자, 병들어 죽는 자, 사고루 죽는 자가 부지기수지. 우리는 그저 소처럼 일했어. 도망갈까봐 발목에 쇠줄을 달구 하루 열 시간 노동해야 하니, 저곳은 한마디루 생지옥이었지. 마을에서 물고기나 잡구 배급이나 타 먹는 게 얼마나 그리웠던지. 나두 밤이면 담요 뒤집어쓰구 울었어. 일 년 만에 산에서 마을루 돌아와보니 네 할미는 죽은 뒤였어. 명태잡이 배를 타구 큰 어장으로 나갔다 태풍을 만나 배가 난파되어 모두 죽구 말았다더군. 물고기를 잡으려다 물고기밥이 된 게지. 저 높은 산만큼 저 바다두 무섭거든. 네 어미는 어느 보안경무원 종년이 되어 떠나버리구 없더라. 읍내 숙모가 너를 맡아 기르고 있더군. 내가 너를 다시 찾아왔지. 소문에 네 어미는 다른 큰 도회루 떠났다더군. 그런데 떠나간 게 아니라 팔려간 게야……

겨울

진눈깨비라도 뿌릴 날씨라면 기온이 누그러지는 법이었다. 찌푸른 하늘은 저녁 무렵이 되어도 개지 않았다. 하늘에는 구름이 무거웠다. 하늘과 바다를 가로지른 수평선도 보이지 않았다. 어둠이 덮여오고 있었다.

바다는 삼 미터 넘게 파도가 솟구쳐오르다 우렛소리를 지르며 무너졌다. 먼바다에서 쉼없이 강풍이 몰려왔다. 칼바람이었다. 바다에서 내달아온 바람은 마을 뒤 산허리를 밀다 제힘에 겨워, 마을을 내리덮었다. 바람 소리와 파도 소리가 마을을 온통 진동시켰다. 영하 이십 도는 좋이 내려간 추위였다. 밤이 들면 기온은 더욱 떨어질 것이다.

한 무리의 사람이 배급소 사무실 앞에서 서성거렸다. 그들은 빈 자루나 함지박, 양동이를 들고 있었다. 그들은 읍내로 들어올 양곡 차를 기다렸다. 해안을 따라 읍내로 통하는 서쪽 한길은 비어 있었다. 바람이 회오리로 맴돌며 먼지를 날려 올렸다. 사람들은 산모롱이를 도는 한길 끝에 눈을 주었다. 트럭은 좀체 나타나지 않았다. 양곡 차가 도착할 시간은 오후 네시라고 어제 조합원이 말했다. 벌써 다섯시였다. 이미 한 시간이나 초과되었다. 사람들은 기다리는 데 지쳤으나 차 기다리기를 포기하지는 않았다.

어제가 마을 배급 날이었다. 배급은 일주일에 한 번씩 실시되었다. 배급 날은 마을 사람들이 배급소 앞에 일렬로 줄을 섰다. 가구당 한 명씩 배급통장을 가지고 배급을 타게 되어 있으나, 배급 날은 온 마을 사람들이 무슨 잔치나 벌어진 듯 배급소 앞에 모여 웅성거렸다. 배급을 받는 주식은 성인 일주일분으로 밀가루 칠백 그램, 강냉이 가루 육백오십 그램, 감자 천백 그램이었다. 만 십삼

세 미만 어린이는 성인의 삼분의 이를 지급받았다. 그 외 일용품도 탔다. 부식은 부식권을 따로 받아 공동 구매소에서 교환했고, 의약품이나 특수한 물건은 이유서와 조합 승인서를 첨부하여 제출하면 추가 지급을 받을 수 있었다. 어제는 배급소 창고 양곡이 바닥나서 꼬리에 섰던 열 가구가 주식 배급을 받지 못했다.

"오늘도 안 되는 모양이군." 한 사내가 말했다.

"이제 세끼분밖에 강냉이 가루가 남지 않았는데 굶어 죽으라는 얘긴가. 굶어 죽으라면 죽어야지." 다른 사내가 말했다.

"아직 굶어 죽은 사람은 없었어. 쇠약해지면 병이 붙잡구 늘어지는 게지." 또 다른 사내가 말했다.

"그게 같은 말 아닌가." 처음 말한 사내가 대꾸했다.

"그래두 조합은 굶어 죽었다구 발표하진 않아. 감기나 배탈루 죽었다거나, 귀에서 소리가 나서 신경쇠약으루 죽었다구 말하지. 아니면 현기증이 심해 두통으루 죽었다구 보고하지. 난 이제 이런 말 해도 겁나지 않아. 감옥소에 갇혀 죽으나 여기서 죽으나 마찬가지니깐." 강냉이 가루가 세끼분밖에 없다는 사내가 말했다.

"차가 안 오면 안 온다, 오면 온다 일러줘야지. 이 추위에 시간 반을 밖에서 얼게 하다니." 한 아낙네가 발을 구르며 말했다.

사람들은 배급소 사무실에 눈을 주었다. 사무실 문은 닫혀 있었다. 삼십 분 넘어 여태껏 문이 열리지 않았다. 출입하는 사람이 없었다. 사무실 창문을 뚫고 나온 연통에서는 연기가 피어났다. 안에 배급소 사무원이 있다는 증거였다.

"읍내 전화선이 또 불통된 게 아닐까. 그래서 읍 배급과에서 차가 올 수 없다는 연락을 못한 게 아닐까." 두번째 말한 사내가 물었다.

아무도 대답이 없었다.

배급소 창고 모퉁이에서 갑자기 연기가 솟아올랐다. 마른 풀이나 허드레 싸리나무를 주워다 누가 모닥불을 지폈다. 배급소 앞에 서 있던 사람들은 그쪽으로 몰려갔다. 연기 사이로 불길이 살아났다. 짙어오는 어둠에 불꽃이 따스해 보였다. 바람막이 탓인지 불꽃이 잘 살았다.

"벙어리가 불을 피웠군." 한 사내가 말했다.

모닥불 옆에 젊은이가 바다를 보며 망연히 서 있었다. 옆구리에 빈 자루를 끼고 있었다. 젊은이는 방파제에 부딪혀 비산하는 물보라를 보고 있었다. 키가 성큼한 젊은이였다. 다리와 허리가 길고 어깨 폭이 좁은 허약한 체구였다. 한동안 방파제를 보고 서 있던 젊은이는 배급소로 걸음을 돌렸다. 그는 배급소 사무실 뒤로 돌아갔다. 그곳에 연료 창고가 있었다. 젊은이는 그 앞에 흩어진 삭정이를 줍다 창고를 보았다. 쇠고리만 질러져 있지 자물쇠가 없었다. 연료 창고에 자물쇠가 채워져 있지 않기는 좀처럼 없던 일이었다. 젊은이는 창고 안으로 들어갔다. 한쪽에 조개탄이 쌓여 있었다. 다른 한켠에 장작 더미가 보였다. 젊은이는 장작을 한아름 안고 창고에서 나왔다.

"벙어리로군. 어디서 가지구 온 거야?" 한 사내가 젊은이에게 물었다.

젊은이는 말하지 않았다. 젊은이는 벙어리가 아닌데도 다들 그

를 벙어리라 불렀다. 벙어리는 나무를 내려놓았다. 다른 사내들은
벙어리가 왔던 쪽에 눈을 주었다.

"연료 창고가 열려 있었나보군."

벙어리는 말이 없었다.

"들켰다간 큰일나. 훔쳤다구 매맞게 돼. 저자들은 자기네 물건
에 손대는 사람은 가만두지 않으니깐."

벙어리는 말이 없었다. 다른 사람도 말이 없었다. 벙어리는 장
작 서너 개비를 모닥불에 얹었다. 마른 장작에 금세 불길이 댕겨
졌다. 불빛을 받은 주위의 얼굴이 붉었다. 거칠고 찌든, 마른 살색
이 불빛에 번들거렸다. 눈동자만 퀭하게 살아 있었다.

"그래서 말이에요, 그 여편네는 한 주 배급에서 감자 삼백 그램
을 깎이게 됐대요. 읍내 보건소에서 유산을 시켰거든요. 통지서가
마을 조합으루 넘어온 모양이에요." 한 아낙네가 조금 전 이야기
를 계속했다.

"그 짓 할 정도루 힘이 남아돌아가니 좀더 굶으라는 거로군. 정
말 굶어두 싸지. 겁이 없었으니깐." 한 사내가 조롱 섞인 목소리로
말했다. 그는 언청이였다.

"조심해야 돼. 왜 그치는 시키는 대로 자식을 하나만 낳곤 진작
수술을 안했을까. 그게 실수야. 그런 경우엔 조합을 나무랄 수 없
지." 다른 사내가 끼여들었다.

"특별 구매권 한 장을 바치구 뒤늦게 수술했겠군." 먼저 말한
사내가 말했다.

벙어리는 듣고만 있었다. 모닥불 주위의 사람들은 잠시 말없이

불을 쬐었다. 이따금 조합 사무실이나 서쪽 한길에 눈을 주었다. 한 사내가 모닥불 주위에 둘러앉은 얼굴을 하나하나 살폈다. 그는 배급소 마당에서, 난 이제 겁나지 않는다고 말한 사내였다. 한쪽 눈이 백태 박힌 애꾸였다.

"내 한마디 할까. 여기 모인 사람들 앞이야 아무럼 어때." 애꾸가 말했다. "밀가루나 강냉이 가루는 그냥 두더라두 성인에게 감자 천백 그램은 말두 안 되는 소리야. 읍내는 일률적으루 천오백 그램을 받는다잖아. 다 같은 사람인데 그런 차별을 두다니. 읍내 통조림공장이 생산 배가운동에 성공했다지만 우리는 어디 애국봉사 안하나. 해마다 주식만큼은 개선시켜준다고 해놓고 벌써 삼 년째 감감무소식이니. 거기다 이젠 배급까지 제날짜에 주지 않구 있잖나 말이야."

"양기 오를 건더기두 없는데 당신두 제법 큰소리군. 잡혀가서 고초당해야 정신을 차리겠군." 다른 사내가 시큰둥 말을 받았다. 배급소 마당에서, 아직 굶어 죽은 사람은 없었다고 말한 사내였다. 그는 제재소에서 일할 때 피대에 팔이 휘말려 왼팔이 잘렸다. 지금은 공동 구매소에서 일하고 있었다.

"나는 감옥소에 들어가 고초당해두 좋아. 할말은 해야겠어." 애꾸가 단호한 목소리로 말했다.

"정말 그래요. 우리 마을에서두 그런 말 하는 사람이 이제 한둘이 아니에요. 여편네들이 모이면 모두 그런 말 하는걸요. 지난 팔월부터 읍내는 감자를 주 천오백 그램 받는다구요." 보건소 이야기를 꺼낸 아낙네가 재잘거렸다.

"협동회의 때 그 문제를 꺼내야 해요. 여러 사람이 다 같이 얘기해야 효과가 있지. 나흘만 있으면 회의 날이니깐." 개털모자를 눌러쓴 사내가 말했다. 그는 간과 신장이 나빠 얼굴이 부었다. 마을 사람들은 그를 '앓는 돼지'라 불렀다. 얼굴만 아니라 손과 발까지 부어 올해를 넘기기 힘들 거라고, 가족은 거의 포기한 상태였다.

"여러분은 우리 마을이 시 등급인 줄 모르는 모양이군요. 에이 등급은 별도루 주 쌀 오백 그램까지 받구 있다잖아요. 그렇다구 우리가 어디 에이 등급 지역으루 이사 갈 수 있나요, 그게 허용되나요? 모두 근력 빼는 입씨름은 그만들 두구려." 언청이 사내가 말했다.

"읍내에서 구매소 직원 교육이 있었을 때, 조합 부장이 말했수. 우리는 더 참구 허리띠 졸라매야 한다구. 비행기를 더 사들이구, 전함을 더 만들구, 군대를 더 양성해야 한다구 말했어요. 그래서 우리를 침략하겠다는 제국주의 기를 꺾구, 나아가 그들을 납작하게 눌러놓아야 한다구 말했어요." 왼팔이 없는 사내가 말했다.

"허리띠 졸라매지 않을 그때가 언제랍디까?" 조금 전에 말한 아낙네가 빈정거렸다.

"모르지. 그게 언제일지 아무두 몰라. 우리는 여태껏 조국 통일 그날까지 허리띠 졸라매구 생산 배가운동에 살과 뼈를 바쳐야 한다구만 들어왔으니깐." 애꾸가 말했다.

벙어리는 마을 사람들 말만 듣고 있었다. 그는 모닥불에 장작을 얹어 불기운을 살려냈다.

"어선과 장비 수리만 잘되어두 우리는 가구당 주 오백 킬로 이상 어획고를 올릴 수 있수. 그럼 비 등급으로 오를 수 있잖아요. 모든 게 조합의 지원 부족이오. 지금은 그것밖에 탓할 수 없어요." 개털모자 쓴 사내가 말했다.

"그래요, 우리는 목숨을 걸구 지금두 추위를 무릅쓰구 물속으루 들어가요. 그러나 보세요. 우리 마을이 새 저인망을 지급받은 지 벌써 오 년이 지났어요. 기워 쓰기두 힘들 만큼 닳았어요. 그러니 더 이상 어획고를 올릴 수 없어요. 애 아빠두 늘, 우리는 최선을 다한다고 말해요." 모닥불과 멀찍이 있던 아낙네가 기운 털장갑을 끼며 말했다. 젊은 아낙네였다.

조합 사무실 쪽에서 한 사내가 나타났다. 그는 외투자락을 날리며 모닥불 쪽으로 걸어왔다.

"사냥개다. 저치가 마을 사람들 말을 경무원에게 밀고해. 입을 다물어." 언청이가 말했다.

"정말이야. 저치가 내 자리를 넘봐. 그 일을 두고 보안대나 조합으로 늘 들랑거리지." 왼팔이 없는 사내가 말했다.

사내는 조합 마당 가운데서 걸음을 멈추었다.

"모두 돌아가랍니다. 내일 정오 사이렌 불면 나오래요. 오전 중에 배급 차가 도착한다니깐. 방금 연락이 왔습니다!" 사내가 소리쳤다.

사내 말에 사람들은 일어섰다. 모닥불은 흐트러졌다. 사람들은 어깨를 움츠리고 마을로 걸었다. 이제 아무도 불평하는 자가 없었다. 그들은 자신에게 늘어놓는 불평이 결코 위안이 될 수 없음을 알고 있었다. 내일 정오에 배급을 받으러 오라고 외친 사내는 조합 사무실로 돌아갔다.

벙어리도 일어섰다. 모닥불을 밟아 더운 재를 죽였다. 신발 밑창이 따뜻해졌다. 작년에 지급받은 장화인데 벌써 바닥이 마분지처럼 얇았다. 벙어리는 해변 길을 따라 서쪽으로 걸었다. 이제 바닷빛은 먹물로 변했다. 파도는 더욱 높았다.

벙어리는 점퍼 깃을 세웠다. 손을 주머니에 찌르고 걸음을 빨리하며 중얼거렸다. 그렇지, 그것이야. 그 일을 내가 해야 돼. 아무도 그 일을 맡아 할 사람이 없으니깐. 그들은 모두 처자식이 있으니깐.

노인은 대바늘로 찢어진 그물을 깁고 있었다. 호롱불 아래 다가앉아 정성 들여 한 코씩 엮어나갔다. 널린 그물로 방안이 어수선했다.

"이제 오니? 빈손이구나. 아랫목으로 오너라. 여기 이불 밑에 더운 물주머니가 있으니, 그걸 껴안으럼. 어서 저녁 먹구." 노인이 일손을 멈추고 손자에게 말했다.

아랫목 화로에는 불이 지펴져 있었다. 귀 떨어진 냄비가 화로에 얹혀 있었다. 뚜껑 사이로 김이 올랐다. 삶은 감자 여섯 알이 벙어리를 기다리는 참이었다.

"내일 정오에 오래요. 전 갈 수 없어요. 내일 우리 조가 땔감 당번이라 나무하러 가야 해요." 벙어리가 말했다.

"밖이 추운데 공연히 헛고생만 했군. 내일은 내가 나가지."

벙어리는 냄비 뚜껑을 열지 않고 선반을 넘겨다보았다. 필통이 선반에 있었다. 그는 필통에서 몽당연필을 꺼냈다. 백지 몇 장도 찾자, 윗목에 엎드려 무언가 쓰기 시작했다. 얼었던 손이라 글씨가 잘 써지지 않았다.

노인은 그물을 깁다 기침을 했다. 기침이 쉬 끊기지 않았다. 노인의 얼굴이 벌겋게 달아올랐다. 겨우 기침을 진정하자, 노인은 대바늘을 무릎에 놓고 등을 벽에 기대어 눈을 감았다. 뺨과 목에 포도송이처럼 핀 저승꽃이 호롱불에 드러났다.

"늙었어. 힘이 다한 모양이야. 죽기두 이렇게 힘이 드니……"

노인은 감옥소에 갇혔을 때 감방 시찰을 나왔던 경무관 말이 생각났다. 영육이 주림의 극한에 도달하면 인간은 나무나 초식동물이 되는 거야. 노인은 그 말이 옳다고 여겨졌다. 노인의 나이는 예순여덟이었다. 누구를 원망하거나 시기할 줄 몰랐다. 또 무엇에 대해 반성하거나 어떤 일이든 깊이 생각하는 버릇이 없어진 지 오래였다. 지나온 과거나 가난을 탓하지 않는 버릇에 익숙해졌다. 노인은 이제 한 그루 나무나 초식동물, 또는 한 마리 벌레에 지나지 않았다. 노인은 감은 눈을 떴다. 기척이 없는 벙어리 쪽을 건너다보았다.

"저녁이나 먹잖구 뭘 하구 있어? 종이는 아껴야 돼. 도대체 거기서 글자가 제대루 보이기나 하냐?"

벙어리는 대답이 없었다. 그는 자기 일에 열중했다. 그는 '진정서'란 제목 아래 내용을 써내려갔다.

—우리 마을 사람들이 여러 의견을 나눈 끝에 다음과 같은 문제가 개선되어야 한다는 데 뜻을 모았습니다. 만약 지금 이대로

간다면 우리 어부들 생활은 나날이 어려워지고, 작업 능률도 지금보다 더 떨어질 뿐 아니라 불만이 나돌게 되므로, 조합에 진정서를 내게 되었습니다. 반드시 이 일이 마을 사람들 의견대로 이루어지도록 조합이 도와주고, 또 군(郡) 당국에 우리 뜻을 건의하여 실행되도록 해주십시오.

첫째, 급식량 올리기. 밀가루나 강냉이 가루는 종전대로 하되, 감자만은 주 배급 천오백 그램으로 하여 읍과 똑같이 해주십시오. 이는 모든 마을 사람들의 한결같은 소원입니다.

둘째, 노인과 병든 사람의 배급량 새로 고치기. 예순다섯 살 이상의 노인 급식을 어린이 급식과 동일하게 성인의 삼분의 이로 매겨놓은 것은 반드시 고쳐져야 합니다. 조합에서도 어린이 급식과 노인 급식을 조정하겠다는 말이 일 년 전부터 있었으나 아직 고쳐지지 않으므로, 다시 진정합니다. 또한 비 등급 환자는 노력 동원에서 제외되고 의약품을 무상으로 타는 혜택이 있으나, 배급량이 성인 절반밖에 되지 않음은 잘못되었다 할 것입니다. 위장병자나 음식을 못 먹는 병에 걸린 비 등급 환자를 빼곤 배급량이 적기 때문에 오히려 영양 부족으로 병이 더욱 악화되어 죽는 경우가 많습니다. 또 한 가지 문제점은, 환자라 해도 에이 등급 병자가 아닌 환자는 가구당 할당된 어획량을 올리려 가족을 도와 작업을 하는 실정입니다. 그럼에도 약을 타려고 환자권을 조합에 내면 약이 나오는 날로부터 배급량이 반으로 줄어드니, 아파도 환자권을 내지 않는 사람이 많습니다. 이 점도 조합에서 고쳐야 될 점이 많다 하여 이태 전 약속해놓고 아직 아무것도 달라진 게 없습니다.

셋째, 신발공장에서 흘러나오는 오염된 물의 처리와 어획량 할당제 다시 고치기. 작년에 이 마을에서 이 킬로 북쪽에 군용 신발공장이 들어섰음은 조합도 잘 아는 사실입니다. 그 공장이 들어선 뒤부터 부근 물고기들이 떼죽음을 당하고 있으며, 물고기가 이 근방 어장을 지나지 않게 되었습니다. 하루 종일 투망을 치거나 낚시를 해도 물고기 수확량이 절반 가까이 줄었습니다. 이 마을에서도 그 공장에 다니는 사람이 있어 알아보았더니 공장에서 흘러나오는 물에 냄새 고약한 화학약품이 섞여 있어 바닷물을 버려놓기 때문이란 말을 들었습니다. 신발공장은 따로 찌꺼기 탱크를 만들든지, 아니면 화학약품이 바닷물로 직접 흘러들지 않도록 어떤 조치를 강구해주기를 진정합니다. 또, 주 할당 어획고 문제인데, 성인 일인당 사백 킬로는 무리입니다. 배 시설과 장비가 낡은 지금 상태에서 주 사백 킬로 어획고를 올리기는 힘듭니다. 조합도 알고 있겠지만 몇 년째 흉어기를 만나 큰 어장조차 만선으로 돌아오는 배를 보기가 힘든데, 삼백오십 킬로에서 금년 봄부터 오십 킬로나 오른 사백 킬로 할당은 부당하다 아니할 수 없습니다. 거기에 마을 자치 교육, 근로 동원, 교육 훈련 등에 시간을 빼앗기므로 잠자는 시간이 여섯 시간도 못 됨은 마을 사람 누구에게 물어도 한결같은 대답입니다. 그러하오니 시설과 장비를 대폭 고쳐주든지, 아니면 예전대로 주 어획량 할당을 삼백오십 킬로로 낮추어주었으면 합니다.

아래 사람들 이름으로 이 세 가지 문제를 진정하오니 다음 협

동회의 때 좋은 해결 방법이 나오기를 기대하는 바입니다.

 서명란에 벙어리는 자기 이름부터 먼저 썼다. 벙어리는 초급학교만 나왔으나 필력이 있어 그동안 품었던 여러 불만을 대충 적었다. 그는 진정서가 효력이 있으리라 크게 기대하지 않았다. 그중 한두 가지라도 개선되었으면 하는 마음에 진정서를 내기로 한 것이었다. 이런 진정서가 그에게 어떤 벌칙으로 돌아오는지 몰랐다.
 "할아버지, 집에 인주 있나요?" 벙어리가 물었다.
 "없지. 그런 게 무슨 소용에 닿게. 통장에 도장 눌러주는 조합에나 있겠지."
 벙어리는 일어서서 선반을 다시 살폈다.
 "인주는 어디에 쓰게?"
 벙어리는 대답이 없었다. 벙어리는 선반에서 먼지 앉은 잉크병을 찾아냈다. 잉크가 조금 남아 있었다. 마개를 열지 않고 잉크병을 뒤집었다 세웠다. 마개를 열자 마개 안쪽 고무 받침에 잉크가 묻었다. 벙어리는 오른손 엄지손가락에 잉크를 묻혔다. 잉크 묻은 지문을 자기 이름 뒤에 찍었다.
 그날 밤, 벙어리는 감자 여섯 알을 먹은 뒤 연필과 잉크병을 들고 집을 나섰다. 바깥 기온은 더욱 떨어졌다. 길에는 사람이 보이지 않았다. 바람 소리와 파도 소리가 어둠 속에서 뇌성을 지르며 싸웠다. 바람이 바닷물을 세웠다. 파도는 바람을 뜯으며 높이 솟구쳐오르다 주저앉았다. 벙어리 눈에 파도는 물론 바람도, 그 외 아무것도 보이지 않았다. 두 굉음은 마치 마을 사람들과 조합의 싸움으로 느껴졌다. 아니, 진정서와 조합의 싸움이었다. 벙어리는 바람 편이고 싶었다. 바다를 잠재우려면 바람이 자야 했다. 바람이 바다를 다스렸다.

초급학교 뒤 움집 중 한 집 앞에서 벙어리는 걸음을 멈추었다. 판자로 막은 창문 사이로 불빛이 비쳐나왔다. 벙어리는 바깥 문을 두드렸다. 아무런 기척이 없었다. 다시 문을 두드렸다. 벙어리는 문에 귀를 대고 안의 소리를 엿들었다. 아무 소리도 들리지 않았다. 다시 문을 두드리자 기척이 났다.

"이 밤중에 누, 누구요?"

문을 따주지 않고 겁먹은 소리만 안에서 들렸다.

"저예요. 벙어리예요."

문이 열렸다. 애꾸 사내 집이었다.

"웬일이니, 무슨 일이라두 있었냐?" 애꾸는 성한 눈을 크게 뜨며 물었다. 그는 벙어리 외에 다른 일행이 있는가 하고 바깥을 살폈다. "추운데 들어와."

"아주머닌 어디 갔나요?"

"신발공장에 밤일 들어갔어. 내일 낮에 나올걸."

"아저씨, 이걸 좀 보세요."

벙어리는 진정서를 애꾸 앞에 펴보였다. 애꾸는 그것을 힐끔 곁눈질했다.

"방으로 들어가자. 두 눈이 성해두 못 볼 텐데 여기서야 그게 무언지 알 수 있냐. 참, 그게 무어냐? 네게두 입대 영장이 나온 게냐?"

애꾸와 벙어리는 방으로 들어갔다. 애꾸의 아들은 호롱불 아래 엎드려 공부하고 있었다. 애꾸는 진정서를 읽었다. 애꾸 표정이 어두워졌고, 진정서 쥔 손이 떨렸다. 애꾸는 진정서를 읽고 나자 전염병균이라도 묻은 듯 종이를 벙어리에게 돌려주었다.

"넌, 넌 아주 무서운 일을 벌였구나." 애꾸가 떨리는 목소리로 말했다.

벙어리는 이제는 더 참을 수 없다고 말했다. 참다못해 나섰다는 것이다. 이 진정서 때문에 문제가 생기면 모든 일은 자기가 책임지겠다고 말했다.

"그러니 여기 손도장을 찍어줘요."

벙어리는 잉크병을 내놓았다. 애꾸는 벙어리가 이런 대담한 짓을 할 줄 몰랐다는 표정이었다. 벙어리가 좀처럼 말하는 걸 본 적 없는 애꾸로서는 벙어리가 두려웠다.

"손도장을 찍을 수야 있지만 이런 짓은 너무 위험해. 넌 이 마을 사람 중 몇이나 손도장을 찍어줄 것 같냐?" 애꾸가 물었다.

"몰라요. 밤새 돌아다녀보는 거지요. 스무 명, 그쯤은 받아낼 수 있겠죠."

"성공을 빈다. 난 경무원에게 잡혀가두 좋아. 이 진정서 내용은 조금도 틀린 데가 없으니깐."

애꾸는 벙어리 이름 밑에 자기 이름을 썼다. 엄지손가락에 잉크를 묻혀 손도장을 찍었다.

"아저씨, 고마워요."

그날 밤, 벙어리는 마을 여러 집을 방문했다. 진정서 내용을 조목조목 설명했다. 마을 사람들은 벙어리가 그렇게 긴 말을 하는 걸 처음 들었다.

"정말 이런 짓 했다간 반동으루 몰려. 손도장 찍은 사람을 모두 잡아다 감옥소에 처넣을 거야."

마을 사람들은 두려워했다.

"책임은 제가 지겠어요. 진정서대루 개선되지 않는다면 우리는 마을에서 더 살 수가 없어요. 감옥소가 나을는지 몰라요. 우리의 진정 내용을 조합이 들어주면 어획량을 더 올릴 수 있다는 게 무슨 나쁜 짓이에요."

벙어리 말을 듣고 마을 사람들은 새삼 놀랐다. 그러면서 벙어리의 수수깡같이 마른 체구 어디에서 저런 용기가 솟을까를 생각했다. 벙어리가 여윈 팔로 후리그물 벼리를 당길 때, 마을 사람들은 한결같이 뱃놈이 되기 어렵다고 벙어리를 비웃었다. 제 아비는 힘이 장사였는데 어떻게 저런 강아지가 생겨났을까 하고 수군댔다. 그런데 벙어리는 이제 마음의 힘으로 마을 사람들을 놀라게 했다.

"조합이 우릴 그토록 학대해두 우린 아직 죽지 않구 살았어. 우리가 강제노동에 동원되거나 수용소에 갇히는 것보다야 이 정도 생활이나마 하는 게 나아. 그렇기 때문에 늘 감사하게 여기고 있구……"

마을 사람들은 별 자신없는 목소리로 말했다. 그럴 수밖에 없었으니, 자기들도 믿지 못할 거짓말을 늘어놓았기 때문이다. 그러나 벙어리의 갈색 눈과 부딪치면 말을 더 잇지 못했다. 잘라 거절할 수 없어 벙어리 앞에 엄지손가락을 내밀었다. 손도장을 찍고 난 뒤 후회할 줄 알면서도 망설일 수 없었다. 그러나 몇 사람은 끝내 이름을 쓰지 않았다.

그 '진정서 사건'으로 벙어리는 사흘 뒤 보안경무원에게 체포되었다. 난바다에 쳐놓은 저인망을 끌어내려고 새벽 네시 사이렌 소리를 듣고 벙어리가 일어났을 때였다. 경무원 셋이 그의 집에 들이닥쳤다. 벙어리는 곧 읍내 보안경무대로 옮겨졌다. 벙어리는 재판에 회부되지도 않고 감옥에 갇혔다. 그는 감옥소가 실제 어떤 곳인지 처음으로 알게 되었다.

벙어리 나이 열여덟 살 때였다.

봄

오월 하순이었다.

긴 겨울이 물러갔다. 산허리 전나무숲도 가지마다 눈을 털어냈다. 이제 기온이 영하로 내려가는 날씨는 없을 터였다. 양지 쪽은 눈이 녹았다. 여섯 달 만에 흙이 드러났다. 이끼 같은 푸른 새싹이 돋아났다. 겨울의 언 땅이 녹자 때를 먼저 안 것은 땅속 씨앗들이다. 파랗게 촉수를 내민 연약한 줄기가 신비로웠다. 태어나 햇볕을 쬐는 자유를 06번도 얻게 되었다. 난 자리를 옮겨갈 수 없는 식물처럼 06번도 햇볕을 쬐며 성장할 수 있는 한정된 자유를 누리게 되었다. 삼 년 동안의 강제노동이 만기로 끝났다.

손목에 수갑을 찬 06번은 수용소 별관 복도에 놓인 의자에 앉아 있었다. 06번은 이제 외양으로는 젊은이로 볼 수 없었다. 그렇다고 늙은이도 아니었다. 굵게 주름진 굳은 표정은 나이를 종잡을 수 없었다.

"십오 분 넘게 기다렸는데 아직 소식이 없어." 06번 옆에 앉은 호송관이 판정관실을 보며 투덜거렸다. 그는 수용소에서 군복무를 치르고 있었다.

"공육번, 늦어두 오늘 저녁이면 여기를 떠날 텐데, 기분이 좋으시겠수." 호송관이 농을 던졌다.

06번은 반응이 없었다. 멍한 얼굴로 창밖만 보고 있었다. 뜨락에는 따스한 봄 햇살이 내리쬐었다. 새소리가 들렸다. 이름 모를 산새가 전나무숲 쪽으로 날아갔다. 꼬리가 긴 흰 새였다. 창밖 처마에서 낙숫물이 떨어졌다. 겨울 한철 녹지 않았던 지붕의 눈이 물이 되어 떨어졌다. 열흘째 계속되는 영상의 포근한 날씨였다.

판정관실 문이 열렸다. 수갑 찬 죄수 한 사람이 호송관과 함께 판정관실에서 나왔다. 그가 06번을 보고 알은체 눈을 껌벅였다.

"공육번인가?" 한 사내가 판정관실에서 머리를 내밀고 물었다.

06번이 입을 열지 않자, 호송관이 그렇다고 대답했다.

"들어오우." 사내가 말했다.

죄수가 06번 앞을 지나가며, 중요한 순간이야 하고 말했다. 06번은 의자에서 일어났다. 호송관이 06번 팔을 잡고 실내로 들어갔다. 대기실이었다. 별실로 들어가는 문이 따로 있었다. 호명했던 사내가 06번을 인계받아 별실 문을 열고 들어갔다. 판정관실이었다.

중년 사내가 책상 건너에 앉아 있었다. 그 옆에는 작은 책상 하나가 따로 있었다. 작은 책상은 젊은 사내가 쓰고 있었다. 06번은 그들 앞에 섰다. 오랜 중노동으로 꾸부정한 자세였다. 눈은 패었고, 갈색 동자는 흐렸다. 뺨에는 살점이 없었다.

"거기 앉게." 판정관이 말했다. 그는 대머리였다.

06번은 실내 가운데 덩그러니 놓인 의자에 앉았다. 판정관이 06번의 신상조사서를 훑어보았다.

"선동 이 회, 탈주 이 회라. 미결 감방 삼 개월에, 수용소 일 년 반이라, 출감 후 일 년 만에 또 이 년에, 수용소 삼 년이라⋯⋯"

"조장님, 이걸 보시우."

부판정관이 보안경무대 사상 조사표를 판정관에게 넘겼다. 판정관은 다섯 장으로 된 조사표를 대충 읽곤 눈을 들었다.

"넌 우리 공화국 사회가 요구하는 쪽과 반대루만 머리를 썼군. 이번으루 도합 칠 년 넘게 바깥 세상을 떠나 지냈으니, 너는 한마디루 재생 불능이다."

06번은 입을 다물고 있었다.

"올해 몇 살이우?" 부판정관이 물었다.

"서른둘, 그렇게 됐나봅니다." 06번이 한참 만에 대답했다.

"제 나이도 잘 모르는가." 부판정관이 말했다.

"⋯⋯"

"본적이 어촌이면, 직업은 어부겠군. 가족은 누가 있수?"

"할아버지가 계셨습니다. 재작년에 별세했다는 기별을 받았어요."

"출소하면 뭘 하겠수?"

"고기를 잡게 되겠죠."

"대답이 왜 그래? 공육번, 넌 아직 자기비판이 부족해. 공화국 사회에 적응 못하겠다는 병에 걸렸단 말이야. 너 같은 녀석은 우리 사회의 암이야." 판정관이 목소리를 높였다. "세 차례 사건 모두 확신범으로 한 거군. 한 번은 선량한 어부를 선동했구, 두 번은 상아봉을 넘으려 기도했어!"

"……"

"넌 정신병자야. 이 산을 넘어가면 다른 세상이 있을 것 같아? 어떤 세상이 너를 맞겠다구 기다릴 것 같냐 말이야? 그 환상이 네 정신병의 요인이다. 아니면 넌 착각하구 있어. 살아 천국에 가겠다는 망상에 사로잡혀 있어. 천국이 마치 현실에 존재하듯 믿구 있다. 너는 몽상가요 신비주의자다. 유신론자다." 판정관이 담배 한 대를 물고 불을 댕겼다. "공육번, 내 말 알아듣겠냐?"

06번은 손목에 찬 수갑을 내려다보고 있었다.

"그런데 네 정신병은 전염성이 있다는 데 문제가 있어. 우리는 아무리 불온한 자라두 그가 자기 생각을 말하거나 그 생각을 실천하지 않는 이상 그를 감시할 이유가 없다. 정확히는 그런 자를 가려낼 방법이 없다. 네 망상은 그렇지 않기 때문에 체형을 가할 수밖에 없는 거야. 그런 너를 우리가 세균으로 보지 않구 달리 취급할 수 없어."

"도대체 당신이 원하는 게 무엇이오? 당신은 무엇을 바라고 산을 넘으려 했수?" 부판정관이 물었다.

"……"

"그걸 말해보시우."

"……"

06번이 입을 떼지 않았다.

"할말 없수?" 부판정관이 물었다.

06번은 얼굴을 들었다. 아무런 표정이 없었다. 부판정관이 메모지에 뭔가 써서 판정관에게 건넸다. 판정관이 부판정관의 귀에 대고 무슨 말인가 소곤거렸다. 부판정관이 다시 메모지에 몇 자 썼다.

"공육번, 넌 끝내 입을 떼지 않는군. 좋아. 이제 너를 판정할 절차만 남았다. 알겠냐?" 판정관의 판정이 떨어졌다. "너를 특일호루 판정한다!"

판정관은 도장을 06번 신상조사서 하단에 찍었다. 그는 도장 아래 서명했다. 부판정관도 도장을 찍고 서명했다.

06번은 호송관과 함께 판정관실을 나왔다. 특일호는 형 만기로 출옥하는 국사범 중 재범 위험이 현저히 높은 자에 대한 종결 처분이었다. 특일호 판정을 받게 되면 오른손 손등에 낙인을 새겼다. 씻거나 갈아내어도 없어지지 않는 낙인이었다. 그 절차만 끝나면 그는 강제수용소를 떠날 수 있었다. 그러나 특일호 낙인이 찍힌 자는 주거지에서 일 킬로 이상 벗어날 수 없었다. 주 할당 노동량이나 생산량을 완수해도 성인 주식 삼분의 이밖에 배급받지 못했다. 공민권이 전면 박탈당했다.

06번은 수용소 사무실에 들러 몇 가지 서류에 손도장을 찍었다. 각서도 썼다. 호송관과 함께 낙인실로 갔다. 낙인실에서야 수갑이 풀어졌다.

06번은 낙인실 쇠의자에 앉혀졌다. 쇠의자에는 팔걸이와 머리받침이 붙어 있었다. 그의 목과 팔과 다리는 가죽끈으로 쇠의자에 매어졌다. 06번 오른손 손등에 쇠바늘로 먹물 낙인을 넣은 자는 예순 넘은 노인이었다.

"젊은이, 아파두 참을 수 있겠지? 당신은 이보다두 더한 고통을 참아냈으니깐."

노인은 도수 높은 안경을 끼고 있었다. 06번은 눈을 감았다. 그는 아무 생각도 하지 않았다.

"젊은이는 하나님을 믿수?"

"……"

"젊은이는 칠백육십세번째 내 손님이오. 특일호를 판정받기가 쉽지 않은데, 당신은 무슨 큰 죄를 지었수?" 바늘로 손등을 찍던 노인이 물었다.

"……"

"내 직업은 내가 원해서가 아니우. 나는 내 직업을 증오하우."

06번은 눈을 떴다. 방에는 노인과 자기 외에 아무도 없었다. 습기에 젖은 시멘트벽이 뿌옇게 흐려 보였다. 노인은 일손을 멈추고 06번을 보았다.

"이 사회에선 모두 하나님이 없다구 말하지만 하나님은 분명 있수. 젊은이는 그 점을 어떻게 생각하우?"

"……"

"공범자를 대지 않겠다구 혀를 깨물어 스스로 벙어리 된 자를 더러 보았수. 혹시?"

"아닙니다. 말을 할 수 있습니다." 06번이 마지못해 대답했다.

"하나님은 인간에게 두 가지 직업을 주었수. 화살 만드는 사람과 방패 만드는 사람. 그들은 다 하나님 뜻에 따라 자기 직분에 성실했수."

　06번 귀에 노인 말이 멀어지며 손등에서 통증이 전해왔다. 통증을 이기는 방법은 노인 말을 열심히 들어주는 것이었다.

　"내 직업은 불행하게두 화살 만드는 일이우. 결코 이 일은 내가 선택하지 않았수. 내게 이 일이 맡겨졌을 뿐이우."

　통증은 이제 06번 머릿속까지 들쑤셨다. 오른손이 떨렸다. 노인은 자기 직분을 증오하듯 사정없이 06번 손등을 쇠바늘로 찍었다. 한 번 찍을 때마다 핏방울이 06번 손등에 맺혀 올랐다. 노인은 약솜으로 핏방울을 닦아냈다.

　"하나님 뜻에 합당하지 않은 이 직업을 증오하며 나는 스무 해 가까이 뭇사람 손등에 낙인을 팠수. 그 사람들이 자기 손등을 볼 때마다 나를 얼마나 미워하겠수."

　"어느 강가 나루터에 뱃사공이 있었습니다. 그 사람두 늘 자기 직업을 한탄했어요. 나는 왜 허구한 날 노질만 하며 사는 신세냐구. 그러나 그가 한탄만 한다구 누군가 그로부터 노를 거두어 가지는 않습니다. 뱃사공이 노를 버리구 그 나루터를 떠나야지요. 그 자신이 스스로 떠나야 합니다!" 터지려는 비명을 가까스로 참으며 06번이 말했다.

　노인은 06번 손등을 찍던 먹물 묻은 바늘을 거두었다. 06번 얼굴에 땀방울이 맺혔다.

　"당신 직업은 무엇이오?"

　"……"

　"당신은 화살 쪽이오, 방패 쪽이오?"

"......"

"당신은 뱃사공처럼 노를 던지구 떠난 적이 있수? 떠났다면 그 결과가 어떻게 되었수?"

노인은 그 결과를 알고 있으면서 물었다. 06번은 입을 열지 않았다.

"하나님의 가호를 비오." 노인이 담담하게 말했다.

그날 해거름녘에야 06번은 작은 보퉁이를 들고 강제수용소를 나섰다. 두 겹 세 겹 쳐진 철조망 사이의 유일한 출구인 정문을 통과했다. 06번은 총총히 전나무숲 사이 큰길을 내려갔다. 그의 주머니에는 통행증과 주거지 관할 보안경무대에 제출할 신고서가 들어 있었다. 06번은 자작나무와 전나무가 울창한 숲까지 내려와서야 서둘렀던 길을 멈추었다. 그는 떠나온 전나무숲을 돌아보았다. 06번은 고깔모자를 벗어 땀을 훔쳤다. 산맥 주봉인 상아봉을 찾았다. 숲에 가려 봉우리가 보이지 않았다. 길 아래쪽에서 경적 소리와 군가의 외침이 들렸다. 얼마 뒤, 경비경무원 몇을 태운 트럭이 올라왔다. 그들은 계속 군가를 불렀다. 군가 소리는 차츰 멀어졌다. 06번은 바위에 주저앉았다. 트럭이 산모롱이로 사라진 언덕길을 생각에 잠겨 바라보았다. 그는 전나무숲 속 강제수용소 생활을 떠올리며 지난날 고통을 되살리지 않았다. 다만 두 번에 걸쳐 탈출을 시도했던 그 길목을 더듬고 있었다. 처음에는 마을의 두 젊은이와 함께 산을 넘으려 했고, 삼 년 동안의 수용소 생활을 추가하게 만든 삼 년 육 개월 전의 탈출 때는 단독으로 산을 넘으려 했다. 그러나 그는 정상을 채 오르기 전 다시 하산할 수밖에 없었다. 자연이 얼마나 무섭다는 것을 할아버지로부터 누누이 들었건만, 무모하게 덤볐다가 산을 넘는 데 실패하고 말았다. 두번째 탈출은 자연을 정복하거나 이겨보겠다는 마음보다 겸허한 자세로 장비도 갖추고 떠났으나 역시 살아남기 위해 하산을 택하지 않을 수 없었다.

06번은 두 번에 걸친 실패에도 철조망과 경비경무원에게는 잡히지 않았다. 수용소 쪽을 피한 계곡을 야간만 이용하여 타올라, 철조망을 넘어 그들 눈 밖을 벗어나기는 그리 힘들지 않았다. 문제는 그다음, 해발 삼천 미터의 산이었다. 변성암으로 이루어진 암벽과 설산을 오르는 등거는 전문 산악인에게도 만만찮은 일이었다. 장비도 허술했고 식량도 모자랐다. 십 미터 넘는 거대한 암벽이 앞을 막아서기도 했다. 그 암벽을 피해 돌아가는 길과 침니를 발견하지 못하면 며칠을 링반데룽할 수밖에 없었다. 일정에 차질을 빚은 끝에 새 길을 뚫어 오르면, 경사 칠십 도의 연설(軟雪)지대를 만났다. 피켈은 있었으나 손수 만든 슈타이크아이젠이나 하켄은 끝이 망가져 더 이용 가치가 없었다. 거기에다 낙석과 박빙의 위험이 곳곳에 도사리고 있었다. 양식도 바닥이 났다. 기후 조건도 더욱 나빠져 강풍이 섞인 풍설이 끊임없이 몰아쳤다. 처음은 두 사람과 함께 설산을 오르다 초입에서 하산했다. 엎친 데 덮친 격으로 한 명이 암벽을 오르다 결정편암(結晶片巖)을 잘못 디뎌 추락하는 사고까지 생겼다. 그는 그 자리에서 즉사했다. 두번째는 이태를 별러 06번 혼자 산엘 올랐다. 눈에 덮인 고지대를 오백 미터 높이까지 올라갔으나 역시 악천후와 장비 부족으로 더 이상의 강행군은 불가능했다. 얼어 죽지 않으려면 하산을 택하지 않을 수 없었다. 전나무숲이 보이는 칠부 능선까지 내려왔을 때, 경비경무원과 맞닥뜨렸다. 그가 마을을 떠나 산으로 올랐음을 알고 추적해온 경무원들이었다. 06번은 두 번 다 그들에게 투항했다. 그는 읍내 보안경무대로 넘겨졌다. 그렇게 투항하지 않았다면 그는 읍내 또는 현청에 있는 감옥소에서, 아니면 강제수용소에서 영원히 바깥 세상으로 나오지 못했을 것이다.

여름

황사바람이 며칠째 불었다. 모래바람은 높은 산맥을 넘어 마을을 덮어와 바다로 내달았다. 바다 물빛까지 누렇게 만드는 황사바람이 불면 여름철이 왔다. 마을 움집 지붕도, 사람들도 누런 먼지를 분처럼 바르고 나다녔다.

저녁 무렵이었다. 황사바람에 실려 시름겨운 노랫소리가 모래톱에서 풀어지고 있었다.

오늘 가면 내일 온다 워어워어 어이어이 / 해가 뜨면 달도 뜬다 워어워어 어이어이 / 고기 떼가 모여든다 워어워어 어이어이……

모래톱에서 후리그물 벼리의 두 끝을 당기며 마을 사람들이 부르는 노래였다. 한쪽이 선창하면 한쪽은 후렴을 붙였다. 그물은 마을의 오른쪽과 왼쪽에 돌출한 방파제를 질러 쳐두었다. 새벽과 해거름녘 두 차례에 걸쳐 방파제 안쪽 물고기를 저인망을 몰아 건졌다. 양쪽 끝에 달린 동아줄로 유도하여 망을 U자로 만들며, 모래톱에서는 양쪽 동아줄에 각각 열댓 명이 매달려 저인망을 뭍으로 끌어냈다.

동아줄로 연결된 보조줄을 허리에 감고 저인망을 끌어내던 한 중년 사내가 역시 같은 일을 하던 사내에게 말했다.

"여보게, 저걸 좀 보게. 뼈창이 또 무얼 줍구 있군."

앞에 있던 사내가 왼쪽을 보았다. 황사가 바람에 실려 분분히 나르는 건너쪽, 뼈창이 모랫바닥을 꼬챙이로 파고 있었다. 여기저기 모래를 흩뜨려보다 어떤 곳엔 모래 밑을 손으로 파기도 했다. 뭔가 주워 허리에 찬 작은 부대에 담았다.

"그물 조각이나 쇠붙이를 줍구 있을 게야." 뼈창을 나중에 본 사내가 말했다.

"무엇에 쓰려 저럴까?"

"말을 안하니 알 수 있어야지. 자네두 저러는 꼴을 한두 번 본 게 아닐 테지?"

"뼈창은 미쳤어. 지난 봄에 내가 반두를 빌리러 찾아간 적이 있었지. 마침 방문이 잠겨 있지 않아 문을 열어보았어. 그는 없더군. 그런데 방안에 곰치 껍질이 수북이 널려 있잖겠나."

"여기서는 잘 안 잡히는 곰치라니?"

"글쎄 말이야. 어디서 구했는지 몇십 마리 분은 되겠더구먼. 방안을 살피는데 변소 갔다 오늘 길인지 뼈창이 오더군. 곰치가 웬거냐고 물어보았어. 말을 않더구먼."

"곰치 껍질을 붙여 가죽옷을 지으려던 게로군."

"그럴 거야. 고기 뼈도 말리구 있었어."

"배급량이 적으니깐 뼈라도 씹어야 할 테지. 어쨌든 저치는 확실히 약간 돌았어."

"원래부터 엉뚱한 데가 많았던 녀석 아닌가."

뼈창은 꼬챙이로 모래를 파 뒤지던 일을 그만두고 마을 쪽으로 걸어갔다. 큰 키에 등이 휜 꾸부정한 모습이었다. 잠시 뒤 그의 모습은 황사바람에 가려 보이지 않았다.

뼈창이 강제수용소에서 내려온 지도 일 년 이 개월이 지났다. 그는 홀몸이었다. 그의 할아버지는 일흔다섯으로 타계하고 없었다. 해수병이 도진 노환이었다고 마을 사람들이 말했다. 마을 사람들은 노인의 시체를 수장하여 물고기밥으로 되돌려주었다. 할아버지가 살던 움집에도 다른 사람이 살고 있었다. 뼈창은 그 움집 헛간에 방 한 칸을 지어 살았다. 뼈창은 늘 푸른 고깔모자를 쓰고 다녔다. 거룻배를 빌려 타고 물고기를 잡았다. 작살을 들고 나가 넙치나 흑돔을 찍어오기도 했다. 그는 그 수확을 조합에 바쳐 주 책임량을 달성했고, 조합에서 배급을 받았다. 그의 주식 배급 몫은 언제나 다른 성인의 삼분의 이밖에 되지 않았다. 뼈창은 불평한 적이 없었다. 그는 예전에 벙어리라 불릴 때와 다름없이 말이 없었다. 말수가 더 적어졌다. 이제 마을 사람들을 선동하여 조합에 진정서를 내는 짓거리도 하지 않았고, 마을 사람들이 모이는 자리에 섞이지도 않았다. 묵묵히 일하고 움집 헛간 방으로 돌아와 자기 일에 열중했다. 그가 문고리를 잠그고 방에서 무슨 일을 하는지 아무도 몰랐다. 마을 사람들은 결혼도 안한 홀몸이니 뭔가 만드는 데 낙을 붙이고 살겠거니 여겼다. 그는 새벽이면 이따금 오랫동안 눈 덮인 산 정상을 바라보곤 했다. 마을 사람들은 푸른 고깔모자 쓴 뼈창이 큰 키에 꾸부정한 어깨로 상아봉 쪽 산맥을 하염없이 바라보는 모습을 때때로 목격했다. 그곳에서 겪은 고난의 한 시절을 넋 놓고 회상하느니 여겼다. 뼈창은 부정기적으로 보안경무원의 가택 수색을 당하기도 했다. 특별하게 의심스러운 점이 발견된 적은 없었다.

"특일호, 넌 뭔가 늘 만들고 있다던데 그게 무엇인가?"

보안서원이 물으면, 그는 헌 그물을 이어 만든 반두나 물고기 잡는 데 쓰이는 자잘한 연장 따위를 내보였다.

"자네도 이제 장가를 가야지. 마냥 이렇게 혼자 살 수야 없지 않은가?" 이제 늙은이가 된 애꾸가 우스갯소리로 말하기도 했다.

뼈창의 손등에 찍힌 특일호 낙인에 눈이 머물면 그 우스갯말이 그를 더욱 우울하게 할 뿐이었다. 마을에는 그에게 시집갈 처녀가 없었다. 뼈창은 여자에게 매력적인 남자가 아니었다. 마른 체구가 보잘것없었다. 날카롭고 병적으로 보이는 인상과, 늘 다문 입이 사람들에게 두려움을 주었다. 무엇보다 극단을 택해온 생활 방법이 환영을 받지 못했다. 마을 사람들이 부르는 뼈창이라는 호칭도 그의 외모와 성격으로 볼 때 수긍 가는 점이 있었다. 결정적인 흠결은 그가 특일호 낙인이 찍힌 자로 평생 배급량이 남보다 적다는 점이었다. 먹는 데 매여 사는 마을 사람들에게 배급량 감소보다 더 나쁜 조건이란 있을 수 없었다. 그런 그에게 누가 딸을 줄 것이며, 사랑하겠다는 처녀가 있을 리 있겠는가.

이제 마을 사람들도 생활의 지친 되풀이를 통해 삶을 체념했다. 모여서 불평을 늘어놓지 않았다. 물고기를 잡고, 배급으로 끼니를 해결하는 생활에 훈련되어 있었다. 아무리 센 강풍이라도 산맥을 무너뜨릴 수 없음과 마찬가지로, 자기네 힘으로 삶의 조건을 바꿀 수 없음을 알고 흐르는 세월과 함께 삭일 수밖에 없었다. 자기네들은 더욱 무력해지고 보안경무대나 조합은 더 잘 조직되고 운영됨을, 그 타당함을 수긍할 뿐이었다. 전쟁은 일어나지 않았으나 전쟁의 불안은 더욱 가중되고 있었다. 전쟁이 곧 일어날 것이라며 한 해를 보내고 다시 한 해를 맞았다. 마을 사람들은 뼈창을 볼 때도, 안타깝다는 느낌뿐 다른 감정을 갖지 않았다. 보안경무대에서 그를 주목하고 있었지만, 그와 가까이 지내려는 사람은 말코를 제외하곤 아무도 없었다. 그는 마을 사람들에게 두려운 존재요 세균 덩어리였다. 만약 생활의 긴장을 풀거나 경비대나 조합에 대한 불평을 마음속에 쌓으면 어떻게 될까 생각할 때마다 떠오르는 인물이 그였다. 뼈로 된 긴 창, 깡마르고 표정 없는 얼굴 하나, 뼈창은 그 경각심을 환기시켜주는 표본이었다.

뼈창은 해안 남쪽에 있는 자기 움집 헛간으로 가지 않고 구매소 쪽으로 걸었다. 그는 어느 움집 앞에서 걸음을 멈추었다. 바깥 문을 두드렸다. 노파가 문을 열었다. 노파는 꾸부정히 버티어 선 뼈창을 보고 놀랐다.

"말코 집에 없나요?" 뼈창이 물었다.

노파는 머리를 흔들었다.

"신발공장에 나갔나요?"

노파는 다시 머리를 흔들었다.

"그럼 바다루 나갔나요?"

"조금 전 공장에서 돌아와 자구 있어. 깨우면 안 돼. 늘 잠이 부족한 애니깐."

"제가 뭘 부탁한 게 있어서요."

"나중에 깨면 물어보지." 노파가 언짢은 목소리로 말하곤 쏘아붙였다. "넌 제발 우리 아들과 만나지 마. 너 때문에 그애가 얼마나 고생했니. 그만큼 어울렸음 됐지 이제 다시 그애를 꾈 생각 마. 집에 찾아오지두 말구."

"……"

"너두 이제야 정신 좀 차린 것 같다만 아직 위험해. 그저께두 보안경무원이 우리 애를 데리구 갔어. 곧 돌아오긴 했지만 무슨 일인지 몰라."

뼈창은 발길을 돌렸다. 그는 해안 서쪽 길을 따라 자기 거처로 걸었다. 옮기는 발에 눈을 두었으므로 그는 아무도 보지 못했다. 그는 마을 한길에서도 죄인처럼 늘 눈을 내리깔고 걸었다. 마을 아이들은 그가 한길을 걸을 때면 뼈창아저씨다, 벙어리다, 특일호다 하고 떠들었다. 아이들 말 속에는 여러 암시가 섞여 있었다. 비웃음과 조롱과 두려움과 신비함이 그를 보는 순진한 눈빛에 떠돌았다. 어느덧 뼈창이 걷는 쪽 하늘이 노을빛에 물들었다. 모래톱에서는 노랫소리도 들리지 않았다. 황사바람도 잠잠해졌다. 밤이 오고 있었다.

밤이 깊었다. 뼈창은 방안에서 문고리를 채웠다. 그는 호롱불 아래 말린 고기 뼈를 돌그릇에 넣고 나무 방망이로 빻았다. 빻은 뼈는 더 부드럽게 갈았다. 그 작업을 하고 있을 때 밖에서 문 두드리는 소리가 났다.

"누구요?" 뼈창이 돌그릇을 방 귀퉁이로 치우며 물었다.

"나예요, 말코예요."

뼈창이 방문을 열자, 말코가 방안으로 숨어들었다. 뼈창보다 나이 아래인 젊은이였다. 그는 몸이 장대하고 코가 컸다. 이마에 큰 흉터가 있었다. 그는 들고 온 생고무 덩어리를 내놓았다.

"형님, 이거면 되겠어요?"

말코는 뼈창이 처음 산을 넘으려 했을 때 같이 떠난 셋 중 하나였다. 그 일로 말코는 일 년 반을 읍내 감옥소에서 살고 나온 뒤, 이제 산 넘는 일을 아주 단념하고 말았다. 뼈창은 주먹보다 좀 큰 생고무 덩어리를 손바닥에 놓고 머리를 주억거렸다.

"그게게 보안경무원이 왔다며?" 뼈창이 물었다.

"형님에 대해서 물었어요. 별다른 일은 없었구요."

뼈창은 돌그릇을 당겨 물고기 뼈를 다시 빨았다. 말코가 그것을 보고 머리를 끄덕였다.

"이젠 준비가 대충 끝나가요?"

"밑창이 아주 튼튼한 신발만 만들면. 작은 못과 쇠붙이도 많이 모았어."

뼈창이 옆에 놓인 작은 부대에 눈을 주었다. 방바닥에 깔린 강냉잇대로 엮은 멍석 한 귀를 들쳤다. 판자막이 있고 그 판자를 거두자 제법 큰 비밀 구덩이가 나왔다. 뼈창은 그 속을 뒤적여 뭔가를 끄집어내었다. 함석으로 만든 신발 본 두 짝이었다. 그는 말코가 가지고 온 생고무를 불에 끓여 녹이고 그 속에 쇠붙이와 못을 섞어 넣어 등산화 밑창을 만들려 했다. 가장자리가 손톱만큼씩 꺾여 올라온 신발 본은 고열에 녹은 고무액을 부어 응고시킬 모양틀이었다. 뼈창이 말코를 바라보았다.

"좀더 생각해봤냐? 정말 관둘 텐가?"

"아무래두…… 형님이나 떠나요. 수백 번도 더 생각해봤지만, 전 남을래요." 말코가 뼈창의 눈길을 피했다.

뼈창은 더 묻지 않았다.

며칠이 지났다. 황사바람이 그치고 더위가 본격적으로 밀려오던 어느 날이었다. 남들 다 잠든 자정 무렵, 뼈창은 무게가 칠십 킬로가 넘는 배낭을 지고 다시 산을 향해 떠났다. 그가 떠나는 것을 본 사람은 아무도 없었다. 오직 말코만이 그가 떠났음을 알고 있었다.

그로부터 뼈창에 대한 소식은 마을에서 끊겼다. 마을 사람들은 뭔가 깨달을 수 있었다. 전나무숲 속 강제수용소에서 내려온 뼈창이 일 년 이 개월 동안 방안에서 홀로 묵묵히 해낸 일이 어떤 소용에 닿는 일이었음을. 마을 사람들은 뼈창에 대한 여러 일화를 들추어내었다. 마치 잊었던 고향이나 헤어졌던 핏줄을 몇십 년 만에 만났을 때처럼 그들은 흥분했다. 사실을 그대로 옮기기도 했으나 그들 말에는 과장도 섞였다. 어떤 사람은 꾸며 이야기하기도 했다.

"뼈창이 돗천으루 천막두 만들구 곰피 껍질루 가죽옷두 만드는 걸 본 적 있어. 다 그게 산을 넘을 때 사용할 것이었나봐." 한 사내가 말했다.

"뼈창이 언젠가 고래기름을 한 깡통 얻어달라더군. 무엇에 쓰겠냐니깐, 아무 말이 없었어. 알구 보니 그것으루 천막에 덧칠을 했더군. 빙산을 넘을 때 쓸 방한 천막이야." 다른 사내가 말했다.

"나는 뼈창이 닻을 갈아 무슨 연장인가 만드는 걸 봤어. 밤새 뼈창 방에서 쇠망치 소리가 났으니깐."

이제 마을의 여러 사람들이 한마디씩 했다.

"뼈창은 특수한 양식을 만들었어. 물고기 뼈와 내장을 기름에 볶고 가루를 빻았어. 물고기 살을 말려 강냉이나 감자 가루를 섞어 빻아 모았어."

"뼈창은 헌 그물로 손가락만한 동아줄을 꼬았지. 그 동아줄에 각목을 엮어 줄사다리를 만들었어."

"나는 그가 어디서 구해왔는지 등고선이 잘 나타난 지도를 보는 걸 봤어. 저 전나무숲에서 내려올 때 훔쳐온 것일 게야."

"뼈창은 담배를 안 피우는데 늘 구매소에서 성냥을 타내어 계속 모았지. 누구두 그의 성냥을 빌려본 사람이 없으니깐."

그 외에도 마을 사람들은 보안경무원이나 그 끄나풀이 없을 때 뼈창을 두고 이야기했다. 그에 대한 이야기는 추측을 넘어 거짓인 경우가 태반이었다. 그러나 사람들은 그에 대한 이야기를 거짓말로 받아들이지 않았다. 그만이 그런 일을 할 만한 인물이었다. 자신들이 할 수 없는 일을 해내는 사람이었다. 그들은 그에 관한 일화를 즐겨 지껄였고 신비롭게 과장시켰다. 뼈창이 보안경무대나 경비경무대에 잡혔다는 소식은 물론 그의 시신이 마을로 돌아오지 않았기 때문에, 그에 관한 화제는 전설처럼 입에서 입으로 되풀이 옮겨졌다.

뼈창이 마을에서 사라진 한 달 뒤, 뼈창을 잡으러 떠났던 보안경무원과 경비경무원이 경비견을 데리고 마을로 내려왔다. 그들은 푸른 고깔모자 하나를 보이며 뼈창의 모자라고 말했다. 뼈창은 상아봉 중턱에서 경비경무원의 총에 사살되었고, 그 시체는 죄수들에게 보이려 수용소에 있다고 선전했다. 마을 사람들은 자기네들은 거짓말을 해도, 그들 말은 믿지 않았다. 마을 사람들은 뼈창의 잘린 머리를 게시판 옆 국기 게양대에서 보지 않은 이상 그 말을 믿지 않았다. 특히 소년들은 말코 집에 몰려가 뼈창의 지난날 이야기를 들려달라고 조르곤 했다. 말코는 뼈창처럼 늘 입을 다물고 있었다.

봄, 여름, 가을이 가고 겨울도 지났다. 전쟁은 일어나지 않았고 변한 것 없이 세월은 흘렀다.

마을 사람들이 눈 덮인 산맥을 올려다볼라치면, 어느새 전나무숲에 눈이 머물렀다. 그 청청한 전나무숲에 떠오르는 얼굴 하나를 잊지 못했다. 그들은 이렇게 중얼거렸다. 뼈창만은 저 산을 넘어갔을 거야. 언젠가 뼈창이 우리를 해방시키러 오겠거니, 마을 사람들은 그렇게 믿었고 거기에 덧붙여 곰곰이 생각해보았다.

저 산너머 동쪽 나라는 어떤 세상일까?

(『한국문학』 1977년 6월호)

어 느 예 언 가

어
느

예
언

가

서울의 외곽지대이지만 대로에는 그런대로 통행인의 발길이 그치지 않았다. 잎이 무성한 플라타너스 밑에 앉아 있던 칠십은 훨씬 넘은 노인이 큰 소리로 외쳤다.

"아가씨, 나 좀 봅시다."

자못 엄숙한 목소리였다. 바삐 걷던 처녀가 웬일이냐 듯 머리를 돌렸다.

"참 복스런 얼굴이긴 한데. 그런데 쯔쯔……"

노인은 돋보기 안경을 콧잔등으로 밀어 올리며 혀부터 낄낄 찼다. 그러자 처녀는 쌍꺼풀 수술한 눈을 가늘게 만들며 픽 실소를 흘렸다. 그러고는 오히려 늙은이가 딱하기도 하다는 듯 혀를 찼다. 사실 노인의 외양은 너무나 초라했다. 누렇게 변색한 찌그러진 맥고모자에 땟국이 꾀죄죄한 남방셔츠를 입고 있었다. 얼굴은 까맣게 그을렸고 피부는 개피나무 껍질처럼 윤기 없이 메말랐다.

"젠장, 오늘은 한 명도 걸려들지 않는군."

노인은 중얼거리며 대살이 보이는 찢어진 합죽선을 활랑활랑 부치기 시작했다. 팔월의 무더위가 끓는 한낮이었다.

"아주머니, 나 좀 봅시다그려."

노인은 이제 한복을 잘 차려입은 중년 여인을 불렀다. 화사한 옷매무시로 보나 영양이 발달된 얼굴의 지방질로 보아 생활 정도 가 중류에서도 상은 되어 보였다.

"남편 복은 타고났는데 자식이 속을 썩여."

노인이 중년 여인이 들으라는 듯 큰소리로 말했다. 그러자 힐끔 곁눈질만 하고는 계 모임에라도 가는지 바삐 걷던 중년 여인이 걸음을 멈추었다. 그러고는 노인 쪽으로 잽싸게 걸어왔다. 노인이 한가롭게 던진 한마디가 그 여인의 마음 그늘 한구석을 정곡으로 찌른 모양이었다.

"삼백 원이요, 복채로 삼백 원만 놓으시오. 내 잘 봐드리리다."

노인은 책상다리를 한 무릎 앞에 놓인 낡은 관상책의 책장을 뒤적거리며 말했다.

"어떻게 그렇게 잘 맞춰요?"

중년 여인은 마치 자석에나 끌린 듯, 치마귀를 걷으며 노인 앞에 쭈그리고 앉았다.

"척 보면 삼천리지요. 노년에 질액궁(疾厄宮)이 끼여 지금 혈색이 남루를 면치 못하지만 십 년 전만 해도 선곡거사라면 평택 바닥에서 알아주었답니다."

노인이 중년 여인의 얼굴을 자세히 뜯어보며 헛기침을 했다.

"글쎄, 큰애놈이 지난 예비고사에서 낙방했지 뭐예요. 그래서 학관에 들여놓았더니 가출을 해서 한 달째 소식이 없어요. 어미 애간장 타는 줄 모르고, 어디 가서 죽거나 하지 않았는지……"

중년 여인이 핸드백을 열어 백 원짜리 동전 세 닢을 꺼내어 자리로 깔아놓은 신문지 위에 놓으며 말했다. 손수건으로 짙게 화장한 얼굴을 콕콕 찔러 땀을 빨아내었다.

노인은 가출한 중년 여인 아들의 이름과 생년월일을 물어 백지에다 적고는 육갑을 짚었다. 그러고는 다시 중년 여인의 얼굴을 물끄러미 건너다보았다.

"너무 상심은 마시오. 그 아들은 지금 몸 편히 잘 있으니깐요. 집은 떠나 고생은 되지만 인생 경험을 착실히 닦고 있소." 노인은 말을 끊었다. 그러고는 소독저만한 대꼬챙이를 들더니 중년 여인의 오른쪽 눈 아래를 지적했다. "자녀궁(子女宮)의 누당(淚堂)을 보니 큰아들이 그래도 효자 될 놈이오. 안하미려(眼下美麗)가 음세의 상징이렷다. 밑의 자녀들이 현시는 똑똑하지만 다 공염불이고, 집안의 상기둥 될 자는 큰아들이오. 조만간 각심 끝에 귀가하여 학업에 매진할 테니 두고보시오. 내년에는 급제하여 부모의 근심을 풀어줄 테니 상심을 접어두구려." 노인은 말을 끊자 혼잣소리로, "허, 그놈 이름 한번 좋다" 하고 가출한 아들을 칭찬했다.

"제발 그랬으면 좋으련만……"

"아주머니, 이왕 시간을 낸 김에 사주팔자도 한번 보시구려. 오백 원이면 과거지사를 명경같이 맞히고 장래 신수를 훤히 봐드리리다."

그러자 중년 여인은 팔뚝시계를 보고는 서둘러 자리에서 일어났다.

"아이구 내 정신 좀 봐. 벌써 약속 시간이 넘었네."

중년 여인은 택시를 잡겠다고 차도로 내려섰다. 그제서야 노인은 신문지 위의 동전 세 개를 집어 남방 주머니에 넣었다.

"영감님, 그 참 용하십니다."

누구 말인가 싶어 노인이 얼굴을 들었다. 언제부터 거기에 있었던지 스물두엇 되어 보이는 젊은이 하나가 노인 뒤에 서 있었다. 찰흙이 여기저기 묻은 예비군복에 머리칼이 쑤세미 같았다.

"자넨 누군가?"

공사판의 잡역이로군 하고 생각하며 노인은 젊은이의 얼굴과 차림새를 훑어봤다. 처지가 시영합숙소에 얹혀 지내는 자기와 다를 바 없어 보였다.

"영감님, 그 관상이란 게 정말 맞는 겁니까? 성명 석자를 보고 뭘 점쳐서 그애가 내년에 대학교에 붙는다는 거예요?"

젊은이는 빙글빙글 웃으며 노인 옆에 쭈그리고 앉았다.

"허허, 이 당돌한 청년 봐라. 자네가 뭐 나한테 시비를 붙겠다는 거야?"

"시비는 무슨 시비예요. 그저 하도 신통하고 궁금하니깐 물어본 거지요."

"내 그럼 한마디 하마. 일찍이 중국에 고포자경(姑布子卿)이란 관상가가 있었다. 그분이 공자님의 상을 본바, 머리 중심이 요(凹)하여 구멍(孔) 같고, 머리 주위가 돌(凸)하여 언덕(丘) 같으므로 공구(孔

丘)가 불렀다 한다. 그리고 장래에 대 성인이 될 것을 예상했으니 이 어이 관상학을 무시할 수 있으랴. 서양 학문이 들어와 관상을 미신으로 돌려세우지만, 상법(相法)은 동서고금을 두고 위대한 방술(方術)이니라. 자네도 이모 씨라는 재벌 성함은 익히 알고 있겠지. 그분은 인재 등용을 사시(社是)의 첫째로 삼아 신입사원을 면접할 때 반드시 관상가를 옆에 두고 그의 의견을 구한다 하니 사업이 번창치 않을 수 있는가."

노인은 졸음 겨운 무료한 시간에 젊은이를 말동무 삼아 일장 연설을 늘어놓았다.

"영감님, 그럼 제 관상이나 좀 봐주셔요."

"자네 형색을 보니 복채 놓을 돈도 없을 것 같고, 몇 푼 가진 게 있다면 그걸로 라면이나 사먹게. 점심도 거른 것 같으니."

노인은 젊은이의 기부터 팍 죽여놓았다. 그리고 젊은이는 상대도 않겠다는 듯 가로의 오가는 사람을 살피기 시작했다.

"그 참 잘 맞히시는군요. 제 얼굴에 점심 굶은 것까지 쓰여 있나요?"

"내 말이 틀림없지? 그래도 나를 의심할 텐가?"

노인이 자신 있게 말했다. 그러자 젊은이는 예비군복 바지 주머니를 부시럭거리더니 백 원짜리 동전 두 개를 꺼내어 신문지 위의 관상책에 놓았다.

"돈이 없어 복채를 많이 놓지 못해 죄송합니다. 부디 제 관상 좀 봐주십시오."

그제서야 노인은 눈을 끔뻑하고는, 결국 너도 내 밥이 되는구나 싶은 듯 젊은이의 얼굴을 찬찬히 살피기 시작했다.

"허허, 이 청년 봐라. 좌불안석(坐不安席)에 전전고초(轉轉苦楚)로 군. 재백궁(財帛宮)을 보니 담력 하나는 큰데, 진부진(進不進)이라."

노인은 무릎을 치며 장탄식부터 늘어놓았다.

"갈수록 첩첩산중이란 말이군요."

"말귀 하나는 새겨듣는구만. 자네 대학물 먹었지? 그런데 도중 하차로군."

"네, 그래요. 영감님, 제가 왜 도중하차를 했는지 그걸 한번 맞혀보세요."

"이 청년이 끝까지 날 시험하려는군. 내가 그걸 맞혀볼까? 그럼 우리 이러지 말고 내기를 걸지. 오백 원씩 말야. 내가 맞히면 자네가 오백 원을 주고 못 맞히면 내가 오백 원을 주지. 지금 자네가 일당 받는 노무자 노릇을 하고 있지만 그게 자네 천직은 아냐."

"제 손을 보고 말씀하시는군요. 제 손이 선비 손 같으니깐요." 젊은이는 흙은 묻었을망정 손바닥이 얇고 손가락이 길다란 자기 손을 펴보였다. "그런데 영감님, 지금 저는 오백 원이 없거든요. 그러니깐 서로 명예를 걸고 내기를 하시는 게 어떻습니까? 영감님이 맞히시면 제가 큰절을 열 번 하지요."

"명예나 큰절이 밥 먹여주나? 현찰이 아니면 내기를 않겠네."

"자신이 없으시군요?" 젊은이가 냉소를 띠며 말했다.

"내가 참고로 한 가지만 말하겠네. 사람도 백양백태야. 그러나 인간사를 자세히 들여다보면 농사꾼의 아들로 태어나 태어난 마을에서 농사를 짓고 살다가 그대로 죽는 경우가 태반이거든. 물

374

론 살다보면 파란곡절도 많겠지. 그러나 우주론적으로 보면 세상 살이의 고생이야 아무것도 아니고, 그게 다 무사평탄한 사람의 일생이야. 그런 관상이야 한마디로 넘겨짚고 맞히지. 그러나 청년은 그게 아니야. 풍동지기(風動之氣)하고 통양한열(痛痒寒熱)한 팔자를 타고났어."

"무척 어려운 말씀이군요. 그럼 저는 무사평탄한 사람 중에 못 끼인단 말입니까? 제가 뭐 용뿔 난 데가 있다구요." 젊은이는 어느새 경계를 풀고 노인의 이야기에 말려들어가고 있었다.

"자, 그럼 백 원만 더 복채를 놓게. 아까 그 아낙네한테도 삼백 원을 받았으니깐."

"우선, 대학교의 도중하차부터 맞혀보세요."

"아하, 그 친구 고집 하나는 세군. 담력 하나는 세다는 내 말을 뭘로 들었나. 자네 코가 그걸 말해주고 있어. 이렇게 말해도 못 알아듣겠나?"

"구체적으로 말씀을 하셔야죠."

그러자 노인은 손부터 내밀었다.

"여기에 돈을 얹게. 그럼 내 말하겠어." 젊은이는 더 이상 버틸 수 없었던지 바지 주머니에서 동전 한닢을 찾아내었다. 그러고는 그것을 노인의 손바닥에다 얹었다.

"옛날 이천 년 전에 성인 예수도 비유로 말을 하면 무식한 아낙네들이 다 알아듣고 깨달았어. 담력 때문에 퇴학을 맞았다면 그게 뭔지 자네가 못 깨닫겠는가? 이 대역죄인아!"

노인은 자리에서 벌떡 일어서더니 벽력 같은 고함을 질렀다. 그러자 젊은이도 무의식중에 따라 일어서며 벙긋 입을 벌렸다. 감탄사가 절로 흘러나왔다. 그는 이제 완전히 노인의 일거수일투족에 노예가 되고 말았다.

"그, 그럼 선생님, 제 앞날은 어때요? 전 뭐가 될 것 같아요?"

젊은이는 더듬더듬 물었다. 노인은 관상책을 들고 신문지를 걷기 시작했다. 장사가 끝난 모양이었다. 그는 신문지 옆에 벗어둔 검정 고무신을 신었다.

"오늘 하루를 살 벌이는 육백 원으로 충분하니 어디 가서 막소주라도 한잔 마실까. 자네 어때, 소주 좋아하나?"

노인은 윗니가 몽땅 빠져 캄캄한 입안을 보이며 웃었다.

"선생님, 대역죄인이라면 이 죄인의 앞날도 점쳐주셔야지요. 그럼 소주를 한잔 얻어먹겠습니다."

"적반하장이로군. 그렇게 머리가 둔한 녀석이 그래도 주위에서 수재 소리까지 들은 게 신기하군. 내가 말했잖는가. 자네 같은 경우는 내 관상 실력으로 꼭 집어 못 맞힌다고. 몇 해 남지 않은 내 앞길이야 훤히 맞혀도, 청춘이 구만리인 자넨 달라. 더욱 청년은 운명론자가 아니니깐."

그제서야 젊은이도 빙긋 웃었다.

"좋습니다. 소주를 마셔드리죠. 선생님은 정말 현명한 예언자십니다."

"예언자?"

"보통 분이 아니셔요."

"그래서?"

"관상가로 지내시는 게 아깝습니다. 때를 잘못 만나서 그런지는 모르지만요."

　"때? 때는 오히려 자네가 잘못 만난 게지. 난 그저 사기꾼에 지나지 않으니깐. 사기꾼하고 조금 다른 점이 있다면, 오늘 살 걱정은 오늘만 하고 내일 걱정은 내일 한다는 것뿐이지."

　"저도 내일 걱정은 하지 않아요."

　"그 점은 용케 통하는군."

　두 사람은 마치 할아버지와 손자처럼 아주 다정하게 통술집을 찾아 나섰다.

(『세대』 1977년 6월호)

행복한 소멸

행복한
소멸

—

블록 벽돌로 얼기설기 지은 교회 뒤 쓰레기 하치장 옆에 외따로 목사 사택이 있었다. 말이 사택이지 산자락 후미진 골짜기에 지붕은 루핑으로 입힌 무허가 토담집이었다.

아파트 신축 공사장에서 자갈을 져 나르다 낙반사고를 당해 중태에 빠진 김집사 남편을 문병하고 윤목사가 사택 어귀에 도착했을 때였다. 판자울 앞 버드나무 그늘에 중년 남자가 서 있었다.

"댁이 윤필구 목사요?" 삼십 도를 오르내리는 칠월 중순의 무더운 날씨라 들고 있던 공책으로 부채질하던 남자가 윤목사를 보고 물었다.

흰 남방셔츠에 검은 바지를 입은 남자는 이마가 벗겨진 허여멀쑥한 얼굴에 훤칠한 허우대하며 굵은 허리가 난민촌과는 어울리지 않는 체신이었다. 중소기업 사장쯤 되거나 공무원이라면 사무관쯤 될 신분임을 윤목사는 한눈에 짐작했다.

"그렇습니다만 무슨 일로 오셨습니까?"

"목사께 할 얘기가 있어 바쁜 중에 걸음했소."

윤목사가 상대방을 자세히 보니 얼굴이 푸석하고 눈동자가 충혈되어 있었다. 윤목사는 얼핏 짚이는 데가 있었다. 구청 도시계획과에서 나온 높은 분이 틀림없었다. 담당 철거반장을 몇 차례 내보내도 별 성과가 없자 이제 직접 나선 모양이었다. 윤목사가 구청으로부터 무허가 건물인 교회를 자진 철거하라는 이차 경고장을 받은 지도 벌써 열흘을 넘기고 있었다. 물론 교회와 함께 사택도 철거 대상이었다. 가난한 교인들이 한푼 두푼 헌금한 돈으로 겨우 묘지 앞에 교회 신축 대지로 백 평을 확보한 게 지난달이었다. 그러나 잔금 치를 날이 임박했는데 그 돈마저 부족하여 요즘 교회에서는 연일 철야 예배가 열렸고, 홍해를 가른 모세의 놀라운 능력이 나타나기를 고대하던 참이었다.

"집이 누추하지만 잠시 들어가시지요."

윤목사는 남자가 강제철거 집행영장을 가져왔다고 판단했다. 이제 더 버틸 수도 없었다. 사채 이자 빚을 돌려서라도 대지 잔금을 치르고 천막 교회로 다시 출발할 수밖에 없다고 그는 다짐했다.

"답답한 집보다 저 아카시아나무 밑이 시원하겠어. 저기서 얘길 좀 합시다."

윤목사 나이가 열 살 남짓 아래로 보여서인지 남자 말씨가 시종 불경스러웠다.

"그렇게 하시지요."

윤목사는 심방 가방을 들고 사잇길로 먼저 들어섰다.

"나 이경조 사장이오."

뒤따르던 남자가 불쑥 자기소개를 했다. 그는 윗도리 주머니에서 명함을 꺼내어 윤목사에게 주었다. 직함은 대영빌딩 사장이었다. 빌딩에 있는 회사 사장이 아니고 빌딩 사장이라. 윤목사는 머리를 갸우뚱했다. 어쨌든 윤목사 생각은 빗나간 셈이었다.

"그렇습니까. 오래 기다리신 모양이군요. 요즘 교회 철거 문제로 늘 나돌아다니다 보니……"

윤목사는 아카시아나무 아래에 들고 있던 가방을 놓았다. 쓰레기 하치장에서 오물 썩는 냄새가 그곳까지 풍겨왔다. 이사장도 풀밭에 주저앉았다. 이사장이 큰기침을 하더니 느닷없이 볼멘 목소리로 말을 꺼냈다.

"목사 양반, 아니 존대해서 목사님으로 부르지요. 우리 같은 세상 사람들과는 별종직이니깐. 그런데 목사님, 지금 이 마당에 와서 내가 목사님을 원망해도 별수없겠소만, 내 아들놈 자살은 순전히 하나님 영향 탓이오. 아니, 목사님 책임이오!"

윤목사는 거의 고함에 가까운 이사장 첫마디를 얼른 이해할 수 없었다. 손수건으로 목덜미의 땀을 닦다 말고 상대방 옆모습을 멀거니 보았다. 그는 결코 농담을 하고 있지 않았다. 기름기 번질거리는 살찐 얼굴이 침통하게 일그러져 있었다.

"아들이라면 누굽니까, 우리 교회 신잡니까?" 윤목사는 떠오르는 얼굴이 있었지만, 확인하듯 물었다.

"물론이죠. 병호라고, 이 교회 신자인 그애를 모르다니."

"병호 군이 자살했단 말입니까? 그 착실한 청년이 자살을 하다

행복한 소멸 383

니……"

윤목사는 자신을 늘 죄인 중에서도 못난 죄인으로 자처했다. 그래서 이사장의 강경한 항의에도 심적으로 동요되지 않았다. 그러나 병호 군 자살만은 쉬 믿어지지 않았다. 그를 두고 자살 가능성을 따지자면, 특히 감수성이 예민한 스물 전후의 젊은이에겐 누구나 그런 가능성이 있었다. 병호 군이 젊은 나이에 비추어 남달리 죽음의 문제에 한동안 매달려 있었다 하더라도, 그 점은 자기 죄과에 따른 뼈아픈 반성 때문이었다. 사람이 그 정도 고뇌로 쉽게 목숨을 끊는다면 세상에는 자연사보다 자살자가 훨씬 웃돌 것이다. 윤목사는 순간적으로 사람 한평생이 참으로 덧없음을 절감했다.

"목사님이 물론 우리 애놈에게 열심히 사는 길보다 죽는 길이 훨씬 편하다고 가르치지야 않았겠지요. 그러나 우리 병호는 하나님인가 나발인가를 알고 나서, 목사님 영향으로 자살을 택한 게 분명하오."

"이선생님도, 어디 목사가 자살을 권유하다니요. 인간은 하나님이 창조하셨기에 비록 자기 목숨이라도 인간 마음대로 버릴 수 없습니다. 성서에는 분명히 인간이 인간을 죽일 권리도, 자기가 자기 목숨을 끊을 권리도 없다고 기록되어 있고, 그것을 죄악으로 규정하고 있습니다."

"물론 그렇겠죠. 내 무식하지만 하나님이 짝지어줬다 해서 교회나 성당에선 이혼도 금하는 줄 알고 있소. 애놈이 비록 부모 속을 썩인 못된 놈이었지만 죽을 만큼 큰 죄를 지을 짓까지 하진 않았소. 그런데 이걸 보고서야, 이놈이 누구 꾐에 빠져 죽었구나 하고 알게 된 거요. 내가 뭐 하릴없는 사람이라 이 더위에 여의도서 개봉동 골짜기까지 생면부지 목사 양반을 찾아왔겠소?"

이사장은 말아 쥔 노트 겉장을 신경질적으로 펴보였다. 그의 손가락에 끼인 굵은 백금반지에 박힌 다이아몬드가 윤목사 안경알에 빛을 튀겼다. 윤목사 마음은 답답할 수밖에 없었다. 자기가 병호 군 자살을 방조하다니? 말이 되지 않았다. 아니, 병호 군이 자살할 줄 미리 알았다면 어떤 수단이라도 써서 저지했을 것이다.

"그 노트가 병호 군 일기인 모양이로군요." 이사장 어조가 퉁명스러워질수록 윤목사 목소리는 부드러워졌다.

"잘 알아맞히시누만. 목사님은 이걸 읽어본 적이 있소?"

"못 읽어봤습니다."

"이 일기에 윤목사와 만났던 일, 나누었던 얘기가 아주 자세히 적혀 있소."

"유서 같은 건 남기지 않았습니까?"

"없었소. 그런데……"

이사장은 요긴한 말을 하려다 뒤로 미루고 말을 끊었다. 그는 아들 일기장을 다시 말아 쥐었다. 그가 일기장을 쉬 넘겨주려 하지 않았지만, 윤목사도 구태여 받으려 하지 않았다.

"혹 목사님 댁으로 우송된 녀석의 편지 같은 건 없었소? 등기편지 말입니다."

"아직 그런 건 없었습니다."

"나쁜 놈의 자식……"

이사장은 죽은 아들을 두고 이렇게 말하다, 불쌍한 새끼 하고

고쳐 말했다. 그는 땅이 꺼져라 한숨을 쉬었다. 윤목사는 이사장
의 깊은 한숨이 증기가 되어 자기 안경알을 흐려놓는 착각에 빠졌
다. 대화가 잠시 중단된 틈을 얻자 그는 옆에 놓인 가방을 열고 성
경을 꺼내었다.

"잠시 기도 올리겠습니다."

윤목사는 눈을 감고 기도를 시작했다. 고인의 명복을 비는 기도
였으나 여러 가지 생각이 뒤섞여 기도가 잘 풀리지 않았다. 장례
를 주관할 때 읊는 의례적인 애도와 하늘나라에서 그 영혼이 축복
받게 해달라는 정도에서 기도를 마쳤다.

"어제 새벽이오. 내 넥타이로 지하실 보일러관에 목을 매고 죽
었어요. 식모 애가 죽은 그애를 먼저 보았는데……" 이사장이 말
꼬리를 접었다.

"왜 진작 알리지 않으셨습니까?"

"경황이 없었소. 일기장은 어제 대충 보았지만, 사실은 목사님
을 찾을 마음도 안 내켰구요. 아니, 뒷말이 진짜 대답이 되겠소.
장가도 못 가고 몽달귀신된 놈이라 삼일장이고 뭐고 따질 것 없이
오늘 화장을 마쳤고, 그러자 화가 조금 가라앉더군요. 그래서 소
식이나 전할 겸, 애놈 등기편지 같은 게 혹 교회로 왔나 하고 들렀
소."

윤목사는 대답할 말을 잃었다. 이런 경우 유족에 대한 위로의
말이 필요한지 어떤지 잠시 생각했으나, 위로의 말 자체가 형식적
이고 상대방을 더욱 불쾌하게 만들 것 같았다. 목사라는 선택된
직분을 가진 하나님의 종은 장소나 분위기는 물론, 상대의 신분

이나 기분에 마음이 흔들려선 안 됨을 윤목사도 알고 있었다. 그렇게 생활해온 윤목사였다. 그러나 그는 뭔가 목구멍을 막고 있는 답답한 압박감을 떨쳐버릴 수 없었다.

"이거 초면에 실례겠소만 담배 좀 피우겠소."

이사장은 조금도 실례가 되지 않는다는 투로 말하고 윗도리 주머니에서 담뱃갑을 꺼냈다. 라이터로 불을 붙이자 마치 응어리진 괴로움의 매듭을 풀어내듯 연기를 내뿜었다. 스산히 흩어지는 담배 연기 저쪽, 언덕 아래는 주택공단에서 짓는 신흥주택들이 바둑판처럼 들어서고 있었다. 자갈 붓는 소리, 망치 소리가 더운 바람을 타고 구릉까지 들려왔다. 훨씬 가까운 왼쪽 둔덕을 층층이 딛고 오르는 난민촌의 무질서한 판잣집들이 가차없이 허물어지고 있었다. 강제철거를 당하는 철거민들의 아우성과 아이들 울음 소리도 그치지 않고 들렸다.

"목사님, 병호가 이쪽 교회에 처음 나온 게 지난 초봄인 모양인데, 그때부터 그애가 자살 타령을 했나요?"

일기를 읽고 이미 알고 있는 내용을 직접 확인하자는 건지, 아니면 윤목사의 침묵을 허물고 싶은 건지 모호한 투로 이사장은 그렇게 물었다. 그의 목소리는 꼭 알고 싶다는 궁금증을 담고 있지 않았다.

"이를테면 그만한 나이쯤 부닥치게 마련인 생사에 관한 문제였습니다. 죽은 후 영혼이 육체와 분리된다면, 그 영혼은 반드시 지옥과 천당 중 어느 한 곳을 가는 게 사실인가. 병호 군으로부터 이런 질문을 받았던 기억이 나군요."

지난 이른봄이었다. 봄을 부르는 부슬비가 밤새 내렸고 새벽녘 까지 빗발이 그치지 않던 으스스한 날씨였다. 윤목사가 새벽 예배를 인도하려고 교회로 들어섰을 때였다. 교인 수 서른 명 남짓한 난민촌 개척교회다 보니 새벽 예배에 나오는 신자 수는 늘 열 명 안팎이었다. 비까지 내리는데다 시작 시간보다 이십 분 앞선 네시 반에 윤목사가 교회당 문으로 들어섰기에 나와 앉은 교인은 박장로와 종 치는 수고를 자청하는 사찰 하집사뿐이었다. 빈 좌석을 살피던 윤목사 눈이 뒷줄 구석자리에 앉은 낯선 젊은이 등판에 머물렀다. 장발의 머리칼과 블루진 윗도리가 비에 젖어 있었다. 새벽 예배에 나오는 교인은 뒷모습만 보고도 아는 터라, 교회에 처음 나온 초신자가 틀림없었다. 불신자라도 가족 중 중병으로 앓는 환자가 있거나, 환시(幻視)로 떠도는 두려움에 쫓겨 불면으로 밤을 새울 때라든지, 지은 죄를 회개하고픈 충동으로 자신을 더 속일 수 없을 때, 사람들은 어떤 절대적 존재자를 찾게 되고, 마침 새벽 예배 종소리가 들리면 발걸음이 절로 교회로 옮겨지는 경우가 있는 법이었다. 그런 젊은이려니, 윤목사는 그렇게 짐작하며 마태복음 11장 28절 말씀으로 설교를 시작했다. "몸은 죽어도 영혼은 능히 죽이지 못하는 자들을 두려워하지 말고 오직 몸과 영혼을 능히 지옥에 멸하시는 자를 두려워하라." 윤목사는 이 구절로 설교하며 이따금 낯선 젊은이를 유심히 살폈다. 젊은이는 성경책이나 찬송책을 지참하지 않았다. 그는 줄곧 머리를 숙인 채, 젖은옷이 살갗에 닿는 한기 탓인지 마음의 병이 깊어서인지 연방 어깨를 떨었다. 그러다 이따금 머리를 들곤 퀭한 눈으로 윤목사를 쏘아보았다. 나이 스물 남짓한 가냘픈 체구였다. 여윈 얼굴이 괴로움으로 일그러지다 어떤 때는 신들린 듯 한쪽 입술을 말아 올리며 힘없이 미소를 띠었다. 예배 중간에 교인 수가 조금 늘어났다.

설교가 끝나자 윤목사는 여느 때와 달리 교인 한 사람마다 안수기도를 했다. 비 탓인지 새벽 예배에 나온 교인은 열 명이 못 되었다. 윤목사가 안수기도를 작정하기는 순전히 젊은이를 위해서였다. 윤목사가 젊은이 머리에 손을 얹자, 그는 찔끔 놀라며 몸을 움츠렸다.

"불쌍한 죄인이여, 회개하고 하나님을 믿으시오. 주님은 당신의 죄를 정결케 씻어주시려고 이 시간도 깨어서 기다리십니다."

불신자가 듣기에는 따분하고 평범한 말이지만 듣는 이에 따라 감동을 주는 법이다. 윤목사도 자기 말이 성령의 힘으로 젊은이의 가슴을 뜨겁게 치기를 고대했다.

"목사님, 예배 끝난 후 잠시 뵙겠습니다." 젊은이가 낮은 소리로 말했다.

윤목사는 그렇지 않아도 예배가 끝나면 젊은이를 붙잡을 참이었다. 가시덤불에서 헤매는 어린 양을 구원의 길로 인도하여 결신자(決信者)로 만들고 싶었기 때문이다.

윤목사와 둘만 남게 되자, 젊은이는 간단히 자기소개를 했다. 이름은 이병호이며, 작년 K대학교를 지원했으나 낙방하고, 지난 일월 다시 K대학교에 응시했으나 역시 실패했다는 것이다. 고등학교 때 성적은 늘 반에서 셋째 정도는 했는데 잡념이 많아선지, 아니면 외고집으로 K대학교만 파고들어서인지 두 번 실패하니 살아갈 용기조차 잃었다며 그는 해설피 웃었다. 따져보면, 고등학교 이학년 때 어머니가 돌아가시고, 두 달 뒤 젊은 계모가 들어와 몇 달 방황했던 게 원인이 아닌지 모르겠다고 말했다.

"그런데 목사님, 어머니가 쉰도 못 되어 아버지 바람기 때문에 고혈압으로 돌아가실 때, 제가 어머니 임종을 지켰죠. 사람이 그렇게 쉽게 죽을 수 있다니, 제게는 충격이 컸습니다. 그전까지는 죽음이나 고통이란 단어가 사전에만 있고 저와는 상관이 없다고 생각했거든요. 아니, 그런 생각도 못했습니다. 그런데 어머니가 돌아가신 후 죽음이 두려워지기 시작했습니다. 죽음의 여러 형태가 사방에서 제게 달려오는 착각으로 몇 달을 악몽으로 보냈습니다. 그러던 중 목사님……" 병호는 숙인 머리를 들고 물었다. "저는 우연히 지난 여름방학 때 개인교습을 받던 영어 선생을 통해 성경책을 읽게 되었습니다만, 정말 하나님이 있는 겁니까? 영혼을 지옥에 멸한다는 하나님이 하늘나라에 살아 계십니까?"

하늘이 왜 푸르냐는 식의 초보적인 자기 질문이 쑥스러웠던지 병호는 민망한 미소를 띠었다. 그의 타는 눈빛은 정직했다. 윤목사 코끝에 술냄새가 닿았다.

"분명 하나님은 살아 계십니다."

"그걸 어떻게 증명합니까?"

병호는 증명이란 단어를 썼다. 목사를 난처하게 만드는 질문이 바로 과학 교과서적인 그런 종류였다. 그러나 그런 질문을 하는 사람은 이미 하나님이 존재한다는 가설에서부터 출발한 의심이기에 절반쯤은 하나님을 인정하는 셈이다. 그런 의심을 품은 사람일

수록 쉽게 결신자로 돌아서고, 작심하면 평생 교회 문턱을 습관적으로 밟는 교인과 달리 진짜 열성 신도가 되는 예를 윤목사는 십년 가까운 목회 경험을 통해 보아왔다.

"학생, 학생은 눈에 보이는 것, 논리적으로 증명할 수 있는 것만 믿고 그렇지 않은 것은 못 믿겠다는 말이군요. 저와 함께 생명이란 걸 한번 생각해봅시다. 삼라만상을 보십시오. 누가 거두지 않아도 들에 가면 많은 풀꽃이 피어 있습니다. 오직 햇빛과 물만으로 잎과 꽃을 피우고 향기를 만듭니다. 하나님이 아니시면 그 꽃은 누가 만들겠습니까. 과학이 창조할 수 있겠습니까? 또 보십시오. 그 향기를 쫓아 나비가 날아듭니다. 그 모든 현상이 삼라만상의 질섭니다. 바람이 꽃을 흔들며 지나가고, 씨앗을 날려 퍼뜨립니다. 학생은 바람을 본 적 있어요? 나뭇잎이 흔들리므로, 살에 닿으니 바람을 느낄 뿐입니다. 이 모든 우주를 누가 창조했겠습니까? 춘하추동, 밤과 낮, 생명의 탄생과 죽음, 그 질서를 누가 관장하고 계십니까?"

윤목사의 풀이가 병호에게는 역겨운 모양이었다. 그 정도 대답쯤 자기도 안다는 실망의 눈빛이었다.

"목사님은 조금 전 설교에서, 죽은 후 영혼까지 멸하시는 하나님을 두려워하여 죄를 짓지 말라고 말씀했습니다. 그러나 전지전능하신 하나님이 왜 인간에게 죄를 짓게 할까요? 숫제 아담과 이브가 금단의 열매를 따먹지 말게 하고, 따먹었다 해도 그것을 금단의 열매가 아니게 했으면 되잖아요? 아니, 숫제 천당만 만들지 왜 괴로움을 낳는 땅을 창조했습니까?" 병호의 목소리가 차츰 높아갔다. 이마 주름에 땀이 엉겼다. 눈동자가 빛나고 관자놀이가 떨렸다. 그의 청색 윗도리에 김이 올랐다. "그러므로 하나님은 없습니다. 죽고 나면 그만이요. 나무가 뿌리째 뽑히듯, 육체가 죽으면 영혼도 그로써 끝나는 거예요!"

"학생, 일주일만, 꼭 일주일만 예배에 참석하세요. 그럼 내가 분명 학생 눈앞에 하나님이 계심을 보여주겠습니다."

"……제가 그렇게 말했습니다." 윤목사는 잠시 말을 끊었다. 이사장은 피곤에 전 모습으로 졸고 있었다. 윤목사는 목소리를 조금 높였다. "그러자 병호 군이 의자에서 벌떡 일어나더니 떨며 뒷걸음질쳤습니다. 병호 군은 문턱에 걸려 넘어졌다 다시 일어나 빗속으로 빠르게 달아났습니다."

"그럼 이튿날 새벽 예배에 병호가 다시 왔나요?" 말은 듣고 있었던지 이사장이 물었다.

"오지 않았습니다. 그러나 저는 병호 군이 반드시 교회로 다시 찾아오리라 확신했습니다. 저는 병호 군 눈에서 하나님이 그 영혼을 돌보고 계심을 이미 보았던 겁니다. 그가 입으로 하나님을 부인했으나, 그의 영혼 속에 하나님이 역사하심을 본 겁니다."

"하나님이 역사하다니? 그렇게 역산지 뭔지 하면, 사람 머리가 홱 변합니까?"

"그렇지요. 새사람으로 다시 태어나는 거지요."

"여자나 노름이나 돈에 미치는 사람은 봐도 거기에 미칠 수 있다니. 난 도무지 그런 사람 심중을 알 수 없소."

"선생님도 교회에 나오십시오. 그러면 새사람으로 변하는 자신을 직접 눈으로 볼 수 있습니다."

윤목사 말에 이사장은 어림없는 얘기라는 듯 머리를 흔들었다. 필터 가까이 담뱃불이 타들자, 그는 마침 신발 앞에서 먹이를 물고 가는 개미 한 마리를 발견했다. 그의 손에 들린 담뱃불이 그 몸뚱이를 지그시 눌렀다. 윤목사는 이사장의 무심한 동작을 지켜보다 눈을 감았다.

윤목사는 이사장에게 다음 이야기를 발설하지 않았지만, 그날 새벽, 병호는 빗발을 가르고 어둠 속으로 아주 달아나버리지 않았다. 그는 교회 앞 언덕길을 한참 뛰어내려가다 무슨 생각에선지 머리를 돌렸다. 그때 윤목사는 교회 현관 앞 외등 아래 서서 사라지는 병호를 지켜보고 있었다. 병호는 다시 교회로 어깨를 늘어뜨리고 올라왔다. 병호는 울고 있었다.

"목사님, 저는 고생이란 걸 모르고 자랐습니다만, 하나님이 계시다면 이렇게 불공평할 수 있나요?" 병호 목소리가 울먹였다. 그가 허덕허덕 말했다. "할아버지한테 물려받은 빌딩의 세나 놓고 사채업으로 돈을 버는 우리 아버지는 자가용 굴리며 주색잡기에 빠져도 더 잘살게 되는 반면, 피땀 맺히게 노동해도 더 가난하게만 되는 이 난민촌 사람들을 보세요. 그 자녀들이 학교에서 돌아오면 왜 신문팔이나 껌팔이로 나서야 해요? 이런 불공평한 제도를 하나님, 아니 목사님은 그냥 보기만 하며 천당 설교나 팔아먹는 겁니까?"

"곡간을 해마다 더 크게 지어 곡식을 쌓아두는 부자에 대해 주님은 그 영혼의 어리석음을 탄식하고 있어요. 주님은 언젠가 그 영혼을 심판하려고 그의 육신을 도로 찾아갈 겁니다."

"알아들을 수 없어요. 그런 구름 잡는 말이 제 귀에는 들어오지 않습니다." 병호는 한 차례 어깨를 떨었다. 그는 헝클어진 머리카락을 쥐어뜯더니 현관 바닥에 무릎을 꿇었다. 두 손을 모아 쥔 그의 자세에 힘이 넘쳤다. "목사님, 저는 사실 그걸 따지려 교회를 찾지는 않았습니다. 저는 이번에도 돈을 훔쳤어요. 사흘 전 아버지 돈을 훔쳐 집에서 도망쳐 나왔어요. 고고홀에 갔고, 창녀촌에서도 잤습니다. 어젯밤엔 어느 술집 여자를 따라 이곳까지 흘러왔어요. 허리조차 제대로 펼 수 없는 성냥갑만한 여자의 단칸방에서 우리는 술을 마셨지요. 그런데 여자는 잠이 들었는데 나는 무엇에 홀렸는지 통 잠이 오지 않습디다. 그제서야 비로소 내가 왜 이렇게 허랑방탕 떠돌아다니느냐는 문제에 부딪혔어요. 참으로 이상하게 그 생각이 내 마음을 파고들었던 거예요. 목사님, 그때서야 지난 여름에 읽었던 성경이 눈앞을 가렸습니다. 그 성경이 추한 나를 내려다보며 저 높은 곳에서 책장을 펄럭이며 나부끼는 게 아니겠어요. 그 성경 내용이 진리일까, 하는 의문이 들자 저는 그냥 누워 있을 수 없었습니다. 몇 시쯤 됐는지 모른 채 무작정 그 집을 뛰쳐나왔습니다. 나올 때 여자의 자는 얼굴을 보니 어젯밤까지 그렇게 색정적일 수 없던 여자였는데, 갑자기 병들고 가련한 혈육같이 여겨져 눈물이 쏟아집디다. 저는 비를 맞으며 이 난민촌 어지러운 골목길을 헤매고 다녔지요. 그러다 교회 불빛을 보았습니다. 교회 불빛인 줄 미처 몰랐는데 찾아와보니 교회더군요." 병호는 말을 마치자 혼 빠진 사람같이 윤목사를 올려다보았다.

"학생, 자, 교회로 들어갑시다. 학생처럼 자기 죄를 참회하는 양심을 가진 사람도 오늘날 흔치 않습니다. 그 점이 바로 지금 학생 마음속에 하나님이 살아 계신 증겁니다."

윤목사는 병호 손을 잡고 그를 일으켜 세우려 했다. 병호는 꿇었던 무릎을 일으키더니 윤목사 손을 뿌리쳤다. 그는 올라왔던 언덕길을 되돌아 달려 내려갔다. 그는 뒤돌아보지 않았고, 다시 돌아오지 않았다.

"병호 군이 두번째 교회로 찾아온 것은 두 주 뒤 주일날이었습니다. 그는 낮 예배에 참석하고 저녁 예배에도 나왔습니다. 그는 그 보름 동안 깊은 묵상 끝에 마침내 악의 유혹을 이겨냈고, 그의 마음속에 하나님이 임하기 시작한 것입니다. 병호 군이 증명이라는 말로 부인했던 하나님이, 이제 인간이 만든 증명의 허상을 허물고 마음속에 강한 하나님의 성채를 세운 겁니다. 그 점이 바로 하나님의 신비한 능력이지요. 그날 저녁 예배가 끝나자 병호 군은 저에게, 오로지 하나님 말씀대로 살겠다고 간증했습니다. 그날부터 그의 얼굴에 세속의 괴로움이 사라지고, 성령이 임한 자에게서만 볼 수 있는 청결한 빛이 서리는 걸 제 눈으로 똑똑히 보았습니다. 나는 그 얼굴을 보고, 아 하나님에게 순종하는 길을 택한 백성이 바로 저런 얼굴이구나, 하고 생각했었지요."

"그럼 병호가 성령을 받고 드디어 하나님을 믿게 되었다는 말이군요?" 이사장이 되받아 빈정거렸다. 그는 준비해둔 듯 손가락에 침을 칠하여 들고 있던 노트를 들췄다.

"자, 녀석이 하나님을 진짜 믿었는지 어땠는지는 모르지만 여길 좀 읽어보시구려. 녀석 속마음이 어땠는지 알게 될 거요."

　—그들이야말로 천당행 부도수표를 남발하는 자들이다. 내세를 팔고 있다. 부자가 하늘나라로 들어감이 낙타가 바늘귀로 들어가기보다 힘들다는 말로 삶에 찌들어 더 이상 가난해질 수 없는 자와 병든 자를 끌어들인다. 착취당해 생존권마저 찢긴 자에게 천당이라는 진통제로 현세의 고통을 하늘나라에서 보상해준다고 농간한다. 원죄의 종말론으로 몽매한 민중, 특히 여자를 선동하는 그들이야말로 바리새적 율법주의자들이다. 분명 성서는 그런 쪽으로만 해석이 가능하지 않다……

　윤목사는 병호 군 일기를 더 읽어나갈 수 없었다. 독설에 찬 단견이랄까, 외곬로 신앙의 껍질만 보고 헐뜯음으로써 속살의 무한한 참사랑을 가려버리는 그 사탄의 시기를 읽자 윤목사의 마음도 아팠다. 더욱이 신앙의 갈등을 진솔한 기록으로 남긴 자가 지금 이 지상에 있지 않음에 애석함을 금할 수 없었다.

　"애놈은 그때부터 앓기 시작했소. 생돈 십만 원을 몽땅 탕진하고 돌아온 후 열흘 사이 놈은 아주 다른 얼굴이 된 거요. 얼굴만 달라진 게 아니라, 행동거지며 마음이 딴사람같이 변해버렸소. 마귀에 들린 꼴인데, 그 마귀가 바로 예수 마귀란 걸 내가 알아내었소. 공부는 완전히 포기하고 일요일과 수요일 밤을 빼곤 방에 처박혀 밖으로 나오지 않았고, 무얼 하는지 밥도 거르고 잠도 안 자는 것 같았소. 마누라가 밥상 들고 녀석 방에 들어가면 성경책이 펼쳐져 있다고 했소. 뭘 하더냐고 물으니깐, 얼굴에 황기가 들어 헛소리를 중언부언 읊더라나. 하나님인지 예수님인지 그런 마귀가 붙었구나, 나는 그렇게 생각했소. 이제야 밝혀졌지만 녀석이 죽기로 결심하기도 그때가 시발이었던 것 같소." 이사장은 흥분을 가누지 못한 채 거리낌없이 하나님과 예수를 매도했다. 그의 상기된 얼굴에서 땀방울이 떨어졌다. "녀석이 다시 집을 나간 게 지난 오월 초, 그렇지, 바로 내 생일날이었소. 이번엔 돈을 훔쳐가진 않았지만 녀석은 말없이 도망쳐버렸소."

"도망을 친 게 아닙니다. 병호 군은 저희 교회로 찾아왔습니다. 낮에는 저 앞 주택단지에서 날품을 팔고, 저녁부터 아침까지는 교회에서 철야 기도를 했던 겁니다. 그러니 잠잘 시간이 거의 없었죠. 왜 집엘 들어가지 않느냐, 집이 어디냐고 물어도 병호 군은 대답하지 않았습니다. 오직 마음으로 주님과 대화를 나누는 이외 어느 누구와도 말을 하지 않았던 겁니다. 철야 기도를 하다 의자에서 새우잠으로 잠시 눈을 붙이곤 아침이면 다시 공사장으로 나가 자갈도 지고 모래도 져 날랐습니다. 몸이 더 약해지는 걸 볼 수 없어 제 집사람이 공사장으로 더운밥을 날라다주곤 했지요. 병호 군은 정말 가난한 사람과 한몸이 되어 동침했지요. 그런데 말입니다. 우리 교회 여신도회 최집사라고, 믿음이 강한 분이 있지요. 남편은 삼 년째 병들어 누웠고, 최집사가 안양에서 채소를 떼어다 골목골목을 누비며 파는 아주 가난한 교인입니다. 그러던 어느 날입니다. 최집사가 저에게 말했습니다. 병호란 학생이 어제 저녁 자기 집에 쌀 한 말과 라면 두 상자를 놓고 갔다구요. 최집사 말이, 자기네 집만 그런 게 아니고……"

이사장이 윤목사 말을 막고 나섰다.

"그런 말은 이 공책에 없었소. 병호가 그런 착한 짓 할 놈이 아니오. 예수에 홀렸는지 목사 양반한테 홀렸는지, 교회에서 죽치고 살았다는 점은 납득이 가지만, 녀석의 그런 선행은 믿을 수 없소. 고등학교 이학년 때부터 담배를 피우고 색시집을 들락거린 녀석인데 하물며……"

이제 윤목사가 이사장 말을 꺾었다.

"선생님은 지금도 아드님을 증오합니까?"

"자식을 미워하다니? 자식 뼛가루를 한강에 띄워보낸 이 마당에 자식 미워하는 아비를 본 적 있소?" 이사장은 말아 쥔 공책으로 손바닥을 치며 역정을 내었다. "나는 다만 병호를 윤목사가 그렇게 변호한다 해서 다른 병호로 생각되지 않는다는 것뿐이오. 이놈의 세상은 돈보다 소중한 게 없는데, 사람이 꼭 뭐 대학에 들어가야 출세하나요. 요즘 대학 나온 시건방진 자식들 취직했다면 그까짓 돈 몇 푼 받나요. 병호가 대학 못 가도 난 상관이 없소. 오직 내가 못 배운 한을 푸느라 시킬 때까지 시켜보려 했던 거지. 그러나 대학은 못 가도 좋은데, 왜 그놈의 예수한테 미쳐 그 지경으로 사람이 변했냐 이거요. 요즘 세상이 어떤 세상인데, 아 그래, 목사님도 생각해보시오. 가난 구제는 나라도 못한다는데 집의 돈이나 훔치는 놈이, 뼈 아프게 등짐 진 돈으로 친척도 아닌 제삼자에게 쌀이며 라면 박스를 공짜로 안겨주다니! 그 말은 내가 병호를 두고 믿을 수 없고, 윤목사가 억지로 믿어달라면, 그놈이 예수에 미쳐 제정신이 아닌 거겠죠. 자, 여길 좀 봐요. 내가 목사 양반들 말 어디 믿게 됐는가."

이사장은 공책을 거칠게 뒤적여 윤목사 코앞에 들이밀었다.

—나와 같이 주택 공사장에서 일하는 노씨 부인 하집사가 교회 대지 구입 헌금으로 십만 원을 작정하고 그중 삼만 원을 이번 주에 헌금했다. 하나님 맙소사. 일당 이천 원 받는 노씨 부인이 거금 십만 원을 헌금하다니. 노씨는 봄부터 가을까지 볕드는 날만 골라 고작 오 개월 정도 벌이밖에 못하는 계절노동자 아닌가. 그러므로 일 년에 쇠고기 한칼 못 끓여 먹는 처지에 십만 원이라니. 더욱이 노씨는 중학생부터 층층이 다섯 자녀를 두고 있지 않은가. 무허가 난민촌에서 제집 한 칸 없이 사글세방에 사는 하집사가 그 큰돈을 교회에 바친다는 게 과연 하나님 뜻일까. 목사님은 하집사의 모범적인 독실한 신앙심을 칭찬하며 난민촌 교인의 건축 헌금을 간접적으로 독려하곤, 하나님이 이 돈의 몇백 배로 갚아주실 것을 믿는다며 힘차게 기도했다. 그러나 나는 하집사가 이 지상에 살 동안 하나님이 정말 몇백 배 돈으로 갚아줄 수 있다는 말은 상상으로도 믿어지지 않는다. 노씨는 늙어갈수록 미장이 자리마저 젊은 이에게 빼앗기고, 더욱 막소주를 마시며 찌든 한평생의 허기진 삶을 한탄할 게고, 일곱 식구 가난은 더 참혹하게 내동댕이쳐질 것이다. 자본주의 사회에서 생존경쟁의 변하지 않는 질서가 그렇다. 나는 이제 하나님을 원망하기보다는 하집사와 같이 미천하고 순박한 사람에게 하늘나라에 재물을 쌓으라 가르친 사제를 원망할 수밖에 없다. 교회가 지역사회의 가난에 동참하여 함께 괴로워하지 않을 때, 이미 그 교회는 부름받는 교회가 아니다. 교회는 오히려 대지 구입을 포기하고 시에서 나온 정착금으로 가난한 교인부

터 구제해야 할 것이다. 그게 사랑의 실천이고, 하나님의 증거이며, 성경 말씀의 가르침이 아닐까. 산등성이면 어떻고 시장바닥이면 어떠랴. 거기서 예배를 본다 한들 하나님 사랑이 비켜 지나갈까. 성경 말씀 여러 곳에는, 네 집보다 먼저 성전을 세우고 땅끝까지 내 말을 전하란 말씀이 있지만, 선교를 최대 목표로 삼는 초대교회 당시는 비싼 땅을 살 필요도, 건축자재를 돈으로 구입할 필요도 없었다. 오직 신앙심과 노동봉사의 합의만으로 교회를 세울수 있었다. 오늘의 이 난민촌 경우는 사정이 전혀 다르다. 먹을 것, 입을 것을 걱정하지 않으면 굶주리고 헐벗어 죽게 될 뿐이다. 영혼 구제도 중요하지만 무엇보다 물질로부터의 해방이 더 심각하고 절실한 문제이다. 하집사 경우는 교회가 가난한 신자를 착취했다고까지 볼 수 없지만, 분명 교회는 사회 분배구조의 불균등으로 고통받는 서민을 더욱 주리게 하는 공범자이다. 사제라면 우리 아버지 같은 자를 능력의 말씀으로 돌려세워 그 재산을 헌금케 해야만 진정 선택받은 하나님의 종이 되는 것 아닐까. 오, 어마어마하게 지은 석조 성전 마당에 늘어선 자가용이며, 부자들에게 영혼의 말씀으로 아첨하는 사제들이여. 그러나 보라. 그 거대한 성전 옆구리 축대 아래 게딱지로 붙어 있는 판잣집을. 그들의 찌들고 병든 삶을……

"난 종교를 잘 모르오. 그렇지만 교회의 부조리가 이런 마당에, 이래도 우리 애가 미치거나 자살하지 않고 배겨낼 수 있었겠소?" 이사장이 자신만만하게 말했다. 여기까지 와서 당신이 어디로 빠져나갈 수 있느냐는 듯, 그는 윤목사를 정면으로 바라보았다. 윤목사는 잠시 침묵을 지켰다.

"병호가 과로 끝에 피골이 상접해 다시 집을 찾아든 걸, 목사 양반 무엇으로 변명하겠소? 거지 꼬락서니에 늑막염 증세까지 있었소. 그게 바로 제힘으로 가난 구제가 힘들다고 포기한 소이 아니겠소? 교회를 원망하고, 목사를 원망하고, 무심한 하나님까지 원망하고 돌아온 낙오자. 그렇지, 탕자가 아니었겠냐 말이오? 그런데 나흘 후인가, 내가 집에 없을 때 윤목사가 우리집을 찾아왔더랬지요?" 이사장은 윤목사 멱살이라도 쥘 듯 눈을 부라렸다.

"그랬습니다. 겨우 병호 군 집을 알아냈지요."

"그 방문으로 좀 잠잠하려던 녀석 마음이 또 흔들리기 시작한 거요. 윤목사가 우리 애의 마음에 다시 마귀 불을 지른 거요!" 이사장은 더 참을 수 없다는 듯 외쳤다.

윤목사는 예의 침착한 목소리로 이사장 말을 되받았다.

"이선생님, 그렇지 않습니다. 병호 군이 원래 입이 무거워 생각이 거기까지 미친 걸 제가 몰랐던 게 불찰입니다만, 하집사 헌금을 병호의 해석대로만 받아들인다면 성경에 기록된 말씀은 하나님 말씀이 아니라 해도 과언이 아닙니다. 병호 군 그 일기 내용이 성경 말씀과 배반된다고 굳이 부인하고 싶진 않습니다만, 병호 군은 하나만 알았지 둘은 모르고 있었던 거예요. 이선생님, 인간 행복의 척도를 재물과 권력과 명예로만 따질 수는 없습니다. 병호 군 생각을 역으로 해석한다면, 교회 헌금은 반드시 먹고살기에 족한 자나 부유한 자로부터 나와야 한다는 결론이 나옵니다. 그러나 예수님은 여러 차례, 자기 자신을 위해 재물을 쌓아두지 말고 하늘에 재물을 쌓아두라고 말씀하셨고, 목숨을 위해 무엇을 먹고 마실까를 염려하지 말라고 하셨습니다. 또 가난한 과부의 헌금을 보고, 모두 넉넉한 중에 넣었지만 이 여인은 구차한 중에도 자기 생활비 전부를 넣었다고 칭찬하셨습니다. 이선생님, 빈주먹 쥐고 태어나 그 주먹에 동전 한닢 못 쥐고 죽기는 부자나 가난한 자나 다 마찬가지입니다. 호의호식하며 육신이 즐겁게 잘살아야 겨우 인간 칠십 평생입니다. 권력도 재산도 없고 육신마저 주리고 병들지라도 하나님 말씀대로 살다 죽은 후 영혼이 하늘나라에서 백만 년을 사는 것과 과연 비교가 될 수 있겠습니까? 예수님은, 가난한 자는 천국이 저의 것이라 하셨습니다. 결단코 말합니다만, 어느 누구도 하집사님 헌금을 비판할 자격은 없습니다. 병호 군 말대로라면 지금쯤 하집사 댁은 굶어 죽거나, 그 직전에 당도해야 옳습니다. 그러나 하나님은 하집사님 집안을 넘어지지 않게 굳게 붙잡고 계십니다. 사람이면 누구나 재물을 귀히 여기는 게 사실이지요. 그러나 그 재물을 성전 건축에 바친 대가로 얻은 하집사님 마음의 기쁨은 인간이 만들어내고 소유하는 그 어떤 기쁨과도 바꿀 수 없다는 말입니다. 다시 말씀드리자면 참기쁨은 물질의 대소에 있지 않습니다." 윤목사 목소리도 어느덧 열기를 띠고 있었다. 입안의 침이 마르고, 나무 그늘 아래였으나 온몸이 멱감듯 땀으로 찼다.

"듣자 하니, 코에 걸면 코걸이군요. 도무지 무엇에 홀렸는지 정신을 차릴 수 있어야지. 그럼 왜 병호가 죽지 않으면 안 되었소? 그걸 말해주시오." 이사장은 다시 담배를 꺼내 물며 짜증스런 목소리로 반문했다.

윤목사는 그 대답만은 잠시 뜸을 들였다. 사람이 어쩜 이토록 뻔뻔할까, 아니면 무지한 자일수록 강하다는 말대로, 자신의 수치를 모르기 때문일까. 윤목사는 연민의 눈길로 이사장을 바라보았다.

교회 울타리의 허술한 철조망을 감고 뻗어나간 덩굴장미가 진홍 꽃송이를 만개한 지난 유월 초였다. 윤목사가 저녁 예배를 마치고 문밖에서 교인들을 배웅하고 나서였다. 윤목사가 다시 예배실 안으로 들어오려다 힐끔 보니 병호가 어두컴컴한 종루 옆에 홀로 서 있었다. 윤목사는 병호가 무슨 할말이 있는 모양이라고 짐작했다.

"병호 군, 이리 와요. 왜 거기 혼자 있어요?"

병호가 머리를 빠뜨린 채 걸어왔다. 그즈음 병호는 여의도 자택에서 일요일에만 개봉동 윤목사 교회로 나와 저녁 예배까지 보고, 수요일 저녁 예배에 다시 참석하곤 했다. 말수는 더욱 줄었고, 아직 늑막염이 완치되지 못한 상태여서 얼굴이 여느 때보다 여위었다.

"드릴 말씀이 있습니다." 병호가 말했다.

윤목사와 병호는 예배실로 들어갔다. 예배실에는 아직 당회 장로 둘과 여신도회 재직 몇이 남아 있었다. 그들은 교회 철거 문제를 두고 이야기하던 참이었다.

"조용한 기도실이 좋겠는데요." 병호가 말했다.

기도실은 예배실 입구에 달린 작은 방이었다. 병호는 윤목사와 마주앉았다.

"목사님, 사실 저는 여태껏 한 가지 중요한 문제를 목사님께 숨겼습니다." 병호는 머리 숙여 윤목사 눈길을 피하며 침묵했다. 한

참 뒤, 결심을 굳힌 듯 입을 열었다. "지난 정월, 대학입시 발표 날이었습니다. 그날 저는 낙방한 친구들과 어울려 술을 많이 마셨습니다. 그래서 자제력을 잃었지만, 집으로 돌아와 한밤중에 아무도 몰래 식모애 순자 방으로 들어갔습니다. 그만 순자를 덮치고 말았어요. 걔가 반항을 했지만…… 순자는 숫처녀가 아니었습니다. 그때 그 짓을 하고 두 번 더 그런 사단이 있었죠. 그러니깐 세 번째 그랬을 때, 순자가 울며 제게 고백했습니다. 목사님, 놀라지 마십시오. 순자는 아버지께 수없이 몸을 버렸다는 겁니다. 중절수술도 여러 차례 했구요. 하도 부끄러워 이제야 그 말을 한다며 순진한 애가 서러워했습니다. 제가 아버지 지갑에서 오만 원권 수표두 장을 훔쳐 집을 나온 게 그로부터 이틀 후였습니다. 그날 처음으로 저는 아버지 돈에 손을 댔지요."

병호는 윤목사를 올려다보았다. 눈이 마주쳤다. 이제 병호는 처음 새벽 예배에 왔던 날처럼 눈물을 보이지 않았다. 입에 담은 내용과 달리 그의 얼굴은 추함도, 괴로워하는 기색도 없이 맑았다. 남의 얘기를 들려주듯 담담한 표정이었다. 윤목사는 그 눈길을 피했다. 그는 눈을 감았다. 모아 쥔 손에 절로 힘이 생겨 손과 손이 맞물렸다. 어느새 손에 땀이 찼다.

"그런데 어제 아침, 순자가 아무래도 임신한 것 같다고 제게 말했습니다. 석 달째 있을 게 없다는 겁니다. 순자가 아주 섧게 울었습니다. 뱃속 아이가 아비와 자식 중 누구 씨인지 모르겠다고 바보처럼 울기만 했어요. 날짜를 대충 따져보니, 그때쯤 됩니다. 저는 그걸 왜 아버지한테 얘기하지 않고 내게 하소연하냐고 물을 수도 없었습니다. 그래서 오늘 학원비를 타내어 순자를 데리고 산부인과로 가서 유산시켰습니다. 그 핏덩어리 생명을 하나님이 주셨다곤 차마 믿을 수 없었던 겁니다." 병호는 말을 마치자 곁에 둔 성경 찬송 합본책을 들고 조용히 자리에서 일어났다. "지금 이 말은 순자와 하나님과 목사님과 저만 아는 비밀입니다. 순자에게도 그렇게 다짐을 했구요."

윤목사가 눈을 떴을 때, 병호는 기도실 문을 닫고 조용히 밖으로 나갔다.

"이제 그만 내려가시지요." 윤목사가 가방을 들며 말했다.

이사장은 그래도 아들 죽음에 대해 뭔가 후련하게 풀린 게 없다는 표정으로 엉거주춤 일어섰다.

"그런데 한 가지만 더 물어봅시다. 병호가 죽고 난 후 내 금고에서 돈이 없어졌어요. 그것도 자그마치 당좌수표 오십만 원짜리가. 그런데 녀석이 뱃속에 넣고 죽었을 리 없고 하나님한테 송금했을 리 만무한데, 그 돈을 어디다 썼을까요? 유서라도 있어야 쓴 용도를 알지 않겠어요?"

윤목사는 이사장의 말을 듣자 없어졌다는 돈의 행방이 두 갈래로 해석되었다. 한 가지는 가정부 순자에게 주어 그녀로 하여금 집을 떠나게 했거나, 아니면 교회에 보냈을 수도 있었다. 아니, 지금 이사장은 그 돈이 교회 대지 헌금으로 바쳐졌다고 믿고 있음이 분명했다. 어쩜 이사장은 하나님을 좇다 광기에 들려 스스로 목숨을 끊은 아들은 이미 죽은 자식이라 치고 아들의 자살 이유를 알고 싶어서가 아니라, 아들이 훔쳐서 교회에 바친 자기 돈을 찾겠다는 목적으로 윤목사를 찾아왔을 수도 있었다. 만약 그렇다면 그 돈은 교회가 절대 받을 수 없는 돈이라고 윤목사는 생각했다.

"이선생님, 잠깐 집으로 들어가시지요. 제가 외출한 사이에 병호 군 편지가 와 있을는지 모르니깐요."

윤목사가 언덕길을 내려갔다. 이사장은 윤목사의 토담집으로 들어오지 않았다. 그는 밖에서 기다리겠다고 말했다. 윤목사가 집으로 들어가자, 아닌 게 아니라 발신자 쪽엔 주소나 이름이 씌어 있지 않은 등기 편지 한 장이 배달되어 있었다. 윤목사는 봉함을 뜯지 않은 채 그 편지를 들고 삽짝 밖으로 나왔다.

"아드님의 유일한 유서일는지 모르겠습니다. 먼저 뜯어보시지요." 윤목사가 편지를 이사장에게 건네주었다.

이사장은 편지를 보자 눈이 번쩍 뜨이는지 윤목사로부터 황급히 봉투를 낚아채어 봉투 상단을 뜯었다. 봉투 안에는 깔깔한 오십만 원권 수표 한 장이 들어 있었고, 윤목사에게 보내는 짤막한 편지가 있었다. 이사장은 윤목사에게 편지를 돌려주고, 가이사의 것은 가이사에게로란 비유처럼 수표는 자기가 쥐었다. 그는 그 수표를 주머니에 넣었다.

윤목사는 병호 편지를 읽었다.

─목사님, 죽음을 결정하기에 알맞은 조용한 새벽입니다. 목사님, 자살보다 하나님이 주신 생명을 자연사할 그날까지 온전히 보존하는 쪽이 더 주님 말씀에 합당한 길이요 올바른 판단이겠지요. 그러나 한 달을 두고, 살겠다는 쪽으로만 다짐했으나 제 신앙관의 괴리와, 제가 진 죄에 대한 끊임없는 채무를 감당키 어려워, 그 괴로운 문제로 날마다 시시각각 고통당하느니 차라리 주님 나라

에 어서 가서 풀어놓고 싶다는 쪽으로 돌아서는 또 다른 제 마음을 어쩔 수 없었습니다. 그러함이 나를 속이지 않는 정직한 마음이란 결론에 도달했습니다. 세상을 다 얻고 제 목숨을 잃으면 무엇하랴는 성경 말씀도 있습니다만, 진리가 나를 자유케 하는 길은 육신의 죽음마저도 초극하고 새 삶을 얻는 길인 줄 믿습니다. 그 길이 바로 영생으로 통하는 도정에 나서는 길이 아닐까요. 그러므로 이제 저는 되도록 빨리 육신으로부터 떠나는 일만 남았음을 압니다. 그 결행이야말로 살아 있어도 죽은 영육과 다름없는 현세에서, 제가 죽지 않고 영원히 사는 길입니다. 목사님, 저의 좁은 마음을 용서하십시오. 마지막으로 아버님을 배반한 돈이 여기 들어 있습니다. 이 돈의 용도에 대해서 아버님께 따로 편지를 내었으니 아마 자식의 마지막 원을 들어주실 겁니다. 제 힘으로 마련치 못한 부정한 돈이라 부끄럽습니다만 제 영혼의 눈을 뜨게 해주신 목사님, 마음의 짐은 지고 떠납니다만, 이 돈이 부디 버려진 돌이 아니라 일으켜 세울 성전 모퉁잇돌이 되게 써주십시오. 마지막으로 목사님이 저 대신 가련한 종 아버님과 순자를 위해 기도해주십시오. 아멘.

(『문학사상』 1977년 9월호)

절명絕命

절 명 絕 命

"천지가 암흑이로다. 억조창생의 갈 길이 어둡다. 갑갑하구나. 누가 문, 문 좀 열어라."

백하명이 감았던 눈을 겨우 뜨며 꺼져가는 목소리로 말했다. 그의 말은 머리맡에 앉은 몇 사람 귀에밖에 들리지 않았다. 백하명의 아우 하수 처사가 문 쪽을 보며 그 말을 크게 복창했다. 마침 방문 앞에서 수건으로 오열을 막고 흐느끼던 아낙네는 백하명 큰며느리였다. 그네가 미닫이 방문을 밀어젖혔다.

남도치고 드물게 보는 늦은 대설로, 밖에는 눈이 내리고 있었다. 함박눈이 목화송이를 뿌리듯 천지를 덮으며 퍼부어 내렸다. 안채 깃을 치는 용마루와 담장 추녀에도 함박눈이 이불 두께로 쌓였다. 백하명의 흐린 동자가 퍼붓는 눈송이 너머 먼 하늘을 보는 듯했으나 초점이 흐렸다. 가늘게 뜬 눈마저 곧 감겼다. 하수 처사 건너편에 무릎 꿇고 앉았던 맏아들 상헌이 아버지 저고리 고름을 풀어 가슴을 틔웠다. 명주 저고리 속에 앙상히 드러난 갈비뼈 밑 심장은 고동조차 규칙적이지 못했다. 백하명은 어제 저녁 사랑에서 자주 꺼내 읽던 『황성신문』에 실린 장지연의 「是日也放聲大哭」을 그날도 소리 높여 읽다 한줄기 코피로 마고자 섶을 적시며 쓰러진 뒤 곧 혼수상태로 들어갔다. 정신이 깨어났다 다시 까무러들기 벌써 여러 차례, 이월 하순 긴 밤이 그렇게 지나고 날이 밝았건만, 깨어나지도 쉬 숨이 끊어지지도 않았다.

"올 때가 넘었는데 뭘 하기에 여태까지……" 상헌이 열린 방문 밖 뜰을 내다보며 중얼거렸다.

"다른 데로 떴거나 어디 후미진 암자에 숨었겠거니. 하늘 보기 부끄러운 통한으로 생살을 태우며 뼈를 갈고 있으렸다." 하수 처사 말이었다.

서간도에서 홀연히 돌아온 뒤 지난해 시월, 다시 속세로 나오지 않겠다는 듯 언양 동운사로 들어간 백하명 둘째아들 상충을 두고 하는 말이었다. 어젯밤부터 백하명은 정신이 깜빡 깨어날 때마다 상충을 찾았다.

"체온을 보존해야지, 이럼 안 되오. 거기 방문 닫으시오." 상헌 옆에 앉은 허의원이 백하명 저고리 앞섶을 여몄다.

허의원 말에 상헌 처가 방문을 닫았다. 종갓집 웃어른 백하명의 임종을 지키려고 문중 큰 재목이 다 모인 사랑은 빈자리가 보이지 않았다. 촌수와 나이를 따져 차례대로, 머리 쪽은 숙부·당숙·장자가 자리잡고, 발치 쪽으로 종형제·당질·외숙부가 앉아 있었다. 그 뒤로 외종형제와 아녀자 권속이 병풍으로 둘러서 있었다. 마루와 지대 위에는 백하명 부자 처족이 방안의 동정을 기웃거리며 서성댔다.

백이도의 조부가 울산 군수를 지내 한때 백군수 댁이라면 추수 오천 석에 군을 쩡쩡 울리는 사대부 집안으로 울산 근동에서는 다 알아주었다. 그러나 한말의 쇠한 국운처럼 당대에서 일시에 가산이 기울기 시작하여 이제 몰락한 적빈 꼴이 되고 만 백하명의 임종은 그럼으로 하여 집안 분위기를 더욱 침울하게 했다.

"끝이로다, 끝이야. 내 한 발짝 앞날을 내다볼 줄 몰랐던 무지의 소치로다. 한시절은 사돈네 문벌을 등에 업었건만, 이제 이게 무슨 봉변이랴. 에미가 불쌍치, 그애가 무슨 죄가 있다고, 쯧쯧." 도포 소매 사이에 두 손을 맞물려 넣고 사랑채 마루청에 걸터앉아 있던 조익겸이 혼잣소리로 중얼거렸다.

조익겸은 백하명 둘째아들 상충의 장인으로 본가는 부산 가까운 기장이었으나, 해삼과 전복 수거 독려차 장승포에 왔던 길에 사돈 어른의 위독 소식을 인편에 전해 듣고 이제 막 도착한 참이었다.

"안채로 드시잖고 이렇게 한데 계셔서야 되겠습니까." 청지기 삼봉아비가 조익겸을 보고 말했다.

"나야 괜찮네. 그런데 사람이 기거치 않다 보니 행랑채는 이제 폐허가 됐네그려." 조익겸이 콧수염을 만지작거리며 말했다.

"예, 그렇습죠. 지난 추석 때 어르신이 김서방 댁마저 밭뙈기를 떼어줘 내보냈잖습니까." 삼봉아비가 열린 중문을 통해 내다보이는 텅 빈 행랑 마당에 눈을 주었다.

을미년 전까지도 태화강변에 일등 호답 팔십 마지기가 있었으나 민비 시해사건으로 의병이 전국 규모로 창궐하자 백하명은 그 군자금을 대느라 반을 처분했고, 나머지는 을사년 십 년 사이 마른 논에 물 빠지듯 이 핑계 저 이유에 닿아 시나브로 없어졌다. 을사년 그해만도 다섯 가구 종이 행랑채에 기거하여 집안이 분답했으나, 백하명이 네 가구를 양인으로 해방시켜 내보내어 지금은 오직 삼봉이네 일가와 중머슴 방개만 남았을 뿐이었다.

"흉가로다. 이제 흉가가 되고 말았어." 조익겸이 한마디 하곤 사랑 뜰 앞 연못 뒤, 담장을 끼고 서 있는 감나무에 눈을 주었다. 까치먹이로 둔 감 몇 알이 앙상한 가지에 매달려 눈발에 씻기고 있었다.

"의원 어른, 아무래도 낮쯤이 고비가 안 될까요?" 하수 처사가 꺼멓게 마른 형의 얼굴을 내려다보며 귀엣말로 물었다.

"글쎄요." 허의원이 자신 없는 목소리로 머리를 갸웃했다. 그는 백하명 손목을 잡고 진맥을 짚었다. 맥박의 진동 폭이 빨라지고 있었다.

"여봐라, 게 누구 없느냐?" 상헌이 북창문을 열고 머리를 내밀었다.

"예, 대령했사옵니다." 눈을 맞으며 뜰을 오락가락하던 삼봉아비가 지대로 올라서며 머리를 조아렸다.

"삼봉이라도 다시 보내봐라. 아무래도 방개 그놈은 강원도 포수가 된 모양이다. 차운리 쪽 지름길을 잡아 까치막으로 어서 떠나!" 상헌이 말했다.

늘어진 오십 리 길인 동운사로 두번째 파발을 보내라는 상전 말이 떨어지자, 삼봉아비는 안채로 종종걸음 쳤다. 장작을 한아름 안고 사랑채로 오던 아들을 불러세웠다. 범눈썹에 어깨가 넓고 몸집이 툭박져 힘깨나 쓰는 젊은이였다.

"삼봉아, 그거 거기다 마 놔라. 얼른 까치막으로 나가봐. 작은서 방님 만나면 어서 오시라 해. 이제 정말 화급하게 된 모양이다."

삼봉은 아비의 다급한 말을 듣자 장작 더미를 광 앞 처마 밑에 부리고 선걸음으로 사랑채 뒤로 트인 일각대문을 나섰다. 삼봉이 교동 한길로 빠지자 눈은 발목을 덮었고, 눈이 코앞을 가리며 더욱 세차게 퍼부었다. 지척을 분간할 수 없는 중에 아이들과 개들이 좋아라 한길을 가로세로 누비며 분탕칠 뿐, 소달구지 한 대 보이지 않았다. 납작하게 엎드린 길가 초가의 비스듬히 세워진 굴뚝으로 늦은 아침을 짓는 연기가 피어올랐으나 퍼붓는 눈에 스며 흩어졌다. 삼봉은 한참을 뛰다 여염집 토담에 걸린 새끼줄을 보자 걸음을 멈추었다. 눈 무게에 채어 짚신이 헐거웠기에 새끼줄로 발등과 신을 동여매었다. 그는 숨차게 유곡리를 빠져 차운리 느티나무 목을 지났다. 길가로 뻗은 왕소나무 가지가 쌓인 눈 무게에 휠 때마다 눈더미가 떨어져 내렸고, 삼봉은 눈더미를 몇 차례나 뒤집어쓰며 까치막으로 치달았다.

삼봉이 상기된 얼굴에 구슬땀을 흘리며 까치막 고갯마루에 다다랐을 때였다. 길 저 아래쪽 두 사람이 가풀막으로 잰걸음을 놓고 있었다. 의관을 갖춘 창의 차림에 한쪽 다리를 저는 이는 작은서방님이고, 앞서 길을 여는 자는 어제 해걸음에 동운사로 나섰던 중머슴 방개였다.

"작은서방님, 나으리님이 지금 막……" 성미 급한 삼봉이 한꺼번에 말문을 틔우려다 말을 더듬었다.

"운명하셨단 말인가?" 상충이 다그쳤다.

"아닙니다. 아직까지는…… 몹시 위급합니다."

상충은 알았다며 묵묵히 걸음을 서둘렀다. 그는 갸름한 얼굴에 이마가 넓고 콧날이 빼어난데다 며칠 낯을 씻지 않아도 멀쑥한 얼굴이라 선비 풍모가 의연했다. 손발이 길고 허우대가 늘어져 집안 아낙네들은, 작은서방님은 두루마기 차림이 그렇게 어울릴 수 없다고 입방아를 찧을 만큼, 그의 체신이 속내를 헹구었다. 그런데 무신년 의병에 참가했다 왜군의 총상을 입고 왼쪽 다리를 절었다.

"집안에 난리가 났다. 모두 작은서방님을 얼마나 기다린다고. 왜 이리 늦었나?" 삼봉이 방개에게 물었다.

"작은서방님이 유자암에 계셨거든, 유자암이 동운사서 십 리 윗길 아닌가. 깜깜한 밤이지, 눈은 엄청 날리지, 실배암 같은 암자길을 어디 찾을 수 있어야지. 골짜기에 처박히기도 수십 번은 했을 거라."

방개의 손과 얼굴에는 여러 군데 찰과상이 있었다.

세 사람이 솟을대문으로 막 들어섰을 때였다. 퍼붓는 눈발 속에 거센 울음이 어지러이 터져나왔다. 상충은 사랑채 댓돌에 올라 미투리를 벗자, 함빡 뒤집어쓴 눈을 털지 않고 방으로 들어섰다. 방 안 사람들이 길을 터주니 상충은 곡성을 헤치고 아버지 면전에 무릎 꿇고, 손톱이 잿빛으로 변한 아버지 손을 잡았다.

"아버님, 상충입니다. 제가 왔어요."

상충이 아버지 겨드랑이에 얼굴을 박고 오열을 쏟았다. 눈을 감은 백하명은 아무 말이 없었다. 세차게 숨만 몰아 뿜었고 그럴 때마다 콧날개가 벌름거렸다.

"자네, 좀더 큰 소리로 복창해보게." 진맥을 놓지 않고 있던 허의원이 말했다.

"불충 불효한 자식이 이제 왔어요, 아버님!"

상충이 아버지 어깻죽지를 흔들자, 그제서야 누운 자의 마른 입술이 달싹거렸다. 감긴 눈이 대추씨만큼 열렸다. 무슨 말인가 둘째아들에게 꼭 할말이 있는지 입술을 달싹거렸으나, 주위의 잔뜩 세운 귀에 아무 말도 들리지 않았다. 억만창생의 갈 길이 어둡다는 말을 끝으로 백하명은 말문을 닫고 만 것이다.

"아버님, 그렇게 찾으시던 상충이 이제 막 왔어요!" 상헌이 아버지 귀에 입을 대고 외쳤으나 소용이 없었다. 백하명의 눈이 다시 닫혔다.

상충이 자기 손에 잡힌 아버지 손을 통해 마지막 힘, 힘이라 할 수 없는 엷은 떨림이 스러진다고 느끼기는 그로부터 잠시 뒤였다.

백하명, 나이 쉰아홉, 1911년 2월 16일이었다.

작년 8월 한일합방 이후 두문불출하고 오직 사랑에서 인근 유생을 맞고 보내기 반년 남짓, 그동안 그는 거의 끼니를 돌보지 않고 횟술로 망국의 통분을 달랜 끝에, 굳이 병명을 댄다면 쇠하는 정신을 육신마저 지탱할 기력을 잃어, 거둔 풀같이 말라버린 영양실조였다.

2월 하순, 비바람이 며칠 스산히 뿌려 망울진 매화 꽃망울을 시샘하더니 3월을 목전에 두자 봄기운이 온누리를 밝게 누볐다. 울산읍 중심부 학산동의 이집 저집 뜰에 피어난 매화나무 붉은 꽃송이가 담장 위에서 촘촘히 웃고 있었다. 청명한 푸른 하늘에 몽당붓을 휘돌려 꺾은 듯 기운차게 뻗은 매화가지가 청청히 기지개를 켰고, 아직 음지에는 잔설이 녹지 않은 가까운 산이 아지랑이에 가려 한 발짝 멀리서 졸았다. 담 밑이나 개골창에 제멋에 겨워 부챗살로 늘어진 개나리도 가지 끝에 물이 올라 생기가 완연했다.

들에는 봄갈이 준비에 바쁜 농부들 흰옷이 점점이 흩어졌건만, 이제 세월은 작년이 옛적이었다. 싸리나 대쪽으로 엮은 문이 아닌, 나무문짝 달린 집이면 너나없이 내다걸던 '立春大吉'·'建陽多慶'의 글줄도 올해는 예년과 달리 별로 눈에 띄지 않았다. 자연은 철따라 변함없이 오가며 새 옷으로 단장하건만 백성들 얼굴은 엄동 매몰찬 한기에 떨고 있었다. 세상사 즐거울 일도 없고, 집안에 어쭙잖은 경사가 더러 있다 해도 그 웃음이 담을 넘지 못했다. 그들의 얼굴을 덮은 그늘은 봄 햇살마저 쉬 걷어내지 못했다.

조선 마지막 임금이 되고 만 순종 즉위 4년 만인 작년 8월 22일, 총리대신 이완용이 총감 데라우치와 조선 통치권을 일본에 양도하는 한일 합병조약을 조인하니, 이로써 반도 땅은 일본의 한 영토에 속하게 되었다. 을사년 제이차 한일협약이 체결되자 자결한 민영환·조명세·홍만식 등에 이어, 이번에는 판서 김석진·참판 송도순·승지 이재윤 등 많은 중신과 지방관리 및 유생 황현·김도연·이근주를 비롯하여 천민 황돌쇠에 이르기까지 은거한 선비와 의병장들이 속속 비분 자결함으로써 망국의 마지막 충절을 보였다. 또한 전국적으로 의병이 불티처럼 일어났으나 이미 기울어진 국운이 석양에 당도하니 모두 덧없는 하루살이로 무산되고, 또 새로운 의병이 곳곳에서 분기했으나 그 기세가 몇 군을 제대로 누비지 못했다. 한 해는 예년과 다를 바 없이 저물고 왜정 첫해 첫날도 해는 동쪽 바다에서 솟아올랐다.

일찍이 기독교를 수입하여 서구 문화의 영향을 강하게 받아 안중근 등 민족운동가가 즐비했던 황해도 지방에 오래전부터 눈독을 들여온 경무총감부는 새해에 들자 '안악사건'을 날조하여 안명근 등 그 지방 조선인 160여 명을 체포했다. 망국의 원한에 맺혀 꿈결에도 조선 독립을 심중에 품은 자는 잠자지 못하게 하고, 입으로 말하려는 자는 혀를 끊고, 손발로 뛰려는 자는 그 손발을 잘라, 다시 그 싹이 돋지 못하게 하겠다고 총독부는 혹독한 무단통치를 펼쳤다. 의병군마저 잔설 녹듯 간도 쪽으로 자취를 감추어, 조선 반도는 총독부의 일사불란한 체제 아래 묶여버렸다.

그들의 모진 결의에 아랑곳없이 철따라 봄은 남단에 상륙했다. 어둠의 세월을 나 몰라라 하듯 아이들은 겨울의 끝마감이 아쉬운 듯 연을 높이 올렸다. 방패연과 가오리연이 나부끼는 파란 하늘은 그 다스운 정기가 온 산과 들을 덮었다. 우쭐우쭐 간들간들, 연들이 물을 만난 올챙이처럼 창공에 펄럭였다. 연을 날리는 아이들 중에 상충 아들 형세도 있었다. 그는 올해 열 살로 방패연을 날리는 참이었다. 형세가 얼레채로 옆구리를 치며 사금파리 올린 연줄을 풀어내릴 때마다 방패연은 곤두박질치다 다시 하늘로 차고 올랐다. 바구니를 들고 저잣길로 가던 삼월이가 형세 눈에 띄었다. 삼월이는 상충의 처 조씨가 시집올 때 데려온 계집종이었다.

"삼월아, 어데 가니?"

삼월이가 형세 쪽으로 뛰어왔다. 한창 피는 나이라 부푼 젖가슴이 무명저고리 앞섶을 들쳤다.

"도련님, 빨리 집에 가봐요, 아버님이 오셨어요."

"아버지가, 정말?" 형세는 연줄을 감아들었다.

"진지상 차리러 반찬거리 사러 갑니다."

닷새 전, 칠일장으로 치른 백하명 발인 날이었다. 꽃치장을 갖춘 상여가 솟을대문을 나서려는데 일본 헌병 셋이 총부리를 앞세우고 집으로 들이닥쳤다. 그들은 대뜸 상충을 집어냈다. 상충은 효건과 행전 친 상복 차림 그대로 포승에 묶였다. 도망갈 사람이 아니니 입관이나 보고 잡아가라며 집안 어른들이 제지했으나 소용이 없었다. 헌병은 일단 조사를 하고 내보내주겠다며 어조가 강경했고, 옷자락을 잡고 매달린 상충의 처 조씨에게도 발길질을 서슴지 않았다. 무슨 혐의 때문인지 상충이 그렇게 끌려갔는데, 조사가 끝나 풀려나왔다.

형세가 집으로 달려들어가니 행랑 마당에서 삼봉이 장작을 패고 있었다. 형세는 사랑 마당을 돌아 안채로 들어갔다. 안채 마루 끝에 땅땅한 일본 헌병이 칼을 집고 앉아 있었다. 형세가 겁에 질려 주춤거리며 마당을 둘러보니 어머니가 우물가에서 파릇한 봄미나리를 씻고 있었다. 그 옆에서 삼봉아비가 부엌칼로 통통한 복배를 따는 참이었다.

"내장을 잘 추려요." 조씨가 말했다.

"작은아씨도, 여부가 있습니까. 제가 복 회 치기가 수천 번은 될 겁니다. 복 먹고 죽었다면 제일 먼저 옛날 옛적 염라대왕한테 불려갔을 겁니다. 제가 알아 먼저 시식할 테니 안심 푹 놓으십시오."

삼봉아비가 그놈 참 싱싱하다며 복껍질을 벗겼다.

겨울부터 봄까지 울산 앞바다에서 잡히는 참복은 그 맛이 좋기로 이름났다. 머리와 발을 추린 콩나물에 언양 특산인 미나리를 넣고 고추장 풀어 얼큰하게 복국을 끓이면 담백한 맛도 맛이지만 속풀이 국으로 북어국에 비할 바 아니었다.

"엄마, 안방에 아버지 계십니까?" 형세가 안방 신방돌에 놓인 베신과 헌병을 번갈아 보며 물었다.

"큰아버님하고 말씀 중이시다. 안방에 들지 말고 후딱 별당으로 가서 책 읽어라." 얼굴이 파리한 조씨가 조그맣게 말했다.

안방에는 상헌과 아우 상충이 백동화로를 사이에 두고 마주앉아 있었다. 열이틀 전 선친이 운명하자 울산·언양 근동을 합쳐 수원 백씨 성헌공파 종갓집 윗자리에 오른 상헌은 나이 불과 서른다섯으로 경세에 밝고 강직했던 선친과 달리 처신이 소극적이고 조심성이 지나쳤으니, 성품은 온순하다 못해 나약했다.

"밖에 있는 헌병이 조선말 아느냐?" 상헌이 물었다.

"작년 동짓달에 반도로 나왔대요."

"무슨 일로 널 불러들였더냐?"

"지난 정월에 황해도 안악 지방에서 조선인 백수십 명을 검거했다는 소문은 형님도 들으셨지요?"

"그 소문이야 읍내 사람이 다 알잖는가."

"모두들 경무총감부로 압송되어 지금 심한 문초를 당하고 있나 봅니다. 안명근 선생이 주모자라 저하고 선생님과의 관계를 따졌어요."

"안명근 선생이라니?"

"그분 존함을 모르시다니. 작년에 만주 여순감옥서 순국하신 안중근 선생님 종제 되는 분입니다. 제가 서간도에 있을 때 그분 은사를 많이 입은 바 있어요."

"그래서?"

"어쩌다 뒤늦게 제 이름도 거기에 올랐는지 어쨌는지…… 눈엣가시 같은 저야 어디 갈고리가 없어 제놈들이 못 걸어들이겠어요. 제놈들도 부모는 모시는지, 상중이라 풀어주긴 했지만 문밖 출입을 근절하라는 금족령을 내렸어요. 아마 조만간 한양으로 끌려 올라갈 것 같습니다."

"그래서 저 헌병이 변소간까지 따라다닌 거냐?"

"그런 것 같습니다."

"제발 조심해야지." 상헌이 탄식하듯 중얼거렸다. 상충 뒤쪽 삼층장 위 실궤를 보는 듯했으나 그 눈빛이 흐렸다. 장식으로 붙은 나비백동이 눈앞을 가리는 물기로 뿌옇게 어룽졌다. "당분간 몸을 피하는 게 좋을 것 같다. 너 생각은 어떠냐?"

"나라가 망한 판국에 집에 있으나 옥에 있으나 마찬가지지요 뭘. 산다는 게 욕된 세월입니다."

"그래도 야밤을 타서 몸을 피하는 게 좋을 테지."

"……"

상충은 머리만 숙일 뿐 묵묵부답이었다.

"바람 같은 너고 보니 또 어디로 흘러가려는지."

상헌이 처연한 눈길로 아우를 바라보았다. 사실이 그랬다. 상충이 열여덟에 장가들어, 그가 집에 붙어 있기는 스물한 살 때까지가 고작이었다. 그사이 아들 딸을 얻었으나, 딸은 홍역으로 곧 잃었다. 열다섯 살까지 서당 공부를 했으나, 뒤늦게 신학문을 공부하겠다며 한양으로 올라가기가 딸을 잃은 직후였다. 민영환이 세운 홍화학교에 적을 두었다가 무슨 마음에선지 평양 숭실학교로 옮겨 거기서 이태를 보냈다. 을미년 11월, 제이차 한일의정서가 체결되자 엄동설한인데도 그는 동곳 바람으로 고향에 내려왔다. 이틀 밤낮을 끼니 거르며 부친과 타협 끝에 군자금 삼천 원을 얻어 집을 나간 게 두 해나 소식이 없었다. 1907년 3월, 경성 종로 경찰서에서 울산 본가로 연락이 와서 하명과 상충 처가 허겁지겁 상경했을 때, 그는 나인영 등과 함께 꾸민 을사오적 암살 계획에 연루되어 구금되어 있었다. 모진 고문에 따른 장독으로 그의 몸은 폐인 꼴이 완연했다. 그로부터 상충 처 조씨는 아들 형세를 시가에 둔 채, 도화동에 사글셋방 한 칸을 얻어 마포감옥에 갇힌 서방 옥바라지를 이듬해 봄까지 해야 했다.

1908년 4월에 석방되었으나, 그는 집으로 내려오지 않고 곧장 이강녕 휘하에 들어가 충북 가원 일대를 누비며 의병에 종군했다. 그해 여름 충북 청풍군 금수산 전투에서 왜군에게 대패하여 이강년은 오른쪽 무릎에 총상을 입어 체포되었고, 그 또한 왼쪽 다리에 총상을 입고 피하는 몸이 되었다. 이강년은 한양으로 잡혀가 그해 10월에 사형당했고, 상충은 고향으로 내려와 다친 다리를 한 달 동안 치료한 끝에, 잠시 평양을 다녀온다고 집을 나간 게 이듬 해까지 소식이 없었다.

그동안 그는 안명근이 서간도에 세운 무관학교에서 일 년 동안 교관으로 있다가 한일합방이 조인되자 다시 혈혈히 고향으로 돌아왔다. 귀머거리에 벙어리가 된 듯 달포를 묵묵히 안사랑에 칩거한 끝에 가을이 깊을 무렵 훌쩍 동운사로 들어가버렸으니, 상충이 집을 떠난 스물한 살 이후 처 조씨와 같은 방을 쓴 적이 없었다.

"너도 나이 서른이면 이제 네 일신만 아니라 처자식도 생각해얄 것이다. 내 제수씨를 보면 우리 집안이 제수씨한테 무슨 죄나 지은 듯하여 조석으로 얼굴 대하기 쑥스럽구나. 더욱 성치 못한 제수씨 몸이 이번 대상을 치르느라 더욱 허해졌다는 애기를 들었다. 위통으로 미음을 겨우 넘기는데다 토혈까지 있었다 하니 그냥 묵혀둘 병이 아닌 것 같다." 상헌이 말했다.

"그렇잖아도 집사람과 형세를 당분간 처가로 보낼까 합니다. 제가 바깥출입을 할 수 없는 몸인지라, 내일 아침 방개를 기장 처가로 보내 장인 어르신이나 장모님이 좀 다녀가시라 이를까 하구요."

"좋은 생각이다. 너가 자상한 위인이 못 되니 친정에라도 가서 약첩을 쓰면 여기보다 마음이라도 넉넉하게 가질 테지." 상헌이 담뱃대에 입담배를 말아 넣곤 화롯불을 헤집어 불을 댕겼다. 두어 모금 빨아 불기를 살리곤 말했다. "너가 잡혀가고 난 후, 어제 작은아버님이 오셨기에 얘길 했는데, 아무래도 우리 집안이 합기로 옮겨 앉아야 될 것 같으다. 어머님 삼년상도 끝났고 하니 말이다."

합기는 울산읍에서 언양 쪽 내지로 오십여 리, 동운사 아래쪽으로 선영이 있는 곳이었다. 울산읍 인근의 논밭은 백하명 대에서 거덜나버렸고 합기에 있는 종답 빼고 논 스물다섯 마지기가 아직 유일하게 남았는데, 그 땅은 상헌 오촌 당숙이 마름을 맡아 소작을 내주고 있었다.

"저야 형님 뜻에 따르겠습니다."

"이제 우리 대에선 지주 집안이 아니다. 또 이 넓은 서른 칸 집을 간수할 능력도 없고, 얼마 남지 않은 합기 땅은 소작을 내줄 처지도 못 되니 우리가 손수 쟁기질을 해야 될 형편이다. 내 생각으론 삼봉이도 밭뙈기 떼줘 내보내고 방개나 데리고 들어앉을 작정이다. 오대를 내리 살아온 학산동 이 집을 처분함이 조상께 면목 없는 처사이나 아버님께서도 언젠가 합기로 은거할 뜻을 비친 적이 계셨다. 이런 세월에는 산골에 묻혀 선영을 돌보며 세상사 잊고 살아가는 행실이 온당한 일일 게다." 상헌 목소리가 수심에 젖어 간절했다. 그는 아우 손을 잡고 말했다. "그러니 상충아, 너도 때를 봐야 한다. 지금은 그런 때가 아닌 줄 안다. 몸 버려서 나라 구하기도 모름지기 망하기 전에 도모해야 하거늘, 이젠 이미 때가 늦다. 충정공(민영환)도 유서에서, 더욱 분려하며 지기를 굳게 하고 학문에 힘쓰라 일렀고, 아버님한테 들은 말이지만 영국엔가 있던 공사 서리 이한응 선생께서도 그곳에서 독을 마시고 자결할 때 형에게 남긴 유서에, 시골에 내려가 조용한 곳에서 부지런히 농사나 지으며 어머님을 잘 봉양하고 세상일에 상관치 마시라고 했다지 않았느냐. 그러니 너도 심신을 강건히 보살펴 언젠가는 찾아올 좋은 때를 기다림이 옳다."

"형님, 제가 의병으로 종군할 때 모셨던 이강년 대장께서 사형을 당하시기 전에, 군자는 이른바 죽음이 영화롭고 삶이 욕될 때가 있다고 말씀하셨습니다. 그래서 저도 그 깊은 뜻을 헤아려 합방된 작년 팔월에 죽기로 결심했으나 아버님이 살아 계신데, 나라에 불충한 자식이 아비보다 먼저 죽는 대불효까지 저지를 수 없어 구차하게 목숨을 이어왔던 겁니다." 상충의 목소리가 격해지더니 어깨가 들먹였다. "제가 십 년 가까이 나라를 구하는 일에 한덩어리 거름이라도 되어보겠다고 뛰었건만 끝내 아무런 도움이 되지 못했습니다. 그러니 형님, 저는 도망갈 마음은 추호도 없습니다. 제가 한양으로 잡혀가든 어쩌든 제 한 몸은 버린 아우로 쳐주십시오. 그저 제 처와 형세나 형님 그늘에서 잘 키워주시면……" 상충이 말끝을 거두며 오열을 되삼켰다. 조선인들은 오백 년 종사를 일군 한양이 왜나라 속국이 되고 경성이라 그 이름이 바뀌었으나 한양을 경성으로 고쳐 부르지 않았다.

석양볕이 내리쬐는 울산 장터거리로 행세깨나 해뵈는 한 무리의 일행이 지나갔다. 옥색 도포에 비단 끈띠를 맨 초로의 남자는 치장 잘한 나귀를 탔고, 젊은 종이 나귀 고삐를 잡았다. 다른 한 마리 나귀 등에는 삼층 찬합과 날갯죽지를 묶은 씨암탉 두 마리가 대롱거렸다. 옥색 도포에 말을 탄 이는 조익겸이었다. 그는 지금 학산동 사돈댁으로 가는 길이었다. 사위 상충이 보낸 방개 편

426

에 딸이 병기가 있다는 말을 듣자, 안사람이 길 떠나려는 걸 조익겸이, 딸도 데리고 올 겸 사위에게 다짐 받을 말이 있다고 빌미를 잡아 그 이튿날 자신이 나선 참이었다. 기장에서 이른 조반을 들고 나선 길이었는데, 나귀 고삐를 재촉하며 남창에서 점심을 먹고, 울산 장거리에 도착한 시간은 아직 해가 서산 너머 떨어지지 않았을 때였다.

조익겸 집안은 고조부 대부터 기장에 터를 잡아왔으나, 벼슬길에 나선 사람은 없었다. 이를테면 향반인 중인 계급이었다. 조부 대에 와서 자산을 착실히 늘려 만석군 토호로서 그 세력이 철마산 이남에서 동해 갯벌까지 미쳤다. 조익겸은 특히 상재(商才)에 밝아 강화도조약 이후 부산 초량왜관에 설치된 일본 공관을 들랑거리더니, 1876년 부산이 개항되자 무역업에 손을 뻗쳐 울산 이남 어촌의 해삼과 전복을 독점하여 개항 이후 부산에 진출한 대표적인 일상(日商) 고니시키 상사에 팔아넘기는 중개업을 시작했다. 춘궁기면 영세 어민에게 장리를 놓고 이를 제철에 해삼과 전복으로 대납케 했는데, 늦겨울에서 봄까지 해삼 수거철이면 톡톡히 재미를 보았다.

"작은서방님, 기장 나리님이 거동하셨습니다." 별당 뜰에서 삼봉이가 말했다.

방에서 책을 읽던 상충이 방문을 열었다. 정자 쪽에서 대추나무를 겨누어 목검으로 칼질하던 감시 헌병이 머리를 돌렸다.

"어디로 모셨는가?"

"빈소로 드셨습니다."

상충이 다리를 절뚝거리며 중문을 거쳐 석류나무가 석양볕을 받고 있는 안마당을 돌아 사당으로 갔다. 사당 옆, 병풍과 제기 따위를 갈무리하는 두 칸 방을 새로 도배해 선친 빈소로 쓰고 있었다. 뜨락에 조익겸이 뒷짐을 지고 있었다. 옆구리에 드리운 칼집을 쥐고 거기까지 따라온 헌병을 보자 조익겸이 그를 따로 불렀다. 왜 말로 그에게 몇 마디를 건네자, 그가 알았다는 듯 머리를 끄덕이며 안채로 갔다.

빈소로 들자 상충은 영위를 봉안한 휘장을 열어 장인에게 영위를 조상케 했다. 절이 끝나고 향을 갈아 꽂은 뒤 둘은 빈소에서 나왔다. 조익겸이 사위를 바로 보았다. 사돈 장례 때 보고 며칠 사이에 대하는 눈길이 언제나처럼 밝지 못했다. 조익겸 눈길에 닿는 사위는 언제 보아도 후련치 못한, 답답한 몰골로 그의 마음을 짜증스럽게 했다. 애지중지 키운 외동딸이 그의 식솔로 달렸다 보니 강 건너 불 보듯 무심할 수 없어, 사위 얼굴만 대하면 공연히 화증만 끓었다. 그 화증 또한 사위 성미나 행실이 삼강오륜에 어긋난 파렴치에 기인된다면 삿대질해서 속을 풀겠건만 그런 종류가 아니기에 그도 어쩔 수 없이 여태껏 속만 삭여왔다.

"형세 어미 병이 그 정도라면 진작 연락할 일이지……" 조익겸이 강기침 끝에 무겁게 입을 떼곤 가죽신을 신고 마당으로 나섰다.

"사랑으로 드시지요."

상충이 앞서 걷고 조익겸이 뒷짐을 지고 따랐다. 조익겸은 사위의 병신 된 다리를 보며 혀를 찼다. 조금 전까지 보이지 않던 동박새 한 마리가 석류나무 가지에 앉아 황록색 날개를 봄볕에 털며

벗을 부르는지 울음 울었다. 중문을 지나 사랑채 모서리를 도니, 상충의 처 조씨가 친정아버님이 오셨다는 전갈을 받고 무명 상복 늘어진 고름 끝에 손을 모아 쥐고 서 있었다. 핏기 없이 해맑은 안색에, 그 자태가 불안스러웠다. 조씨가 마루에 올라 얼른 방문을 열자, 조익겸이 먼저 사랑에 들고 상충이 뒤따랐다. 조씨가 방석을 밀어놓자 상충이 장인에게 큰절을 하고, 두 사람이 정좌하여 앉았다. 형세가 안 보이느냐고 조익겸이 외손자 안부를 묻자, 조씨가 밖에 놀러 나갔다고 대답했다. 조익겸과 상충은 한동안 말이 없었다. 조씨가 김 오르는 감주 두 그릇을 번상에 받쳐들고 올 때까지 둘은 입을 봉하고 있었다.

"술이나 좀 내오거라." 아무래도 한잔해야 말문이 트이겠다 생각했던지 조익겸이 딸에게 일렀다.

"아버님 뵐 낯이 없습니다." 조씨가 나가자 백상충이 말했다.

"음." 조익겸이 콧소리를 깔곤, "자네가 잡혀갔다는 소식을 듣고 내 알 만한 계통에 손을 써봤더니 아무래도 자네가 고생 좀 하겠더구먼. 저 사람들은 자네만 보면 발뒤꿈치를 두고 달걀을 닮았다고 까탈 잡을 사람들 아닌가. 돈을 써도 해결될 성싶잖고, 아무래도 재판을 받아야 할 것 같아" 하고 서두를 떼었다.

"제 한 몸이야 어떤들 괜찮습니다만……"

"나는 자네 생각을 도무지 알 수가 없다니깐. 자네 나이 올해 몇인가?" 언제쯤 철이 드는지 하는 측은함으로 조익겸이 사위를 건너다보았다. 알면서 짐짓 묻는 나이였다.

"임오생, 갓 서른입니다."

"그럼 백서방 자네도 이제 처자식 아낄 줄 알아야지. 내가 딸을 내놓은 지 햇수로 벌써 열두 해가 지났네. 사돈 어르신도 별세하신 이 마당에 자네도 늘 형한테 얹혀살 수는 없지 않은가. 듣자 하니 사돈댁 재산도 거덜나 분가한다 해도 나누고 자시고 할 건덕지도 없다지만, 내가 어디 자네 식구야 못 거두겠는가. 그러나 문제는 자네 맘에 달렸어."

조익겸이 말을 끊고 사위를 건너다보았다. 심중을 헤아려보겠다는 뜻이었다.

"……"

상충은 머리를 떨구고 있었다.

"백서방, 생각 좀 해보게. 이제 시대는 변했어. 대세를 꺾을 수 없어. 대국 청나라와 로스케를 무릎 꿇게 한 대일본이 아닌가. 옛말에도 있듯, 흐르는 물을 거스를 수 없는 법이야. 또 자네 한 사람 힘으로 뭘 어쩌겠다는 거야. 조선 이천만 백성이 한목숨이 되어 벌떼같이 일어난대도 이젠 어림없지. 암, 어림없고말고. 그러니 이럴 땐 강한 쪽에 몸을 기대고 처신함이……"

머리를 떨군 상충이 고개를 들었다. 장인을 보는 눈길이 날카롭지 않은데 함부로 범접할 수 없는 힘이 서렸다.

"아버님, 차마 제 앞에서까지 그런 말씀 하실 수 있습니까?"

"자네 앞이니깐 내가 더 설득시키려는 게야!" 조익겸이 목청을 높였다. 어릴 때부터 부자유친과 장유유서의 범절이 몸에 배어 일찍이 그런 일이 없었는데, 말대거리까지 하는 사위를 도저히 묵살할 수 없다는 태도였다. "자넨 생각이 틀려먹었어! 무릇 천도(天

道)에는 춘하추동이 있고, 인사(人事)에는 동서남북이 있는 법이야. 백작에 오른 이완용 어르신도 말씀했듯, 천도와 인사가 때에 따라 번역이 없다면 이는 실리를 잃고 끝내는 무슨 일이든 성취할 수 없다 했거늘, 시세가 면한 이 기회를 타서 인사에 맞춤이 옳은 일이야."

"그만하십시오. 저는 추강(秋江) 증조부님 후손입니다!"

상충이 눈을 부릅뜨고 장인을 바라보았다.

추강 백낙관은 현종 때 병조참판을 지낸 백홍수 아들로 상충의 먼 증조부뻘 되는 문중 어른이었다. 어릴 때부터 성품이 강직하고 의기가 높았던 그는 고종에 이르러 일본 세력이 침투하자 왜적을 배척하기로 주장했으나 뜻을 이루지 못했다. 그러자 한양 남산에 올라가 봉화를 올리며 다시 성토하다 의금부에 체포되어 투옥되었다. 뒤미처 임오군란이 일어나서 군졸들 손으로 의금부에서 풀려나오자 모두들 그를 백충신(白忠臣)이라 불렀으나 그해 8월 군란의 주모자인 김장손 등에 잡혀 처형되매, 그도 제주도로 귀양갔다 그곳에서 참형되었다.

"백서방, 나도 아네. 자네 그 의협심을 난들 왜 모르겠는가." 조익겸 목소리가 한결 부드러워졌다. 그는 사위에게 타이르듯 말했다. "장부가 한길로 뜻을 세움도 좋지만 그 뜻이 천도와 인사에 맞지 않으면 의연히 잘못을 깨닫고 새 뜻을 세우는 넓은 도량도 가져야 하네. 요즘 세상에 역적이란 말이 가창되고 말았지만, 돌이켜보면 천기를 맞아 큰 나라가 새로이 설 때는 대붕의 뜻을 모르는 참새 떼가 뒷구멍에 숨어 재잘거리는 법이야."

상충의 무릎에 얹힌 주먹이 떨렸다. 이빨을 앙다물어 관자놀이도 움직였다. 그는 이제 장인을 마주보려고 말을 하지 않았다.

조씨가 소반에 술상을 차려왔다. 타계한 선고가 술을 즐겼으므로 집에는 여러 종류의 술이 떨어지지 않았다. 조씨가 내온 술은 찹쌀로 빚은 약주였다. 안주로 산적과 나물무침이 올랐다. 술잔과 안주 그릇을 번상에 옮기고 조씨가 치마귀를 모두며 나갈 채비를 차리자 조익겸이 말했다.

"애야, 너도 거기 앉거라."

조씨는 세운 무릎에 이마만 겨눌 뿐 말이 없었다. 한 올 엇지게 넘어가지 않은 바른 가르마가 머리를 두 쪽으로 반듯하게 나누었다. 조익겸이 안쓰런 눈길로 딸을 건너다보았다. 딸 나이가 사위보다 한 살 위니 신사생이었다. 서방이 집에 붙박여 있지 않자 대가족 시집살이를 눈치로 견뎌내느라 처녀 때 복숭아같이 탐스럽던 뺨이 모시옷처럼 핼쑥하게 여위었다. 별 가르침이 없었는데 백씨 문중에 누됨이 없이 부덕의 법도에 좇아 여필종부하는 딸이 조익겸으로서는 대견하기도 했다.

조씨가 친정아버지 잔에 술을 치고, 서방 잔이 상에 올랐으나 그 잔에는 술을 붓지 않았다. 서방은 술 담배를 입에 대지 않았다.

"백서방, 내 더는 얘기하지 않겠네, 하여간 경성으로 잡혀 올라가면 재판이 끝나고 반년쯤은 옥살이를 할 테니 그동안 심사숙고 생각해보게. 자네가 마음을 바꾸면 내가 요로에 힘을 써 무사 방면을 책임지겠네. 나도 바쁜 몸인데 자네가 남이라면 이런 사설을 늘어놓을 틈이 있겠는가. 나만 살겠다고 하는 소리가 아닌 줄은 자네도 잘 알걸세. 그리고 그동안 형세 어미와 형세는 당분간 내가 데려가 맡아두겠어. 어미 안색만 봐도 속병이 보통 깊은 게 아닌 것 같애."

"아버님, 저야 괜찮아요. 아직 대상 치른 지 지척인데 어떻게 친정으로…… 또 서방님 일신이 곧 어찌되실는지 모르고, 조석으로 진지는 누가……" 조씨가 눈물 글썽한 눈으로 서방을 바라보며 끝말을 흐렸다.

"나야 걱정 마오. 형세나 잘 거두어 심지 굳은 장부로 키우시오." 백상충이 지그시 눈을 감았다.

그날 밤, 조익겸은 사랑에서 자고 그가 데리고 온 종들은 행랑 채에서 잤다. 이튿날 아침, 조반을 들고 나자 조익겸은 가마에 딸을 태우고, 나귀 두 마리에 자기와 외손자가 타고 사돈 집을 떠났다. 삼월이도 가마 뒤를 따랐다.

감시차 나왔던 헌병 제지도 있었지만 상충과 그의 형 내외는 솟을대문에서 일행의 배웅을 마치고 돌아섰다. 청지기 삼봉아비와 삼봉이 태화강 나루까지 그들을 배웅했다.

아침해가 솟은 해안 쪽 야산 너머로 바닷바람이 강물을 흔들며 불어왔고, 수백 마리 갈가마귀 떼가 이른 아침부터 수다스레 우짖으며 먼길을 떠나고 있었다.

"작은아씨, 친정에서 몸조리 잘하시고 돌아오십시오." "도련님, 기장서 서책 놓지 말아요. 작은서방님이 공부 열심히 하시라 당부했어요."

삼봉아비와 삼봉이 멀어지는 나룻배를 보고 외쳤다.

연두색 장옷에 얼굴을 감춘 조씨는 이제 두번 다시 시가 걸음을 못할 사람처럼 눈이 붓도록 소리 죽여 울며, 가마 휘장을 걷고 떠나온 시가 쪽에 눈을 주었다. 금빛으로 찰랑이는 강물을 차고 작은 물새 한 마리가 상류 쪽으로 날고 있었다. 그 물새를 멍하니 쫓다 다시 흐느끼는 조씨에 비해 형세는 아비를 닮아 창막이에 앉은 채 그저 덤덤한 얼굴로 해안 쪽 동녘 하늘만 보고 있었다.

　일행을 떠나보낸 상충은 그길로 별당에 든 뒤 조석으로 사당과 빈소를 둘러 나오는 것 말고, 이틀 동안 꼼짝하지 않고 칩거했다. 그동안 그는 물 한 모금 먹지 않았다. 사흘째 되는 날 아침, 그는 방개를 은밀히 불러 복 두 마리를 사오라고 일렀다.

　상충이 정히 몸을 씻고 의관을 정제한 뒤 사당과 빈소를 둘러 나와서, 별당에 든 지 수삼 분 그가 복내장 독물을 삼키고 자결 순사했을 때는 정오 무렵이었다. 오후 상충을 경성으로 압송하려고 헌병 분견소에서 헌병 셋이 그의 집으로 들이닥쳤을 때, 그들이 발견한 것은 상충의 시신과, 그가 망국의 백성에게 남긴 '절명사' 한 편, 형과 처자식에게 남긴 유서 두 통이었다.

(『문예중앙』 1978년 봄호)

박 명薄命

박 명 薄命

폐차가 다된 낡은 버스가 흙먼지를 자욱이 날리며 마을 어귀로 들어선다. 날씨가 추워 행인도 뜸한 황량한 한길에는 바람 소리만 앙상한 버드나무 가지와 늘어진 전선줄을 울린다. 버스가 덜컹거리며 면사무소 옆 공지로 꺾어들자 한차례 된숨을 뿜더니 언 땅에 박힌 굵은 자갈을 튕기며 멈춰 선다. 흙먼지가 회오리를 일으켜 버스를 감싼다. 먼지에 섞여 공지의 지푸라기가 어지러이 날아오른다. 겨울 한뎃바람에 언 뺨이 갈라터진 여차장이 버스 문을 열어젖히자, 봉투를 옆구리에 낀 안경잡이가 먼저 버스에서 내린다.

"강서기요, 울 아부지 안 탔습디꺼?" 개털모자 쓴 소년이 안경잡이에게 묻는다.

"안 탔더라. 아는 낯짝이라곤 한 늠도 읎던데."

안경잡이는 외투 깃을 세우곤 면사무소로 총총히 걸음을 놓는다. 소년은 재색에 묻혀 멀어지는 안경잡이를 보다 목을 빼고 버스 안

을 기웃거린다. 안경잡이 뒤를 이어 검정물 들인 군용 파카에 보
퉁이를 옆구리에 낀 젊은 사내가 내린다. 뻣뻣한 머리칼이 까치집
을 지은 그는 살갗조차 거무튀튀하게 거칠다. 도회 응달에서 날품
팔이로 떠돌다 입살기 힘들었거나 쉬 고칠 수 없는 병을 얻자, 그
래도 등 붙일 곳은 고향뿐이라고 찾아 내려온 꼬락서니다.

"머하노, 이 가시나는. 쎄기 안 내리고 말이다."

사내가 버스 안을 보고 짜증스레 말하자, 계집애가 승강구 손잡
이를 잡고 엉기듯 내려온다. 차장이 계집애 한 팔을 잡아준다. 털
실로 성글게 짠 목도리로 머리와 목을 감싼 계집애는 스물이 채
안 된 나이다. 계집애는 불에 그을린 낡은 검정 외투에 굵은 몸을
감추었다. 부황 들린 듯 얼굴은 부었고 눈 아래는 지우다 만 눈물
자국이 찌저그레 묻었다.

"참말루 첩첩 산골짜기네. 여게가 바로 현서면이란 데여유?" 계
집애가 기어드는 목소리로 사내에게 묻는다.

사내는 누구에게 들키는 게 겁나는지 퀭한 눈으로 주위를 둘러
보곤 계집애 손을 낚아채서 사납게 끌어내린다.

"보모 몰라서 물어. 여게가 어데 니 쥑일 경찰서 같나."

사내는 세운 파카 깃 속으로 턱을 당긴다.

의성에서 청송 쪽으로 외진 협곡을 따라 굽이굽이 산골로 휘어
들어오며 마을마다 몇 사람씩 떨구던 버스에는 빈 좌석이 꽤 늘었
다. 세 사람 말고 더 내려놓을 승객이나 탈 승객이 없자 버스는 곧
출발한다. 먼지가 다시 뿌옇게 피어오른다. 버스는 앙상한 가로
수가 늘어선 산자락 끝을 돌아 사라진다. 양쪽으로 버티어 선 골

짜기 사이 좁은 하늘에는 땅거미가 거멓게 덮여오고, 어둠에 실려 바람은 더욱 사납게 골짜기를 파며 메아리친다. 계집애는 사내 손에 끌려가며 머리를 틀어 버스가 사라진 쪽을 바라본다. 유리 문짝이 바람 소리에 덜컹거리는 상점들만 전등불을 밝혀 졸고 있을 뿐, 한길은 을씨년스레 비었다. 버스마저 떠나자, 이 오지에서 영원히 벗어날 수 없다는 절망감이 계집애 작은 동공을 가득 채운다. 그녀의 갈라터진 입술이 일그러진다. 피가 맺힌 아랫입술을 앞니로 깨물어 터지려는 울음을 진정시킨다.

"빙신 육갑 떠는 새끼. 양석 구해온다 카더마는 의성서 또 술 처묵고 자빠졌나."

개털모자 쓴 소년이 내뱉곤 둘을 앞질러 휑하니 어둠 속으로 달려간다.

"멀 좀 묵어 시장끼나 면해얄 낀데……"

사내가 주위를 살핀다. 면사무소 주위에 널린 상점 몇은 목판 진열대에 소주나 과자 나부랭이 따위만 초라하게 늘어놓았을 뿐, 길 이쪽에는 식당이 눈에 띄지 않는다. 사내는 길 뒤쪽을 돌아본다. 외등이 켜진 저쪽 지서 앞에 중국음식점이 눈에 띈다. 나무판에 '구산반점'이란 글씨를 써넣은 간판이 바람에 우쭐거린다. 사내는 그쪽으로 갈까 어쩔까 잠시 망설인다. 중국음식점에서 웃음소리와 노랫가락이 아슴하게 들려온다.

"해필이모 지서 옆구리에 있을 끼 머꼬." 사내는 그쪽에 등을 보인다. "빵이나 씹을 수밖에."

사내는 잠시 묵묵히 걷다 상점에 눈이 멎는다. 상점 안 귀퉁이에 드럼통을 끼고 앉은 노파를 본다. 드럼통 위로 흰 김이 오른다.
군고구마 장수다.

"이봐, 저게 가서 고구마나 몇 알 사온나. 쏘주 한 빙하고." 사
내가 계집애 손에 오백 원짜리를 쥐여주며 말한다. 계집애가 멈칫
거리며 그를 건너다본다. "난 쪽팔리니까 그카는 거 아이가. 저 할
망구가 날 알아보모 우짤 끼고."

"즌 아무것도 입 대기 싫네유. 그저 어디 따슨 데 등 기대고 좀
앉기나 했으믄……"

계집애가 눈을 감고 머리를 흔든다. 눈물방울이 터진 뺨을 타며
골을 판다.

"머라꼬? 퍼뜩 몬 갔다 오나!"

사내가 목청을 높이자 계집애가 마지못해 외투 주머니에서 손
을 빼내어 돈을 받는다. 계집애가 상점 쪽으로 비실비실 걷자, 사
내는 세운 파카 깃 안으로 얼굴을 움쳐넣고 빠르게 걷는다. 전신
주 밑에서 계집애가 돌아오기를 기다린다.

계집애가 이 홉들이 소주 한 병과 주먹만한 고구마 네 개를 사
자 노파가 거스름돈을 건네준다.

"의성 읍내 사람인교?" 노파가 묻는다. 노파는 눈곱 낀 눈으로
계집애를 할퀴듯 쏘아본다.

"아, 아니에유."

계집애는 제풀에 당황해하며 얼른 유리창 밖으로 눈을 준다. 사
내가 보이지 않았다.

"구산엔 초행길인가?"

계집애는 대꾸 없이 군고구마가 든 따뜻한 봉지를 배 앞에 안고 황망히 유리 문을 민다. 도망치듯 상점을 나와 사내를 찾는다. 전신주 밑의 그림자를 보자 살찐 암탉처럼 그쪽으로 걷는다.

　사내는 큰길을 버리고 남쪽으로 트인 샛길로 꺾어든다. 꽁꽁 얼어붙은 실개천에 나무다리가 걸렸다. 개천 건너는 잡목이 우거진 야산이 길게 누웠다. 야산 뒤로 하늘을 반쯤 가린 큰 산이 내리누르듯 어둠 속에 솟아 있다. 계집애는 다리를 건너며 큰 산에 눈을 준다. 높은 산이 막아섰는데 어디로 길이 나 있는지 그저 막막한 모양이다. 다리를 건너자 사내는 계집애로부터 소주병과 고구마 봉지를 받더니 자기가 낀 보퉁이를 넘겨준다.

　"식기 전에 묵어."

　사내가 계집애에게 군고구마 하나를 건네준다. 계집애는 말없이 고구마를 받아 외투 주머니에 넣고 내처 걷기만 한다. 사내는 이빨로 소주병 마개를 따더니 병째 술을 목구멍으로 넘긴다. 서너 모금을 그렇게 마시곤 고구마를 베어 물어 입가심한다. 술병 마개를 닫아 파카 주머니에 꽂곤 계집애를 본다. 와 안 묵노, 했으나 계집애는 대답이 없다.

　둘은 마치 호랑이굴 속으로 들어가듯 야산 허리를 질러 넘어 큰 산의 발치로 접어든다. 어둠 속에 허옇게 드러난 길섶의 마른 갈대가 바람에 쏠린다. 어둠이 덮고부터 바람은 더욱 세차져 천지는 온통 바람의 아우성에 갇혔다.

　"달이라도 뜨믄 좋을 낀데……"

　사내는 군고구마를 꺼내 먹으며 하늘을 올려다본다. 암청색 하늘은 더욱 어두워져, 별이 왕모래를 뿌린 듯 촘촘히 돋아났다. 사내는 술기운으로 걷기에 익숙해져 손등으로 이마의 땀을 훔치다, 계집애를 다시 본다. 두 손을 외투 주머니에 찌르고 계집애는 힘든 걸음을 걷고 있다.

"묵어두라이까. 집에 드가모 한밤중일 낀데 어데 밥풀때기나 있을라꼬."

계집애는 마지못해 군고구마 껍질을 조금 벗겨내더니 먹는 시늉을 한다. 사내는 담배를 꺼내 문다. 담뱃갑에는 담배가 세 개비밖에 남아 있지 않다. 그는 담배나 한 갑 더 사둘걸, 하고 생각했으나 이제 되돌아 걷기에는 너무 멀리 와버렸다. 사내는 성냥을 그었으나 불이 꺼진다. 걸음을 멈추고 바람을 막고선 다시 성냥을 긋는다. 네번째 만에 겨우 담배에 불을 붙이곤 계집애가 들고 있는 보퉁이를 받아든다.

"춥제?" 처음으로 정이 스민 사내의 말이다.

계집애는 대답이 없다. 사내가 얼굴을 가까이 하여 보니 계집애는 고구마를 베어 문 채 울음을 삼킨다. 계집애 걸음걸이는 너무 힘이 없어 곧 무너질 것만 같다. 사내는 계집애 한 팔을 끼고 걷는다.

"안죽 멀었어. 늘어진 이십 리 길이니까. 전쟁 전만 해도 보현산 골짝에서 호랑이도 내리왔고…… 열네 살 땐가, 새북에 이 질을 걸어 서울로 도망쳐 올라갔더랬제. 굶는 기 지긋지긋해서, 그렇게 도망질 가뿌린 기라. 시월이 고만큼 흘렀는데도 이 문디 같은 산골짜기는 하나도 빈한 기 읎어. 질도 그렇고, 산도 그렇고……"
사내가 불퉁하게 나직이 중얼거린다.

길은 갈수록 험해지고 마른 낙엽이 발밑에서 으스러지는 소리가 높다. 길 주위의 나무도 오리목·산벚나무·붉나무 따위의 갈잎나무에서 큰 키로 휘어진 소나무로 바뀌고, 솔잎에서 우는 바람소리가 더욱 날카롭다.

얼마를 걸었을까. 호롱불 몇이 어둠 건너 어슴푸레 반짝이는 산동네를 두 군데 지난다. 바짝 다가선 큰 산은 곧 발 앞을 가릴 듯싶은데 비탈을 이룬 길을 걷고 또 올라가도 산은 늘 저만큼 물러나 음험하게 웅크리고 있다. 그렇게 걸을 동안 계집애 체중이 차츰 사내 옆구리에 실린다.

"증말 더 몬 걷겠나?" 사내가 묻는다.

계집애가 갑자기 비명을 삼키더니 걸음을 멈춘다. 계집애의 겁먹은 눈이 오솔길 저 앞을 뚫어지게 쏘아본다. 사내도 얼른 계집애의 눈길을 좇는다. 나무 사이로 설핏 불빛이 보인다. 불줄기가 나뭇가지에 가렸다 보였다 한다. 계집애가 사내한테 몸을 바짝 붙인다.

"마 갠찮다. 도깨비는 아일 끼고, 어데 저 큰 불이 승냥이 눈깔이겠나. 사람이 사람 잡아묵는 법이사 읇제."

사내는 파카 주머니에서 소주병을 꺼내 서너 모금을 삼킨다. 밭은기침을 뱉곤 걸음을 뗀다. 그의 다리도 후들거린다. 불빛이 가까워오자 낙엽 차는 사람 발자국 소리가 들린다. 조금 전에 흔들리던 불빛은 상대방 손에 들린 전짓불이다. 불빛 뒤쪽은 보이지 않는다. 사내는 파카 깃을 더욱 올려 목을 옴츠려 넣는다. 둘은 죄인처럼 발치에 얼굴을 떨구고, 걷는다기보다 쪼작걸음을 뗀다. 전짓불이 어둠 속에서 두 사람을 잡아낸다.

"저게 오는 사람이 누구고?" 전짓불을 든 쪽이 묻는다. 그 말을 솔잎 우는 소리가 걷어간다.

사내가 얼굴을 들고 찡그린 눈으로 불빛을 마주본다. 전지를 켜든 사람은 남자다. 그는 홀로 걸어온다. 사내는 다시 얼굴을 돌려 불빛을 피한다. 전짓불 든 사람과 좁은 오솔길에서 어깨를 부딪치며 엇갈려 스친다. 사내 귀에 상대방 발자국 소리가 차츰 멀어진다. 사내는 자신을 밝히지 않기를 잘했다 싶어 안도의 숨을 쉰다. 계집애가 돌부리에 채어 넘어지려는 걸 사내가 부축할 때다. 멀어지던 발자국 소리가 멎는다. 전짓불이 냉큼 다시 둘의 발치로 달려온다. 사내는 가슴이 철렁한다. 어느새 계집애도 낌새를 알고 사내 앞으로 몸을 감추어 불빛을 피한다. 사내는 걸음을 멈추고 등만 보인 채 묵묵히 서 있다.

"자네 혹시, 만석이 아인가?"

전짓불을 든 사람의 외침이 바람 소리에 끊기다 이어지다 한다. 사내가 마지못해 돌아서자, 전짓불이 사내 온몸을 비춘다.

"틀림없제? 니가 만석이제?"

"댁은 누군교?" 사내가 퉁명스레 묻는다.

"만석이 맞구먼. 나네, 장쾌 새이(형)네." 장쾌는 사내가 고향을 떠나기 전 이웃에 살던 불알친구다. "니가 몇 년 만에 이래 고향에 걸음하는 질인고?"

장쾌 형이 둘 쪽으로 걸어온다. 계집애는 사내 뒤에 몸을 숨기고 있다 깜깜한 큰 산 쪽으로 돌아선다.

"어데 가는 질입니꺼?" 사내가 묻는다.

"울 어무이가 저녁답부터 갑재기 복통이 하도 심해 면내에 나간다. 의원이사 어데 이 추분 밤질을 올라 카겠나. 약 좀 지어갖고 올라꼬." 장쾌 형이 등을 보이고 서 있는 계집애를 눈짓하며 사내에게 소곤소곤 묻는다. "저 처자는 누군고? 마실 사람이 아이고, 첨 보는 처잔데 말이다."

"애인 아닌교." 사내가 발치 낙엽을 차며 망설이다 대답한다.

"애인? 햐, 니도 벌써러 가시나 차고 댕길 만큼 어른 돼뿌렀나? 시월 하나 참 빠르기도 하제. 그래, 풍문에 듣자 카인께 서울 있다 카던데 돈 좀 벌었나 우쨌나?"

"내 이 꼬라지 보이소. 돈이 어데 붙게 생겼는가예. 내 겉은 화적 떼 같은 놈이사 구름잡는 기 오히려 쉽제, 돈이 눈멀었다고 내한테 잡히겠는교."

"그래에? 마실 사람들은 니가 안 죽었으모 지전깨나 만질 끼라꼬 말들 해쌓제. 어릴 때부터 앙심이 있는 늠이었으이께."

"서울 살아바도 산골 촌늠은 역시 자기 털 몬 갈아예." 사내는 피식 웃는다.

"서울은 온 천지가 돈시상이라민서?"

"모르겠심더. 하긴 돈 많은 늠들이 다 모이 사는 데가 서울이긴 하지예."

"그라모 어서 올라가봐라. 너거 어무이가 그래도 억시기 좋아할 끼라. 그동안 많이 기다맀으이께. 니 서울 이바구는 낼 아침질에 듣기로 하고 말이다. 나도 바쁜 질이라 퍼뜩 가바야제."

장쾌 형은 전짓불로 길 앞을 비추며 걷던 길을 내리 걷는다.

"아무도 안 만날라 캤는데 저 자슥을 여게서 만날 끼 머꼬. 설마 내 봤다고 지서에 막바로 들어가는 거는 아이겠제."

사내는 침을 뱉고는, 계집애 넓은 등을 부축하여 다시 걷는다.

달구지길도 끊긴 외줄기 오솔길로 솔바람 소리 따라 휘어들기 또 십 리, 첩첩 산속에 십여 호 화전촌이 천백 미터가 넘는 보현산 아래 짜부라지듯 엎드려 있다. 몇 집은 호롱불이 켜져 칼날 같은 바람 건너에서 까물거린다.

"인자 다 왔다. 여기가 내 배태고향 아인가베." 사내가 얼굴의 땀을 닦으며 말한다.

사내 말이 떨어지자, 그 말을 기다렸다는 듯 계집애가 무너지듯 땅바닥에 주저앉는다.

"어라차, 이기 우째된 기고……" 사내가 황급히 계집애를 안아 일으킨다. 계집애가 가쁜숨을 할딱거린다. "니 이질로 그냥 죽어 뿌리는 거 아이제? 정신채리라. 다 왔다 카인게."

사내가 계집애 어깨를 흔든다. 얼핏 손에 닿는 계집애 얼굴은 온통 땀에 젖었다. 계집애의 감겼던 눈이 다시 열린다.

"일어날 테니께, 날 놔둬유." 계집애는 죽어가는 소리로 가느다랗게 말한다. 그녀는 용을 써 기우뚱 굵은 몸을 일으킨다.

사내는 땅에 내려놓았던 보퉁이를 얼른 집어들고 계집애 겨드랑이 밑에 팔을 낀다. 둘이 한몸이 되어 다시 걷는다.

산에서 내려온 황소바람이 마을을 휩쓴다. 비탈을 이룬 화전밭 사이 실개천은 얼어붙었다. 사내는 계집애를 부축하고 조심하여 개천 얼음판을 건넌다. 드센 바람 소리에도 인기척을 들었는지 동네 개가 짖기 시작한다. 덩달아 여러 마리 개가 따라 짖는다.

"사람 취급 몬 받으이께 너그들도 괄세구나." 사내가 허탈하게 중얼거린다.

둘은 동네 들머리 세 칸 오두막집 앞에서 걸음을 멈춘다. 집안은 조용하고 깜깜하다.

"니는 우선 여게 잠시 숨어 있거라."

사내는 계집애를 옥수숫울에 기대어 세운다. 그는 삽짝 앞으로 걸어가 심호흡을 한다. 숨길이 가라앉자 닫혀진 삽짝을 흔든다. 안에서 아무런 기척이 없다.

"어무이, 어무이 있습니꺼?"

사내가 삽짝을 흔들 때마다 마른 수숫잎이 서걱이며 운다. 사내가 몇 차례 어머니를 부르자 마을 개 짖는 소리가 더욱 요란해진다. 장쾌 형 말이라면 어머니가 어디로 떠나쟎고 집에 있어야 한다.

"저것들이 증말 사람 알아보고 저 지랄인가." 사내가 투덜거린다. 어머니가 마을 나갔을까 하고 사내가 귀기울이자, 방에서 인기척이 들린다.

"이 밤중에 누군공? 누가 와서 그카노?"

새김창 작은 방문을 열고 아낙네가 얼굴을 내민다.

"어무이, 납니더. 만석입니더."

사내가 삽짝을 활짝 열어젖힌다. 그는 어둠을 밀며 집안으로 한 발 들어선다.

"머라꼬, 만석이라꼬?"

아낙네가 치마말기를 여미며 방밖으로 발을 내민다.

"예, 지가 만석임더."

"아이구, 이늠으 자슥아. 니가 만석이라이……"

아낙네가 맨발인 채 서둘러 언 마당을 질러 삽짝으로 달려온다. 화전붙이가 싫어 열네 살에 대처로 도망나간 뒤 여태껏 소식 한 장 없던 둘째아들 만석이가 칠 년 만에, 그것도 엄동 한밤중에 집으로 돌아온 것이다.

"안 죽고 살아왔구나. 나는 니가 어데 객사라도 한 줄 알았제." 아낙네의 목소리가 울먹인다. 어둠 속이라 아들 얼굴을 알아볼 수는 없었으나 그 목소리만은 옛날 억양을 닮았다. "추분데 어서 안 들어오고 멀 그래 꾸물거리노?"

벌써 눈물이 고랑지는 아낙네는 어깨를 들먹이며 두 팔을 벌렸으나 아들을 껴안지는 않는다. 머리통만큼이나 더 커버린 아들이 꼭 낯선 서방 같게 여겨졌기 때문이다.

"저, 어무이. 가, 가시나 하나 데불고 왔습니더." 사내가 쭈뼛하다 몸을 돌려 옥수수울에 기대선 계집애를 보고 말한다. "이것아, 썩 안 나서고 머하노!"

계집애는 사내 말에도 꼼짝을 않고 서 있다. 사내가 그쪽으로 달려가 냉큼 계집애를 끌어낸다.

"어무이한테 인사디리거라."

계집애가 어깨를 떨며 아낙네 앞에서 고개를 숙인다.

"이 처자가 누군데?"

놀라움으로 아낙네 입이 벌어진다.

"들어가서 말씀디리지예."

떨며 서 있는 계집애의 등을 밀어붙이고 사내는 축담으로 걷는다.

아낙네가 먼저 방으로 들어가 어둠을 더듬어 성냥을 찾아낸다. 호롱불 심지에 불을 댕기고, 둘을 맞아들인다. 나무가 흔한 산골이라 방이 후끈하다. 아낙네는 비로소 밝음 아래 떠오르는 아들 얼굴을 본다.

"만석이, 만석이가 틀림없구나…… 아이구 이 자슥아, 니가 니 발로 이래 걸어 들어오다이. 첨에 나는 니 귀신이 삽짝 밖에서 날 부르는 줄만 알았제." 아낙네가 손등으로 눈물을 훔친다.

사내는 방을 둘러본다. 그을음과 빈대똥이 앉은 흙벽에 실궤 하나, 모든 게 칠 년 전과 다를 바 없다. 헌 담요에 몸을 감고 아우는 이미 잠들었다. 사내가 집을 떠날 때 열한 살이던 아우는 이제 꼴머슴 티가 났으나 산속에 묻혀 살아 형상만 사람 꼴이지 내놓은 짐승과 다를 바 없다. 사내는 측은한 눈길로 아우를 잠시 내려다 보고 있다.

"어무이도 그새 많이 늙었네예. 센 머리칼이 다 보이고. 근데 새 이는 어데 갔습니꺼?"

"내사 나잇살 묵었으이 늙는 기 당연지사제. 이카다가 죽는 거 아이겠나. 너거 새이는 지난 가실부터 면소에서 방이군인가 먼가 그거 받고 안 있나."

아낙네는 말을 하면서도 눈물 젖은 빠끔한 눈으로 아들과 낯선 계집애를 찬찬히 살핀다. 머리칼이 억새풀 같은 아들은 이제 장골이 훤칠하나 옷매무시며 피폐한 몰골이 말이 아니다. 도회지 시궁

창에 몸담고 살 썩이며 지낸 꼴이 완연하다. 칠 년 만에 본 자식이 아낙네에게는 물에 빠진 들쥐 꼴이다. 머리를 꼬라박고 있는 계집 애는 얼굴이 푸석한 게 입술도 부어터지고 살결도 거칠어 그 역시 토끼 겨울 나듯 끼니를 굶어온 꼴이다.

"대처도 살기 그러큼 심이 드는가보제. 하긴 어데서 사나 아가 리가 포도청 아이가." 아낙네는 머리를 주억거리다가 아들에게 조 심스럽게 묻는다. "만석아, 대체 이 처자가 우예돼서 따라온 아이 고? 나이도 오막골네 분선이만한 거 같은데?"

"아부지는 어데 갔습니꺼?" 아낙네 말에 사내는 계집애를 보다 딴전을 편다.

"아부지? 그 썩어빠질 영감? 여게서 몬 살겠다고 돈 벌러 안 나 갔나. 어데 대처로 술 퍼마시며 돌아댕기겠제. 일 년에 한두 번씩 집이라꼬 들어오모 쌀말값이나 던져놓고 사흘 몬 넘기고 또 나간다. 거리 구신이 붙어댕기니 집발이 어데 붙겠나."

사내는 불현듯 버스에서 내렸을 때 개털모자 쓴 소년이 떠오른 다. 소년이 기다리던 아버지란 작자를 본 적 없어도 눈에 선하다. 수염이 뺨까지 거뭇거뭇 돋아난 털북숭이에 게슴츠레한 눈이 술 에 늘 취해 몽롱하던 아버지의 칠 년 전 얼굴이 구겨져 사라진다. 사내는 입술에 침을 바르곤 잠시 망설이며 어머니 눈치를 살피다 가 힘들여 말을 꺼낸다.

"근데, 어무이. 지발 이 가시나 좀 맡아주이소. 겨울만 나게 해 주모 지가 다시 와서 데불고 가겠심더." 사내 목소리에 애원기가 섞였다.

"머라꼬? 니는 이질로 또 대처로 나갈라 카는가베?" 아낙네가 그럴 줄 알았다는 듯 힘없이 묻는다.

"예, 아무래도……" 사내가 끝말을 감춘다.

아낙네가 외투에 굵은 몸을 감춘 계집애를 보며 눈살을 찡그린다. 계집애는 내내 얼굴을 떨군 채 입을 다물고 있다.

"만석아, 우짜겠노. 우리 두 식구 입살기도 심든데 우째 입 하나 더 늘리겠노. 니도 알다시피 하늘하고 산만 보고 사는 이 화전촌엔 안 살아본 사람은 몬 산다. 그러이께 니도 도망질 안 갔나. 우리도 어데 살고 싶어 사나, 몬 죽어 피밥이나 감자·옥수수로 연명하는 기제."

"어무이, 엔간하모 델고 댕기겠습니다마는, 저기 알라를 배서 그래예. 몸이 많이 무겁심더. 해산할 때꺼정 붙여주모 봄에 와서 지가 델고 가겠으이께……"

아들 말을 아낙네가 막는다.

"쯧쯧, 우째 그래 보이더라, 웬 처자 허리통이 저래 절구통 같은고 했지러."

아낙네는 외투에 감춰졌으나 만삭에 가까운 계집애 배를 보며 혀를 찬다. 계집애가 큰 손으로 배를 누르며 흐느낀다. 거친 손등이 칼로 벤 듯 주름살마다 터져 피가 내비친다.

"저 처자 뱃속에 든 기 니 알라란 말이제?"

"맞심더. 내 아라예." 사내는 안쓰런 눈길로 계집애를 보다 결심을 굳힌 듯 더듬더듬 말을 꺼낸다. "어무이, 바른 대로 말하겠심더. 저는 지금 쫓기는 몸입니더. 사람을 칼로 찔렀어예. 죽었는지 우째됐는지 모르지마는……"

사내는 파카 주머니 속에서 꾸깃꾸깃 접은 신문 한 장을 꺼낸다. 까막눈인 아낙네는 그걸 볼 리 없고 입만 크게 벌린다. 접힌 신문에는 사십대 여자 사진이 실렸고, '밤길 주택가에서 살인미수 강도, 인근 주민이 발견하여 병원으로 옮겼으나 중태'라는 구절이 눈에 띄게 달렸다. 작은 글씨의 세부 기사는 인근 주택 공사장 인부 소행으로 의심되어 근자에 해고된 인부를 중심으로 경찰이 수사에 착수했다는 주석이 붙었다.

"머라꼬? 니가, 니가 증말로 사람을 쥑였단 말이제? 아이구, 이 웬수야. 대처에 나가 칠 년 만에 돌아왔다는 자슥이, 그래 사람을 쥑이고 숨으러 들어왔다 카이 내가 미쳐……"

아낙네는 넋두리를 늘어놓으면 흙벽에 등을 기댄다. 여윈 어깨가 들먹이고 숨길이 가쁘다. 말라붙은 눈물이 다시 주름진 볼을 타고 흘러내린다.

"칠 년 동안 대처에서 지가 안해본 짓이 읎었심더. 첨은 구두닦이하다 소매치기도 하고, 소년원에서 나와선 옳게 살겠다고 작심해서 우동 배달, 연탄 배달, 식당 종업원, 그저 닥치는 대로 일해도 겨우 입살이뿐, 돈이 안 모입디더. 돈 좀 쥐모 고향에라도 한분 올라 캤는데 그기 어데 쉬버야지예. 올봄부터는 공사판에서 자갈짐 져날랐는데 그만 허리를 다쳐 그 짓도 쉬게 되고 말았심더. 이 가시나는 그때 만냈는데, 우리가 대어묵은 밥집에 있었어예. 이것도 내맨쿠로 충청도 시골 구석서 지 아부지가 빙으로 죽자 굶다 몬해 서울로 올라왔던 깁니더."

입을 손으로 막았는데도 계집애 오열이 차츰 높아간다. 코를 훌쩍이며 말을 잇는 사내 목소리에도 울음이 스며든다.

이틀 굶은 계집애를 여인숙에 눕혀두고 나섰던 서울의 마지막 밤이 사내 눈에 선하게 떠오른다. 그저께 저녁, 남대문시장에서 등산용 칼 한 자루를 사고, 그길로 버스에 올라 허리 다치기 전에 일했던 눈에 익은 서초동 신흥 고급 주택가 골목길을 배회하기 두 시간, 늦게 귀가하던 잘 차려입은 중년 여인을 후미진 골목 담장에 붙여 세웠다.

"……그땐 지정신이 아니었어예. 주머니에는 동전 몇 개밖에 읎고, 이틀 굶었다 보이 눈에 보이는 기 읎습디더. 여자 가방을 뺏아 도망쳐 열어보이 돈이라꼬 불과 만 원 남짓했어예."

"마, 마 치아라. 더 듣는 기 무섭다."

아낙네는 손으로 얼굴을 가려 눈물을 닦는다. 사내는 자리를 차고 일어난다. 아낙네가 감았던 눈을 뜬다.

"이 밤중에 어데 갈라꼬? 얼어 죽기 똑 알맞은데."

"형사가 뒤쫓아올지 몰라예. 전화로 연락돼서 우짜모 지금쯤 여게 지서에서 내 꼬리를 밟고 있을 낌더. 죽든지 살든지 대처로 나가 숨어야지예. 그래야 사람들 틈에 끼이서 지낼 꺼 아입니꺼." 사내는 어깨를 들먹이는 계집애를 본다. "그라모 어무이, 저 가시나 봄 될 때까지마 지발 부탁합니더."

말을 마치자 사내는 방문을 박차고 나선다. 밑창이 덜렁대는 신을 신자, 아낙네가 아들 파카 옷자락을 붙잡는다.

"내가 밥하꾸마. 만석아, 따슨 숭늉이나 한 그륵 묵고 떠나거라.

이래 심들게 집이라꼬 찾아왔는데 에미가 우째 밥 한 숟가락 몬 먹이고 니를 보내겠노." 아낙네의 절절한 목소리에도 사내는 신발 끈만 졸라맨다. "이 몬쓸 자식아, 따슨 숭늉이라도 한 그륵 묵고 떠나라 카인게!"

사내는 돌아보지 않고 삽짝을 나선다. 그는 어둠과 드센 바람에 빨려들듯 휘적휘적 사라진다. 아낙네가 아들 이름을 불렀으나 그 소리는 곧 바람에 감겨 사그라지고 만다. 삽짝까지 맨발로 쫓아나 갔던 아낙네의 갈퀴 같은 손에 잡히는 것은 어둠과 살을 에는 바 람뿐이다.

"만석아, 만석아!"

아낙네는 어둠 속에 망연히 서서 아들 이름을 외쳐 부른다. 개 짖는 소리만 들릴 뿐 어디에도 응답이 없다. 잠시 뒤, 개 짖는 소 리마저 끊기자, 바람만이 아우성치며 골짜기를 내닫는다.

방으로 돌아온 아낙네는 탈진해서 흙벽에 등을 붙여 늘어져 앉 는다. 호롱불이 가물거리는데 계집애는 돌아앉아 흙벽에 얼굴을 붙이고 속울음만 지운다. 아낙네는 된숨을 내쉬며 계집애를 본다.

"우짜겠노. 만석이가 그래 부탁했으이께 엄동이나 여게서 나야 제. 애야, 대체 니 이름은 머꼬?"

계집애가 비로소 머리를 조금 돌리더니 방에 들어오고 첫말을 꺼낸다.

"순옥이여유, 김순옥……"

"난 또 벙어린 줄 알았다마는 말은 하는구나. 그 몸으로 예까지 왔다 카모 곤할 낀께 좀 누버야제. 쯧쯧, 몇 살 안 된 거이 팔자는 드세어서……"

아낙네는 아들에겐지 계집애에겐지 한마디 하곤 살창이 있는 안쪽에 계집애 자리를 만들어준다. 때 타고 솜 비어져나온 누더기 이불에 목침이다.

호롱불을 끈자 아낙네는 잠을 이루지 못한다. 아낙네는 잠시 전에 보았던 아들 모습이 꼭 꿈에 만났다 헤어진 듯 느껴진다. 다만 돌아누워 흙벽에 얼굴을 붙이고 앓듯 흐느끼는 계집애 울음소리만이 꿈이 아님을 일깨워준다. 아낙네는, 죽으러 가든 살러 가든 아들에게 더운밥이라도 한 숟가락 못 먹여 떠나보낸 게 못내 마음에 걸린다. 다 지 타고난 팔자소관이제, 하며 아낙네는 애써 잠을 청하려 한다. 그녀는 내내 잠을 이루지 못하다 동이 틀 무렵에야 닭 울음소리를 들으며 설핏 눈을 붙인다. 아들이 길을 잃고 산골짜기를 헤매다 못해 끝내 강엿이듯 꼬당꼬당 얼어죽는 불길한 꿈을 꾸다 아낙네는 젖은 눈을 뜬다. 방문 문살이 뿌옇게 트여온다. 아낙네는 옆자리가 허전하여 머리를 돌리니, 밤새 소리 죽여 흐느껴 울던 계집애가 보이지 않는다.

"애가 뒷간엘 갔나" 하며, 아낙은 방문을 연다.

마당에는 서리가 뽀얗게 내렸고 바람도 좀 누그러들었다. 어둠이 천천히 걷혀가는 참이다. 아낙네는 고무신을 꿰신고 축담을 내려서다 입을 한껏 벌리고 자지러진다. 그네 눈이 마당 건너 헛간에 머물러 꼼짝을 않는다. 서까래에 목을 매단 무언가가 헛간 속에 늘어져 있다. 검은 외투로 보아 아들은 아니었으나, 아낙네는 그만 땅바닥에 주저앉고 만다.

(『한국문학』 1978년 5월호)

달 맞 이 꽃

달
맞
이
꽃

깊은 산골이다. 온 산이 온통 진홍과 황갈색이다. 능선의 떨기나무들이 불붙듯 타오른다. 맑은 하늘은 옥빛보다 투명하다.

지붕이 무거운 초가 한 채가 산능선에 엎드려 있다. 지붕은 억새줄기로 이엉을 올렸고, 통나무를 자귀로 찍어 얼기설기 벽을 엮은 두 칸 오두막이다. 지붕에는 박 몇 덩이가 얹혔다. 한켠으로 붉은 고추도 널렸다. 오두막 둘레로 수숫대로 담장을 쳤는데 몇 군데는 주저앉아 개구멍이 보인다. 집 오른쪽으로 싸리문이 있고, 문은 삐뚜름히 젖혀졌다. 그 옆 수수울을 따라 달맞이꽃 더미가 시든다. 오두막 왼쪽 컴컴한 부엌 앞에 절구·바지게·갈퀴 따위와 연장들이 아무렇게나 널렸다. 앞마당에는 말린 무채를 늘어놓은 평상이 있다. 평상 뒤 수수울 앞은 잎을 지운 감나무 한 그루가 익은 감을 촘촘히 달고 서 있다.

바람이 불자, 집 둘레 큰키나무들이 가랑잎을 지운다. 상수리나무와 떡갈나무의 잎이 지붕과 마당에 맴돌며 떨어지고, 뜰에 재인 낙엽은 수선스레 쓸린다. 먼 데서 승냥이 울음이 들리고, 가까이에서 쏙독새가 단조롭게 울어댄다. 부엉이 울음도 섞여든다.

나무하러 온 아랫마을 아이 둘의 합창이 오두막까지 들린다. 음의 높낮이가 없는 시조가락 같은 노래다.

곱디고분 산골처자 넓디넓은 시상천지
분자만큼 이뿐처자 두눈닦고 몬보았네
푸른대추 둥근콧날 알밤같은 땡그란눈
그린듯한 반달눈썹 살결한분 백옥같네
철쭉꽃도 이뿌다만 국화향기 높다지만
열아홉살 고분분자 꽃중에도 연꽃이라······

낙엽 밟는 소리와 함께 아이들 노랫소리가 차츰 가까워진다. 한 아이 목소리가 오두막까지 들린다.

"마, 요게서 나무하자 카이께."

"쪼매만 더 올라가지 그라노." 다른 아이가 말한다.

"더 올라가다 산사람들 만낼라꼬? 지난분에 삼봉이가 산사람들 만내서 지게도 벗어 내삐리고 똥줄 빠지라 내뺐다 카는 말 몬 들었나."

아이 둘의 말소리가 멀어지자, 방문이 열린다. 분자가 쪽마루로 나온다. 머리에는 시든 들국 줄기를 띠로 엮어 걸었고 무명적삼은 가슴께를 풀어헤쳤다. 목에 도토리 알로 엮은 목걸이를 걸었다.

치마말기 안에 솟은 젖가슴이 돋보인다. 쪽마루에 다리를 드리우고 걸터앉은 분자가 삽짝 밖에 귀를 모은다.

"야들아, 내 좀 보자. 밥 묵고 싶어 죽겠데이. 머 묵을 꺼 있거던 쪼매 도고." 분자가 외친다. 잠시 귀를 기울인다. 아무런 기척이 없다. 분자는 속이 쓰린 듯 배를 쓴다. 기지개를 켜곤 하품을 한다. 검정 통치마 아래 다리를 대롱거리며 입속말로 노래를 흥얼거린다. 머리를 갸웃거리고 어깨를 옴질거리기도 한다. 동그란 복스런 얼굴에 뜻없는 미소를 날린다.

"어무이는 밉다 카이께. 내 얼레빗하고 댕기는 와 안 사오제. 벌씨러 언젠데." 분자가 볼멘소리로 투덜거리곤 갈래 머리채를 어깨 앞으로 돌린다. "장 구경시키준다 카더마는 아부지는 코빼기도 안 비추고 천날 만날 숯만 꿉제. 꽃모자 쓰고 빨간 댕기 달고 장 구경 가모 얼매나 좋을꼬."

분선이가 머리채를 만지다 그 끝을 씹는다. 무료에 겨워 쪽마루에 눕는다. 갑자기 쏙독새 울음이 그친다. 삽짝 밖에서 누군가 집 안을 기웃거린다. 중쇠다. 누런 군복은 땟물로 꾀죄죄하고 아무렇게나 눌러쓴 인민군모 밑으로 비어져나온 머리카락이 수세미 같다. 헐렁한 군복조차 찢어져 속살이 보인다. 이제 갓 소년티를 벗은 나이다. 중쇠는 어깨에 장총을 메고, 허리에 탄띠를 둘렀다. 한동안 삽짝 안으로 머리를 밀고 동정을 살피던 중쇠가 고양이걸음으로 집에 들어선다. 그는 한쪽 다리를 전다. 바지 한쪽은 무릎까지 걷었는데 장딴지에 붕대를 감았고, 피가 비친다. 우리 오빠 마알타고 자앙에 가아시고, 하며 노래를 읊던 분자에게 눈이 머물자,

중쇠는 걸음을 멈춘다. 긴장된 얼굴에 안도의 미소가 감돈다. 중쇠는 허리를 반쯤 숙이고 입에 손을 가져댄다.

"누부야, 분자 누부야."

분자가 그 소리에 놀라 일어나 앉는다. 중쇠를 본다.

"누부야, 여게 혹시 국방군이 안 숨어 있나?"

"아이구, 산사람이다! 나는 죄가 읎심더. 살리만 주이소⋯⋯"

분자가 덴겁을 떤다. 사추리를 손으로 가리며 벽에 등을 붙인다.

"누부야, 내다 중쇠다!"

중쇠가 절뚝걸음으로 걸어가 분자 앞에서 팔을 벌린다.

"머시, 머라꼬, 중쇠라꼬?"

분자는 중쇠를 빤히 본다. 머리를 저으며 울먹인다.

"우리 중쇠는 저 짚은 산으로, 멀리, 멀리로 가뿌렸는데⋯⋯"

"글쎄 말이다. 그 중쇠가 이래 돌아왔다 카이께. 누부야, 니는 그새 우째 동상 얼굴도 잊아뿌렸노. 니 혹시 실성한 거 아이가?"

중쇠는 장총을 어깨에서 내려 마루에 놓고 분자 어깨를 잡는다.

"미친 거 아인가 말이다. 우짜다 누부야 니가 이 지경이 됐노. 머리에 이거는 다 머꼬."

중쇠는 분자 머리를 감싼 시든 들국 줄기를 걷어낸다.

"중쇠, 중쇠라⋯⋯" 분자가 중쇠 얼굴을 뚫어져라 본다. 질렸던 얼굴이 밝아진다. 맨발인 채 마당으로 내려서며 중쇠 가슴에 얼굴을 묻는다. "증말 니가 중쇠 맞구나⋯⋯"

분자는 어깨를 들먹이며 흐느낀다.

"내가 안 죽고 살아 돌아왔으이 그만 울거라." 중쇠는 누나 등을 토닥거리다 가슴에서 떼어놓는다. 모자를 벗어 평상에 던지고 다리를 절며 마당을 거닌다. 그는 오두막 이곳저곳을 둘러본다. "그새 시월이 한참 흘렀네. 지난해 초복 때던가, 내가 집을 떠나 산으로 끌리간 기 말이다. 전쟁은 더욱 뿜아대고 이쪽저쪽 사람이 마구 죽던 그때부터. 그런데 안죽 전쟁은 안 끝나고…… 그새 우리집은 아무것도 변한 기 읎구나. 작년처럼 박은 저래 열리고 꼬치는 빨갛게 익고…… 도둑놈꽃은 무더기로 자라고, 이렇게 넓은 천지를 활활 태우며 가랑잎은 지고……"

중쇠가 마당을 거닐 동안 맑던 하늘이 어두워진다. 바람이 강풍으로 변하여 몰아친다. 가랑잎이 흩날려 나부낀다. 홍시가 된 감 몇 개가 떨어진다. 중쇠가 분자 쪽을 돌아본다.

"누부야, 우째 니 호문차뿐이고? 아부지 어무이는 어데 갔노?"

분자는 중쇠 말이 들리지 않는 듯, 중쇠 옆으로 다가온다. 절룩이는 중쇠 다리를 본다.

"중쇠야, 이 다리, 이거 우째된 기고?"

분자가 붕대 감은 중쇠 다리를 만진다. 중쇠는 절뚝거리며 걸어가 평상에 주저앉는다.

"산사람들하고 같이 댕기다 도망도 몬 치고, 그만 난도 산사람이 되고 말았제. 지난 여름 국방군하고 싸우다 총알을 맞아 빙신이 안 됐나. 인자 산도 몬 타고 뛰지도 몬하인께 나는 아무 쓸모읎는 강대 같은 신세가 됐제. 동무들이 나를 풀어줬어. 니 마음대로 가라민서. 이틀 밤낮 마실을 피해 산속으로만 걷고 걸어 우리집까지 왔어. 마실로 내려가도 국방군이나 경찰한테 잡히모 어차피 죽을 몸, 부모님 만내보고 누부야 니 얼굴이나 한분 볼라꼬……" 중쇠는 평상에서 일어나 다시 마당을 거닌다. "일 년 동안 산속에서 죽을 고생만 했제. 그래도 사람 목숨은 모진 기라. 여태까지 안 죽고 명을 이아왔으이게. 그런데 나는 우짜꼬. 이핀도 몬 되고 저핀도 몬 되는 나는 우찌해야 될꼬……"

죽기를 결심한 듯 중쇠가 마루에 둔 장총을 거머쥔다. 총을 집는 중쇠를 보자 분자가 귀를 막고 비명을 지른다. 술 취한 듯 비틀거린다. 잠시 끊겼던 쪽독새 울음이 다급하게 들린다. 사방이 어두워지며, 난데없이 까마귀가 우짖는다. 승냥이가 운다.

"중쇠야, 그 총 치아라. 내 죽는다. 어무이, 내 살리도고. 지발 날 살리주이소……" 총이 악귀나 되듯 분자가 악을 쓴다.

중쇠가 장총을 마루에 놓고 분자 쪽으로 간다. 분자를 부축하여 어깨를 흔든다.

"어무이는 마실에 내려가고 아부지는 숯 꿉으로 가고, 그자? 해만 지모 다 돌아올 끼제? 누부야, 내 말 들리나? 다 그래 집에 올 끼제?"

중쇠가 말할 동안, 어두워지던 주위가 깜깜해진다. 까마귀 울음이 그치자, 승냥이도 울기를 멈춘다. 쪽독새만 단조롭게 운다. 천지가 깜깜하더니 갑자기 총소리가 사방에서 터진다. 집 뒤에서 불길이 솟아오른다. 불꽃이 튄다. 비명과 고함소리가 섞인다. 내 죽는다. 날 살리도고. 동무, 빨리 빨리…… 한동안 난장질치듯 집 주위가 어수선하다, 총소리와 고함소리가 차츰 낮아진다. 쪽독새만 운다. 깜깜한 가운데 달맞이꽃이 핀 삽짝께만 밝아진다. 아낙네가 달맞이 꽃밭에 쓰러져 있다. 머리카락은 헝클어졌고 무명옷이 찢어졌다. 아낙네는 한 손으로 땅을 짚고 한 손은 허공에 내젓는다.

"보소, 내 아들, 내 아들 델고 가지 마소. 인자 열여섯 살인 갸를 어데 쓰겠다고……" 아낙네가 소리친다. "중쇠야, 중쇠야!"

목놓아 부르는 아낙네 목소리가 어둠에 메아리로 사라진다. 아낙네는 달맞이 꽃밭에 몸을 던지고 흐느낀다. 달맞이 꽃밭을 밝힌 빛이 희미해져 아낙네 자태가 어둠에 묻힌다. 빛이 마당 왼쪽 평상을 비춘다. 무말랭이에 분자가 하늘을 보고 누웠다. 무엇인가를 완강히 밀어내는 시늉을 하며 몸을 뒤튼다. 통치마가 걷혀 올라간 다리가 버둥거린다. 쏙독새 울음이 다급해지고, 까마귀도 숨가쁘게 운다. 승냥이도 따라 운다. 분자는 손을 내저으며 사지를 뒤튼다. 엉치를 뒤로 뽑으며 두 다리를 모아 붙인다. 손은 무엇인가 완강히 밀어낸다. 그렇게 싸우는 분자의 동작도 차츰 힘이 빠진다. 힘주어 모아 붙였던 두 다리가 차츰 벌어진다. 분자가 손으로 가랑이를 막는다. 몸을 비튼다. 온몸을 떤다. 끝내 팔이 머리 위로 젖혀진다. 분자가 외마디 비명을 지르곤 늘어진다. 까마귀 울음, 승냥이 울음이 그친다. 쏙독새만 운다. 평상에 늘어진 분자도 어둠에 묻힌다. 바람이 몰려온다. 바람 소리에 침엽수잎이 운다. 평상이 깜깜해지자, 그 빛이 평상 뒤쪽 감나무 허리통을 비춘다. 감나무에 수염 듬성한 중년 사내가 묶여 있다. 눈발이 날린다. 봉두난발의 사내 얼굴이 피칠갑이고 저고리 고름이 풀어진 알가슴에도 핏자국이 묻었다.

"……아닙니더. 중쇠가 산사람이 돼서 산으로 내뺀 기 아닙니더. 늠들이 억지로 끌고 갔지예. 총부리 들이대고 잡아갔습니더."
아무도 보이지 않는 어둠에 사내가 하소연한다. "우리가 내통하다
니예. 그저 숯이나 꿉고 나무해서 묵고사는 우리가 우째 산사람들
하고 내통하겠습니꺼. 우리는 아무것도 몰라예. 오소리 같은 짐승
새끼라예. 그러이께 지는 아무것도 모릅니더. 그늠들이 내 아들을
짐꾼으로 부리묵을라꼬 강냉이 한 섬 지게에 지라 카더마는, 그냥
끌고 갔지예. 벌써러 그기 은젭니꺼. 이래 날씨는 추분데 내 새끼,
죽었는지 살았는지…… 안죽 우리는 그늠 소식을 도통 모릅니더.
여게를 몬 떠나는 것도 그늠이 하매 돌아올까바서, 인자쯤 돌아오
겠지 하는 기다림으로 하루하루 이래 사는데……"

사내가 머리를 떨군다. 빛이 사내 자태를 어둠으로 지운다. 그
빛이 달맞이 꽃밭으로 옮아간다. 노란 달맞이꽃이 무더기로 함초
롬히 피었다. 아낙네가 꽃 한 송이를 따서 향기를 맡듯 코에 댄다.
풀기 없는 자태로 어두운 하늘을 본다.

"낮이몬 시들었다 밤에만 피어나는 이 도둑놈꽃아. 중쇠야, 낮
이모 어느 토굴에서 눈 붙이다 밤이모 깨어나 어느 마실로 내리오
노. 니가 보고 싶어 이 에미가 미치겠데이. 살았는고 죽었는고 소
식 하나 읎이 어느 산자락을 떠돌며 우째 사노? 하늘을 이불 삼고
땅을 요 삼아, 얼어 죽었나, 총 맞아 죽었나. 밤이모 밤마다 이 얄
궂은 꽃을 보고 니 생각에 잠 몬 자는 이 에미를, 니도 도둑놈꽃
보드키 이 에미 생각하고 있나……"

어둠이 아낙네를 덮어온다. 오두막 주위가 깜깜해지자, 소슬한
바람에 낙엽이 진다. 한동안 끊겼던 쏙독새 울음소리가 다시 들린

다. 한차례 바람이 드세게 일자, 낙엽이 무더기로 날린다. 깜깜하던 오두막 주위가 환하게 밝아온다. 시든 달맞이꽃 옆에 아낙네는 없다. 감나무에 묶였던 사내도 없고, 감은 여전히 촘촘히 달렸다. 평상에는 분자가 자듯 누웠다. 그 옆에 중쇠 모자가 있다. 중쇠가 부엌에서 물사발을 들고 절뚝거리며 마당으로 나온다. 중쇠는 분자를 반쯤 일으켜 물을 먹인다. 물 몇 모금을 마시곤 분자가 눈을 뜬다.

"누부야, 인자 정신 좀 드나?"

"니가 증말 중쇠 맞제?" 중쇠를 보며 분자가 묻는다.

"그래, 살아 돌아온 중쇠다. 어무이는 어데 갔노, 아부지는 어데 가고?"

그 말에 대답 않고 분자가 몸을 일으킨다. 삽짝으로 뛰어가며 손을 흔든다.

"어무이, 중쇠가 왔데이. 아부지, 중쇠가 돌아왔어예. 쎄기 와예. 해지모 오지 말고 어서 쎄기 와예!" 분자가 삽짝 밖을 보며 입에 손을 대고 외친다.

아무런 대답이 없다.

"누부야, 어데 보고 그래 불러쌓노?"

"어무이는 나무 팔로 장에 갔데이. 아부지는 숯 꿉으로 산속에 드가뿔고."

"여게서 부른다고 먼 데서 우째 알아듣겠노." 중쇠가 짜증을 내다 머리칼을 쥐어뜯는다. "그라고 보이 미쳤어. 누부야 실성하고 말았어……"

"어무이 아부지, 쎄기 안 오고 머하노. 중쇠가 살아 돌아왔는데. 그렇게 보고 싶던 중쇠가 집에 왔데이⋯⋯"

삽짝 밖에서 아이 둘의 노랫소리가 들린다. 노래는 조금 전에 불렀던 노래에 비해 시름겹다.

산사람아 밤손님아 소총죽창 둘러메고
밤마되모 마실와서 부모처자 만내보고
해마뜨모 산사람아 어데꼭꼭 숨어뿌노
낮이되모 푸른시상 밤이되모 뿔근시상⋯⋯

노랫소리가 차츰 가까워지다 그친다. 소리에 잇달아 한아름 바람이 산골짜기의 갈잎을 울리며 몰아간다. 다시 노랫소리가 반복해서 들린다. 노랫소리가 오두막과 가까워진다.

중쇠는 평상에서 일어난다. 주위를 두리번거린다. 절뚝걸음으로 마당을 오락가락한다. 감나무 쪽을 통해 집 뒤란으로 종종걸음을 친다. 뛰어가다 뒤돌아보곤 마루에 있는 장총을 들고 바삐 집 뒤란으로 숨는다.

지게에 삭정이를 얹은 사내아이 둘이 삽짝 안으로 들어선다. 열두어 살 난 까까머리 아이들이다. 분자는 노래를 쫑알거리며 춤을 추고 있다.

"분자야, 바보 분자야. 니 호문차 멀 묵고 우째 사노?" 한 아이가 묻는다. "옥수가 있나, 감자가 있나? 칡뿌리 묵고 사나, 나무열매 따묵고 사나?"

"천치 분자야, 머시 좋아 춤까지 추노?" 다른 아이가 묻는다.

분자가 춤주기를 멈추고 두 아이를 본다.

"너그들 언제 왔노? 인자 아무것도 읎데이. 가져갈 끼 아무것도 읎어."

"니 묵을 거도 읎을 낀데 쌔비갈 기 머 있겠노." 다른 아이가 지게를 벗어 싸리울에 기대어 세운다. "우리가 머 도둑놈인가, 쌔비가구로."

"맞다. 우리는 산사람도 국군도 아이제." 한 아이가 말하며 조끼 주머니에서 밤 여러 개를 꺼낸다. "이거 같이 꾸버 묵자꼬 너거 집에 들어왔제. 이거로 분자 니캉 점심 요기할라꼬 왔데이."

"이거 니 하나 주꾸마."

지게를 벗은 다른 아이가 큰 알밤을 분자에게 내민다.

"니꺼는 쪼맨하네. 내꺼 주꾸마."

한 아이가 손에 쥔 밤 중에 큰 밤 하나를 골라 분자에게 내민다.

"내끼 더 크다." 다른 아이가 말한다.

"아이다. 내끼 엄청시리 크다." 한 아이가 말한다.

분자는 두 아이가 내민 밤 중에 어느 것을 집을까 망설인다. 손가락을 입에 물고 두 아이를 이쪽저쪽 본다. 손가락으로 두 아이가 내민 밤을 번갈아 점찍으며, 숫자 세듯 말한다.

"여, 게, 있, 는, 알, 밤, 두, 개, 어, 느, 끼, 더, 큰, 공, 아, 무, 리, 점, 치, 바, 도, 모, 리, 겠, 구, 나……"

"니 일마 증말로 그카기가?"

분자 말을 막고 다른 아이가 한 아이를 보고 목청을 높인다. 한 아이는 지게를 팽개치듯 마당에 부려놓는다. 삭정이가 쏟아진다. 팔을 걷어붙이며 다른 아이에게 삿대질을 놓는다.

"이 자슥아, 내끼 더 크이께 하는 소리제. 니 한분 맛 좀 볼래?"

밤을 주머니에 넣고 주먹에 침을 뱉는다.

"너거 아제가 국군이라고 큰소리치긴가? 좋다. 한판 붙자!"

다른 아이도 주먹을 쥐고 싸울 태세다.

"너거 삼춘이 산사람이라고 니도 악에 바칬나. 좋다, 오늘은 니 코피 날 끼다!"

한 아이도 주먹에 침을 뱉는다.

"머스마들이 와 이카노. 꼴랑 알밤 두 개 가주고 쌈질 할라 카네. 이 산속에는 천지가 밤나무 아인가베. 다람쥐도 밤이 너무너무 많으이께 다 묵지 몬하지러."

분자가 두 아이 사이를 막아서며 팔을 내젓는다. 두 아이는 분자를 밀치고 엉겨붙는다.

"인자 밤이 문제가 아이다!" 한 아이가 외친다.

"맞다. 인자 증말 밤 같은 거는 문제도 안 된다!" 다른 아이도 외친다.

두 아이가 서로 붙안더니 마당 가운데서 나뒹군다. 엎치락뒤치락 싸움질을 한다. 분자가 땅바닥에 주저앉아 운다.

"나는 싫다, 쌈질은 다 싫다. 푸른 밤도 뿔근 밤도 다 싫다. 꼴랑 밤 두 개 갖고 싸우는 기 어딨노. 어무이 아부지, 야들 좀 쫓가내뿌리라. 다람쥐보다 못난 야들, 씨껍묵구로 패뿌리라……" 분자가 다리를 버둥거리며 외친다.

한참 뒹굴던 두 아이가 일어서더니 두어 발 간격을 둔 채 마주 선다. 주먹을 쥐고 원을 그리며 돈다.

"니 코피 내뿔 끼다!" 다른 아이가 말한다.

"내가 니 코피를 먼첨 내뿔 끼다!" 한 아이가 말한다.

한 아이가 다른 아이 멱살을 쥔다. 뒤로 밀쳐버린다. 다른 아이는 비틀거리며 뒤로 물러나다 평상에 부딪혀 그 모서리에 엉덩이를 걸치며 넘어진다. 한 아이가 그 위를 덮치며 주먹으로 다른 아이를 내리치려 한다. 그러다, 무말랭이 옆에 있는 중쇠 모자를 본다. 그 기회에 다른 아이가 한 아이를 밀어버린다. 한 아이는 모자를 쥔 채 땅바닥에 엉덩방아를 찧는다.

"이거 봐라. 이기 머꼬?"

한 아이가 일어서며 모자를 쓴다. 다른 아이도 모자 쓴 한 아이를 본다. 놀라 입을 벌린다.

"그 모자 인민군 모자다!"

"그렇다, 산사람들이 쓰는 모자 맞다!"

"그라이께 니가 꼭 우리 삼춘 닮은 거 같데이. 나는 한분도 안 봤지만 산사람 됐으이께 그런 모자 쓰고 있을 끼다."

"우리 쌈 고만 하자." 한 아이가 말한다.

"그래, 사이좋게 놀자." 다른 아이가 말한다.

울고 있던 분자가 두 아이 쪽으로 달려온다. 한 아이가 쓰고 있던 모자를 낚아챈다.

"이거, 이거는 우리 중쇠 모자다. 중쇠야, 중쇠야! 아이구, 중쇠가 어데로 가뿌맀을꼬?"

분자가 마당을 가로세로 뛰어다니며 중쇠를 찾는다.

"머라꼬, 중쇠 모자?"

한 아이가 놀란다.

"그렇다. 중쇠가 산에서 내리왔는갑다."

다른 아이도 놀란 눈을 껌벅인다.

집 뒤란에서 중쇠가 장총 총구를 겨누며 마당을 나선다. 절뚝걸음으로 감나무 앞까지 온다.

"요놈들, 손들엇! 방아쇠만 땡기모 허파에 구멍이 뚫린다!"

두 아이가 놀라 손을 치켜든다. 뒤로 물러선다. 어디서 까마귀가 긴 소리로 목청을 뽑는다. 바람이 드세게 몰아 불자 지붕 위로 낙엽이 떨어져 내린다. 마당의 낙엽도 수선스레 쓸려다닌다.

"중, 중쇠야……"

분자가 중쇠 쪽으로 몇 걸음 걷는다. 들고 있던 모자를 떨구고 그 자리에 주저앉는다. 경기를 하듯 떨며 마당에 누워버린다.

"중, 중쇠야, 그 총 치아라. 총, 총을 치아라 카인께." 숨넘어가는 소리로 분자가 중얼거린다.

쏙독새가 갑자기 다급하게 울어댄다. 까마귀가 우짖는다. 먼뎃소리로 승냥이도 운다. 오두막 주위가 어두워진다. 오른쪽 삽짝께도, 왼쪽 감나무도 어둠 속에 잠긴다. 총, 총을 치아라, 하며 발작하던 분자도 어둠 속에 묻힌다. 총을 겨누고 선 중쇠와 두 아이 쪽은 빛이 살아 있다.

"중쇠야, 증말로, 우리를, 우리를 쏠라 카나?" 다른 아이가 손을 든 채 더듬더듬 묻는다.

"중쇠야, 우리가 머를 잘못했노?" 한 아이도 겁에 질려 묻는다.

"너그들이 마실로 가모 내가 산에서 내리왔다고 나발불 끼제?"

두 아이가 머리를 흔든다.

"증말이가?"

두 아이가 머리를 끄덕인다.

"너그가 마실 내리가서 말하모 내가 답싹 잡히는 줄 알제? 잡히모 지서에 끌리가서 죽는 줄 알제? 그래도 마실 사람들한테 내가 산에서 내리왔다꼬 일러바칠 끼가?"

두 아이가 머리를 흔든다.

"중쇠야, 우리는 말이다. 만날 천날 나무하로 여게 와서 미쳐뿌린 분자한테 묵을 꺼를 줬다 아이가. 떡도 주고 찐 감자도 주고." 한 아이가 말한다.

"증말이다. 호문차 사는 분자를 우리가 믹이줬다. 도토리 목걸이도 맨들어주고." 다른 아이가 말한다.

"누부야 호문차 산다 카모 우리 부모님은 어데 갔는데?" 중쇠가 총구를 땅으로 떨구며 힘없이 묻는다.

"너거 아부지는 공비 토벌군으로 뽑혀서 출정 나갔다. 니가 산사람 되어뿌렸으이께 너거 아부지가 니 찾으로 갔지러. 지난 봄에 나가서 안죽꺼정 소식 읎다 아이가." 한 아이가 말하며 머리에 얹고 있던 손을 내린다.

"그라모 우리 어무이는?"

"너거 어무이는 한 달쯤 전에……"

한 아이가 말하자, 벼락치는 소리로 총성이 울린다. 사방이 온통 깜깜해지자 장총을 겨눈 중쇠도, 두 아이도 어둠 속에 묻혀버린다. 사방에서 총소리가 콩 볶듯 한다. 집 뒤쪽에서 불길이 솟는다. 불꽃이 튄다. 붉은빛이 분자가 쓰러져 누웠던 쪽 마당만 좁다랗게 비춘다. 그 자리에는 조금 전까지 비명을 지르던 분자가 없다. 아낙네가 두 손을 내저으며 울부짖는다. 삽짝께에서 불가루가 튄다. 감나무 쪽도 불꽃이 연방 튄다.

"내 아들 중쇠야, 중쇠야, 지발 총 쏘지 마래이!" 아낙네가 삽짝께를 보며 외친다. 감나무 쪽을 돌아보며 다시 외친다. "보소, 영감도 고만 하소. 지발 그만 좀 쏘구려!"

총성에 섞여, 쏙독새와 까마귀와 승냥이가 쉬지 않고 운다. 아낙네는 팔을 내젓다 온몸을 뒤틀며, 이쪽저쪽 바라본다. 연방 고함을 지르는데 그 외침이 잡다한 소음에 묻혀 들리지 않는다. 붉은빛과 푸른빛이 번갈아 아낙네 몸부림을 잡아낸다. 아낙네가 제 머리카락을 뜯는다. 산발이 된 머리채를 내두르며 이쪽저쪽 번갈아 본다. 무슨 소리인가 쉬지 않고 울부짖는다.

벼락치는 소리로 한 방 총성이 울리자, 아낙네 몸뚱이가 그 자리에 꼬꾸라진다. 사방이 다시 깜깜해지고, 모든 소리도 한순간에 숨죽인다. 그 갑작스런 정적을 가을바람 소리가 메운다. 낙엽 쓸리는 소리가 스산히 들린다.

사방이 차츰 밝아온다. 두 소년은 마당에 없다.

"누부야, 누부야!" 무릎을 꿇은 중쇠가 쓰러진 분자를 흔든다. 중쇠가 장총을 가슴에 안고 의식을 잃은 분자를 깨운다. "누부야, 정신 좀 채리라. 내다, 중쇠다!"

중쇠 가슴에 어깨를 기대고 비스듬히 앉은 분자가 이윽고 눈을 뜬다.

"중쇠야, 그 총을, 총을 저리 치아뿌라." 분자가 꿈결인 듯 중얼거린다.

"그래. 이 총을 내삐리고 우리 산속에 드가자. 산사람도 읎고 국방군도 읎는 짚고 짚은 산속에 드가서 우리 둘이 살제이." 중쇠 목소리가 격해진다. "해만 보고 달만 보고 짐승하고 동무 삼아, 나무하고 같이 살자. 금도끼로 찍어내고 은도끼로 찍어내서 초가삼간 집을 짓고, 분자누부야, 우리 둘이서 살제이!" 중쇠는 분자를 사납게 흔든다. "누부야, 정신채리라. 정신 좀 채리라!"

중쇠는 늘어진 분자 허리를 안고 일어서려 애쓴다.

"지발, 그 총, 그 언신스러분 총 좀 치아라." 분자가 몽롱한 상태에서 중얼거린다.

분자를 안은 중쇠가 거지반 몸을 세울 때, 중쇠와 분자 사이에 끼였던 장총이 총구를 하늘로 향한 채 땅바닥에 떨어진다. 그 소리에 중쇠가 머리를 꺾는 순간, 장전된 총에서 총성이 터진다. 중쇠는 이마를 감싸쥐고 뒤로 넘어진다. 의지할 데를 잃은 분자의 늘어진 몸이 접혀지듯 땅으로 허물어진다.

(『한국문학』1978년 12월호)

바느질
바느질

석교댁 나이 올해 쉰다섯이면 살 만큼 살아온 세월이었다. 노년으로 접어드는 적적함 탓인지 석교댁은 잠이 없었다. 몇 시쯤 되었는지 알 수 없는 깊은 밤, 어지러운 꿈자리에 볶이다 홀연히 눈을 뜨면 그로부터 쉬 잠을 다시 청하기가 힘들었다. 이불을 걷어차버리고 네 활개를 편 채 잠을 자는 외손녀 경아의 이불이나 다독거려주며 어둠을 익히면, 어느새 날이 밝아 창살이 뿌옇게 트여오곤 했다. 그동안 석교댁은 잠결에 꾸었던 꿈과 엇비슷한 여러 가지 지나온 일들을 떠올리는 데 익숙해져 있었다. 즐겁고 우스웠던 일이 별 없는 과거긴 했지만, 그네의 기억은 오직 슬펐던 일, 괴로웠던 일만 삼삼하게 떠올라 그 맺힌 사연을 따라 추억의 매듭을 한 가닥씩 풀어갈 양이면 공연히 코허리가 시큰하곤 했다. 그 일이 그렇게 되지 않았더라면, 또는 그 일이 좋게 풀렸더라면 하고 생각을 고쳐보아도 또 다른쪽의 삶도 그저 막막하기만 할 뿐

머릿속에 잘 그려지지 않았다. 무료한 한낮에 하릴없이 경아의 동무가 될 때도 그랬다. 늦가을 볕 따스한 날, 햇살 잘 드는 마루에 나앉아 외손녀를 어르다 닦아낸 듯한 파아란 하늘에 문득 눈이 머물면 지나온 생애의 한순간이 되살아나고, 그럴 때면 코허리가 시려왔다. 갈매기가 자맥질하던 고향 개펄이며, 동구 밖 가르마 같은 뽀오얀 신작로가 그 하늘 속에 아른아른 떠올랐고, 그 시절 어머님의 정갈한 모습도 눈에 환히 보이곤 했다. "함매야, 함매야, 요고는 머지, 조고는 머지?" 아무것이나 눈에 띄는 대로 손가락질하며 사물의 이름을 익히려는 외손녀의 앙증스런 눈망울을 볼 때도 석교댁은 외동딸 순지의 어렸을 적이 소롯이 떠올랐다. 그 어린것과 함께 목숨을 면면히 이어온 그땐 참말 하늘조차 제 색깔로 안 보였지 하다. 사람이 늙어가면 옛 생각만 파먹고 산다더니 나도 이제 인생살이를 거꾸로 따지며 살 때가 됐나보다, 하며 실없는 미소를 띠기도 했다. 더욱 딸애 순지가 양장점 이야기를 들먹였을 때는 꼭 새댁 시절의 자기를 보는 듯하여 마음이 가랑잎 바스라지듯 죄어왔다.

"엄마, 애 아빠가 왜 저 지경이 됐어요? 그저 매사가 불만투성이에요. 자기가 세상에 맞춰 살아야지 세상이 자기에게 맞춰달라니, 그게 어디 옳은 정신이에요? 허구한 날 세상 돌아가는 꼴에 불만이나 터뜨리고 술타령이니, 이렇게 지내다간 언젠가는 쪽박 차고 나앉기 십상이겠어요. 어디 시댁이라고 등 붙일 데가 있나, 그렇다고 외가가 튼튼하나. 엄마, 정말 어쩜 좋아요?" 어느 날 순지가 석교댁을 보고 늘어놓은 넋두리였다.

"그래도 노서방이 번역인가 뭔가 일거리를 가져다 나르는 모양인데 쪽박 차기는. 애야, 빈말이라두 그런 말은 말아. 정말 쪽박 차는 꼴 보려구 그러냐."

"글쎄 말이에요. 번역을 한다지만 그게 어디 일정한 수입이 되나요? 한 달은커녕 열흘도 계획 세워 못 사는 이 생활이 좀 불안해요. 그래서 엄마, 아무래도 내가 나서서 무슨 기술이든 배워야겠어요."

"기술이라니? 네 나이가 벌써 서른 아니냐. 이제 와서 여자가 무슨 기술을 배우겠다구."

"운전 기술이라도 배워 영업용 차를 몬다든지……"

"그것도 다 할 사람이 하는 일이지, 아무나 하는 게 아니야."

"이제 뭐 체면치레 차리게 됐어요? 우선 살고 봐야지" 하다 순지는 석교댁 눈치를 살폈다. 그녀는 말을 꺼낼까 말까 잠시 뜸을 들이다 뱉고 말았다. "엄마, 뭐 고깝게는 듣지 마세요. 친구가 여의도 아파트촌에서 양장점을 개업했어요. 거기 나가 일이나 도와주고 솜씨를 익히면 어떨까 하는데……"

"뭐? 양장점이라구?" 석교댁은 가슴이 철렁 내려앉는 듯 느꼈다. 그 악몽 같았던 한시절이 되새겨져 석교댁은 딸의 얼굴을 뚫어져라 바라보았다.

"나도 솜씨를 익히면 저 변두리서 양장점이라도 하나 낼 수 있잖아요?"

"아이구, 제발 그 양장점이란 말은 입 밖에두 꺼내지 마라. 이 어미 꼴을 못 봐서 너까지 가위 들겠다는 거냐. 정말 너두 이제 환장한 모양이구나."

"부전자전은 아니래두, 양장점이 뭐가 어때서 그래요? 천한 직업도 아닌데. 그렇다구 네 식구가 집안에 박혀 있음 누가 쌀말이라도 거저 날라다주나요? 애 아빠 성깔 좀 보세요. 그러니 취직은 당분간 기대도 말아야 해요. 어떻게 달리 방법도 없구요."

"허기사 노서방은 직장 나온 지두 삼 년째를 넘기니……" 석교댁은 한숨을 쉬었다. 1975년 신문사 파동으로 사위가 해직당해 놀고 지내는 지도 벌써 네 해째 접어들고 있었다. "그러나 애야, 그 양장점이라는 말은 입 밖에 내지 마라. 너까지 가위 들구 옷감 써는 꼴은 내 눈에 흙 들어가기 전에 못 본다!"

석교댁은 한마디 쏘고 일어섰다. 또 코허리가 시큰거리기 시작했다. 마루로 나서자 석교댁은 서쪽 먼 하늘에 눈을 주었다. 저 하늘 끝 거기에 부모님 혼백이 묻혀 있겠거니, 하고 늘 생각해온 그 하늘이었다. 딸의 말을 되씹을수록 석교댁은 친정어머니의 옛말이 어찌 그리도 들어맞는지, 꼭 무엇에 홀린 듯한 마음이었다. 친정어머니가 타계하실 때의 연세가 지금 자기 나이에 채 못 미쳤으니 햇수로 따져 벌써 스무 해가 가까웠다.

"주옥아, 너는 어찌 이리도 손재주가 좋을구. 여자란 그저 집에 들어앉아 살림이나 맵게 살아야지 손재주 너무 좋으면 남편 덕이 없단다." 친정어머니가 이 말씀을 했을 때, 그때가 언제였던가. 가세가 급격히 기울어 석교댁이 보통학교를 사학년까지 다니다 그만둔 뒤였으니, 아마 열서너 살 때였다. 반쯤 금이 가서 곧 쪼개져 못쓰게 될 바가지를 석교댁이 실로 촘촘히 꿰맸을 때, 그 바가지를 들고 보시며 친정어머니가 하신 말씀이었다. 매듭의 간격과 길이를 일정하게 꿰맨 바가지를 들고 보시며 어머님은 어린 딸에게 칭찬은커녕 오히려 나직이 한숨을 쉬었다. "엄마, 내 솜씨 하나는 외가를 닮은 모양이지?" 하며 까르르 웃었던 그때, 나는 왜 어머니의 그 숨은 말뜻을 몰랐을까. 어렸어, 세상천지를 모를 때였으니. 요즘은 바가지 보기도 힘든 세상이다. 플라스틱인가 뭔가가 나오고부터 통장수와 바가지장수가 없어지고 말았으니깐. 석교댁은 또 실매듭을 풀듯 옛 생각에 매달려 쫓음질했다.

  석교댁 친정은 그네가 태어나기 전 구한말 때만도 석교 앞벌에 물꼬 좋은 논이 서른 마지기가 넘었다. 그네 조부는 향반 신분으로, 여러 대에 걸쳐 벼슬한 자가 가문에서 나지 않은 점을 늘 마음 아프게 여겼다. 슬하에 두 아들을 두자 어려서부터 면학을 독려했다. 첫아들을 열병으로 일찍 잃자, 모든 기대를 둘째아들에게 걸었다. 석교댁 아버지는 젊은 시절, 한양으로 오르내리며 두 차례나 과거에 응시했으나 끝내 뜻을 이루지 못하셨다. 배운 바 선비의 도를 좇아 향리에서는 주자가례에 밝은 유생으로 통했고, 몸소 그 길에 모범을 보여 내지 남양에서부터 개펄 매화 · 선도에 이르기까지, 근동의 흠모를 한몸에 모으셨다. 그러나 국운이 쇠하여 마침내 나라가 일본 사슬에 매이자 망국의 의분을 참지 못하여 의연히 독립운동에 몸을 던지셨다. 그 통에 앞벌 호답이 그 군자금으로 스며들어 십 년을 채 못 넘겨 자취도 없어졌고, 아버지는 장년의 마흔 나이를 마감으로 수원감옥소에서 옥사하셨다. 하나 있던 석교댁 오라버니도 제 아비 맥을 좇아 독립운동에 투신한다고 저 북지 간도로 떠났다. 그로부터 큰물진 뒤 남은 빈 들처럼 가세는 급격히 기울고 말았다. "주옥아, 내 처녀 적 저 발안 마을에서 길쌈대회가 열렸었지. 근동 마을 처녀와 아낙들이 줄지어 모여들었어. 거기서 내가 둘째루 뽑히어 상으로 무명 세 필을 받았어. 지금두 부터 차구 앉아 북꾸리 잡으면 손놀림이 제비 같은 거라. 그 시절엔 다들 내가 짠 명주를 근동에서는 상등품이루 값을 쳤으니……" 언제였던가, 석교댁이 꽃다운 처녀가 되어 혼인 자리를 물색하던 무렵에 어머니가 들려준 말씀이었다. 해방이 되어 해외동포들이 속속 귀국하자 석교댁 오라버니도 북지에서 고향 찾아 돌아왔다. 그때는 이미 위채 아래채 열두 칸 집도 남의 손에 넘어간 뒤였고, 모녀가 초가로 옮겨 살 때였다. 어머니는 삯바느질을 했고, 석교댁은 물 빠진 개펄로 나가 조개나 굴을 따서 두 식구가 생계를 꾸려나갔다. 오라버니가 살아 돌아오자 집안은 단연 활기를 띠었으나, 한번 기운 가세는 쉽게 펴이지 않았다. 살림을 일으키기란 대를 걸러야 되지만 망하기란 하루아침이란 옛말처럼, 집안은 오히려 어수선하기만 했다. 오라버니는 가사에 전혀 신경을 쓰지 않았고, 무정부 상태의 혼란기에 정치를 한답시고 뛰어다녔다. 그것도 북지에서 배워온 좌파운동이었다. 마을에서 독서회를 조직하고, 사랑방 강연회를 열고, 집을 비운 채 수원과 서울로 뻔질나게 오르내렸다. 모난 돌이 정 맞듯 오라버니는 이듬해 체포되었고, 한 해를 수원 감옥소에서 보냈다. 어머니와 석교댁은 일제시대 아버지 면회 가듯 백 리 넘는 수원길을 한 달이면 꼭 한 차례씩 오르내려야 했다. 오라버니는 감옥에서 풀려나오자, 이 불효 자식을 용서해주십시오라는 간단한 서찰만 남기고 야음을 틈타 집을 떠났다. 인천에서 해주 쪽 배를 타는 걸 봤다는 소문을 듣고서야 석교댁은 오라버니가 월북의 길을 택했음을 알았다. 어머니의 빼어난 바느질 솜씨만은 인근 동네에까지 알려져, 일감이 밀렸다. 석교댁도 이제 개펄로 나가는 대신 어머니 바느질 일을 도왔다. 그럴 때 어머니는 곧잘 이런 말씀을 했다. "주옥아, 너는 시집가더라두 아예 바느질일랑 헐 생각을 말아라. 모아 붙이기부다 싹둑싹둑 썰어내는 바느질 일이란 예루부터 건달 서방 둔 집안 아녀자가 하는 일이구, 그래가지고는 절대 살림이 펴이질 않는단다." 어머니가 남자 두루마기 · 바지저고리 · 마고자 · 조끼를 만들 때나 여자옷을 마름질할 때, 가위를 들고 보며 자주 들려주던 말씀이었다. "어머니두, 그런 말이 어딨어요. 여자는 음식 솜씨하구 바느질 솜씨가 좋아야 시집가서 잘산다 말할 때는 언젠데, 이젠 바느질 솜씨 좋으면 시집가서 고생한다……" "글쎄, 네 말두 옳긴 허다만 이 어미 처지가 이 지경이니 너무 걱정이 돼서 하는 소리 아닌가. 생각해보면 바느질두 정도 문제지, 너무 곰살맞게 잘하면 팔자가 센 법이란다. 살림이란 눈덩이 굴리듯 자꾸 불어나야 하는데 아녀자가 가위루 썰어내어 조각내는 일을 잘하면 그게 뭐가 그리 좋을구. 그렇기 때문에 아무리 소문난 대목이라두 부자 됐다는 말은 너두 못 들어봤지? 목수두 나무 썰구 깎아 집이나 가구를 만들다 보니 그게 아녀자 바느질과 꼭같은 거란다." "엄마, 그럼 난 바느질 솜씨가 좋은 축이에요?" 그러자 어머니는 그저 눈만 곱게 흘길 뿐 아무 말씀이 없으셨다.

"참말 이건 뭐 노동판에 붙어 자갈이나 져나르는 게 낫지. 원고지 한 장에 겨우 삼백 원씩이니 어디 밥 먹고 살겠어." 대문을 들어서며 노문구가 투덜거렸다. 이미 자정 가까운 시간이었다.

"주인집 잠 깨었어요. 불평이 있담 방에 들어가서 하시잖구 비 맞은 중처럼 문간에서 왜 이러세요."

순지가 남편 등을 밀었다. 또 어디서 술추렴하다 들어오는지 남편 입에서 단내가 흠씬 풍겼다.

"어머님 주무시니?" 아래채로 걸으며 노문구가 물었다.

"모르겠어요. 잠이 없으시니 아마 아직 주무시지 않을 거예요" 하다 순지는 남편이 오후에 집 나갈 때의 약속을 캐물었다.

"오늘 돈 받아 오신다더니, 받았어요?"

"음, 조금……" 노문구는 말꼬리를 접으며 건넌방 앞에서 걸음을 멈추었다. "어머님, 주무세요? 접니다."

"아니, 아직 안 잔다. 오늘 늦었구나."

석교댁이 방문을 열었다. 건넌방엔 석교댁과 손녀딸이 거처하고 있었다. 노문구는 열린 방문 안, 단잠 자는 딸애에게 힐끔 곁눈질을 주곤 코트 양쪽 주머니에서 귤 네 알을 꺼냈다.

"이거 어머님 잡수세요."

"웬 귤이냐? 뒀다 경아나 줘야지."

"어머님, 그래도 오늘 육만 원을 받았어요. 뭐 이렇게 살면 안 됩니까. 어느 놈 고기 먹을 때 우린 그저 싼 배추줄기나 씹지요. 땅 딛고 하늘 보며 살기는 다 마찬가지니까요."

노문구는 코트 주머니에서 구겨진 담뱃갑을 꺼내더니 한 대를 입에 물고 성냥을 켜댔다. 그는 어둠 속에 한숨 같은 연기를 내뿜었다.

노문구의 식구는 모두 넷으로, 지금 세들어 사는 집에 이사를 오기는 직장을 그만두기 두 달 전이었다. 부엌 달린 방 두 개를 이백만 원 전세로 들어왔으나, 보증금 백만 원을 빼내어 쓰고 월세 삼만오천 원씩을 내고 지내는 지도 벌써 한 해가 지났다. 자유언론수호니 투위(鬪委)니 하며 그 일로 뛰어다녔던 작년 봄까지는 전세에서 빼낸 그 백만 원으로 네 식구가 살아왔다. 노문구도 작년 여름 들고부터 무작정 놀다간 식구들 거리에 나앉게 되겠다고 느꼈던지 애써 직장이나 일거리를 찾아다녔다. 그것 또한 쉬운 일이 아니었다. 마침 직장을 같이 물러나온 동료 기자가 출판사를 차리자 그는 그곳을 연락처로 삼았다. 그 출판사 번역 일거리를 맡기 시작했다. 근년에 들어 독자 수효가 급증하자 신생 출판사가 늘어났고 단행본이 시류를 타고 잘 팔렸다. 노문구는 영문과 출신이었으므로 여러 출판사 번역물을 맡아, 일거리는 꾸준히 잇대어온 편이었다. 스무 살 전후 독자를 겨냥한 외국 소설, 달콤한 사랑 이야기를 다룬 문예물, 생을 아름답게 산 여류 명사의 자서전, 교훈 담긴 명상적 수필류, 모험과 섹스가 섞인 추리 소설 등, 그는 손에 닿는 대로 번역했다. 그래서 이제 젊은 번역가로 출판계에는 이름이 제법 알려져 있었다.

"밤이 늦었다. 고단할 텐데 방에 들게." 석교댁이 사위에게 말한 뒤, 딸을 보며 "넌 뭘 그렇게 넋 놓고 서 있냐. 밥상 차려 들여가잖구" 하고 일렀다.

"아닙니다. 전 먹고 들어왔어요. 그럼 어머님, 편히 주무세요."
노문구는 석교댁에게 절을 하곤 윗방으로 걸어갔다. 신을 벗다 그
는 몸을 돌리더니 석교댁에게 한마디 했다. "어머님, 밥벌이도 제
대로 못하는 사위를 둬 늘 근심이 많지요?"

"근심은, 이러다 보면 좋은 시절도 오겠지. 답답기야 너들이지
나야 아무렇지도 않네."

"집안 없고, 돈 없고, 직장 없으니 내가 생각해도 한심합니다."

"젊은 사람이 그렇게 마음이 약해지면 못쓰네." 석교댁 목소리
는 힘이 없었다.

노문구는 전쟁고아였다. 어릴 적부터 인천 어느 고아원에서 자
랐다. 고향도 부모의 얼굴도 몰랐고, 성도고아원 원장 성씨를 받
아 그의 양자로 입적되었다. 그로부터 고학으로 대학까지 마쳤으
니, 그의 성장 과정은 그야말로 험난한 세파를 이겨온 외로운 덤
불길이었다. 그렇게 자란 환경 때문인지 석교댁에게는 친부모 모
시듯 정이 두터웠고, 석교댁도 사위가 제대로 밥벌이를 못하긴 하
지만 극진한 효심에 늘 고마워하는 터였다.

"어머님, 이놈한테도 반드시 좋은 기회가 옵니다. 한때 좌절일지
라도 가능성이란 늘 있는 거니깐요." 노문구가 웃으며 큰소리쳤다.

"허풍은 무슨 허풍이에요. 술만 자시면 꼭 되지도 않는 소릴 한
마디씩 한다니깐." 순지가 남편을 나무랐다.

"그래, 그래. 몸만 성하면 볕들 날도 오니라. 어서 자게." 마루
로 올라서는 사위 등을 보며 석교댁이 말했다.

석교댁은 방문을 닫자, 또 코허리가 시큰해 왔다. 딸이나 자기

가 이렇게 가슴 아프담 놓고 지내는 사위 마음은 오죽하랴 싶었다. 그러나 사위가 물 젖은 명주처럼 탈진하여 늘어져 있지 않고 늘 저렇게 밝고 씩씩한 게 다행이라 여겨졌다. 제발 몸이나 건강해야 지. 사람이 몸 성하다면 뭘 못하랴. 이렇게 중얼거리자, 석교댁은 한창 나이에 세상을 떠난 남편이 떠올랐다. 늘 젊은 얼굴로 그네 의 마음을 슬픔으로 채우는 남편의 바랜 모습이 벽 저쪽에서 자기 를 건너다보고 있었다.

석교댁은 스물한 살에 수원시청 서기에게 시집을 갔다. 해방되 고 된 삼 년 뒤였다. 신랑은 중농 집안 막내로, 샌님같이 착실하고 얌전하여 별 트집 잡을 데가 없었다. 이미 가마를 타지 않는 시절 이었지만 그렇다고 수원서도 몇 대 안 되는 택시가 시골 구석까지 들어올 리가 없었다. 화물차 운전석 옆자리에 앉아 석교를 떠날 때, 석교댁은 석교 쪽 하얀 신작로를 보며 서럽게 울었던 기억이 지금 도 아슴아슴 떠올랐다. 뽀얀 흙먼지가 일고 흙먼지 뒤로 고향 산 천과 그 끝닿은 데 없는 바다가 멀어질 때, 석교댁은 꼭 어디 물 깊은 소로 죽임을 당하러 가는 불안한 느낌이었다. 어머니는 물 론, 이제 언제쯤 갈매기들을 보게 될꼬. 홀어머니 모시지 못하고 떠나는 출가외인의 마음이란 팔려가는 심청이와 다를 바 없었다. 회장저고리 고름이 행주가 되도록 울음을 지워, 그때만 생각하면 석교댁은 지금도 더운 눈물이 얼굴을 적신 듯 안면이 화끈거려 왔 다. "주옥아, 내 걱정일랑 아예 말아라. 그래두 여기는 사촌두 살 구 있으니 내 뼈야 네 아버지 곁에 어련히 묻어주려구. 또 이 바닥 서 기다리다 보면 니 오라비두 언젠가는 마음 고쳐먹고 돌아올 테

구. 그러니 너는 부디 강서방 귀염 받구 잘살아야지. 네가 아들 낳
았다는 소식 접하면 내 그놈 고추 보러 갈 테니깐. 에미 소원은 네
가 그저 복받구 잘사는 것밖에 없니라." 집을 떠날 때의 친정어머
니 말씀이 늘 귓가에 쟁쟁했다. 시부모와 두 시아주머니, 손윗동
서 둘의 엄한 눈총 아래 고된 시집을 살 때는 늘 고향집과 친정어
머니 생각뿐이었다. 새벽별이 채 지기 전에 일어나 쇠죽부터 끓이
면, 낮에는 논밭일로 호미와 낫도 들어야 했고 부엌일과 빨랫감에
시달리다 보면 자정이 가까워야 겨우 신혼방에서 다리 뻗을 시간
을 얻곤 했다. 다행이 한 해 겨울을 넘기자 남편이 인천시청으로
전근 발령이 나고 석교댁은 남편 임지를 따라갔다. 그때가 육이오
전쟁이 나기 한 해 전이었고, 석교댁은 인천에서 딸을 낳았다. 그
딸이 순지였다. 석교댁이 어머니 부음을 접하기가 둘째애를 배고
있을 무렵이었다. 아직 환갑을 멀찍이 둔 정정한 연세였으나 끝내
오라버니 때문에 그 충격으로 운명하시고 말았던 것이다. 오라버
니는 북쪽에서 간첩으로 다시 고향에 잠입해 와 암암리에 동지를
규합하다 체포되었다. 오라버니가 사형선고를 받자, 어머님은 속
앓이를 시작했고 자리에 누운 지 두 달 만에 돌아가시고 말았다.
시집간 딸애한테는 알리지 말라 하여 석교댁이 그런 저간의 사정
을 안 것도 부음을 접하고였다. 무슨 급살병인지 음식을 먹으면
죄 토하시더니 이틀간 한 말이나 가깝게 토혈을 하곤 혼수상태 끝
에 숨을 거두었다는 사촌오빠의 말이었다. 친정어머니가 임종한
이듬해 봄, 석교댁은 둘째를 낳았다. 아들이었다. 그렇게 원하시
던 외손자를 한번 안아보시지도 못하고 돌아가신 어머니를 생각

하면 석교댁은 아들을 볼 때마다 안타까운 마음이 더했다. "주옥아, 맏딸은 살림 밑천이니 괜찮다. 다음에 사내애를 낳으면 되지 뭐. 이제 따루 살림 났으니 내 자주 와보마. 어디 수원집은 층층시하라 벼르기만 했지 걸음이 안 떼어지더구나." 순지를 안아 어르며 하시던 말씀이 친정어머니와의 마지막 대면이었다. 전쟁이 터졌다. 남편과 함께 피난길에 올라 허겁지겁 수원 시댁으로 가니, 늙은 양주만 집을 지킬 뿐 동서댁 두 가구는 이미 남으로 솔가한 뒤였다. "늙은 우리야 어디 저들이 잡아 가두랴 어쩌랴. 그러나 너는 공무원이니깐 필경 화를 못 면할 거다. 그러니 너들은 어서 떠나거라." 시아버님의 말이었다. 차를 얻어 타기 반, 걷기 반 하여 네 식구가 스무 날 만에 부산 영도 산자락에 닿았다. 그러나 양식 구하러 나간 남편은 가두검문에 걸려, 곧 현지 입대 영장을 받고 전쟁터로 떠나고 말았다. 유엔군의 인천 상륙으로 경기도가 수복되자 석교댁은 두 아이를 데리고 수원 시가로 돌아왔다. 전쟁통에 시아버님은 별세하셨고 칠순의 시어머님은 뇌일혈로 반신불수에 치매기까지 있어, 날마다 죽은 영감과 세 아들 이름을 번갈아 부르며 헛소리를 질러댔다. 남편 유골을 받은 일과 아들 순우를 폐렴으로 잃은 두 불행이 함께 닥친 게 이듬해 오월이었다. 그해는 석교댁 생애 중 가장 넘기기 어려웠던 한 해여서 그 뒤도 그 시절만 생각하면 정신이 가물가물해져 무엇이든 붙잡지 않으면 쓰러질 정도의 현기증을 느끼곤 했다. 아직도 세상 물정을 제대로 몰랐던 석교댁에게 전쟁의 혼란 속에 닥친 그 절망은 차라리 죽음보다 더한 고통이었다. 시댁 집마당으로 조그만 흰 상자를 안은 군인과 그 뒤로 군인 하나가 들어왔을 때, 석교댁은 가슴에 안고 있는 그 상자가 무엇인지 금세 생각이 짚이지 않았다. 손위 두 동서가 맨발로 마당을 내달으며 "누가, 누가 죽었어요?" 하고 물었을 때야 그 상자가 전사자 유골임을 알았다. 두 시아주버님도 출정했기에 그 유골은 세 사람 중 한 사람임이 분명했던 것이다. "강철명 병장님 댁이 틀림없지요?" 상자를 메지 않은 군인이 이렇게 물었을 때, 석교댁은 비로소 그 군인이 남편의 이름을 부르고 있음을 알았다. 두 동서가 안도의 한숨을 내쉬며 마당에 털썩 주저앉고, 석교댁은 엉거주춤 그들 쪽으로 걸어가면서도 그네는 제정신이 아니었다. 설마, 설마 하는 한 가닥 희망이 가슴에서 불꽃으로 활활 타오르고 있었다. "네, 제가 제가……" "강병장님은 철원전투에서 그만 장렬한 최후를……" 유골을 안은 군인이 말끝을 맺지 못한 채 머리를 떨굴 그때서야 석교댁은 하늘이 무너지는 이 세상의 마지막을 보았다. 대낮인데도 뭇별이 유성이 되어 눈 속으로 스며드는 것을 끝으로 그네는 깜박 정신을 잃고 말았다. "내 필경 살아 돌아올 테니 여보, 애들이나 잘 건사하구려" 하며 떠난 남편 목소리가 아직도 귓가에 뜨거운 입김으로 남아 있고, 건강히 잘 지낸다는 편지가 온 지도 열흘이 채 못 되었는데 이미 남편은 이 땅에 살아 있는 사람이 아니었다. 범 같은 두 손윗동서 밑에서 입살기도, 그렇다고 부모형제 없는 친정으로 돌아갈 수도 없는 처지여서 석교댁은 몇 차례 죽기를 결심했다. 남편을 뒤따라 목숨을 끊는 길만이 가장 현명할 것 같아 양잿물을 먹을까 목을 맬까 망설였으나, 그럴 때마다 딸애 순지가 석교댁 결행을 주저케 했다. 초롱 같은 눈망울로 "엄마, 밥줘, 밥 많이 많이 줘" 하며 안겨 붙는 어린 딸애를 차마 같이 죽게 할 수도, 고아로 남기고 먼저 세상 뜰 수도 없었다. 살아야지. 순지 보구 살아야지. 석교댁은 이 앙다물고 자립을 결심했다. 순지를 업고 시댁을 떠나 첫살림을 냈던 인천으로 갔다. 상륙작전 포격으로 인천은 잿더미로 변해 있었다. 석교댁은 부두 수산시장에서 순지를 업고 목판에 갈치·조기·게 따위를 늘어놓고 어물장사를 시작했다. 그 장사는 수월치가 않았다. 장사도 출신을 가리는지 그네는 손님을 구슬리는 입심도, 손님 종류에 따라 넘겨짚는 값부름도 제대로 할 수 없었다. 하루 종일 목판 앞에 쪼그려앉아 있어도 호구가 힘들 정도였다. 전쟁 뒤에 보낸 몇 해의 애옥살이를 돌이켜보면, 사람이 명줄만 붙어 있다면 어떤 고난도 이겨내게 마련이라는 진실을 깨달을 수 있었다. 오직 죽는 자만이 애통할 뿐, 산 사람은 자기만 부지런하면 어떡하든 생명줄 잇게 마련이란 철칙은 그 시절의 어려움을 통해 얻어진 신조였다. 지금 사위만 하더라도 실직을 자학하여 지나친 음주로 건강을 상할까 염려될 뿐, 전쟁 때의 대 기근도 여자 홀몸으로 이겨냈는데 어디 굶기야 하겠냐 싶었다. 정 밥 먹기 힘들면 아직 기력이 남아 있으니 순지와 함께 손수레라도 밀고 나서면 입살기야 하겠거니, 하는 생각이었다.

이틀 뒤, 노문구네 네 식구가 아침 밥상을 받아놓고 별 이야깃거리가 없어 묵묵히 먹기만 할 때였다. 노문구가 살포시 퍼담은 밥그릇을 거의 다 비웠을 때, 기어코 순지가 말문을 떼었다. 이틀째 조르던 양장점 출근건이었다.

"그럼 승낙하시는 거죠?"

경아 밥을 떠먹여주며 순지는 조심스럽게 남편을 건너다보았다. 노문구는 미처 그 말을 못 새겨듣기나 한 듯 묵묵히 숟가락질만 할 뿐이었다. 표정도 늘 그렇듯 굳어 있었다. 순지가 원병을 청하듯 어머니를 보았다. 석교댁은 딸애 눈길을 피하고 말았다. 딸애 양장점 출근을 그네도 탐탁잖게 생각하고 있었다.

"가타부타 말씀이나 좀 해보세요." 순지가 한 음절 높여 남편에게 물었다.

"당신은 날 뭘로 아는 거요?" 노문구가 숟가락을 밥상에 소리나게 놓으며 대뜸 볼멘소리로 되받았다.

"뭘로 알다니? 그럼 당신은 절 누구로 알고 있구요?" 남편의 강경한 반대쯤 이미 각오가 되어 있다는 듯 순지도 맞서 나왔다.

이제 석교댁도 더 침묵만 지키고 있을 수 없는 자리가 되고 말았다. 잔기침 끝에 석교댁이 사위와 딸 사이에 끼여들었다.

"노서방, 내 뭐 딸 편을 들자 하는 말은 아니네. 자네가 예전처럼 직장에만 나간다면야 여자란 그저 집안 살림이나 알뜰히 사는 게 옳은 일이지. 그러나 자네 지금 하는 일두 고정수입이 못 된다니깐 서루 같이 벌어 좀 수월케 살아보자는 뜻 아니겠는가. 노서방이 옳은 직장 잡을 때까지라두."

"어머님도 참, 팔은 안으로 굽는다더니, 이제 정말 어머님까지 그러시기예요? 내 벌이가 뭐 어때서 그 야단들이에요? 내가 어디 어머님과 처자식 밥 굶겼나요? 물론 애 엄마 속마음쯤은 저도 압니다. 그게 내가 못난 탓인 줄도 알고 있구요. 그러나 나도 사내대

장붑니다. 혈혈단신으로 세상 쓴맛 단맛 다 보며 살아온 동안, 어쭙잖게 처자식 밥 굶기려고 결혼했던 건 아닙니다. 지금도 우리 식구가 끼니를 거르고 있는 건 아니구요."

"물론이지, 누가 노서방 자네 잘못이라고 나무라나. 세상살이에는 응달이 있으면 양달도 있는 법이네. 그저 자네가 고생하는 게 딱해서 애 어미가 찬값이라도 벌자는 거겠지."

"엄만 가만 좀 계셔요." 순지가 석교댁을 흘겨보곤, 어차피 한번 그릇 깨지는 소리 난 바에야 이번엔 끝장을 보자는 듯 남편에게 대거리를 놓았다. "당신도 이제 제발 그 알량한 자존심 좀 버리세요. 당신 그 자존심과 용기가 좋아 제가 무작정 결혼했지만, 이 지경에 와서도 한겨울 대쪽처럼 꼿꼿하게만 살겠다니, 앞뒤 좀 가려야 될 게 아녜요. 웬만큼 사는 집도 맞벌이다 뭐다 하며 같이 벌어 집칸 늘이고 세간도 남 보란 듯 해놓고 사는데, 우린 도대체 뭐예요. 전세방에서두 곶감 빼먹듯 사글세방으로 내려만 가니 그걸 넉살 좋게 보구만 있을 여편네가 어딨겠어요? 이런 마당에 제가 뭐 남들처럼 치맛바람이나 날려보고 싶어 밖으로 나다니겠다는 거예요?" 여기서 말을 끊고 순지는 갑자기 두 손으로 입을 막더니 오열을 삼켰다. 이어, 목소리가 울음 속으로 잠겨들었다. "당신 마음두 이해가 안 가는 건 아녜요. 그러나 뒷날 살아갈 일이 걱정돼서 경아 하나로 단산해야 하는…… 당신 집안이나 우리 쪽을 보더라도 사내애는 꼭 둬야 하는데두…… 그렇게까지 고집을 부릴 이유가 뭐냔 말이에요……"

"알았으니, 시끄러!"

노문구가 자리를 차고 일어났다. 집에서 허드레로 입는 추리닝 하의를 벗고 벽에 걸린 외출복 바지를 서둘러 껴입었다.

　순지가 손등으로 눈물을 훔치자, 그때까지 엄마와 아버지 눈치만 살피던 경아가 기어이 울음을 터뜨렸다. 석교댁이 순지로부터 손녀를 받아 안고 등으로 돌려 업었다.

　"초상났나, 울긴 왜 울어. 에미 네가 너무했어. 여자가 남자 아침 상머리에 토구리구 앉아 따지는 법이 어딨어!" 석교댁이 딸애를 꾸짖곤 등에 업은 경아를 추스르며 달랬다.

　노문구는 윗도리를 걸치더니 거칠게 방문을 열었다. 도저히 집구석에 앉아 배겨낼 수 없다는 행동거지였다. 그는 어제도 오후에 외출하더니, 금년도 노벨문학상을 받은 아이작 싱어의 작품 한 편을 번역하게 되었다고 일거리를 안고 들어왔던 것이다. 『모스키트 집안』의 앞부분 절반을 다른 사람이 번역하고 자기가 뒷부분을 맡았다며, 일주일 만에 오백 매를 번역해달라니 아무래도 밤을 새워야겠다고 말했다. 그렇다면 오늘은 방에 붙어앉아 번역을 시작해야 될 처지인데 그는 외출을 서두르고 있었다. 순지는 말을 잘못 꺼냈다 싶어 아차 했으나, 이미 때가 늦어버렸다.

　"아침부터 누굴 만나려구……" 석교댁이 마루로 따라나서며 사위에게 짐짓 물었다.

　"아침부터 제가 언성 높여 죄송합니다. 어머님, 다 제가 못난 탓이지요." 노문구는 마루 밑에 놓인 구두를 신었다. 그러더니 깊게 한숨을 뱉곤 혼잣말로 중얼거렸다. "내 오늘 직장 문제를 결판내고 말아야지."

석교댁이 사위 말을 새겨들었다.

"뭐라구, 직장이라니?"

"두 달 후 국회의원인가 뭔가, 선거 있잖아요. 아 글쎄, 김동명 씨라구, 고향에 중고등학교를 세 개나 가지고 있는 사람인데 무소속으로 입후보하겠다지 뭐예요. 그런데 절 보고 비서나 참모 자리를 맡아달라는 거예요. 놀면 놀았지 난 그런 짓거리는 못한다고 딱 잘랐는데……"

"그래, 이제 그걸 승낙하려구 나서는 길인감?" 석교댁 목소리가 떨려나왔다.

"선거 끝날 때까지 봉급을 두둑이 주겠대요. 물론 당선이 되든 안 되든 직장도 책임지겠다 했어요. 자기 학교 선생 자릴 테지만. 정치철학이나 식견도 없는 그런 치들이 그저 금배지란 권위와 명예를 앞세워 중뿔나게 나서니…… 하여간 이런 마당에 애 엄마 말처럼 내 고집만 부릴 수도 없잖아요?"

"노서방, 제발 그 일만은 그만둬. 내 두 손 모아 빌 테니, 자네 그 정치라는 건 부디 말게." 석교댁 목소리가 절절했다.

"어머님, 뭐 그리 신경쓰실 거 없어요. 어디 제가 정치를 합니까. 저는 그저 봉급 받고 일해주는 거지요."

"그게 그런 게 아니라네. 그렇게 섞여 다니다 보면 그 길에 물드는 법이네. 누군들 뱃속부터 그 일 하겠다고 작심한 사람 봤나."

석교댁이 사형당한 오라버니를 생각하고 하는 말이었다. 그 일에 뛰어다니다 자기 목숨은 물론 어머니마저 운명하시게 만든 오라버니만 생각하면 지금도 석교댁은 가슴에 못이 박히듯 아프고 숨이 가빴다. 정치란 아편 같아 그 일에 말려들면 반드시 제 목숨을 버려야만 끝장을 보는 거라 믿고 있었다. 오라버니만 아니라 아버지를 봐서도 그렇고, 전쟁도 궁극적으로는 그런 부류의 사람들이 일으키는 짓거리며, 그 결과 남편도 그 제물이 되었다.

"여보게, 노서방. 내 굶어도 좋으니 제발 그 정치 하겠다는 사람 비선가 뭔가 하는 일일랑 하지 말게." 석교댁이 대문을 나서는 사위 등을 보고 외쳤다.

노문구는 장모의 간절한 하소연을 들었는지 말았는지 골목길을 걸어나갈 뿐이었다.

그날 정오 무렵, 주인집 아주머니가 순지에게, 애 아빠한테서 전화 왔어요 해서 순지가 주인집 안방으로 건너가 전화를 받았다.

"여보, 내 책상에 원서 한 권 있을 거요. 아이작 싱어의 『모스키트 집안』 말이오. 그 책 현실출판사로 가져가 돌려주구려." 노문구의 말이었다.

"그럼 번역 못하게 되었다고 전할까요……"

순지가 조심스럽게 묻자 노문구는 출판사에 가거든 급한 일이 생겨 시골에 내려갔다고 전하라는 거였다. 그러며, 김동명 씨와 함께 출마할 지역구로 내려가기 때문에 사흘 정도 집을 비우게 될 테니 그리 알라고 말했다. 순지는 아침 밥상머리에서 자기가 들쑤셔 파생된 일이라 미처 대답할 겨를도 찾지 못하고 어물어물하는 사이 전화는 끊기고 말았다. 전화를 끊고 나자, 아침 일은 미안해요 하고 한마디쯤 못 건넨 게 순지는 못내 아쉬웠다.

아래채로 건너온 순지는 엄마에게 하소연했다.

"엄마, 어떡함 좋아요? 애 아빠 결혼 전부터 처가집 재산 자랑하는 남자나, 결혼 후에도 여자 직장에 내보내는 남자가 가장 꼴불견이라고 늘 말해왔거든요. 외롭고 힘들게 자라 그런지 그이는 자존심 하나로 여태껏 버텨왔다는 말을 입에 달고 사는데…… 내가 양장점에 나간다고 하니, 이제 자기 성격에 맞지 않는 비서 노릇을 하겠다고 나서잖아요. 이 일을 어쩌면 좋지요?"

"몰라. 나는 노서방이 하겠다는 일두, 네가 하겠다는 일두 다 싫으니, 난 모르겠다." 석교댁이 구름 낀 얼굴로 말했다.

"애 아빠가 비서 노릇 하기보다야 제가 희생하는 게 낫잖아요? 만약 애 아빠가 그런 후보 선거운동원으로 뛰어다닌다면, 같이 해직된 동료 기자들이 어떻게 보겠어요?"

"몰라. 나는 모른다니깐."

석교댁은 코끝에 고이는 물코를 손수건에 풀곤 낮잠 달게 자는 손녀 옆에 등을 붙이고 말았다. 잘 익은 복숭아빛으로 물든 경아의 뺨을 쓰다듬으며 석교댁은 눈을 감았다. 경아의 천사 같은 얼굴에 겹쳐 순지의 어릴 적이 눈물과 함께 그네의 눈초리에 젖어왔다.

석교댁이 어물 행상으로는 살길이 막막하여 그 일도 집어치우고 어디 식모 자리나 알아볼까 할 즈음, 딱한 처지를 동정하여 주인집 아낙네가 새로운 일거리를 권해왔다. "새댁, 아무래도 새댁한테는 장사 일이 적성에 안 맞을 것 같았어. 그렇다구 애 달린 새댁을 누가 쉽게 식모로 써주겠어. 더욱 이제야 휴전인가 뭔가가 된 이 북새판에 말이야. 그러니 내 시키는 대로 해보구려. 새댁, 그 저고리 새댁이 손수 지은 거 맞지?" 석교댁이 부끄럼을 타며 그렇다고 대답하자, "보아하니 새댁 바느질 솜씨가 괜찮은데 그걸 한 번 시작해보구려" 하고 말했다. 손님은 자기가 소개해주겠다는 거였다. 이렇게 하여 집주인 아낙네가 처음 데리고 온 손님이 어느 요리집 마담이었다. 전쟁 뒤의 경기는 그런대로 흥청거려 돈 잘 쓰고 잘 차려입은 부류가 달리 있었던 것이다. 마담이 견본 삼아 놓고 간 저고리를 본을 삼고 주인집 틀을 빌려 생전 처음으로 석교댁은 남의 저고리 한 벌을 손수 지었다. 예전 어머님이 만들던 저고리에 비해 기장이 짧아지고 동정깃이 좁아진 것이며 가슴을 깊게 파는 따위의 모양새만 유행에 따라 변했을 뿐, 정성을 들여 만들다 보니 그리 흉한 꼴은 아니었다. 더욱이 시중 가격의 절반 정도의 삯을 받자 그 마담이 자기가 일하는 요리집 어린 기생들을 데리고 왔다. 석교댁 일거리는 차츰 불어나기 시작했다. 당시 전국의 공장 시설은 폭격으로 파괴된데다 국산 방직업계가 휴지 상태에 있다 보니 홍콩제 수(繡) 양단이 마구잡이로 들어오고 일본제 비로드가 첫선을 보일 무렵이어서, 상류층의 사치가 극성을 떨었다. 한밤중에 순지가 소변이 마려워 잠이 깨면, 몇 시인지 모르지만 그때까지 엄마가 재갈재갈 재봉틀을 돌리고 있었다. 아니면 방안 가득 옷감을 늘어놓고 가위질을 하거나, 치마 가장자리를 망사 안베와 붙여 사뜨기를 하거나, 화롯불에 꽂힌 인두로 다림질을 하고 있었다. "순지 엄마는 어찌 솜씨가 이렇게 좋을까. 아무리 옷이 날개라지만 순지 엄마 손을 빠져나오면 꼭 날개 달린 황새같이 날고 싶으니……" 전쟁 와중에 엇길로 나가버린 스물 갓 지난 젊은 기생들이 제가끔 한마디씩 하는 소리였다. 시조나 창을 배우고 가야금에 붓글씨로 시작한 동기(童妓) 출신의 나이 든 기녀들에 비하면, 젊은 애들이란 그저 소갈머리 없이 깝죽거리며 싱싱한 육체나 썩이다 활짝 필 나이에 제풀에 시들고 말지만, 그래도 씀씀이는 그들 쪽이 괜찮았다. 그래서 순지가 학교에 들어가자, 옷가지며 학용품은 젊은 기생들이 도맡았다. "순지야, 피난 가다 천안서 죽은 내 막내가 살았다면 지금 너만 해서 책가방을 메고 학교에 다닐 텐데. 너만 보면 죽은 막내가 생각나는구나." "순지는 예쁘기도 해라. 집 떠나 이 생활을 하다 보니 동기간이 보고 싶어 미치겠다. 순지야, 네가 내 동생 하거라. 날 보고 언니라 불러" 하며 그녀들은 군것질거리도 사다 날라, 순지는 그녀들 사랑에 묻혀 자랐다. 글피까지 입게 해달라느니, 나흘 후 연회가 있으니 그때 입고 나가야 한다느니, 기생들 성화에 못이겨 석교댁은 허구한 날 일에 묻혀 세월을 보냈다. "순지야, 에미 팔 좀 주물러라. 하루 왼종일 틀만 돌렸더니 이 오른팔이 꼭 장작개비 같구나." 일에 쫓겨 자정이 지난 시간에 엄마는 풋잠 깬 순지를 보고 곧잘 이런 말을 했다. 그럴 때면 순지도 눈물이 핑글 돌았다. 엄마가 왜 저 고생을 해야 하는지, 나에게는 왜 아버지와 동생이 죽고 없는지, 그것이 서러웠다. 세월은 가을볕처럼 빨라, 새댁 소리를 듣던 석교댁도 눈 가장자리에 잔주름이 잡혀 속절없는 중년 아낙네로 시들었다. 남편 생각도, 죽은 아들 생각도, 떠나온 고향도 잊은 가운데 오직 달덩이처럼 커가는 순지를 보는 것만이 석교댁에게는 유일한 낙이었다. "인제 더 늙으면 홀아비도 안 붙어요. 석교댁, 육이오로 색시를 잃은 젊은 홀아비가 있는데 내가 중신 설까요? 제법 큰 한약방을 한

답디다. 달린 자식이라고는 아들 하난데, 순지하고 남매처럼 크면 얼마나 보기도 좋아요." 옆집 아낙네의 이런 청 외에도 석교댁에게는 후처 자리가 더러 나서곤 했다. 그러나 석교댁은 그럴 때마다 그저 웃고 말았다. 홀로 사는 것도 남편의 삼년상 끝내기 전후가 고비였다. 깊은 밤 잠 못 이룰 때, 아삼히 떠오르는 남편 모습이 못내 그리워 후끈 단 몸을 뒤척이기도 했지만 이제 그것도 옛일이었다. 석교댁 몸은 식은 재처럼 차갑게 풀어졌고, 그 대신 하늘 먼 가을날, 산중에 외로이 핀 들국처럼 홀로 사는 또 다른 청결함이 그네를 돋보이게 했다. 순지는 석교댁의 도타운 사랑 아래 몸 성히 잘 자랐다. 여자중학교와 고등학교를 거쳐 서울 어느 문과 초급대학에 진학을 했다. 한 해는 인천에서 기차 편으로 통학하다 한 해는 서울에서 같은 반 애와 자취를 했다. 석교댁이 하나딸을 구김없이 키운 때문인지 순지는 그늘 없는 밝은 처녀로 초급대학을 졸업했다. 학교를 졸업한 그해 여름 어느 날, 순지는 점퍼차림의 텁수룩한 청년을 집으로 데리고 왔다. "엄마, 이분 말이에요. 부모 형제 없이 고아로 성장했지만 사람 한번 아주 믿음직해요. 엄마도 자주 만나 얘길 나눠보면 아실 거예요." 순지가 말했다. 순지가 서울의 어느 개인회사 사무원으로 취직해 있을 무렵이었다. 아무렇게나 빗어 넘긴 머리칼에 헐렁한 점퍼를 걸친 그 청년은 대학 졸업반으로 석교댁이 첫눈에 보아도 사람 됨됨이가 무던하고 진실해 보였다. 둘은 순지가 아직 학교에 다닐 무렵인 작년 가을, 어느 고아원 자선 바자회에서 처음 만나 사귀게 되었다는 것이다. "내가 봐도 사람 하난 믿을 만하더라. 요즘 세상에 당사자 좋으면 됐지, 이 어미가 무슨 소용에 닿겠느냐. 네 고생 안 시킬 남자 같으면 네가 알아서 할 일이지." 석교댁은 매사에 소박하고 건실한 그 청년을 좋게 보았다. "그래도 여러 점으로 잘됐지 뭐예요. 저분은 부모님이 안 계시니 전 시집을 가도 엄마를 모실 수 있으니깐요." 그 청년이 순지의 남편이 된 노문구였다. 노문구는 대학을 졸업하자 서울 모 신문사에 시험을 쳐 합격했다. 이듬해 둘은 인천에서 조촐한 결혼식을 올렸다. 그즈음은 석교댁도 눈이 어두워 돋보기를 끼지 않으면 바늘귀에 실을 꿸 수 없을 정도의 노시였다. 바느질거리도 뜸해져 일손을 놓고 지낼 적이 많았다. 단출한 세 식구가 서울 변두리 수색에 방을 얻음으로써 석교댁도 인천을 떠났다.

나흘이 지난 뒤 노문구는 꺼칠한 얼굴로 집에 돌아왔다. 그는 방으로 들어와 코트를 벗기가 바쁘게 하는 소리가, 더럽고 아니꼬워 국회의원 후보 비서 노릇도 못하겠다는 거였다. 하루 종일 만나는 사람마다 굽실거리며 후보 인품과 덕성을 과장 섞어 너스레 떤 뒤 눈치껏 돈을 찔러주느니 차라리 집에 들어앉아 번역 일거리나 맡아 하는 게 훨씬 낫다고 말했다.

"소신 있는 정견을 가진 바도 아니오, 그렇다고 고매한 인격을 갖추지도 못하고서 권력과 명예에만 급급하여 돈으로 권력을 사겠다는 꼬락서니가 치사해."

노문구는 이 한마디로 다시는 김동명 이름을 입에 올리지 않았다. 전처럼 번역 일거리를 날라다 집에서 원고지와 맞붙어 앉았다.

다시 열흘이 지난 뒤, 순지가 아침 설거지를 서둘러 끝내고 건넌방으로 와서 외출복을 입기에, 경아를 업고 있던 석교댁이 딸에게 어디로 나갈 채비냐고 물었다.

"엄마, 쉿." 순지는 손으로 입을 가리며 남편이 있는 안방 쪽을 눈흘김했다. "아빠가 반승낙을 했어요. 그래서 양장점에 첫 출근할까 하구요."

"반승낙하다니? 그럼 그 고집이 꺾였단 말인가?" 석교댁이 놀라 반문했다.

"그럼 저이가 당신 뜻대로 하슈, 할 사람인가요? 아무 말도 안 하구 돌아앉는 게 반승낙을 한 거죠, 뭐."

"그러다 야단맞으려구? 가난하더라두 의좋게 살아야지. 너들 싸움하는 꼴 보고는 내 같이 못 산다. 부모덕 남편덕 없는 팔자에 어디 자식덕 보랴. 나 혼자 죽이라두 끓여먹구 살다 힘에 부치면 양로원에라두 가면 되겠지."

"엄마, 무슨 그렇게 가당찮은 경우까지 생각할 게 뭐예요? 무사히 잘 해결해나갈 테니 두고보세요. 나도 다 각오가 되어 있으니깐요." 순지는 입술을 깨물었다.

"그래두 여자란 남편에게 순종해야지. 예로부터 여자 똑똑하면 집안 잘못된다더라."

"저도 알아요. 그러나 어쨌든 이 위기를 잘 넘겨야지요. 전 애 아빠를 사랑하고 믿으니깐요. 그렇게 믿으니 좀 도와보겠다고 이렇게 애를 써보는 거 아니겠어요."

대문을 나서는 순지를 보며 석교댁은 방문을 닫고 말았다. 뒤돌아서서 쏟아지는 눈물을 손등으로 씻어냈다.

504

"결국 저것두 가위를 들게 되는구나. 그러나 경아야, 너는 니 어미나 이 할미를 닮지 말아라." 석교댁은 등에 업은 손녀딸을 돌려 안아, 홍조 띤 맑은 뺨에 자신의 주름진 뺨을 비비었다.

(『작단 1집』 1979년 5월)

목 숨

목
숨

봄을 재촉하는 이월 하순의 늦겨울 비가 가랑비로 풀어져 내렸다. 밤이 깊었다. 서울역 광장 주변은 늘 그렇듯 많은 사람들로 붐볐다. 버스 정류장에도 사람들로 복작거렸다. 행선지가 다른 버스들이 밀려들어 승객을 쏟아놓곤 주위담아 떠났다. 자신이 가는 방향의 버스를 타려고 사람들이 쫓음걸음으로 밀려다녔다.

이윽고 사당동행 버스가 멎었다. 사람들이 우산을 접으며 버스쪽으로 몰려갔다. 여주댁이 재빨리 버스 문 앞을 막아섰다. 차장이 문을 열었다. 승객 셋이 쫓기듯 버스에서 내렸다. 여주댁이 먼저 승강구로 올라섰다. 차장이 여주댁을 보더니 한사코 차 밖으로 밀쳐냈다. 차장은 여주댁을 버스비도 없이 승차하려는 부류로 판단했던 것이다. 더욱이 여주댁은 부피 큰 짐까지 안고 있었다. 이불 홑청에 아무렇게나 뭉쳐 싼 짐이었다.

"비켜서요. 저리 비켜달라니깐요. 다른 사람이나 타게." 차장이 목소리를 높였다.

여주댁은 짐을 안지 않은 한 손으로 사생결단하듯 버스 손잡이를 잡고 늘어졌다. 여주댁은 차장에게 아무런 대꾸도 하지 않고 막무가내 버스 안으로 들어섰다. 우산을 접어 여주댁 뒤에 붙어 섰던 길수도 엄마를 따라 버스를 탔다. 돈 있어요. 버스비 있단 말이에요. 길수는 이렇게 말하고 싶었으나 입이 잘 떼어지지 않았다.

버스 안으로 들어서자 여주댁은 간헐적으로 어깨를 떨던 훌쩍거림을 그쳤다. 눈물과 빗물로 검누른 얼굴이 얼룩졌다. 여주댁은 충혈된 눈으로 실내등이 흐릿한 버스 안을 살폈다. 빈 좌석이 있을 리 없었다. 통로에 섰던 승객이 여주댁의 볼품없는 차림과 안고 있는 짐을 보자 길을 터주었다. 여주댁은 승객 틈을 비집고 버스 뒤쪽으로 절뚝걸음을 걸었다. 작년 가을, 여주댁은 주택 공사장에서 날품을 팔다 낙반 사고를 당해 오른쪽 다리를 절게 되었다. 광기 서린, 어쩌면 혼이 빠진 듯한 아낙네의 거동을 보다못한 아가씨가, 아줌마 여기 앉아요 하며 손가방을 들고 일어섰다. 여주댁은 고맙다는 말도 없이 그 자리에 주저앉았다. 당연히 앉을 자리란 듯 무심한 얼굴이었다. 자리에 앉아 여주댁은 무릎에 놓인 짐을 내려다보았다. 그네는 조심스럽게 이불 홑청 틈새로 손을 밀어넣었다.

"모질다. 모질어. 아직 두 명이 붙었구나." 여주댁이 혼잣소리로 중얼거렸다.

이불 홑청에 싸인 짐은 다름아닌 길수의 아우였다. 종수는 세 살배기였다. 길수는 여주댁 옆에 서서 보이지 않는 종수를 내려다

보았다. 웃거나 울지를 못하는, 영원히 깨어날 수 없는 잠에 든 것만 같았다. 살아 있는 생명체 같지 않았다. 아우가 다시 눈을 뜨고 이불 홑청 사이에서 빠져나와 쪼작쪼작 걸어다니리란 희망은 상상으로도 잘 떠오르지 않았다. 행가야, 지지, 지지 만케 줘. 종수가 국물조차 말라버린 라면 그릇을 들여다보며 띄엄띄엄 말을 뱉던 지난 겨울 어느 날이 생각났다. 길수가 산동반점에서 월급 오천 원을 받아들고 엄마를 찾아 관악산 기슭, 사당동 무허가 판자촌 사글세방으로 찾아갔을 때였다. 엄마는 연탄불도 꺼진 깜깜한 방안에서 입김으로 손을 녹여가며 편지 봉투에 풀칠을 하고 있었다. 다섯 장을 붙여야 일 원을 받는 일거리였다. 종수는 그땐 팔다리가 배실배실 꼬이긴 했으나 또록했는데, 이틀째 말문을 닫고 있었다. 힘에 겨운지 손발조차 제대로 움직이지 못했다. 지금 종수는 내버릴 수 없는 그 어떤 설움의 덩어리로 무심하게 여주댁 무릎에 놓여 있었다.

여주댁이 이불 홑청 사이에서 손을 빼냈다. 그 틈새로 종수 콧등과 뺨이 조금 보였다. 핼쑥하다 못해 푸른 기가 도는 살색이었다. 여주댁이 종수 얼굴을 이불 홑청으로 여며 덮었다. 삐죽이 나온 종수의 한쪽 손도 싸넣었다. 여주댁의 땟국에 전 손이 이제는 떨리지 않았다. 땟국에 절어 있기는 이불 홑청도 마찬가지였다. 홑청은 이미 흰색이라 부를 수 없었다. 오히려 조금 전에 살짝 보였던 종수 뺨이 더 해맑았다. 이제 종수 몸은 먹고무신이 걸린 발목께만 보일 뿐이었다. 종수의 푸르뎅뎅한 발목이 여주댁 무릎 아래 늘어져 있었다.

"애가 몹시 아픈 게로군요?"

여주댁 옆에 앉았던 중년 사내가 얼굴을 돌렸다. 그는 여주댁이 자리에 앉을 때부터 곁눈질을 떼지 않았다. 여주댁은 옆자리 사내 물음에 얼굴을 주지 않고 대답도 하지 않았다. 어쩌면 넋이 나가 사내 말을 듣지 못했는지 몰랐다.

"목욕이나 좀 시킬 것이지." 사내가 눈살을 찌푸리며 말했다.

여주댁의 대답이 없자, 사내는 민망한 얼굴을 창 쪽으로 돌렸다. 거리에는 여전히 가랑비가 풀어져 내렸다. 하루는 맑았다 다시 하루는 비가 흩뿌리고, 그 이튿날이면 구름이 켜켜로 낀 하늘로 변하기 일주일째, 때아닌 지루한 장마 절기였다. 목을 꺾은 가로등만 안개비 속에서 파르스름하게 빛났다. 가로에는 셔터를 내리거나 덧문을 닫는 상점도 있었다. 차들만 빗발 속을 쏜살같이 지나다녔다. 아스팔트 바닥에 어룽지는 불빛이 어지러웠다.

"정말 아주 고약한 냄새로군. 참을 수 없어." 여주댁 옆 사내가 다시 말했다. 여주댁은 역시 대답이 없었다. 사내는 창문을 열다 빗발 때문에 창문을 닫으며 여주댁에게 물었다. "애가 똥오줌을 싼 게 아니오?"

중년 사내는 이불 홑청에 싸인 종수를 내려다보았다. 그제서야 여주댁은 멍청한 눈길을 사내에게 보냈다.

"똥오줌을 쌌다면 댁이 어쩔 참이오?" 여주댁이 시큰둥 말을 받았다. "세상이 넓다지만 누가 이 어린것을 살리겠다고……"

"이거, 실성한 여자 아냐? 아픈 자식 때문에 미쳐버렸군."

사내가 자리에서 일어났다. 그는 여주댁 앞을 빠져나갔다.

"내가 미쳤다고? 온 세상 사람들이 나보다 더 미쳤지." 여주댁은 큰소리로 외치듯 말했다.

버스 안에서 터져나온 돌연한 외침에 승객들이 모두 여주댁을 쳐다보았다. 길수도 남 보듯 엄마를 보았다. 엄마는 영락없는 거지꼴이었다. 종수 때문에 어쩜 엄마가 살짝 미쳤는지도 모른다는 생각까지 했다.

비에 젖어 가락가락 늘어진 머리카락이 여주댁 얼굴을 반쯤 가렸다. 며칠을 세수조차 하지 않아 얼굴은 군고구마 껍질 같았다. 오직 눈물을 닦아낸 눈자위와 뺨만 살색이었다. 가장자리에 실밥이 풀어진 누비조끼도 비에 젖어 있었다. 여주댁 몸에서는 길수도 맡을 수 있을 만큼 지린내가 풍겼다. 그런 몰골로 보아 차장이 여주댁을 버스에 태워주지 않으려 할 만했다.

"쯧쯧."

누군가 혀를 찼다. 길수가 그 사람을 보았다. 엄마 나이 또래의 아낙네였다. 길수는 갑자기 부끄러웠다. 그는 주위의 눈길을 피해 얼굴을 발치로 떨구었다. 아우 발목이 눈에 들어왔다. 길수는 푸르뎅뎅한 그 발이 보기 싫어 눈을 감았다. 여주댁은 얼굴을 꼿꼿이 든 채 태연했다. 주위 사람들은 여주댁의 그 당당한 태도가 더욱 수상쩍었다. 아무도 중년 사내가 일어선 창 옆자리에 앉으려 하지 않았다. 길수는 더 이상 엄마와 남남으로 행세할 수 없다고 생각했다. 이쯤의 창피는 어차피 당해야 할 입장이었다.

"엄마, 당겨 앉아요." 길수가 엄마에게 조그맣게 말했다.

"그렇군. 넌 여직 서 있었구나" 하며 여주댁은 사내가 앉았던 창 옆으로 뭉그적거리며 옮겨갔다.

길수는 엄마 자리에 앉았다. 시트 바닥에 엄마의 체온이 남아 있었다.

"사당동 가요. 그래요, 막차라니깐." 차장이 버스 문 옆을 치며 소리쳤다.

사람들이 꾸역꾸역 몰려 탔다. 버스는 출발했다. 버스는 제1한 강교로 들어섰다. 창문이 모두 닫혀 있어서 차 안은 쿰쿰한 더운 내로 가득 찼다. 여주댁 몸에서는 하수구 냄새가 났다. 창문을 좀 열어요, 하고 말하고 싶었으나 길수는 참았다. 밖은 여전히 비가 내렸다. 창밖에는 물이 분 강 표면이 강변 건물들의 불빛을 받아 물결을 튀기며 빛났다. 서울의 모든 오물을 실어나르는 한강이지만, 밤에 보면 백화점 진열장처럼 빛나고 아름다웠다. 라디오에서 아나운서가 서울의 내일 날씨를 말하고 있었다. 오전에 흐리다 오후부터 천천히 개기 시작하나 한차례 지나가는 비가 더 있을 거라고 했다.

"엄마, 우린 지금 어딜 가는 거예요? 사당동은……" 못내 궁금해하던 길수가 조그만 소리로 물었다.

"우리야 언제나 종점까지지. 언제 종점 벗어나본 적 있었냐." 여주댁이 대답했다.

너무 운 탓인지 목소리가 쉬었으나 엄마 말을 듣자 길수는 엄마가 미치지 않았음을 확인했다. 엄마는 전에도 사당동행 버스를 타면, 너를 낳은 뒤 먹고살 길을 찾아 서울로 이사 오고부터 늘 버스 종점 동네를 벗어나본 적이 없다고 말했다. 그러나 길수 생각으론

514

엄마가 이제 사당동에 갈 이유가 없었다.

"이젠 거기 살지 않잖아요?"

"그렇긴 해. 우린 정처 없는 신세니깐."

창밖을 멍하니 보며 여주댁이 나직이 한숨을 쉬었다. 그네는 이불 홑청 사이에 다시 손을 밀어넣었다. 더듬어 종수의 몸을 만졌다. 그네가 길수를 보았다. 보푸라기 핀 입가에 언뜻 미소가 스쳤다.

"길수야, 아직 종수가 죽잖았다. 숨이 붙어 있어." 여주댁 입술이 갑자기 씰룩거렸다. 울음을 터뜨리지는 않았다. "그러나 종수는 곧 죽겠지. 그건 어느 누구도 모르구, 이 엄마만 알아. 우리 애가 죽는다는 걸."

길수는 아무 대답도 할 수 없었다. 그는 버스를 타고부터 엄마가 울지 않는 게 다행스러울 뿐이었다. 그러나 종수가 죽어가는데 사당동행을 고집하는 엄마를 이해할 수 없었다.

"그럼 우린 어디서 자게요? 통금 시간이 다 되어가는데……"

길수의 물음에 엄마는 말이 없었다. 그는 이제 산동반점으로 돌아갈 수 없다고 생각했다. 지금 시간이 밤 열한시는 넘었을 터였다. 빗발과 추위를 면하자면 몇백 원은 있어야 여인숙이라도 찾아들겠는데, 길수는 엄마의 마음을 도무지 알 수 없었다. 길수 주머니에는 백 원 동전 한 닢과 학생용 토큰 한 개뿐이었다.

"엄마, 역 대합실에 그냥 있잖구 이 밤중에 어딜 가는 거예요?"

가게 문을 닫자 역 대합실로 엄마를 만나러 가서 길수가 물었다.

"너 오늘 밤은 중국집에 돌아가지 말아라. 나만 따라와." 그러면서 여주댁은 기어코 버스 정류장으로 걸음했던 것이다.

오늘은 어쩔 수 없이 엄마와 함께 버스 종점, 이제 잠잘 거처마저 없어진 사당동 어느 구석지, 비 피할 남의 처마 밑이나 찾아 새우잠을 자는 수밖에 없었다.

병든 종수를 안고 다니며 여주댁은 계속 울기만 했다. 구마다 하나씩 있는 시립병원을 절름거리며 떠돌 동안, 여주댁이 흘린 눈물이 한 세숫대야는 될 거였다. 일주일째 여주댁은 그렇게 허둥대며 다녔다. 그러다 지나는 길에 들렀다며 길수가 일하는 북창동 산동반점을 찾곤 했다. 종수를 안거나 업은 채였다. 여주댁과 길수는 산동반점 처마 밑에서 이야기를 나누었다. "길수야, 아무래도 종수는 더 못 살 것 같애, 다 부모 잘못 만난 탓이지" 하며 여주댁은 훌쩍거렸다. "종수도 그렇지만 엄마까지 이렇게 굶고 다니면 어떡해요" 하고 길수가 울먹이며 말했다. 여주댁은 자기는 괜찮다고 잘라 말했다. "그보다 길수야, 돈 이백 원만 있으면 줄래? 차비 없이 비 맞으며 몇십 리씩 걸어다닐 수가 없구나." 길수가 주머니 동전을 몽땅 털어주면, 여주댁은 잘 있거란 말도 없이 휑하니 떠났다. 여주댁이 시립병원에서 동냥젖 먹이듯 주사 한 대씩 맞히고 가루약을 타 먹였지만 종수의 병기는 나쁜 쪽으로만 발전되었다. "아주머니, 우리가 뭐 꼭 돈 때문에 그러는 게 아닙니다. 가망이 없다니깐요." 여주댁이 극빈자 무료 진료권을 내밀어도 의사들은 한결같이 이렇게 말했다. 의사는 여주댁 차림을 살피며 나무라기도 했다. "물론 생활이 어려워 그랬겠지만 어떻게 이토록 악화될 동안 손을 쓰지 않았습니까?" 종수는 급성폐렴이었다. 여주댁이 종수를 업고 하늘을 지붕 삼아 거리를 떠돌 동안 얻은 병이었다.

더욱이 절기가 나빴다. 겨울 끝막음을 하지 않아 아직도 아침저녁
은 한기가 뼈를 파고드는데, 비까지 질금거렸다. 고열과 기침으로
정신을 놓은 채 앓는 종수를 내처 버려둔 게 여주댁의 잘못이었다.
의사 선생 말이 옳았다. 아니, 의사 선생 말은 터무니없는 욕심이
었다. 여주댁은 그럴 처지가 못 되었다. 사당동 관악산 골짜기 판
자촌이 철거된 뒤, 여주댁은 길바닥에 나앉는 신세가 되고 말았다.
수중에 한푼 돈도 없었다. 서울역 대합실을 숙소로 삼아 보름째
살아온 처지였다.

사당동 네거리와 접한 91번 종점에서 여주댁과 길수는 버스에
서 내렸다. 백 원짜리 동전 한 닢과 학생용 토큰 한 개로 길수가
차비를 치렀다. 싸한 냉기 속에 부슬비는 여전히 내렸다. 길수는
들고 있던 우산을 펴서 종수를 안은 엄마 머리 위에 받쳐주었다.
길수 우산은 산동반점 손님이 놓고 간 것이었다. 주택도 드문 깜
깜한 한길을 여주댁이 확실한 목적지가 있는듯 앞장서서 걸었다.
막차에서 내린 승객들도 뿔뿔이 흩어져, 한길은 어둠 속에 비어
있었다. 봉천동 가는 오르막 한길로 차들만 어둠과 빗발을 가르며
과속으로 내달았다. 여주댁은 절름거리며 열심히 길을 열었다. 종
수를 안고 있는데도 그 걸음이 빨라 길수가 쫓음걸음을 해야 했다.
길수가 짐작하기로 엄마는 오늘 하루를 꼬박 굶었을 텐데 어디서
저런 힘이 나오는지 알 수 없었다. 더욱이 엄마는 다리가 불편했다.

"엄마, 정말 어딜 가는 거예요?" 길수가 물었다.

여주댁은 말없이 까치고개 쪽 샛길로 접어들었다. 아니, 여주댁
은 말없이 걷고 있지 않았다. 버스에서 내린 뒤부터 무슨 말인가

줄곧 중얼거렸다. 길수가 엄마 말을 엿들었다.

"종수야, 종수야, 부디 잘 가거라. 극락 가서 잘 먹고 잘 입고 잘 살거라. 너는 세상을 원망치 말고, 부모도 원망치 말고, 부디 복받고 잘살거라. 암, 너는 세상 물정 알 나이가 안 된 순진뜨기니 누구를 원망할 턱이 없지. 사람 한 목숨, 하루를 사나 여든을 사나 눈감기는 다 마찬가지니라. 영화도 가난도, 이승도 저승도 다 마찬가지니라. 종수야, 부디 이 어미 말을 거짓말로 듣지 말거라. 내가 몹쓸년이라 밥 준다, 준다 하고 늘 너를 속여왔다만, 이제 내가 참말로 이렇게 말하니 이 어미 말을 새겨듣거라……" 여주댁은 주술을 외듯 억양 없는 목소리로 계속 읊고 있었다.

길수가 듣기에 엄마의 쉰 목소리에는 슬픔이 스며 있지 않았고, 오히려 어떤 희열감마저 느껴졌다. 아우를 살려보겠다고 시립병원마다 악을 쓰고 울며 헤매던 엄마가 어떻게 저토록 담담할 수 있을까 싶었다. 병원 복도에서도 아무 의사나 붙잡고, 내 자식 좀 살려주세요 하며 애걸하던 엄마가 몇 시간 사이 이토록 쉽게 체념해버릴 수 있다는 게 이상했다. 길수는 엄마가 정말 미쳤다고 고쳐 생각지 않을 수 없었다. 비가 내리는 밤 탓만도 아닌데 섬뜩한 느낌이 등골을 쓸었다.

"엄마, 예전 우리가 살던 집을 찾아가는 길이에요?" 길수가 울먹이며 물었다.

"……내가 다 안다. 종수 네 심정을 이 어미가 다 안다. 아직은 너와 내가 한몸이기 때문이다. 내 배 가르고 나온 내 새끼야, 원통한 네 심정을 이 어미가 어찌 모르겠느냐. 그러나 살고 죽기란 손

518

바닥과 손등이다. 고깝게 생각지 말구, 평상심을 먹어. 고통도 이제 다 떠나지 않았니. 부디 이 어미를 원망치 말고……"

"엄마, 이젠 거길 가도 집이 없단 말이에요. 불도저가 우리 동네를 몽땅 밀어버렸잖아요!" 길수는 기어코 엄마 옆구리를 흔들며 소리쳤다.

여주댁이 걸음을 멈추고 길수를 돌아보았다. 어둠 속에 여주댁 눈만 회백색으로 빛났다.

"알아, 알고 있어. 나만 따라오라니깐."

여주댁 목소리가 또렷했다. 목소리도 그렇지만 길수를 쏘아보는 초점 바른 눈동자로 보아, 여주댁은 분명 실성한 게 아니었다.

"그래서 뭘 어쩌자는 거예요?"

"종수는 이제 곧 죽을 게다. 알았니?"

"아직은 죽지 않았잖아요. 그런데 이렇게 비를 맞으면 종수한테 더 해로울 게 아녜요?"

"넌 몰라도 이 어미는 안다니깐. 종수가 곧 숨을 거둘 걸 말이다." 말을 끊자 여주댁은 다시 앞서 걷기 시작했다.

길수도 엄마 옆에 붙어 섰다. 이제 여주댁은 주술을 읊지 않았다. 여주댁과 길수는 예술인아파트촌을 건너 개천을 복개한 시멘트 길로 꺾어들었다. 길이 가팔라졌다. 앞을 막아선 관악산 줄기가 빗발 속에 짙은 어둠으로 드러났다. 여주댁의 절름거리는 걸음이 더욱 바빠졌다. 어느덧 여주댁 어깨와 등에서 김이 피어났다. 지린내 나는 김이 길수 코끝에 묻었다. 네 동의 서민 아파트를 지나자 삼십 도의 경사진 언덕길 양쪽으로 판자촌을 뜯어낸 폐허의 공지와, 새로 지은 집들이 듬성듬성 나타났다. 그 지역을 지나자 길이 끊겼다. 개울물 흘러내리는 소리가 요란했다. 작년만 해도 무허가 판잣집과 블록집이 닥지닥지 붙어 있던 산 초입에는 이미 집들이 모두 헐렸다. 거기, 깜깜한 어둠만 넓게 앞을 막았다. 오른쪽 조금 높은 지대에는 일 년 전까지 길수가 다녔던 초등학교의 윤곽이 어두운 하늘 아래 희끄무레 보였다. 길수는 사학년을 채 못 마치고 중단했다. 숙식이 보장되는 산동반점에 일자리를 얻었던 것이다.

여주댁은 빗물이 쏟아지는 개울 옆을 따라 길조차 분명치 않은 진흙뻘밭 오르막을 허겁지겁 오르기 시작했다. 어둠은 눈앞마저 가렸으나 여주댁은 앞길이 환히 보이듯 떼어놓는 발걸음에 거침이 없었다. 요철 심한 경사지라 여주댁은 몇 차례 앞으로 고꾸라지려다 겨우 균형을 잡곤 했다. 발목까지 질퍽한 진흙이 차올랐다. 길수가 먼저 돌부리에 채어 우산을 든 채 앞으로 넘어졌다. 바지는 물론 손에 진흙을 처발랐다. 길수는 이제 우산으로 엄마와 종수를 가려줄 수 없었다. 그는 차라리 비를 맞기로 작정하고 우산을 접었다. 예전 집터를 어림잡아 찾아보려고 주위를 두리번거렸다. 어둡기도 했지만 개천 옆에 섰던 큰 밤나무 두 그루가 눈에 띄지 않았다. 도무지 거리감조차 종잡을 수 없었다.

집이 헐리기 전이었다. 엄마가 산동반점으로 길수를 찾아왔다. "집이 없어지고 우리가 거리로 나앉으면 네 아비가 교도소에서 나오더라도 우리를 어떻게 찾을구" 하던 엄마 말이 생각났다. 길수 아버지는 강도 살인 미수로 오 년을 교도소에서 보내고 출감했지만. 석 달을 못 넘겨 다시 그 길로 나섰다. 휴대용 녹음기 한 대를 장물로 판 게 덜미 잡혀 이 년 육 개월 선고를 받고 다시 복역 중이었다. "원쑤다. 내 손모가지가 원쑤고, 굶는 처자식이 원쑤다." 집 마당에서 순경이 아버지 손목에 수갑을 채울 때, 아버지가 뱉던 말을 길수는 지금도 기억하고 있었다. 삼 년 전으로, 종수는 그때 만들어진 씨앗이었다.

길수가 잠시 걸음을 멈추고 숨을 가라앉힐 사이, 여주댁은 종수를 안은 채 벌써 저만큼 산길을 오르고 있었다. 길수 눈에 엄마 자태가 들어오지 않았으나 질벅거리는 발자국 소리가 한참 앞쪽에서 들렸다.

"엄마, 산속으로 뭘 하러 가는 거예요?" 길수 목소리가 두려움으로 떨려나왔다.

여주댁은 길수조차 잊었는지 아무 대답이 없었다. 그제서야 길수 머릿속에 한 가지 생각이 설핏 떠올랐다. 정말 엄마가 미치지 않았다면 이 비 오는 밤중에 결코 옛집을 찾아올 리 없었다. 엄마가 산속에 무슨 보물을 숨겨뒀을 리도 없었다. 길수는 진흙밭에 얼어붙은 듯 꼼짝 않고 서 있었다. 엄마가 기어코 종수를 죽이려하는구나, 종수를 이 밤중에 산속에 묻어버리려 작심했구나, 하고 길수는 단정짓지 않을 수 없었다. 추위도 추위지만, 길수는 알 수 없는 불안감에 몸을 떨었다. 엄마가 무서웠다. 엄마를 더 쫓아갈 마음이 없었다. 언덕길을 되돌아 내려가 멀리 달아나고 싶었다. 엄마가 쫓아올 수 없는 곳까지 흘러가 뭇사람 속에 숨어 살고 싶었다. 그런데 발걸음이 아래쪽으로 떼어지지 않았다. 길수는 빗발과 어둠 속에서 잠시 우두커니 서 있었다. 눈길이 엄마가 사라진 산 쪽으로 옮아갔다. 짙은 숲이 어슴푸레 드러났다.

"엄마, 엄마!"

마음과 달리 어느새 길수는 엄마가 사라진 산을 향해 뛰었다. 이제 길수도 제정신이 아니었다. 얼굴을 타고 내리는 빗물을 훑어 뿌리며 그는 엄마 뒤를 쫓았다. 소나무와 잡목이 울창한 산길로 찾아들어서야 길수는 앞서가는 엄마 발소리를 들었다. 그 길은 관악사란 작은 암자로 오르는 오솔길이었다. 길수는 산동반점으로 나가기 전까지만 해도 동네 아이들과 여러 차례 관악사까지 올라가보았다.

"엄마, 어쩌려구 그래요? 저, 정말 종수를 죽일 작정이에요?" 길수가 엄마 허리를 껴안고 물었다.

"이 철없는 것아. 내 새끼를 내 손으로 왜 죽이니? 그렇게 이 어미가 무섭거든 가거라. 날 따라오지 말고, 어서 내려가!" 여주댁이 악을 썼다.

길수는 허물어져 내리듯 땅바닥에 주저앉고 말았다. 여주댁은 종수를 품에 안고 혈혈히 다시 산길을 올랐다. 사방에서 나뭇가지에 머물다 땅으로 떨어지는 빗방울 소리가 무거웠다. 잠시 훌쩍거리며 울던 길수는 엄마를 놓칠세라 땅에서 일어났다. 그는 우산을 버려둔 채 깜깜함 속에 조금 옅은 어둠으로 드러난 길을 뚫고 내달았다. 돌부리에 걸려 넘어지면 다시 일어나 뛰었다. 오솔길을 한참 오르자, 길은 개울을 가로지르며 휘어졌다. 개울에 돌다리가 걸렸고 돌을 치며 흐르는 물소리가 차가웠다. 돌다리를 건너자 돌

계단이 가파른 오르막길을 열었다. 계단 위를 쳐다보아도 어둠 속에 움직이는 물체는 없었다. 귀를 기울여도 개울물 소리와 빗소리뿐 아무 소리도 들리지 않았다. 엄마가 어디로 감쪽같이 사라졌는지 알 수 없었다. 길수는 머리털이 쭈뼛 서는 무서움으로 떨었다.

"엄마, 엄마!" 길수가 큰소리로 엄마를 찾는데, 그 목소리가 모깃소리만했다. "엄마 어딨어? 엄마아!"

"길수야, 이리로 올라와. 나 여기 있어." 돌계단 위쪽이 아닌 왼쪽 산등성이 쪽에서 여주댁이 말했다.

길수는 길을 버리고 무작정 숲으로 들어갔다. 엄마 목소리가 들리던 곳으로 짐작되는 산등성이를 향해 넝쿨 더미를 헤치고 가파른 둔덕을 기어올랐다. 나뭇가지와 덤불에 얼굴과 어깨를 찔렸으나 길수는 뒤따라오는 듯한 허깨비가 더 무서웠다. 시내 뭇사람들 틈에 숨었다 나타난 허깨비의 손톱 긴 털북숭이 큰 손이 목덜미를 죄어 쥘 것만 같았다. 그런 무서움으로부터 자기를 보호해줄 사람은 엄마밖에 없었다. 지린내 나는 엄마 내음이 그리웠다.

여주댁은 아래쪽이 잘 내려다보이는 전망 좋은 산등성이에 앉아 있었다. 종수를 싼 이불 홑청을 가슴에 여며 안고 망연히 시내쪽 불빛을 바라보고 있었다. 길수가 된숨을 몰아쉬며 그곳까지 올라왔을 때, 여주댁은 큰애가 오는 것도 모른 채 가랑비를 맞으며 넋이 빠져 있었다.

"엄마." 길수가 엄마를 불렀다.

여주댁은 대답이 없었다. 가까이로 보이는 사당동 일대와 멀리 반포 쪽의 수많은 불빛을 바라보며 여주댁은 나직이 한숨을 내쉬었다. 빗발 저 건너, 별빛처럼 아스라한 먼 불빛이 허공에 걸려 있었다.

"길수야, 앉거라." 여주댁이 말했다.

길수는 땅바닥을 더듬어 땅에 박힌 납작한 바위를 찾아냈다. 그는 엉덩이를 걸쳤다.

"길수야. 나는 이제 저 불빛이 하나도 부럽지 않다. 그리고 이 세상에 부끄러울 일이 아무것도 없다. 네 아비가 도둑질할 때도, 내가 공사판에서 날품팔 때도 왜 그리 세상 사람들 보기가 부끄럽던지…… 또 부러운 건 왜 그리도 많던지. 우리만 왜 이 꼴인가 싶어 울기도 많이 울었지. 이제는 어떤 이유로든 울 일이 없어. 종수를 이 산에 묻으려 작정했을 때부터 도무지 울음이 나오질 않더구나."

"엄마!"

멀찍이 서 있던 길수가 기어코 울음을 터뜨리며 엄마 품속, 종수 위에 엎어졌다.

"종수야, 종수야!" 길수가 오열을 쏟으며 엄마 품에 안긴 종수를 외쳐 불렀다.

종수는 대답이 없었다. 길수는 엄마한테서 지린내를 맡을 수 없었고 오직 홑청 물기만 화끈거리는 얼굴에 축축이 닿았다. 그는 비로소 어린 아우의 죽음이 마음 깊이 느껴졌다. 세 모자는 어둠과 빗발 아래 한덩어리가 되었다.

"울어도 소용없어. 울며불며 매달려도 이 세상 어느 누가 종수를 살려보겠다고 도와주더냐."

여주댁의 목소리는 차갑고 단단했다. 그네는 길수를 밀어내곤 품에 안고 있던 종수를 땅에 내려놓았다. 무엇인가 찾듯 젖은 땅바닥을 더듬었다.

"엄마, 뭐하는 거예요?"

여주댁은 대답이 없었다. 그네는 돌이 없는 편편한 풀밭에서 풀뿌리를 뽑아내고 손으로 땅을 파기 시작했다. 길수는 이불 홑청에 싸인 아우를 엄마 대신 품에 안았다. 종수는 이미 숨을 거두었는지 가녀린 숨결조차 느껴지지 않았다.

"종수야, 내 새끼, 종수야……" 맨손으로 땅을 파며 여주댁이 중얼거렸다. "종수야, 너 여기서 잠들거라. 네 아비가 교도소에서 나오면 함께 널 찾아오마. 그때까지 이 못난 부모를 원망 말고 한 줌 흙속에 녹아 살거라. 하나님이 몸은 썩어도 영은 산다 하셨으니 영은 살아 이 나무 좋은 산에서 잎과 꽃과 함께 춤추며 잘살거라……" 여주댁의 중얼거림이 차츰 헐떡임으로 변했다. 손톱이 닳도록 흙을 긁어 파내는 여주댁의 동작도 신들린 듯 힘에 넘쳤다.

여주댁은 바둑판 크기의 작은 구덩이를 파자, 허리를 펴고 일어났다. 그네는 훌쩍거리며 떨고 섰는 길수 품에서 종수를 사납게 빼앗아 안았다. 여주댁은 종수를 덮은 홑청을 헤집어 들췄다.

"이제 정말 종수가 숨을 거두나보구나. 이렇게 손발이 얼음장처럼 뻣뻣해지는 걸 보니……" 여주댁은 늘어진 종수를 홑청 속에서 집어냈다. 그네는 누비조끼 단추를 풀었다. 스웨터 단추도 열었다. 속옷도 가슴 위로 걷어올렸다. 그네는 종수를 맨살 가슴에 어미닭이 병아리 품듯 다숩게 싸안았다. 여주댁은 목을 꺾어 종수의 얼굴에 자기 얼굴을 비볐다.

"살아도 한목숨, 죽어도 한목숨. 어미가 다시 널 자궁 속에 싸넣으마. 종수야, 생겨나지 않은 목숨으로 그렇게 오래오래 어미 품에 잠들거라."

여주댁은 종수 작은 입을 젖은 입술로 비볐다. 그네는 이미 숨을 거둔 종수의 입을 혀로 벌려 아직도 종수 폐에 남은 공기를 빨아내듯 숨을 들이켜며 가쁘게 젖 빠는 시늉을 했다.

(『문학사상』 1979년 5월호)

연 鳶
연 薦

초등학교 사학년 때였다. 바람 쌩쌩 불던 어느 겨울날, 아버지는 방패연을 만들며 내게 이야기했다.

내 나이 열넷에 돌아가신 니 할부지는 젊은 한시절 방물장사로 떠돌아댕겼지러. 저 울산 땅 마실마실 골짝골짝을 바늘·실·참빗·얼레빗에, 연지·곤지 따위를 등짐 지고 허구헌 날 떠돌아댕기다보이 늘 허리가 꼬부장했어. 남도 육자배기 한 가락은 구성지게 잘 뽑아제꼈고 술 또한 대주가라, 팔자에 매인 역마살을 임종 때꺼정 손씻지 몬해, 어느 해 겨울인가, 오줌독이 얼어터질 만큼 추분 날 고주망태가 되어 눈밭에서 객사하고 말았잖았는가베. 역마살 낀 집안은 원체 손 귀한 벱이라 슬하엔 내 하나를 남겼고, 니 할무이도 내가 장성하기 전 전쟁통에 하도 굶어 영양실조로 별세했는 기라. 지금도 아부지 모습이 눈에 삼삼하구만. 낡은 맥고모자에 무명적삼을 입고, 그 시절 한창 유행하던 당꼬바지에 짚신을 꿴 채, 깐죽깐죽 뱁새걸음 걷던 키 작은 그 장돌뱅이 말이데이. 부산서 물건 받아다가 그걸 다 팔 동안 달포 정도 집을 비웠다 돌아오모, 이틀이나 사나흘 집에 머물곤 했지러. 겨울철이면 그렇게 집에서 쉴 동안 내게 큰 방패연을 만들어주곤 했지러. 분가루같이 곱게 빠순 사금파리를 아교풀에 풀어 그걸 멩주실에 믹이서 연줄 또한 칼날같이 만드셨느라. 그 멩주실에 베이서 귀가 날라갈 뿐한 아아도 있었으니께. 그 연줄 감긴 자새와 연을 내게 주곤 등짐 지고 집을 나설 때, 섭섭해 울라 카는 나를 보고 아부지는 노상 이런 말씀을 하셨는 기라. 아부지가 보고 싶으모 이 연을 하늘에 훨훨 띄아라. 저 하늘 높이 연이 나는 거기에 아부지가 기실 끼다, 하고 말이다. 나는 엄동 석 달만 아이고 봄·가실에도 연을 날리미, 연맨쿠로 멀리멀리 떠댕기는 아부지를 그리버하며 컸어. 연이 새가 돼서 아주 멀리로 날아가모 내 마음도 연이 돼서 그렇게 넓은 하늘 천지로 떠돌아댕겼제. 내가 니 나이만했을 때 바람 쌩쌩한 어느 겨울이었어. 내가 날린 연과 마실 아아 연이 싸움이 붙었잖았는가베. 연줄이 서로 섞갈리자 나는 자새 실이 다 풀리도록 연을 멀리로 띄아보냈지러. 자새 실을 빨리 안 풀모 상대방 연줄이 내 연줄 한 군데만 파고드이까 내 연줄이 금방 끊기거덩. 낮짝만하던 연이 손바닥만큼 작아지고, 마지막에는 장기알만큼 작아져 까마득히 멀리서 가물거릴 때꺼정 연줄을 좔좔 풀어주었제. 연싸움 구경한다고 둘러선 마실 아아들이 하늘 저 멀리로 바둑돌만해진 연 두 개를 조마조마하게 치다보았어. 서로 엉킨 연줄을 풀 수가 없었고, 그렇다고 감아딜일 수도 없으이께 어느 쪽이든 한쪽 연줄이 끊기야 연싸움이 끝을 보게 되었지러. 그런데 내 자새 연줄이 먼첨 동이 나뿌린 기라. 인자 더 풀 연줄이 읊으이께 곱다시 내 연줄이 먼첨 끊길 수밖에 읊는 기라. 총알 떨어진 병정 한가지제. 나는 급한 김에 실 떨어진 빈 자새를 든 채 앞쪽으로 쫓아갔거덩. 그러나 쪼매밖에 몬 쫓아가 남으 집 담베락에 마주치고 말았제. 내가 멈춰 서자 탱탱하던 연줄이 갑재기 심이 쑥 빠지더라. 고만 내 연줄이 끊기고 만 기라. 저 하늘 멀리로 콩알만한 내 연이 너풀너풀 떨어져 날아가더만. 아아들 함성이 터지고, 나는 부끄럽고 분해 쥐구녕에라도 숨고 싶었어. 나는 자새를 던지뿌고 가물가물 멀어지는 내 연을 따라 들길로 쫓아가기 시작했제. 내 연이 어데꺼정 날아가더라도 꼭 찾아오고 말겠다. 이렇게 앙심 묵고 숨질 차게 쫓아갔지러. 겨울바람이 차거분 줄도 모르고 들을 질러 멀리 보이는 산으로 쫓아갈 적에, 내 연은 내가 그때까지 올라가본 적 없는 큰 산 너머로 사라지고 말았제. 한 마장 좋게 끊기나간 연줄만 찾으모 그 연줄 따라가서 내 연을 찾겠다, 하고 그 높은 산으로 허기지게 올라 안 갔나. 아부지가 돌아오시모 새로 연과 연줄을 맹글어달라 칼 수 있었지마는, 그때사 와 그렇게 잃가뿐 그 연을 꼭 찾고 싶었는지 몰라. 돌부리에 채어 넘어져도 아푼 줄 모르고 산을 열심히 오를 동안, 어느새 해가 꼬박 지고 산 아래 마실에서는 저녁밥 짓는 연기가 파랗게 피어오르더라. 녹초가 돼서 산꼭대기까지 올라가이까 솔바람 소리가 굉장하더라. 바람이 우째 심하게 부는지 나는 소나무를 꼭 붙잡고 있었지러. 내가 연맨쿠로 날아갈 것만 같애서 말이데이. 추분데도 온몸은 땀으로 흠뻑 젖었지

러. 제우 정신을 차리고 산 저 아래로 내리다보이까, 거게는 아주
별세계라. 어둠살이 내리는 속에 마실이 점점이 흩어졌는데 꽁꽁
언 실개천이 하얗게 내리다보이고, 작은 묏등도 있고…… 아, 나
는 그만 딴 세상에 정신이 팔려서 연 찾을 생각도 잊아뿌렀제. 마
실 밖을 몬 나가본 나는 첨으로, 세상이란 이렇게 넓구나 하고 탄
복했지러. 아부지가 타지에서 집으로 돌아와 다른 마실 이바구를
해줄 적엔, 그저 그렇겠구나 했는데 실제 내 눈으로 사방 천지를
내리다보이까 그만 집으로 돌아갈 맘이 안 나는 기라. 그래서 인
자 내가 연이 돼서 그 딴 세상으로 훨훨 내려갔제. 밤만 되모 무서
버서 통시(변소)도 몬 가는 내가 그때는 웬일인지 무섬증도 읎더라.
그로부터 나는 꼬박 닷새 동안 걸뱅이짓 하미 이 마실 저 마실 돌
아댕겼어. 그렇게 정신읎이 딴 세상을 구경하다가 어떤 착한 장돌
뱅이를 만내서 제우 집으로 돌아왔는 기라……

　오랜 가뭄 끝에 먹장구름이 하늘을 덮었다. 장마가 시작될 모양
이라고 마을 사람들은 물꼬를 깊이 트고 논둑을 다독거렸다. 허술
한 담장도 손질하고 물이 잘 빠지도록 집 둘레 수채를 쳤다. 낮 동
안은 구름이 무겁고 날씨가 쪘지만 해가 진 뒤에도 내릴 듯한 비
는 쏟아지지 않았다. 내가 쌀독을 들여다보니 정부미가 한 움큼
정도 남아 있었다. 밥을 짓기에는 양이 부족했다. 그렇다고 여덟
시는 넘어야 장에서 돌아올 엄마를 기다리기엔 배가 고팠다. 엄마
도 오늘 저녁쯤 양식이 떨어질 줄 모른 채 어제 아침에 집을 나섰
을 터이다. 아니, 어쩜 알고 있을는지 몰랐다. "인자 쪼매 있으몬

개학될 낀데 일우 니 월사금을 우짤꼬." 엄마는 어제 아침에도 내
월사금 걱정을 하며 간고기 담은 무거운 플라스틱 함지를 이고 삽
짝을 나섰다. 한끼 굶는다고 어디 죽기야 하겠나. 엄마는 이런 생
각을 했는지 몰랐다. 긴 여름 해가 지고, 순희는 배고프다고 자꾸
보챘다. 나도 한창 먹성 좋은 중학교 이학년이라 주린 배를 참
고 있을 수만 없었다. 뱃속에서 연방 개구리 울음소리가 들렸고
군침이 입안에 고였다. 나는 신작로 앞 장씨 가게에서 라면 두 봉
지를 외상으로 가져왔다. 엄마 꾸중을 듣게 되더라도 어쩔 수 없
었다.

찬으로 아침에 먹다 남은 신 김치를 놓고 순희와 내가 쪽마루
에 앉아 삶은 라면을 먹었다. 마침 돌배산 위에 번개가 한차례 깨
어지고 난 뒤였다. 삽짝께에서 인기척이 느껴졌다. 눈을 주니 지
팡이를 짚은 키 큰 남자가 꾸부정히 서서 읍내 쪽 신작로를 바라
보고 있었다. 그는 밀짚모자를 삐뚜름히 눌러썼고 반소매 회색 남
방셔츠에 검정 바지를 입고 있었다. 마루에 삼십 촉 백열등이 걸
려 있었으나 얼굴을 돌리고 있는데다 불빛의 반사로 그가 누구임
을 알아보지 못했다. 낚시꾼일 테지, 하고 생각하다 곧 아버지임
을 알았다. 마당귀 목련꽃이 봉오리를 맺을 때니, 두 달 전에 집을
나간 아버지가 이제 돌아온 것이었다. 집을 떠날 때와 달리 아버
지는 어디를 다쳤는지 지팡이를 짚고 있었다.

"아부지, 아부지 아입니꺼?" 내 목소리가 떨렸다.

아버지는 몸을 지팡이에 의지하여 천천히 삽짝 안으로 들어섰다.
어느 쪽 다리도 절름거리지 않았으나 예전보다 더욱 힘없는 걸음

걸이여서 마치 달이 구름을 가르고 다가오는 듯한 느낌이었다.

"아이구, 참말로 아부지시네. 우짜다가 짝대기까지 짚고……"

순희가 맨발로 아버지에게 달려갔다. 순희는 아버지 허리에 팔을 감고 울먹였다. 아버지는 수숫대처럼 넋 놓고 멀뚱히 서 있었다.

"어데 많이 다쳤습니꺼?" 아버지가 짚은 지팡이를 보며 내가 물었다.

"어, 쪼매. 그래도 마 괜찮다."

아버지가 처음 입을 떼었다. 예의 낮고 둥근 아버지 특유의 목소리였다.

"마루로 올라가입시더."

내가 아버지 한 팔을 끌 때, 다시 한차례 천둥이 맞부딪쳐 우렛소리를 내며 깨어졌다. 번개가 섬광으로 뻗고, 그 빛에 돌배산 완만한 능선이 하얗게 드러났다. 우리 남매는 놀라 엉겁결에 아버지 허리에 매달렸다. 아버지 몸에서는 마구간의 퀴퀴한 쉰내와 마른 볏짚 냄새가 났다.

"큰비가 올 모양이데이." 아버지가 누이 등을 쓸며 말했다.

"아부지는 어데 갔다가 인자 이래 집에 옵니꺼?"

순희가 물었으나, 아버지는 대답이 없었다.

"밥 잡수셨어예?" 내가 물었다.

"읍내서 묵고 왔어. 엄마는 안죽 안 온 모양이구나."

아버지는 지팡이를 마루 기둥에 붙여 세우곤 마루 끝에 앉았다. 남방셔츠 주머니에서 구겨진 담뱃갑을 꺼내더니 한 대를 입에 물었다. "어제 아침에 나갔는데, 오늘 덕산장 보고 올 낌더. 인자 오실 때가 돼가는데……" 내가 말했다.

나는 쪽마루에 놓인 부채를 집어 아버지에게 드렸다. 아버지는 천천히 부채를 부치며 울 너머 어두운 신작로에 멍한 눈길을 풀어놓았다. 힘없이 벌어진 입과 코에서 남빛 담배 연기가 색실처럼 풀어져 부채 부치는 바람에 날렸다. 순간, 돌배산과 초등학교 쪽 주남저수지 방죽을 가로지르며 뇌성이 쳤다. 우렛소리는 연이어 번개를 튀기곤 딱총 소리를 내다 잦아들었다. 마치 이마를 쪼갤 듯 눈앞에 번갯불이 번쩍이자, 마루에 걸린 전등이 꺼졌다. 천지가 암흑 세상이 되고 말았다. 어둠에 익숙해질 때까지 꼼짝없이 앉아 있을 수밖에 없었다.

"이래 무서분데 어무이는 우째 올꼬." 깜깜한 어둠 속에서 순희가 작은 목소리로 말했다.

"초 읊지러?" 아버지가 물었다. 순희와 내가 대답을 못하자 아버지는, "순자 소식은 자주 있나?" 하고 누나를 두고 물었다.

"공장이 청계천서 부천인가 어데로 옮겼다 카는 핀지가 왔어예. 돈도 삼만 원 부쳐오고. 그기 하매 보름 전임더." 내가 말했다.

누나는 올해 열아홉 살이었다. 누나는 먼저 서울로 올라가 자리 잡은 방구리댁 딸 두남이 편지를 받고 작년 봄에 홀로 상경하여 처음에는 완구 만드는 작은 공장에서 일한다는 편지가 왔다. 작년 추석 때 한 번 다녀가곤 몇 달 소식이 끊겼다가 봉제 공장으로 옮겼다는 편지가 온 뒤, 달마다 편지와 함께 집으로 돈을 부쳤다.

"고생이 많을 끼라. 잘 풀리야 될 낀데……" 아버지는 말끝을 죽이곤 한동안 입을 떼지 않았다.

나는 어둠 속에 오직 우리 남매만 처량히 남았고 아버지는 또 집을 떠나버린 듯한 착각에 빠졌다. 아부지, 하고 나는 입속말로 아부지를 불렀다. 그 소리는 공허하게 내 귀를 잠시 울렸을 뿐 아버지 실체가 느껴지지 않았다. 아버지는 집을 비웠을 때도 집 뒤 곁 후미진 어디에 숨어 있는 듯했고, 정작 집에 있을 때도 나는 늘 당신이 어디로 떠나고 없는 느낌이었다. 한마디로 아버지는 고질적인 떠돌이병자였다.

아버지를 처음 본 동무들은 대부분 아버지가 참 유식하게 생겼다고 말했다. 외양만 두고 말하자면 아버지는 우리 학교 교장 선생이나 읍장보다 의젓하고 품위가 있었다. 집 앞 주남저수지에서 낚시를 하다 아버지를 만난 적 있는 우리 학교 영어 선생까지 내가 당신 아들임을 뒤늦게 알곤, 아버지가 어느 대학을 졸업했냐고 물은 적이 있었다. 내가 알기는 아버지가 중학교조차 제대로 졸업하지 못했기에 나는 대답할 수 없어 잘 모른다고 어물쩍 말했다.

아버지는 성큼한 키에 허리와 다리가 길고 살색이 허여멀쑥했다. 길쭘한 얼굴에 이마가 넓었고 곧고 긴 콧날이 우뚝하여, 선량해 뵈는 선비 풍모를 갖췄다. 마흔 살을 넘고부터 앞 머리카락과 귀밑머리가 세기 시작하더니 쉰이 못 된 나이에 머리카락이 온통 은발로 변했다. 아무렇게나 뒤로 넘긴 결 좋은 긴 머리카락이 바람에 날릴 때나 햇살에 반사될 때 고상한 멋까지 풍겨 타지에서 온 낚시꾼도 아버지를 농사꾼으로 보지 않았다. 아버지는 평소 말이 없지만 얘기를 할 때도 목소리가 조용한 중에 은근했다. 걸음걸이도 결코 서두르는 법 없이 천천히 큰 걸음을 떼어, 아버지가 뒷짐

지고 어깨를 앞으로 가벼이 숙여 저수지 방죽길로 산책할 때면, 학자가 어려운 논제의 실마리를 풀려는 사색의 삼매경에 빠진 장면을 연상케 했다.

그런 인상과 외양에 걸맞게 아버지는 이름 대신 '도사'란 별칭이 붙어 동네 사람들은 모두 아버지를 정도사라고 불렀다. 다만 아버지 친구요 주남저수지 관리장인 민씨는 아버지에 대해 다른 식으로 말했는데, 그 말은 설득력이 있었다.

작년 초여름 어느 날, 저녁 밥상을 받아놓고 내가 아버지를 찾아나서 주남저수지 수문 옆 공터에 있는 밥집 중 하나에 들렀을 때, 민씨와 젊은 예비군 중대장이 막걸리를 마시며 아버지를 두고 이런 말을 나누고 있었다.

"정도사 말인가. 그 사람 눈을 보게. 갈색 동자가 들어앉아 우째 보모 우주의 모든 비밀이라도 풀 듯한 눈이야."

"사실 그래요. 늘 무슨 생각에 잠겨 있으니깐 말입니더."

"하지만 사실 그 눈은 죽은 동태 눈깔이네. 눈빛에 심이 읎어."

"듣고 보이까 그럴듯합니더. 숨가놓은 죄를 감춘 사람같이 눈동자가 불안해 뵙니더."

"그러나 사실 그 사람은 이 세상에 보탬이 될 일을 할 수 읎고, 하고 싶어하지도 않아. 그렇다고 잠자리 한 마리 함부로 쥑일 위인도 몬 돼. 처자슥 건사조차 제대로 몬할, 맘씨 여리고 심읎는 사람이야. 생명 있는 것들이 태어나고 죽는 이치대로, 그냥 그렇게 자연의 질서에 순응하며, 살아 있으니 사는 수밖에. 있듯 읎듯 말일세."

"그럴까예? 그러나 무신 사무친 과거가 있는 분일 낍니더. 한이 많은 사람 같십더."

"그 점까지사 모르지만, 눈만 두고 말하자모 이 시상 일이 아닌 다른 시상의 일만 생각하는 몽상가의 눈일세. 뜬구름이듯 부평초 듯, 시상을 민들레씨처럼 날리가미 사는 사람의 눈이 대체로 그렇지러."

이튿날로 아버지는 또 집을 나가서는 한 달쯤 뒤에야 행려병자 행색으로 귀가했다.

민씨와 예비군 중대장의 그런 대화는 빈말이 아니었다. 아버지는 여러 점에서 혼이 빠진 듯한 일면을 자주 보였고, 아버지와 오래 자리해본 사람은 그 점을 쉽게 눈치챌 수 있었다.

"참, 쪼매 전에 머라고 말했지러?"

아버지는 우리 식구 앞에서도 이렇게 같은 말을 되물은 적이 많았다.

"이 주책양반아. 이태꺼정 이바구한 건 어느 쪽 귀로 흘리들었소."

딱하다는 투로 엄마가 면박 주면, 무신 딴 생각을 쪼매 하느라 깜박 잊아뿌렸제 하고 말꼬리를 접으며, 예의 그 깊은 눈동자로 상대방을, 정확히 말해 눈을 마주보는 게 아니고 턱이나 목께쯤 눈길을 낮춰 바라보았다.

"밥이 될 일인가, 반찬거리 될 생각인가. 무신 늠으 생각할 끼 저토록 많은지. 당신 쪼매 전에 또 무신 생각 했더랬소?" 엄마가 다잡았다.

"머, 하찮은 생각이제."

"하찮은 생각이라니예?"

"지난 가실에 말이데이. 저 진주 쪽 갈대밭에서 본 들오리 떼가 문득 생각나서. 밤인데 보름달이 참 좋았더랬제. 달빛이 강변에 좌악 퍼졌거덩. 들오리 떼가 바람에 쓸리는 갈대밭 우로 날아가는 모양이 우째 그래 보기 좋던지……" 마지못한 듯 아버지가 입을 떼었다.

그럴 때, 아버지 눈에는 더 당신을 나무랄 수 없게끔 순박함과 함께 어스름녘 산그림자 지는 노을 같은 한이 담겨 있었다.

우리 집안은 일찍부터 논이나 밭뙈기 한 두렁도 가져본 적 없었으므로, 아버지는 낫이나 호미자루 한 번 잡아보지 않았다. 그렇다고 일정한 직업을 가져본 적도 없었다. 일 년을 따져 평균 아홉 달은 집을 떠나 어디론가 떠돌아다녔고, 집에 붙어 있는 나머지 달은 낚시로 소일했다. 이태 전 봄까지만도 우리는 읍내거리 장마당 부근에 살았다. 그때 역시 엄마는 근동 장터를 떠돌며 어물장사를 했고, 아버지는 읍내에서 사 킬로 정도 떨어진 지금 우리가 사는 주남저수지에 낚시를 다니며, 늘 집 떠날 궁리만 하고 지냈다. 새마을 도로가 확장되는 통에 우리가 세 든 읍내 장터집이 헐리게 되자, 아버지는 엄마를 졸라 주남저수지 옆 민씨 별채로 이사를 오게 되었다.

"주남저수지는 우리나라에서 알아주는 철새 도래지 아인가. 내가 새를 무척 좋아하거덩." 아버지가 말했다.

"당신이사 땅으로 걸어댕기는 철새인께 날아댕기는 철새가 좋겠지예. 그런데 새 구경하는 거도 좋지만 그 구경 댕기모 밥이 생기요 떡이 생기요?"

엄마는 말도 되잖은 소리란 듯 한숨을 내쉬며 돌아앉고 말았다.

"그거 말고도, 관리인 민씨 말이 타지에서 오는 낚시꾼들 뒷바라지나 해주모 찬값 정도는 번다 안카나……"

엄마는 그쪽으로 이사하면 당장 장사 다니는 길이 먼 줄을 알면서도, 어떻게 아버지가 집에 눌러 있을까 싶었던지 그 말에 선선히 동의했다. 그러나 주남저수지 쪽으로 이사 와서 보름을 채 못넘겨 아버지는 슬그머니 집을 떠나고 말았다. 승용차까지 몰고 들이닥치는 부산과 마산의 낚시꾼들이 떡밥은 물론 술이며 안주 접시까지 심부름시키는 데 아버지는 더 참아낼 수 없었던 것이다. 더러운 세상, 나쁜 놈들이라며 전에는 입에 담지 않던 욕설을 술김에 종종 뱉더니, 기어코 그 떠돌이병에 발동이 걸렸다. 늘 궁금한 일이지만, 아버지는 집을 떠나 떠돌 동안 숙식을 어떻게 해결하고 다니는지 알 수 없었다. 그로부터 두 달 뒤, 여름이 끝날 무렵에서야 아버지는 돌아왔다. 그 행려 끝에 무슨 결심을 굳혔는지 돌배산 자락을 덮은 민씨네 대나무밭의 굵은 대 몇 그루를 쪄와 방패연을 만들기 시작했다. 내가 어릴 때 아버지는 더러 방패연을 만들어주기도 했지만, 근래에는 한 번도 없던 짓거리였다. 대나무를 가늘게 쪼개어 햇빛에 말려선, 장두칼로 다듬고, 한지에 바람구멍을 뚫어, 거기에 다섯 개 댓개비를 붙여 방패연을 만드는 솜씨는 아버지가 지닌 유일한 기술 같아 보였다. 천장 가운데 태극무늬나 붉은 원을 오려 붙여 만든 연이 큰 놈은 두 번 접은 신문지만했고 작은 놈은 교과서만한 크기도 있었다.

"겨울도 아인데 그 많은 연을 어데다 팔라캅니꺼?" 내가 물었다. "머 꼭 돈이 목적이라서 맹그나. 쓸모 읎어도 맹글고 싶으이께 맹들제. 참새가 날라 카모 기러기만큼 와 하늘 높이 몬 날겠노. 먼 데꺼정 갈 필요가 읎으이께 지 오를 만큼 오르고 말지러." 아버지가 쓸데없이 비유까지 곁들여 말했다.

"옛적에 연 맹글어줬다는 돌아가신 할아부지 생각이 나서 맹글어예?"

"사람은 어데 갈 목적이 읎어도 어떤 때는 연맨쿠로 그냥 멀리로 떠나댕기고 싶은 꿈이 있는 기라. 그런 꿈 읎이 일만 하는 사람은 꼭 개미 같아. 사람은 개미가 아이잖나. 돈 벌라고 밤낮으로 일만 하는 사람을 보모 사람 사는 목적이 저런가 싶을 때가 있지러. 그 사람들이 보모 내 같은 사람이 쓸모 읎이 보일란지 몰라도……" 아버지가 어설픈 미소를 띠어 보였다.

"묵고살기 바쁘모 그래 산천 구경하고 싶어도 몬 떠나는 거 아입니꺼" 하며, 나는 엄마를 생각했다.

"그렇기사 하겠제. 그라고 보모 나는 아매 떠돌아댕기는 팔자를 타고났나보제." 아버지가 시무룩이 말했다.

아버지는 어떤 날은 며칠 동안 댓개비를 멀리 두고 지내기도 했지만, 신이 바칠 땐 하루에 두 개, 또는 세 개까지 연을 만들 때도 있었다. 어느 일요일이었다. 아버지는 방패연에 한 팔 길이만큼 실을 달아, 열 개 남짓 연을 들고 저수지로 나갔다. 나도 아버지를 뒤따랐다. 엄동 한철을 빼고 주말이면 저수지에는 언제나 도회지로부터 원정 온 낚시꾼 수십 명이 물가에 점점이 흩어져 있게 마련이었다. 수문 앞에는 술과 밥을 파는 여인숙 겸용 민박집이 있었고, 공터에는 승용차도 예닐곱 대가 늘어서 있었다. 아버지는 그 연을 공터에 늘어놓았다. 저수지 주변에 연을 띄울 아이들도 없는데 웬 방패연이냔 듯 지나다니는 낚시꾼이 걸음을 멈추었다.

"그거 뭐요?" 낚시꾼들은 뻔히 알면서 싱겁게 물었다.

아버지가 잠자코 있으면, 그거 우리 상대로 파는 거요? 하고 다시 물었다. 그제야 아버지가, 파는 연이라고 대답을 흘렸다.

"겨울철도 아닌데 무슨 연을 날려요. 더욱이 도회지 아파트촌에 연 날릴 데가 어데 있다고." 낚시꾼이 핀잔을 놓았다.

"이건 날리는 연이 아이라 민속품으로 집에 걸어두는 연임더. 예로부터 연을 집에 걸어두모 비상하는 기상이 있어 집안에 길조가 있다는 말이 있지예. 그럼 액자맨쿠로 보기도 좋고요." 아버지는 은근한 목소리로 말했다.

"그도 그럴 만하군" 하며, 연을 사가는 낚시꾼이 더러 있었다.

아버지는 큰 연은 삼백 원, 작은 연은 이백 원에 팔았다. 낚시꾼들은 그 연을 승용차 뒷자리 선반에 얹어 가기도 했고 등에 멘 낚시 가방에 달고 떠나기도 했다. 그날, 여섯 개 연이 팔렸다.

"연 맹글긴 내가 맹글꾸마 팔기는 니가 팔아라. 학교 안 가는 공일날에 말이다. 나는 몬 나앉았겠더라." 방죽길을 걸으며 아버지가 말했다.

연 장사가 괜찮은 장사거리가 될 리 없었다. 다음 일요일에 순희와 내가 스무 개 연을 들고 저수지 공터로 나갔지만 판 연은 겨

우 네 개였다. 미끼로 지렁이나 떡밥을 파는 장사보다 못했고, 낚
시꾼들에게 아무 도움을 주지 못하는 연 팔이가 왠지 부끄러웠다.
그때도 아버지는 집에 머문 지 두 달을 못 채워, 북으로부터 도요
새·들오리·물떼새가 몰려들어 주남저수지가 새떼 울음으로 분
답시끌해질 무렵, 철새처럼 집을 떠났다. 아버지는 그해도 저문
세모가 임박해서야 예의 초라한 행색으로 돌아왔다. 돌아와서 또
연을 만들기 시작했다. 그런 아버지를 보고 엄마는 한숨을 내쉬며,
저건 증말 무신 늠으 미친 짓인지 모르겠다며 아버지를 원망했으
나, 아버지가 연을 만드는 일을 방해하진 않았다. 아버지가 돈 한
푼 벌어들이지 않았지만 엄마는 늘 그 정도의 잔소리로 타박을 그
쳤다.

뇌성이 치고 전기까지 나간 것으로 보아 아무래도 큰비가 쏟아
질 것 같아, 나는 엄마 귀가가 적이 걱정되었다. 어둠 속에서 순희
가 나직이 한숨을 쉬었다.

"이래 깜깜한데 어무이가 우예 올꼬." 순희의 혼잣말이 떨렸다.

"아무래도 내가 마중 나가봐야 되겠다."

나는 마루에서 내려섰다. 어둠 속을 더듬어 뒤꼍으로 가선 자전
거를 끌고 앞마당으로 나왔다.

"내하고 같이 갈까?" 아버지가 물었다.

"편찮은데 그냥 쉬시이소."

나는 자전거를 끌고 삽짝을 나섰다. 곧 소나기가 정수리를 파
며 쏟아질 것 같았다. 지면이 고르지 못한 샛길을 빠져나가자, 읍
내로 통하는 포장 안 된 신작로가 나섰다. 길 옆 미루나무가 벌밭

는 학생처럼 늘어서서 어둠 속에 판화처럼 찍혀 있었다. 희미하게
트인 신작로에는 비 쏟아지기 전의 팽팽한 긴장만 감돌았다. 불을
켜지 않아도 익숙한 길이라 자전거 페달을 힘주어 밟았다. 조금이
라도 빨리 엄마를 만나 아버지가 돌아왔음을 알리고 싶었다. 습기
머금은 눅진한 맞바람이 얼굴을 스쳤다. 내가 타고 가는 자전거
는 올봄, 내가 중학교 이학년에 진급하자 누나가 사준 선물이었다.
나는 지금도 그 감격을 잊지 못한다.

　—밤일을 끝내고 돌아와 라면 끓일 물을 연탄불에 얹어놓고, 이
편지를 쓴다. 베니어판으로 칸칸이 막아놓은 창문 한 짝 없는 다
락방에서 열네 시간을 미싱과 씨름하다 돌아오니 몸이 햇솜같이
풀어지는구나. 새벽부터 밤 아홉시까지 뽀얀 실밥 먼지와 미싱 소
리 틈새에서 쉴 틈 없이 일을 해도 한 달에 채 육만 원이 내 손에
들어오지 않는다. 그래도 누나는 일류 미싱사가 되겠다는 꿈이 있
기에 오늘도 내일을 믿으며 참고 일한다. 아버지가 돈 벌어 우리
도 남 보란 듯 살자는 꿈은 버린 지 오래고, 내게 희망이 남았다면
일우야, 네가 훌륭한 사람이 되는 것이다. 가난의 때를 벗고 우리
집안이 펴이는 길은 네 성공 하나에 달렸다. 일우 네가 일학년 전
체에서 수석했다니! 나는 네 편지를 받고 눈이 붓도록 울었다. 그
래서 네게 무슨 선물을 사줄까 하고 생각하다 문득 자전거가 떠올
랐다. 읍내 중학교까지 십릿길, 걸어 통학하자면 아무래도 한 시
간 은 걸리겠지. 중고품이나마 자전거를 타고 가면 이십 분이면
족할 텐데. 내가 자전거를 사준다면 절약한 사십 분은 공부를 더
할 수 있고, 엄마 장사하는 데 물건도 실어날라줄 수 있을 것 같구

나. 내 처지로 보나 또 우리 집안 형편으론 과분하지만 너에게 자전거를 사주기로 마음먹었단다. 보내는 돈으로 읍내 자전거방에 가서 쓸 만한 중고품 한 대를 사기 바란다……

좌혼 마을까지 나오자 길가에 늘어선 상점들도 전기가 나가 촛불이나 석유 등잔불을 켜놓고 있었다. 나는 마을회관 앞에서 갈라지는 읍내 쪽 포장된 신작로로 내처 자전거를 몰았다. 그 길은 마산과 부산으로 연결된 국도였다. 어두운 신작로에서는 소를 몰고 돌아오는 농부 한 사람 말고 다른 사람을 만나지 못했다. 거기에서 다시 한참을 달려갔을 때야 미루나무 사이 희끄무레한 길로 머리에 큰 함지를 인 키 작은 아낙네 자태를 볼 수 있었다. 엄마였다. 엄마는 함지 속에 든 간고기를 다 팔았어도 그것을 머리에 이고 올 적이 잦았다. 장거리에서 쌀과 보리쌀 몇 됫박, 찬거리를 사서 이고 왔던 것이다. 읍내에서 주남저수지까지는 십릿길인데 엄마는 버스비 칠십 원을 아끼려 어두운 밤길을 혼자 타박타박 걸어오고 있었다.

"어무이, 아부지가 돌아왔어예."

나는 엄마 앞에 자전거를 세웠다.

"그래에?"

"짝대기 짚고 쪼매 전에예."

"병은 안 든 것 같고?"

"늘 그렇지 머예. 심 하나 읎이 쓰러질 듯 말임더."

나는 엄마 머리에 얹힌 함지를 받아 자전거 짐받이에 실었다. 아니나 다를까, 함지에는 팔다 남은 간전갱이 몇 마리와 한 말 남짓한 쌀부대가 들어 있었다.

뇌성이 다시 한차례 하늘 복판에서 쪼개졌다. 엄마는 흠칫 어깨를 떨었고, 나는 몸이 오그라드는 듯한 놀람으로 무심결에 자전거 핸들을 눌러 잡았다.

"짝대기라 캤나? 그라몬 어데 다쳤단 말인가?"

"그렇지는 않은 거 같고……"

"늘 배창자가 아푸다더니 속병이 생긴 게로구나. 객지로 돌아댕기며 굶기도 오지게 굶었을 끼고." 그럴 줄 알았다는 듯 엄마는 아무렇지 않게 말했다. "참, 양석 떨어졌을 낀데 너그들 저녁밥은 우쨌노?"

"장씨 집에서 라면 두 봉지 꿔다 묵었지예."

"아부지는?"

"읍내서 묵고 왔다 캅디더."

자전거 짐받이에 얹힌 함지를 고무줄로 묶고, 나는 천천히 자전거를 몰았다. 함지 쪽에서 쿰쿰한 비린내가 코끝을 따라왔다. 그 냄새는 이미 후각에 익은 엄마의 냄새이기도 했다.

"엄마, 자전거에 타예. 그라몬 퍼뜩 갈 수 있을 낀데."

다른 때 같으면 사양했을 엄마가 오늘따라 아무 말 없이 안장 앞쪽 파이프에 머릿수건을 깔고 올라앉았다. 내색은 않았지만 엄마 역시 빨리 아버지를 만나고 싶은 모양이었다. 힘주어 페달을 밟자 엄마 온몸에서 풍겨나는 비린내가 내 쪽으로 옮아왔다.

"쯧쯧, 그래도 숨질 붙었으몬 더러 처자슥은 보고 싶은지 집구석이라고 찾아드니…… 원쑤도, 그런 원쑤가 어딨노. 그런 남정네가 이 시상에 멫이나 될꼬. 그래 굶으미 맥 놓고 떠돌아댕기도 우째 안죽 객사를 안하는공 모리겠데이." 엄마는 한숨 끝에 아버지를 두고 혼잣말을 중얼거렸다.

뙤약볕 아래 장터마다 싸다니느라 까맣게 그을린 엄마 얼굴을 떠올리자, 나는 공연히 코허리가 찡하게 쓰렸다. 엄마는 키가 작고 몸매가 깡마른데다 살결이 검어, 볼 때마다 안쓰럽고 측은한 마음이 마음 귀퉁이에 그늘을 만들었다. 그럴 적마다 아버지에 대한 원망 또한 반사적으로 감정을 자극했다. 아버지에 대한 원망 섞인 감정은 증오라기보다 썰물이 되어 당신을 내 옆에서 멀리로 밀어내는 작용을 했다. 아버지에 대한 그런 마음은 엄마의 경우도 비슷하리라 여겨졌다. 다만 순환의 법칙을 좇아 한때의 미움도 시간이 흐르면 연민으로 녹아, 끝내 밀물이 되어 엄마 여윈 마음을 다시 채워주리란 점만이 다를 뿐이었다.

우리가 읍내에서 민씨 아저씨 집으로 이사해온 초여름, 아버지가 집을 떠나 한 달째 소식이 없을 즈음이었다. 마루에 앉아 엄마와 민씨 부인이 아버지를 두고 나누던 말을 나는 방에서 새겨들었다.

"전생에 무신 늠으 액이 끼었는지, 서방복 읎다 캐도 이런 팔자는 드물 낍더. 첫 서방은 어장 배를 탔는데 시집간 지 한 달이 채 몬 돼 물귀신이 되고 말았지예. 그라고 삼 년 뒤에 장사하다 만난 남자가 애들 애빈데, 이 사람은 여태껏 단돈 십 원짜리 한 닢 집에 들다논 적이 읎십더. 무신 걸뱅이 혼귀가 붙었는지 늘 그래 밖으로만 싸돌아댕기는 거 아이겠습니꺼. 샛계집 둘 위인이 몬 되는 줄이사 알지마는, 참말로 그 걸뱅이 혼귀는 시상으 명약도 다 소용 읎는 병인 기라예."

엄마가 아버지를 처음 만나기는 마산에서 부산 가는 경전남부선 완행기찻간이라 했다. 해질 무렵 통근차라 찻간은 출입구까지 승객들로 들어차 발 디딜 틈이 없었던 모양이었다. 엄마가 마산 어시장에서 젓거리 멸치를 네 상자 받아 그걸 머리에 이고 비좁은 승강구를 막 올라섰을 때였다. 통학생들이 승강구 입구에까지 빼곡히 늘어서 있어 엄마가 멸치상자를 미처 내려놓을 틈새를 못 찾고 있을 때, 새댁, 그거 이리 주소 하며 멸치상자를 받은 이가 아버지였다. 팔소매를 걷은 풀색 작업복에 벙거지를 눌러쓴 아버지는 그때도 역시 정처 없이 떠도는 중이었다. 아버지는 멸치상자를 내려주는 도움으로 임무를 다했고, 엄마는 고맙다고만 말했다.

"우짜다 그쪽으로 눈이 가서 흘끗 보이까 그 남정네가 맥 놓고 바깥 경치를 바라보고 있습디더. 그쪽이나 이녁이나 그냥 그뿐이었지예. 차가 읍내에 도착해서 나는 멸치상자 이고 내렸는데, 이튿날 진영장에서 말입니더……"

엄마는 아버지를 다시 만났다. 오후 두시가 넘어 전을 잠시 옆 장사꾼에게 맡기고 길가 포장 없이 벌인 좌판 막국수를 허겁지겁 먹고 있는데, 옆자리 가마니에 털썩 주저앉은 사람이 아버지였다. 아버지가 엄마를 좇아 기차에서 내리지 않았고, 엄마 또한 아버지를 찾아 막국수 좌판을 찾지 않았는데, 우연의 일치였다.

"뒷날에 들어 안 이바구지만, 그때는 저 경북 땅 문경 쪽에서 반년간 탄광일을 해서 춤지에 돈푼깨나 들어 있었답디더. 그라이께 또 마음에 바람이 찬 기지예. 그 양반이사 차비마 쥐모 앉아서 메

548

칠을 배겨내지 몬하니까예. 돈 떨어져 읎으몬 굶고, 정 굶어 머든지 묵어야겠다고 맘묵으면 날품도 팔고 하며 시상 천지를 훨훨 떠돌아댕기는 기 취미 아이겠습니꺼. 새맨쿠로 말입니더. 새사 어데 취미로 날아댕깁니꺼. 지 묵고 새끼 믹일라꼬 벌게이(벌레) 잡으로 죽을 뚱 날아댕기지예. 그라이께 그 남자는 떠돌아댕기는 기 취미기도 하지마는 그기 바로 그 사람 살아가는 일인 기라예."

"그라모 아아 아부지가 그때 진영장에는 무신 일로 내맀는공?"

"무신 볼일이 있었겠습니꺼. 장 구경이나 할라고 우째 진영 장바닥에 흘러들어온 기겠지예. 막걸리 한 사발을 시키놓고 멍청히 앉아 좌판 뒤쪽 토담 너머를 넋 놓고 바라보는 꼬라지가 우째 그리 처량해 뵈던지. 담 너머 흐드러지게 핀 살구꽃이 머 그래 새삼스럽다꼬 왜가리처럼 모가지를 빼고 말임더. 그래서 내가, 읍내에 누구를 찾아왔소 하고 말을 붙였지예."

"그라고 보이 일우 엄마가 그때 마음이 쪼매는 동했나보네예. 먼첨 말을 걸었으이께." 민씨 부인이 까르르 웃었다.

"장사하는 여편네가 입 꾸매고 앉아 우째 장사해예. 되는 말이든동 안 되는 말이든동 자꾸 지분대야 괴기를 팔 것 아인교."

"그래도 그렇제, 일우 아부지가 괴기 살 사람은 아이지 않는교."

"하여간에 그 사람이 그제야 내 쪽을 보더니, 새댁이구먼예 하고 알은체합디더. 머리를 흔들며 멀쭉이 웃는 얼굴이 그래도 세상물정에 닳지 않은 순박해 뵈는 티가 있어서……" 엄마는 민씨 부인 묻는 말을 피해 아버지 첫인상을 좋게 말했다.

그로부터 엄마는 아버지와 짝이 된 모양이었다. 아버지는 그때까지 장가를 가지 않았고 엄마는 시집을 갔으나 자식이 딸리지 않은 청상이었다. 이튿날, 엄마가 낙동강변 마을 수산리 장터로 길을 떠날 때, 아버지가 함지를 대신 들고 엄마와 동행했다. 사진 한 장 남아 있지 않은 것으로 보아 예식도 올리지 않고 살림을 시작한 듯한데, 이듬해 누나가 태어났다.

집으로 들어가는 골목 어귀 신작로에서 순희가 엄마와 나를 기다리고 있었다. 어둠 속 미루나무 밑이라 순희를 미처 보지 못했으나, 순희가 엄마와 나를 먼저 알아보았다.

"아부지가 동전 세 개를 주미 초하고 활명수 한 빙 사오라 캐서 갔다 왔어예. 가슴이 답답하다 카더마는 지금 마루에 누버 있어예."
골목길로 들어가며 순희가 엄마한테 말했다.

아버지는 방으로 들어가지 않고 목침을 베고 쪽마루에 몸을 새우처럼 웅크리고 모로 누워 있었다. 그 꼴이 마치 엄마의 지청구를 피할 요량이거나 동정을 받겠다는 불쌍한 거짓 모색 같아 나는 아버지가 미웠다. 머리맡 기둥 옆에는 초 한 자루가 뽀윰하니 타고 있었다.

"그래, 방구석에 기어들어갈 심도 읎는 양반이 또 어데까지 싸질러댕기다가……" 하다 엄마는 말을 끊고, "어데가 그래 아파요?" 하고 물었다.

"멀 잘몬 묵었는지 사흘 전부터 명치가 꽉 맥히더니마는 계속 하혈이 심해서 통 묵지를 몬하누만. 인자 내 명도 다했는가봐."

아버지는 나른하게 몸을 일으키더니, 앉은걸음새로 비적비적 방안으로 들어갔다. 아버지와 엄마 대화는 그것으로 끝났다. 갑자기 개구리 울음소리가 요란하게 들렸다.

후두두, 마치 키로 콩을 까불듯 굵은 빗방울이 떨어졌다. 이어 세찬 소낙비가 쏟아지기 시작했다. 마당에 금세 뽀얀 물보라가 일고, 마루 끝에 켜놓은 촛불이 바람에 죽었다 살아났다 했다. 비바람에 촛불이 더 견디지 못하고 꺼졌다. 한참 뒤, 담장 밖 도랑물이 콸콸 내려가는 소리가 들렸다. 순희와 나는 마루 끝에 다리를 드리우고 앉아 쏟아지는 비를 구경하고 있었다. 습기 머금은 시원한 냉기가 기분 좋게 얼굴에 닿았다.

"너그들도 인자 마 자거라. 아침 일찍 일어나서 맑은 정신으로 공부해야 효과가 있지러." 부엌에서 목물을 하고 나온 엄마가 우리를 보고 말했다.

아버지가 집에 계시지 않을 때는 엄마와 순희가 큰방에서 함께 자고 나 혼자 골방을 썼다. 오늘은 아버지가 돌아왔기에 순희와 내가 건넌방을 써야 했다. 삼베 홑이불과 베개를 가지고 순희가 건넌방으로 넘어왔다. 싸늘한 맨 방바닥에 등을 붙이고 누웠으나 나는 쉬 잠을 이루지 못했다. 잠이 오지 않기는 순희도 마찬가지였다. 우리는 귓전을 치는 줄기찬 빗줄기를 기분 좋게 새겨듣고 있었다.

"오빠야, 우리 아부지는 참말로 이상한 사람이데이 그자. 와 집에 안 붙어 있고 그래 돌아만 댕기는공. 돈 벌어오는 거도 아이면서 말이다." 깜깜한 어둠 속에서 순희가 조그만 목소리로 말했다.

"이상한 거는 이 세상에 참 많지러. 이 넓은 세상 이 많은 사람 중에 니하고 내가 우째 성제간으로 태어났는공? 그런 것도 다 이상한 이치지러. 또 저런 얼비(어리석은) 아부지와 한평생 같이 살면서 죽을 동 살 동 괴기상자 이고 돈벌이하로 댕기는 어무이 마음도 이상하고."

"어무이가 어데 아부지 믿고 사나, 우리 크는 거 보고 살지러."
순희는 언젠가 엄마가 했던 말을 그대로 옮겼다.

"그렇기사 하지마는, 그래도 엄마가 어데 아부지하고 쌈하는 거 봤나?"

"어무이가 따까(몰아)세아도 아부지가 말대답을 안하이까 싸움이 안 되는 기제."

"아이다. 그래도 어무이는 마음속으로 아부지를 좋아하는 기라. 나는 어무이 맘을 안데이. 어무이가 우리보담 아부지를 더 좋아하는 거를 말이다. 니는 안죽 모르지마는 부부란 거는 그런 기다. 아무리 쌈을 해도 칼로 물 베기란 말을 니도 들었제?" 내가 잰 척 말했다.

"내 짝 경자 아부지는 참 좋은 아부지라. 과수원도 크게 하고. 읍내 갔다 오모 과자랑 책이랑 선물을 꼭 사오고, 옛날이바구도 잘해주지러. 그런데 우리 아부지는 우리도 어무이도 벨 볼 일 읎는 모양이라. 몇 달 만에 집에 와도 우리가 하나도 안 반가분지 웃지도 않으이까. 돈이 읎으이께로 머 사오지사 몬한다 캐도 그저 남 대하드끼 안 대하나."

"어무이 보기 미안하고, 아무것도 몬 사오이 우리 보기 부끄러버 그렇겠제."

"어른도 부끄럼 타나?"

"아부지가 바로 그런 사람인 기라." 나는 순희 쪽으로 돌아누웠다. "니는 아부지가 세상에서 머를 젤로 좋아하는 거 같으노?"

순희는 잠시를 생각에 잠기더니, "오빠는?" 하고 되물었다.

"나도 그걸 생각해보모, 아부지는 하고 싶은 일도, 좋아하는 일도, 그 어떤 희망도 읎는 기라. 지난달에 성구새이한테 물었지러. 우리 아부지 같은 사람은 무신 직업이 어울릴꼬, 하고 말이다."

성구형은 마산에서 고등학교를 다니는, 새마을 지도자 종식 씨 맏아들이었다.

"그라이까 머라 카더노?"

"공부를 많이 했으모 예술가가 될 사람이다 카더라."

"예술가라이?"

"음악·미술·문학 같은 거 하는 사람 말이다."

"공부 많케 한 예술가들은 다 저래 걸뱅이맨쿠로 돈도 읎이 맥 놓고 떠돌아댕기나?"

"그렇지는 않겠지러. 아부지는 명예도 돈도 욕심이 없으이께. 또 지위 높아 으스대고, 큰집에서 잘 묵고, 옷 잘 차려입는 그런 데 신경 안 쓰이까 하는 소리겠제. 벨로 관심도 읎고. 선생님 말처럼 사람은 큰 뜻을 품고, 그걸 이룰라꼬 물불 안 가리고 매진해야 되는데, 아부지는 그쪽과 담을 싼 사람이거덩."

"경아 말맨쿠로 아부지는 머리가 쪼매 이상한 사람 아일까?"

"미친 사람이사 아니제."

"수수께끼 같은 아부지다. 우리가 풀 수 읎는 수수께끼 말이데이" 하더니 순희는 졸리운 목소리로 중얼거렸다. "아부지가 돌아오이께 인자 누부야가 보고 싶다. 서울서 고생하는 누부야만 생각하모 늘 목이 안 메나. 이분 추석에도 내리올란강······"

작년 추석 때, 누나는 집에서 이틀 밤을 자고 서울로 올라갔다. 큰 가방에 가득 넣어온 선물을 풀어놓고 누나가 집을 나설 때, 나는 마당귀에 선 석류나무 가지 하나를 꺾어 누나에게 주었다. 익어 터져 상큼한 분홍 알을 촘촘히 내보인 석류 여러 개가 달린 가지였다.

"집 생각이 날 때 이 석류나 보며 마음을 달래야제."

누나는 함빡 웃으며 석류 가지를 들고 신작로길을 나섰다. 순희와 나는 읍내 역까지 누나를 배웅했다. 벼를 거두어들인 뒤라 황량한 들에는 따가운 햇살만 쏟아졌고, 종달새가 어깨춤을 추며 놀고 있었다.

빗발이 좀 가늘어졌다. 어느새 순희가 낮게 코를 골았다. 큰방에서 엄마 말소리가 여리게 들려왔다.

"묵질 몬해 빈속이라 카더마는 당신 그래도 안죽 그 심이사 쪼매 남았구려."

엄마 목소리가 부드러웠으나, 아버지는 아무 말이 없었다.

"참, 오늘 덕산장에서 천상 당신 닮은 늙은이를 만냈구마." 엄마가 말했다.

"내 닮은 늙은이라이?"

"나이가 환갑은 다됐습디더. 쪼맨헌 빽을 들고 어물전을 어슬렁거리다 내하고 눈이 마주쳤지예. 그라더이 그 영감이 내 쪽으로 옵디더. 옷매무시가 꾀죄죄하고 고무신이 흙고물이라, 아매도 길

나선 지 오래된 행색 같습디더. 그런데 그 영감이 내 앞에 쪼구리고 앉더마는 손때 탄 맥고모자를 들썩해 보이는 기 아입니꺼. 내가 알지도 몬하는데 말입니더. 그라더이 그 영감이 춤지에서 꼬깃꼬깃 접은 종이를 내놉디더. 여기 적힌 사람을 본 적 있느냐민서. 나이는 서른다섯 살인데 왼손 등에 불에 덴 흉터 있는 남자 이름이 박머라 카더라, 그런 사람 찾는다꼬예. 사연을 들어보이까, 고향이 황해도 송화로 일사후퇴 때 마누래와 아들 하나 데불고 피난 내리왔다 멉니꺼. 그런데 천안 근방에서 아들을 잃어뿌렸다 안캅니꺼. 그로부터 영감 내외가 스물아홉 해가 지낸 지금까지 그 아들을 찾아댕긴다이, 그 정성이 어데 보통입니꺼. 그동안 고아원·미군 부대, 어데 안 알아본 데가 읎답디더. 묵고살 만하게 되고부터 아들 찾을라꼬 신문에도 여러 분 광고를 내고예. 그런데 작년에 마누래가 죽고 나자, 장사하던 냉면집도 이남서 낳은 아들한테 물리주고, 인자는 일 년 열두 달을 전국 방방곡곡으로 아들 찾아 헤맨다 안캅니꺼. 그 사정을 들어보이 을매나 안됐던지. 나도 눈물이 나올라 캐서…… 마누래가 살았을 적에도 일 년이모 네댓 달은 장사도 마누래한테 맽기고 이곳저곳 수소문하고 댕겼다 캅디더. 그 이바구를 들으이까 문득 당신 생각이 나서. 증말 당신도 머 그런 샛자슥 찾아댕기는 거 아인교? 참말 속 시원케 말해보소."

아버지 대답을 듣고자 묻는 목소리는 아니었다. 엄마가, 쿡쿡 속웃음을 웃었기 때문이다.

"허허, 임자가 내하고 한두 해 살아봤나. 내라는 사람을 임자가 모른다 카모 시상 천지에 누가 알꼬." 아버지의 마지못한 듯한 대답이었다.

"참말 당신은 죽어서도 땅에 묻히서 몬 있을 낌더. 연맨쿠로 어데로 훨훨 떠댕기야 직성이 풀릴 사람인께로."

"글써러, 내 속에 무신 그런 바람잽이 귀기가 끼었는지…… 내 마음을 나도 잘 모르겠구마." 아버지의 한숨 소리가 들렸다.

아버지가 다시 집을 떠나기는 그해 추석이었다. 누나가 집으로 내려왔다 이틀을 쉬고 상경했을 때, 읍내 역까지 배웅을 나간다고 따라나선 아버지는 끝내 집으로 돌아오지 않았다. 아버지가 누나를 따라 서울로 올라간 것은 아니었다.

아버지가 돌아가셨다는 속달 전보가 집에 날아들기는 그해 막바지 첫 강추위가 시작되어, 기온이 영하 십팔 도까지 떨어진 무렵이었다. 아버지는 무엇을 보려고, 무엇을 하려고, 아니면 무엇을 찾아 그곳까지 흘러들어갔는지, 저 전라도 땅끝 진도에서 떠돌이 생활을 영원히 마감했던 것이다.

그로써 아버지는 예술가도 되지 못했고, 끝내는 아무것도 아닌 상태로, 우리 가족을 제외하곤 어느 누구 마음에 기억할 만한 그 무엇조차 남기지 못한 채 이름 없이 사라졌다. 마침 나는 방학이 시작되어 아버지 시신을 찾으러 나선 엄마와 동행했다.

아버지는 진도군 보건소 영안실에 안치되어 있었다. 보건소 의사 말로는 아버지 병명이 위암이라 했다. 엄마가 동의하자 아버지 시신은 그곳 화장터에서 소각되었다. 우리 모자는 아버지의 뼈 몇 조각을 보자기에 싸서 섬을 떠났다.

발동선이 다도해를 빠져 목포가 가까울 즈음, 뱃전에 기대선 엄마는 무슨 생각에선지 보자기에 싸온 아버지 뼈를 바다에 흩뿌렸다.

"당신, 인자 처자가 보고 싶어도 집으로 돌아올 수 읎으이께 이 넓고 넓은 바다로 마음놓고 떠돌아댕기소. 떠돌아댕기며 괴기 구경이며 바다풀 구경이나 실컨 하고 사소."

엄마 눈에서 눈물이 흘러내렸고, 머리카락이 몰아치는 바닷바람에 흩날렸다. 엄마는 넓은 바다를 두리번거리며, 마치 죽은 아버지를 파도 높은 물이랑에서 찾듯 한동안 젖은 눈을 먼바다에 풀어놓았다. 엄마가 갑자기 흑, 울음을 삼키더니 쥐고 있던 뼈를 턴 보자기에 얼굴을 묻었다. 엄마는 어깨를 들먹이며 사무치게 흐느꼈다. 나는 엄마 어금니 사이에서 스며나오는 쇳조각 같은 여문 한 음절을 들을 수 있었다.

"아이고, 내사 인자 누구를 믿고 우예 살꼬……"

(『작단 2집』 1979년 12월)

김원일의 1970년대 소설들의 문제성과 위상

김경수(문학평론가 · 서강대 교수)

1

김원일은 우리의 분단문학을 대표하는 작가다. 『노을』과 『불의 제전』, 그리고 『마당 깊은 집』과 『늘푸른 소나무』 등, 독자들이 기억하는 그의 대표작들은 한결같이 한국전쟁이 초래한 남과 북의 이념적 갈등의 안팎을 주된 주제로 그리고 있다. 한국전쟁이 어떻게 야기되었는지, 전쟁 이후 남과 북의 이념적 대립이 어떤 형태로 고착되었으며 그것이 오늘날 우리의 삶을 어떻게 규정하는가를 묻는 것이 사회과학의 일이라면, 실제 살과 뼈를 지닌 뭇 인간들이 개인적인 삶의 현장에서 그런 이념 대립의 현실을 어떻게 헤쳐갔는지를 그리는 일이야말로 소설의 몫일 텐데, 이 점에서 김원일의 소설은 줄곧 그런 개개인의 삶을 규정하는 이데올로기의 정체를 묻고 치유책을 모색하는 것을 일차적으로 겨냥한 분단문학의 대표적인 결실이라고 할 만하기 때문이다.

　이세 김원일의 소설은 한국전쟁 이후 우리 삶을 규정지어온 이념이라는 괴물의 정체랄지, 그것들의 대립과 억압 속에서 살아온 한국인들의 삶을 확인하려는 사람들에게는 아주 유용한 삶의 기록인 동시에, 분단 60여 년을 맞는 오늘날까지 우리 사회에 깊은 불신과 대립의 그늘을 드리우고 있는 이념적 갈등의 뿌리를 보고자 하는 사람들에게도 여전히 유효한 하나의 참조점이 되고 있다. 분단 이후 수많은 작가들이 직접 겪거나 간접적으로 전해 들은 이념 갈등의 참상을 소설화해왔지만, 김원일만큼 집요하게 이념 갈등의 현장과 그 안팎의 삶의 편린들을 그려낸 작가도 또한 드물다.

　그런데 김원일이라는 대작가를 온전하게 이해하는 데 있어서 분단문학 작가라고 하는 수식어가 일정한 지남(指南) 역할을 하고 있는 것은 사실이지만, 한편으로 그것이 한 작가에 대한 온당한 이해를 방해하고 있다는 사실을 우리는 또한 기억해야 한다. 한 작가를 규정하는 방향성이 작품 활동의 전시기에 걸쳐 온전히 유지되는 경우가 없는 것은 아니지만, 1966년 등단한 이래 무려 50여 년 세월 동안 작품 활동을 해온 작가의 세계가 몇 마디의 주제어로 요약될 수 있으리라는 것은 그야말로 우리의 독서 편의에 불과할 공산이 크기 때문이다. 이 점에서 비교적 초기작이라고 할 수 있는 이 작품집에 수록된 김원일의 작품들은, 한 작가의 탄생이 어떤 과정을 거쳐 이루어지는지, 그리고 그 과정 속에서 작가의 현실안(現實眼)이 어느 방향으로 심화되어 자신만의 소설적 시야를 확대해 나아가는지를 볼 수 있는 유용한 자료가 되어준다.

2

김원일의 문학적 출발은 1966년이다. 『대구매일신문』에 발표된 「1961 · 알제리」가 그것인데, 이후 그는 『현대문학』의 장편 공모에 『어둠의 축제』가 준당선되면서 본격적인 출발을 알린다. 그는 1973년 첫 중단편집 『어둠의 혼』을 출간하고, 1976년 두번째 작품집 『오늘 부는 바람』을 낸다. 이 책에 수록된 스물한 편의 작품들은 시기적으로 1974년에서부터 1979년 사이에 발표된 것들이다. 따라서 작가로서 그의 입지를 확고하게 해준 장편소설 『노을』이 1978년에 발표된 사실을 감안하면, 이들 수록 작품은 본격적인 작가의 길로 들어선 김원일이 『노을』로 대표되는 분단 현실과의 정면 대결 이전에 어떤 문학적 모색을 했는지를 보여주는 것들이라고 할 수 있다. 따라서 이 흔적을 추적하는 일은 오늘의 김원일 소설을 있게 한 문학적 고뇌의 다양한 국면들을 이해할 수 있는 소중한 기회이기도 할 것이다.

앞서 말한 것처럼 이 시기의 작품들을 그의 문학적 모색기의 산물이라고 했을 때, 무엇보다 우리 눈에 띄는 것은 그의 문제의식의 다양성이다. 오늘날 독자들에게 각인된 분단문학 작가로서의 면모를 생각하면 이 시기에도 그의 관심이 이념으로 인한 분단의 상처에 집중되어 있다고 상정하기가 쉽지만, 그러나 실제로는 그렇지 않다. 이 책에 수록된 작품들 가운데 분단문학의 맹아를 포함한 작품이라고 볼 만한 것들은 「악사」와 「멀고 긴 송별」, 그리고 「농무일기」와 「달맞이꽃」 등 네 편에 불과하다. 그 나머지 작품들은 북한과 같은 폐쇄된 공화국의 현실을 우화적으로 그린 소설에서부터 절대가난의 힘든 세월을 증거한 작품들 및 개화기를 배경으로 역사적 실존의 문제를 문제삼는 소설에 이르기까지 무척 다양하다는 것을 알 수 있다. 그 밖에 화가를 주인공으로 예술가의 존재 방식을 묻는 작품들과 해직기자의 삶도 그는 소설화하고 있다.

그러니까 다분히 역사소설적 면모를 취하고 있는「절명」같은 작품을 빼고 이 소설집의 작품들이 다루고 있는 시기를 살펴보면, 전쟁 직후 인민들 내부의 갈등이 첨예화했던 시절에서부터 빨치산이 출몰했던 시기, 그리고 한국전쟁으로 미군이 유입되어 진주했던 시기와 산업화를 위해 공업단지가 형성되던 시기에 이르기까지 다양하다. 그리고 그런 시대적 추이에 부합하게 작품들의 배경이 되는 곳 또한 낙동강을 중심으로 한 경상남도 일원의 산촌과 어촌, 미군이 주둔한 포항과 울산 일원, 대규모 수출공단이 들어선 창원 일대와 구로공단, 그리고 가난한 구두닦이들의 합숙소가 있으면서 그 옆으로는 번듯한 시민주택이 하루가 멀다 하고 들어서는 서울의 외곽 지역에 이르기까지 광범위한 영역으로 변주되고 있다.

여러 작품들에 설정된 이런 다양한 시공간적 배경의 변주는 작가 김원일의 소설적 관심이 초기에는 아주 폭넓었으며, 또한 산업화로 인해 급변하는 현실을 따라잡는 작가적 행보에 있어서도 매우 발빨랐다는 것을 보여준다. 이 점에서 김원일은, 한국전쟁 이후 우리 현대소설의 기틀을 잡았다고 평가되는 1960년대 작가군의 일원으로서 문학사의 흐름과 발맞춰 소설 작업을 했다는 것을 알 수 있다. 여기에는 김승옥을 필두로 이청준과 이문구, 박상륭, 이제하, 김주영, 서정인 등의 작가들이 포함되는데, 눈여겨보면 김원일 소설이 이들과 함께 일정한 부분 1960년대 문학의 관심사를 공유하면서 자신만의 특장을 개척해나갔음은 쉽게 짐작할 수 있을 것이다.

3

다양한 관심의 스펙트럼을 보이고 있는 이 작품집에서 가장 압도적인 것은 가난으로 인한 삶의 위기와 그에 대한 관찰 및 삶의 비극적 파탄에 관한 이야기다. 1960년대에서 1970년대에 이르는 시기의 우리 삶이란 아마도 전후 모든 것이 파괴된 현실과 그 안에서 영위되는 보편적 가난으로 특징지을 수 있을 텐데, 그 구체적인 양상들을 우리는 이번 작품집에 수록된 작품들에서 여실히 확인할 수 있다. 그 작품들에는 절대가난을 피해 서울로 왔으나 끝내는 부유한 집 소녀를 살해한 미성년 소년의 이야기(「굶주림의 행복」)가 있고, 구로공단의 노동자와 식당 여급으로 만나 사랑을 키웠으나 결국 아이를 잃고 마는 두 청춘 남녀의 이야기(「돌멩이」)가 있으며, 화전민의 아들로 서울에 올라왔으나 사람을 죽이고 사랑하는 여인과 함께 고향으로 도망친 청년의 이야기(「박명」)가 있는가 하면, 아이를 낳았으나 먹여 키울 여건이 되지 않아 병든 아이를 스스로 죽이는 아픈 모성의 이야기(「목숨」)가 담겨 있다.

절대가난으로 인해 스스로 사당동 산등성이에 구덩이를 파고 아이를 묻는 「목숨」의 이야기에는 다소 과장된 감이 없지 않으나, 그런 절대가난의 영역을 벗어나서도 1970년대적인 삶이 얼마나 참혹했는지는 「오늘 부는 바람」에서도 선명하게 확인된다. 가까스로 집 한 채를 일구었으나 어미는 병으로 죽고, 중학교 진학도 못한 채 식당에서 일을 하는 여동생마저 의붓오빠에게 성폭행당하고, 그 의붓오빠는 애인을 죽이고 자살에 이르는 가족의 풍경은, 아마도 저마다 생업 전선에 나서지 않으면 삶을 영위하기 힘들었던 저 1970년대 삶의 전형적인 풍경이었을 것이다. 그 와중에도 성년의 길목에 도달한 젊은이들은 이성애를 느끼지만, 그들의 이성애적 갈증은 그 현실 속에서 제대로 성취되지 않는다. 「돌멩이」와 「박명」, 그리고 「목숨」이 보여주는 것처럼, 새로운 생명의 무참한 죽음이야말로 작가의 비극적인 현실 인식을 보여주는 것이 아닐까 싶다.

4

김원일 소설에서 서울에서의 삶의 위기는 일차적으로 그들의 고향에서의 삶 자체의 위기를 반영한다. 이 소설들에 등장하는 대부분의 인물들은 고향에서 살 수가 없어서 서울로 올라온 인물들인데, 그 고향 또한 가난으로 기억되기는 마찬가지다. 「굶주림의 행복」의 억수는 검사에게 취조를 받는 순간 "문득 참으로 오랜만에 어린 시절 고향을 생각"하는데, 먹을 것이 없어 흙을 집어먹는 동생들의 기억이 떠나지 않는 고향이란, 곧 김원일 소설이 발견한 고향 상실성의 근원으로 그의 인물들을 길 위의 인물들로 규정짓는 요인으로 작용한다. 소년다운 모험심으로 아무도 모르게 마을을 떠나는 아이들의 비극적 과정을 다루고 있는 「여름 아이들」도 여기에서 예외는 아니다.

하지만 고향의 가난은 비단 물질적인 가난으로만 규정되지 않는다. 잘 읽어보면, 김원일 소설에 설정된 고향의 가난은 물질적인 가난에 앞서 부모의 부재로 규정되며, 또 그 부모의 부재에는 이념의 갈등으로 인한 분노와 복수의 드라마가 놓여 있음을 알 수 있다. 김원일의 초기 소설에서 분단의 상처를 한몸에 지닌 인물들이 어른보다는 아이들, 그것도 세상을 미처 알기도 전에 몇 겹의 가난(굶주림과 부모의 죽음)에 직면해야 했던 아이들이라는 점은 각별한 주의를 요한다. 작가의 개인사적 상처가 겹쳐 있기도 할 테지만, 사실상 이 문제적 상황이야말로 김원일 소설의 출발점이며 또 그런 만큼 의당 풀어가야 할, 그리고 그러기 위해서는 결코 외면해서는 안 될 상처의 근원이기 때문이다.

적 치하의 수원에서, 이념으로 인해 부역에 앞장섰던 아버지와 그것을 말리는 삼촌과의 사이에서 고민해야 했던 아이의 경험담을 담은 「멀고 긴 송별」과 산사람(빨치산)으로 끌려간 동생으로 인해 집은 난가(亂家)가 되고 끝내 미쳐버린 누이의 삶을 그린 「달맞이꽃」은 이 점을 단적으로 보여준다. 그리고 이런 이념의 문제는 비록 분단 이데올로기와는 구별되지만, 산업 공단 입주를 둘러

싸고 동리 사람들끼리 갈등하여 끝내는 피비린내 나는 살인으로 귀결되고 마는 「농무일기」로도 연장되는데, 그 사건의 모든 피해가 고스란히 홀로 남겨진 아이들에게 돌아간다는 점에서, 그것은 물질적 가난의 몇 배를 차지하는 정신적 부하가 되어버린다. 그 부하를 허기(굶주림)로 포착하는 현실안(現實眼)에서 김원일의 문제의식은 시작되며, 그것은 그대로 김원일의 이후 소설을 규정하는 작가적 관점이 되어버린다는 점 또한 우리가 그의 초기작에서 확인할 수 있는 정신적 징후들이다.

이런 절대가난의 현실은 궁극적으로 세상을 유지시키는 상식의 부재라는 또 다른 가난으로 이어지는데, 이를 단적으로 보여주는 작품이 「악사」라는 작품이다. 가난 때문에 어미로부터 버려져 구두닦이로 살아가고 있는 봉수는 어느 날 한 악사를 만나 그와 함께 생활하게 된다. 그러면서 봉수는 그가 전쟁 전에는 전도유망하던 바이올리니스트였으나, 전쟁으로 인해 부인과 헤어져 남으로 내려왔고 공교롭게도 간첩 혐의를 쓰게 되어 감옥살이를 하고, 이후에도 지속적으로 당국의 감시를 받는 삶을 살아야 하는 사람임을 알게 된다. 그러나 끝내 자신의 몸을 돌보지 않던 악사 추선생은 숨을 거두고, 봉수는 그의 임종을 지키면서 자신만의 상념에 빠진다. 이 부분은 다음과 같이 되어 있다.

봉수는 추선생으로부터 눈을 거두고 북쪽 창으로 눈을 옮겼다. 거기, 파아란 하늘 한 조각이 칼로 도려낸 듯 걸려 있었고, 그 하늘로 무엇인가 스며 없어지는 것을 봉수는 느낄 수 있었다. 한 사람의 영혼이 꺾인 싸리꽃 씨앗이듯, 아침마다 두고 온 가족이 들으라고 켜던 바이올린 선율에 실려 북녘 고향으로 날아가는 것을. 보이지 않는 그 무엇은 추선생의 영혼이기도 했지만, 여태껏 봉수가 찾아 헤매던 어머니 얼굴이기도 했다. 그랬다. 이제 추선생을 잃은 그는 어머니를 더 찾아다닐 이유가 없었다. 그것은 추선생이 가족을 만나려 했던 꿈처럼 이루기 힘든 부질없는 노력이었다. 그 그리움은 추선생 시신이 그랬듯 재로 사르어버리고, 풀꽃처럼 고추잠자리처럼 혈혈히 그냥 살아가기로 했다.

  며칠 뒤, 봉수는 여름이 들고부터 벼른 여행길에 올랐다. 그는 서울을 떠났다. 그의 유일한 동행은 추선생이 남긴 낡은 바이올린이었다. 봉수가 어떻게 살려고 하며, 무엇을 하러 어디로 가는지 아무도 몰랐다. (55쪽)

천애고아나 다름없는 봉수가 추선생의 죽음을 처리한 경험과 그 이후의 행로는 그에게 있어서 일종의 통과제의와 같다. 거기에는 어머니에 대한 개인적 그리움에서 추선생으로 대표되는 동시대 사람에 대한 이해로, 자신의 상처에서 남들의 상처에 대한 치유로 자신의 삶을 돌려놓는 확장이 개재되어 있기 때문이다. 작품 말미에서 보이는 봉수의 위와 같은 행로는, 봉수의 인식이 자신의 고아적 삶의 근원보다는 집단의 불안한 실존 상황의 원인에 대한 궁금증으로 확대되고 있음을 암시하고 있는데, 그 암시가 역사와 현실에 대한 나름의 모색으로 이어지리라는 것을, 작가는 물론 말하고 있지 않지만, 봉수의 삶을 뒤쫓은 독자라면 눈치채기 어렵지 않다.

위와 같은 결말 처리는 작품을 미해결로 놓아두는 장치이기도 하지만, 작가 스스로 어떤 모색의 방향이 설정되어 있다는 것을 보여주는 장치로도 사용된다. 이렇게 보면 이 작품에서 작가가 봉수로 하여금 위와 같은 행로를 걷도록 결말 처리를 한 것은, 봉수에게 이념으로 인해 친부모가 목숨을 잃고 피붙이가 정신을 놓아버리고 이웃들끼리 적이 되어버린 제반 상처를 목도해야 했던 아이들의 대표 자격을 부여하면서, 동시에 그의 자리에 작가 자신을 놓고, 그런 시대적 상처의 근인에 대한 탐색에 나서는 것이야말로 작가의 길임을 천명한 일종의 선언으로 보아도 무방하다. 추선생이 남긴 악기가 추선생만의 소통의 도구이자 예술의 도구라는 점에서, 그것을 자신의 행로의 동반자로 삼은 행위가 어떤 결행으로 이어질지는 너무도 자명하기 때문이다.

5

자신의 상처는 아닐지라도, 같은 하늘 아래 살면서 자신보다 더한 역사의 폭력 앞에 목숨을 놓아버린 사람이 있다는 것에 눈을 뜨는, 이런 자발적 떠안음은 향후 김원일 소설의 방향을 예비하고 있는 대목이다. 그 떠안음에는, 「절명」처럼 망국의 현실 앞에서 치욕스럽게 살기보다는 의로운 죽음을 택하는 상충과 같은 지사적 의기가 함께한다. 그리고 그것은 「어둠의 사슬」에서 외견상 무력한 인물로 보이는 뼈창이 거듭된 박해에도 굴하지 않고 오랜 세월의 준비를 거쳐 어둠의 사슬을 풀어헤치는 잠행의 길에 나서는 결기와도 통한다.

봉수가 짊어진 바이올린을 소설로 바꾸어놓을 때, 우리는 김원일 소설의 서사적 목적론이 무엇인지를 분명히 인지할 수 있다. 역사가 저질러놓았으되 감당하지는 못하고 그대로 놓아두어 사람살이를 왜곡하는 그 상처와의 맞대면 혹은 맞대결이 그것인데, 이는 그간 김원일이 이루어놓은 분단문학의 성과들이 증거한다. 그러니까, 비록 개화기 사대부의 순국의 장면을 뒤쫓거나 폐쇄된 어느 공화국에서의 삶을 그리는 우화의 형태를 띤 소설일지라도, 김원일은 1970년대 내내 줄곧, 한국전쟁과 분단으로 인해 이 땅에 고착화된 그 역사적 상처와 직면할 소설적 방법론을 모색했던 것이다. 그 일차적 성과가 『노을』임은 이미 말한 바와 같은데, 그로부터 비롯되는 굵직한 문학적 성취를 위해서는 이처럼 오랜 세월에 걸친 문학적 모색과 인식의 심화가 필요했던 것이다. 그것이 1970년대 초반부터 후반에 걸쳐 집필된 김원일의 중단편이 갖는 위상이다.

작가의 말

두번째 단편소설집에 수록된 작품을 읽으며 첫 단편소설집에서 보여준, 소년 시절의 가난을 되새기며 세상을 향해 던졌던 분노가 엔간히 가셨음이 짚여졌다. 돌이켜보면 「굶주림의 행복」을 쓸 때까지 빈부 격차의 불평등에 대한 항의가 내 소설의 주요 주제였다. 「오늘 부는 바람」에 이르러선, 대물림한 가난이라도 본인 의지로 이를 극복해야 한다는 쪽으로 마음이 옮아갔다. 가난한 자의 슬픈 시간대를 있는 그대로 받아들이며, 생의 가풀막에서 한숨을 돌리고 쉬며 거쳐온 길을 굽어보게 되었다는 증거이다.

이번 단편소설집에 실린 몇 편의 집필 의도를 밝히자면, 「일출」은 내가 고향 장마당 주막에 얹혀 불목하니로 소년기를 보내며 장돌뱅이들을 무람없게 보아왔기에, 그들의 부평초 같은 애옥살림과 전쟁에서 당한 가족 수난사를 엮을 수 있었다. 「어둠의 변주」는 25세로 죽은 막내아우의 죽음을 지켜보고 난 뒤, 그 애석한 영혼을 위로하며 썼다. 아우의 죽음 전후 불가항력인 삶의 모순을 이해하며, 그 슬픔도 저작하며 가야 함이 인생이란 걸 깨달았다. 「농무일기」에서 냉정한 현실을 견디다 못해 스스로 죽음을 선택할 수밖에 없는 순복의 자세 역시 그런 견해의 반영이다. 「어둠의 사슬」은 철저히 통제된 사회주의 체제를 염두에 두고, 거기에서 탈출에 성공하는 집념의 주인공을 상정하여 쓴 소설이다. 그로부터 30여 년이 지난 오늘, 탈북자들이 사선을 뚫고 자유를 찾아 남한으로 넘어오는 현실을 목격한다. 「연」은 내 마음에 자리한 예술적 감수성을 짚어보며 썼다. 그러나 생활인이 되기 힘든 예술가형의 체질만 보여주고 만 점이 아쉽다. 「행복한 소멸」은 기독교인이 된 후, 세속적인 삶이 종교와 만났을 때의 갈등을 들여다보다 집필하게 되었다. 「박명」은 절대빈곤으로 내몰린 장애인 엄마가 속절없이 죽어가는 어린 자식을 매장하는 내용이다. 의료보험제도가 실시되기 전 사회복지 정책을 어디부터 손대어야 하는지를 생각하며 쓴 소설이다. 「절명」은 나중에 긴 장편소설 『늘푸른 소나무』의 서두에 해당되는 부분이다.

1973년부터 10년 남짓, 나는 직장 생활을 하며 매년 너댓 편의 단편소설을 부지런히 썼는데 그 결과물이 여기에 모은 글들로, 당시의 사회적 관심을 문학에 어떻게 반영했는지 이번 기회에 살필 수 있었다.

2013년 봄
김원일

김원일 소설전집 26

오늘 부는 바람 | 연 외

1판 1쇄 발행 | 2013년 4월 15일

지은이 | 김원일
펴낸이 | 정홍수
편집 | 김현숙 김정현
펴낸곳 | (주)도서출판 강
출판등록 | 2000년 8월 9일(제2000-185호)

주소 | 서울시 마포구 서교동 460-45(우 121-842)
전화 | 02-325-9566~7
팩시밀리 | 02-325-8486
전자우편 | gangpub@hanmail.net

값 15,000원
ISBN 978-89-8218-181-8   04810
      978-89-8218-133-7(세트)

이 도서의 국립중앙도서관 출판시도서목록(CIP)은 서지정보유통지원시스템 홈페이지
(http://seoji.nl.go.kr)와 국가자료공동목록시스템(http://www.nl.go.kr/kolisnet)에서 이용하
실 수 있습니다.(CIP제어번호: CIP2013001802)